O FILHO DO DRAGÃO

M.K. Hume

O FILHO DO DRAGÃO

VOLUME I

CRÔNICAS DO REI ARTUR

Tradução de

Heloísa Mourão

EDITORA RECORD
RIO DE JANEIRO • SÃO PAULO
2012

CIP-BRASIL. CATALOGAÇÃO NA FONTE
SINDICATO NACIONAL DOS EDITORES DE LIVROS, RJ

Hume, M. K., 1948-
H91f O filho do dragão / M. K. Hume; tradução de Heloísa Cardoso Mourão. - Rio de Janeiro: Record, 2012.

Tradução de: King Arthur: Dragon's child
ISBN 978-85-01-09245-8

1. Artur, Rei - Ficção. 2. Grã-Bretanha - História - Período anglosaxão, 449-1066 - Ficção. 3. Romance histórico inglês. I. Mourão, Heloisa. II. Título.

10-4904 CDD: 823
CDU: 821.111-3

TÍTULO ORIGINAL EM INGLÊS:
King Arthur: Dragon's Child

Editoração eletrônica: Abreu's System

Texto revisado segundo o novo Acordo Ortográfico da Língua Portuguesa.

EDITORA RECORD LTDA.
Rua Argentina, 171 - Rio de Janeiro, RJ - 20921-380 - Tel.: 2585-2000,
que se reserva a propriedade literária desta tradução.

Impresso no Brasil

ISBN 978-85-01-09245-8

Esta obra é dedicada à minha amiga Julienne Marie Gleeson, que partiu desta vida em 5 de fevereiro de 2004.

Ela foi minha adorada amiga, meu segundo eu, minha heroína anônima. Julie me deu força quando a vida me pareceu mais sombria, e me ensinou que há grande beleza no esforço para realizar um sonho. Ela sobreviveu infatigavelmente à morte, a ferozes adversidades, animosidade e violência, até que o câncer encerrou a luta de sua vida antes de seu quinquagésimo aniversário.

As flores mais belas "nascem para vermelhar despercebidas e perder sua doçura no ar do deserto", mas eu compreendi a raridade de Julie e acalentei cada lembrança de nosso tempo em comum.

Este livro pertence a ela porque ela lutou para me persuadir a escrevê-lo. Sem Julie, ele jamais teria nascido.

Ave, Julie, onde descansa após o sofrimento da vida. Espero que aprecie minha oferenda.

Agradecimentos

Compreendo o simples fato de que muitos leitores evitam esta seção em qualquer livro. Neste caso, contudo, espero que vocês abram uma exceção!

O filho do dragão, o primeiro volume das *Crônicas do rei Artur: rei dos bretões*, jamais teria visto a luz do dia se meu marido, Arthur Michael, não me oferecesse seu trabalho de edição e suas críticas inigualáveis, mesmo enquanto combatia uma séria doença. Não há palavras para agradecer seu apoio; mesmo assim, sua frase tantas vezes repetida, "O que quer dizer essa droga?", sempre me fará sorrir.

Obrigada a Margot Maurice e aos membros da Independent Publishers da Australia Network, que me ajudaram a alcançar meus objetivos — muito obrigada por seu profissionalismo e excelentes conselhos quando foram mais necessários.

Tenho uma dívida com todos os grandes escritores da literatura arturiana, de Gildas a Charles Williams e além, que fizeram do rei Artur, Alto Rei da Britânia e Dux Bellorum, um personagem tão fascinante em minha vida imaginativa. Mesmo me enfurecendo contra as línguas mortas que precisei aprender para conhecê-lo melhor, eu me tornei obcecada pelas glórias de seu épico enquanto batalhava em minha pesquisa de pós-graduação. Sem o apoio destas histórias e obras-primas literárias escritas durante os últimos mil anos, eu não poderia sequer sonhar em escrever minha própria versão da vida e dos tempos de Artur.

Sem o apoio de meus amigos, Penny Cranitch, Lyn Baker, Robyn Jones e Pauline Reckentin, e muitos outros, eu teria desmoronado sob o peso deste projeto há muito tempo. A meus amigos — agradeço por seu amor e apoio, apesar de meus muitos defeitos. Àqueles que me fariam mal — também lhes agradeço, pois vocês me ensinaram a valiosa lição de que a vida não é bela nem justa, e que é apenas na oposição ao imoral e ao erro que evoluímos como pessoas. Sei que vocês não pretendiam me impulsionar para realizações, mas, em última instância, o resultado final é o mesmo.

Também devo dedicar agradecimentos aos inúmeros estudantes de várias escolas secundárias que, ao longo dos anos, desfrutaram de minhas histórias e estremeceram diante dos aspectos mais tenebrosos de minhas tramas e ideias. Eles sempre gostaram de minhas visões mais excêntricas e sombrias, e me lançaram coletivamente num caminho que evitou as armadilhas de escrever histórias simplesmente "legais" e "aceitáveis".

Finalmente, agradeço à minha professora de inglês do Ensino Médio, Sra. Lapa, que fez picadinho de meus ensaios e contos fáceis e me ensinou a escrever para mim, e apenas para mim, e a fazer um esforço de todo coração em cada tarefa a que me dediquei. Ela só me deu aulas durante um ano, e jamais tornou a presentear os alunos com seus pontos de vista únicos. Foi uma grande perda para a Education Queensland, especialmente num sistema de educação pública em que os padrões de ensino profissional são tantas vezes estreitos e inadequados — na melhor das hipóteses! Mas aquela excelente professora de inglês me ensinou a nadar contra a corrente e a entender que visões populistas geralmente envolvem alguma concessão. Onde quer que se encontre, espero que a Sra. Lapa esteja feliz e em paz, ainda que ela provavelmente jamais venha a saber o quanto a admirei por seu profissionalismo!

Claro, como agradecer à minha agente, Dorie Simmonds, ou à minha editora, Jane Morpeth, e a toda a equipe da Headline? Elas deram substância a um sonho.

O rei Artur dos bretões foi o segundo grande amor da minha vida, e me impulsionou com toda a força por mais de trinta anos. Minhas interpretações de como ele viveu e amou são apenas isto — minhas somente —, e vistas através do caleidoscópio do tempo. São coloridas pelas exigências de nossa época atual, uma era que pouco valoriza o dever e tem menos inclinação ainda para a nobreza.

Mapa de Myrddion para a Britânia Romana Pré-Arthuriana

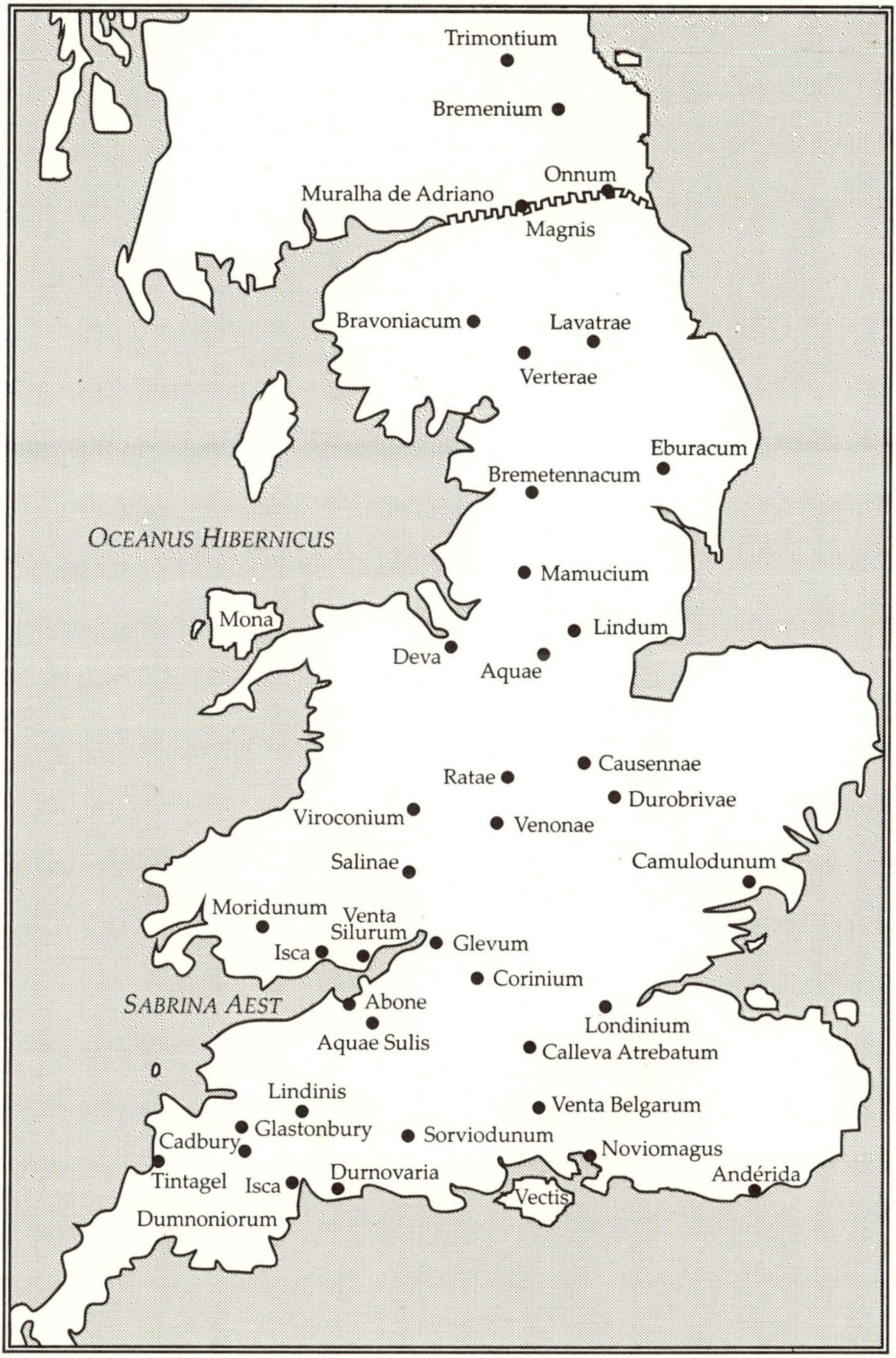

Planta do Terreno da Quinta Poppinidii

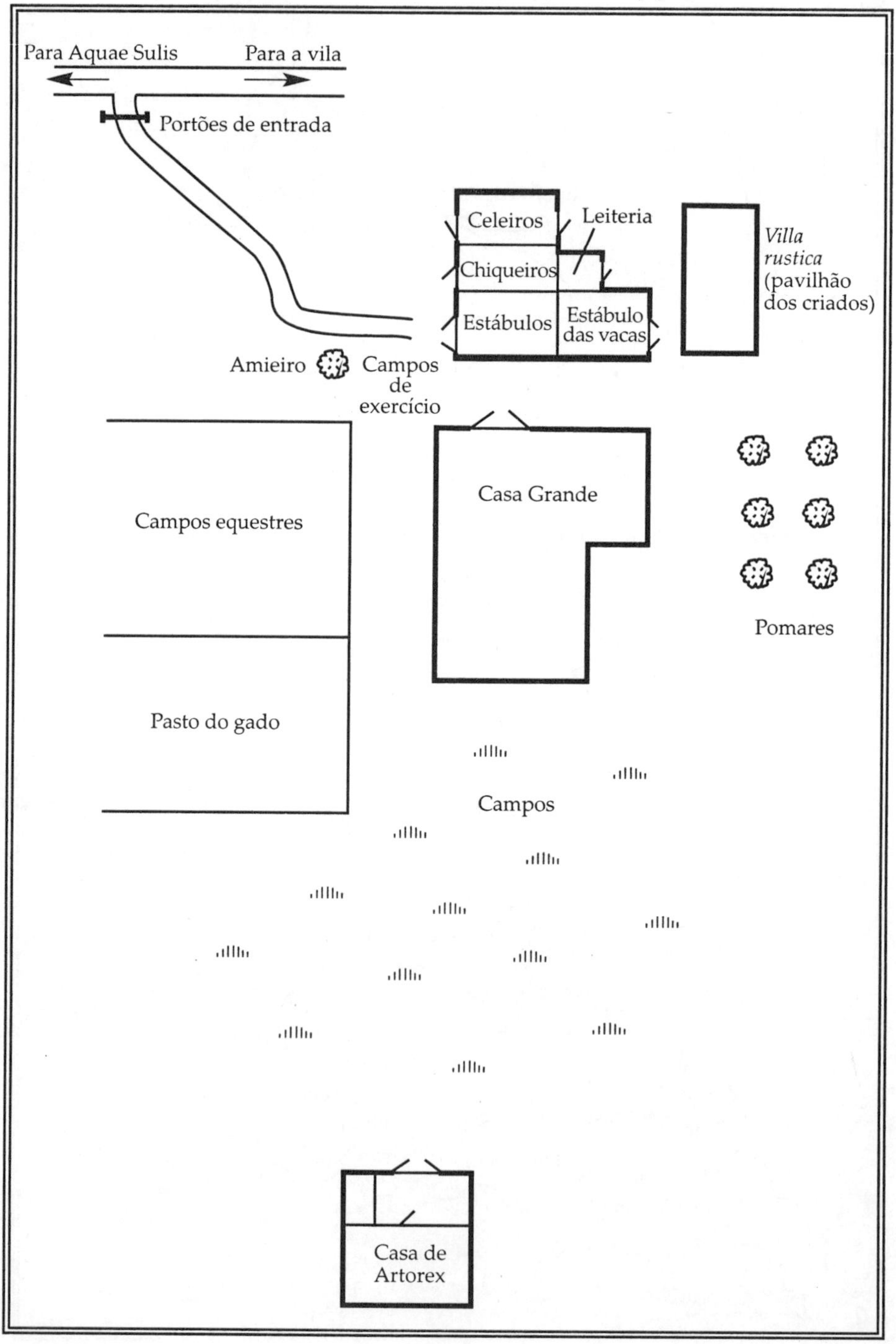

Planta da Casa Grande da Quinta Poppinidii

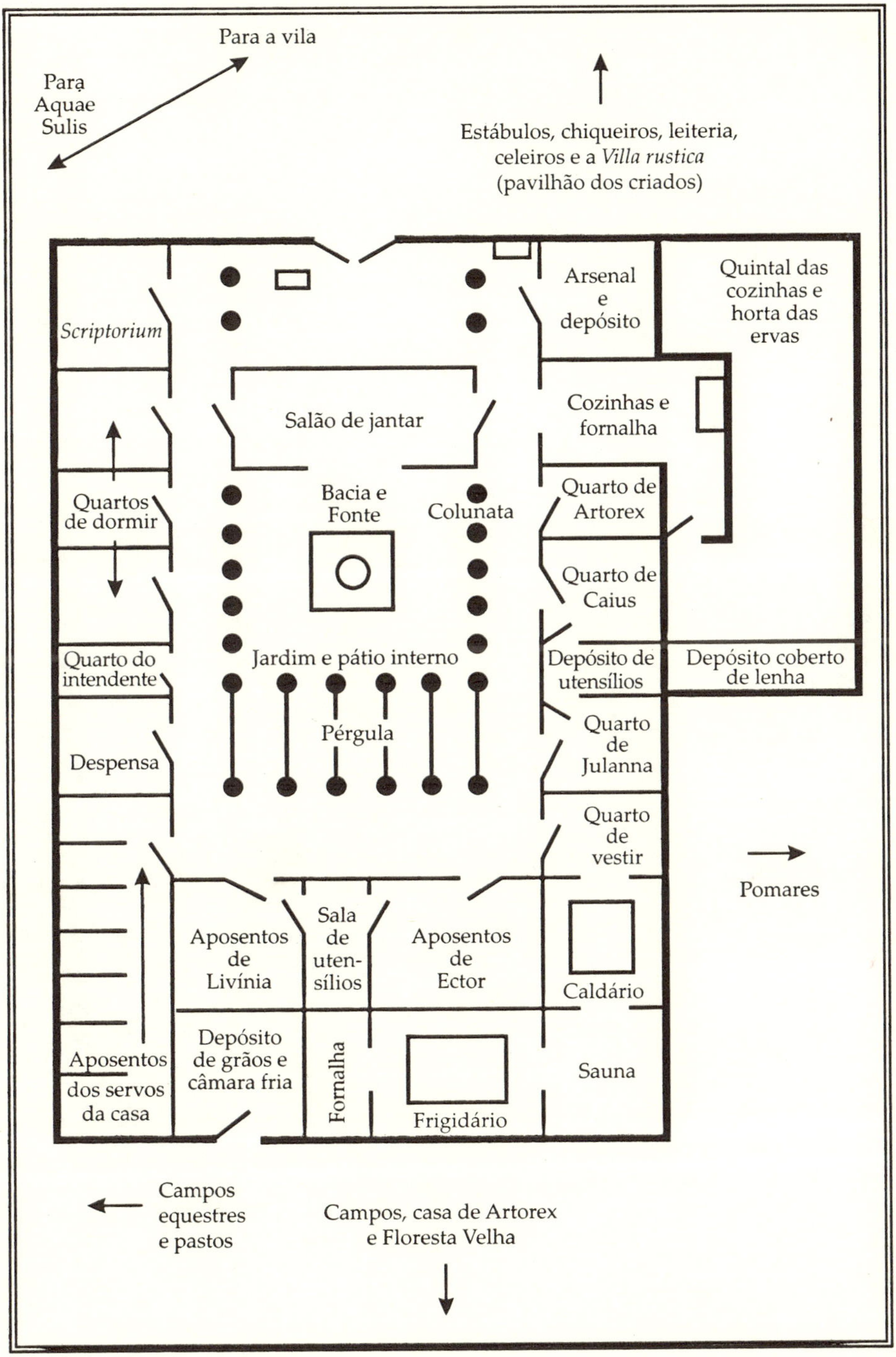

Rota de Venta Belgarum a Andérida

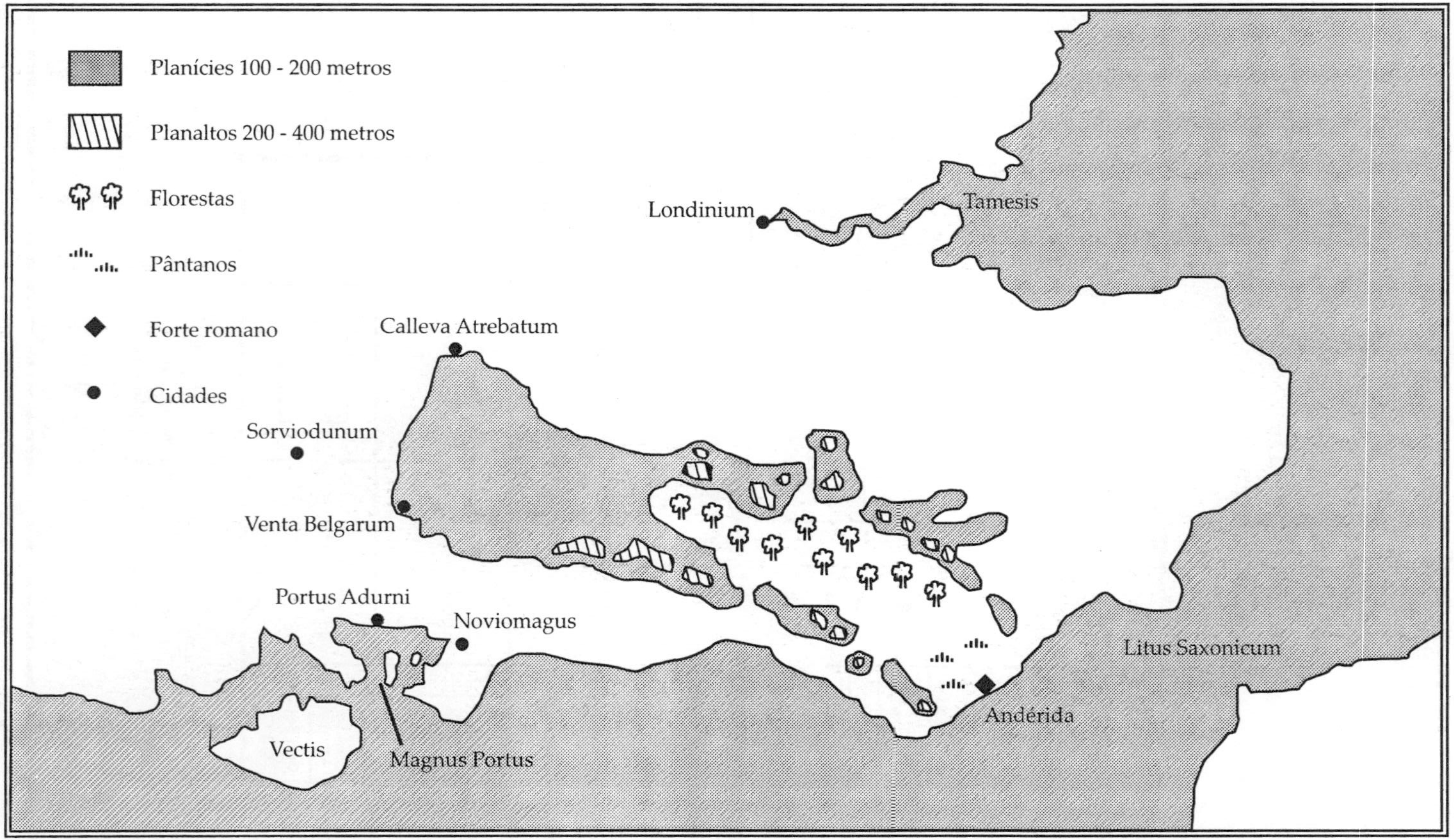

Glastonbury e Arredores

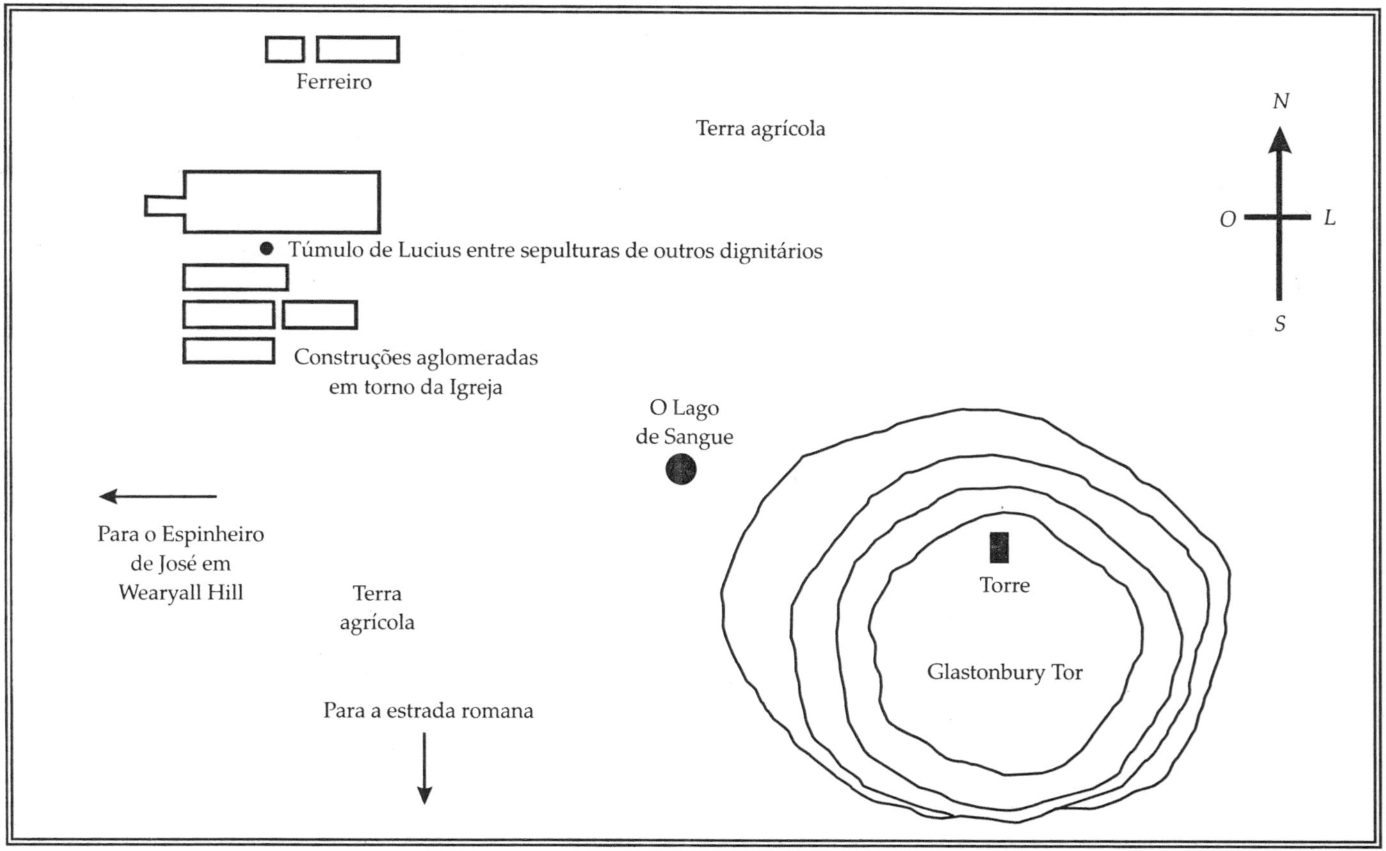

CAPÍTULO I

As Fronteiras da Memória

"Pois certa ordem envolve todas as coisas, e tudo que se afasta da ordem planejada e designada para si apenas recai em ordem, ainda que uma ordem diferente, de modo que nada se permita ao acaso nos reinos da Providência."

Boécio

A floresta abraçava o menino como um manto ancestral, puído nas barras, mas ainda útil e firme em sua trama. As raízes dos carvalhos se torciam para fora da terra funda e decomposta, e os galhos eram tão grossos e emaranhados que, para o menino, era como mergulhar em água verde e fria após cruzar a úmida luminosidade dos campos arados. Pouco lhe importava a ameaça de que a aventura culminasse em severo castigo, pois ele seria punido de qualquer maneira — se não por estas horas de prazer sensual, então por algum pecado quase esquecido que provocaria a fúria de seu pai adotivo.

Em uma densa abóbada de amieiros e carvalhos, as árvores privavam todo o capim das necessidades vitais. O menino caminhava por uma perigosa manta de folhas acumuladas, galhos caídos cobertos por uma renda de musgo esverdeado e estranhas flores bulbosas que cobriam as tocas ocultas dos texugos. A beleza espectral de tal mundo de penumbras o fascinava e acelerava seu coração com a promessa do perigo. Qualquer coisa podia viver naquelas súbitas grutas de azul quase noturno. Entre as sombras, qualquer um podia estar perto o bastante para tocá-lo na paisagem quase imaginária, onde o poder de seu pai de criação era reduzido a menos que pó. O próprio menino podia ser qualquer um e sonhar com tudo que desejasse, sem impedimentos. Aqui, ele não estava protegido nem correndo perigo, mas tornava-se mais verdadeiramente quem era.

Ele encontrou sua clareira natural favorita, que tinha cerca de dez lanças de diâmetro, onde os troncos das árvores emulavam pilares e uma fina lâmina de luz se enterrava no chão da floresta. Uma grande pedra coberta por teias de limo branco se localizava quase no centro da clareira, e o menino passou as mãos estreitas pela superfície até sentir os veios gastos e as linhas rusticamente talhadas nos flancos da rocha. Por alguma razão semi-instintiva, ele decidiu sentar-se o mais longe possível daqueles desenhos parcamente visíveis enquanto fitava fixamente uma cavidade, quase da largura de sua mão, que fora escavada no centro da pedra. Era estranhamente inclinada, e certa vez o garoto sacrificara um pouco do líquido de seu odre de couro para encher aquele raso receptáculo artificial para comprovar isso. Fascinado, ele assistiu parte da água desaparecer, seguindo as espirais e sulcos, até que o filete se revelou no chão da floresta.

Algo obscuro sempre abria suas asas na mente do menino quando ele tocava aquela concavidade. Ele imaginava um fio de sangue espesso e viscoso serpenteando de seus dedos para o desenho e dominando suas narinas com o cheiro enervante de ferro.

— Criaturas morreram aqui... — murmurou ele para romper o silêncio sepulcral da clareira. — Mas elas são tão velhas... Talvez tão antigas quanto as próprias árvores.

Ele adorava amedrontar-se com suas divagações, mesmo sendo um garoto robusto e mais alto que o normal para sua idade de 12 anos. As formas da maturidade já despontavam em seu corpo e, sempre que ele ficava maior que suas calças de couro e retesava as costuras nos ombros de suas túnicas, a velha criada saxã, Frith, quase ia à loucura.

— Um belo touro — explicava seu pai adotivo a visitantes de ocasião — Quase selvagem também... Um tanto limitado, se compreendem o que quero dizer.

O amo, lorde Ector, também era alto e amplo de ombros e cintura, mas Touro, como os escravos da cozinha desdenhosamente chamavam o menino, ameaçava alcançar muito mais que 1,80m de altura.

— Um pequeno bárbaro — troçava o irmão adotivo com os amigos, do alto de sua avançada idade de 17 anos e da realidade inexpugnável de sua maturidade completa. — Ele mal usa os banhos... E o cabelo! Quando a barba crescer, ele será um esfregão ambulante!

Os jovens riam, pois Caius se dava ares de aristocrata diletante, embora já fizesse muito tempo que a Legião de Draco, a última a proteger a Britânia, havia desaparecido. Romano por nascimento, como se descrevia com orgulho, Caius não dava atenção alguma a Touro, que não parecia ter sequer uma gota do verdadeiro sangue em suas veias. Convenientemente, Caius ignorava sua própria paternidade celta.

— Por que meu *Pater* o aceitou é um desafio à imaginação.

Caius alisara para trás o lustroso cabelo negro, que mantinha militarmente curto e cuidadosamente encaracolado sobre a testa.

— Quando ele era bebê, gritava constantemente até que as mulheres o colocassem num baú. Depois, quando ficou mais velho... Bem, vejam aquele rosto vazio. Ele aprendeu as letras, é verdade, pois *Mater* não toleraria um filho ignorante, adotivo ou não, mas ele jamais lê os pergaminhos nem se conduz como se espera de um jovem de berço. Targo o castiga regularmente, mesmo sem provocar efeito algum, já que o Touro só fica parado e aceita os golpes com aquela expressão vaga na cara gorda.

Caius e seu pai celta, Ector, estavam enganados.

O menino lia os pergaminhos no austero *scriptorium*, mas somente quando o resto da casa dormia e ele podia roubar um pouco de óleo para seu lampião. A luz trêmula fazia com que as palavras latinas dançassem com uma vida muito distinta das histórias antigas que partilhavam com ele. Mas ele consumira as migalhas velhas da caridade durante todos os dias de seus 12 anos, e elas constituíam uma iguaria intragável e indigesta, com ou sem pergaminhos.

Assim, Touro apenas *fugia* sempre que queria — para os bosques, ou para as mais profundas grutas de sua cabeça.

O garoto esticou as pernas longas e lisas sobre a superfície da rocha. Os poucos pelos que seu corpo gerava eram de fato muito pálidos, e por isso seus membros acabavam intensamente bronzeados por horas sob a luz do sol. O rosto não era gordo nem inexpressivo, mas amplo e de maçãs do rosto angulosas. Seus cabelos se encaracolavam tão furiosamente que não havia pentear suficiente para domar os anéis espiralados, que formavam cúmulos de ouro rubro em torno de sua cabeça. Seus olhos eram incomuns num mundo de pessoas — senhores e escravos — de olhos geralmente marrons, castanhos, verdes e pretos, pois eram tão claros e cinzentos que pareciam quase cegos em seu rosto liso.

Seus olhos aprisionavam a luz, mas nada escapava da alma que ocultavam para advertir aqueles que o atormentariam.

Com pesar, o menino deixou a clareira quando as lâminas de luz se estreitaram e recuaram entre a densa folhagem que se elevava sobre sua cabeça. O ar tinha um peso ardente, como se houvesse uma iminente tempestade. Ele teria recebido com prazer as gotas firmes de uma enxurrada, mas seu estômago vazio o avisava que precisava retornar à quinta — ou passaria fome por mais uma noite.

— Até mais ver, rocha — murmurou ele para a pedra aquecida por seu corpo. — Até mais ver, árvores.

Chegar à floresta era sempre mais agradável que retornar à quinta. Abrindo seu caminho pelo campo oeste através do capim que lhe chegava à cintura, evitando as ardidas urtigas que cresciam em densos arbustos, ele vestiu sua "cara de família", como costumava chamar, e retomou seu passo desajeitado de costume.

Quando alcançou as construções externas da Quinta Poppinidii, suas costas já estavam curvadas e seus pés se arrastavam pelas sinuosas trilhas de pedras entre os estábulos e o chiqueiro.

— Eles querem sua presença, Touro. — Uma serva empertigada riu para ele enquanto despejava lavagem no comedouro dos porcos. — Há horas que estão procurando por você. Nosso amo tem visitas.

— Ai! — foi a única resposta do garoto.

Agora ele teria que se banhar. E também teria que encontrar uma túnica limpa — isto se Frith havia encontrado tempo para remendar sua segunda melhor roupa.

De péssimo humor, o garoto examinou os dedões imundos em suas sandálias puídas. Ele chegaria atrasado — e Ector não toleraria um filho adotivo impontual.

Então é melhor andar logo, incitava-se o rapaz com pouco entusiasmo. Procurou Frith nas cozinhas, onde ela geralmente ficava sentada, aquecendo seus velhos ossos.

— A sua sorte é que gosto de você, bandidinho — murmurou a velha entre os dentes quebrados. — Remendei sua túnica e consegui achar um cinto de couro que caberá na sua cintura. Não se esqueça do óleo perfumado! — gritou Frith quando o garoto já ia embora. — Talvez ele controle esse seu cabelo... Está cheios de gravetos.

— Muito obrigado, boa Frith! — respondeu o rapaz sobre o ombro. — Durma bem junto a seu fogo.

— Esse Touro nunca será grande coisa — resmungou o cozinheiro de cara amarrada, mexendo uma panela quase transbordante de enguias e raízes cozidas.

— Ah, mas é notável como seu temperamento é equilibrado quando ele é tratado com bondade — replicou Frith rispidamente. — Também é notável como o menino é ágil quando acha que ninguém está olhando.

Frith fora ama-seca da última herdeira romana nascida na Casa de Poppinidii, a doce e pequenina Livínia, e conhecia todos os segredos da quinta.

— Volte a dormir, vovó. Você tomou sol demais. — Foi a ácida resposta do cozinheiro.

Parando em seu cubículo estreito e abafado apenas para pegar suas roupas, seu velho estrígil e um pequeno frasco cheio de um óleo ligeiramente rançoso, o garoto disparou para a extremidade da ala leste da Quinta Poppinidii, tomando o cuidado de evitar o átrio, a sala de jantar e o *scriptorium* em sua corrida. Na verdade, ele amava ouvir histórias sobre o mundo além da quinta, histórias que só eram trazidas pelos visitantes. Para ele, uma breve esfregação era um preço baixo a pagar por uma noite em seu canto, ouvindo a conversa dos homens sobre lugares estranhos e longínquos.

Na piscina em mosaico do caldário, o menino se despiu às pressas e aqueceu a pele na água cálida. Ele prestou pouca reverência às regras e ordens apropriadas dos ritos de banho, concentrando-se em abrir os poros da pele e esfregá-los com o óleo nauseabundo, tentando não aspirar o fedor pelo nariz. Depois passou o velho estrígil para raspar muitos dias de sujeira acumulada, e até deu uma rápida atenção às unhas para remover o grosso dos excessos do dia.

Após um mergulho apressado no frigidário para limpar e fechar os poros, ele se secou vigorosamente com uma toalha e tentou prender os cabelos molhados e desgrenhados com uma tira de couro. Por fim, ele vestiu uma túnica, o cinto, o saio e as sandálias, e correu pela silenciosa colunata até chegar ao salão onde todos os visitantes eram recebidos.

— Aí está você, rapaz — resmungou Ector. — Pelo menos podemos ficar gratos por você estar limpo. — Ele sorriu aos convivas para abrandar o efeito de suas palavras duras. — E agora pode auxiliar nos serviços. Como é seu dever.

Ector era um homem grande, robusto de corpo e largo de ombros, mas tinha pernas desproporcionalmente curtas e arqueadas. O rosto era rubro e quase livre de rugas, pois o senhor da casa raramente era presa de extremos de emoção. Sua boca era bem-humorada e os olhos azul-pálidos eram ligeiramente protuberantes, dando a seu rosto uma expressão de perpétua surpresa.

Mas apenas um tolo subestimaria lorde Ector, um homem criado na tradição dos guerreiros, à qual prestavam testemunho os músculos rijos de seu corpo. Após seu tempo de serviço nas fortalezas do norte, Ector agora desfrutava de seus numerosos acres, do gado gordo e da paz de uma meia-idade tranquila. Contudo, se um perigo externo ameaçasse sua casa, ele se ergueria como um velho cão de guerra para lutar com implacável prazer.

Ector, a esposa Livínia, o filho Caius e três senhores desconhecidos recostavam-se em leitos talhados à moda romana, em torno de uma mesa baixa coberta por torres de iguarias. Terrina de enguias, uma cabeça de javali esplendidamente decorada com cevada cozida, uma anca de cervo fatiada, vegetais salgados e burriés mergulhados em molhos exóticos eram exibidos na mesa baixa central.

O salão de jantar era bastante amplo, apropriado para a nobreza da tradicional família de Livínia, e se ligava diretamente ao átrio onde, sob a lua pálida, a água dançava e borbotava de uma criativa estátua de bronze representando um peixe monstruoso. Doces óleos aromáticos queimavam em raros receptáculos de vidro e as melhores tochas estavam presas às paredes em pesadas forquilhas de ferro, embora nenhuma mancha desagradável da fumaça do óleo maculasse o belo afresco de um olival. Mesmo sendo um bastardo celta, Ector desposara a última filha de uma família antiga e adotara o nome Poppinidii como seu. Na cidade mais próxima, Aquae Sulis, ele era considerado homem de significativa inteligência — e extraordinária sorte.

— Sim, meu pai — replicou o menino de modo neutro, curvando-se formalmente para cada conviva, até mesmo para o odioso Caius.

O garoto se aproximou do intendente da quinta, um escravo grego chamado Cletus, e pegou grandes jarras com vinhos da Gallia e dos perfeitos vinhedos da Espanha, misturados com mel. Ector era um notório conhecedor de bons vinhos e, em ocasiões como esta, o menino tinha a incumbência de garantir que as taças douradas dos visitantes permanecessem cheias até a borda.

O garoto também tinha talento para se tornar invisível. A refeição prosseguiu e logo sua presença foi esquecida.

— Quais são as novas do leste, Myrddion? — perguntou Ector bastante interessado.

— Em quase toda primavera, os lobos d'além mar chegam para suas pilhagens — respondeu um homem de rosto magro. — Felizmente, os bárbaros raramente se aventuram a penetrar o interior destas terras, mas temo o dia em que chegarão com suas mulheres e crias e construirão seus próprios assentamentos.

— Pois morrerão aqui — proclamou Caius com uma entonação que acreditava demonstrar sua sofisticação.

— Talvez — replicou vagamente o homem chamado Myrddion.

— Ora, vamos, Myrddion. O que são alguns selvagens para nós? Londinium, Eburacum e Camulodunum são extremamente fortificadas, e as legiões nativas são bem-treinadas. Nós esmagaremos todos esses bárbaros nus em pelo como baratas. — Ector lancetou uma fatia de carne de cervo com uma faca adornada.

Outro desconhecido, notável pelas longas tranças marrons que pendiam de sua testa, reprimiu uma risada tenebrosa.

— Não creio que alguém tenha dito algo cômico, Luka — retorquiu Ector, com o rosto rubro sob o que restava de seus cabelos castanhos.

— Perdão, amigo Ector. Não desejo ofender, mas estes brinquedos — Luka fez uma pausa e girou a faca de mesa entre as mãos — não são páreo para os machados dos bárbaros. Eles têm espadas que são quase de sua altura, e também são destemidos, caro irmão.

Caius fez menção de falar, mas Livínia o calou, erguendo imperiosamente as finas sobrancelhas.

— Não estou ofendido, Luka. Eu servi com seu pai na Muralha, e nós partilhamos a mesma ama de leite por algumas estações em Lavatrae. Ambos crescemos ouvindo os contos de horror sobre Boudica dos icenos e da proximidade de sua vitória quando ela se rebelou contra Roma. Mas aquela prostituta sanguinária era uma de nós. À sua maneira, ela era civilizada, não era uma saxã ladra de porcos e ignorante ou um cão da Jutlândia que vem à cata de grãos para alimentar suas crias imundas.

— Luka está apenas pedindo que ouçamos as advertências, Ector — contemporizou Myrddion, embora, aos olhos do menino, sua expressão não transmitisse conciliação. — Quando alertas, somos fortes; despreocupados, temos a espinha fraca.

— Roma possui o mundo inteiro, incluindo a Britânia — intrometeu-se Caius, empolgado.

Ector lançou um rápido olhar de desaprovação para seu único filho natural.

— Mas a força de Roma viria em nosso auxílio se estivéssemos sob ataque? Acho que nos abandonariam à nossa sorte — replicou Luka com uma intensidade casual que conferiu peso às suas palavras.

— Uther Pendragon ainda mantém o sul e o oeste de nossa terra sob seus pés — comentou Myrddion. — Mas está cada vez mais velho e temeroso. Se Uther perecer, que Deus proteja o ocidente.

Caius e Ector bufaram ao mesmo tempo. Nenhum dos dois tinha uma opinião lisonjeira sobre o Alto Rei que controlava as tribos por tratados firmados com derramamentos de sangue no auge de sua juventude.

— Acho que jamais deveríamos desdenhar de Uther Pendragon — comentou Luka.

— E sua quinta está segura devido à proteção do governo dele. — Myrddion lembrou a Ector.

— A Quinta Poppinidii é forte porque está em minhas mãos! — retrucou Ector com o rosto escarlate.

— E ademais, muito bem-abastecida — transigiu Luka. — Confesso que havia muitas semanas que ansiava por uma cama civilizada em minhas viagens.

Ligeiramente apaziguado, Ector deixou que a conversação desviasse para um terreno mais seguro, com conversas sobre a moda e o comércio do sul. Livínia estava particularmente ansiosa por ouvir relatos sobre a civilizada Gallia, e dominou a conversa por um breve período, principalmente pelo direito da pureza de sua linhagem.

Os três viajantes reconheciam as qualidades superiores de Livínia pela reverência que lhe prestavam. Ela era pequenina, até mesmo para os padrões de uma matrona romana, mas sua postura era tão ereta e inflexível que poucos visitantes notavam sua estatura diminuta. Como todos os bondosos déspotas domésticos, ela era dotada de grande encanto e inteligência, que a tornavam uma anfitriã de distinção. Graciosamente, ela assegurava que nada faltasse a Myrddion Merlinus e seus amigos na hospitalidade da casa.

O menino enchia as taças de ouro com o vinho de suas ânforas e ouvia as palavras dos convivas com todos os sentidos em alerta.

O terceiro visitante, um homem de pele bronzeada, permaneceu em silêncio ao longo de toda a conversa que girava à sua volta.

Llanwith serviu água em sua própria taça, repelindo a ânfora de vinho que Artorex oferecera com um gesto de suas imensas mãos cobertas de anéis. Mesmo quando os outros falavam sobre assuntos femininos, seus olhos negros continuavam observadores e sérios, como se a Quinta Poppinidii tivesse as respostas para segredos que ele precisava desvendar furtivamente.

O menino sentiu os músculos de seu estômago se contraindo de nervosismo quando o homem de rosto escuro o encarou discretamente entre as suculentas carnes e ricos molhos. Os olhos negros o obrigavam a fixar os seus e permitir que fossem examinados.

Quando os doces de mel foram servidos e os homens relaxaram — com as lâminas de suas diferenças abrandadas pela boa comida e pelo vinho — o silencioso estranho decidiu falar.

— Quem é o garoto? — perguntou ele com uma voz que trovejava do fundo do peito. Era um tom de comando que exigia resposta.

— É meu filho de criação — replicou Ector, sonolento. A quinta normalmente obedecia a horários de fazenda, e o relógio d'água mostrava que a hora já estava avançada.

Surpreso, o menino quase derrubou o vinho espanhol quando todos os olhos se voltaram para ele.

— Qual é o nome dele, bom Ector?

— Artorex. O nome é Artorex.

— Mas nós o chamamos de *Touro*. — Caius riu, bêbado.

— Ele tem um nome nobre. Coloque-se sob a tocha da parede, jovem Artorex, onde possa vê-lo adequadamente.

— É um bom rapaz — murmurou Ector. — Mas ele não é uma adaga afiada, Llanwith pen Bryn, se compreende o que quero dizer.

Llanwith, filho de Bryn, pensou o menino enquanto se deslocava para cumprir a ordem do estranho. *Não o esquecerei tão cedo.*

— É um rapaz alto. Que idade tem?

— Doze... Acho... — respondeu Ector, indiferente. — Sim, ele dá mostras de que será grande e robusto. Mas por que está tão interessado no garoto?

Myrddion Merlinus sorriu enigmaticamente e fez um gesto casual na direção de Artorex.

— O bispo Lucius está curioso para saber como vai o desenvolvimento desta criança. O bispo confiou que você garantiria a educação do menino, e portanto presumimos que ele conhece algumas letras. Estamos apenas terminando o que foi começado quando lhe trouxemos o bebê... há quantos anos?

— Anos demais, velho amigo, anos demais! — Ector estava com disposição sentimental, mas Llanwith ainda encarava Artorex como se os dois estivessem sozinhos no triclínio.

— Fale em seu nome, jovem Artorex — exigiu Llanwith. — Você é forte?

— Sim, senhor, sou forte o bastante — replicou o garoto sem rodeios.

O estranho ignorou a audácia do rapaz, mas Ector franziu o cenho em sua direção.

— Você é rápido, Artorex? — continuou o estranho. — Rapazes fortes raramente são ágeis.

Caius riu.

O menino sentiu seu rosto enrubescendo. Ele aprumou os ombros e ergueu o queixo.

— Bastante rápido, senhor.

A fina adaga de mesa zarpou do punho imenso de Llanwith e cruzou a luz numa perfeita parábola, apontada diretamente para o coração de Artorex.

Sem um piscar de olhos, o garoto viu a lâmina angulando em sua direção. Instintivamente, ele deu um passo lateral e desviou a faca com o antebraço. A faca caiu no chão com um clangor, parando como um réptil de prata acompanhado do dragão luzidio da empunhadura.

— Sim, você é bastante rápido, meu jovem — replicou Llanwith com uma risada enquanto o menino recolhia a adaga e a devolvia ao visitante, com o cabo voltado para ele. — Está sangrando, garoto.

— É apenas um arranhão, senhor. Não é nada. — O rosto do menino era tão inescrutável quanto as feições afáveis de Llanwith pen Bryn.

Os outros convivas ficaram momentaneamente privados da fala.

— Para um convidado de honra, meu amo, estas são maneiras muito estranhas à mesa — censurou Livínia. — Se a conversa será assim tão surpreendente, eu os deixo por minha cama. Aqui nós seguimos as horas do campo, bons senhores, e pela manhã terei de supervisionar o branqueamento da lã. Venha, Caius, você também será mais beneficiado pelo sono.

— Peço perdão pela falta de modos de meu amigo — comentou Myrddion diplomaticamente.

Llanwith pen Bryn não se pôs a proferir desculpas, mas apenas inclinou a cabeça para mãe e filho com uma dignidade breve e majestosa.

Quando Livínia e um chateado Caius quase saíam da câmara com um cicio de sandálias sobre o piso em mosaico, a dama parou brevemente à porta.

— Não deixe o menino acordado até tarde, Ector. Preciso dele em boa forma para o trabalho da manhã.

Ector respondeu apenas com um resmungo.

O silêncio recaiu no salão após a partida da dama com o filho.

Artorex se remexeu, embaraçado. Ele não sabia como reagir aos visitantes e, portanto, permaneceu na mesma posição sob a tocha.

— Agora sabemos que o rapaz é forte e rápido — disse Luka informalmente para Ector. — Mas ele sabe ler? Está recebendo uma educação?

— Por que este interesse em Artorex, amigos? Eu trouxe o rapaz para minha casa como um favor a Lucius de Glastonbury quando a criança era recém-nascida. O padre jamais pediu notícias dele, nem demonstrou qualquer interesse pelo garoto desde aquela época distante.

— Eu conheço a história, amigo Ector — disse Myrddion. — Mas preciso ter certeza de que o menino sabe ler.

— Bem, sim, ele lê tão bem quanto se pode esperar — rosnou Ector com irritação, desacostumado a ser interrogado de maneira tão autoritária em sua própria casa.

— Podemos julgar a habilidade dele, meu amigo? — pediu Luka com um sorriso conciliatório.

O menino estava completamente perplexo pela conversa que girava à sua volta. Ele sabia que estava passando por um teste, mas por quê? Ele era apenas o Touro, pouco mais valioso que um bom cão de caça. Em tempos futuros talvez fosse considerado digno de se tornar intendente em lugar de Cletus, mas por que estes homens grandiosos teriam alguma sombra de interesse por sua força, sua agilidade — ou sua inteligência?

— Busque um pergaminho em minha bagagem, Artorex — ordenou Llanwith sem sequer dedicar um breve olhar ao rapaz.

O menino continuou plantado, sem saber como reagir ou onde encontrar tal item.

Mal-humorado, Ector fez um gesto a Artorex, indicando que ele deveria cumprir a ordem de Llanwith.

O menino correu do salão para procurar Cletus, o encarregado de todas as questões domésticas. Ele escapou do aposento subitamente perigoso com impressionante velocidade.

Previsivelmente, Cletus estava entreouvindo a conversa à espera de ordens de seu amo, e um escravo da cozinha já tinha sido enviado para buscar o pergaminho no pavilhão dos hóspedes na ala oeste.

O intendente não disse coisa alguma ao menino, mas o encarou desconfiadamente.

Cerrado em um fino estojo de couro, o pergaminho logo foi encontrado e enfiado entre as mãos de Artorex.

— Obedeça a seus amos, garoto — sussurrou Cletus, e o filho adotivo de Ector voltou à sala de jantar onde os visitantes tornavam a falar dos assuntos do leste.

— Senhor. — Artorex ofereceu o pergaminho a Llanwith pen Bryn.

— Leia para nós, jovem Artorex. Para nossa diversão. — O estranho sequer se dignou a olhar para o menino.

Mais desajeitado que de costume por seu nervosismo, Artorex se confundiu com as amarras do estojo. O pergaminho foi finalmente revelado e o garoto baixou os olhos para a marcada inscrição em latim, delineada ao longo do couro delgado. Artorex foi imediatamente tomado de pânico, pois o texto lhe era completamente desconhecido.

— Leia — repetiu Llanwith, enquanto seus olhos examinavam o ovo recheado trespassado pela ponta de sua faca.

Hesitante, Artorex começou a ler a desconhecida escritura latina, avançando com mais velocidade à medida que reconhecia mais palavras. Ele já tinha ouvido falar dos comentários do grande César sobre a Campanha da Gallia, mas jamais imaginara que teria uma cópia em suas mãos.

— Quero que você leia e traduza esse pergaminho na língua corrente — ordenou Llanwith.

Com o coração na boca, o menino obedeceu.

Apesar de sua confusão e medo, Artorex ficou fascinado pela descrição direta e franca da campanha de batalhas do grande Júlio.

— Já basta! — ordenou Llanwith. — O que acha, Myrddion? Você é o erudito entre nós. O rapaz lê bem?

Ector encarava o menino com absoluto assombro; havia mais profundidade em seu filho de criação do que ele jamais havia imaginado.

— Surpreendentemente bem — replicou Myrddion. — Você merece os meus parabéns, amigo Ector — acrescentou, voltando o rosto para o senhor da quinta.

— Não sei como, pois nunca o vi lendo tão bem. — Ector podia ser um homem duro, mas era também extremamente honesto.

— Você já leu as memórias do grande César? — perguntou Luka ao menino.

— Não, meu amo, mas tenho certeza de que gostaria de ler. — Foi o que Artorex conseguiu responder.

— Então fique com este pequeno presente, como um prêmio por sua perseverança — proclamou Llanwith casualmente, como se toda aquela estranha conversa fora insignificante. — Agora deixe os jarros de vinho e vá para a cama. Isto é, se seu amo lhe der permissão.

Com os olhos perplexos e cintilantes à luz das tochas, Ector gesticulou para despachar Artorex.

Apertando o precioso pergaminho e o estojo contra o peito, Artorex se dirigiu à porta e saiu. Contudo, uma fraqueza de sua personalidade curiosa o levou a parar do outro lado da porta e continuar ouvindo. Mesmo notando a presença do fiel Cletus às suas costas, ele não podia perder o fim daquela conversa tão peculiar.

— Nós abusamos de sua hospitalidade, amigo Ector. Mas acredite em mim quando juro que não lhe imporíamos nossa presença se nossas razões não fossem da mais grave importância — começou Myrddion com a eloquência de um estadista que insinua um assunto urgente.

— E tampouco podemos dar mais explicações esta noite, Ector — continuou Luka sem permitir pausa. — Grandes questões políticas estão em marcha, velho amigo, e, queira ou não, você e sua família são parte delas.

— Não estou entendendo nada — resmungou Ector através da barba.

— Você precisa confiar em nós até que possamos revelar mais dados do que está por vir. Há 12 anos, o bom Lucius de Glastonbury lhe mandou um presente e lhe pediu que cuidasse dele. Você se saiu muito bem com a incumbência — disse Llanwith seriamente.

— Além disso — continuou Myrddion —, talvez nenhum de nossos medos venha a se concretizar, e neste caso você terá um admirável intendente para servir à sua família quando você partir deste mundo.

— Mas será benéfico para todos nós que a infância de Artorex acabe neste momento — proclamou Luka. Seus companheiros assentiram. — Rogamos que você comece a instruí-lo nas habilidades de combate que aprendemos quando meninos, velho amigo. Espada e escudo! Cavalo e fogo! Dor e bravura! Pode cumprir tal tarefa para nós?

— Sim, mas...

— E, de agora em diante, o menino não deve ser chamado de *Touro* por nenhum membro de sua casa — interrompeu Llanwith. — Sem respeito próprio, ele não terá serventia para nós.

Ector percebeu o tom de comando na voz de seu hóspede.

Enquanto Artorex dava meia-volta para abandonar seu posto de audição, ele viu Cletus indicando algo com a cabeça. O menino se virou. Llanwith pen Bryn estava apoiado contra o batente da porta, examinando-o com inescrutáveis olhos negros.

— Aprenda bem os seus novos deveres, garoto. E lembre-se: aqueles que escutam assuntos particulares às vezes podem ouvir mais do que desejam. — Ele sorriu para Artorex e voltou para seus amigos.

— Ele disse palavras sábias, jovem amo — sussurrou Cletus com temeroso respeito. — Todos vamos acabar na forca por sua causa, se esse demônio dos olhos pretos tiver algum poder de decisão no assunto.

Artorex fugiu.

De volta a seu cubículo, ele tentava apagar os rostos dos três visitantes de sua mente: nada mudara. Ele ainda era um menino sem pai, sem maior importância que um escravo doméstico, e que só tinha permissão de dormir na casa-grande da quinta pela tolerância dos amos. Era um habitante da terra-de-ninguém da vida romana, um filho de criação sem posição alguma.

Contudo, ele baixou a mão e tocou o pergaminho junto a seu estrado de dormir, e compreendeu que sua vida se transformara para sempre.

CAPÍTULO II

ESPADA E FOGO

Embora a súbita elevação de Artorex fosse o grande assunto na quinta por diversas semanas, senhores e servos logo o esqueceram e o pequeno mundo que o menino habitava retornou à sua inabalável rotina mundana. Havia lenha a cortar para os fornos da cozinha; as hortas exigiam constante e tediosa remoção de ervas daninhas; pássaros roubavam as frutas novas dos pomares e precisavam ser detidos com estilingadas precisas. Livínia cuidava para que Artorex jamais ficasse ocioso.

Exceto em um significativo detalhe.

A cada manhã, após carregar água para a cozinha, escovar os cavalos e alimentar os cães, o menino tinha ordens de procurar Targo.

Targo era um veterano de origem indeterminada e marcado por cicatrizes, que servira à nobre arte do combate por toda a vida. Pequeno, de pernas arqueadas e enganosamente grisalho, Targo aparecera no porto do rio de Glevum, ao fim do Sabrina Aest, e vendera suas habilidades a Ector como mestre de armas para seu filho e como capitão da pequena tropa de peões que serviam ao duplo papel de lavradores e defensores da quinta. O veterano se casara com uma viúva da vila vizinha e era um homem temido por seu gênio explosivo quando bêbado e sua espada ainda mais rápida quando sóbrio. Afora Ector, ninguém sabia quem Targo realmente era, ou onde nascera.

O menino não gostava de passar as horas matutinas em treinamento com Targo. Após receber uma espada curta de madeira e um escudo de vime,

Artorex foi obrigado a aprender as posições de luta praticadas pelas antigas legiões.

Apesar de seu corpo envelhecido e da limitada extensão de seu braço, Targo cobria Artorex de hematomas com as faces de sua espada todos os dias, até que, por puro desespero, Artorex começou a levar seu treinamento a sério e aprender os rudimentos da investida, da evasão e da guarda.

A princípio, os simples exercícios nas plantações foram fonte de ruidoso entretenimento para os servos da Quinta Poppinidii. Enquanto cruzavam os campos ou levavam o gado para a ordenha nos estábulos, os trabalhadores da fazenda se divertiam com o espetáculo do jovem Artorex, envergonhado e frustrado, golpeando o ar vazio com sua espada de madeira enquanto Targo se desviava gingando sem esforço. Até Caius se demorava no caminho para os estábulos para observar o menino rubro e suado tentando esquivar-se da rápida arma de Targo. Mas o previsível espetáculo logo perdeu a graça, e assim mestre e aluno foram deixados em relativa paz para praticar o domínio de espada, lança, escudo e adaga.

Aos poucos, ainda que dolorosamente, Artorex percebeu que os exercícios eram semelhantes a uma dança de aldeia, e logo foi capturado pela beleza dos treinamentos. Mas quando sua maior extensão de braço começava a dar ao jovem um pouco de confiança, Targo mudava as regras e o garoto se via mais uma vez sendo atirado ao chão ou privado de sua arma, com a espada do mestre firmemente apontada contra sua garganta.

— Lembre-se, garoto, de que qualquer tonto pode pegar uma espada e aprender os movimentos. Mas só viverá até encontrar um inimigo que pense mais rápido.

— Foi assim que você levou esse corte no nariz? — Artorex arfou quando Targo o atacou de uma direção nova e totalmente inesperada.

— É claro, garoto. Ou você aprende, ou está morto.

— Então eu tenho que começar a aprender logo. — Artorex reprimiu um grito quando Targo usou a face da espada contra a parte posterior de seu joelho direito.

— Agora você está aleijado para sempre. O que vai fazer da sua vida? — perguntou Targo, e passou uma rasteira no menino.

Artorex desabou no chão sobre a base da espinha, e até o velho Targo teve a sensibilidade de se retrair.

— Você está trapaceando! — protestou Artorex, atirando seu escudo de vime no rosto de Targo, um movimento que teria esmagado as feições marcadas do velho se o golpe fosse certeiro.

Targo apenas deu um passo para trás.

— Assim é melhor. Lembre-se, trapacear não é nada além de sensatez. Só um idiota de vida curta finge levar honra para o campo de batalha.

Targo definiu exercícios de fortalecimento para Artorex, usando pequenos lingotes de chumbo para avolumar a musculatura de sua silhueta em crescimento. Os pesos eram amarrados a seus pulsos, e assim recolher ovos ou colher as maçãs mais recentes se tornava uma tarefa dolorosa.

Artorex também não tinha permissão de lutar apenas com a mão direita, pois Targo trocava a espada de mão regularmente e de vez em quando ordenava que o pupilo empunhasse a espada com ambas as mãos.

Artorex logo descobriu a mortífera desvantagem de combater um inimigo canhoto.

— Se um braço está ferido, você deve se arranjar com o outro. Agora erga sua espada.

Artorex atravessou mais diversas semanas de hematomas até aprender a utilizar a mão esquerda. Para aumentar sua força, Targo atava seu braço direito ao corpo. Artorex sofreu incontáveis cortes e feridas tentando separar o joio do trigo durante a debulha ou lutando para manter seu equilíbrio ao alimentar os porcos agitados. Ele aprendeu como distribuir seu peso para sua vantagem, exatamente como Targo planejara.

Os dias de Artorex agora se mediam pela severidade de seus cortes e hematomas, seus músculos exaustos e os trabalhos no campo que Targo inventava para fortalecer sua estrutura. A colheita era a tarefa particularmente favorita de Targo; durante as tardes, Artorex manejava sua foice afiada como navalha até que suas costas ficavam reduzidas a um longo grito de dor. Durante o outono, todas as tarefas da casa eram executadas sem intervalo e, embora Artorex sonhasse em moer Targo em pedacinhos, ele percebia que seus músculos outrora finos como barbante estavam agora começando a enrijecer e engrossar como cordas.

Enquanto isso, seu aniversário de 13 anos passou despercebido.

— Será que um dia estarei forte o bastante para ser um oponente à sua altura, Targo?

— Claro! Senão, só estamos perdendo nosso tempo. Mas você é bastante rápido, garoto?

— Oh, merda! — praguejou Artorex quando Targo o desarmou mais uma vez.

Depois, quando Artorex começava a ficar confortável com espada e escudo, Targo modificou as regras novamente.

— Um bom lutador investe com ambas as mãos, julga seu inimigo com precisão e prevê seu próximo movimento.

Artorex assentiu e Targo sorriu maliciosamente, expondo os caninos longos e marrons.

— Mas um grande guerreiro é ágil, rápido e imprevisível. Ele escolhe o terreno em que talvez venha a perecer, e transforma o pior dos solos em uma vantagem.

— Acho que isso faz sentido — respondeu Artorex, tentando interpretar as palavras de Targo e descobrir o que aquela lição tinha a ver com um menino de fazenda morando na periferia de uma cidade.

— Você quer ser um grande guerreiro, Artorex? Ou apenas bom? — perguntou Targo sem seu sorriso sardônico de costume.

O garoto percebeu que seu mestre falava completamente a sério.

— Eu... ahn... grande... acho. Caso contrário, não vejo a razão de todo esse esforço. Eu... bem... de certa forma prometi...

De que maneira Artorex poderia explicar a Targo como os três viajantes o questionaram, suas reações e os estranhos olhares que o mediram?

Targo tinha que erguer a cabeça para encarar os olhos cinzentos de Artorex, pois o garoto já ultrapassava o tutor em diversos dedos de altura.

— Quando for mais velho, você se tornará um homem grande, mais alto que muitos guerreiros que vão para a batalha. E será forte. E já é mais rápido que a maioria. Mitra lhe deu ossatura e reflexos para a força bruta. Mas essas habilidades são o mesmo que nada.

— Então por que suei para aprendê-las? — queixou-se o garoto, e levou um bofetão na orelha da mão calejada de Targo.

— Para começar, garoto, para começar.

Artorex retomou naturalmente a habitual postura de um criado censurado, baixando os olhos para os pés sujos, e recebeu um tapa na outra orelha por sua submissão.

— O maior combatente que já conheci foi uma mulher cita que não passava de meu ombro.

Contra seu bom senso, Artorex sorriu brevemente — e sentiu a orelha latejando de verdade ao receber um golpe particularmente violento.

— Você pode rir, mas ela quase me cortou a garganta. — Targo apontou para a longa cicatriz que começava na lateral do pescoço e descia para dentro de sua túnica grosseira. — Se ela não tivesse escorregado numa poça de meu sangue, eu teria virado comida de verme antes dos 20 anos. Vê? Eu era muito bom, mas subestimei a agilidade dela. Muitos meses se passaram até que minhas feridas cicatrizassem.

— E o que aconteceu com a guerreira cita? — perguntou o garoto cautelosamente. Ele se esforçava para imaginar uma mulher com habilidades marciais superiores às de Targo, mas em vão.

— Eu rasguei seu ventre quando ela estava caindo. Diabos, era uma bela mulher.

Artorex viu o velho sorrindo amavelmente por um instante dos mais fugidios.

— Qual era a vantagem dela? — perguntou Artorex.

— Uma boa pergunta, garoto.

— Ai! — gritou Artorex quando Targo o estapeou mais uma vez. — Por que essa agora?

— Um pouco de dor agora talvez faça com que você se lembre de meu erro em algum momento futuro, quando acreditar que tem um inimigo à sua mercê. Eu subestimei a guerreira cita. Talvez você não tenha a segunda chance que eu tive. — Enquanto falava, Targo examinou o campo até que seus olhos pararam numa cerca rústica de aproximadamente 1,5m, que rodeava a área onde os cavalos eram exercitados.

— Um teste para você. Sua vida depende disso! Quero que pule aquela cerca o mais rápido que puder. Agora!

O menino viu que a cerca era um pouco alta demais para saltar, e ele certamente pareceria um tolo se tentasse galgá-la.

— Tarde demais! Você está morto! Foi alcançado pelo inimigo!

Targo derrubou o garoto habilmente, e Artorex sentiu seus ossos estalando quando desabou na grama espessa.

— Mas para galgar aquela cerca eu teria que usar a mão da espada. Eu morreria de qualquer jeito!

— Sua principal tarefa é pular a cerca inteiro. — Targo começou a assoviar pelos vãos de seus velhos dentes enquanto se afastava. — E jamais deixe sua espada cair novamente. Se deixar, dou-lhe três chibatadas.

— Oh, merda! — praguejou o menino em voz baixa.

De uma hora para a outra, uma simples cerca de estacas e varas parecia mais intransponível que os muros da quinta.

Artorex raciocinava febrilmente.

Ele se aproximou da cerca por diversos ângulos e notou que as varas eram fortes o bastante para servir de barreira para cavalos, mas podiam desabar facilmente sob o peso de seu corpo em crescimento. Os cavalos viam a cerca como uma estrutura sólida e por isso as varas eram deixadas à mercê de desgastes e rachaduras.

— Ande logo, garoto. O sol está avançando, e eu estou cansado. Não quero ter que encontrar outra sombra. — Targo se esparramara confortavelmente sob a fresca copa de um jovem amieiro.

As estacas são a chave, pensava Artorex desesperadamente. *Mas como posso usá-las?*

A resposta lhe veio subitamente, e ele decidiu correr para uma estaca da cerca antes que perdesse a coragem.

A mão esquerda de Artorex acertou o alto da estaca com um golpe satisfatório, e ele foi impulsionado para cima. Infelizmente, seus pés não se elevaram tão alto quanto ele imaginara e ele tropeçou numa vara, desabando sobre uma carroça do outro lado da cerca. Ele aterrissou diretamente sobre a lateral do corpo, tão forte que seus dentes chacoalharam na cabeça.

Mas seus instintos desenvolvidos conservaram sua espada firmemente segura em sua mão direita.

Targo riu e se pôs de pé com muito mais velocidade do que seu jovem pupilo estava exibindo.

— Garoto, mais uma vez você está morto, mas agora você tem uma ideia do que deve elaborar. Eu quero que pratique sua execução até que fique perfeita. Esta tarde, esqueça a fenagem e cumpra esta tarefa. Considere este dia como uma folga.

Artorex já odiava aquela cerca antes da refeição da noite. Ele percebeu que, se não conseguisse erguer todo o corpo paralelamente à cerca, continuaria a cair de costas ou, com o avanço das horas, sobre qualquer outra parte querida de seu corpo.

Targo passeava num raro bom humor, deixando que o garoto investisse contra a cerca até sentir que jamais poderia dobrar o braço esquerdo novamente.

A escuridão já era quase total quando Artorex finalmente chegou à solução.

Ele percebeu que teria que trocar a espada de mão para completar o salto com êxito. Se ele trocasse a espada para a mão esquerda durante a corrida, poderia usar o braço direito, mais forte, no salto e depois alçar as pernas, aterrissar perfeitamente e trocar a espada de mão mais uma vez durante a descida.

Finalmente, Artorex conseguiu passar seu corpo exausto por cima da obstinada cerca em três tentativas de sucesso.

— Excelente trabalho, rapaz! Isto é, talvez deveríamos dizer passável. — Targo riu das sombras já alongadas. — Amanhã você trabalhará sua técnica e aprenderá a usar ambas as mãos.

Durante os longos meses de seu treinamento, Artorex descobriu os verdadeiros prazeres viris do banho romano. As águas minerais acalmavam a dor constante dos hematomas e de um eventual dedo quebrado na mão ou no pé, enquanto os óleos soltavam os músculos firmemente retesados de ombros, coxas e panturrilhas. Até o vapor emanado pelo caldário desatava os nervos e tendões castigados, que perdiam complacência à medida que seu corpo crescia. Outrora apenas superficial, a higiene logo se tornou um elemento compulsório de sua rotina diária.

Senhores e servos notavam as mudanças na rotina do jovem e se divertiam com seu desconforto nas muitas ocasiões em que brincavam com ele.

— Se esse menino aguentar — brincava Ector, enquanto Artorex claudicava para encher a taça de vinho erguida pelo senhor —, Targo conseguirá limpá-lo completamente.

As mãos de Artorex tremiam pela exaustão e ele mal podia segurar a ânfora com firmeza. Ector tomou o pesado recipiente dos dedos rendidos do rapaz e o substituiu por uma tigela de cerâmica com um ensopado de carne de coelho, raízes e cevada. Artorex sorriu brevemente em gratidão e serviu a comida simples e cotidiana à senhora da casa.

— Se o Touro sobreviver até lá... — comentou Caius em voz alta de seu assento junto ao pai, para ninguém em particular.

Tanto Ector quanto Livínia dirigiram um olhar de desaprovação ao filho.

— Eu jurei que o nome que você acabou de usar não seria mais pronunciado nesta casa, meu jovem — ralhou Ector. — Você respeitará minha vontade!

— Concordo com seu pai — censurou Livínia. — Você não deve ser rude, meu filho, pois Artorex conquistou uma medida de respeito por seu trabalho duro. Devo acrescentar que ele jamais reclama ou se lamenta, mas tenta conduzir-se como um verdadeiro guerreiro romano. — Ela afagou a mão de Artorex suavemente com o dedo indicador enquanto ele lhe servia uma pequena concha de ensopado. Seu toque era respeitoso e afetuoso, e Artorex sentiu seus olhos marejando em gratidão.

— Coma, Artorex. Esta comida boa e simples trará a cor de volta a seu rosto — ordenou Livínia gentilmente, servindo uma tigela de ensopado com suas próprias mãos.

Na verdade, Caius ficou mais constrangido pela reprimenda de sua mãe que por sentir alguma dívida para com o juramento do pai. Ele fechou a cara e quis protestar, mas Livínia o paralisou com seu olhar amplo e escuro, e ele recaiu num silêncio carrancudo.

Ector voltou a atenção a Artorex.

— Juro que suas pernas estão mais compridas que as pernas de um bárbaro — murmurou ele — Você será de grande valia para mim, garoto, se mantiver seu treinamento. Sim, de considerável valia.

Artorex corou fortemente. Ele não estava habituado a ouvir palavras elogiosas de sua família adotiva.

E assim o menino seguiu aprendendo.

Tão logo ele vencia um obstáculo, Targo inventava outro para provocar sua mente cada vez mais capaz. Ele praticava exercícios de cambalhotas, das quais tinha que se erguer em posição de ataque, usando qualquer mão ou arma que Targo definisse naquele dia. Em outra manhã, Artorex foi deixado por uma hora de ponta-cabeça sobre as mãos com uma adaga presa entre os dentes, por alguma razão que lhe era impossível compreender.

Em seguida, Targo lhe disse para atravessar um córrego enganosamente raso que fluía através dos campos a oeste. Artorex quase se afogou num buraco fundo, até que Targo cedeu e ensinou ao rapaz os fundamentos do nado. Depois, ele teve que aprender a nadar com um só braço, com a espada erguida bem acima da água. E, em seu tempo livre, Artorex era instruído em como cuidar de suas armas, untá-las contra a ferrugem e afiar as lâminas velhas e denteadas com uma pedra de amolar.

Artorex quase desejou ter continuado com sua espada de madeira original.

Ao meio-dia do dia seguinte em que Artorex completara 14 anos, dois dos três viajantes retornaram à Quinta Poppinidii. Pouco depois de sua chegada, Artorex foi convocado ao campo de treinamento.

Luka conversava casualmente com Targo, que estava atipicamente submisso na presença do homem mais jovem. Artorex viu o velho e bruto guerreiro de cabeça baixa, ouvindo com profundo respeito.

Ambos os homens se viraram para examinar Artorex enquanto ele se aproximava.

Luka foi forçado a erguer a cabeça ligeiramente para encontrar o olhar humilde de Artorex, enquanto seus olhos diretos e inescrutáveis calculavam cada mudança ocorrida na constituição física do jovem.

— Ele cresceu desde a última vez em que o vi.

— Como erva daninha — concordou Targo.

— Está mais forte agora, rapaz? — perguntou Luka.

— Estou forte o bastante, senhor — replicou Artorex, da mesma forma que respondeu na estranha noite que mudou seu destino.

— E está mais rápido agora, rapaz?

— Bastante rápido, senhor.

— Pois então vejamos, pode ser? — Luka despiu sua túnica e ficou de peito nu, com calças de couro de montaria e botas flexíveis. Ele sacou a espada curta da bainha, produzindo um silvo discreto e ameaçador, exatamente como a advertência de uma cobra do pântano.

Artorex trouxera sua espada, mas nenhum dos dois combatentes tinha um escudo.

Ele deve estar muito confiante, pensou o garoto consigo enquanto procurava manter o contato visual com o estranho. *Mas não tenho coragem de cortá-lo — ainda que ele não imagine que sou capaz de lhe causar tal dano.*

Luka se curvou em posição de combate.

Sem qualquer outro pensamento, Artorex se deslocou cautelosamente para a lateral, abrindo um círculo, até que o sol poente acertasse os olhos de Luka, e não os seus.

— Muito bom — murmurou Luka em reação, e imediatamente retomou o ataque. Artorex percebeu que seu oponente lutava com completa seriedade. Um só equívoco e o garoto seria facilmente retalhado como um peixe.

Artorex se deslocava e desviava, buscando uma fraqueza nas habilidades de combate de Luka. Targo instilara nele a certeza de que todo guerreiro tinha uma falha e que, uma vez descoberta, esta falha poderia dar a vantagem a seu oponente.

Artorex trocou de mão e reverteu a direção, investindo cuidadosamente quando assumia uma nova posição de ataque.

— Ótimo. — Luka também trocou de mão.

Isso não é justo, pensou Artorex. *Ele é mais velho que eu — e mais forte. E sabe que não posso revidar.*

Mas logo a voz firme de Targo ecoou na mente do rapaz: "Justiça não entra no campo de batalha! A vida é injusta! Encontre uma vantagem ou estará morto!"

Subitamente, sua mente clareou e a ideia das consequências de um fracasso sobrepujaram todas as imagens confusas que lutavam pela supremacia em seu cérebro.

Este campo de combate é tudo que existe. Este homem e sua espada são tudo que existe. Ele é meu inimigo e deve ser derrotado — de qualquer maneira!

Com que facilidade chega o fim da infância.

Mesmo enquanto esta frieza sobrepujava todos os outros pensamentos, Artorex continuava a se mover, os pés automaticamente adotando os movimentos ditados pela forma do solo. Um golpe particularmente violento de Luka teria arrancado seu braço se ele não evitasse a lâmina atirando-se numa cambalhota e pondo-se de pé num salto, quase às costas de Luka.

Quase. Mas não exatamente.

O torso de Luka reluzia com uma leve camada de suor, e Artorex sabia que sua pele provavelmente também estava escorregadia e molhada.

Os minutos continuaram a se arrastar e eles seguiam sondando, até que ambos já arfavam fortemente.

Artorex jamais tirava os olhos do rosto de Luka.

Subitamente, ele encontrou sua brecha.

Luka revelava uma sutil fração de suas intenções nos olhos e em sua mão livre, que se projetava para o lado oposto à direção do próximo movimento pretendido.

Aí está! Aconteceu de novo. A mente de Luka denunciava a natureza de seu próximo ataque.

Agora é hora de cansá-lo, pensou Artorex, tentando controlar as batidas de seu coração retumbante. Na verdade, ele também estava quase à beira da exaustão. *Sou superior em altura, força e velocidade*, Artorex calculou. *Devo cansá-lo até que ele cometa um erro.*

E assim, de repente, Luka baixou sua espada.

— Você disse a verdade, Artorex — arquejava ele. — Você tem bastante força e velocidade.

Luka virou as costas para Artorex e se aproximou de Targo. Artorex foi deixado, ainda em posição de combate, sentindo-se confuso e tolo.

Luka deu alguns tapinhas no ombro do veterano.

— Diabos, ele será bom. Você merece os parabéns.

— Eu lhe garanto que ele é um aluno bom o suficiente — replicou Targo, confiante.

Artorex sacudiu a cabeça para desfazer sua concentração e embainhou sua espada com um gesto irritado.

— Ele não revela nada nos olhos, Targo, nenhuma bendita coisa — murmurou Luka. — Acho que ele desvendou minha fraqueza; e de fato não me envergonho de admiti-lo.

Targo assentiu, reflexivo.

— Tem razão, senhor. Creio que ele teria detido seu ataque por algum tempo.

— Bom. Ótimo. E agora acho que nós, velhos soldados, merecemos um pouco de vinho.

Os homens partiram amigavelmente e Artorex foi deixado sozinho no campo de combate.

— É isso? — perguntou ele ao sol poente. — Quase três anos de trabalho... e é só isso?

Mas o teste por combate não acabara ali.

O banquete transcorreu como em todas as ocasiões semelhantes na Quinta Poppinidii: um suprimento de peixes frescos foi entregue à quinta e a ama ordenou que os mais belos robalos fossem recheados com cogumelos temperados e uma amálgama de ervas, pães e nozes para o jantar. Contra todos os seus mais elevados pensamentos, a boca de Artorex aguava com o cheiro de suculentos leitões assados e carne de cervo ao mel, cobertos por molhos tão exóticos que o cozinheiro da quinta berrara pragas contra qualquer um com coragem suficiente para interromper suas ministrações.

Os servos faziam força sob as bandejas carregadas e Artorex seguia em seu rastro, automaticamente verificando os queimadores de óleo e as forquilhas das tochas. Como sempre, ele preparava e servia o vinho, exibindo uma destreza muito maior que na primeira ocasião em que encontrou Myrddion Merlinus e Luka. O rapaz tentava permanecer invisível, como era seu costume, mas era obrigado a ouvir enquanto os outros conversavam a seu respeito abertamente como se ele não passasse de fumaça e sombras.

— Receba nossas congratulações e gratidão, amigo Ector, pois seu filho de criação cresceu em estatura como homem de armas. — Luka sorria ao anfitrião à sua frente.

— Estamos bastante cientes de que o treinamento que o rapaz está recebendo tem sido bastante dispendioso, Ector. — Luka fez o sinal da cruz sardonicamente, pois, como muitos celtas prudentes, prestava tributo da boca para fora a variados deuses. — O bom Lucius enviou uma bolsa para recompensá-lo pelos esforços que você tem feito em favor dele.

Myrddion se voltou para falar a Livínia.

— Nosso amigo, Llanwith pen Bryn, está profundamente consciente da rudeza e da falta de elegância que teve para com a senhora, minha ama. Ele envia um presente como uma oferenda de paz.

Tanto Livínia quanto Ector receberam seus presentes com certa perplexidade.

Quando a senhora da quinta abriu os embrulhos oleados, um par de brincos de pérolas revelou seu brilho exótico e magnífico. Tinham pinos de ouro desenhados para se ajustar aos furos das orelhas de Livínia, e Artorex se retraiu quando viu a espessura das peças de metal precioso.

As mulheres são criaturas muito estranhas se toleram tanta dor em nome dos enfeites físicos, pensou enquanto observava o rosto de Livínia iluminando-se de prazer pelo presente. Depois, ela tornou a fechar os embrulhos e, com um suspiro de tristeza, escondeu das vistas as pérolas irregulares e refulgentes.

— Não posso aceitar este presente, Myrddion Merlinus. Eu apenas cumpri meu dever para com meu marido e minha família; não mereço tal recompensa apenas por tratar meus hóspedes com cortesia.

Myrddion gesticulou uma mão elegante para Livínia, como se para dissipar seus escrúpulos.

— Pen Bryn imaginou que a senhora talvez recusasse o presente sob estas exatas premissas. Assim sendo, ele me pediu para lhe agradecer de antemão por seu trabalho em polir as habilidades sociais deste jovem. Nossos planos para ele são de tal ordem que ele será muito mais que apenas uma máquina de combate, e portanto terá que aprender as habilidades da cortesia, da nobreza e da paciência. Meu amigo pede que aceite estas ninharias como uma pequena recompensa pelos esforços que a senhora despenderá em instilar tais qualidades em nosso jovem protegido.

Livínia baixou a cabeça em aquiescência, e Artorex gemeu internamente. Sua ama passava grande parte do dia dirigindo a perfeita administração de sua casa e trançando tecidos finos em seu tear, e Artorex não ficaria contente em ser confinado na quinta às ordens dela ao longo dos meses de inverno. Qualquer plano de repousar quando a neve cobrisse a quinta desapareceu rapidamente no prazer refletido nos olhos de Livínia.

Ector expressou sua gratidão pela honra dedicada à sua família.

— Eu peço que o senhor agradeça a Lucius e a lorde pen Bryn pela cortesia que mostraram à nossa casa, não apenas com seus belos presentes, mas também porque os senhores nos deram algo que jamais teríamos previsto: um braço forte para defender a Quinta Poppinidii e mantê-la a salvo, caso mãos violentas um dia se levantem contra nós.

Com a idade, Ector descobriu que também podia falar com suave polidez, especialmente quando se sentia totalmente fora de seu território.

— É claro, o rapaz ainda precisa de certo... acabamento — acrescentou Luka.

— Claro — concordou Ector cautelosamente.

— Nós sentimos que a equitação é uma ferramenta vital no arsenal do guerreiro, especialmente quando lembramos que os bárbaros sempre viajam a pé.

Artorex engasgou.

— Err... sim, compreendo seu argumento — concordou Ector, com a confusão agora evidente em seu rosto franco e rubro.

— Mas Artorex não é um nobre! — protestou Caius.

À exceção de Artorex, todos os olhos se voltaram para o filho de Ector.

— O rapaz crê que o bom Lucius, sacerdote do deus cristão na sagrada Glastonbury, enviaria o filho de um escravo para ser criado por um homem tão valoroso quanto seu pai?

As palavras de Myrddion foram muito mais cortantes do que a espada de Luka jamais poderia ser, e abriram um talho no orgulho juvenil de Caius. Ele enrubesceu embaraçosamente e abriu a boca para falar, mas, a um só tempo, todos os homens desviaram os olhos como se ele não tivesse importância alguma.

Apenas Livínia continuava fitando Caius fixamente. Ela ergueu um dedo para sua pequena boca, de modo a silenciar o rapaz.

Ela não tinha qualquer informação sobre a importância que Artorex tinha para aqueles grandes homens, mas instintivamente percebia que ele era vital para os viajantes. Entre todas as grandes casas, a Quinta Poppinidii foi a escolhida para criar um estranho em seu ninho, e seu esposo e filho só podiam lucrar com tal escolha — especialmente se fosse possível forçar Caius a abandonar seus preconceitos de infância e nascimento. Livínia vivia e prosperava através de seus deveres para com sua casa e, portanto, dali em diante, ela daria a Artorex o benefício de sua total atenção.

— Que idade tem agora, Artorex? — perguntou Myrddion, enquanto o rapaz enchia sua taça de vinho.

— Estou em meu décimo quinto ano, senhor.

— Tão jovem — murmurou Myrddion. — E tão alto.

— Um pouco alto demais — declarou Luka. — Ele atrairá os maiores guerreiros para si quando estiver no campo de batalha.

— A menos que seja verdadeiramente excepcional, ou que esteja montado num grande cavalo.

— Uma vez que o rapaz esteja completamente amadurecido, terá que montar um cavalo muito grande. — Luka riu. — Senão o animal logo ficará com as costas fundas sob seu peso.

Ouvindo a conversa que fluía a seu respeito e a seu redor, Artorex ansiava por gritar e trovejar perguntas aos honrados convivas. Era apenas com o máximo de seu autodomínio que ele conseguia manter a curiosidade sob controle.

Embora os olhos de Artorex nada revelassem, eles clareavam cada vez mais com sua raiva crescente. Ele ainda era muito jovem.

Luka viu indícios de manchas vermelhas nas maçãs do rosto do rapaz.

— Compreender essas mudanças deve ser difícil para você, Artorex. Nós surgimos do nada, tomamos decisões que modificam a ordem de sua vida e depois desaparecemos sem oferecer nenhuma explicação para nossas ações. Contudo, esteja seguro de que temos nossas razões para acompanhar sua educação.

Artorex ergueu o queixo. Seu rosto agora enrubescia mais ainda com o embaraço e a confusão.

— Talvez seja verdade, meu senhor. Mas qualquer homem deseja compreender seu lugar no mundo em que vive.

— Então faça suas perguntas. Se estiver em meu poder respondê-las, tenha certeza de que assim o farei. É muito melhor que escutar atrás de portas fechadas.

Agora Artorex ficava escarlate pelo agudo constrangimento.

— O senhor me julga erradamente. Eu era apenas uma criança curiosa quando nós os recebemos pela última vez; uma criança sem importância. Os senhores me trataram como um falcão destreinado, ainda despreparado para a luva. Mas preciso saber o que é pretendido para mim, para servir a qualquer que seja o propósito que me foi ordenado.

— O rapaz fala francamente e Luka de fato se utilizou de um golpe baixo. — Myrddion ria abertamente.

Artorex trincou os dentes, pois até o sábio Myrddion ainda o tratava como um animal amestrado.

— Quem é meu pai? — disparou Artorex.

— Não está em meu poder divulgar esta informação. Contudo, esteja certo de que é um homem de dons extraordinários; caso contrário, você não estaria aqui. — Luka falava com convicção, e Artorex compreendeu que, finalmente, o homem do norte o levava a sério.

— Onde nasci?

— Numa fortaleza ao sul.

— Por que fui tirado de minha mãe? Ela ainda está viva?

— Sua mãe vive. Você foi trazido para cá para salvar sua vida.

— Oh!

Luka reconheceu que o tamanho de Artorex escondia sua maturidade, e o guerreiro sentiu o aguilhão da tristeza quando percebeu que o jovem afável e talentoso não tinha um lugar no mundo para chamar de seu. Um manancial de mágoas e experiências tristes, tanto passadas quanto presentes, estava comprimido no lamentoso suspiro de Artorex.

Mas o garoto também sabia como falar com uma instintiva voz de comando. Por um breve instante, Luka quase vacilou sob a força da personalidade do rapaz e quase revelou a informação que, por hora, deveria ser mantida em segredo.

— Pois bem, você deve continuar a ouvir e aprender, jovem Artorex. Talvez nos reencontremos em breve, uma época em que você será quase certamente capaz de me derrotar em um combate justo — acrescentou Luka, com surpreendente gentileza.

Myrddion Merlinus se inclinou à frente e se dirigiu ao senhor da quinta, à senhora, ao herdeiro e ao filho de criação com olhos velados e reflexivos.

— A Quinta Poppinidii está longe do centro do mundo — declarou ele. — Também fica longe dos feitos dos grandes da Britânia... E a Britânia está longe da Roma que outrora foi o centro do mundo, antes que as hordas bárbaras roubassem a invencibilidade de suas legiões. Caius, você fala de Roma com orgulho, como se ela fosse durar para sempre. Mas a glória de Roma está acabada, assim como os impérios dos cartagineses e dos espartanos antes dela, de modo que Constantinopla é hoje a única cidade do mundo em que sonhos de glórias passadas ainda conservam alguma sombra de vida. Odoacro e seus filhos germânicos agora governam o Fórum, e as grandes fortalezas da Gallia estão desertas. — Ele passou olhos de infinita tristeza por sua plateia. — As legiões de Roma jamais retornarão. O fim dos tempos chegou.

Ector estremeceu e Livínia cobriu os olhos com as mãos, mas Caius sacudiu seus engenhosos cachos em negação.

— Não, Caius, o que foi feito está feito! Há duzentos anos que os bárbaros vêm corroendo seu mundo, e agora o fim está próximo. Estamos perecendo diante dos saxões? Nossa civilização está fenecendo e apodrecendo sob os pés enlameados dos bárbaros? Não tenha dúvidas! Artorex foi treinado para a batalha porque todos os homens dos povos celtas devem lutar para assegurar que o mundo que conhecemos não seja obliterado, como foi Roma!

Olhos chocados e vazios encontraram o olhar direto de Myrddion e depois baixaram para a suntuosa comida e o bom vinho sobre a mesa. Seu mundo estava mudando, naquele exato momento do banquete, pois todos subitamente compreenderam que havia homens lutando e morrendo para que eles pudessem comer em paz.

— Muitas vezes falamos de Uther Pendragon e de seu fracasso em impedir o vagalhão saxônico que se desloca inexoravelmente em direção a nossos povos. O Alto Rei está velho e exausto por toda uma vida tentando o impossível, pois o caos se fecha sobre nós à medida que hordas do norte continuam sua marcha. Sem Caius e seus amigos, e sem Artorex e seus iguais, como poderemos deter as trevas quando o senhor Ector e o Alto Rei partirem para as sombras?

Ector piscou e depois sacudiu a cabeça leonina, compreendendo o que assomava diante dos povos celtas. Do outro divã, Livínia segurou sua mão.

— Artorex, continue a aprender — acrescentou Myrddion, e depois sorriu. — Você será necessário. Mas não nos esquecemos de elogiá-lo por seus estudos, meu jovem. Nosso amigo, Llanwith pen Bryn, não tinha dúvidas de que você passaria em qualquer teste que Luka pudesse inventar e, portanto, enviou-lhe um troféu de vitória. Ele espera que seja uma pequena compensação por suas muitas perguntas sem resposta... e por nossos motivos ocultos.

— Lorde pen Bryn utilizou estas palavras? — perguntou Artorex. — Ou o senhor as embelezou em favor dele?

Ector engasgou com a afronta de seu filho de criação, mas Myrddion apenas se ergueu, afagou levemente o rosto do rapaz e lhe ofereceu um estojo de pergaminho.

— Para minha grande surpresa, ele disse estas exatas palavras. Você tem minha palavra, Artorex. Llanwith pen Bryn não tem qualquer dúvida sobre seu valor para nossos planos.

— Você deveria agradecer aos senhores, garoto, e deveria lembrar seus modos — ordenou Ector. Ele compreendera muito pouco da conversa, exceto a iminência da ameaça saxônica, mas a bolsa enviada por Lucius trazia sete moedas imperiais, uma vasta quantia, e Artorex obviamente era favorecido pela sorte.

Artorex cumpriu a ordem de seu pai adotivo e agradeceu a Myrddion com cortesia.

Logo o banquete acabou e a quinta ficou em silêncio. A noite trazia uma fria privacidade que encerrou o rapaz em seus próprios pensamentos, dando-lhe uma ilusão de autonomia. Na quietude de seu cubículo, Artorex abriu o estojo do pergaminho e descobriu outra parte dos Comentários do grande César. Ele abraçou o pergaminho com uma pura alegria de menino.

No silêncio, descalço, Artorex partiu para as colunatas e dali para o átrio onde pôde ver as estrelas da noite outonal.

O ar da meia-noite era frio e Artorex vestia apenas seu saio, mas o gelo acalmava o sangue quente que latejava em suas veias e lhe negava o sono. A lua minguava e agora parecia uma foice ou alguma estranha lâmina de prata que se curvava em direção ao teto. O hálito de Artorex se vaporizava na noite. Ele estava exausto demais para ter medo, e confuso demais para fazer perguntas. Ao longo dos dias que viriam, ele teria que analisar as informações que Luka lhe dera, quando seu cérebro pudesse dissecar e medir a mensagem por trás das palavras.

E amanhã, ele começaria a aprender a arte de cavalgar um corcel.

CAPÍTULO III

O Fim da Infância

No começo da manhã, o inverno anunciou sua chegada com dedos brancos e gelados, que deixavam sinuosos rastros de geada na grama ressequida. Os dias tornavam-se notavelmente mais curtos, e os cadáveres das folhas formavam grandes tapetes escarlates. Um único portão barrava a entrada para a quinta, embora jamais estivesse trancado e qualquer criança pudesse erguer a longa trava de ferro que o mantinha fechado. A trilha era profundamente sulcada pelas carroças e, no inverno, tornava-se uma agonia congelada de lama endurecida e capim seco. Firmemente instalada em sólidas fundações, a quinta e suas construções externas, seus ricos armazéns, seus espaçosos pavilhões de servos e seus rebanhos de cavalos, bois, porcos e aves se elevavam no monte baixo que dava vista à estrada romana, melancólico na luz morredoura.

Os previdentes senhores da Quinta Poppinidii abriram mão de esconder a propriedade e sua riqueza por trás de uma sólida muralha exterior, mas, sempre cônscios dos perigos de uma colônia de posto avançado, construíram a casa para resistir. Com mais de um pé de espessura e praticamente desprovida de qualquer abertura, a estrutura mostrava uma face cerrada e inflexível ao visitante de ocasião. Os pomares ordeiros e férteis, os campos que eram uma colcha de retalhos de agricultura prudente e as hortas verdejantes da cozinha podiam prometer cálidas boas-vindas, mas o portão pesado e reforçado do lugar era prudentemente trancado à noite. A Quinta Poppinidii dava vista para seu próprio interior, para as fontes e o jardim do átrio, em vez de se abrir para a longa estrada externa que levava a Aquae Sulis. Aos olhos de seus habitantes, o enclave era todo o seu mundo, e estava completo dessa forma.

Contudo, para além dos pomares férteis e dos campos arados, a Floresta Velha meditava. O refúgio de Artorex era um constante lembrete de que esta terra não era completamente segura. E, agora que Myrddion Merlinus lhes abrira os olhos, Ector e Livínia examinavam seu pequeno reino com os corações pesados de apreensão.

Caius se aventurava na paisagem invernal de céus cinzentos e árvores enevoadas e esqueléticas com seu costumeiro fervor. Diferente de seus pais, Caius se recusava a aceitar que Roma estivesse morta, e portanto desfrutava de seus dias com o mesmo afã de prazeres desregrados que sempre o motivara. Com seus cães de caça e seus falcões treinados, ele cavalgava pelas matas para atormentar suas presas. Raramente voltava com os javalis, raposas ou cervos que matava, preferindo deixar os cadáveres a apodrecer na terra ensanguentada e congelada. Os aldeões locais aprenderam a seguir seu rastro de sangue, pois ele inequivocamente lhes forneceria suficiente carne fresca ao longo dos meses de inverno.

Em outras épocas, quando ele estava entediado com a caça, Caius passava seus dias e noites com uma companhia de rapazes notáveis por seus hábitos andróginos e sua arrogância consciente e ofensiva. Ricos, ociosos e entediados, eles bebiam, fornicavam e aterrorizavam os aldeões pregando peças estúpidas com que muito se divertiam, mas que constrangiam seus pais quando as reclamações inevitavelmente chegavam às suas portas.

Contudo, nem mesmo um filho muito querido e mimado podia evitar toda a responsabilidade, e era esperado que Caius colocasse as diversões de lado para aprender os deveres da quinta, mesmo com seus protestos iniciais. Compor inventários, supervisionar a rotação das colheitas e planejar novas instalações para a quinta dominavam os dias do jovem herdeiro, e ele aprendia a miríade de responsabilidades de um senhor. Mesmo irritado com o peso de seu nascimento, Caius decidia esconder toda sua impaciência sob uma postura glacial e condescendente, adequada a seu *status*.

No outro extremo da escala social, Artorex observava a delicada paisagem de inverno e invejava os poucos pássaros carniceiros que pairavam no ar enevoado como retalhos negros. A liberdade dos pássaros zombava de sua dura rotina de trabalho, estudo e desafios infinitos e enervantes, que o mantinha longe dos campos e da floresta. Até a atraente promessa de dominar a arte da equitação representava uma parca recompensa para uma vida de tarefas tediosas e inexplicáveis que o confundiam e frustravam, mesmo quando ele completava com êxito os muitos testes aplicados por Targo.

Gradualmente, Artorex aprendeu a dominar os cavalos de fazenda que eram o orgulho da Quinta Poppinidii, mas logo descobriu que o máximo que eles conseguiam era um trote uniforme, não importando o quanto ele desse em seus flancos com as faces da espada. Diante da natureza demasiadamente dócil dos animais, Targo alterou o treinamento do jovem com sua ordem e precisão de costume.

Quando o velho legionário levou Artorex até Flâmula, o garanhão da fazenda, com seus cascos franjados e as maciças espaldas de baio, o garoto sentiu que o medo faria seus joelhos virarem geleia. O cavalo apenas mascava grama tranquilamente com seus grandes dentes amarelos ou derramava impressionantes jatos de urina quente sempre que desejava. Pelo tamanho das enormes fezes espalhadas pelos estábulos e campos, Artorex concluiu que não queria estar próximo à traseira de Flâmula quando ele levantasse sua cauda longa e áspera.

— Ele é grande, não? — comentou Targo, em reação.

— Muito grande para mim — respondeu Artorex diretamente.

— As pessoas sempre acham que ser grande é o mesmo que ser indomável — murmurou Targo. — Quantas vezes você foi chamado de bárbaro, garoto? Mas não é verdade, é? Pois bem, nosso Flâmula aqui é como seu nome, mesmo sendo um garanhão. Ele é doce como uma noz, não é mesmo, seu velho farsante? — Targo deu tapas de mão aberta na barriga e nos flancos do cavalo, com tanta força que uma poeira se elevou da pelagem de inverno de Flâmula em pequenas nuvens e fios.

Artorex achou que Flâmula pisotearia Targo até deixá-lo em carne viva e ensanguentado, mas o animal simplesmente relinchou de satisfação com a atenção que estava recebendo.

— Vê? A companhia dele é um prazer, este velho safado. Mas ele é inútil, exceto para gerar outros bons bastardos como ele ou para arrastar troncos da floresta. Agora, rapaz, quero que você monte nele.

— Como? Ele é tão grande quanto uma saleta — retrucou Artorex. — Vou precisar de uma escada.

— Você não vai encontrar escadas no campo de batalha. — Targo riu e se afastou, à sua maneira casual de hábito.

De início sem coragem nem mesmo para tocar Flâmula, Artorex se aproximou da lateral do imenso cavalo. Colocando as mãos nas costas do animal, ele tentou pular para as amplas ancas como fazia com os cavalos menores da fazenda. Terminou prostrado no chão com a cauda do cavalo varrendo sua cara. Flâmula virou a cabeça e observou Artorex com um amplo olhar de espanto sob os longos cílios.

Até o cavalo está rindo de mim, concluiu Artorex.

Depois ele segurou a base da crina com a mão esquerda e tentou se alçar às costas de Flâmula com a força bruta.

Inevitavelmente, ele caiu de costas mais uma vez.

O cavalo continuava a observá-lo em total incompreensão.

Pense, idiota! Artorex se instigava, sequer se importando em ficar de pé. *É como a estaca e a cerca. Deve haver algum truque nesse negócio de montar um cavalo tão grande quanto Flâmula.*

E assim o garoto avaliou sua situação logicamente, pois agora já estava mais confortável em divisar soluções para os problemas de Targo. Ele decidiu que precisava abordar o grande cavalo pela frente, segurar a crina e saltar para suas costas, virando-se enquanto executava a manobra.

A solução funcionou e ele teve êxito na primeira tentativa.

Quando Artorex se sentou dolorosamente sobre a coluna pronunciada do animal, Flâmula o ignorou. O jovem logo dava tapas nos ombros do garanhão, tentando descobrir como convencer, ou melhor, ordenar que a besta se movesse.

Flâmula continuava mastigando alguns brotos verdes junto à cerca. Quando se dava ao trabalho de obedecer minimamente ao comando, era para buscar um capim mais doce.

— Aaaah! — Artorex gritou de frustração após cinco minutos de cutucões e berros infrutíferos; Flâmula, muito acostumado com o estranho comportamento dos humanos, não prestou qualquer atenção.

Depois, por pura frustração, Artorex chutou o animal nos flancos com os calcanhares. Flâmula obedeceu bruscamente e, por não ter pensado em segurar a crina do cavalo, Artorex caiu de costas sobre os flancos do animal.

O cavalo parou e virou a cabeça para examinar o garoto como se Artorex fosse um débil mental, um olhar espelhado pela risada e pelas expressões de dois lavradores que passavam.

— É isso aí, Artor; mostre para ele quem é que manda — caçoou um dos dois enquanto levavam suas foices e enxadas para fora dos campos arados.

Pela primeira vez, Artorex ouviu a forma contraída de seu nome usada por trabalhadores comuns, em vez do nome de sonoridade régia que Lucius lhe dera no nascimento.

Artorex perseverou e logo começou a desvendar os segredos que lhe permitiam controlar seu cavalo. Ele praticou muito e começou a vivenciar o prazer de sentir uma criatura tão grande se movendo segundo sua vontade. Enquanto os grandes músculos de Flâmula se elevavam e retesavam sob os joelhos de Artorex, ele logo se familiarizou com a dor deliciosa que os homens experimentam quando seus corpos se fundem com a coluna inflexível de um cavalo.

Não surpreende que Artorex tenha caído do cavalo de fazenda em muitas ocasiões, sendo quase esmagado contra a cerca, até que ele aprendeu a manipular o cabresto e a puxar a cabeça do animal para trás quando queria detê-lo.

E logo o jovem e seu cavalo gigante começaram a aprender os rudimentos da montaria.

Targo não lhe deu tempo algum para orgulho; o veterano agora decidiu que Artorex conheceria Afrodite.

Ligeiramente menor, a égua tinha um temperamento irascível e odiava todos os homens, especialmente os exemplares altos e vigorosos como Artorex. Em seu primeiríssimo encontro, ela o observara agressivamente com olhos suspeitosos e estreitados, e depois o sacou de suas costas regularmente com um desdém casual.

Definitivamente, Afrodite não era a deusa grega do amor.

— Quem é mais esperto? Você ou o cavalo? — perguntava Targo, com um olhar de soslaio em seu rosto marcado e enrugado.

— Eu! — retrucou Artorex entre dentes cerrados.

A égua então pisou no pé do garoto. Artorex tinha certeza de que ela havia quebrado seu dedo.

— Quem é mais forte? Você ou a égua?

— A égua... infelizmente.

Targo riu, tossiu e depois cuspiu no chão.

— Pois bem, como controlar algo que é muito mais forte que você? — perguntou Targo.

— Trapaceando um pouco? — respondeu Artorex esperançosamente.

— Você deve convencer a égua de que é mais forte e mais trapaceiro que ela — ensinou Targo. — Cavalos são como criancinhas. E como impedir que criancinhas se comportem mal?

Targo imitou uma palmada num traseiro nu.

— Com cavalos muito difíceis, os treinadores usam um açoite ou uma vareta flexível. Eles não usam com exagero, pois se você brutalizar um cavalo, só o tornará perigoso. Tudo que você precisa é dar um exemplo, não tanto para machucá-la, mas o suficiente para demonstrar à Afrodite que é você quem está no comando. — Targo sorriu. — Aqui está uma vara adequada. Eu voltarei quando você tiver dominado Afrodite.

Targo se afastou com sua habitual despreocupação. Contudo, ele tinha acabado de dar o maior teste a Artorex — e a mais perigosa tentação até o momento.

Targo era um homem duro, nos punhos, na esgrima e nos assuntos da vida. Ele tinha poucas ilusões quanto à bondade das pessoas com quem se misturava, e tampouco lhe restava muito amor. Entretanto, Targo era eternamente fiel àqueles que amava.

Durante sua longa vida, ele conhecera homens que pareciam honrados na superfície mas que tinham um prazer anormal em infligir dor e força bruta.

Targo nunca compreendeu aquelas criaturas fracas, pois mal os considerava humanos. Eles brutalizavam qualquer coisa e qualquer um dentro do âmbito de seu poder, e portanto espancavam um cavalo até torná-lo uma criatura apavorada e infeliz, apenas porque assim tinham completo domínio sobre o animal.

Targo não sabia se Artorex era um desses. Não raro, aquelas feras humanas tinham sofrido uma infância deslocada ou tinham sido pessoalmente ameaçadas e brutalizadas. Targo sabia que Artorex jamais fora forçado a exercer poder sobre nada que respirasse, e torcia para que o menino não fracassasse naquele teste crucial. Com seus olhos de serpente, Luka certamente perguntaria sobre isto em sua próxima visita.

Artorex jamais adivinharia o tom temeroso dos pensamentos de Targo, tão ereta era a postura do velho enquanto ele se afastava, ligeiro.

Como já era seu costume, Artorex abordou seu mais novo problema com lógica e razão. Ele fez seu próprio açoite sob a vista total da égua de olhos furiosos, rasgando a mão com a fina vara de amieiro no processo. E doeu!

Sim, ele pensou consigo. *Nenhum cavalo gostaria de levar um golpe desta arma.*

Depois, pela primeiríssima vez, ele olhou para Afrodite com verdadeira atenção. Era uma égua feia na melhor das hipóteses, e obviamente já havia sentido o açoite, a julgar pelas finas cicatrizes em seus ombros e flancos.

A égua baixava os olhos desafiantes para ele, e Artorex percebeu que o ódio da fêmea era dirigido à fina vareta em sua mão. Sob a atenção total dos olhos agitados de Afrodite, ele girou a mão e atirou a vara na terra antes de mostrar as palmas vazias para ela. Depois ele saltou sobre suas costas rapidamente, agarrou sua crina firmemente com ambas as mãos e envolveu as pernas em torno de seu ventre redondo.

Como sempre, ela tentou atirá-lo ao chão, mas desta vez ela não parecia decidida a tirar-lhe sangue e pisoteá-lo. Artorex puxava a crina com força, erguendo a cabeça da égua. Afrodite rodopiava e corcoveava, mas o rapaz continuou a impor sua vontade contra a dela. Mesmo quando ela eventualmente o atirava ao chão, ele recomeçava o mesmo procedimento, uma vez após a outra, até que, quando Artorex já acreditava que seus ossos doloridos não suportariam uma nova queda, Afrodite cedeu sua vontade à dele. Artorex sentiu a rendição fluindo pelo corpo do animal e penetrando suas mãos ainda firmemente trançadas na crina. Ele a cutucou nos flancos e a égua iniciou um trote obediente e depois um galope confortável. Artorex começou a exultar na pura alegria que um homem só vivencia quando uma criatura poderosa se entrega à sua vontade.

Quando Afrodite provou ser um animal mais flexível e veloz que Flâmula, Artorex saltou das costas dela e se aproximou de sua fronte para lhe afagar a grande testa e as faces.

De início, Afrodite desviava a cabeça e o rapaz via todo o branco de seus olhos desconfiados. Mas ele persistiu até que, relutante, a égua permitiu que ele a acariciasse.

Uma hora depois, quando Targo retornou da quinta para se reunir ao pupilo, ele descobriu um embaraçado Artorex alimentando a égua com um toco de cenoura roubado da cozinha.

— Então ela cedeu ao açoite, garoto?

— Você é um velho demônio, mestre Targo — respondeu Artorex no mesmo tom. — Você sabia que esta égua não se dobraria àquele tipo de tratamento. — Seu tom era um murmúrio suave para poupar a égua do nervosismo.

— Você se saiu muito bem nesta tarefa, rapaz, e eu estou satisfeito. Os melhores cavaleiros que encontrei não davam serventia alguma a chicotes e açoites, mas controlavam seus animais com o freio, as rédeas e o toque seguro de seus calcanhares. Eu vi citas que guiavam cavalos com as rédeas entre os dentes, de mãos vazias, para que pudessem usar seus arcos mortíferos enquanto galopavam. — Targo sorriu para Artorex. — Alguns dizem que aqueles demônios foram centauros no passado, mas acredito que eles são apenas excelentes cavaleiros que praticam suas habilidades regularmente.

— Alguém deixou esta égua horrivelmente marcada, Targo. Quem a maltratou? — perguntou Artorex.

— Não cabe a mim dizer, garoto. Mas acho que você poderia adivinhar com facilidade.

É algo que eu esperaria de um tipo como Caius, pensou Artorex. Contudo, como Targo, ele guardou suas opiniões sabiamente para si.

Afrodite e Artorex gradualmente ficaram amigos — de certo modo.

Todos os dias, o garoto levava uma cenoura para ela, tanto que a equipe da cozinha começou a separar os vegetais mal formados ou ligeiramente velhos para o uso de Artorex. Ele sempre recompensava Afrodite se ela conservava a paciência com ele, e sabia que era o máximo de consideração que podia esperar dela. Artorex compreendia que ela jamais confiaria nele por completo, pois um cavalo machucado, assim como uma criança traída, jamais tornava a entregar-se completamente.

Na primavera seguinte, depois que Artorex fez 15 anos e se tornou um cavaleiro bastante competente — com ou sem freio e rédeas —, Afrodite rompeu uma das travas mais fracas da cerca e escapou. Durante uma semana exaustiva e interminável, Artorex procurou por ela, preparando-se para descobrir que ela fora morta por javalis ou que claudicava com uma perna quebrada na Floresta Velha. Mas, quando finalmente a encontrou, ele descobriu que Afrodite inexplicavelmente achara o caminho até sua clareira secreta na floresta, onde a velha pedra ainda atraía o olhar com seu estranho entalhe e a grama crescia verde e nova onde quer que os raios do sol penetrassem as copas das árvores.

Amigavelmente, Afrodite se submeteu ao freio e seguiu Artorex placidamente para casa. Atrás deles, nos bosques mais recônditos, Artorex ouviu o relinchar desafiador de um garanhão, como se algum estranho centauro de fato habitasse aqueles sítios ancestrais. Supersticiosamente, ele não olhou para trás, e Afrodite continuou caminhando atrás dele em silêncio e sem qualquer resistência.

Com o tempo, a égua deu à luz um potro temporão, uma criatura frágil, de pernas longas, com pelo negro e lustroso e uma cabeça desproporcionalmente grande. Uma vez que Afrodite limpou o pelo encaracolado e focinhou o filhote na direção de suas mamas, Artorex afagou os cachos curtos e desgrenhados dos flancos do pequenino animal.

Afrodite só bufou seu desagrado uma vez; depois ela deixou que Artorex acariciasse sua cria.

O potro crescia sem parar, tão diferente de Flâmula e Afrodite quanto Artorex era de Caius. A pequena criatura jamais seria tão alta quanto sua mãe, mas herdara o mesmo comprimento de perna. Tinha também membros mais limpos, com pernas intocadas por pelagem grossa sobre os cascos, embora o pelo do corpo ainda fosse eriçado e enrolado. A cabeça era menor e mais delicada que a da mãe, mas, mesmo assim, apesar de toda a aparente fragilidade, o jovem cavalo parecia forte e possuía ossatura robusta.

— Ela deve ter encontrado um pônei selvagem quando estava no cio — concluiu Targo. — Talvez seja um descendente dos cavalos trazidos da Gallia, ou pode ser que se trate de uns dos animais montanheses que ainda se encontram nos cumes mais altos. Não sei se ele será de algum valor, mas é um belo potro.

— Ele é lindo, Targo — suspirou Artorex, enquanto a cria focinhava seu braço com lábios macios e curiosos.

— Espero que ele não seja lindo demais, senão talvez nosso jovem amo fique tentado a tomá-lo de você — murmurou Targo amargamente.

— Lorde Ector ordenou que eu me torne um cavaleiro. Pois bem, você poderia perguntar a ele se eu posso ser responsável pelo treinamento da cria? — indagou Artorex.

Ele pensou que Targo rejeitaria seu pedido imediatamente, mas o veterano crispou os lábios, mordiscou um calo num nó do dedo e finalmente chegou a uma decisão.

— Vou perguntar antes que o jovem amo decida tomar a cria para seu próprio uso.

Secretamente, Targo já estava determinado a proteger o filhote de Afrodite das mãos cobiçosas de Caius. Seu sangue ainda fervia sempre que ele se lembrava da pele de Afrodite lavada em sangue e suor depois que Caius a espancou até quase a morte. Targo acreditara que a égua morreria com o espírito alquebrado, mas ela encontrou uma fonte de ira em seu interior, que conservou sua vida. Se Targo conseguisse algum poder de decisão no assunto, o filhote não seria estragado como sua mãe.

Quando Targo abordou lorde Ector com seu pedido, o amo estava inclinado à generosidade. Por muitos meses, Ector temera que as lições de montaria de Artorex se tornassem inconvenientes para a administração ordeira da quinta, e o potro bastardo tinha pouco valor, exceto para resolver o problema.

Se seu filho de criação pudesse fazer algo útil daquela criatura pouco promissora, então Ector seria beneficiado mais uma vez.

E assim, Carvão — como o rapaz o batizou — tornou-se o cavalo de Artorex.

— Por que você lhe deu esse nome em especial? — perguntou Targo, curioso. Ele esperava um título bem mais grandioso, mesmo para um potrinho tão desajeitado.

— O carvão arde e alimenta as forjas que fazem o ferro. É mais forte que a madeira e, mesmo assim, é lustroso e facilmente moldável. Sim, Carvão é o nome dele, pois ele é o meu fogo. — Artorex respondeu com perfeita seriedade.

— Bem, é seu cavalo, garoto, então você pode escolher para ele qualquer nome que queira. — Foi a resposta nada comprometedora de Targo.

Das habilidades recém-adquiridas de Artorex, a montaria não era a mais importante. Com braços e pernas dourados, musculatura harmoniosa e um belo rosto, o filho adotivo de Ector atraía os olhos das mulheres da quinta sem grande esforço ou uso consciente de seus encantos. Talvez sua inocência contribuísse para sua atração, pois o rapaz não tinha noção de sua potência sexual. Mas a senhora Livínia reconheceu a masculinidade florescente de Artorex e, tardiamente, relembrou sua promessa a Myrddion Merlinus.

Ao fim de um dia longo e exaustivo, quando Artorex voltava penosamente da lavoura, coberto de suor, terra e da água fria que derramou sobre cabeça e ombros, Livínia deu ordens de que seu filho de criação se reunisse a ela no átrio após o banho. Artorex ficou surpreso, mas obedeceu o mais rápido que pôde, encontrando sua ama Livínia e uma dama de companhia num banco de pedra calcária sob uma única tília. Livínia estava trabalhando em seu grande tear vertical enquanto sua aia fiava algodão lavado numa simples roca de madeira.

— Minha ama deseja me ver? — perguntou Artorex cautelosamente, com os olhos cinzentos fixos na vibração do fio colorido enquanto Livínia passava sua lançadeira pelo tear.

— Sim, Artorex. — Ela sorriu em boas-vindas. — Andei negligente com sua educação. Como lorde Myrddion explicou, um verdadeiro cavalheiro deve compreender como falar com servos e mestres, como praticar a cortesia e a economia, e como exibir as boas maneiras que untam as rodas da sociedade. A partir de amanhã, você se apresentará a mim no átrio a cada tarde após a refeição do meio-dia.

Livínia sorriu por dentro quando viu a cara de tristeza que o garoto tentava esconder com a cabeça baixa. Do ponto de vista de Artorex, o trabalho duro era preferível àquelas atividades sem sentido.

— Não tenha medo de que eu o impeça de cumprir seus deveres na quinta. Uma hora por dia será mais que suficiente para corrigir alguma deficiência em sua postura e seus modos. Minha criada, Délia, supervisionará os aspectos mais... físicos... de sua educação.

Artorex ficou verdadeiramente horrorizado. A expressão "aspectos físicos" continha uma entonação embaraçosa e apavorante, e o rapaz se virou para avaliar a serva de Livínia com ansiedade.

Délia já passava e muito dos 30 anos e parecia muito velha para Artorex, embora sua pele ainda fosse viçosa e os cabelos, volumosos, com um brilho acastanhado. Ela servira como criada de Livínia desde a infância e era devotada aos interesses de sua ama; havia muitos anos que Artorex a conhecia, ao menos a distância. Quando Délia deu um passo à frente e adentrou a luz do sol poente, Artorex teve oportunidade de analisar a doçura em seus meigos olhos marrons.

Délia tinha cinco filhos vivos e seu corpo era redondo e forte. Suas mãos eram sua grande beleza, embora estivessem calejadas de tanto coser, lavar e fazer todos os trabalhos femininos da quinta. Seus dedos eram longos, com pontas sensíveis e unhas pálidas em forma de amêndoa, ao passo que as palmas eram atipicamente grandes e carnudas. As mãos estavam firmemente entrelaçadas enquanto ela sorria para o jovem perplexo.

Assim, ao meio-dia, Artorex aprendia como dançar, como elaborar uma frase cortês e como tomar o braço de uma dama. Ele dominou a cortesia e o bom comportamento, e não achou nada embaraçoso conversar com uma mulher inteligente e interessante. Os ensinamentos de sua ama Livínia durariam pelo resto de sua vida e lhe seriam muito úteis quando ele atingisse a maioridade.

Mais importante, Livínia mostrou a Artorex o ponto de vista da mulher, filtrado pelo conceito de dever feminino de uma matriarca romana. Sem esforço consciente, Artorex absorveu os valores de Livínia, seu estilo, seu respeito pela família e sua inabalável habilidade em encarar as verdades dolorosas. Um único afago sobre seus cabelos, tão suave quanto pétalas de dente-de-leão, era como um presente enquanto ele exultava com a atenção dela.

Após as tardes de labuta, Artorex se apresentava a Délia no pavilhão dos servos. Lá, por um período de duas semanas, a mulher alegre e maternal ensinou a Artorex os prazeres da cama. Seu calor, seu bom humor e seu senso prático revelaram muitos dos mistérios femininos ao garoto de olhos arregalados e, pela primeira vez, ele começou a apreciar a força e o pragmatismo do outro sexo. Sabiamente, Livínia decidiu encerrar aquelas aulas especiais antes que Artorex vacilasse nos limites da paixão; a astuta matrona compreendia que professora e pupilo poderiam começar a desenvolver sentimentos um pelo outro se o acordo se prolongasse por tempo demais.

Artorex continuou as aulas com Livínia e descobriu que gostava de sua nova amizade com Délia. Embora toda a ligação sexual estivesse encerrada, ele debateu o relacionamento com Frith, que explicou que Délia amava sua senhora Livínia, e não Artorex, e que o levara para a cama como um favor à ama. Artorex deveria ser grato àquelas mulheres de posições tão diferentes e se libertar de qualquer sentimentalismo residual.

Artorex examinou os divertidos olhos azuis de Frith com atenção e não viu qualquer sinal de zombaria ou falsidade em suas claras profundezas. Quando beijou o rosto encarquilhado de Frith, Artorex percebeu que mulheres como Frith, Délia e Livínia, que pareciam tão delicadas e facilmente melindráveis, eram na verdade mais fortes que o ferro e muito mais impiedosas do que qualquer homem poderia ser.

— Nossa ama é um fenômeno — Targo disse ao jovem depois que Délia completou sua educação. — Ela sabe que um garoto precisa de orientação, senão provavelmente desenvolverá certas ideias estúpidas.

Artorex corou intensamente e se perguntou o que Délia teria deixado escapar para suas amigas.

— Não precisa ficar vermelho, garoto. — O guerreiro sorriu para seu protegido. — Fui informado por fonte confiável de que você não tem razão para se envergonhar de seu desempenho.

Artorex desejou que a terra o engolisse por inteiro.

— É uma pena que nossa ama Livínia não tenha cuidado da educação do jovem Caius com tanta sensibilidade. Ele passa tempo demais com meretrizes e catamitos.

— Fofocas, Targo? — provocou Artorex, grato por Targo abandonar o tema de sua educação sexual. — Pensei que você desaprovasse as críticas frívolas a nossos superiores e seus hábitos.

Targo respondeu com um rápido puxão de orelha em Artorex.

— Não seja impertinente, *senhor* Artorex. Eu vejo o que vejo, e um homem sábio guarda informações úteis, caso necessite delas mais tarde. Nossa ama Livínia deveria ter confiado seu filho a alguém de valor, como Délia... ou a mim, por sinal. Eu teria sido um melhor guia para a alcova das damas dispostas do que aquela família Severinii.

Sabiamente, e antes que Targo ficasse realmente irritado, Artorex mudou de assunto.

Quando Artorex fez 16 e o potro completou 1 ano de vida, eles já formavam uma dupla única. Artorex passava e muito de 1,80 metro e continuava crescendo, e seus cabelos revoltos eram agora trançados para domar os cachos. Ele era bem-formado e forte, mas, mesmo assim, não era tão belo de rosto e forma como Caius. Entretanto, perto de Artorex, Caius parecia fraco e um homem de palha, muito embora fosse cinco anos mais velho — e acabasse de trazer uma esposa para a quinta.

Carvão ainda era derrotado em altura e no comprimento da perna, mas tinha o pelo lustroso pela escovação constante e trotava atrás de Artorex como um cão. Mesmo para um potro de um ano, leve e destemido quanto aos terrenos mais traiçoeiros, ele era mais rápido que qualquer outro cavalo da quinta, afora o capão galês de propriedade de Caius. Na Floresta Velha, seu pelo o tornava quase invisível entre as sombras das árvores, e ele tinha um passo seguro até mesmo onde a floresta era quase impenetrável.

Quando Artorex chegou a seu aniversário de 17 anos e aos deveres totais da maturidade, Ector destacou seu filho de criação para o serviço. Cletus, o intendente da quinta, adoeceu com uma enfermidade de pulmão que por vezes o aprisionava na cama, e assim o amo percebeu que chegara a hora de treinar Artorex como substituto. Em seus bons dias, Cletus ensinava a Artorex o papel de intendente, e o jovem funcionava como ouvidos e olhos do intendente do lado de fora dos muros da quinta. Artorex cavalgava pela propriedade verificando provisões, supervisionando a rotação das colheitas e servindo a seu amo com diligência e rapidez.

Artorex começou a compreender a responsabilidade da liderança e do comando dos homens. E Ector abençoava o dia em que Lucius de Glastonbury lhe enviara o menino.

Ciente das promessas que fizera a Myrddion Merlinus, Luka e Llanwith pen Bryn, Artorex ainda praticava diariamente a arte da esgrima e da montaria com Targo, e conduzia todos os afazeres da fazenda sobre o dorso de seu cavalo.

Os dias do jovem eram cheios e ele tinha agora permissão de comer com a família em certas ocasiões. Tais sinais de favor ocorriam nos momentos do ano em que ele era chamado a relatar o sucesso da colheita e o bem-estar de todas as almas que viviam na Quinta Poppinidii. Diferentemente de Cletus, que era um escravo, Artorex ainda habitava uma estranha terra de ninguém, nem peixe nem ganso, nem escravo nem senhor. À medida que Cletus enfraquecia, Artorex aprendia como manipular as muitas engrenagens que tocavam a máquina da quinta. Ele também aprendeu a liderar homens com firmeza, justiça e eficiência. Quando necessário, ele trabalhava com os criados, e estes apreciavam o cuidado que ele tomava em proteger seus interesses.

A princípio, os lavradores se ressentiram de que um rapazola lhes desse instruções de irrigação, plantação, rotação de colheitas e provisões. Mas Artorex não admitia nenhuma insolência e foi obrigado a derrubar um descontente para que os homens aceitassem suas qualidades de liderança e força superior. Depois disso, ele se dedicou a ganhá-los para seu lado.

Artorex também se mostrou sensível aos constantes perigos enfrentados pelos trabalhadores comuns que serviam a seus amos com tanta fidelidade na Quinta Poppinidii. Quando o servo Brabix despencou da colunata enquanto prendia uma lajota solta no teto, ele resistiu por uma semana antes de morrer. Sua barriga se inchou e ele urrava em agonia até que Frith fez uma poção da seiva de brotos bulbosos de papoulas para aliviar seu sofrimento. Artorex velou Brabix com o resto dos servos e prometeu ao homem delirante que sua esposa e filho seriam acolhidos por toda a vida a serviço da Quinta Poppinidii.

Livínia foi ouvida dizendo à criada que, nas mãos de Cletus, a casa jamais tivera nem metade daquela administração tão boa. Contudo, Artorex sempre tomava o cuidado de prestar respeito ao velho homem moribundo cuja pele se transformara num pergaminho e que aparentava virar cinzas de dentro para fora.

Somente uma nuvem obscurecia os céus azuis da vida de Artorex. A nova esposa de Caius, Julanna, cujo pai alegava ser um descendente não reconhecido da linhagem de Juliano, chegou à Quinta Poppinidii gabando-se da pureza de seu sangue. A princípio, ela parecia ser a parceira perfeita para Caius.

O casamento foi arranjado entre os chefes de ambas as famílias, e a pequena Julanna tinha apenas 13 anos quando foi casada com Caius no velho costume romano. Era uma criaturinha pálida com nuvens de cabelos suaves e castanho-claros, mas por trás de sua arrogância inicial havia na verdade uma criança assustada, completamente atemorizada pela família de seu marido e pela vida à qual fora empurrada.

Seus olhos eram muito negros, mas sem o brilho endurecido das pupilas de seu esposo. Cada contorno de seu rosto e de seu corpo rechonchudo era curvilíneo e suave, e assim ela parecia uma criatura desimportante, incapaz de firmar-se no mundo da Quinta Poppinidii, onde a conversação era inteligente, politicamente consciente, e as personalidades eram fortes.

A pobre Julanna foi esmagada. Os servos a ignoravam e a ama sorria casualmente e a tratava como uma criança. Após 15 dias, seu marido se cansou dela, relegando à nova mulher o papel de uma visitante inconveniente.

Caius também não era um marido afetuoso. Ele não via qualquer razão importante para modificar seu estilo de vida agora que estava casado, e continuava a se embriagar com seus amigos de Aquae Sulis em cada ocasião disponível. Caius considerava a administração da propriedade uma tarefa indigna para um nobre e passava seus dias, e às vezes semanas inteiras, longe da quinta e de sua mulher.

Em certa manhã, Julanna não se levantou para comer com a família e, quando encontrou um canto no átrio para trabalhar com sua roca, somente Livínia e o perceptivo Artorex notaram que ela cobrira a maior parte do rosto com um xale diáfano de matrona. A mãe e o filho de criação viram os hematomas nas faces e na mandíbula de Julanna através das simples dobras de tecido, mas, quando Livínia perguntou como ela se ferira, Julanna apertou a lã em seu colo e culpou sua própria falta de jeito e uma queda acidental.

Aposto que Caius anda em total prontidão com seus punhos, pensou Artorex. Entretanto, como sempre, ele não ousou questionar a palavra de uma respeitável matrona romana.

Livínia ergueu os olhos para Artorex enquanto ele fazia uma mesura para as damas, e ele reconheceu a resignação em seus grandes olhos ainda brilhantes. A ama conhecia as fraquezas de seu filho único, o último de uma longa linhagem de honrados nobres romanos, e tinha vergonha do que via em sua natureza.

Quanto a Artorex, ele vivera ocupado demais por muitos anos para sequer contemplar um casamento com alguma mulher. As aventuras sexuais eram limitadas a coitos apressados com servas da cozinha no estábulo do gado. Eram encontros satisfatórios, mas dificilmente duradouros. O amor por uma fêmea ainda não havia penetrado seu coração, e Artorex estava satisfeito com o estado de coisas. Ele era feliz, seu cavalo crescia rapidamente sob sua tutela e a quinta florescia sob sua orientação. O que mais um jovem de 17 anos poderia querer?

O tempo significava menos que nada para Artorex, a não ser pela mudança das estações, o nascimento das crias e a tarefa de supervisionar uma fazenda grande e fértil. Ele teria continuado satisfeito com o que possuía, não fossem os tremores vindos do leste.

Em certo dia de outono, uma mulher vestida em trapos chegou caminhando lentamente pela estrada de Aquae Sulis. Seus ombros estavam curvados pela exaustão e as mãos e pés estavam atados em retalhos improvisados. A idade era indeterminada sob a sombra do capuz de seu manto.

Muito acima dela, sentado em seu cavalo, Artorex cumprimentou a mendiga na trilha sulcada que levava à Quinta Poppinidii.

— Senhor. — A mulher baixou a cabeça. — As noites se tornam frias para uma andarilha solitária. Posso dormir em seu celeiro antes de continuar minha jornada para o norte? Eu trabalharei por minha estada.

O que uma mulher tão esfarrapada e exausta poderia fazer para pagar pelo abrigo era um desafio à mente lógica de Artorex, mas as noites andavam excessivamente frias e ele não queria carregar a morte da mulher em sua consciência.

— Certo, seja bem-vinda, mãe. A Quinta Poppinidii sempre pode dedicar um pouco de comida e abrigo para o descanso de uma estranha.

Artorex não notou o brilho no olhar azul-noturno quando a mulher fez uma nova e submissa mesura em gratidão; ele ainda não havia aprendido a avaliar as mulheres por completo.

— Quando você chegar à Quinta, encontrará Cletus, o intendente, nas cozinhas. Pode dizer a ele que eu lhe dei permissão para passar a noite, e ele cuidará de suas necessidades.

— E devo dizer que fui mandada por quem, jovem senhor?

— Artorex, filho de criação de lorde Ector.

A mulher se curvou lentamente, como se sua coluna lhe doesse.

Assim que ela se afastou penosamente, Artorex a esqueceu por completo.

Naquela noite, enquanto a família se sentava para o jantar e Artorex começava a supervisionar o serviço de um simples repasto, a mulher se aproximou dele mais uma vez. Ela agora estava coberta de negro, obviamente sua melhor roupa, que ela guardara num saco durante a viagem.

— Senhor, eu predigo destinos e trago as novas do mundo. Quiçá lorde Ector e sua nobre família desejam um passatempo?

— Vou perguntar a eles — respondeu Artorex, indeciso. A mendiga esfarrapada parecia mais nova do que ele pensara a princípio, embora a maior parte de seu rosto ainda estivesse oculta sob a sombra de seu capuz.

Embora Ector e Caius não tivessem interesse em divinações ou histórias de mulheres, Lívinia decidiu deixar-se seduzir pela oferta de passatempo e, com um rápido olhar para o rosto pálido de Julanna, percebeu que a menina também queria ser entretida.

— Sim, Artorex — ela replicou imperiosamente de seu sofá, pois era a líder da Quinta Poppinidii em tudo, menos em título. — Pode mandar a adivinha para nós.

Por razões que Artorex não compreendia completamente, a mulher de negro lhe causava arrepios de medo. Ele a conduziu à presença da família e depois se apoiou contra o pilar da entrada.

— Qual é seu nome, vidente? — perguntou Lívinia, com sua cortesia tranquila de costume.

A mulher ergueu a cabeça e baixou o capuz que ocultava seu rosto.

— Eu me chamo Morgana, minha ama — respondeu ela no mesmo tom.

Até Caius, entediado e vagamente embriagado após um dia com seus amigos, ficou interessado na adivinha. Ele sentiu seus quadris enrijecendo quando os olhos penetrantes da mulher deslizaram por seu corpo.

Morgana não era velha, e nem sequer estava na meia-idade; era bela e atemporal à luz das tochas da parede. Mas era uma beleza que atraía tanto quanto repelia. Artorex lembrou-se imediatamente do conto de Targo sobre a mulher cita e, prudente, decidiu observar seus movimentos com muito cuidado.

Tinha cabelos negros como a meia-noite, com uma longa mecha de neve que começava na têmpora direita e corria junto à cabeça. Seus olhos eram negro-azulados e estranhos, pois absorviam a luz e não permitiam que nada escapasse. A boca tinha lábios cheios e prometia prazeres deliciosos e proibidos.

Cuidadosamente, ela removeu um espelho de prata, uma longa tira de couro claro e delgado e um punhado de ossos de dedos do interior de sua capa.

Até Ector se inclinou à frente, finalmente curioso.

— Perguntem — disse ela simplesmente. — E eu tentarei responder.

Livínia deu a vez ao marido.

— A Quinta Poppinidii continuará fértil? — perguntou Ector autoritariamente, pois ele tinha um pouco de medo da pequena mulher.

Morgana amarrou a estreita tira de couro sobre seus olhos e encarou a face do espelho às cegas. Ela cantarolava num murmúrio.

Artorex olhava fixamente para a tira estreita e pálida.

O que é?, ele se perguntava. *Isso parece...*

Sua mente ficou horrorizada demais com a visão da fina pele humana para concluir o pensamento.

— A Quinta Poppinidii perdurará por um longo, longo tempo. Seus campos proverão muitas gerações por vir e, quando estiver morta em tudo afora o nome, ela ainda viverá em lenda, até que homens de um tempo muito distante a encontrem e façam com que floresça mais uma vez.

— Bem, é uma bela perspectiva — replicou Ector, vendo todas as benesses e nada da ameaça, como sempre.

— Eu terei um filho? — perguntou Julanna timidamente.

Mais uma vez, Morgana parecia ouvir vozes silenciosas e ver estranhas formas em seu espelho com os olhos cobertos, embora Artorex jurasse que isto não era possível.

— Minha ama terá filhos, em dor e esforço, e os tomará em seus braços e os amamentará. Contudo, nenhum varão viverá para poupá-la da dor futura.

— Mas a Quinta Poppinidii terá filhos para mantê-la forte, crianças de meu sangue? — perguntou Livínia, pois esta pergunta significava mais para ela que para qualquer outro.

— Sim, minha ama. A senhora saberá que são seus antes de seu fim; e se acreditará abençoada. Minha ama conquistou o favor dos deuses.

Artorex estremeceu, sem querer. Por que a família sorria, recusando-se a reconhecer o veneno nas profecias de Morgana?

Cada um ouve o que quer ouvir, Artorex escutou Morgana sussurrando em sua cabeça.

Eu não!, pensou ele, furioso.

Você não!, foi a resposta silenciosa e risonha.

Caius estava indócil por sua vez.

— Eu serei um grande guerreiro e dono de terras? — indagou. — E meu nome viverá depois que eu estiver morto?

Morgana olhou fixamente através de sua faixa de couro. Suas mãos desenharam estranhas linhas no ar, e Artorex viu que eram longas, limpas e atraentes.

— Sob uma ou outra forma, seu nome perdurará ao longo das eras. Meu amo será o intendente de um grande rei e o mundo inteiro saberá a verdade a seu respeito.

A verdade a seu respeito?, pensou Artorex, irritado. *Até Caius deveria ser poupado de tal sorte!*

Mas o jovem senhor ficou encantado.

— Intendente de um grande rei. Renomado para sempre. O que mais um homem pode pedir?

— E quanto ao senhor Artorex? — perguntou Morgana suavemente. — Tem uma pergunta para mim?

— Nenhuma! — exclamou Artorex. Sua resposta foi muito mais rude do que ele pretendia.

— Ora, vamos, Artorex, é apenas um jogo — provocou Ector.

— Está com medo de saber que você fará de mim um homem rico, intendente? — Caius encheu o título com veneno e desprezo suficientes para intoxicar todas as pessoas no local.

— Não tenho medo de nada — retrucou Artorex.

— Então lance os ossos — incitou Morgana, indiferente e sem desafio.

— Por que eu deveria fazer isso? Não consegue ver meu futuro, como viu para a família?

— Meu dom não é facilmente dominado. Lance os ossos, senhor Artorex, e eu lhe direi seu destino.

Contrariado, Artorex pegou os ossos.

Eram lisos e suaves entre seus dedos, e pareciam trepidar como se ainda estivessem vivos. Instintivamente, Artorex soube que outrora tinham formado parte de uma mão humana.

Assim como o grande César jogara dados muitos, muitos anos antes, Artorex lançou os ossos no mosaico do chão.

Morgana tirou sua pavorosa venda e passou a oscilar e murmurejar acima do desenho que os ossos produziram sobre o piso. Sua voz pareceu vir de muito longe:

— Carregas sangue envenenado, Grandioso. Cuida-te contra uma mulher de cabelos dourados, pois ela te levará à ruína.

Artorex a desafiou.

— É óbvio que você pode me dizer algo melhor que isso.

Morgana o encarou através da luz do lampião. Sua voz mudou e se tornou mais grave.

— Maior ainda que teu pai, e maior que teu filho, salvarás teu mundo por um tempo, mas será à custa de tudo por que tens amor. O tempo não te modificará, tampouco esfacelará tua promessa. Viverás, ainda que teu corpo esteja morto, e muito depois que o poder de Roma tenha caído em pó.

A família ficou perplexa pela enormidade da profecia de Morgana. A boca de Caius se torceu num meio-sorriso de inveja e Artorex soube que o filho de seu amo o faria sofrer pela promessa nas palavras da vidente.

— Pode me poupar de suas profecias, por hoje já foi o bastante para mim — replicou Artorex, irritado com o enigma nas palavras. — E quanto a você, Morgana? Ousa usar seu dom para si mesma?

— Eu também lançarei os ossos — replicou Morgana, ainda fitando enigmaticamente os olhos do jovem.

Ela recolheu os ossos com um gesto eloquente e os atirou ao chão.

— O sangue clama pelo sangue, quer seja de minha vontade, quer não. Deves chamar-me, se tiveres necessidade de mim. O novelo de minha vida está trançado no teu, e meu nome viverá enquanto viver o teu. Estou inexoravelmente atada a ti por velhos pecados.

Caius se pôs de pé. Sua irritação e ressentimento se revelavam claramente em seus olhos escuros, e Julanna se retraiu diante de sua mão peremptória.

— Pois bem, tenho certeza de que esse joguinho foi todo muito interessante, mas Julanna e eu nos recolheremos à nossa cama — ordenou Caius, e dirigiu sua relutante esposa para fora do salão de jantar.

Livínia e Ector também se ergueram.

— Nós lhe agradecemos por seus dons — disse Livínia por si e por Ector.

Enquanto a dama conduzia o marido para fora, Morgana se curvou profundamente até tornar-se uma poça de sombra escura no chão lustroso.

Artorex estalou os dedos e os servos correram para retirar todos os sinais da refeição familiar. Ele notou que as mulheres mantinham uma larga distância de Morgana e uma velha fez o antiquíssimo sinal para afastar o mau-olhado.

— Venha, Morgana. — Artorex ofereceu sua mão. — As adivinhações desta noite estão encerradas. Quando você me dirá o que realmente quer?

— Eu queria ver seu rosto — respondeu Morgana, com a cabeça erguida para poder examinar os olhos incomuns de Artorex.

— E?

Ela aceitou a mão oferecida e se pôs de pé, com os instrumentos de seu ofício já desaparecidos dentro de seu volumoso manto negro. Seus dedos eram suaves e secos, como a pele de uma cobra, mas ele sentiu a força que jazia sob a superfície.

— Não tenho mais nada para lhe dizer, meu amo. Nada que já não saiba por si mesmo.

— Não tenho a menor ideia do que você está falando — disse Artorex, irritado. — Mas eu não creio que você tenha vindo à Quinta Poppinidii por acidente. Estamos um tanto fora do caminho, a leste da estrada que leva ao norte.

Morgana sorriu.

— Agora acredito que nunca lhe contaram sobre seu direito hereditário. Que surpresa! Às vezes os engenhos dos homens são muito estranhos. Agora que o observo, vejo um pouco de sua mãe. Está em seus olhos, Artorex.

— Você está falando em enigmas novamente. Talvez seja a língua dos charlatães. — Artorex fez uma pausa enquanto as pupilas de Morgana se incendiaram com um intenso fogo branco por um segundo. — Ou talvez você acredite no que diz. Quem era minha mãe?

— Não cabe a mim lhe dizer, meu amo, se outros mais grandiosos que eu guardaram silêncio. — Morgana sorriu e, por um breve momento, seu rosto se iluminou por dentro e ela pareceu de fato muito bela.

— Você não deveria me atribuir títulos que não tenho direito de usar — replicou Artorex indiferente, embora sua mão formigasse pelo contato com os dedos delgados de Morgana. Então franziu o cenho para ela.

— Onde fica sua casa?

— Sou da Fortaleza de Tintagel, senhor. Nada lhe revelo ao dizer isto, pois meu amo provavelmente jamais ouviu falar do local. — Morgana deslizou na direção da saída.

— Tem razão, Morgana, mas eu não me esquecerei de você. — Artorex prometeu, sombrio.

Com estas palavras, ela parou por um momento e o encarou de volta com um olhar que sugava a luz de seu rosto.

— Quanto a isso, não tenho dúvidas. Não esquecemos os que são de nosso sangue... como meu amo virá a descobrir.

E assim ela partiu.

Artorex acordou cedo na manhã seguinte, antes que o sol banisse a escuridão, mas Morgana partira ainda mais cedo, enquanto a noite ainda era completamente negra. Ele só tornaria a saber dela quando fosse um homem plenamente maduro. Quando olhou para a estrada vazia, ele fez o sinal da cruz, à maneira cristã. Não havia nada de errado em tomar precauções contra entes malignos.

A vida da quinta continuou no ritmo constante de sua natureza. Para o jovem coração de Artorex, parecia que nada jamais poderia mudar. De vez em quando, uma mensagem chegava para Ector por um mensageiro, e o senhor da quinta ficava taciturno por muitos dias. O mesmo mensageiro às vezes trazia outro pergaminho do misterioso Llanwith pen Bryn para Artorex, mas, em geral, Artorex estava satisfeito com seu mundo e com tudo que existia dentro dele.

Julanna era aquela que daria ensejo às mudanças que destruiriam a calma de Artorex. A pequena, já grávida e cada vez mais apavorada enquanto a criança se avolumava em seu ventre, implorou por permissão para convidar uma amiga de Aquae Sulis para visitá-la durante seu confinamento.

Como Livínia não podia negar nada à mãe de seu neto, ela concordou que uma mensagem deveria ser mandada à casa comercial de Galus, de modo que a filha daquela próspera família foi convidada para uma longa temporada na Quinta Poppinidii.

E, assim, o destino decidiu que Artorex conheceria Gallia, filha de uma família de comerciantes romanos, e a direção de sua vida mudaria mais uma vez.

CAPÍTULO IV

GALLIA

A primavera chegou e tudo da quinta floresceu, renovado. Ranúnculos apareceram sob as árvores dos pastos baixos e as vacas ruminavam, mergulhadas até o ventre em capins dançarinos e flores silvestres. As árvores explodiam com suaves brotos rosados e verde-claros, e os campos ansiavam por produzir as plantações que amadureceriam no fim do verão.

Frith conduzia as mulheres para a colheita dos temperos e ervas medicinais que eram penduradas de cabeça para baixo para perfumar a quinta durante a secagem. Enquanto isso, Julanna fitava a longa trilha da estrada romana o dia inteiro, desesperada pela companhia de sua amiga, e Livínia observava sua nora com olhos preocupados e apreensivos. A quinta prendia a respiração... e esperava por mudança.

Artorex estava distante, nas pastagens ao sul, quando uma pesada carruagem galgou a estrada que subia para a Quinta Poppinidii. Estava carregada até o alto com baús e caixas, e até mesmo Livínia se perguntou se a moça planejava ficar definitivamente, de tanto que as rodas de madeira da carruagem chafurdavam na trilha lamacenta.

Sob uma estrutura pequena como uma tenda, Gallia estava reclinada sobre almofadas entre os excessos empilhados de sua bagagem. Foi somente quando a carruagem parou e uma criada e um servo ajudaram Gallia a descer que Livínia teve uma clara visão da viajante que a Quinta Poppinidii acolheria entre sua família. De seu ponto de observação junto aos espessos portões de madeira da quinta, Livínia viu sua hóspede se aproximando, envolta numa miríade de xales, pacotes embrulhados e dedos inquietos.

A recém-chegada provou ser uma jovem extraordinária, mesmo não passando de 14 anos de idade. Seu rosto era pequeno e desequilibrado por um longo nariz, mas havia grande doçura em sua boca de botão de rosa e na bondade de seus olhos cor de âmbar, tão contrastados por seus cachos negros. Os cabelos soltos, à exceção dos alfinetes incrustados de joias adequados a uma donzela, pareciam crepitar com fogo, assim como seu pequeno corpo compacto.

Gallia era pequenina, até para os padrões de Livínia, mas seu corpo era quase vulgarmente voluptuoso nos seios e quadris. Tinha grande orgulho de sua cintura fina, apertada em seu peplo pregueado com um cinto de pérolas de água-doce do norte, bordado em linho com forro de couro.

Aqui temos uma pequena mulher, foi o primeiro pensamento de Livínia quando a menina se aproximou às pressas. Mas então Gallia sorriu, e até o dia nublado pareceu iluminar-se com sua pura alegria por todas as maravilhas que ainda tinha a experimentar.

Após fazer uma profunda mesura ao senhor e à senhora da casa, e contra todas as regras de boas maneiras, Gallia bateu palmas, gargalhou com prazer e depois beijou Livínia no rosto.

A dama foi momentaneamente surpreendida pela extroversão e pela audácia de Gallia, mas a menina sorria tão docemente, com a cabeça inclinada de lado como um pássaro colorido, que Livínia sentiu que suas reservas se desfaziam.

— Eu peço perdão, minha ama. Meu pai teria ficado constrangido por meus modos extravagantes, mas esperei tanto tempo para ver minha doce Julanna que estou a ponto de explodir de alegria.

Livínia franziu a testa e Gallia pareceu embaraçada.

— Estou tagarelando de novo, não estou? Vou acabar pedindo desculpas todos os dias, tenho certeza, porque não tolero silêncio e sempre o encho com palavrórios... ou ao menos é o que meus irmãos me dizem.

— Não se preocupe, criança — riu Ector com bom humor de tio. — Aqui não vivemos de cerimônia.

— Não, de fato, Gallia — começou Livínia gentilmente. — O bom coração conta muito mais que boas maneiras vazias.

— Ah, eu espero que sim — disse Gallia com um sorriso travesso. — Vou tentar não falar demais.

Mal parando para respirar, Gallia se pôs a regalar Livínia com histórias de sua jornada, da condição pavorosa das estradas e da beleza da Quinta Poppinidii. Como Gallia falava! O silêncio não era seu ofício, e ela encheu a quinta com o tilintar de sua risada. Gallia ficou encantada com o átrio e maravilhada com as ovelhas e vacas como somente uma garota da cidade poderia ficar, e trazia inúmeras lembranças de sua amizade com Julanna.

Apesar de sua reserva natural, Livínia se viu sorrindo enquanto a menina tagarelava — e tagarelava.

Seus servos logo arrastaram seus muitos pertences ao melhor quarto de hóspedes e, mais uma vez, Gallia ficou encantada com o conforto de seus aposentos.

— Eu realmente consigo escutar os pássaros, minha ama Livínia — disse ela, sorrindo. — Pássaros de verdade, e não aquelas pobres criatura que padecem em gaiolas. Acho que o canto é mais belo quando eles são livres, não concorda?

Mal parando para respirar, Gallia deparou com uma simples ânfora de cerâmica cheia de flores silvestres.

— Oh, que gentileza sua. As flores não têm perfume algum em Aquae Sulis, mas estas são celestiais. — Ela sorriu novamente. — Obrigada, minha ama, tenho certeza de que ficarei muito confortável em sua maravilhosa casa.

— Já basta, menina! — replicou Livínia quando Gallia já parecia esgotar seus superlativos. — Julanna colheu estas bobagens nos campos ao amanhecer. Ela tem ansiado por sua companhia desesperadamente, mas temo que você não encontre muitos meios de distraí-la em nossa tranquila vida campestre.

— Oh, não me interesso em nada por distrações. Os jogos me deixam entediada e meu pai fica desfilando jovens diante de mim como se eu fosse uma novilha premiada. Vou adorar uma folga das propostas de casamento e do cheiro de peixe.

Sem querer, Livínia riu. A moça era tão aberta e franca em suas observações que até as reservas da matrona romana caíam sob seu encanto. Talvez Gallia de fato fosse uma companhia perfeita para Julanna, pois quem poderia ficar triste ou cabisbaixo junto daquela menina risonha?

— E Julanna está bem? — perguntou Gallia mais seriamente. — Se fosse por mim, eu não me importaria se jamais visse Aquae Sulis de novo. Ela tem sorte de viver na Quinta Poppinidii, pois o ar daqui tem um perfume muito doce.

— Julanna tem um pouco de medo do trabalho de parto, embora ainda faltem cinco meses para que a criança esteja pronta para nascer. Ela precisa de uma companhia para fazê-la rir e ajudar a passar os dias com mais facilidade.

Gallia estava tão à vontade que chegou a dar uma piscadela para Livínia, mas a ama da casa não teve coragem de censurar aquela criança encantadora.

— Eu vou alegrá-la, não tema, minha ama. Eu trouxe presentes de meu pai e uma infinidade de passatempos comigo. Seremos felizes como os pássaros nas árvores.

Quando viu a amiga na entrada de seus aposentos, Julanna se pôs de pé num salto, envolveu Gallia num abraço desesperado e imediatamente irrompeu em lágrimas quentes e doloridas.

Discretamente, Livínia deixou que as amigas colocassem as novidades em dia após mais de um ano de separação.

Livínia estava tomada por culpa e apreensiva pelos sinais de problemas futuros. Julanna era uma moça obediente e carregava a primeira criança Poppinidii desde o nascimento de Caius, havia mais de vinte anos. Por mais que tentasse justificar as ações de seu filho, Livínia sabia que Julanna não merecia o tratamento cruel infligido por Caius. Atipicamente, agora que enfrentava os fatos, Livínia hesitava quanto à atitude que deveria tomar.

Caius era homem, e portanto tinha mais autoridade que sua mãe numa casa romana. A esposa dele ocupava posição ainda mais inferior. Livínia falara com o filho e ele se acabrunhara por diversos dias, recusando-se a falar com a mãe por ela ter tomado o partido de sua esposa. Contudo, após um episódio épico de depravação com seus amigos, ele voltou para junto da mãe, com a barba por fazer, arrependido e cheirando a vinho velho, e implorou por seu perdão.

— Minha esposa é muito submissa, mãe, e tão pouco parecida com você. — Caius riu baixo. — Eu imploro por seu perdão, e prometo ser mais paciente com ela no futuro. Aí está. Agora, você vai sorrir para mim de novo?

Livínia se permitiu ser adulada e apaziguada, mas vivia preocupada quando Caius estava em casa e enlouquecido. Ela conhecia a natureza inconstante e irritadiça de seu filho, e se perguntava se deveria ter discutido esse intenso problema familiar com Ector.

Ela adorava o marido, embora poucos conhecidos chegassem a perceber o quanto ela o amava com devoção. Até os amigos de Ector em Aquae Sulis teriam rido ao imaginar que o celta simplório e até crédulo era o único homem que Livínia já desejara. Em sua juventude, sua fortuna lhe garantiu que ela poderia escolher entre muitos jovens pretendentes, e sua bela aparência determinou que ela também seria desejada em contrapartida. Mas Livínia escolheu Ector, um homem praticamente sem moedas em sua bolsa e sem terra útil para chamar de sua. Ele tinha uma crina de abundantes cabelos vermelhos, um sorriso lento e brilhante e um par de amplos olhos azuis que exaltavam sua honestidade e sinceridade. Livínia se perdeu assim que ele sorriu para ela.

No presente, seu amado Ector sofria de artrose no inverno e seus cabelos eram ralos e cinzentos, mas, agora que as chamas da juventude estavam aterradas e resfriadas, ela o amava ainda mais. Ector ainda se apegava a uma fraca esperança de que seu filho fosse útil para ele, e Livínia estava decidida a impedir que seu doce marido sofresse mais decepções. Não, ela controlaria pessoalmente seu filho adorado e inconstante e, enquanto fosse capaz, escudaria o marido contra seus excessos.

Tomando sua decisão — fosse ela certa ou errada —, Livínia aprumou os ombros estreitos e ergueu o queixo indomável. Como era seu costume, ela faria tudo que era necessário para proteger sua família e seu lar.

Pouco depois, naquela tarde, enquanto a brisa suave da primavera adocicava cada aposento da quinta, Livínia puxou Artorex para um canto tranquilo do átrio. A seu redor, as ervas em secagem perfumavam o ar e as sombras abrandavam a inflexibilidade de seu maxilar.

— Falei com meu filho, Artorex, sobre aquela questão problemática com a esposa. Creio que a situação está agora retificada.

Artorex baixou a cabeça. Na verdade, um fardo de culpa foi erguido de seus vastos ombros.

— Como sempre, ama, suas ações são nobres e boas. A senhora Julanna é uma moça bondosa e delicada.

Livínia afagou o rosto de Artorex com o carinho de uma mãe, e ele sentiu seus olhos umedecendo sob o toque. Ela tinha os dedos frios e secos, e Artorex ficou surpreso com a afeição que animava seu rosto sereno. A expressão foi fugidia, e o jovem intendente não sabia se ela de fato existira.

— Temos que deixar que as falhas de meu filho sejam segredo nosso, Artorex — murmurou ela. — Meu marido ficaria muito preocupado se percebesse que Caius pode ser tão descomedido. Confio em você neste assunto, Artorex, porque sei que você se preocupa com o bem-estar da quinta.

— É claro, minha ama. Eu cumprirei seus desejos.

No jantar, sua primeira noite, Gallia estava atipicamente submissa, ganhando assim a aprovação tanto de Ector quanto de Caius. Se os homens soubessem que ela tinha ouvido os segredos mais vergonhosos de Julanna, Caius talvez não se mostrasse tão indulgente.

— Ele... ele me bate, Gallia, quando eu o desagrado. Não há dúvida de que sou muito estúpida e causo a ele muita irritação. Eu lhe imploro, não conte a ninguém, pois ele tem o direito de fazer de mim o que deseja.

— Bobagem! — retrucou Gallia, com uma fagulha beligerante no olhar. — Você sempre foi bondosa demais para seu próprio bem, minha flor. Que homem decente poderia machucar uma menina tão adorável quanto você?

— Eu esgoto a paciência dele, Gallia, realmente esgoto. Ele passa a maior parte de seus dias com Severinus e seus amigos, e o pouco tempo que passa comigo o leva à exasperação. Eu gostaria de saber como ser uma boa esposa para ele.

— Você carrega o filho dele, não? Caius deveria estar contente porque logo será pai. — A agressividade na voz de Gallia enfatizou a dureza de sua resposta.

Duas lágrimas escorreram pelas faces de Julanna.

— Suponho que ele tem algum orgulho de mim e de nosso casamento, mas ele nunca diz isso. — Julanna fungou, aos prantos. — Sei que não sou muito inteligente, não como você, mas... mas... ele me bate quando eu o incomodo. Nada que eu faça jamais parece estar certo.

Gallia acreditava que qualquer homem que maltratava a mãe de seu filho não era homem coisa nenhuma, mas ela guardou suas opiniões para si.

— Eu gostaria que ele passasse mais tempo comigo em vez de gastá-lo com seus amigos importantes. Acho que ele não tem nenhum amor por mim — gemeu Julanna.

— Ele procura outras mulheres? — perguntou Gallia com praticidade.

Julanna corou fortemente e não fitou a amiga nos olhos.

— Não há mulher alguma de que eu tenha conhecimento, mas... — A voz de Julanna se apagou lamentosa.

— Talvez ele prefira garotos — sugeriu Gallia casualmente, uma declaração que chocou a pequena e rígida Julanna. — Ninguém que conhece você poderia tratá-la tão mal se fosse um homem de verdade.

— Gallia, por favor, nem mesmo sugira uma possibilidade tão terrível e vil. Eu não poderia suportar se Caius tivesse um amante, juro que não poderia!

— Sinto muito, minha querida. Você conhece minha língua... sempre correndo por conta própria. É claro que Caius não tem interesse sexual em garotos.

Mas, secretamente, Gallia se decidiu a observar Caius com atenção.

Julanna irradiava sua alegria no jantar. Gallia trouxera um pequeno pássaro mecânico numa gaiola dourada. Uma chave de ouro armava o delicado mecanismo e ele piava num timbre agudo e batia as pequeninas asas. Gallia não conseguia parar de falar sobre ele.

Caius mal disfarçava sua impaciência, enquanto Livínia agradecia a Gallia com discreta dignidade. O jovem senhor se recolheu a um silêncio taciturno e prolongado.

Quando um jovem muito alto se reuniu à família, Ector o apresentou a Gallia como seu filho adotivo.

Artorex viu uma moça pequena e infantil, com ondas de cabelos escuros e encaracolados e olhos muito argutos e críticos. Alguns instantes após conhecer Gallia, o intendente se irritou com a tagarelice dela e tachou-a como uma matraca frívola e banal. Nada que ela dissesse ou fizesse durante aquele primeiro jantar melhoraria a opinião dele a seu respeito.

Na manhã seguinte, Gallia acordou cedo, agitou os criados ao descer à área dos cozinheiros para pedir uma simples refeição, e depois se prontificou a levar uma bandeja de desjejum para sua amiga. Julanna comia pouco, pois ainda era acometida de enjoos matutinos, mas Gallia não tinha nenhuma intenção de deixar a amiga se render a uma pequena náusea.

Gallia examinou curiosamente as espaçosas cozinhas com o vivo interesse de uma mulher da cidade. Um imenso forno de tijolos, alimentado por uma fornalha cavernosa, dominava a sala simples e rústica. Outra grande lareira de tijolos servia para cozinhar qualquer refeição, desde um leitão inteiro a pequenas guloseimas em calda que ferviam em pequenos potes de ferro pendurados por alças sobre o fogo aberto. Uma plataforma de madeira marcada dominava grande parte da sala, e Gallia percebeu que a mesa era o domínio do cozinheiro, um homem pequenino e agitado com uma barriga protuberante e braços que gesticulavam furiosamente. Jovens criadas corriam para obedecer ao menor de seus gestos.

Gallia passeava pelo caos organizado da cozinha praticamente sem notar a comoção que estava causando. Uma criada gorducha deixou cair um peixe que carregava numa cesta cheia de capim cortado, o que levou o cozinheiro a puxar suas orelhas severamente.

— Diga-me, chefe de cozinha, o que poderia curar as náuseas e vômitos da senhora Julanna e nutri-la ao mesmo tempo? — perguntou Gallia ao valoroso criado, que ficou perplexo ao ver-se envolvido em assuntos de mulheres.

De seu canto quente, Frith soltou uma risada.

— Não pergunte a esse monte de trapos de cara amarrada, minha ama — começou Frith. — Eu curei nossa ama Livínia quando ela carregava o jovem amo na barriga e quando todos na casa achavam que ela morreria de fome. Temos que ministrar água fria, um pouco de pão seco para tranquilizar o estômago, um pouco de leite com apenas um toque de mel para fortificá-la e depois uma bandeja de frutas cortadas em pedacinhos para incitar seu apetite. Isso cairá bem à jovem ama.

— Eu lhe agradeço — respondeu Gallia com um sorriso ensolarado que aqueceu a velha. Ela se virou para o cozinheiro. — Não creio que você esteja disposto a deixar nossa doce Julanna sofrendo. Sei que encontrará as frutas perfeitas para abrir seu apetite.

O cozinheiro cedeu até o ponto de convocar criados para buscar maçãs maduras da câmara fria, e algumas nozes e as amoras que foram colhidas no outono.

— Vocês são todos muito bons para mim! — exultou Gallia, e saiu correndo para os aposentos de Julanna, carregando o desjejum.

Julanna ainda estava na cama, e em estado lamentável.

Destemida, Gallia a encorajou a beber um pouco de água fria e experimentar alguns bocados de pão quente e fresco. Depois ela distraiu Julanna com histórias sobre seus pretendentes e seus muitos defeitos, até que a futura mãe estava gargalhando, mesmo com o estômago nauseado.

— Eu disse a meu pai que se ele quiser me casar com um homem com cara de bacalhau, vou me afogar. — Gallia ria enquanto estimulava Julanna a beber seu leite. — Quanto ao bode velho, Preópio, o dono da frota que comercializa pelo Sabrina Aest, eu lembrei a meu *Pater* que, se ele quiser mais netos, é melhor encontrar um homem capaz de gerá-los.

— Você é realmente terrível, Gallia — riu Julanna. — Que ousadia!

Ela se viu mastigando fatias maduras de maçãs.

— Acho que finalmente tenho fome — disse Julanna, impressionada.

— Pois então você deve comer todas estas porções e vestir roupas quentes. Depois vamos sair para uma caminhada. Isso lhe fará muito bem, tenho certeza, e é muito melhor que ficar entre estas quatro paredes, atolada em seus medos. Vamos, minha querida, ou eu serei forçada a vesti-la pessoalmente.

— Como sobrevivi aqui sem você, minha louca Gallia?

— Não muito bem, pelo visto, apesar de estar morando num paraíso como esta quinta — replicou Gallia cruzando a porta, muito satisfeita com seus esforços para alegrar sua protegida.

Julanna levou algum tempo para ser vestida por sua criada, mas antes da hora marcada e bem protegida contra qualquer vento mais forte, ela foi vigorosamente conduzida a uma caminhada tranquila pelos arredores da quinta, seguida discretamente por um criado de Gallia, a uma distância segura.

Julanna não havia se dado ao trabalho de prestar muita atenção aos arredores da quinta, mas agora, através do alegre interesse de Gallia, ela via as ovelhas, as plácidas vacas e as aves irrequietas com novos olhos. As duas jovens cataram ovos no galinheiro e encheram uma velha cesta. Gallia chamava as ovelhas, agora quase tão grandes quanto suas mães, e ambas ficaram fascinadas com os batedores de manteiga, as queijeiras e os imensos cavalos já trabalhando duro na aragem dos campos, em preparação para o plantio.

Mastigando uma cenoura temporã, Gallia parecia encontrar mágica em cada canto da fazenda, pois ela era nascida e criada na cidade. Todas as cores a encantavam: o bronze e escarlate das folhas, as nuvens brancas e altas e o rico castanho dos campos.

Quando Julanna começou a parecer um pouco cansada, Gallia também alegou cansaço e elas refizeram seus passos em direção à quinta.

No campo de montaria, Targo e Artorex estavam praticando esgrima.

As duas moças pararam para observar.

— Nossa! — disse Gallia com uma risada. — Seu intendente é um jovem bem grande. E muito bonito, agora que o vejo com mais atenção.

— Gallia! — engasgou Julanna, chocada com o olhar de flerte da amiga.

— Bem, ele é, minha cara. Ele tem um corpo belo e forte. E luta muito bem, não luta?

— O nosso Artorex? — perguntou Julanna vagamente. — Sim, acho que é muito habilidoso com armas, embora eu não compreenda por que ele perde seu tempo com tanto treinamento.

— Como intendente, ele certamente deveria ocupar-se da propriedade de lorde Ector, não? — perguntou Gallia. Sua curiosidade era atiçada pela posição estranha e ambígua de Artorex na Quinta Poppinidii.

— Bem, ele não é exatamente um intendente, mas é provável que ele se torne um com o tempo. Ele é filho de criação de Ector e, se acreditarmos nas fofocas dos criados, seu patrono é Lucius de Glastonbury.

— O sacerdote cristão? Artorex segue os ensinamentos do Nazareno?

— Não sei, pois nunca o ouvi expressar qualquer opinião a respeito disso, nem pró nem contra. Mas ele é tratado com muito favor pelos grandes homens que nos visitam de vez em quando para verificar seu progresso.

— Que estranho... — murmurou Gallia e mordeu o nó do polegar, um hábito da infância que significava que ela pensava febrilmente.

— Pensando bem, as profecias daquela adivinha, Morgana, eram realmente muito estranhas. Ela pareceu insinuar que Artorex está destinado pela sorte a alguma grandeza futura — continuou Julanna, com a testa crispada pela inabitual concentração.

— Você tem que me contar tudo, Julanna. Estou ficando louca de curiosidade. — Gallia riu ansiosamente, puxando sua protegida de volta para seus aposentos.

Quando Julanna começou a fiar o algodão delicado, Gallia instalou seu tear para trançar o fio num tecido suave, a ser usado em roupas para o bebê. Enquanto trabalhavam, Julanna contou a Gallia tudo que podia lembrar da profecia de Morgana.

Gallia ficou atipicamente silenciosa enquanto ruminava o conto de Julanna.

Quando Livínia encontrou as jovens antes do almoço, as duas cabeças de cabelos negros estavam próximas e trabalhavam com diligência, como era esperado das boas moças. Livínia ficou satisfeita ao notar que o rosto de Julanna estava bastante corado e saudável, e seu sorriso tímido estava mais aberto e menos forçado que o habitual.

— A menina de fato fala sem parar, mas ela é boa para Julanna. Fico feliz por tê-la aqui até o nascimento do bebê — disse Livínia a Ector enquanto ele examinava o inventário da fazenda com Cletus.

O intendente parecia respirar com mais facilidade no ar frio.

— É uma moça encantadora, mas aposto que pode dar muito trabalho — replicou Ector distraidamente. — Ouvi dizer que ela tem o pai na palma da mão.

— Gallicus tem cinco filhos fortes, assim, ele pode arcar com mimos para a filha. De qualquer modo, não posso deixar de gostar dela — concluiu Livínia.

Caius, por outro lado, não gostava nem um pouco de Gallia.

Ele se levantou à tarde e partiu para os aposentos da esposa com um ânimo irascível, apenas para descobrir as duas moças juntas.

— O que está fazendo, mulher? — indagou Caius com impaciência.

Julanna ficou imediatamente reduzida à incoerência, mas foi poupada de maiores constrangimentos pela intervenção rápida de Gallia.

— Ela está fazendo mantos de algodão para seu filho, lorde Caius. Vê? Sua esposa é capaz de fiar a linha mais delicada que se pode imaginar. O algodão fica leve como penugem quando é trançado no tear.

Caius resmungou com desdém.

— Meu esposo nos fará companhia hoje à noite? — perguntou Julanna timidamente.

— Não. Severinus aguarda minha presença em seu banquete — retorquiu Caius com rudeza.

— Oh, eu acreditei que teríamos mais de sua companhia, agora que Gallia está aqui.

— Mexericos de mulheres não me interessam em nada — devolveu Caius. — Tenho formas melhores de passar minha noite.

— É claro, meu esposo — replicou Julanna, conciliatória.

— É claro! É claro! É claro! — Caius a imitou cruelmente. — Você não consegue falar de nada além de bebês e teares?

— Foi o senhor quem fez a pergunta — replicou Gallia, erguendo a cabeça altivamente, os olhos cor de âmbar gelados de desdém ao enfrentar o olhar de Caius.

Julanna tentava esconder as lágrimas que brotavam em seus olhos.

— Sua esposa não está bem, lorde Caius. Ela deve significar mais para o senhor do que um mero banquete, não?

Gallia sabia que estava indo longe demais, mas o jovem amo era intolerável em sua arrogância, e algum demônio de sua própria natureza a encorajava a provocar o insuportável senso de superioridade dele.

Caius enrubesceu constrangedoramente e sua boca se torceu numa careta de desprezo.

— Está claro para mim que seu pai não lhe ensinou quando deve falar, minha jovem, e quando deve ficar calada.

Neste ponto Caius já tinha dificuldade em controlar sua raiva, como denunciavam seus dedos contraídos.

Gallia ergueu o queixo decidido para mostrar que não seria intimidada.

— Se causei alguma ofensa, peço perdão, lorde Caius. Mas Julanna não está bem e anseia muito por sua atenção.

— Bem, então terá que ansiar sozinha! — rosnou Caius, disparando para fora do quarto para deslanchar seu mau gênio contra algum infeliz servo que cruzasse seu caminho.

— Oh, Gallia, como ousa irritá-lo? — gemeu Julanna, muito impressionada com a coragem da amiga.

— Irritá-lo? Eu não direi nada contra seu esposo, minha querida, mas eu realmente adoraria pregar um tapa na orelha dele. Caius se comporta como uma criança mimada.

— Mas ele é o filho único dos amos, e será o *pater familias* quando Ector estiver morto. — Julanna parecia completamente aterrorizada com a perspectiva.

— Ele é um brutamontes, e não vou deixar que aterrorize você. É minha última palavra!

— Estou tão feliz por você ter vindo para ficar, Gallia.

— Humpf! — Foi a única resposta de Gallia.

Naquela tarde, quando Julanna se recolheu à cama para descansar, Gallia decidiu explorar a Quinta Poppinidii a sério. Seguida por seu servo e completamente indiferente aos olhos dos lavradores, ela cruzou os acres de grãos até os campos equestres onde as flores cresciam em profusão junto aos limites da floresta. Enquanto ela colhia um ramalhete para sua amiga, sua busca a aproximou das sombras profundas que cercavam os grandes carvalhos.

— Seria mais prudente ficar longe dos bosques, senhorita Gallia. — Uma voz ríspida se intrometeu em seus pensamentos.

Gallia não pôde conter um sobressalto de surpresa.

Ao voltar-se, com as saias de sua túnica cobertas de botões silvestres, ela foi obrigada a erguer os olhos para o sorriso do intendente montado num grande corcel negro.

— O senhor me assustou, intendente. Acho que minha mente estava em outra parte. Estes bosques são assim tão perigosos?

— Muito — respondeu Artorex. — Com menos de dez passos entre as árvores, estará perdida. E há muitos perigos para desmiolados.

Gallia sorriu com o máximo encanto que sabia usar, pois era uma sedutora consumada e o intendente provocava o lado mais audacioso de sua natureza.

— O senhor possui um belo cavalo, Artorex. É bem grande.

— Sim. Ele é grande. Mesmo assim, é menor que a mãe dele — respondeu Artorex, inquieto.

Artorex descobria que aquela jovem franca tinha a habilidade de deixá-lo confuso e desconfortável apenas ao encará-lo fixamente com sua bela cabeça inclinada de lado, como se surpreendida.

— Não é possível — replicou ela.

— Ah, sim. Afrodite é a mãe dele, mas o pai era um cavalo selvagem que cruzou com ela na floresta.

— Afrodite? — Gallia investiu o nome com um acento de surpresa que valorizava seus lábios pequenos e vermelhos.

Sem falar, Artorex apontou para um grande cavalo de fazenda que arrastava tranquilamente uma carroça cheia de feno por um campo próximo.

— Bem, ele é muito mais bonito que a mãe, isso eu reconheço. — Ela riu, e sua afetação desapareceu com sua risada. Depois sua expressão se modificou completamente, deixando Artorex ainda mais confuso.

Gallia se voltou para seu servo e gesticulou para que ele se retirasse da zona de audição. Muito habituado aos ânimos de sua ama, o robusto criado obedeceu.

— Poderia caminhar um pouco comigo, Artorex, por favor? Passei o dia todo querendo falar com você, mas não o importunaria deliberadamente.

Artorex percebeu que nunca tinha conhecido uma mulher que falasse tanto e dissesse tão pouco, afora os educados elogios. Ela era incontrolável, assim como Flâmula quando as fêmeas estavam no cio. Artorex não sentiu inveja alguma do homem que desposaria Gallia em algum momento futuro. Mas, apesar de suas reservas, ele desmontou e conduziu Carvão pelas rédeas, encurtando as passadas para acompanhar os passos pequenos da jovem.

— Tenho certeza de que a fazenda pode prescindir de mim por algum tempo, se deseja minha atenção.

Os últimos vestígios do flerte de Gallia desabaram como um xale descartado. Seus olhos fitavam Artorex tão fixamente que ele foi forçado a parar.

— Fico feliz que você encontre tempo para falar comigo. — Antes de prosseguir, ela o desarmou com um sorriso. — A esta altura, você deve saber que eu ficarei na quinta como dama de companhia de Julanna. Ela é minha amiga há muitos anos, mas mesmo durante o pouco tempo que passei aqui, fiquei curiosa quanto à natureza da vida que ela leva nesta quinta... especialmente sua relação com o marido.

Ela sorriu inocentemente para Artorex mais uma vez, tanto que suas próximas palavras o deixaram perplexo.

— Ele a espanca com frequência? — perguntou Gallia sem rodeios.

— Não cabe a mim responder a esta pergunta, minha ama — replicou Artorex. — Eu trabalho como intendente da casa e não é meu papel comentar as ações de meus senhores.

Artorex fechou os olhos por um breve momento. Esta menina não tinha tato algum.

— Ora, vamos, Artorex. Se não você, quem mais responderá à minha pergunta nesta quinta? Sempre preferi a conversa franca; poupa muito tempo.

Artorex examinou aquele rosto determinado com olhos estreitos e opacos. O que mais a menina seria capaz de dizer?

— Caius é o filho de lorde Ector — respondeu ele. — E um dia será meu amo.

— Mas você nasceu livre. Será que não há cérebro algum embaixo de todo esse cabelo? — retrucou Gallia acidamente.

Sem qualquer razão específica, Artorex riu. Quando ficava irritada, a jovem lembrava uma galinha pintada, correndo de um lado para o outro, com o bico pronto a atacar o dedão do inimigo mais próximo.

Gallia compreendeu o que significava a risada dele — condescendência — e bateu o pé em frustração.

— Até uma mulher pode ter razão, intendente — ralhou ela.

Artorex deu de ombros.

— Em resposta à sua pergunta, Caius é só... Caius. Ele é o filho único de uma rica família romana, e se crê importante no mundo.

— Seria ele importante demais para passar algum tempo com a esposa grávida de seu filho?

— Ele também sente que é demasiado importante para toda esta boa terra. — Os braços abertos de Artorex apresentaram a Quinta Poppinidii e as terras que a cercavam. Havia amargura sob seu sarcasmo, e Gallia percebeu a mágoa em sua resposta.

— Pois então ele é um tolo — concluiu ela, um tanto apaziguada pela franqueza de Artorex. — Ele confia sua riqueza à honestidade dos outros.

Gallia girou nos calcanhares e começou a marchar em direção à quinta. Artorex foi forçado a segui-la.

— Minha ama Gallia, também está sendo tola, se fala palavras ríspidas sobre seu anfitrião dentro da própria casa dele.

Ela parou bruscamente e fitou duramente os olhos de Artorex.

— Você nega a verdade do que eu disse? — inquiriu ela.

— Não. Mas não é seu papel dizê-lo. A senhora Julanna é esposa de Caius e é sua propriedade, para ser usada como ele bem queira. Nós vivemos à moda antiga, e a Quinta Poppinidii segue as antigas tradições.

— Até você, Artorex?

— Eu e Caius não somos amigos, e nunca seremos. Servirei a ele como um criado, mas apenas por gratidão a meus pais de criação. Não preciso amar Caius para ser seu intendente.

Artorex percebeu que aquele fiapo de menina, tão pequenina e tão inflexível, de algum modo arrancou-lhe uma confissão que ele não teria feito a nenhum outro ser vivo.

— O sangue que corre por minhas veias é mais puro que o sangue que nutre Caius — retrucou Gallia orgulhosamente, com a cabeça erguida. — Eu sou completamente romana, e não uma mestiça celta. As ações de Caius são inaceitáveis para um homem de berço.

Ela parecia uma pomba furiosa.

Artorex estava preocupado com o rumo que a conversa tomava, e olhou em torno para verificar se não havia alguém entreouvindo as palavras que a menina pronunciava. Por acaso ela não tinha qualquer reserva em sua natureza?

— Meus irmãos partilham de minha linhagem, e não exercem os direitos totais de um esposo sobre o corpo de sua mulher.

Artorex deu de ombros. Linhagem era algo de pouco interesse para um homem sem pai.

— Quer dizer que Caius tem permissão de espancar Julanna e todos na Quinta Poppinidii sabem disso?! — proclamou Gallia com convicção. — Que covardia!

Artorex deu de ombros mais uma vez. A verdade era evidente por si.

— Existe alguém aqui que possa proteger Julanna de Caius?

— Não há sequer uma alma, quando nossa ama Livínia decide fingir que não vê; e creio que, se for sábia, a senhorita fará o mesmo.

— Não tenho um espírito tão mesquinho.

— Acredito nisso, mas o que espera que eu faça? A senhora Livínia falou com o filho, e assim eu não espero mais violências da parte dele. Realmente não posso insistir que o filho da casa seja punido, e não é meu papel criticar as decisões tomadas pelos amos da quinta. — Artorex estava frustrado com a discussão, principalmente porque no fundo ele sabia que Gallia estava certa. Caius era um bruto, e até o mais humilde servo da quinta sabia disso. O próprio Artorex vira a prova e se sentira sujo por sua cumplicidade.

— Como intendente desta nobre casa, suponho que não há nada que você possa fazer se os próprios pais não impedem a crueldade de seu filho. É tudo muito triste, porque considero esta bela quinta um pequenino pedaço de Olímpia e é decepcionante descobrir que a vileza se encontra em todos os lugares. — Gallia suspirou profundamente, e Artorex descobriu que sua irritação desapareceu com aquela suave exalação do sopro dela.

Mas a moça imediatamente o chocou com sua nova pergunta.

— Ele pratica o costume grego?

— Quê? — Artorex parou tão bruscamente que Carvão trombou contra suas costas.

— Ele faz amor com meninos e homens afeminados? — elaborou Gallia como se falasse com uma criancinha inocente.

— Eu não sei nada das preferências amorosas de lorde Caius. Severinus, amigo dele, pode ser outra questão; mas eu nunca sou convidado a passar tempo com meus superiores.

— Muito conveniente — disse Gallia em voz baixa, como se falasse sozinha. Ela se voltou e sorriu para a carranca fechada de Artorex. — Obrigada, Artorex.

Ela sorriu mais uma vez, despachando-o.

— Pode ir agora. Desejo retornar para a quinta.

Ser despachado tão abruptamente deixou Artorex mais irritado do que ele esperava.

Enquanto montava em Carvão e se afastava, sua mente passeou por um sem número de respostas afiadas para as perguntas impertinentes da moça. Mas agora já era tarde.

— Que se dane essa menina — disse Artorex para Carvão, que relinchou em apoio. — Ela faz com que eu me sinta um tolo.

Contudo, uma vez que uma ideia lança raiz, ela começa a crescer.

Sem querer, Artorex viu que sua mente se voltava para Caius e seus amigos, apesar do vigor com que tentava controlá-la. Pensamentos sobre Gallia também se intrometiam em sua leitura das façanhas de César contra Vercingetórix, algo que nunca tinha acontecido antes. Nos dias que se seguiram, quando estava em presença dela, Artorex se esforçava para encontrar seus olhos cor de âmbar — e percebeu que a lembrança de seus seios fartos começava a perturbar seu sono.

As mulheres são muito, muito estranhas, pensara consigo em várias ocasiões. Os outros servos notaram que Artorex muitas vezes fixava o olhar distraído em nada, quando deveria estar concentrado na administração da quinta.

Era inevitável que os criados começassem a fofocar.

— O jovem intendente está apaixonado! — Frith riu para ele certa manhã, depois que uma nevasca o impeliu para a cozinha para aquecer suas mãos rachadas.

— Bobagem, Frith! — retrucou Artorex, mas a velha criada percebeu que suas palavras haviam provocado duas manchas rubras na pele fina do rosto do rapaz.

— Estou achando que é a senhorita Gallia que distrai você — replicou Frith, condescendente.

Sua idade avançada e os serviços que prestara a Livínia permitiam à velha alguma impunidade contra a censura, e assim Frith exercitava sua língua quando bem entendia. A criada era uma aristocrata natural.

— Eu sou um intendente, Frith, e a senhorita Gallia é de uma linhagem antiga.

— Que tolice! — respondeu Frith bruscamente. — O pai dela, Gallicus, pode até ser um lorde, mas ele não tem classe alguma. É um vendedor de peixe — exclamou ela, como se a explicação reduzisse o imenso abismo que existia entre Gallia e seu protegido.

Artorex beijou sua bochecha enrugada e rosada.

— Por favor, não alimente fofocas, Frith — disse ele em voz baixa. — Se deseja que eu não sofra nenhum dano.

— E quem ousaria encostar um dedo em você, meu jovem amo, quando você é capaz de cortá-los ao meio num instante? — respondeu Frith de modo prático. — Agora vá, ou os criados começarão a falar de nós dois.

— Para mim, você é mais bonita que todas as belas damas de Roma — Artorex sorriu para o rosto murcho.

— Caia fora, seu mentiroso. — Frith ficou suavemente enrubescida pelo amor por ele.

A mente de Artorex estava agora completamente ocupada pelos sismos que fermentavam sob a plácida superfície da Quinta Poppinidii, e ele decidiu debater o assunto com Targo na primeira oportunidade. Se havia alguém na quinta para conversar francamente com ele sobre suas preocupações, esse alguém era o sábio veterano.

Artorex encontrou o velho soldado sob seu amieiro favorito, agachou-se a seu lado e procurou as palavras apropriadas com cuidado. Artorex vivera com Caius durante toda sua curta vida, e decidira esquecer as palavras odiosas e os insultos pessoais que o jovem amo lhe atirara antes mesmo de chegar à adolescência. Targo era um criado da casa e acabaria sofrendo se fosse envolvido em qualquer tentativa de censurar o jovem amo abertamente. Mas Artorex compreendia as artimanhas e vinganças perpetuadas por servos ao longo das eras. Um senhor cruel muitas vezes era punido de formas variadas e sutis — uma refeição ligeiramente carregada no sal ou uma urtiga colocada sob a sela de um cavalo arisco, para lhe causar acidentes.

Mas, à sua maneira, Targo era um homem honrado. Ele se recusava a recorrer a vinganças de servos, e em vez disso decidia guardar consigo os insultos de Caius até o inevitável dia em que o jovem senhor pudesse ser subjugado.

— Faça sua pergunta, rapaz. Desembuche! Até você encontrar as palavras bonitas que está procurando, já estarei no meu leito de morte. O que quer?

Targo era direto como Gallia. Por um momento, Artorex sorriu ao imaginar aquelas duas pessoas imprevisíveis conversando.

— Quero falar com você sobre Caius. Quais são os boatos que correm pelo vilarejo sobre o jovem amo? O que ele faz de suas horas? Aonde vai?

Inquisitivo, Targo ergueu uma das sobrancelhas brancas.

— Então é para esse lado que o vento anda soprando, não? Serei direto como uma flecha com você, garoto. O vilarejo não tem qualquer apreço por Caius, mas esse triste fato é de conhecimento comum. Ele é rápido com seu chicote, lento com suas dívidas e seus amigos são homens ainda piores que ele. Não direi mais nada.

— Já que ele se tornará nosso amo, preciso saber a que classe de homem servirei. Por favor, Targo. Quando se trata do que ocorre em nossa quinta, você é mais bem informado que a maioria.

— Eu não repito nem metade do que ouço — replicou o veterano com um sorriso sardônico. — É por isso que cheguei à velhice.

Artorex esperava com as mãos pousadas sobre os joelhos.

Após certo tempo de silêncio obstinado, Targo capitulou.

— Você não contará a ninguém o que eu direi, pois não tenho desejo algum de ser encontrado na porta de minha casa com uma segunda boca rasgada sob o queixo.

— Não creio que Caius seja capaz de matar — exclamou Artorex. — Sei que ele é um bruto e que seus amigos são bêbados e vadios, mas ele é fraco demais para cometer um assassinato.

— É mesmo? Pois bem, então você realmente não precisa que eu lhe diga coisa alguma, meu jovem.

Targo começou a se levantar, mas Artorex pediu profusas desculpas e, com certa relutância, o velho tornou a se recostar no tronco da árvore.

— O jovem amo foi violento desde menino. Sua mãe é uma grande dama e, apesar de resmungar e bufar quando está irritado, lorde Ector é de natureza tão tranquila quanto o velho Flâmula ali. Mas Caius nasceu com um buraco negro dentro do corpo e nada em toda esta terra pode preenchê-lo. Não se pode confiar nele.

— Tem certeza disso?

— Certeza. Acima de qualquer dúvida. Infelizmente, sei de muitos problemas envolvendo o jovem amo, problemas que não desejo relatar a pessoa alguma. Você já está consciente de um pecado específico de sua conduta, e portanto confirmo para você que ele arruinou Afrodite porque, quando tinha um ano, ela não respondia com facilidade ao freio. Ele a espancou até deixar sua pele em carne viva.

Targo sacudiu a cabeça ante a lembrança.

— Quando Caius era mais novo, ele tentou me matar na primeira ocasião em que lhe dei uma espada com fio — continuou o velho. — Ele se aproximou de mim por trás, mas eu senti sua presença e me desviei da lâmina. Ele não conseguiu encontrar uma brecha, e depois alegou que estava apenas me testando. Caius é dominado pelo ódio, e você, mais que todos os homens, jamais deve confiar nele.

— Mas lorde Ector certamente está ciente da natureza do filho, não? — Artorex não tinha razões para admirar Caius, e estava impressionado com quão pouco absorvera da vida entre os muros da quinta.

— Tanto lorde Ector quanto a esposa conhecem as fraquezas do filho. Eles fingem não saber, mas eu já vi nosso amo observando o jovem, e conheço aquele olhar. Ele tem vergonha de Caius. Ambos têm, mas, como todos os pais, amam seu filho.

Targo ergueu os olhos para os galhos do amieiro. Quando tornou a falar, foi como se libertasse pensamentos havia muito reprimidos.

— Caius não escolhe bem quem vai ferir, se entende o que quero dizer. O que lhe importa é a dor, pois ela estimula sua virilidade. Vinho, sangue e coito! Estes três demônios podem fazer do mundo um lugar terrível.

Targo falava em enigmas, mas Artorex não ousava interromper o fluxo dos pensamentos do velho. Os olhos escuros do veterano estavam tristes, como se ele tivesse testemunhado em demasia o lado brutal da natureza humana.

— Há alguns anos, duas crianças desapareceram de um vilarejo a leste daqui. Você lembra?

— Tenho alguma lembrança disso, mas não significou muito para mim naquela época — respondeu Artorex vagarosamente. — Foi antes de você se tornar meu tutor. Recordo que Frith me avisou para ficar longe da Floresta Velha, senão os espíritos malignos me levariam.

— Pode agradecer a Mitra por Ector ter ordenado seu treinamento para a batalha, senão talvez você não estivesse aqui, tão forte e tão destemido.

Artorex só pôde ficar confuso, e Targo fingiu examinar as mãos calejadas.

— As crianças, um menino e uma menina, eram irmãos, os únicos filhos de um lenhador. Quando se perderam, o menino tinha 13 anos, e a menina, 11. — Targo fez uma pausa enquanto as lembranças daquela época sinistra lhe retornavam. — Os aldeões procuraram por eles durante semanas, mas as crianças tinham desaparecido da face da terra e os supersticiosos acreditaram que um demônio as havia devorado. No fim das contas, foi um monstro quem sequestrou aquelas pobres crianças, que jamais andavam separadas. Nós achamos a menina uma semana depois. Ela foi torturada e teve os cabelos e mãos decepados. Ela estava viva quando o monstro cortou suas veias, pois o chão do bosque onde a encontraram estava embebido em seu sangue. O rosto dela... Uma coisa é matar em batalha, e eu vi imagens que repugnariam o mais forte dos homens, mas aquele crime foi grotesco... e me lembro dele até hoje.

— Ela foi violentada? — perguntou Artorex, pois crianças muitas vezes caíam presas de feras humanas.

— Não, ela não foi tocada. Mas tenho certeza de que o homem, ou os homens que a mataram provavelmente odiavam mulheres. Quando a mutilaram, cortaram até mesmo seus mamilos infantis. Ela sangrou torrencialmente pelos ferimentos... e os mortos não sangram.

— Argh! — Artorex não pôde conter a exclamação de repulsa.

— O corpo do menino foi encontrado algumas semanas depois. Ele foi enterrado numa cova rasa nos limites do bosque sobre o vale do Falcão, mas o frio do inverno conservou sua carne e por isso o pai pôde reconhecê-lo facilmente. Nenhum de nós sabia como revelar o destino da criança à mãe, mas o lenhador ficou completamente louco de tristeza.

Instintivamente, Artorex percebeu que aquela história tétrica estava muito longe de sua conclusão.

— O menino foi repetidamente estuprado. Ainda havia sangue espalhado por seus quadris estreitos. Ele foi amarrado e deixado para morrer de fome.

— Mas o que esses horrores têm a ver com Caius? — perguntou Artorex.

— Fico surpreso por você não recordar o Massacre dos Inocentes. Criado ou senhor, ninguém falou de outra coisa por diversas semanas. E um dia, quando a senhora Livínia aconselhou Caius a tomar cuidado porque havia um assassino sanguinário à solta, eu vi o jovem amo sorrindo. Foi apenas um sorriso rápido, mas senti que ele era culpado de algo. Os aldeões suspeitaram de Severinus e seu catamita; contudo, onde vão os Severinii, Caius vai atrás.

— Nesta época, eu me ocupava sentindo pena de mim mesmo — explicou Artorex em voz baixa. — Eu passava muito tempo na Floresta Velha, ou evitando o trabalho, e assim não poderia lembrar muito sobre as crianças perdidas — murmurou ele, a mente confusa pela vívida crueldade do relato de Targo.

— Ao que parece, uma criança desaparece a cada ano. Mas foram muitas crianças, e surgem boatos insanos sobre seus destinos, cada um mais improvável que o anterior. Às vezes nós achamos seus restos, mas em geral os corpos são bem escondidos pelas feras que cometem os crimes.

— Você acha que Caius está envolvido nessas abominações?

Com uma expressão angustiada e sombria, Targo olhou acima do ombro, na direção da quinta. Artorex não se lembrava de nenhum momento em que o veterano aparentara medo anteriormente, mas agora seu rosto marcado trazia uma variedade de emoções fugidias — uma delas, medo.

— Sim. — Targo pronunciou a palavra num relutante sussurro. — Sozinho ou, mais provavelmente, com seu amigo Severinus. Ele era muito novo quando as primeiras crianças desapareceram, mas já era amigo de Severinus.

Targo fitou seu jovem pupilo.

— Eu não ficaria surpreso em descobrir que Caius não tem colhão para atuar naquelas atrocidades. Acho que ele se satisfaz em observar, como faziam os suplicantes nos horrendos festivais que ocorriam na gruta de Lupercal em Roma, antes que os bárbaros a queimassem até reduzi-la a mármore enegrecido. O que estou dizendo, garoto, é isto: ou Caius é um assassino, ou seu amigo é um assassino. E, sim, eu acredito que Caius é cúmplice no massacre das crianças. Que os deuses me perdoem, mas tenho pena de lorde Ector se um dia ele descobrir as suspeitas dos aldeões.

Artorex estava revoltado, tanto pela teia de silêncio que fora lançada sobre a quinta quanto pela crueldade da execução dos crimes.

— Está claro para mim que você detesta Caius, e mesmo assim obedece às ordens dele com passividade — protestou Artorex. — Como pode ficar em silêncio? Você acha que Ector sabe algo sobre o destino dessas crianças, e que ele ficaria em silêncio para proteger o filho?

— Odeio Caius com o asco do velho soldado, mas já odiei muitos homens e mesmo assim permiti que eles continuassem respirando. Obedeço às ordens de Caius porque ele é filho de lorde Ector, um verdadeiro nobre que me deu abrigo quando eu estava a ponto de me atirar sobre minha própria espada. Meu amo não sabe o que o filho faz, pois ele não tem rosto ou olhos que podem mentir com facilidade. Juro que ele não suspeita de Caius.

Ele baixou os olhos para as mãos, que se torciam e se entrelaçavam incansavelmente.

— Eu não suportaria ter que expor a lorde Ector a gravidade de minhas preocupações. Não tenho prova, assim como os aldeões não têm provas, portanto não posso esperar que Ector acredite em algo que macularia o caráter de sua casa. E quanto à nossa ama? Não. Jamais. Ela mataria o filho com as próprias mãos se seu crime trouxesse vergonha para o nome de sua família.

Os olhos de Targo estavam velados por uma mistura de lágrimas e desprezo por si mesmo, e Artorex estremeceu ao ver o que suas dúvidas haviam despertado.

— Agora que está ciente de meus medos, garoto, você deve me prometer que não fará nada até que possamos agir com certeza. Uma grande dor pode ser infligida em muitas pessoas inocentes se agirmos com base em meras suspeitas.

Artorex assentiu.

— Eu concordo. Temos que observar e tentar manter a família longe de danos... Até mesmo Caius. Assim como você, eu devo minha vida a lorde Ector e à senhora Livínia.

Uma lufada fria da brisa da manhã ergueu os pelos dos braços de Artorex. Ele se pôs de pé. Seus olhos eram completamente impenetráveis enquanto ele considerava o problema de seu irmão de criação.

— Maldita! — suspirou Artorex. — Eu estava muito bem até ela aparecer para agitar meus pensamentos.

— Está falando da senhorita Gallia, suponho. — Targo sorriu com seus dentes amarelados. — Um delicioso pedacinho de problema.

— Sim. Ela é um estorvo infernal, mas é inteligente... e bonita!

— Tão inteligente que vai provocar sua queda se você não tiver cuidado, garoto. Jovens provocadoras como a senhorita Gallia são uma maldição para a maioria dos homens; são capazes de levá-los à loucura total.

Deixando muitas coisas por dizer, os dois homens começaram a se preparar para seu treinamento diário de esgrima.

Ignorando por completo o maremoto que estava causando nas águas tranquilas da Quinta Poppinidii, Gallia ajudava Julanna a passar as longas horas de inatividade forçada mostrando-lhe todos os tipos de bobagens que trouxera de Aquae Sulis. Pentes cravejados de pedras, um jogo de tabuleiro, um pequeno amuleto da Maternidade feito de ossos de baleia e delicados fios do Oriente: todos encontraram seu caminho para os aposentos de Julanna.

Quando a primavera estava no auge de sua beleza, Cletus faleceu de repente. Ele passara tanto tempo doente que o senhor e a ama da casa sentiram que a morte foi uma bênção para o fiel criado. Como não tinha filhos e nenhum parente, Cletus foi mandado para os deuses de modo austero; como testemunhas, apenas a família e os criados da casa. Depois, suas cinzas foram espalhadas pelos campos que ele trabalhara para enriquecer. Tão discretamente quanto vivera, Cletus deixou o mundo da Quinta Poppinidii. Sua morte praticamente não causou qualquer turbulência em seu rastro, pois ele teve a previdência de treinar seu substituto.

Ao longo do mês seguinte, apesar da antipatia de Caius, Gallia se manteve próxima de Julanna, e assim o futuro pai decidiu ausentar-se da casa com frequência, às vezes por vários dias. A primavera pairava com asas perfumadas e inebriantes, e até Gallia se sentia envolta por uma aura protetora de paz e contentamento.

Gallia costurava com mão delicada, e as amigas passavam incontáveis horas preparando roupas de bebês e bordando desenhos elegantes que embelezariam os algodões e linhos suaves. Elas raramente se entediavam, pois Gallia tinha um manancial de histórias que jamais falhavam em fascinar sua amiga. Se soubesse quão fixamente Artorex as vigiava, Gallia se sentiria menos confortável dentro dos muros da quinta.

Quando faltava menos de um mês para o parto de Julanna e apenas alguns dias para o começo do verão, os três viajantes voltaram à quinta mais uma vez.

Alguns dias brilhavam como se pó de diamante fosse carregado pelo ar cálido. As brisas ininterruptas foram quentes por todo o dia, e a família passara as horas mais abrasadoras do dia no átrio, onde a fonte oferecia alguma ilusão de frescor. As damas se abanavam languidamente e erguiam o olhar esperançoso para o quadrado visível de céu, que não trazia qualquer traço de uma nuvem refrescante. Até os pássaros faziam silêncio, como se o calor lhes tivesse roubado a capacidade de cantar.

Os três nobres visitantes foram uma bem-vinda distração do clima atípico. Qualquer desculpa para se demorar nos banhos e se vestir para a refeição noturna era uma bênção após a massa de calor que se abateu sobre a família por todo o dia.

Ector recebeu Myrddion, Luka e Llanwith pen Bryn com prazer, pois compreendia que, graças àqueles homens nobres e poderosos, ele agora possuía um intendente jovem e forte que poderia administrar suas terras com segurança por muitos anos à frente. Quando Cletus morreu, o jovem Artorex imediatamente assumiu o controle total da vida cotidiana da quinta, e realizou seu dever com distinção mesmo antes que Ector confirmasse sua promoção ao cargo. Ector sabia que grande parte do que Artorex era agora se devia à intervenção dos três lordes, e estava agradecido.

A presença de Gallia causou certa consternação da parte dos três nobres visitantes. Eles não tinham imaginado que haveria outros convidados durante sua visita.

Gallia estava alucinada de curiosidade pela presença dos três visitantes, e seus olhos dourados chispavam enquanto ela absorvia cada mínimo detalhe que distinguia os estranhos como poderosos homens de influência. A adaga de dragão de Llanwith lhe chamava a atenção enormemente, pois, se ela não estava enganada, o punho era um lavrado de ferro e ouro puro. Luka usava um torque de formato antigo e, embora o metal lhe fosse estranho, a citadina Gallia adivinhava que era feito de eletro.

Quanto a Myrddion, que agora era marcado por uma mecha branca em seus cabelos negros, Gallia reconhecia nele os modos de um homem acostumado com o contato diário com os grandes e poderosos. Ela sabia identificar um dignitário, um cortesão de alto berço, quando o encontrava. Myrddion usava um rubi do tamanho de um ovo de pombo em seu polegar como se fosse uma ninharia, e uma de suas orelhas era furada e adornada por uma estranha ponta de lança de ouro.

Sim, realmente eram muito peculiares aqueles homens vindos de longe — homens que apareciam em raras ocasiões para verificar o progresso de Artorex e depois partiam tão rápido quanto chegavam. Gallia sabia que havia algum propósito importante por trás daquelas visitas, pois homens de riqueza e poder nunca agiam por impulso. Gallia sorria com prazer. Estranhos misteriosos, boatos do mundo mais vasto da Britânia e uma oportunidade de usar suas melhores túnicas — tudo dançava hipnoticamente por seus pensamentos.

— Qualquer coisa que ocupe Caius e rechace suas palavras é bem-vinda — ela murmurou em voz alta, subitamente séria. — O calor está deixando todos irritados.

Mas Gallia jamais podia ficar preocupada por muito tempo, e assim ela foi até seus aposentos para avaliar as deficiências de seu guarda-roupa.

CAPÍTULO V

Nascimento e Morte

Como se tornou costume da Quinta Poppinidii, um banquete foi preparado para honrar a chegada dos três dignitários. Artorex mantinha a cozinha em atividade e criadas ágeis prepararam aposentos para os visitantes.

Gallia foi obrigada a dormir numa cama improvisada no quarto de Julanna. Ela sabia que Caius andava cada vez mais irascível, e por isso não protestou e recebeu de bom grado a oportunidade de proteger a amiga contra o temperamento do marido. Artorex também estava inquieto, pois percebia que Caius andava angustiado e seus humores se tornavam ainda mais imprevisíveis. Os nobres visitantes apenas aumentavam a inquietação de Caius; Artorex entreouviu enquanto ele insultava violentamente o criado que lhe levara uma túnica limpa para o banquete.

Quando atravessava a colunata, assegurando que todos os mínimos detalhes da refeição cumprissem as expectativas de lorde Ector, Artorex viu Targo oculto numa área de sombras junto aos estábulos.

O velho se cobrira com um manto negro. Apenas os olhos mais afiados poderiam avistá-lo enquanto ele observava as idas e vindas da quinta. Artorex notou que Targo tinha a espada curta e o punhal nas bainhas em sua cintura.

— O que há, Targo? Você não deveria estar nos braços de sua viúva, ou sentado à lareira ao lado dela? — perguntou Artorex do pátio.

Targo pareceu alarmado pela saudação em voz alta do pupilo. Ele ergueu um dedo para os lábios e depois puxou Artorex para a relativa escuridão dos estábulos.

— Fale baixo, garoto. Você pode provocar a morte para nós dois.

— Por que estamos sussurrando?

Os olhos de Targo cintilaram à meia-luz. Se Artorex não o conhecesse, teria acreditado que o velho estava sinceramente assustado.

— Acabei de saber que outro menino desapareceu do vilarejo e sua família está desesperada por sua segurança. O menino não tem o hábito de se afastar de casa, e por isso eles têm certeza de que foi levado. Seu pai, o ferreiro, não vai esperar calado que seu filho seja encontrado. Ele logo virá até aqui, preparado para esganar Caius até a morte se isso servir para encontrar o filho. Os outros aldeões também estão furiosos, e os boatos correm soltos. Se acreditam que Caius está envolvido, e é isso que realmente pensam, eles virão para cá com o ferreiro para levar embora o filho de nosso amo, seja ele culpado ou não.

— Quando o menino desapareceu? — perguntou Artorex bruscamente.

— Ontem, ao amanhecer — replicou Targo, tenso.

Artorex soltou um profundo suspiro de alívio.

— Graças a todos os deuses. Há dois dias que Caius não deixa a quinta — murmurou Artorex confiante. — Na verdade, ele anda um estorvo insuportável, e leva a família à loucura com seus humores.

Targo riu amargamente.

— Pois então eu devo estar certo quando digo que Caius é plateia do mal e não tem colhão para realizar aqueles crimes para satisfação própria. Eu apostaria minha mão esquerda que ele está envolvido, especialmente se anda ansioso para visitar seu amigo, Severinus. De qualquer modo, a ameaça à quinta ainda permanece. É por isso que estou aqui. É possível que os aldeões se voltem contra Ector, e a situação pode fugir completamente ao controle se algo não for feito para acabar com isso. Esses assassinatos já duraram demais.

— Então eu tentarei manter Caius na Quinta Poppinidii, onde lorde Ector pode garantir alguma proteção a ele — decidiu Artorex. — Se você conseguir convencer os aldeões de que o filho de Ector estava na quinta no momento em que o menino desapareceu, então talvez possamos evitar muita hostilidade, pelo bem de todos nós. Nesse caso, pode dizer a eles que eu, Artorex, juro que o jovem amo é inocente deste específico desaparecimento. — Ele fez uma pausa.

— Você soube que os três viajantes retornaram à quinta e estão jantando com lorde Ector exatamente neste momento?

— Por que tudo tem que dar errado ao mesmo tempo? — resmungou o velho. — É melhor que eu vá imediatamente até a vila para acalmar a família do menino.

— Sim. E agradeço por seu aviso. Vou vigiar Caius e assegurar que ele permaneça aqui na quinta.

O velho soldado deu meia-volta e partiu, afagando o tronco de seu amieiro favorito enquanto passava.

Artorex observou Targo até que sua forma se perdeu na escuridão profunda.

O jovem intendente retornou a seus afazeres, com os calcanhares das sandálias batendo estrondosamente nas pedras do piso enquanto ele marchava para as cozinhas. Ele tinha muito trabalho a fazer e pouco tempo para evitar que a vergonha se associasse à hospitalidade da Quinta Poppinidii.

Naquela noite, o banquete teve uma atmosfera tensa, apesar da comida fabulosa.

Livínia se vestiu com cuidado especial numa túnica azul-clara que combinava com os remanescentes de sua beleza morena. Como de hábito, ela usava poucas joias, mas as grandes pérolas que pendiam de suas orelhas e os dois pesados braceletes em torno de seu pulso estreito eram como pontos de exclamação que enfatizavam sua delicadeza. Llanwith pen Bryn lhe dedicou uma mesura de cabeça quando percebeu que ela tinha seu presente adornando as orelhas.

Lorde Ector estava tão afável e desavisado como sempre, completamente inconsciente das correntes subterrâneas de mau humor, nervosismo e vigilância que permeavam o triclínio. Ector se recostou em seu sofá romano decorado com pinturas e relevos, e acenou para que os convivas se reunissem a ele.

Julanna alegou uma forte dor de cabeça e foi se deitar, mas Gallia não pôde resistir ao impulso de ver os três visitantes de perto. Caius parecia mais perturbado que o habitual quando em companhia de homens importantes, enquanto Livínia se ocupava de observar o filho discretamente, apesar dos sorrisos graciosos e palavras hospitaleiras que dirigia aos hóspedes.

Artorex convocou o primeiro prato, aves com cobertura de mel e musse adocicada de ovos e língua de cordeiro, e a refeição começou. Uma vez que o primeiro prato foi servido, ele se reuniu à família, mas não fez qualquer esforço para participar da conversa. Sua presença foi ignorada pelo grupo e ele então foi buscar o vinho, assim como fizera quando menino, tantos anos antes. Ele o serviu aos convidados e anfitriões.

— Quais são as novas do leste, meus amigos? — perguntou Ector, como de costume.

— Más notícias, amigo Ector, muito más — replicou Luka, meticulosamente arrancando uma asa de frango da bandeja de carnes e esmagando os ossos entre seus dentes fortes.

— Contem-nos, amigos — pediu Livínia com suas maneiras graciosas. — Pois em nossa quinta ouvimos pouca coisa sobre o mundo exterior. Temo que estejamos tão imersos em nosso mundinho seguro que não sabemos coisa alguma dos problemas dos outros.

Após um momento de comunhão sem palavras entre os três amigos, Myrddion falou por todos, e suas palavras ofereceram pouca esperança para o bem-estar futuro de lorde Ector e sua família.

— As hordas saxônicas invadiram a costa leste em grandes números e tomaram Camulodunum e diversas cidades e vilas menores. Ao mesmo tempo, os jutos aportaram em grandes números, chegando do Metaris Aest. Eles não se afastaram muito de suas barcaças e se abstiveram de saquear... Diferentemente de sua prática do passado. E trouxeram consigo as mulheres e crianças nesta primavera. Temo que vieram para ficar.

— Isso é ridículo. Como uma fortaleza como Camulodunum pôde cair? — protestou Ector. — Ela é cercada de muros e ocupada pelas forças do Alto

Rei. Como os bárbaros puderam fender as muralhas de pedras de Camulodunum?

— Nós lhe avisamos antes, amigo Ector, os saxões têm excelentes guerreiros... E guerreiras — resmungou Llanwith, dispensando a oferta de vinho de Artorex com um gesto. — Muitos de seus guerreiros são tão grandes quanto nosso Artorex aqui, e passaram a vida inteira lutando por cada migalha e cada escravo desde o dia de seu nascimento. Eles são ferozes, e seus líderes controlam seus soldados impiedosamente. Quando têm o terreno elevado, são praticamente invencíveis.

— Já sentimos sua brutalidade antes, durante aqueles dias em que Vortigern desposou sua mulher saxônica e abriu as comportas para a família dela. As guerras de Vortimer não foram esquecidas; e os saxões ainda vivem nas partes mais selvagens ao sul da Ilha Mona. — Myrddion falava gravemente e com a convicção da verdade absoluta. — Eu mesmo senti a ferroada do veneno de Vortigern e vivenciei a cobiça dos saxões pela terra bretã, quando não passava de um menino. Os senhores realmente acreditavam que um povo como esse nos deixaria em paz?

Gallia estremeceu. Aquelas novidades não eram os contos confortáveis e interessantes que ela esperara ouvir.

Luka observava seu rosto assustado.

— Faz bem em estar preocupada, senhorita, pois os saxões e seus aliados não serão detidos até que estejam espalhados de mar a mar. Mais invasores chegarão no próximo verão, agora que eles têm terra firme tanto na costa leste quanto no oeste. E no ano que vem, muitos mais chegarão. Eles transformarão nossas cidades em ruínas de fumaça e sangue, como Camulodunum, e depois construirão seus salões de madeira sobre nossas fundações de pedra. Nosso mundo seguro está chegando ao fim, meus amigos.

— E o que nossos grandes lordes estão fazendo? — disparou Caius. — Onde está Uther Pendragon, o Alto Rei que deveria proteger-nos?

A mãe lançou um olhar de advertência rápido e eloquente na direção do filho, mas Caius estava furioso demais para prestar atenção ao aviso silencioso.

— Como sempre, os reis celtas são inúteis, assim como foram quando as legiões os derrotaram com facilidade há tantos anos. O que necessitamos agora é um líder, alguém com fibra para mandar esses cães para a batalha — concluiu Caius, com o rosto torcido num meio sorriso.

Pen Bryn teria respondido, mas Myrddion tocou de leve o antebraço do amigo e assumiu a discussão com tato.

— É verdade que muitos reis bretões estão assustados, Caius. Mas também é verdade que foi apenas a força de Uther Pendragon que os manteve unidos durante as últimas décadas de paz. Agora, tudo que é preciso é um pequeno deslize para que os reis menores rompam o tratado do Alto Rei; portanto, vivemos em tempos perigosos.

— E Uther Pendragon está doente — interrompeu Luka num rompante. — Ele já não é o homem que era no ano passado, ou há cinco anos. Aos 60, sua chama já está quase extinta.

— Então nós realmente precisamos de um líder para colocar ferro nas espinhas de nossos líderes e medo nos corações de nossos inimigos — repetiu Caius. — Somente a força e o espírito de combate podem dar a esses fracotes acovardados a disposição para enfrentar os saxões.

— Cuidado, Caius, ou causará ofensa — ralhou Ector.

— Eu falo a verdade, pai — retrucou Caius.

— Você fala como uma criança, garoto! — rugiu pen Bryn, e enterrou seu punhal do dragão na mesa de madeira; as gemas nos olhos da fera luziam sua ameaça sob a chama das tochas. — A Britânia era nossa desde muito antes da chegada das legiões romanas. Ela era nossa quando as tribos romanas rastejavam em suas cabanas de argila entre os Sete Montes. E foi nossa quando esteve sob o governo romano. E os romanos foram bastante rápidos em fugir quando as hordas bárbaras começaram a cruzar o Danúbio. Você é metade celta, garoto, portanto lembre-se de que é apenas o filho mestiço de uma família que rastejava na lama enquanto os meus ancestrais eram reis em sua própria terra.

— Você precisa conservar seus modos, Llanwith — censurou Luka. — Em todo caso, eu concordo com este jovem, nós precisamos de um líder forte nestes tempos perigosos.

Caius se pôs de pé num salto.

— Senhor! Não tolero seus insultos! — berrava ele. Seus olhos pareciam quase loucos à luz das tochas. — Como ousa insultar minha mãe, que é romana até a medula e é também sua anfitriã?!

— Sua mãe é bretã — intercedeu Myrddion. Ele se voltou para falar com Livínia. — Não é verdade, minha ama? Sei que a senhora jamais caminhou nas ruas de Roma. Na verdade, Roma já não existe como foi conhecida no passado.

Myrddion falava com cuidado para remover o ferrão de suas palavras indigestas.

— Nosso hóspede está certo, Caius — respondeu Livínia. — Eu sou bretã, assim como você. Em Roma, não teríamos representado coisa alguma para os senadores, e seríamos menores ainda para os cães que habitavam o Subura*. Meu bisavô seguiu as legiões e fez sua casa e sua fortuna entre estes muros. Todos viveremos e morreremos como bretões, pois creio que os saxões não se darão ao trabalho de fazer distinção entre mim e Ector.

Mas as palavras de Livínia não aplacaram o filho, cujo rosto ardia em fúria e pura hostilidade. Pelo visceral desejo de destruir, ele rasgou no meio um delicado tecido que fora colocado de lado para limpar as mãos gordurosas, e atirou os retalhos no chão. Livínia empalideceu em apreensão e virou o rosto resolutamente.

Myrddion se voltou para questionar Artorex.

— E o que me diz, Artorex? O que você faria se fosse Uther Pendragon?

— Eu atacaria, senhor. E atacaria brutalmente, com toda a minha força, antes que os saxões tenham um posto avançado no oeste. Uma batalha travada em nossos campos numa época posterior poderia ser desastrosa para todos os bretões.

— Sim, meu jovem, provavelmente você tem razão. Mas Uther está velho; e não tem herdeiro para sucedê-lo — replicou Myrddion lamentavelmente.

— Então é necessário encontrar algum, de preferência de linhagem romana! — sibilou Caius entre os dentes. Ele quase assomava sobre Myrddion em sua fúria.

---

* Distrito de classe baixa da Roma antiga. (*N. da T.*)

— Neste exato momento, meu jovem, a busca pelo sucessor de Uther Pendragon já está em andamento, liderada por homens de fé e princípios. Um fato é certo, os reis bretões não seriam estimulados a seguir um líder de nascimento romano. Tal mentalidade é demasiadamente orgulhosa e nada pragmática.

Caius atirou sua taça na mesa e os respingos espirraram sobre a túnica de Myrddion. O sábio apenas limpou as manchas de vinho de sua vestimenta e ignorou o rapaz. Ector começou a se desculpar e Livínia tinha uma expressão horrorizada.

Caius disparou para fora da sala; sua fúria era uma coisa viva, palpável.

Artorex estava angustiado. Caius se encontrava num ápice de ira que o tornava perigoso, mas Ector não deu permissão ao intendente de seguir o jovem amo.

O destino interveio, pois Myrddion continuou a se dirigir a Artorex. E assim ele teve de ficar.

— Seu irmão de criação é um jovem de cabeça quente, Artorex, mas nestes tempos perigosos, tais homens muitas vezes são necessários — disse Myrddion com cautela. — Estou curioso. Quais qualidades de liderança você pensa que são fundamentais em nossos chefes durante estes tempos problemáticos?

— Deveríamos estar à procura de um guerreiro que tenha sido treinado desde a infância para liderar. Deve ser alguém que todos os bretões sigam devido a seu direito de nascimento; e também pela força de seu punho. Os senhores precisam de um homem frio e calculista como o grande César, um homem que ousará muito e apostará tudo em sua vontade, e não apenas em sua ira.

— É verdade! — concordaram os amigos.

Naquele momento de frágil concordância, os gritos começaram.

O som dos uivos agudos e plangentes teria gelado o sangue mais férvido. Todo o grupo se ergueu num segundo e suas mãos buscaram armas, mas Artorex e Gallia foram os primeiros a disparar pela porta. Ambos reconheceram a direção de onde vinham os gritos aterrorizados. Livínia os seguia a apenas alguns passos de distância e os convidados corriam em seu rastro.

Artorex irrompeu pelas portas dos aposentos de Caius e viu Julanna tão encolhida quanto lhe permitia seu ventre volumoso, enquanto Caius vociferava e chutava violentamente todas as partes expostas de seu corpo.

— Pare, amo! — Artorex gritou e arrancou Caius de cima do corpo e do rosto ensanguentado da esposa. — Você tem que parar!

Gallia imediatamente se atirou sobre a figura prostrada de sua amiga e tentou cobri-la com seu próprio corpo pequenino.

— Você não pode pensar em machucá-la — Artorex tentou argumentar. — Ela é a mãe de seu filho.

— Eu vou chutá-la até a morte, se quiser! — rugiu Caius, enfurecido para além do pensamento racional. — Ela é minha, posso fazer dela o que bem entendo!

Em sua ira incoerente, ele urrou e tentou se atirar mais uma vez sobre a esposa aos prantos.

Segundo a lei romana, Artorex não podia ferir e nem mesmo deter Caius, filho de um *pater famílias*, mas os costumes e regras representavam apenas um verniz perigosamente fino sobre os instintos de um homem como Artorex. Ele não tinha intenção alguma de se abster.

— Você só a tocará novamente se passar por cima do meu cadáver — prometeu Artorex em voz baixa, num tom tão discreto e afiado quanto uma navalha.

— A perspectiva me encantaria! — gritou Caius, desembainhando o punhal. Artorex evitou as investidas de Caius com facilidade, até que uma coberta de lã o desarmou quando seu pé escorregou em sua rede traiçoeira.

Com a queda, Caius investiu contra Artorex, rasgando-lhe o braço do ombro ao cotovelo. Ainda assim, ele só teve sucesso porque conseguiu atirar um lençol sobre seu irmão adotivo, envolvendo-o completamente em suas dobras.

Gallia se pôs de pé como uma tigresa e enfrentou Caius com a bravura de um soldado.

— Você não vai tocá-la, Caius! — esbravejou ela. — Não se eu puder impedir!

— Mas você não pode impedir, pode? — respondeu Caius, quase casualmente. Ele a agarrou pelos cabelos do alto da cabeça e a atirou num canto da sala como um fardo de trapos molhados.

— Agora, esposa... — começou Caius, com uma voz tão sufocada pelo ódio que Artorex lutou ainda mais para se livrar das dobras do lençol.

— *Não! Não!*

Artorex ouviu um grito agudo quando o corpo sólido de Caius se chocou contra outro, menor e infinitamente mais frágil. Livínia se colocara entre a adaga do filho e a nora. Mãe e filho olharam para o punhal enterrado até o punho no tórax de Livínia.

— Mãe! — berrou Caius.

Livínia desabou sobre os joelhos e Artorex só teve tempo de ampará-la e deitá-la gentilmente sobre a cama improvisada de Gallia. Ele sequer ouvia as ordens dos três visitantes, os gemidos dos servos, os soluços de Julanna, a visão de Gallia sendo carregada para fora do quarto e Caius sendo imobilizado e arrastado da câmara por Llanwith pen Bryn e Luka. Só Livínia existia. Seus olhos negros eram intensamente vivos e suplicantes — e estavam fixos apenas em Artorex.

Ector prostrou-se junto a Livínia e se desfez em incontroláveis soluços, aninhando a mulher em agonia nos braços. Artorex tentou soltar seu braço do punho de morte que ela fechara sobre seu pulso, mas toda a considerável vitalidade da ama se concentrara em sua pequena mão.

— Você precisa prometer... — murmurou ela.

— Qualquer coisa! Qualquer coisa, amor da minha vida! — respondeu Ector, devastado.

— Não, você não. Artorex. Ele precisa me prometer que, quando for um grande homem... cuidará de Caius.

— Mas ele a feriu gravemente, minha ama — protestou Artorex, passando a mão pelos olhos encharcados. A ferida era mortal, ainda que o punhal fosse mais decorativo que mortífero. O simples acaso dirigira a lâmina curta e delgada entre as costelas e o esterno de Livínia, chegando à região do coração. Era preciso levá-la para seus aposentos, mas qualquer movimento poderia levar o punhal a perfurar o coração e silenciar sua voz para sempre.

— Caius é apenas um menino tolo... um menino inconsequente... uma criança que precisa ser protegida de si mesma. Eu o perdoei. Está me ouvindo? Minha morte é um acidente. Você precisa me ouvir e prometer tudo que lhe peço. Eu o criei até a maioridade, Artorex, e lhe imploro que proteja meu filho.

Artorex sentiu lágrimas começando a correr silenciosamente por seu rosto. Livínia era o mais próximo que ele conhecera de uma mãe, em todas as formas à exceção do sangue. Mesmo agora, com seu rosto pálido como linho branqueado e com a fina lâmina salvando-a da morte instantânea, seu dever romano permanecia de pé. Ela não dava qualquer indicação de dor ou medo, e sua única expressão era de tristeza.

— Só com a sua promessa posso partir em paz para meus antepassados, Artorex. Não posso mergulhar no longo sono sem que meu Caius esteja protegido contra si mesmo.

Sua voz ciciava através de pulmões feridos e um filete de sangue corria de seus lábios, mesmo quando Ector tentava enxugá-los, em vão.

Sob o encanto daqueles olhos intensos e suplicantes, Artorex fez seu juramento.

— Eu juro que conservarei Caius a salvo, e que trabalharei para protegê-lo de si mesmo. Eu o levarei comigo, seja qual for o caminho que minha vida siga. Descanse, minha ama, pois eu prometo que cumprirei seus desejos.

— Retire-se agora, Artorex. Você tem que me deixar cuidar de minha esposa — ordenou Ector com a voz embargada e dilacerada.

— Obrigada, Artorex. — Livínia sorriu dolorosamente.

Ela sussurrou:

— Agora, meu amado Ector. Você precisa remover esta adaga de mim, meu esposo.

— Mas se eu fizer isso, Livínia, você morrerá! O que farei sem você?

— Você sempre será meu esposo forte e bondoso — disse ela em voz baixa. Seu fôlego agora se reduzia a arquejos rápidos e dolorosos. — Por favor, meu querido. Estou sangrando por dentro, você precisa me poupar dessa dor. Eu adoraria ter visto meu neto, mas sei que ele sobreviverá. Cuide dele, meu amado, como cuidou de toda a minha gente no passado.

Ela suspirou dolorosamente, e muitas gerações da pura linhagem de Roma pareciam observar o mundo através de seus olhos calmos, negros.

— Você precisa tirar a adaga. Agora!

Artorex observava da entrada, pois não conseguia obrigar seu corpo a deixar o quarto por completo. Aos prantos, Ector pôs o punho gigantesco sobre o delicado cabo do punhal, e Livínia enlaçou sua mão com suas pequenas palmas.

Ector sacou a estreita lâmina do peito da esposa. Imediatamente, um grande jorro de sangue borbotou de sua boca e a ferida estreita sangrou livremente. Livínia abriu um sorriso fugidio, como uma menina cansada, e fechou os olhos.

Lorde Ector se desfez em prantos quando Livínia exalou seu último suspiro.

Do lado de fora, tudo era caos. Llanwith pen Bryn levara Caius para seus aposentos e vigiava seu prisioneiro através de olhos estreitos e hostis. Caius se jogara sobre a cama improvisada, com as pernas encolhidas até o queixo por sua culpa e angústia, e chorava histericamente, pois, embora tivesse afeto por poucas coisas vivas, ele contava com sua mãe.

— O que farei?! — uivava, e Artorex se afastou às pressas de sua voz lamurienta e egoísta.

Julanna fora levada ao salão de jantar, de onde os servos apavorados sacaram toda a comida e cobriram um divã com lençóis limpos. A moça estava agora em trabalho de parto. Seus olhos quase alucinados e o ventre volumoso se moviam em espasmos a cada contração. Frith veio da cozinha e, com Myrddion, conduzia o parto com mão firme.

Artorex ordenou que a serva de Livínia ajudasse lorde Ector a carregar o corpo da esposa para seus aposentos. Embora tivesse o rosto desfigurado em sua dor e perda, Délia correu para atender às necessidades de sua ama. Artorex ansiava por chorar, por deitar a cabeça sobre o colo volumoso e acolhedor de Délia e chorar a morte de sua ama. Mas ele era o intendente e, portanto, precisava conservar a ordem da casa de Livínia.

Quando a notícia da morte de Livínia se espalhou, os servos da quinta começaram um grande lamento, mas Artorex ordenou que fizessem silêncio.

— Sua senhora foi uma grande dama. Ela desejaria que vocês a honrassem, lavando e vestindo seu corpo com as melhores túnicas e mantos para o funeral. Não a decepcionem.

As lágrimas pararam sob o comando de Artorex. Os celtas conheciam a honra devida aos mortos — especialmente aos mortos heroicos — e correram para cumprir a ordem.

— Cuide de nosso amo — Artorex ordenou ao cozinheiro. — Encoraje-o a beber um pouco de vinho espanhol. Ele está devastado, mas tenho que confiá-lo a seus cuidados. Sou necessário em outro lugar.

— Certamente — respondeu o taciturno cozinheiro, desta vez com o rosto livre de sua habitual e desagradável irritação. — Farei tudo que me pede.

— Sou muito grato, bom homem. Leve-o para o *scriptorium* onde há silêncio, enquanto eu cuido dos hóspedes.

Artorex encontrou Luka no quarto de hóspedes em frente ao átrio e à colunata.

— Eu prestei socorro à donzela — disse Luka. — Ela está consciente, mas seu couro cabeludo precisa de pontos. Pelos deuses, quanta insanidade vimos esta noite.

Com alguns passos longos, Artorex cruzou o átrio central para examinar pessoalmente as feridas de Gallia. Ele a encontrou deitada num lençol bagunçado em seu antigo quarto, pressionando com a mão um retalho que Luka fez de compressa para sua ferida. Seus cabelos estavam molhados de sangue, mas os olhos estavam alertas, embora assustados.

— Deixe-me ver sua cabeça, Gallia — Artorex ordenou sem rodeios e, obediente, ela tirou a compressa da cabeça. Um longo talho na pele sangrava lentamente.

— O cérebro pode estar danificado dentro do crânio. Ela não deveria se mover — avisou Luka. — Já vi soldados fortes que morreram de feridas na cabeça.

Artorex apalpou as bordas da ferida, e Gallia mordeu o lábio para não gritar de dor.

— Boa menina — murmurou ele, enquanto seus dedos examinavam com cuidado o crânio ao redor do longo rasgo. — Sua cabeça dura parece estar intacta. Mas Luka tem razão. Você deve ficar deitada, segurar a compressa na cabeça e, quando Myrddion estiver disponível, ele fará pontos em sua ferida. Ele precisará raspar parte de seu cabelo, infelizmente.

— Não me importa muito — respondeu ela. — Como está Julanna? Ela está segura?

— Sim, mas em trabalho de parto.

Gallia tentou se erguer da cama, mas Artorex a empurrou de volta.

— Julanna tem Myrddion e Frith para assisti-la. Ela não encontraria ajuda melhor em toda Aquae Sulis. Obedeça, senhorita Gallia. Luka lhe fará companhia.

À entrada do quarto, Artorex puxou Luka de lado e o informou do destino de Livínia. O homem balançou a cabeça em consternação. Ele vira violência suficiente no quarto de Caius para adivinhar o resultado, mas mesmo assim fechou o cenho em desgosto quando Artorex confirmou a morte da ama.

— Preciso colocar a quinta em ordem — acrescentou Artorex ansiosamente, pois sabia que a atividade manteria sua mente alerta e poria freios em sua tristeza. — Seria de grande ajuda se o senhor pudesse ficar com Gallia e impedi-la de tomar alguma atitude infantil. Ela é bem capaz de ignorar os melhores conselhos, se bem quiser.

Luka apenas apertou o ombro de Artorex.

— Cuide de seus afazeres, rapaz. Conversaremos mais tarde.

— Sim. Até.

Após lidar com as necessidades de todas as pessoas sob seus cuidados, Artorex se dedicou a reparar o que podia ser salvo daquela noite terrível.

No celeiro, os jovens cavalariços foram acordados pelo barulho e pela comoção, e tentavam acalmar os cavalos inquietos. Artorex mandou os rapazes aos aposentos de Julanna com ordem expressa de limpar os vestígios sangrentos da morte de sua ama.

— Queimem tudo que não possa ser limpo. Esfreguem o chão até garantir que não haja qualquer sinal de assassinato para perturbar mais ainda nosso amo — ordenou Artorex com precisão, e os homens levantaram trapos e baldes de madeira com água e correram para cumprir a ordem.

Délia o encontrou na porta dos aposentos de Livínia, e barrou sua entrada. As últimas dignidades oferecidas aos mortos sempre foram dever das mulheres, e Artorex se perguntava tristemente como aquele sexo podia suportar a lamentável tarefa de limpar e reparar a carne sem vida, especialmente quando se tratava de alguém tão amado quanto Livínia.

— Pode deixar a senhora Livínia comigo, intendente — murmurou Délia. Seu rosto estava encharcado de lágrimas, mas ela era controlada e firme em seu dever. — Minha ama partirá para as chamas como teria desejado. Cuide de seus deveres, em nome dela.

— Ah, Délia. Que desperdício a morte dela, que caos... — começou Artorex, baixando a cabeça e apertando a mão da serva. De repente, ele percebeu o despropósito de suas ações e a inadequação de seu lamento. Ele recolheu a mão e aprumou os ombros.

— Não poupe gastos, Délia — murmurou Artorex. — Nosso amo desejaria que você usasse todos os óleos preciosos que necessitar, pois a última Poppinidii parte para as sombras, para reencontrar seus ancestrais.

— As mulheres farão tudo que Livínia teria desejado, exatamente como se ela estivesse aqui em pessoa — murmurou Délia.

A serva começou a chorar enquanto se afastava dos olhos duros como granito do intendente.

Quando Artorex deixava o corredor, os gritos de parto de Julanna começaram a ecoar pela quinta, mas o intendente sabia que não seria útil para as agonias de uma nova vida entrando em seu mundo. Por outro lado, ele poderia providenciar algum serviço para seu senhor. Ele encontrou Ector chorando silenciosamente no *scriptorium* sob os olhos vigilantes de Grunn, o cozinheiro.

As grandes mãos manchadas do amo estava entrelaçadas em torno de uma taça de vinho, e sua cabeça descaía.

— Senhor? — chamou Artorex em voz baixa.

Relutante, Ector ergueu a cabeça leonina e calva. Seus olhos azuis estavam velados pela infelicidade e molhados de lágrimas, como se ele estivesse afogado em dor.

— Como minha Livínia pode estar morta? — perguntou Ector fracamente, irrompendo numa nova tempestade de soluços.

Artorex se ajoelhou junto à cadeira de Ector e segurou sua mão flácida.

— A senhora Livínia está com seus ancestrais. Sinto que jamais veremos alguém de sua qualidade novamente nestas ilhas. Mas ela morreu pelo que amava, e, mesmo agora, ela me ata à minha promessa. Livínia desejaria que o senhor seguisse em frente e protegesse a quinta, por ela. — Artorex apertou a mão de Ector. — Meu amo precisa descansar, pois precisará de toda sua força para o neto que está nascendo.

Ector baixou a cabeça mais uma vez sobre as mãos entrelaçadas.

— Mas e quanto a Caius? E quanto a nosso filho? Como posso suportar olhar nos olhos do homem que matou sua própria mãe?

— O senhor deve confiar em mim para ajeitar tudo, amo. Pedi a Grunn que o conduza a seus aposentos. Farei tudo exatamente como o senhor desejaria que fosse feito, e o farei em seu nome.

Relutante, Ector permitiu que Grunn o auxiliasse a ficar de pé. Como um homem muito idoso, Ector foi levado para fora do *scriptorium*.

Automaticamente, Artorex pegou a ânfora e a taça de vinho, limpou a mesa e arrumou tudo dentro do aposento. Depois, ele retornou à cozinha.

Com o rosto afogueado pelo choro, uma única criada estava fervendo panos num caldeirão enegrecido. Artorex não lhe prestou atenção, até que um súbito grito tornou a rasgar o silêncio sobrenatural da quinta e lembrou ao intendente que uma nova vida lutava para entrar no mundo.

A mulher usou uma vara de madeira para colocar os panos limpos e fumegantes num cesto de vime, fez uma mesura de cabeça ao intendente e depois correu para cuidar das necessidades de sua ama. Artorex sabia que não deveria intrometer-se no assunto feminino do parto, e portanto esperou no corredor, marchando ao ritmo das batidas de seu coração.

A noite estava quieta e o último grito de Julanna atravessou a escuridão com sua necessidade primal. O choro frágil de um bebê foi anticlimático, mas Artorex suspirou profundamente, murmurou uma prece rápida para Mitra, o deus dos soldados, e esperou por Myrddion.

Em vez de Myrddion, Frith apareceu à porta. Suas costas estavam eretas e os braços seguravam um bebê de cabelos negros envolto em linho novo.

— Uma criança nasceu, meu amo. — Frith ergueu o bebê para Artorex. — O senhor deve abençoá-la. Por favor, amo, pois ela é uma coisinha frágil e não pode morrer; o espírito de nossa ama jamais me perdoaria.

— Não me dê títulos que não me pertencem, Frith. Você sabe que eu sou apenas o intendente. Mas se isto vai tranquilizar sua mente, eu abençoarei a criança para você.

Suas mãos grandes obscureceram o rosto vermelho e amassado da criança enquanto ele murmurava a antiga bênção do nascimento sobre a pequena cabeça de cabelos negros.

— Agora a criança sobreviverá! — exclamou Frith alegremente, com os velhos olhos iluminados por algo feérico e estranho. — Eu a levarei a nosso amo, pois ela tem os olhos de minha doce Livínia.

Myrddion assistia à cena da porta. Sua boca sorria, mas os olhos permaneciam graves enquanto ele limpava as mãos ensanguentadas num pedaço de tecido.

Artorex sorriu para ele com gratidão.

— Agradeço aos deuses por sua presença aqui no momento em que Caius perdeu a sanidade. Caso contrário, mais de uma alma teria partido para as sombras esta noite. Uma vez que Julanna esteja segura em sua cama, eu lhe peço que cuide da ferida da senhorita Gallia, senhor.

— Você me dá crédito demais, Artorex. E quanto à sua própria ferida?

Artorex baixou os olhos para o longo talho raso que começava pouco abaixo do ombro e corria até o cotovelo. A ferida parara de sangrar havia algum tempo, mas agora começava a avermelhar pela febre.

— Logo cuidarei de Gallia — decidiu Myrddion. — Mas primeiro, vou limpar e enfaixar esta ferida insignificante.

Enquanto Myrddion limpava o machucado com água quente, Artorex continuava a dar ordens aos servos.

— Antes que vá encontrar nosso amo, Frith, quero que você supervisione o deslocamento de Julanna. A esta altura, os aposentos devem estar prontos para ela. Caso contrário, informe aos servos que eu exijo que trabalhem mais rápido. Você também deve mandar uma das moças à vila para buscar a ama de leite. E eu quero Targo aqui. Preciso dele imediatamente, Frith.

— Tudo será feito como meu amo deseja.

— Pare de me chamar assim, Frith. Eu ainda sou o mesmo garoto enlameado que você obrigava a tomar banho.

— Sim, amo — ela replicou, com perfeita sinceridade.

— Isto levará muito tempo, senhor? — perguntou Artorex ansiosamente a Myrddion, enquanto seu braço esquerdo era enfaixado. — Eu deixei lorde pen Bryn com Caius e só os deuses sabem como devo lidar com ele.

Em torno da dupla, os servos se puseram em ação, os cavalariços carregaram a pálida Julanna para seus aposentos e as mulheres correram para arrumar o salão de jantar. Frith dava ordens com os comandos precisos de um general. Antes que Myrddion terminasse sua tarefa, todo o salão já estava novamente vazio e silencioso.

— Ainda estou a seu serviço, Artorex. Onde encontro a senhorita Gallia?

— Ela está no quarto de Luka. Ele está cuidando para que ela não se mexa.

— Eu a examinarei imediatamente.

Depois que Myrddion o deixou para cuidar das feridas de Gallia, Artorex sorveu o luxo do abençoado silêncio — e tentou pensar. O salão de jantar, onde toda a tragédia começara, estava restaurado a seu estado habitual. Limpo dos vestígios sangrentos do parto, ele era apenas um salão de certa opulência, com suas almofadas à espera de convidados valorosos. Mesmo assim, Artorex tinha certeza de que jamais voltaria a ser o mesmo lugar alegre. A bondosa graciosidade de Livínia desaparecera para sempre.

Deixando o salão amaldiçoado, Artorex esperou a chegada de Targo e da ama de leite sob o amieiro. A noite ainda não estava acabada — suas consequências sangrentas sequer haviam começado — e ele precisava desesperadamente dos conselhos do velho e experiente soldado. Artorex nunca tinha visto alguém morrer tão violentamente, muito menos uma pessoa que ele amava, e sua cabeça fervilhava num turbilhão de emoções.

Pouco tempo depois, uma mulher do vilarejo, suave como uma fada, surgiu das sombras às pressas, com Targo como escolta. Ela carregava um bebê num pano preso em torno do pescoço.

Tristemente, Artorex notou que o guerreiro ainda estava completamente armado.

Indicando os aposentos de Julanna à ama de leite, Artorex pediu que ela mandasse Frith a seu encontro quando a velha serva estivesse disponível.

Depois, flexionando o braço subitamente dolorido, ele se voltou para seu velho tutor.

— Imagino que o mensageiro lhe contou o que aconteceu esta noite.

— Sim, Artorex, contou. O que levou o jovem amo a se converter num demente?

Artorex sorriu como um lobo, os olhos subitamente duros e implacáveis.

— Não tenho ideia, mas estou decidido a descobrir. Traga-me Luka e Myrddion dos aposentos da senhorita Gallia assim que eles concluírem suas medicações. Estarei com Llanwith pen Bryn e o jovem amo em seus aposentos.

— Sim, rapaz. Tudo será feito como deseja. — Targo segurou o ombro de Artorex com uma só mão. A expressão no rosto do jovem se abrandou por um momento, e algo ferido se revelou naqueles olhos glaciais. Depois, o escudo mental de Artorex retornou a seu lugar.

Quando o intendente entrou no quarto onde Caius estava preso, viu que nada mudara no triste quadro, embora seu irmão de criação já não chorasse mais. Llanwith pen Bryn se apoiava casualmente contra a parede, limpando as unhas com um punhal. Seus olhos jamais deixavam a miserável figura de Caius.

— Irmão! — Artorex usou seu tom mais autoritário. — Chegou a hora de uma conversa sem rodeios entre nós.

— Deixe-me em paz — choramingou Caius.

— Sinto muito, mas não desta vez, meu irmão adotivo. Sente-se, seque seus olhos como um homem, e explique-se.

Caius obedeceu com relutância. As faíscas nos olhos de Artorex prometiam consequências tenebrosas se ele desobedecesse.

— Não foi minha culpa! Eu nunca quis feri-la! Minha mãe se jogou na frente de meu punhal. Ela está viva?

— Não, Caius, não me trate como um idiota. Você sabe muito bem que sua mãe está morta e que foi você quem dirigiu o punhal. Se não tivesse alvejado sua mãe, teria então assassinado uma inofensiva mulher grávida no lugar dela.

— O que será de mim agora? — soluçou Caius.

— Ainda pensando em si mesmo! — rosnou Llanwith sem tirar os olhos da figura desgrenhada de Caius. O príncipe galês estava rijo de repulsa e desprezo.

— Você é pai de uma menina, Caius, e sua esposa está bem, apesar de ter sido brutalmente espancada por suas mãos. Seu pai está prostrado de dor, e neste momento a senhorita Gallia está sob os cuidados médicos de Myrddion. Nesta noite, você destruiu tudo que havia de bom nesta quinta, mas continua a pensar apenas em si mesmo! — Artorex praticamente cuspiu as últimas palavras. Caius enterrou o rosto no colchonete e continuou a chorar.

Targo e Luka chegaram ao quarto em silêncio.

Artorex tivera a paciência de dez homens durante toda a longa noite. Ele cruzou o quarto até a cama em dois passos rápidos e puxou Caius pelos cabelos.

— Fique de pé e enfrente sua culpa, irmão! Estou farto de suas protelações e gemidos! — Artorex esbofeteou o rosto de Caius com tanta força que a marca de sua mão se destacou na pele do jovem. — Sua mãe me proibiu de matá-lo, Caius, mas eu posso feri-lo. E eu vou feri-lo de verdade, e depois mentirei a lorde Ector sem uma nesga de culpa. Agora, eu quero saber por que você está perdendo a cabeça.

Caius desabou como se suas pernas fossem feitas de geleia.

— Eles me matarão se eu der uma pista de sua culpa!

Artorex riu secamente e apontou para os viajantes. Três pares de olhos frios e repugnados fitavam Caius fixamente. Llanwith cuspiu na cama de Caius com desprezo.

— Eu fiz um juramento à sua mãe. Ela o perdoou em seu leito de morte e me obrigou a fazer a promessa de protegê-lo. Entretanto, estes cavalheiros não estão atados por meu juramento, e são homens de poderes muito maiores do que você pode imaginar. Eles têm a autoridade para punir um matricida em nome do Alto Rei. Você quer descobrir o que a lei de Uther Pendragon prescreve para um homem que mata sua mãe? Os celtas consideram o matricídio uma das piores formas de assassinato... diferentemente dos romanos. Tenho certeza de que Luka terá prazer em explicar a distinção para você. Ector não pode protegê-lo destes homens, e portanto você deve responder antes que nossa paciência se esgote.

— Eu estava irritado...

— Isso não é desculpa! — trovejou a voz de Llanwith de seu canto junto à parede. — Não estamos interessados em seus sentimentos. Comece de novo!

— Estou cansado de ficar em segundo lugar...

Llanwith derrubou Caius com um golpe rápido na lateral da cabeça.

— Segundo lugar? Você é o filho único de Ector, o senhor que comanda a Quinta Poppinidii — disse Luka, sombrio. — Você governará a quinta quando seu pai partir para junto de seus ancestrais. Você terá a posição de senhor, e não de um cão!

— Artorex é órfão e vive da caridade de meu pai. Mas todos na quinta obedecem a ele e não a mim!

Llanwith esmurrou Caius novamente, que começou a sangrar pela boca.

— Já basta de desculpas! Eu tinha grande afeição por sua mãe!

— Mas... ela ouvia Artorex em vez de me ouvir... — gemeu Caius e apontou para o intendente.

Artorex soltou uma exclamação de desgosto e esbofeteou Caius com as costas da mão. O golpe encerrou efetivamente as queixas nauseantes do rapaz.

— Ciúmes não são desculpa para o dano que você causou, lorde Caius — proclamou a voz inclemente de Myrddion da escuridão da porta. — Todos sabemos muito bem que você passa pouco tempo na Quinta Poppinidii e evita tomar parte em seus assuntos. Quem merece o respeito dos servos: um jovem que passa todas as horas se refestelando com seus amigos, ou o intendente que controla o destino da quinta e que trabalha nos campos com os homens?

— Os servos não gostam de mim...

— Eles acreditam que você e seus amigos estão envolvidos no assassinato de crianças — declarou Targo bruscamente, adentrando o aposento.

Caius se encolheu e cobriu o rosto com as mãos. A parte ainda visível de seu semblante estava pálida como ossos, exceto pelas marcas vermelhas onde fora golpeado por mãos furiosas. Em seguida, mesmo desalinhado e alquebrado como estava, ele ergueu a cabeça e enfrentou os olhos acusadores de Targo. A expressão de seu rosto tinha toda a astúcia e a dissimulação de uma raposa.

— Você não pode provar nada! Estou aqui há dias!

Naquele momento, Artorex soube que Caius era culpado de outros crimes além do matricídio, e sentiu seu sangue ferver. O que ele poderia fazer? Como salvar Ector? Como qualquer homem honrado poderia poupar Caius das consequências de seus vícios e, ao mesmo tempo, conservar algum vestígio de respeito por si mesmo?

— Vocês não sabem nada sobre Severinus e meus amigos! — exclamou Caius, com os olhos baixos e arredios. — Eu não matei aquelas crianças. Não! Eu não tive nada a ver com elas! Não sou um monstro!

Artorex estava revoltado pela covardia de seu irmão de criação.

— Mas nós sabemos que você atacou sua esposa grávida — disse ele sem hesitar. — E também sabemos que você é responsável pela morte de sua mãe. Já basta! Estou cansado desses enigmas, portanto vou entregá-lo a Llanwith, que decidirá a punição que você receberá por seus crimes.

Todas as justificativas que Caius estava prestes a oferecer morreram em seus lábios quando os cinco pares de olhos pesaram sobre ele. Llanwith se aprumou, esticou a mão gigantesca e agarrou Caius pela garganta. Depois, com o braço em riste, ele ergueu no ar o jovem, cujos pés se sacudiam inutilmente e cujo rosto começou a arroxear.

Artorex encarou o irmão adotivo.

— Eu fiz o juramento de protegê-lo, mas a promessa foi apenas para os pecados cometidos nesta noite, e apenas nesta noite. — Ele fez uma pausa. — Você pretende falar agora? Erga a mão se deseja falar.

Caius chutava, lutava e sufocava lentamente. Sua cabeça sacudia de um lado a outro como um brinquedo, enquanto seus olhos quase saltavam para fora de seu crânio.

Llanwith o atirou na cama como um trapo sujo, e Caius tentou recuperar seu fôlego com arquejos ásperos e apressados.

— Os atos malignos imputados a Severinus e a você são problemas que queremos discutir imediatamente — declarou Artorex. — Você tem de se preocupar não apenas com os que estão nesta sala, mas talvez também venha a enfrentar a ira dos aldeões que, nesta mesma noite, choram a perda de mais uma de suas crianças. Se não ficarmos satisfeitos, pretendemos entregá-lo a eles para interrogatório.

Até o rosto impassível de Llanwith pen Bryn pareceu ligeiramente nauseado diante daquele pronunciamento.

Hesitante e temeroso, Caius contou sua história. Seus olhos estavam velados; Artorex não sabia ao certo o que motivara seu irmão de criação.

— Severinus me matará se acreditar que eu o traí. Você precisa me salvar!

— Por que eu deveria salvá-lo? — retrucou Artorex. Seus olhos eram como granito cinza.

— Porque Severinus é um assassino e um pederasta! Ele é uma verdadeira abominação. A cada vez que eu o vejo, temo por minha vida! — Caius se encolheu no canto do quarto, ignorando o sangue ressecado de sua mãe que ainda lhe marcava as mãos e a túnica. Ele era um exemplo de horrenda autocomiseração, e seus juízes não estavam convencidos da honestidade ou sinceridade de sua súbita capitulação.

— Quando você descobriu que Severinus era um assassino? — Artorex era implacável.

— Só quando já era tarde demais para me libertar de sua influência. Vocês precisam acreditar em mim!

Os olhos de Caius saltavam de um homem ao outro, implorando por simpatia e misericórdia.

— Então você precisa contar tudo — insistiu Artorex. — E devo avisá-lo de que Targo saberá se você omitir alguma coisa. Ele está a par de certos aspectos de suas atividades.

— Há muitos anos que conheço Severinus e seus amigos. Alguns anos atrás, ele me seduziu com conversas sobre os costumes epicuristas e o direito romano de governar. Quando percebi que Severinus era uma aberração pervertida, eu já estava envolvido demais para me libertar.

— Verdade mesmo? — perguntou Luka em voz baixa. — Muitos meninos são seduzidos, mas poucos se tornam cúmplices de um assassino.

— Eu não poderia procurar meu pai e revelar o que Severinus fez comigo... — Caius enrubesceu de vergonha e asco por si mesmo, e, por um breve momento, Artorex sentiu uma ponta de piedade. Talvez Caius fosse apenas uma vítima nascida em bom berço, e admitir seu estupro seria humilhante demais.

Os olhos de Caius não exibiam qualquer emoção. Ele não era um catamita; seus gostos se dirigiam a mulheres jovens, tão dóceis e infantis quanto possível. Com seu estupro, Caius ficou convencido de que odiava a dor — exceto quando era ele quem a infligia. E este jovem perturbado e apavorado temia Severinus, que detectou a falha na natureza do menino e se utilizou daquela fraqueza sem remorsos até aprisioná-lo no pesadelo de seus próprios vícios. Apesar da voracidade com que Caius se atirara em depravação, parte de sua natureza permanecera assustada e humilhada.

Agora, sentindo que Severinus estava sob ameaça, Caius enxergou uma forma de se salvar das imposições do amigo e abrandar a ira de Artorex pela morte de sua mãe. Caius se esforçava para se encolher e implorar, ainda que o verdadeiro cerne de sua natureza se revoltasse furiosamente contra a pretensa submissão.

— A princípio, nós sacrificávamos algumas ovelhas na época do Lupercal. A atividade parecia bastante inofensiva. Eu me sentia um verdadeiro romano por fazer parte daquele antigo ritual, pois Severinus sempre lançava dúvidas sobre a pureza de meu sangue romano.

O silêncio no quarto era absoluto, e Caius trabalhava seu rosto para parecer patético.

— Anos atrás, Severinus e seu catamita roubaram duas crianças da vila. Eu soube, e fiquei repugnado pelo que fizeram. Mas não tomei parte em suas mortes.

— É como eu lhe disse, Artorex — interrompeu Targo, cuspindo no chão com desprezo. — Ele só tinha colhão para assistir.

— Eu mal podia acreditar no que Antiochus fez com aquela menina. Foi horrível!

— Ela era atraente? — perguntou Luka, astuciosamente.

Caius pareceu revoltado.

— Não, claro que não! Era só uma criança. Severinus me deu a tarefa de enterrar o corpo dela, mas eu nem sequer consegui cobri-la com terra quando desembrulhei seu corpo.

— Quem decepou as mãos da menina? — perguntou Luka. — Ela estava viva quando foi mutilada.

— Foi Antiochus! — gemeu Caius. — Ela não estava morta quando nós a desembrulhamos. Antiochus disse que a cadela contaria tudo à família na vila se a deixássemos viva, e por isso cortou as duas mãos com sua espada. Não havia nada que eu pudesse fazer para impedi-lo.

— E você deixou que ela sangrasse até morrer?

— Não! Eu fiquei a seu lado até que ela parou de respirar, e depois fechei seus olhos.

— O que Antiochus pretendia fazer com as mãos dela? — Artorex perguntou com repugnada curiosidade.

— Ele me disse que sua ama Severina queria as mãos para algum feitiço feminino. Eu não fiz mais perguntas. Não queria saber. — Caius examinou os rostos repugnados que o cercavam e recuou novamente para o canto do quarto. — Juro por minha mãe, Artorex, eu só tinha 17 anos. Não sabia o que fazer! Quem teria acreditado em mim se eu tivesse falado? Por favor, eu não estupro crianças!

O último grito foi sincero, e Caius não teve necessidade de fingir. Até Llanwith acreditou nele, e a natureza fria de Caius se jubilou ao perceber a nauseada aceitação nos olhos dos outros.

O desejo de purificar seu corpo enchia a boca de Artorex com um gosto de bile. Ele não conseguia imaginar que feitiço mágico imporia à mãe de Severinus a necessidade de utilizar as mãos de uma menina. Assim como Caius, Artorex simplesmente não queria saber, e ele acreditou nas desculpas de seu irmão de criação, embora soubesse que estava buscando uma solução rápida para sua promessa a Livínia.

— Que matrona romana poderia agir de maneira tão vil?

— A mãe de Severinus é pior que ele — choramingou Caius.

— E quanto ao menino? — perguntou Targo. — Vocês se revezaram em se saciar com ele?

Caius ficou genuinamente revoltado.

— Eu só soube o que aconteceu com o garoto mais tarde. Eu ameacei contar a meu pai, mas Severinus me fez lembrar que auxiliei na desova do cadáver da menina e que seria considerado culpado dos mesmos crimes. — Caius hesitou brevemente.

— A cada vez que Severinus se entrega a seus divertimentos, eu fico doente de apreensão. Ele insiste que eu assista a tudo até vomitar, e só depois me permite sair. Eu vivo totalmente sob seu jugo. — Caius estava quase contando a verdade.

— Mas seus medos não explicam o que aconteceu hoje à noite. — Artorex recordou a Caius.

— Eu sei que Severinus pegou outro garoto — murmurou Caius. — Ele mandou uma mensagem de que esta noite eu deveria comparecer a seu "banquete", como ele chama, e que nenhuma desculpa seria aceita. Tentei mandar um recado de que tínhamos visitantes na quinta, mas Severinus não se importou. Durante nossa refeição desta noite, tive que suportar o pensamento do que ele faria comigo por minha ausência de seu evento, e fiquei alucinado de terror.

Caius ansiava genuinamente por se libertar de Severinus e seus amigos. O romano estava ensandecido por seus prazeres doentios e assumia riscos cada vez maiores e mais inaceitáveis. Mais cedo ou mais tarde, Severinus seria pego, e a justiça aplicada seria cruel e rápida. Na verdade, Caius tinha pavor de ser tragado pela destruição da família Severinii. Agora ele via uma forma de escapar da armadilha em que se metera, e por isso continuava falando.

— Eu perdi a cabeça quando Julanna tentou me impedir, queixando-se de que eu a amo menos do que amo meus amigos. Eu odeio Severinus! Odeio! Eu gostaria que ele morresse, para que eu pudesse ser livre outra vez. Enquanto Julanna choramingava sem parar, eu só conseguia pensar em como sair daqui. Mas ela começou a chorar e gemer tanto que eu perdi o controle de meus atos, e tentei silenciá-la.

— Sua fraca explicação é muito conveniente — comentou Luka, com o rosto torcido de nojo.

— Há algum tempo, Severinus pegou um anel de sinete meu como pagamento por uma dívida. É uma joia que pode ser facilmente reconhecida como minha propriedade, e ele jurou que a deixaria junto a um dos corpos se eu não fizesse exatamente o que ele ordenava. Ele me aterroriza, muito mais do que vocês!

Os olhos de Caius saltavam de um rosto inclemente ao outro. Sua natureza gélida buscava desesperadamente por palavras que poderiam inocentá-lo dos múltipos crimes.

— Seu amigo é um homem corajoso, quando se trata de assassinar crianças — murmurou Artorex sarcasticamente. — Eu me pergunto se sua coragem persistirá quando ele for confrontado por homens?

— Vocês não podem confrontá-lo! — Caius gaguejava. — Seria a minha morte!

— Eu acho que nós podemos, sabe? — retrucou friamente a voz de barítono de Llanwith. — Onde está o tal Severinus? Sinto uma súbita vontade de conhecê-lo.

— Você tem que nos dizer, Caius — acrescentou Luka. — Pois, se necessário, nós usaremos determinados meios para extrair a resposta, meios que você não apreciará.

Enquanto seus olhos dardejavam pela câmara, Caius percebeu que não tinha escolha a não ser obedecer, e as informações começaram a se derramar de seus lábios.

— Ele tem uma cripta, um aposento subterrâneo que dedicou a Dionísio e a outros deuses mais antigos e obscuros. É lá que aprisiona as crianças para os rituais, pois acredita que o sofrimento delas o tornará mais forte.

— Como achamos essa cripta? — perguntou Artorex, com o rosto cuidadosamente domado para esconder seu horror.

— Há um alçapão no piso em mosaico do *scriptorium* da Quinta Severinii. A entrada está escondida sob um tapete com um grande olho bordado. Ele diz que é a órbita do deus negro.

— Sua associação com Severinus está prestes a atingir um brusco fim, de uma forma ou de outra — disse Artorex. — Seu pai jamais terá motivo para se envergonhar de seus atos e eu prevejo que você logo se interessará pelos assuntos de Ector, como um bom filho deve fazer. Não, não argumente, Caius, pois não lhe resta nenhum poder de barganha. Você ficará aqui em seus aposentos com sua esposa e sua filha recém-nascida, e pensará seriamente de que maneira deve viver para que o espírito de sua mãe possa descansar. Pode deixar o resto comigo.

Artorex sorriu fracamente.

— A partir de hoje, Frith ficará vigilante, caso você um dia decida lançar seu mau gênio contra sua esposa e sua filha. Ela providenciará para que diversos servos robustos estejam sempre ao alcance da voz, se você for estúpido o bastante para usar seus punhos novamente.

— E Severinus?

— Severinus logo receberá importantes visitas — interferiu Targo. Sua boca era como uma ferida rasgada de um desprezo mal reprimido, e Caius se retraiu sob o olhar mortífero do velho soldado.

— E, caso ele deseje argumentar sobre seus direitos, nós cinco estaremos presentes para responder às possíveis dúvidas — acrescentou Luka, sardonicamente.

Caius se retraiu quando os homens verificaram suas armas, mas Targo viu que as mãos do jovem se fechavam e abriam como se buscassem algo para apertar ou rasgar.

— Você não deve deixar a quinta, Caius — advertiu Artorex. — Eu saberei se você tentar me desobedecer. E nenhuma advertência deve ser enviada a Severinus. Se você tentar fazer isso, logo serei informado de sua duplicidade.

— Não! Não! Eu não faria isso. Eu juro que obedecerei a você em todas as coisas.

— Você fará bem em me obedecer, Caius — continuou Artorex. — Juro por sua mãe que tentarei livrá-lo dos pecados de seus belos amigos romanos. Mas se eu descobrir que você derramou sangue inocente em pessoa, ou que mentiu para nós, exporei a seu pai sua cumplicidade nesses crimes monstruosos, por mais devastado que eu fique em ter de fazê-lo neste momento de dor.

— Eu não menti para vocês!

— Pois bem, imagino que sua esposa e sua filha estejam esperando por seus parabéns e por seus melhores esforços por uma reconciliação. Pode ter certeza, Caius, de que vou matá-lo se você tornar a erguer a mão contra sua esposa ou seu bebê. Enquanto estivermos vivos, você estará preso a seu juramento e agirá como um nobre romano. Você deve à sua mãe uma mudança de comportamento e, por Mitra, você honrará o espírito dela dando algum propósito à sua morte. Seja prudente e entenda que está ameaçado por todos que estamos aqui nesta noite. Compreende, Caius?

— Sim! — exclamou Caius, escondendo os olhos.

— Olhe para mim, irmão! É tolo de sua parte pensar que pode provocar tanta destruição e depois retornar à sua antiga vida. Como punição, você terá que viver para provar a cada dia que é digno de confiança. Não sei se chegarei a acreditar em você um dia.

Myrddion dirigiu um olhar rápido e intrigado ao intendente. Caius estava agora obrigado a se tornar um penitente prostrado aos pés de Artorex, mas Myrddion não via qualquer traço de compaixão no rosto de seu protegido. Viver expiando uma culpa e suportando a vida sob constante suspeita era uma punição cruel, até mesmo para um crime imperdoável.

Pouco depois, cinco homens irados deixaram os aposentos de Caius, fazendo uma pausa apenas para recolher suas armas e vestir mantos negros.

Artorex falou brevemente com Frith. Ele a instruiu a vigiar Caius com os cavalariços disponíveis durante sua ausência, caso seu irmão de criação tentasse tirar a própria vida ou se lançar em alguma outra ação estúpida. Satisfeito por ver a quinta em ordem, ele seguiu os outros na direção dos estábulos.

A noite estava carregada de sombras, pois já passava muito da meia-noite — aquela hora em que a vitalidade do corpo se esvai e até a lua parece um pálido esqueleto de si mesma numa noite sem estrelas.

Os cavalos e homens desapareceram como silenciosos espectros na neblina que turvava os contornos da Quinta Poppinidii.

CAPÍTULO VI

PURIFICANDO O ALTAR

Após uma hora de duro galope sob a lua fria, a comitiva chegou a uma suntuosa quinta que encimava um monte nu com vistas para a cidade de Aquae Sulis. Embora nenhuma luz cintilasse, os tijolos e pedras das construções pareciam despertos e fantasmagoricamente conscientes. Nas horas negras que precediam a alvorada, a quinta parecia encolhida como um sapo na espinha do monte, forçando Artorex a reprimir um arrepio supersticioso.

Apesar das paredes grossas, as plantas arquitetônicas das quintas romanas geralmente seguiam as variações naturais do terreno e assim se mesclavam a seus arredores. Com seus pomares, jardins e águas correntes, os lares romanos eram lugares graciosos e confortáveis.

Mas a Quinta Severinii era diferente de qualquer palácio romano que Artorex já tinha visto. O monte era despido de toda vegetação e não havia esculturas visíveis nas paredes para abrandar a dureza da pedra bruta. A construção não fora caiada, como era o costume; Severinus ordenou que ocra vermelho-escura fosse misturada ao revestimento de argamassa, o que talvez fosse moda na velha Pompeia, mas, transferido a Aquae Sulis, dava a impressão de que a quinta estava coberta de sangue ressequido.

Determinados, mas com passos silenciosos, cinco homens implacáveis conduziram seus cavalos até os estábulos. O silêncio era sepulcral e o ar parecia estranhamente presciente. Nenhuma alma se movia na quinta; não havia nem mesmo um cavalariço. Farejando algo insalubre no ar, os cavalos rolavam os olhos nas órbitas, e Artorex se sentiu subitamente aliviado por não ter vindo sozinho.

O clima úmido conspirava para sufocar os intrusos. Era um tipo de calor que raramente chega ao norte, mas, quando chegava, deixava os fracos ou muito idosos sem fôlego e à beira da morte. Os amigos suavam profusamente sob as leves armaduras, mesmo àquela hora da madrugada, quando as brisas mais frescas deveriam trazer algum alívio.

Talvez a própria terra seja envenenada aqui, pensou Artorex enquanto enxugava o suor que escorria por seu rosto.

O portão de entrada da quinta estava destrancado, talvez à espera da chegada de Caius. Um sonolento intendente interceptou os homens armados quando entraram no átrio e seus olhos faiscaram num súbito pânico. Ele tentou fugir para dar o alarme, mas Llanwith pen Bryn o agarrou pelas costas, deitou a mão sobre sua boca e torceu seu pescoço com precisão.

— O servo podia ser inocente — protestou Artorex.

— Não se vivia nesta pestilência — sussurrou Llanwith. — Fareje o ar, meu jovem amigo. A corrupção da morte paira sobre esta quinta.

— O ar está carregado com uma nuvem de perfume — resmungou Targo enquanto arrastava o corpo do intendente para as sombras. — Diabos! Esse lugar cheira a sovaco de prostituta.

O calor pegajoso acentuava o fedor da mistura de essências, óleos raros e algo doce, nauseabundo e putrefato que permeava os murais da quinta.

Sorrateiramente, Llanwith pen Bryn liderou a comitiva através do imponente jardim central.

Nenhum servo parecia estar acordado, pois ninguém se deparou com os amigos enquanto eles deslizavam por aposentos pintados de vermelho e dourado. Pinturas obscenas cobriam os muros; esculturas de bronze representando cópulas depravadas estavam colocadas em nichos ao longo das paredes da colunata. Figuras priápicas com órgãos grotescamente intumescidos espreitavam lubricamente das sombras, e até Myrddion, que já tinha visto muita perversão humana durante sua vida, foi forçado a desviar os olhos.

Artorex tremia de repulsa, e Luka desapareceu silenciosamente pela ala direita da edificação.

Diferente da planta habitual de uma quinta, o *scriptorium* da Quinta Severinii era situado na extremidade da ala esquerda da estrutura, onde a terra se inclinava, possibilitando a existência de uma cripta oculta no declive do morro. O *scriptorium* estava quase vazio, exceto por uma parede com nichos onde os pergaminhos eram guardados, uma única mesa e uma cadeira colocada a pouca distância do centro da sala.

A única decoração do aposento era uma tapeçaria colocada no centro do piso em mosaico, da qual um grande olho negro vigiava. O ar no salão estava tomado por um miasma de óleos exóticos e outros elementos enervantes ocultos sob o aroma pesado e repulsivo.

Com uma ligeira exclamação de asco, Llanwith pen Bryn ergueu o tapete, expondo um alçapão embutido no mosaico.

Luka apareceu no salão, adaga em punho.

— Os quartos estão vazios — murmurou. — Não encontrei ninguém além de algumas velhas aterrorizadas no pavilhão dos servos. Eu as tranquei numa despensa. Pela expressão de seus rostos, elas parecem saber o que seu amo está fazendo e ficaram aliviadas por serem trancadas em segurança.

— Então chegou a hora de participarmos das festividades — murmurou Llanwith sombriamente através de sua barba.

Luka e Myrddion ergueram o alçapão tão silenciosamente quanto as dobradiças permitiam. Uma garganta negra se abriu a seus pés. Llanwith foi o primeiro a desaparecer na escuridão, descendo uma espécie de escada, seguido de perto por Artorex.

A escada terminava num chão coberto por feno no início de um simples corredor, forrado com madeira. O cheiro era tão carregado que Artorex teve que conter um ruidoso espasmo de náusea.

Enquanto os outros chegavam ao pé da escada, Artorex percebeu o som discreto de cânticos. O ruído era afinado e agradável, mas a melódica voz só servia para intensificar os horrores daquele local secreto e sinistro.

Das sombras do corredor, Llanwith e Artorex esquadrinharam cuidadosamente o grande salão de pedra que fora escavado na face da montanha. O piso era feito de terra batida e despido de qualquer ornamento, assim como as paredes. Dois grandes braseiros forneciam luz, e um deles queimava o bácaro que tanto espessava o ar abafado.

Pela primeira vez, Artorex sentiu frio — ficou gelado até a alma. O ar na cela subterrânea era fresco, mas outra coisa obrigava seu corpo a recuar das paredes, algo instintivo que transformava seu suor numa pestilência que lhe causava arrepios.

Uma mulher estava confortavelmente sentada num trono à esquerda. Ela segurava uma taça de vinho na mão coberta de anéis e, não fosse a imensa máscara e o ornamento de cabeça egípcio que se erguia de seus ombros estreitos a mais de meio metro acima de sua cabeça, seria uma típica matrona romana. Sua silhueta desenhava estranhas sombras no chão até a beira do pequeno altar de alabastro, situado precisamente no centro do salão.

Dois homens, nus exceto por mantos ornados e grotescas máscaras, dançavam diante do altar de mármore estriado. Um corpo esguio usava uma máscara no formato da cabeça de um sorridente cão negro; o outro, mais robusto, usava uma grotesca máscara negra, lustrosa e horripilante, na forma de uma gigantesca cabeça humana. Ele acabava de se afastar do corpo de um menino deitado de bruços e de pernas abertas sobre o altar, com os membros imobilizados por correntes presas aos quatro cantos da base do altar por argolas de ferros embutidas na pedra perfeitamente polida.

Não fosse o canto intermitente da mulher e os arquejos do fanático da máscara negra, tudo que se ouviria no salão monstruoso seriam os discretos soluços da criança, com o rosto pressionado contra a pedra do altar e os longos cabelos claros pendendo quase até o chão.

Llanwith desembainhou sua espada e os presentes congelaram com o cicio do aço. Artorex e os outros invadiram o salão no rastro de Llanwith, espadas já em punho.

— Que abominações vocês realizam neste lugar?! — rugiu Llanwith, e o homem da cabeça canina se encolheu atrás do companheiro. Ambos agora pareciam ridículos em sua flácida nudez.

Apenas o choro da criança roubava da cena sua aparência de teatro.

Myrddion se adiantou e derrubou a máscara negra com um golpe preciso de sua espada.

— Acredito que este cavalheiro é Severinus, que está imitando Set, o deus egípcio do submundo. — Myrddion ergueu a espada para o rosto belo e moreno que fora revelado ao grupo reunido.

Severinus era um homem na casa dos 30 anos, dotado de beleza natural de rosto e formas, mas que agora, após muitos anos de excessos, beirava a corpulência. Uma espessa camada de pelos escuros, que disfarçava parcialmente uma pequena e grotesca pança, marcava o torso bem-formado do homem. Seu belo rosto era completamente depilado de toda barba. Apenas seus olhos negavam a delicadeza de suas feições, pois eram pétreos e desprovidos de qualquer emoção além da ira.

Myrddion se virou brevemente para encarar a outra figura, usando a ponta de sua espada para desalojar a máscara.

— E seu companheiro deve ser seu catamita, Antiochus, sob o disfarce de Anúbis, outra das divindades da morte. Acho que o tema do cão é bastante adequado para esta imundície. Não concorda, Llanwith?

Enquanto Myrddion terminava de falar, a mulher se atirou de seu trono com um guincho. Suas garras à mostra teriam causado sérios danos a Myrddion se Luka não a derrubasse, arrancando a pesada máscara de seu rosto.

— E esta... esta... esta dama deve representar Ísis, suponho. Agora só precisamos de Osíris para completar este rito tão desagradável.

A mulher, Severina, urrava insultos através dos lábios pintados de vermelho-vivo. Sob os excessivos cosméticos que davam a ilusão de juventude a seu rosto, Artorex pôde ver que ela era velha e enrugada. Ela cuspiu palavras tão venenosas e obscenas que Luka a imobilizou pelas mãos e a amordaçou com as dobras de seu próprio xale dourado.

— Solte o menino, Targo, e leve-o para o ar puro lá de cima. Encontre uma coberta para vesti-lo e dê-lhe algo de comer e beber na cozinha — ordenou Artorex.

— E solte uma das criadas para que ela traga os guardas da cidade até nós — acrescentou Myrddion, sem tirar os olhos do rosto assassino de Severinus. — Escolha uma serva que dê mostras de que cumprirá sua ordem. Sei que podemos deixar este problema a seu encargo.

Com uma expressão repugnada, Targo arrancou o manto negro dos ombros de Severinus, enquanto Artorex usava a chave que sacara da cintura de Severina para destrancar as correntes que prendiam o menino ao altar. Targo envolveu o garoto nas dobras do manto negro e, com a criança estreitada contra seu peito, correu para obedecer às ordens de Artorex.

— O que pensam que estão fazendo?! — urrou Severinus, erguendo seu autoritário queixo furado. — Como ousam entrar em minha quinta e ameaçar a mim e à minha família com suas armas?

— Somos cidadãos de bem, preocupados com as abominações que foram cometidas neste lugar — replicou Myrddion, friamente. — E temos poder mais que suficiente para aplicar as leis da terra e eliminar seus rituais pérfidos. Por enquanto, esta explicação é o bastante para o entendimento de parasitas como vocês.

Severinus estreitou seus olhos negros como pedras e encarou Artorex através da fumaça nauseante das tochas. Sua boca doce e bem-modelada sorriu para revelar dentes brancos e ligeiramente irregulares.

— Eu conheço você. É o bastardo que foi criado com Caius. Ele lamentará o dia em que enviou seus cães em meu encalço.

Artorex deu a volta em torno do altar, quase perdendo o equilíbrio numa superfície escorregadia com uma substância que ele não desejava identificar. Quase por vontade própria, seu punho se lançou e esmagou o nariz reto e a boca cúpida de Severinus.

— Sugiro que você conserve sua língua imunda presa entre os dentes. Haverá tempo de sobra para contar sua história quando os soldados da guarda chegarem. Posso imaginar o que farão de seu pequeno salão de jogos.

Malevolamente, Severinus examinava seus captores com olhos ao mesmo tempo ardilosos e divertidos. Ele lambeu o sangue de sua boca com a longa língua rosada e parecia deleitar-se com o gosto de seu frescor. Artorex foi forçado a desviar os olhos, ou seu estômago teria traído seus pensamentos.

— O Conselho de Aquae Sulis não erguerá um só dedo contra mim. Não sou o único que venera o Deus Negro, e minha hospitalidade se estendeu a diversos cidadãos proeminentes no passado, incluindo Caius, o tão respeitável filho da família Poppinidii.

Artorex golpeou Severinus mais uma vez, com força suficiente para derrubá-lo de costas sobre um tecido dourado que cobria uma parede. Quando Severinus se agarrou às dobras do pano para manter o equilíbrio, a cortina se rasgou e revelou uma abertura negra na parede.

Artorex cuspiu de ódio.

— Pronuncie este nome por sua própria conta e risco, Severinus, pois esta noite a senhora Livínia de Poppinidii partiu para as sombras do Hades, e seu filho testemunhou sobre seu envolvimento no estupro e assassinato de crianças.

Mas Severinus não se acovardava com facilidade. No máximo, ele parecia exultar com seu perturbado sentido de poder.

— Nenhum de vocês deveria ousar tocar em mim, pois não passam de cães celtas que significam menos que nada. São serviçais, adequados apenas para limpar minhas botas, e mandarei crucificá-los antes de mais nada.

— Eu, Llanwith pen Bryn, filho do rei dos ordovices, ouso acusá-lo do infanticídio — proclamou Llanwith, com a voz forte e fria no salão fétido.

— E eu, Luka, filho do rei dos brigantes, também ouso acusá-lo de infanticídio — repetiu Luka.

— E eu, Myrddion Merlinus, intendente do Alto Rei, Uther Pendragon dos atrébates, também ouso acusá-lo de infanticídio.

Impressionado pela linhagem de seus companheiros, Artorex adiantou-se para encarar o meio-sorriso de Severinus.

— Eu, Artorex, filho de criação de Ector e intendente da Quinta Poppinidii, acuso-o do crime hediondo de infanticídio.

Mas Severinus apenas riu, uma aguda gargalhada de confiante hilaridade, que repugnou os guerreiros e levou o servil Antiochus a cobrir os ouvidos com horror.

Llanwith atou os braços do louco atrás das costas para que ele não se ferisse, enquanto Myrddion fazia o mesmo com o apavorado Antiochus. Mas a risada continuou ecoando até que a voz de Severinus se tornou áspera e rouca.

— É melhor que você suba, garoto, e espere pela guarda — ordenou Llanwith bruscamente a Artorex. — Não há mais nada que você possa fazer neste antro.

— Mas o anel que Caius perdeu está aqui, e precisa ser encontrado.

— Deixe esta ninharia conosco, Artorex. Saia e respire um pouco de ar puro — repetiu Luka.

Agradecido, Artorex recuou pelo corredor estreito, subiu as escadas e saiu ao *scriptorium*. Parando apenas para lavar o rosto, as mãos e os pés na fonte do átrio, ele trilhou o caminho para os portões da quinta para esperar pela guarda municipal.

A aurora acendia o céu com seu sopro de fogo quando um pequeno destacamento de homens armados chegou marchando à quinta. Artorex levantou a cabeça das mãos e deu passagem à tropa pela entrada da quinta.

A princípio, o capitão da guarda ficou propenso a tratar Artorex como um ladrão, especialmente porque o corpo do intendente dos Severinii ainda estava deitado no pórtico da quinta, onde Llanwith o abandonara. Mas quando Targo trouxe um menino exausto, com olhos profundamente feridos e fundos nas órbitas, e delicadamente encorajou a criança a contar sua história de sequestro, cativeiro, fome e estupro, o capitão se dispôs a tratar Artorex com mais civilidade.

Quando o intendente escoltou os soldados para o buraco escancarado no chão do escritório, diversos guardas apertaram seus amuletos pendurados nos pescoços, num medo supersticioso.

— É fétido lá embaixo. Várias crianças foram mantidas em cativeiro no altar, como os senhores logo verão com seus próprios olhos. Severinus não é um chefe de casa cauteloso. Quando o vi da última vez, ele ameaçava mencionar cidadãos e soldados de prestígio como cúmplices de seus crimes hediondos. Fomos obrigados a amarrá-lo.

O capitão empalideceu.

— Bom trabalho, meu jovem.

Artorex sorriu fracamente, pois sabia que o capitão não tinha intenção alguma de ouvir os nomes de cidadãos poderosos envolvidos em atividades criminosas, mesmo que tivesse que cortar a língua de Severinus pessoalmente para garantir seu silêncio.

Assim sendo, Caius também estaria livre de acusações hediondas.

Artorex suspirou. Então era assim que a justiça funcionava na realidade. Os que tinham dinheiro, influência e poder verdadeiro sempre evitavam as consequências de seus atos. O intendente sentiu náuseas.

Que os deuses me perdoem, pois sou um covarde, pensou. *Tenho que salvar Caius porque devo toda uma vida à mãe dele. Caius será exonerado, mesmo sendo quase tão culpado quanto Severinus. Jamais será punido e jamais sofrerá um único dia por sua brutalidade. Como os deuses devem estar rindo de nós!*

Um a um, os soldados entraram na cripta, à exceção de um homem de sorte que ficou com Targo e o menino na cozinha. Quando voltaram, os homens arrastavam os prisioneiros atrás deles, tomando pouco cuidado com pernas raladas ou cabeças lanhadas.

Até a velha, mãe de Severinus, foi atirada à claridade da manhã como uma prostituta comum.

Depois, Luka, Myrddion e Llanwith emergiram da entrada negra para a luz do dia. Pálido de repulsa, Llanwith bateu a porta do alçapão com uma exclamação de asco.

— Basta! Levarei meses para tirar das minhas narinas o fedor deste buraco — reclamou ele. — E estamos obrigados a ficar nesta quinta até que o magistrado de Aquae Sulis seja informado destes horrores.

Luka chamou o capitão, que molhava a boca com um pouco de vinho que Targo achou na cozinha.

— Eu vasculhei a cripta enquanto esperávamos por sua chegada — disse Luka. — Há um anexo baixo, de pouco mais de um metro de altura, atrás da cortina na parede dos fundos. Você deveria mandar alguns homens para escavar o local enquanto esperamos pela chegada do magistrado.

— Mas por que deveríamos cavar, lorde Luka? Qual seria o propósito? — perguntou o capitão, irritado e insolente, mas ainda respeitando o título de Luka.

— Um pouco da terra foi movida no anexo. Como este menino não foi o primeiro a desaparecer neste distrito, suspeitamos que algumas das crianças desaparecidas estejam enterradas na cripta onde pereceram.

O capitão fez uma careta de repugnância, mas ordenou a dois de seus homens mais bovinos que retornassem à cripta, armados com machados e pás, para revistar o terreno do anexo.

A quinta era tão prodigamente decorada com cenas grotescas e lascivas que o grupo não achava um só local livre dos adornos depravados para repousar. Artorex decidiu esperar no átrio, com as costas viradas para o lago para não ser obrigado a ver a fonte obscena. Ele fitava fixamente um belo canteiro de flores de verão no jardim enquanto meditava sobre os eventos da noite. Um a um, seus amigos se reuniram a ele.

— Não surpreende que Caius tenha ficado aterrorizado — murmurou Artorex. — Se tivesse que passar algumas horas naquele inferno, assistindo àqueles monstros em seu trabalho maligno, eu mesmo estaria pronto para um manicômio.

— Tome! — Myrddion atirou para Artorex um anel-sinete de ouro com uma pedra vermelha.

— Severinus foi persuadido a lembrar onde havia escondido o anel — comentou Myrddion secamente. — Caius pode ser um jovem perverso e perigoso, mas estou começando a acreditar que ele era obrigado a se submeter a Severinus. Esse homem é maligno, e creio facilmente que ele seria capaz de seduzir um menino tolo até ter a vítima sob seu controle total.

— Então temos que inocentar Caius do crime de perversão? — perguntou Artorex.

— Suponho que sim — disse Llanwith pen Bryn com cautela. — Parece que Severinus guardava as crianças para si. Até Antiochus, segundo sua própria confissão, não tinha permissão de tocar a "carne pura e sagrada" das crianças, como Severinus descreveu. Eu me sinto realmente imundo por estar metido em todo esse caos. E jamais terei confiança em abrir minha guarda para Caius, pois, não importa quais sejam seus medos, ele certamente matou a própria mãe.

— Você prefere matar com dignidade, meu amigo — brincou Luka, até ver o maxilar de Llanwith se crispando.

— Vocês notaram que o catamita arrancou todos os pelos do corpo e do rosto? Ele é muito mais afeminado que a minha mãe. — Llanwith enterrou sua sandália no gramado viçoso de um canteiro.

— Essa doeu! — respondeu Artorex ao cínico comentário.

— Você não conhece a mãe de Llanwith... — brincou Luka.

A mente de Llanwith ainda estava na cripta.

— Se você está certo, Luka, e se aquele anexo é a razão para o sumiço sem vestígios das crianças perdidas da vila, então eu gostaria muitíssimo de ser o executor de Severinus, do vil catamita e de sua inefável mãe; de preferência, de todos ao mesmo tempo.

— Como todos nós gostaríamos — suspirou Myrddion. — Mas qualquer execução deve ser pública, para que os aldeões possam ter certeza de que a justiça foi feita. De nossa parte, temos que desviar as atenções para longe da Quinta Poppinidii, pois há muitas reputações que dependem de uma conclusão discreta e legal para essa horrível guinada dos acontecimentos. Que os deuses nos ajudem a todos com este problema.

Artorex estava exausto demais para questionar as decisões de seus três amigos, e suas pálpebras pareciam pesadíssimas sob o sol da manhã nova.

Dentro de alguns instantes, ele dormiu.

— Ah, quem me dera ser um jovem novamente e dormir com tanta facilidade após esses horrores. — Luka sorriu afetuosamente quando viu o rapaz cochilando à luz do sol.

— Se há de cumprir o destino que traçamos para ele, em breve Artorex não descansará com esta facilidade, talvez nunca mais — murmurou Myrddion. — Ele mostrou seu valor durante toda esta noite, e estou convencido de que ele possui a coragem e a sabedoria para se tornar o comandante que buscamos. Caius pesa sobre seus ombros como uma maldição, mas quem sabe o que nosso rapaz fará daquele jovem falso?

— Colocamos um falcão no ninho pacífico de Ector, sem ninguém para reconhecer suas qualidades além de uma velha bárbara e um cansado veterano de guerra oriundo sabe-se lá de onde.

— Espero que o juramento que a dama Livínia impôs a ele não cause problemas no futuro — comentou Luka.

— Qualquer que seja o resultado de nossas ações, nós fizemos a nossa parte.

Llanwith pôs a mão no ombro do amigo com afeto e se sentou num banco de pedra de onde observou a fonte com olhar intrigado.

— Seu plano sempre foi arriscado, Myrddion... Como os homens podem torcer o corpo nessas posições tão antinaturais? — Llanwith perguntou a ninguém específico enquanto observava as esculturas dos Severinii. — Eles me parecem para lá de desconfortáveis.

— Você está precisando de certa sofisticação erótica... — brincou Luka.

— Eu sou um homem simples; e não me desculpo por isso.

Luka notou uma movimentação na estrada que levava à vila.

— Se não estou enganado, o magistrado e vários conselheiros da cidade finalmente chegaram.

Myrddion cutucou Artorex delicadamente com sua bota até que o jovem se pôs de pé aos tropeções, esfregando os olhos cansados como uma criança.

O magistrado estava vestido à maneira romana, com uma túnica branca e uma toga de barra púrpura que denotava sua posição elevada. Myrddion se perguntou vagamente como aquele romano de província conseguira adotar a bela cor, tão dispendiosa em dinheiro e vidas humanas. Apenas os maiores homens da terra usavam a cor púrpura romana, pois a tinta era encontrada numa certa ostra que, lamentavelmente, matava os escravos que a extraíam. Sardônico, Myrddion duvidava que o magistrado tivesse formação ou linhagem que o autorizassem a usar o menor vestígio de púrpura imperial, mas, sabiamente, conteve sua língua.

Aquae Sulis é uma lembrança agonizante de um império em decadência, pensou ele. *Mas até um anacronismo tem sua utilidade, e Artorex precisará de todos os aliados que puder encontrar.*

Quando o magistrado se instalou no interior da quinta, o capitão fez seu relatório sobre o que tinha visto na cripta. Depois que ele concluiu suas observações e opiniões, os três guerreiros informaram o magistrado e os conselheiros municipais de seus títulos e sua participação no caso.

Quando pressionado a explicar por que os cinco homens fizeram a incursão na quinta, Artorex improvisou.

— A Quinta Poppinidii, como os digníssimos senhores sabem, é uma fazenda e uma casa de respeito que fica a certa distância das muralhas de

Aquae Sulis. Esta noite, uma tragédia se abateu sobre a quinta com a morte da senhora Livínia de Poppinidii, uma família de certa reputação.

Os conselheiros assentiram, confundidos pelo tom e pelo comprimento da explicação de Artorex.

— Após a morte da mãe, e extremamente abalado por não ter exposto suas suspeitas anteriormente, o filho de lorde Ector confidenciou que seus antigos amigos vinham praticando rituais insalubres nos quais eram sacrificados corpos e almas de crianças sequestradas. Caius foi pressionado a participar da seita maligna, mas sua repulsa natural e a gravidez de sua jovem esposa lhe deram a força de recusar. Ele estava aterrorizado pela possível repercussão para sua família, e não tolerava a ideia de que mais uma criança fora tomada, após o desaparecimento de tantos inocentes.

Mais uma vez, o magistrado e os conselheiros menearam as cabeças pela sensatez daquelas cuidadosas palavras.

— Há poucos anos que Caius atingiu a maioridade e, em sua infância, ele venerava Severinus. Creio que Severinus o violentou quando meu irmão de criação era menino, e que poupou sua vida apenas devido à sua estirpe. Severinus aterrorizou Caius até silenciá-lo, e este se recusou a revelar suas suspeitas para não envergonhar sua mãe e macular o nome de sua família. Tenho certeza de que ele jamais tomou parte de nenhum dos rituais hediondos que interrompemos. Após a morte da senhora Livínia, ele abriu seu coração para nossos distintos hóspedes e nos explicou suas inquietações.

Artorex fez uma pausa.

— Nós partimos da quinta imediatamente, pois estávamos decididos a salvar a vida do menino desaparecido. Tomamos providências para que Targo, mestre de armas da Quinta Poppinidii, nos acompanhasse como representante dos aldeões.

Um conselheiro com cara de doninha examinava o rosto tranquilo de Artorex com óbvia suspeita.

— Por que deveríamos acreditar que Caius é inocente de qualquer envolvimento no caso?

— Senhor, só estamos aqui devido ao apelo de Caius — respondeu Myrddion prontamente. — Antes que o amordaçássemos, Severinus assegurou que o conselho não consideraria nossas provas como verdadeiras, pois ele já havia recepcionado cidadãos prestigiosos de Aquae Sulis em seu culto. Claro, eu e o senhor sabemos que tais afirmações não têm fundamento, e não acreditamos nestas mentiras torpes.

O conselheiro tossiu asperamente, com o rosto agora pálido sob os cachos oleados.

Prudente, o magistrado ordenou que os soldados verificassem se a mordaça e as amarras do prisioneiro estavam firmes no lugar. Depois, os criminosos foram trancados na adega de vinhos.

Artorex sabia exatamente o que o magistrado estava pensando. Que importância tinha a morte de algumas crianças camponesas se comparada à reputação dos poderosos de Aquae Sulis? Qual seria o destino do magistrado se ele aplicasse justiça em medidas iguais e irrestritas aos culpados?

Mas quem sou eu para criticá-lo?, pensou Artorex, tristemente. *Afinal, eu fiz o mesmo serviço para Caius. Contudo, prefiro condenar minha alma às trevas a deixar que Severinus escape em liberdade.*

Ele sorriu sem artifícios para o grupo reunido e decidiu confrontar os conselheiros.

— Os cavalheiros devem recordar que este caso logo será de conhecimento público — disse Artorex. — Haverá ódio em sua comunidade, e as reputações dos poucos que são considerados parte desta conspiração serão manchadas para sempre. Os senhores logo verão a cripta situada abaixo deste edifício, e ficarão absolutamente cientes de tudo que ocorreu na Quinta Severinii. Eu mesmo não teria acreditado que tal lugar pudesse existir fora do Hades, se não o tivesse visto em pessoa.

Os olhos do magistrado faiscaram, e Artorex teve certeza de que o funcionário compreendia exatamente o que ele estava ameaçando.

— Então vá à frente — ordenou o magistrado. — Precisamos ser guiados para cumprir nosso dever.

Artorex estava mais disposto a enfrentar dez guerreiros completamente armados do que retornar à cripta, mas ele se obrigou a mostrar o caminho para a bocarra aberta do túnel que se abria no *scriptorium*; a provação lhe pareceu justa, em face de suas mentiras e omissões. O som das pás se elevava da terra, intensificando a impressão de que os conselheiros estavam entrando numa sepultura.

— Não se pode fazer nada com relação a este fedor? — reclamou um conselheiro mais velho e relutante que seguia Artorex pela escada.

— Severinus queimava perfume nos braseiros para disfarçar o cheiro. Infelizmente, eles são a única fonte de luz aqui embaixo — explicou Artorex.

A cortina da parede dos fundos estava puxada e dois soldados corpulentos trabalhavam de joelhos no anexo estreito. Artorex engoliu a bile que começava a subir por sua garganta; o intolerável fedor de morte parecia mais intenso agora do que em sua primeira incursão na cripta.

O magistrado examinou o pequeno salão, o trono, o altar manchado e as máscaras descartadas. Ele encontrou rastros de outras crianças na mistura ressequida de vômito, urina, fezes e sangue velho em torno da pedra. Seus lábios estreitos estavam perceptivelmente contraídos. A maior parte dos conselheiros cobria os narizes com suas togas de ofício, e vários pareciam prontos a vomitar caso o cheiro se intensificasse.

E foi o que aconteceu.

De repente, um dos soldados recuou do anexo e verteu sua última refeição num canto da cripta.

— Há outro menino aqui... e faz alguns meses que está morto! — gritou ele, limpando os lábios. — Que Deus o tenha!

O outro soldado era feito de matéria mais resistente. Sua pá explorou os limites do pequeno corpo violado e inchado. Contudo, ele também se viu forçado a recuar de volta para o salão.

— Estão empilhados como lenha aqui, um por cima do outro — relatou ele. — Não posso ver quantos, mas aposto que há cinco ou seis, a julgar pelo fedor.

Diversos conselheiros já tinham visto o bastante e correram para o ar relativamente puro do *scriptorium*. O magistrado trincou os dentes, cerrou os lábios numa linha fina e deu ordens de que os soldados buscassem todos os lençóis que encontrassem para que os pequenos cadáveres fossem removidos daquele lugar infernal.

— Não surpreende que Severinus queimasse perfume. Este cheiro nausearia o mais forte dos estômagos — resmungou Artorex.

— Você pode sair, meu rapaz — disse o magistrado, educadamente. — Eu providenciarei a remoção dos restos.

— Não, senhor. Eu comecei esta busca medonha e, portanto, tenho que terminá-la. Precisamos mostrar aos pais destas crianças mortas que nossas ações ocorreram em consonância com o que eles teriam desejado para o resgate de seus filhos.

— Como queira — replicou o magistrado secamente.

E talvez eu possa me purificar no processo, pensou Artorex consigo.

Os soldados retornaram, arrastando lençóis e tecidos de lã sobre as costas.

Quando o primeiro corpo enegrecido e inchado foi colocado sobre um lençol, todos os conselheiros restantes fugiram, deixando apenas Artorex e o magistrado como testemunhas da exumação dos corpos.

Em vários estágios de decomposição, os cadáveres foram trazidos sistematicamente à luz. Artorex se esforçava para que seu autocontrole não vacilasse, mas, quando um pequeno corpo quase se partiu em dois ao ser removido, ele foi obrigado a virar o rosto para não fugir aos gritos em busca de ar puro. Ele atou um pedaço de tecido abandonado sobre a boca e as narinas, pois até o perfume enjoativo do pano era preferível ao miasma cada vez mais intenso de carne decomposta.

Por fim, sete pequenos corpos foram removidos para longe da horrenda luz e colocados no chão de feno em toda sua lamentável nudez. Os últimos três mal passavam de simples ossadas.

Foi só então que Artorex e o magistrado deixaram a cripta.

No átrio, o magistrado deu instruções para que os soldados retirassem os corpos da cripta, após numerar os tristes restos mortais na ordem em que foram exumados. Ele também ordenou que mechas de cabelos fossem cortadas de cada cabeça para facilitar a identificação. Depois, os corpos seriam queimados e as cinzas seriam colocadas em urnas de terracota para a jornada final de volta às suas famílias.

Quando entrou na cripta pela primeira vez, Artorex era pouco mais que um garoto inexperiente. Ele agora retornava à luz do dia como um adulto, com as sombras de um homem feito gravadas em seus olhos descoloridos.

Os soldados se puseram a trabalhar no pátio do lado de fora da quinta, recolhendo madeira para cremar os pequenos corpos das crianças sacrificadas. Um jovem mais franzino foi mandado a buscar urnas funerárias, enquanto o magistrado se sentava num banco no átrio, despia suas roupas até o saio e abandonava a fétida toga de ofício na colunata. Ele destacou uma das servas dos Severinii para trazer uma túnica limpa.

Mais uma vez, Artorex se lavou na fonte e quase mergulhou no lago raso, mas o fedor da cripta permaneceria nos fundos de sua garganta por muitos dias à frente.

— E agora, vamos aos Severinii — declarou o magistrado entre dentes, ainda imponente mesmo sem sua toga judicial.

Os conselheiros se aglomeraram como galinhas assustadas, abrindo a maior distância possível do magistrado; somente Luka, Llanwith, Myrddion e Targo continuavam firmemente em sua retaguarda.

— Primeiro interrogarei o menino. Qual é o nome dele?

— Brego, senhor — respondeu Targo. — Ele é filho de Bregan, o ferreiro. Temo que ele esteja muito assustado, senhor, pois perdeu toda a confiança em homens de poder.

— Traga-o mesmo assim, pois preciso de seu relato sobre o que aconteceu aqui.

— Sim, senhor — disse Targo, dirigindo-se para a cozinha.

O menino retornou, envolto num xale de mulher e apertando a mão de Targo como se o velho veterano fosse a única âncora segura num universo aterrorizante.

— Brego? — chamou o magistrado num tom dos mais suaves, agachando-se diante do menino.

A criança fitou-o nos olhos com relutância, e se obrigou a assentir. Artorex sentia que o menino desejava desesperadamente chupar o dedo.

— Quem o trouxe aqui, Brego?

— Um homem. — A voz do menino tremia, pois estava à beira das lágrimas.

— Que aparência ele tinha?

— Ele era o magro, Anti... Antí... algo. E outro homem me deu um pouco de leite para beber... e eu dormi.

— Quem era o outro homem?

O menino franziu o cenho.

— Era um servo. O amo não era muito bom para ele, e chutou o servo quando ele derramou um pouco do leite.

— O intendente — recordou Llanwith pen Bryn, sombrio. — Agora fico satisfeito por ter quebrado o pescoço dele... Entretanto, pensando bem, se ele estava envolvido com essas criaturas assassinas, talvez merecesse uma morte mais lenta.

— O que aconteceu quando você acordou, Brego? — perguntou o magistrado gentilmente. Ele sorriu para o menino. — Não chore, meu rapaz, pois logo você estará a salvo, de volta a seu pai.

— Estava escuro quando cheguei aqui, e eu estava amarrado com cordas. Eu sentia sede e fome, mas ninguém apareceu por um tempo enorme. E quando eles apareceram...

O menino começou a soluçar incontrolavelmente.

— Senhor — protestou Targo. — Este menino está exausto. Se ele continuar a ser interrogado, talvez acabemos por infligir um dano duradouro.

— Concordo. Já ouvi o bastante.

O magistrado se voltou para um soldado, enquanto Targo pegava o menino no colo e o carregava de volta às cozinhas.

— Tragam os servos a mim, todos eles! — ordenou o magistrado.

Com intensos gemidos e soluços, cinco mulheres foram arrastadas pela porta de entrada do átrio. Eram todas velhas — nenhuma tinha menos de 40 anos — e seus cabelos grisalhos e olhos assombrados eram prova do trabalho duro que tinham de fazer na Quinta Severinii.

O magistrado se dirigiu às servas com dureza.

— Ordeno que me contem o que sabem sobre a cripta. E nem pensem em dizer que não sabem de nada, pois ninguém poderia viver numa casa como esta e ignorar o que vinha acontecendo lá embaixo.

Uma das mulheres, que parecia menos apavorada que as outras, deu um passo à frente do grupo encolhido e falou por todas as criadas.

— Somos escravas, senhor. Nosso amo odiava todas as mulheres, exceto sua mãe, e ela não permitia que servas jovens entrassem na casa. Ela era a única que tinha permissão de ser jovem e bela. — A velha sorriu e revelou dois dentes quebrados. Uma queimadura feia e crispada que lhe cobria a mandíbula também estragava suas feições. Mas, apesar de sua deformidade, seus olhos tinham um tom claro e límpido de castanho. Olhos que tinham visto muitas coisas, e já não temiam nada, nem mesmo a morte.

O magistrado esperava com impaciência, batendo o pé no piso em mosaico.

— Eu já vivi e ouvi coisas demais neste lugar para me importar com o que acontecerá com o amo Severinus ou sua mãe. Enquanto o velho amo ainda estava vivo, esta quinta era uma casa limpa e agradável. Mas quando ele morreu, há dez anos, ela se tornou um lugar perverso e assustador.

— Vá direto ao ponto, mulher! — ordenou o magistrado, mas não completamente ríspido.

— Nunca soubemos exatamente o que o jovem amo fazia quando estava nas câmaras secretas. Nós não queríamos saber. E o intendente Longo nos trancava nas cozinhas sempre que o amo dava suas festas.

— E quanto à cripta, mulher? Vocês certamente sabiam daquele lugar.

— Sim, senhor, nós sabíamos. Pedreiros foram convocados e a escavaram, e depois o amo lhes deu dinheiro para que eles deixassem Aquae Sulis e partissem para outras cidades. Eu era a única serva que tinha permissão de limpar o *scriptorium*, só eu, mas fui ameaçada com pena de morte para jamais abrir o alçapão que leva à cripta subterrânea.

— Você já abriu o alçapão?

A mulher balançou a cabeça tão ferozmente que Artorex teve um súbito pensamento hilário de que ela acabaria soltando a cabeça velha do pescoço magro.

— Mas às vezes, quando eu colocava o ouvido na fenda entre o alçapão e o piso, achava que estava ouvindo choro vindo do chão. Certa vez, o amo me surpreendeu fazendo isso e me espancou quase até a morte. Eu sofri sua crueldade e tomei o cuidado de jamais tentar fazer isso novamente.

Ela apontou para o rosto queimado.

— Quando eu era uma mulher jovem, Severinus pai me levou para sua cama. A senhora Severina não se interessava muito pelo toque de homem algum, então eu me tornei a diversão do esposo em seu lugar. Mas, quando ele morreu, mãe e filho fizeram questão de que ninguém jamais tornasse a me desejar. Todas as servas da casa foram brutalizadas. Sabemos que pertencemos a Severinus e que ele pode fazer o que quiser conosco. Estas pobres velhas podem lhe mostrar suas cicatrizes. Não, senhores, nós nunca ouvimos nada. E jamais vimos coisa alguma.

— Você pode falar agora, mulher — disse o magistrado em voz baixa. — Já viu crianças neste lugar?

— Não, senhor. Eu juro. Pode fazer conosco o que quiser, mas juro que não ousávamos espiar uma vez que Longo trancava a porta da cozinha às nossas costas. — Ela ergueu a cabeça grisalha e fitou o magistrado diretamente. — Nós lavamos e alimentamos o garotinho que nos foi trazido esta noite, e agora sabemos o que foi feito dele. Sabemos que ele foi estuprado. Se tivéssemos culpa pelo que aconteceu às crianças, eu preferiria morrer do que viver nesta quinta por mais um dia. Nós usamos os colares de escravas, mas somos mulheres, e algumas de nós já foram mães um dia.

O magistrado coçou a barba do queixo e pensou profundamente.

Por fim, ele chegou a uma decisão.

— Vocês serão libertadas, todas vocês. Não creio que sejam culpadas de qualquer crime. Além disso, seus colares serão removidos e, a partir deste dia, vocês não serão mais escravas.

— Pois então morreremos. Somos velhas demais para encontrar novos amos que cuidem de nós — respondeu a mulher com dignidade. — Será melhor que os senhores nos matem agora, em vez de nos condenar a passar fome até a morte.

— Podem levar tudo de valor que conseguirem carregar desta quinta, contanto que partam antes do pôr do sol. Todo o conteúdo desta quinta será confiscado e, antes do fim do dia, mandarei queimá-la por completo e que suas fundações sejam enterradas.

As mulheres se curvaram e depois se afastaram. Os únicos sons do átrio eram os sussurros de seus pés descalços sobre as lajotas do piso.

— Tragam-me a mulher Severinii — ordenou o magistrado.

A matrona foi arrastada para dentro. A peruca caíra enquanto se debatia e sua cabeça raspada parecia patética à luz do dia. Os cosméticos em seu rosto eram quase blasfemos em sua provocante feiura.

Um soldado arrancou a mordaça de sua boca. Ela cuspiu no homem.

— Controle-se mulher, ou será amordaçada mais uma vez. — A voz do magistrado era como gelo. Em uma época melhor e mais remota, ele partilhara um divã num jantar com aquela mulher, mas jamais tinha visto tanta depravação ou tamanha crueldade em olhos femininos como via agora em Severina.

— Eu não fiz nada de errado. Sou viúva de Lucius Severinus, um nome nobre até em Roma. Como ousam permitir que serviçais toquem a minha pessoa?

— E como ousa sancionar o estupro e o assassinato de crianças em sua casa! — vociferou o magistrado.

— Eu não toquei nelas — rosnou Severina para o magistrado. — Foi tudo obra de meu filho, sob influência de Antiochus, seu catamita pervertido.

Ela fez uma pausa.

— Houve outros nobres de prestígio que desfrutaram dos prazeres da Quinta Severinii — declarou ela, com os olhos faiscando de malícia. — São homens poderosos, que nos protegerão.

— Você será amordaçada, mulher, para que eu não precise ouvir suas mentiras — ordenou o magistrado, pois ele relutava em lidar com as ramificações mais amplas que a língua solta da mulher poderia provocar. — Já ouvi o bastante de você.

Dois soldados tornaram a aplicar a mordaça na boca da mulher.

— Já que ele foi acusado como mentor e perpetrador dos crimes, agora verei Antiochus — proclamou o magistrado.

Antiochus constituía uma figura lastimável quando foi atirado diante do magistrado e dos conselheiros. O manto rasgado ainda envolvia seu corpo estreito para esconder sua nudez, ao passo que os cosméticos que decoravam o entorno dos olhos começavam a escorrer com seu choro constante e o tornavam uma imagem ridícula à luz crua da manhã. Os hematomas enegrecidos em seu rosto eram prova do duro tratamento infligido por seus captores.

O magistrado o examinou com desprezo.

— A ama da casa me confessou que você é o principal instigador desse culto perverso.

— Não é verdade, senhor! Sou apenas o amante de Severinus... e nada mais — alegou Antiochus. — Nós nos conhecemos pouco depois da morte do pai de Severinus, e ele me convidou a desfrutar dos prazeres da quinta. Jamais toquei em criança alguma. Não suporto essas criaturinhas nojentas.

— Mas você liderava o culto a Osíris na cripta, não? — A repulsa do magistrado era palpável. — Ora, vamos, Antiochus, você vem da Ásia Menor, ao passo que Severinus jamais deixou estas terras. De que outra forma ele conheceria os Mistérios da Morte?

— Quando tudo começou, era apenas um jogo! — berrou Antiochus. — Mas eu não podia impedi-lo de saciar seus desejos. Quando ele começou a se satisfazer com meninos, já não me queria mais em sua cama. Eu não tive escolha.

— Mas a ama da casa jura que não teve qualquer parte nos assassinatos, e a culpa deve pesar diretamente sobre seus ombros — afirmou o magistrado.

— Ela é uma vaca mentirosa! — berrou Antiochus histericamente, com a voz se elevando num grito afeminado. — Ela acredita que os hálitos das crianças moribundas preservam sua juventude e beleza. Não, ela nunca tocava as crianças, mas assistia enquanto elas morriam de fome, para sugar seus últimos suspiros. A mulher é insana.

Todos os homens no salão estavam horrorizados. A mulher Severinii sentiu os olhares repugnados sobre si, e sua arrogância finalmente se desfez como gelo diante do fogo. Ela começou a soluçar dentro da mordaça.

— Foi Severinus! Foi tudo obra de Severinus! Ele sempre queria novos prazeres. Eu avisei que os boatos sobre seus festins acabariam emergindo, mas ele não me escutava. Ele se converteu num monstro, e nem posso acreditar que o amei um dia.

Com os olhos saltando de um rosto pétreo ao seguinte, Antiochus teria continuado a berrar se o magistrado não interrompesse seu palavrório.

— Mas você sequestrava as crianças para ele. Você as trazia para cá. E, se não estou enganado, era você quem as levava para a cripta e as amarrava, prontas para seu amo. Você também é um monstro, Antiochus, e é como um monstro que será tratado. Amordacem-no!

Por fim, Severinus foi arrastado para o átrio. Ele estava completamente nu e manchado pelo sangue de esfoladuras e cortes espalhados por todo o corpo. Contudo, numa exibição de arrogância, ele atirou os cachos negros para longe do rosto e se postou tão à vontade e tão orgulhosamente que era como se recepcionasse hóspedes importantes e valorosos para experimentar sua hospitalidade.

— Nem sequer tenha o trabalho de implicar outras pessoas, Severinus, pois, se tentar, eu simplesmente o amordaçarei mais uma vez, e não me importa o quão convincente você venha a ser — declarou o magistrado, implacável. — Contudo, em respeito a seu pai, que era um homem de honra e decência, eu lhe dou uma última oportunidade de se explicar. Você pode justificar suas ações?

Severinus se comportava como se fosse um magnífico exemplo de virilidade, apesar do corpo baixo e muito peludo para ser verdadeiramente belo. Seu orgulho era um elemento palpável e vivo, formando uma parte essencial de sua identidade. Artorex imaginou que fora desta maneira que Marco Antônio se colocara diante dos inimigos egípcios e romanos nos últimos dias da velha República, pouco antes de cometer suicídio com a própria espada.

Mas quando Artorex fitou Severinus diretamente nos olhos, a impressão de nobreza foi imediatamente quebrada, porque algo imundo se derramava das pupilas negras do homem.

— Não reconheço em nenhum de vocês o direito de me julgar, pois sou romano!

O magistrado abriu um sorriso breve e automático.

Assim também sorriram os antigos senadores que enviaram Calígula e Nero para suas desonrosas mortes, quando seus vícios afrontaram os últimos vestígios do orgulho romano.

— Esta bravata será sua única defesa? Sinceramente, você facilitou meu trabalho com sua recusa em falar — declarou o magistrado. — Quando Roma se ergueu da lama pela primeira vez, ela alcançou a grandeza através da coragem, da misericórdia e da força. Por todos estes padrões, você não é romano e jamais poderia ser. Você será punido como um criminoso comum.

O magistrado fez uma pausa, sabendo que tinha a total atenção de todos os presentes.

— Ouçam minhas palavras. A Quinta Severinii está confiscada e será incendiada, à exceção dos elementos úteis que as servas possam levar nas costas ou na carroça da quinta. Todo o resto será entregue às chamas.

Mesmo sendo em parte celta por nascimento, o robusto magistrado trazia na voz o tom imponente de um legislador da Roma Antiga.

— Que não reste pedra sobre pedra quando as brasas esfriarem. E que o chão seja coberto de sal para purificar esta terra envenenada.

"A mulher Severinii será imediatamente enforcada, e seu corpo será atirado no lixão da cidade. Sua inflexível crueldade merecia um destino pior... mas eu não tenho estômago para isso.

"E quanto a Severinus e Antiochus, que sejam crucificados como os criminosos que são, nesta mesma hora. E que sejam exibidos nos portões de Aquae Sulis, de modo que os cidadãos de bem possam testemunhar o destino dos tolos que vendem suas almas à Escuridão.

"E, para que suas bocas não derramem veneno, eles morrerão em silêncio, com as línguas arrancadas das cabeças."

O magistrado era um homem prudente, e Artorex não pôde conter um sorriso de respeito e humor negro.

— Este é meu veredito! Que seja cumprido!

CAPÍTULO VII

O DESENLACE

Artorex teria partido a cavalo alegremente com Targo, que fora encarregado de devolver Brego a seu pai. Ele ansiava por pular nas costas de Carvão e escapar, como Llanwith pen Bryn e Luka, que retornavam para a Quinta Poppinidii para garantir que a paz continuasse instalada entre seus muros. Mas Artorex precisava encarregar-se das tristes urnas de terracota, todas numeradas à maneira romana, mas ainda privadas de suas cinzas. Ele teria que extrair mechas de cabelos para entregar às mães em luto e assistir à morte final de suas longas e infrutíferas esperanças.

Era seu castigo por garantir a liberdade para Caius. Era a punição que imporia a si mesmo por emprestar seu nome a uma mentira.

O pátio frontal foi tomado pela fumaça das ferozes fogueiras acesas para consumir os pequenos corpos das crianças sacrificadas. Um a um, e ainda envoltos em seus fúnebres lençóis de linho, seus cadáveres foram cremados.

Myrddion permaneceu com Artorex e juntos revistaram toda a comida que havia nas cozinhas, finalmente decidindo-se por queijo e um pedaço de pão, a refeição mais frugal, e a única que poderiam suportar num dia como aquele. A seu redor, a quinta fervilhava em atividade, com as servas saqueando incessantemente em busca de itens de valor e exibindo surpreendente força enquanto carregavam uma carroça e diversos carros de mão com tudo que podiam comportar. Antes que os três prisioneiros fossem acorrentados e levados, a velha porta-voz das servas não hesitou em arrancar os brincos de ouro das orelhas dos Severinii e roubar os anéis de suas mãos atadas. Depois, com grave deliberação, ela cuspiu em cada um dos rostos de seus antigos proprietários.

Nem Artorex nem Myrddion podiam negar que ela ganhara o direito de aplicar este último ato de vingança.

Em meados da tarde, as velhas já não podiam recolher e carregar mais nada. Os itens abandonados eram inúteis ou pesados demais para mover. Até os cavalos mais belos da quinta partiriam com as mulheres.

— Elas estarão seguras com todo este espólio? — perguntou Artorex a Myrddion, preocupado, pois parecia injusto que as idosas terminassem como vítimas de ladrões e bandidos após todos os seus anos de sofrimento.

Myrddion se aproximou da porta-voz.

— Para onde partirão, boa senhora? — perguntou ele. — Meu jovem amigo teme por sua segurança.

— Eu venho dos dobunos, e nasci perto de Corinium — respondeu ela, amarrando os cabelos com um pedaço de linho fino. — Talvez haja alguns parentes meus ainda vivos. Caso contrário, nós todas ficaremos seguras se conseguirmos a proteção do rei. Já sobrevivemos a coisas muito piores do que uma jornada de uma semana por lugares desconhecidos.

— Pois bem, desejo-lhes uma viagem segura — exclamou Artorex à velha, que estalou as rédeas sobre o dorso dos cavalos atrelados à carroça.

— O mesmo para o senhor, jovem amo. Em verdade, sua chegada à quinta foi um dia afortunado para nós. — Ela soltou uma gargalhada, e deu as costas para sua antiga casa pela última vez.

Os dois homens observaram a nuvem de poeira da pequena tropa descendo o monte e virando num atalho que levava para o norte. O caminho era pouco mais que uma trilha rústica.

— Ela é inteligente, aquela ali. — Myrddion sorria com admiração. — Elas vão ficar bem longe das vias principais e provavelmente encontrarão o refúgio que buscam.

— Não tenho nenhum desejo de novos derramamentos de sangue, Myrddion, e fico feliz porque o magistrado executará os Severinii do lado de fora dos portões de Aquae Sulis. A crucificação é uma morte horrível e prolongada. Nunca vi e nem quero ver. — Artorex se sentou sobre os calcanhares e esfregou os olhos vermelhos com a base da mão.

— Os Severinii mereceram seu destino, Artorex, mas eu concordo com você, pois também tenho pouco prazer com esses procedimentos necessários. Que a multidão ruja pelo sangue deles. Eu prefiro o fim rápido de uma espada.

— Que os deuses permitam que seja esse o nosso destino — suspirou Artorex.

Ao crepúsculo, os soldados terminaram a tenebrosa tarefa de queimar os pequenos corpos, desbastando os ossos mais longos em fragmentos e colocando os restos nas urnas numeradas. Enquanto fitava as lamentáveis mechas de cabelo, também numeradas da mesma maneira, Artorex sentiu que a terrível noite e o dia seguinte tinham sido intermináveis.

Contudo, antes de partirem da quinta silenciosa, o magistrado e o grupo completo dos conselheiros retornaram com uma tropa de soldados e lavradores que carregavam martelos e tochas. Artorex estremeceu, pois aquele dia cruel prosseguiria entre a escuridão.

— Vejo que os cavalheiros ainda se encontram aqui — comentou o magistrado, enquanto os dois homens continuavam a armazenar as urnas numa bolsa pendurada sobre as ancas do cavalo de Artorex.

— Estamos prestes a partir, senhor — respondeu Artorex, fazendo uma profunda mesura.

— A execução dos Severinii foi concluída. O filho e o catamita estão crucificados na estrada que leva a Aquae Sulis. Ambos ainda estão vivos, e continuarão sofrendo. A mãe morreu diante dos olhos deles. — O magistrado sorriu na direção dos estábulos. — Vejo que as servas se foram... e não a pé.

— Elas levaram tudo que podiam — respondeu Myrddion com uma risada irônica. — Talvez seu espólio lhes traga boa fortuna.

— Aquela velha avó provavelmente escolheu com cuidado — comentou o magistrado com um sorriso. — Ela tem uma profunda carga de vingança em seu coração, e eu não gostaria de me colocar em seu caminho.

Ele deu um tapinha nas costas de Myrddion, mostrando seu apreço pelo resultado satisfatório do que poderia ter evoluído a um desastroso escândalo político.

— Chegou a hora de queimar este antro até o chão — ele ordenou sem mais discussões.

O grupo de homens portando tochas se adiantou para cumprir a ordem e logo a construção estava em chamas de ponta a ponta. Quando partiram a galope, Myrddion e Artorex sentiram o calor da destruição às suas costas e, muito depois que a noite caiu, o céu negro se iluminou com uma vermelhidão infernal enquanto a quinta do monte desmoronava em brasas.

Exaustos, os dois homens chegaram à Quinta Poppinidii pouco depois do nascer da lua. Myrddion decidiu que já era muito tarde e Artorex estava exausto demais para completar a triste tarefa de entregar as urnas para os aldeões. Os pais das crianças desaparecidas esperaram meses, ou mesmo anos, para saber o destino de seus filhos: uma noite a mais não faria diferença, especialmente considerando-se que terminaria em lágrimas e dor.

Artorex estava quase dormindo sobre seu cavalo quando entrou nos estábulos da quinta. Os braços fortes dos servos o auxiliaram enquanto ele desmontava da sela do cavalo, e outros criados descarregaram respeitosamente as urnas do farnel de Carvão.

Como as notícias se espalharam com tanta velocidade? Em seu estado de torpor, Artorex pensou no assunto até recordar que Luka e Llanwith retornaram antes dele. As más notícias sempre viajam rápido.

Pálido e claudicante, Artorex se apressou a chegar aos banhos, onde atirou de lado o manto, a túnica e o saio. Ele descalçou as sandálias e mergulhou completamente nas águas purificantes. Quando um servo apareceu discretamente à entrada, Artorex ordenou que cada fio de sua roupa fosse queimado, e que novas vestes lhe fossem trazidas.

Ele finalmente emergiu, limpo, barbeado e de roupas limpas, mas seus olhos cinzentos ainda prestavam testemunho de assuntos que nenhum homem deveria ser obrigado a contemplar.

Artorex comeu na cozinha com Myrddion, a casa já mergulhara em seu descanso, e muito embora as maçãs, nozes, queijos e leite frescos fossem uma comida nutritiva e agradável ao paladar, ele não tinha fome. Artorex ainda podia sentir o veneno da família Severinii correndo por suas veias.

Myrddion pousou a mão longa sobre a testa de Artorex.

— Isso vai passar, meu amigo. Vai passar.

— Vai mesmo? É possível? Eu me sinto como se tivesse vivido numa bolha de segurança por toda a minha vida. Não era capaz de reconhecer o mal quando o via. Para mim, Severinus não passava de um porco irritante e presunçoso. E quanto a Caius? O que faço com meu irmão de criação?

— Nós fizemos tudo que podíamos, Artorex — respondeu Myrddion. — Caius recebeu uma última chance, graças à mãe. O que ele fará do resto de sua vida é problema dele. Meu conselho é que você o ignore, se puder.

Ele fez uma pausa antes de continuar num tom tranquilo.

— Às vezes, quando uma ferida precisa ser limpa, o pus e a corrupção enchem as narinas com um odor repulsivo que parece durar para sempre. Mas uma nova carne acaba por substituir aquilo que se degenerou. Os Severinii agora foram amputados deste mundo. Logo serão esquecidos, e tudo estará curado novamente.

— Até que apareça o próximo monstro — respondeu Artorex com um suspiro exausto.

— Até o próximo — concordou Myrddion. — Talvez homens como nós nasçam apenas para servir como testemunhas e esmagar tais horrores humanos, de modo que os homens, mulheres e crianças simples possam dormir em segurança em suas camas.

— Então seria melhor ser um homem simples — murmurou Artorex, exausto quase a ponto de chorar.

— Sem dúvida — aquiesceu Myrddion. — Mas raramente escolhemos nossos próprios destinos. Algo além, algo mais poderoso que nós, criaturas de carne e osso, toma essa decisão em nosso lugar, e um homem é julgado por sua capacidade de tolerar o peso das provações que o destino lhe impõe.

— Então o mundo inteiro é assim tão simples, Myrddion? Os pérfidos contrabalançando-se àqueles que somente fazem o bem? O magistrado de Aquae Sulis é um bom homem, mas ele sabe que Severinus e sua mãe eram apenas folhas de uma erva daninha que só se vê quando chega à superfície. Muitos homens malignos espreitam onde não podem ser vistos, e suas raízes são fortes demais para serem facilmente desenterradas. O magistrado sequer tentou descobrir todos os malfeitores associados aos Severinii. Seria a terra, e todas as coisas que nela vivem, apenas gradações de cinza? Nem boas nem más, mas apenas mesclando-se da melhor maneira possível?

— Se eu soubesse todas as respostas, seria o imperador de Constantinopla, e todas as guerras cessariam sob meu comando. Mas sei que a sorte não é o equilíbrio de que você fala. Homens e mulheres decidem como viver com o destino que lhes foi dado. Será que a mulher Severina sempre escondeu um traço de crueldade em sua natureza? Ou o medo da velhice gerou sua maldade? Será que os motivos dela importam? Tudo que sei é que ela decidiu agir como nenhum homem ou mulher deveria, e pagou o preço por essa decisão.

— Estou cansado demais para enigmas, lorde Myrddion — respondeu Artorex, pondo-se de pé e se arrastando para sua cama simples.

Ele dormia num cômodo pouco maior que uma alcova junto à cozinha e o triclínio, no centro da casa, onde podia sentir o ritmo de sua pulsação. Agora, exausto, ele desejava ser o mais humilde dos lavradores, acomodado no pavilhão dos criados e longe do corpo frio de Livínia, da dor de lorde Ector e dos problemas de Caius. Não surpreendeu que, em seu colchão irregular, o sono de Artorex fosse perturbado por pesadelos indizíveis, de meias lembranças.

Ele acordou pouco antes da primeira luz da manhã, mas o cansaço rapidamente o arrastou de volta a um sono sem sonhos.

Ele dormiu muito além de sua habitual hora de despertar, e a velha Frith se instalou num banquinho diante da porta da pequena câmara do rapaz. Ela não permitiu que nenhum homem ou mulher interrompesse seu sono, nem mesmo lorde Ector.

— O rapaz está cansado até os ossos, senhor, por colocar tudo em ordem em sua casa. Deixe que ele durma o quanto puder. Depois a velha Frith o ajudará a fazer o desjejum.

Sabiamente, senhores e criados deixaram que a velha fizesse como queria.

A manhã já ia avançada quando um raio de sol angulou pelo quebra-luz, obrigando Artorex a se revirar na cama. Num instante, Frith percebeu seu movimento e enviou uma serva à cozinha para preparar uma refeição. Logo, Artorex foi surpreendido com uma grande variedade de alimentos.

— Eu sou um homem de apetite saudável, Frith, mas só um Atlas poderia comer este excelente repasto.

— Os aldeões mandaram o desjejum, garoto, portanto você deve tentar comer um pouco de cada coisa. As mulheres que prepararam estes pratos esperam que eu relate o que você comeu.

— Mas por quê? — perguntou Artorex, com a confusão escrita claramente em seu rosto.

— Ontem à noite, você trouxe os filhos dos camponeses para casa, jovem amo. Os aldeões sabem que, acima de todos, você foi o responsável pelo retorno das crianças.

— Mas havia outros homens na quinta. Myrddion, Targo, Llanwith e Luka. Todos cumprimos nossa obrigação. — Artorex ficou chocado com a ideia de que seu pequeno papel nos eventos que se desenrolaram na Quinta Severinii tivesse assumido proporções tão imensas aos olhos dos aldeões.

— Conte outra, meu pequeno lorde — ralhou Frith com a familiaridade do antigo costume. — E não foi o próprio lorde Llanwith quem relatou como você retornou àquele poço hediondo para levar os pequenos para casa? Você pode enganar algumas pessoas nesta casa, mas não pode enganar sua velha Frith.

Artorex sabia que era inútil argumentar com a velha criada, e heroicamente tentou comer o máximo que podia da refeição. Depois, quando estava banhado e vestido, ele saiu para encontrar lorde Ector.

Ector e Caius estavam sentados no *scriptorium* e ambos os rostos exibiam vincos de tristeza. Pai e filho verificavam as contas da casa quando Artorex entrou, embora estivessem sentados a certa distância um do outro, cada um trancado em seu silêncio separado e solitário. Nenhum dos dois sabia como falar com o outro, e o rosto de Ector estava inchado pelo choro. Caius era incapaz de enfrentar o olhar do pai, e pregava os olhos nos pergaminhos com dolorosa intensidade. Ector abriu um pequeno sorriso de boas-vindas a Artorex, mas Caius não conseguiu encarar seu irmão de criação, e olhou fixamente para a parede.

Ector foi o primeiro a romper o breve e desagradável silêncio.

— Pen Bryn fala a verdade? A Quinta Severinii foi queimada até o chão?

— Sim, lorde Ector. Estava completamente acesa quando partimos. Se o magistrado cumprir sua palavra, eles estão derrubando as fundações neste exato minuto, e a terra nua será coberta com sal.

— Pelos deuses! — exclamou o franco velho, ignorando quão perto a Quinta Poppinidii esteve de alcançar destino semelhante.

Com a cabeça enterrada no peito, Caius conseguiu reprimir um soluço.

— Se seu deus Osíris é um deus bondoso, Severinus e Antiochus logo estarão mortos, se é que já não estão — comentou Artorex em voz baixa. — E o mundo está mais limpo com sua partida.

— Llanwith me disse que havia sete crianças enterradas na cripta sob a casa — mencionou Ector. — E duas outras que foram enterradas noutro lugar.

— Sim, lorde Ector. Desde que o pai morreu, Severinus e sua mãe se envolveram em toda sorte de perversidades.

Ector se voltou para seu filho, que tentava desesperadamente evitar o contato visual com o pai.

— Você sabia, Caius? Você andou na companhia daquele homem desde que era um menino. Ele até veio cear em nossa casa. Ele respirou o mesmo ar que sua mãe.

Caius se retraiu como se o pai o tivesse esbofeteado.

Artorex observava o irmão adotivo com atenção, esperando surpreendê-lo em alguma mentira ou descobrir algum traço de culpa, mas ele não conseguia definir o que Caius pensava. O rosto belo e cinzelado estava sombrio e cerrado, os olhos continuavam baixos e introspectivos e os lábios tremiam, mas Artorex não tinha ideia do que provocava a angústia de seu irmão de criação.

— Eu sabia que ele era descontrolado e que tinha gostos estranhos, pai. Eu tinha medo dele, especialmente quando ele era tomado por seus humores. Severinus era aterrorizante e perigoso, um pederasta, embora jamais tenha ousado tocar em mim. — Caius ergueu os olhos nesse momento, e fitou diretamente os olhos de Artorex.

— Você contou algo mais quando nós o interrogamos há apenas um dia — declarou Artorex com a mesma expressão impassível que Caius adotava.

Seu irmão adotivo empalideceu.

— Muito bem, Artorex. Eu menti! Está satisfeito? Severinus me estuprou antes que eu fizesse 15 anos, mas eu gostaria de ter poupado meu pai dessa vergonha.

— Caius! — exclamou Ector, horrorizado.

— É melhor contar a seu pai toda a verdade e acabar logo com isso, Caius. Seu pai merece saber por que Severinus tinha tamanho domínio sobre você.

— Eu não sabia o que Severinus fazia com aquelas crianças, pai — proclamou Caius.

Até Artorex, que sabia do papel de seu irmão adotivo nos primeiros assassinatos, teria jurado que ele dizia a verdade. Mas as palavras eram falsas, embora os únicos que poderiam prová-lo estavam agora mortos ou agonizando. Com olhos recém-educados, Artorex reconheceu o rosto aberto da mentira de Caius.

— Severinus tinha um poder terrível sobre mim, pai, não posso negar. Ele me deu ordem de comparecer a um banquete na noite passada, e fiquei atormentado pelo pavor que tinha dele. E agora, nem o senhor e nem os deuses jamais me perdoarão.

Na verdade, Artorex não sabia ao certo se Caius mentia deliberadamente ao pai ou se já estava convencido de que seus pecados pesavam sobre os ombros de Severinus.

E talvez seja verdade que muitas de suas falhas tenham sido provocadas por sua amizade com Severinus, pensou Artorex, sabendo, mesmo enquanto ainda pensava nesta desculpa, que Caius continuava sendo o jovem que brutalizara a égua Afrodite e espancara a própria esposa.

Artorex viu uma lágrima se derramando do olho de Ector, para ser logo enxugada quando o amo pôs o braço direito em torno dos ombros do filho.

— Sua mãe o perdoou, Caius — disse Ector sinceramente. — Portanto seu papel é justificar a confiança que ela teve em você.

Então lorde Ector decidiu perdoar os pecados do filho, pasmou-se Artorex. *Por amor a Livínia, ele decidiu fechar os olhos para o caráter do filho. Mas Caius é velho demais para mudar; e a mãe sabia disso.*

Misericordiosamente, Artorex guardou tais pensamentos para si, pois sua mente estava carregada de horror e culpa. Como ele podia condenar um pai amoroso por tentar proteger o sonho de qualquer pai: o heroísmo e o sucesso de seu filho? O próprio Artorex fora cúmplice de toda a farsa. Ector só sabia o que seu intendente e seus amigos lhe contaram. Se Ector estava em erro, então o próprio Artorex também estava.

O respeito e o amor por sua ama, bem como o juramento que ela extraíra dele em seu leito de morte, eram um fardo sobre seus ombros.

— Preciso ir até a aldeia, senhor. — Artorex interrompeu seus pensamentos viciosos com ação. — Fui encarregado de devolver os restos mortais das crianças às famílias, e preciso pôr suas almas para repousar.

Compreensivo, Ector consentiu. Na verdade, Artorex recebia de bom grado o horror de sua tarefa como punição pelo pecado de sua omissão.

— É claro — concordou Ector. — Você acha que nós deveríamos acompanhá-lo?

Não, por Deus!, pensou Artorex. Por si só, a presença de Caius apenas reacenderia todas as suspeitas que agora jaziam pouco abaixo da superfície.

— Não, senhor. Os aldeões podem ficar constrangidos por expressar sua dor em sua presença. Pode confiar em mim para lhes dizer tudo que for necessário. Eu preferiria não ir pessoalmente, mas prometi que o faria.

— É compreensível, meu rapaz, completamente compreensível. — Ector soltou um pesado suspiro. — Livínia será cremada amanhã. Você pode informar os aldeões de que eles receberão comida e bebida em nome dela. Talvez eles rezem aos deuses para que o espírito dela repouse.

— Eu transmitirei sua compaixão e os bons votos aos aldeões, senhor.

Antes de sair, Artorex se virou para Caius e meneou a cabeça para ele.

— Jovem amo, posso tomar um pouco de seu tempo para um assunto particular?

Caius seguiu Artorex para a saída, onde este fez deslizar um anel para a palma da mão do jovem.

— Eu o aconselho a evitar estradas como as que você trilhou nos anos recentes — advertiu Artorex. — Nem mesmo minhas lembranças afetuosas de sua mãe o salvarão de minha vingança se você não der ouvidos às minhas palavras. Eu sempre o tratarei com o respeito devido a um filho de Ector, mas você tem que se comportar, Caius, pois, se agir de qualquer maneira inapropriada, prometo que encontrarei um jeito de levá-lo à justiça, com ou sem juramento. Não teste minha paciência!

Caius parecia vulnerável em sua humilhação. Seu óbvio alívio provocou em Artorex um desejo de esmurrá-lo.

— Eu lhe prometo de bom grado, e agradeço sua bondade.

E estas poucas palavras quase ficaram presas entre seus dentes, pensou Artorex com tristeza enquanto se virava para sair aos estábulos e partir para a visita à vila. Tarefas difíceis só podiam ser enfrentadas diretamente, como Targo lhe ensinara. Mas precisavam de boa preparação.

Um problema angustiante para Artorex era como oferecer algum consolo aos pais das crianças desaparecidas, pois ele não sabia como os familiares reagiriam ao inesperado retorno dos restos mortais das crianças.

Artorex percebeu que os inocentes já se haviam convertido em matéria de lenda. No mundo mais vasto da região, as pessoas agora sussurravam que os meninos tinham sido sequestrados por criaturas do outro mundo, espectros que, segundo os supersticiosos, viviam no caos entre o mundo real e um lugar imaginário em que as regras dos homens não se aplicavam. Os aldeões que vivenciaram a perda real de seus filhos eram movidos pela inerente ânsia por vingança e, para eles, o desaparecimento dos meninos não era um conto fantástico inventado para assustar crianças em torno do braseiro; era a verdade. Aqueles aldeões sabiam que homens haviam caçado, capturado seus inocentes e reduzido a vida de suas famílias a cinzas.

— Preciso encontrar uma forma de dar-lhes paz — murmurava Artorex. — E, ao mesmo tempo, de proteger lorde Ector.

— Senhor? — perguntou um cavalariço de olhos brilhantes, cabelos louros e rebeldes e ombros fortes, em reação às palavras de Artorex.

Artorex emergiu de seu sombrio devaneio. Ele havia cruzado todo o caminho para os estábulos sem qualquer atenção, e agora se via plantado diante da baia de Carvão com as rédeas pendendo frouxamente das mãos. O cavalariço pegou as tiras de couro dos dedos moles de Artorex e começou a preparar Carvão para a partida do intendente.

— Desculpe, não era nada. Eu estava pensando em voz alta que seria muito agradável não conhecer o mal que reside nos caminhos deste mundo.

O garoto riu desdenhosamente, assim como Artorex teria reagido nos dias remotos em que ainda não tinha sido obrigado a se tornar um homem.

— Com todo o respeito, meu amo, mas eu prefiro andar a cavalo que caminhar.

Artorex deu um puxão afetuoso nas orelhas do menino.

— Sábia resposta, rapaz. Você deseja trabalhar com cavalos quando crescer?

— Quero cavalgar a seu lado, senhor, quer seja para o triunfo, quer seja para a ruína. Caminhar é para os que não têm escolha.

Artorex encarou o garoto robusto com interesse.

Sob a sujeira e o suor, um par de olhos castanhos muito vivos devolvia o olhar de Artorex com respeito, mas sem qualquer vestígio de medo. Os cabelos do garoto eram quase brancos de tão louros, e seus olhos claros eram muito limpos e pálidos.

— Qual é o seu nome, jovem sábio?

— Sou Gareth, senhor, bisneto de Frith da Quinta Poppinidii. Ela disse que agora tenho idade suficiente para trabalhar e, portanto, aqui estou.

— Não sou um lorde para ter guerreiros cavalgando em meu rastro, rapaz. Se você acreditar nessas bobagens, pode ter certeza de que sofrerá uma decepção. Há poucos anos, eu era um garoto exatamente como você.

— Todo mundo sabe disso, senhor.

— Pois bem, desejo um bom amanhã para você, jovem sábio. Ficarei atento a informações a seu respeito.

Artorex pôs Carvão em movimento e o menino correu atrás do cavalo e do cavaleiro à luz do sol.

— Meu nome é Gareth, senhor! — ele exclamou mais uma vez. — Por favor, lembre-se de mim!

— Este mundo é muito estranho — murmurou Artorex consigo —, se meninos esfarrapados resolvem me seguir...

A primeira aldeia que ele visitou era um triste aglomerado de casas de pau a pique construídas à beira de uma estrada bem-definida que levava ao sul, na direção de Sorviodunum, situada na Grande Planície onde se via a Canção do Gigante das fábulas. A aldeia, que não tinha nome porque estava situada junto a uma estrada romana menor, possuía uma taverna limpa e um chefe que às vezes pedia proteção aos homens da Quinta Poppinidii, quando os lobos espreitavam no ápice do inverno. Campos bem-cuidados se estendiam ao redor das casas cônicas, e uma multidão de saudáveis animais domésticos dava provas de que se tratava de uma comunidade próspera.

Quando a quinta podia prescindir de sua presença, Targo vivia ali com uma viúva agradável e risonha e os dois enteados adultos.

Targo e o chefe da vila estavam parados no lugar onde a estrada dividia o pequeno povoado. Atrás deles, vestidos em seus mais finos trajes caseiros e carregando braçadas de flores de verão, todos os homens, mulheres e crianças da vila se reuniam.

Intrigado, Artorex notou que o ânimo da vila era festivo, e não fúnebre. Um homem baixo e atarracado abriu caminho entre a aglomeração e se colocou junto a Carvão, com a mandíbula retesada pela miríade de poderosas emoções. Ele se curvou e, para agudo constrangimento de Artorex, beijou os pés do intendente entre as sandálias.

Com a surpresa, Artorex impulsionou Carvão à frente sem querer.

— Este homem é Bregan, pai de Brego — declarou Targo com toda a solenidade que a ocasião exigia. — Ele não tem palavras para lhe agradecer pela vida de seu filho único, mas jura que lhe fará a melhor adaga que sua habilidade permitir.

— Bondoso Bregan, você honra aquele que é o menos importante dos homens que salvaram seu filho. Eu apenas cumpri meu dever.

Bregan simplesmente fez uma respeitosa mesura de cabeça.

Artorex desmontou, pois se sentia constrangido por permanecer acima do povo humilde da vila. Mesmo assim, seus cabelos claros, a altura e os olhos cinzentos o destacavam como um homem cuja posição na vida estava muito acima das expectativas simples do povo comum, e eles sabiam disso.

Artorex conduziu Carvão e sua carga preciosa através do círculo gramado e apinhado de gente diante da taverna. Enquanto ele abria caminho pela aglomeração, as mulheres se adiantaram para atirar flores a seus pés e homens trouxeram dois bancos longos até a estrada para que Artorex pudesse descansar.

Ele se sentou e fez sinal para que o chefe da vila se aproximasse. Targo tomou uma posição diretamente entre os dois homens, enquanto mãos ansiosas descarregavam o farnel e depositavam as urnas aos pés de Artorex.

— Há alguma família aqui cujos filhos tenham desaparecido? — perguntou Artorex em voz alta, mesmo com a multidão em silêncio.

— Elas foram chamadas, lorde intendente — respondeu formalmente o chefe.

O chefe ergueu a mão direita e a multidão se abriu para dar passagem a um pequeno grupo de homens, mulheres e crianças.

— Félix desapareceu há três anos — declarou o chefe solenemente. — Ele é filho do soldado Kester, que hoje está morto, e sua esposa Iemar.

— Um nome nobre — murmurou Artorex enquanto uma mulher baixa e morena soluçava sem lágrimas, apoiada por um jovem alto e de cabelos castanhos.

— Qual era a cor dos cabelos dele, bondosa Iemar?

Artorex mostrou as mechas de cabelo com suas etiquetas numeradas.

A mulher sentiu a textura dos lamentáveis restos mortais entre os dedos marcados pelo trabalho, até que chegou à quinta mecha, um feixe de cabelos da cor da avelã, apenas um cacho suave.

Ela chorou abertamente contra o peito do filho.

— Este é o cabelo de nosso Félix — confirmou o jovem.

— Bondosa Iemar, estes são os restos mortais de seu filho. Que ele descanse em paz. — Artorex ergueu a urna de terracota com o algarismo romano V marcado na lateral, e entregou à inconsolável viúva.

— Obrigada, senhor! Oh, muito obrigada! Finalmente Félix está em casa!

Artorex baixou a cabeça respeitosamente.

A lúgubre tarefa começou a avançar mais rápido e todas as urnas destinadas à vila foram finalmente colocadas entre as mãos de seus familiares.

Depois, eles ofertaram hidromel fresco a Artorex, que recusou, preferindo beber apenas água. Em seguida, ele se postou entre os aldeões reunidos e contou o que eles poderiam suportar saber sobre a família Severinii, seu destino sangrento e o que foi feito de suas crianças.

— Severinus e outros jovens nobres passaram por esta vila a galope em muitas ocasiões. A maioria era de homens de qualidade que estavam apenas cuidando de seus afazeres. Mas Severinus era diferente, pois ele seguia os ritos dos deuses obscuros e se tornou o monstro que atacou seus inocentes. Felizmente, apenas dois outros seguiram seus costumes, e as três feras foram encontradas e punidas. Severinus, assim como a mãe, Severina, e seu amante,

Antiochus, foram julgados culpados dos crimes e sentenciados à morte. Seus filhos foram vingados.

Ele fez uma pausa diante da multidão reunida.

— O jovem lorde Caius, de minha casa, a Quinta Poppinidii, cresceu sob a influência daquele monstro, mas eu lhes juro que foi Caius quem de fato salvou Brego. Ele foi o homem que pressentiu o mal que seria perpetrado pelos monstros. E suas suspeitas nos levaram à cripta onde encontramos Brego e os restos mortais das outras crianças.

A multidão murmurou discretamente. Artorex podia farejar suas dúvidas, como carne pútrida no ar parado. A disseminação dos boatos era difícil de controlar, e os aldeões já sabiam como Livínia falecera.

Targo percebeu que as palavras do intendente tinham sido cuidadosamente escolhidas para proteger Caius sem contar uma mentira direta.

— Eu lhes peço que não guardem rancor contra Caius ou lorde Ector, seu bom pai. O rapaz foi levado à beira da insanidade pelo terror dos Severinii, mas Brego está vivo porque Caius cumpriu seu dever. E não é certo que lorde Ector respondeu a todos os pedidos de auxílio de seu chefe por tantos e tantos anos? Seus filhos e filhas não encontraram trabalho honesto dentro e fora da Quinta Poppinidii?

— Isto é verdade — respondeu o chefe da vila solenemente.

— Lorde Ector me pediu para transmitir suas condolências pelos meninos desaparecidos, e suplica que os senhores partilhem de seu luto pela senhora Livínia, a última filha da família Poppinidii. Ela será consagrada às chamas pela manhã. Ector e Caius mandarão carne e bebida fúnebre para os senhores em seu momento de dor, e lhes pedem que orem pelo espírito da honrada mulher que, por toda sua vida, só fez o bem.

Os murmúrios aumentaram entre a multidão, e muitas cabeças menearam lentamente em concordância.

— A neta de Ector nasceu e foi nomeada Livínia, em memória de nossa ama. Que neste momento de lágrimas que se abate sobre nós, todas as boas almas chorem a passagem dos meninos inocentes e daquela sábia e bondosa mulher. Contudo, esta é também hora de júbilo, pois o jovem Brego retornou ao seio de sua família e um novo bebê entrou em nosso mundo.

O chefe da aldeia assentiu para Artorex.

— Pode dizer a lorde Ector que seremos sempre leais à Quinta Poppinidii, a seu amo e ao filho do amo. E também somos leais a seu intendente, lorde Artorex.

A multidão aplaudiu e Artorex se sentiu corar.

Os aldeões não permitiram que ele partisse sem provar da melhor comida que a vila tinha a oferecer, e, em troca, Artorex agradeceu efusivamente pela ceia matutina e o banquete que lhe ofereciam agora.

Finalmente, na companhia de Targo, ele teve permissão de partir da vila.

Durante a maior parte da curta jornada à vila seguinte, nenhum dos dois falou abertamente, mas os olhos de Targo refletiam preocupação com seu jovem companheiro e a tarefa que o rapaz decidira realizar.

A segunda vila era menor e dava claros sinais de pobreza, pois era mais distante da influência benigna da Quinta Poppinidii. Contudo, apesar de toda sua miséria, Artorex foi recebido como antes, e os restos mortais de mais duas crianças foram entregues às famílias.

Agora só restava uma urna. Apenas um cacho de cabelos castanhos repousava sobre o coração de Artorex quando ele tornou a pegar a estrada. Sua longa e dolorosa missão estava quase completa.

— Gerna, a mulher selvagem, vive junto ao lago sagrado a apenas algumas milhas daqui — Targo disse. — Acredita-se que seja uma fada, e ela é temida por muitos. A maioria das pessoas sensatas procura evitá-la, pois ela vê coisas nas águas que ninguém deseja saber. Mas seu filho foi levado, e o chefe da aldeia me disse que ela sentiu quando o menino deu seu último suspiro. Gerna pede que nós a visitemos.

— Targo, estou cansado de presságios, mortes e do povo que me encara como se eu pudesse abrandar seu destino na vida. Quem sou eu para merecer tal respeito? Eu preferiria evitar Gerna e seus espelhos d'água.

— Também estou cansado, garoto. Se você prefere não visitá-la, nós podemos deixar a urna com o chefe da aldeia. Estou satisfeito, pois você fez tudo que se podia esperar.

— Não, Targo — suspirou Artorex. — Eu levarei esta missão até o fim, pois devo a todas as famílias pelo menos algumas palavras de conforto.

Gerna vivia num lugar muito ermo e selvagem, aos pés de um pedregulho de granito semelhante a um crânio semienterrado. Na base, um córrego borbotava de uma fenda na rocha e alimentava uma depressão natural coberta de samambaias, que levava a um profundo lago negro. Uma avelaneira sagrada se inclinava sobre as águas e mergulhava suas nozes nas profundezas sem luz.

Um murmúrio que pareceu emanar da fissura no monte rompeu a fantasmagórica quietude do bosque.

Subitamente, uma mulher de meia-idade envolta em peles e coroada com folhas de carvalho retirou seu corpo robusto da caverna oculta e se ergueu completamente diante de Artorex.

Gerna era imensa, tanto em largura quanto em altura, e seus cabelos eram um emaranhado vermelho tão furioso que apenas seus olhos verdes podiam ser vistos com clareza. Sem palavras, ela aceitou a urna do jovem e afagou a mecha de cabelos que ele lhe ofereceu. Depois, silenciosamente, ela gesticulou para que Artorex se sentasse numa pedra coberta de musgos diante do lago.

— Ela é muda? — sussurrou Artorex para seu companheiro.

Targo balançou a cabeça.

— Dizem que ela só fala quando tem algo importante a dizer.

— Pois então ela é sábia — respondeu Artorex.

Gerna encheu uma concha de madeira com água do lago e entregou a Artorex, que a aceitou com hesitação.

— Não temas, Artorex, pois a água é viva e pura — disse Gerna com uma voz roufenha pela falta de uso.

Cuidadosamente, Artorex bebeu o refresco oferecido.

A água era ligeiramente salobra, mas não era desagradável ao paladar.

Gerna assentiu e mostrou os dentes num sorriso quando ele terminou de beber.

Ela parou diante das águas do lago e fitou sua superfície negra e espelhada. Em seguida, ela se voltou para os homens, fechou os olhos e começou a falar.

— A maré está virando e te arrastará, Artorex. Teu pai espera por ti. Ele esperou por tempo demais e perdeu seu momento, e assim teu caminho será mais duro pela falta de decisão dele. Teu pai se apegou ao poder, como um narcótico, e portanto eu o aconselho a tomar cuidado.

Ela fez uma pausa.

— Eu vejo sangue. Rios de sangue... e cavalos... e fogo. Vejo uma grande fortaleza e um exército de homens que morrerão para defender o oeste. Não temas, pois cumprirás teu destino, até que nem mesmo tua grande força seja o bastante. Mas teus esforços cuidarão para que teu mundo não se perca em escuridão e decadência, e aqueles que estão por vir serão criados em tuas lendas. Eles usarão teu nome por incontáveis gerações após tua morte, para selar estas ilhas em segurança contra ataques daqueles que nos causariam mal. Dou-te este presente em nome de meu filho, embora a dádiva me custe anos de minha vida.

— Eu serei feliz?

Gerna riu, mas sua risada não passava de um horrível crocito das cordas vocais silenciosas por tanto tempo.

— O que é a felicidade? Estou apenas brincando, Artorex. Sim! Serás feliz por um tempo. E, sim, eu responderei à pergunta que não fizeste. Uma criança tua viverá e procriará, intocada pelos vastos problemas de teu mundo futuro. Embora o amor seja fugidio, tu o conhecerás, mas não busques satisfação, pois esta não é para homens como tu. Agora basta. Minha voz se cansa... e o espírito de meu filho fala comigo no vento.

Gerna então se foi, retornou à sua caverna, e o lago se tornou apenas um raso tanque d'água, acumulando-se por um momento antes de se tornar um filete que desaparecia novamente no solo de onde brotara.

— Ninguém me promete riqueza ou felicidade, só dor e luta — reclamou Artorex, pois ele ainda era muito jovem.

— Não se incomode, jovem amo. Se a adivinha está correta, você não ficará apodrecendo na Quinta Poppinidii para sempre — replicou Targo com honesto bom humor. — E quem dentre nós, homens de bom senso, desejaria uma vida segura, afinal?

— Eu desejaria... — respondeu Artorex sinceramente, e só seu coração sabia que ele falava uma simples verdade.

CAPÍTULO VIII

Um Casamento Conveniente

Livínia foi sepultada com todos os rituais e cerimônias devidos a uma grande matrona romana. As máscaras de argila de seus ancestrais foram retiradas de suas cabines especiais e carpideiras contratadas e voluntárias rasgaram as próprias vestes e encheram a quinta com os sons fantasmagóricos de seu choro.

A pira de Livínia foi construída com grande altura e ela foi velada, pálida e coberta de joias, até que Ector e Caius ergueram suas tochas e acenderam o fogo que mandaria seu espírito para sua longa jornada. Ector comprara madeira aromática sem pensar em custos, para que sua dama partisse da quinta e de sua vida de modo apropriado para uma nobre romana. Como um agrado para as sensibilidades da nobreza perfumada de Aquae Sulis, Ector provavelmente deveria ter enterrado sua amada na terra fria, mas seu coração proclamou que sua esposa fora uma espécie de guerreira e que merecia o antigo costume romano da cremação.

Após os dias prescritos para o luto, a vida na quinta recuperou uma aparência de normalidade.

Dois dias após a cremação de Livínia, os três viajantes partiram, mas os criados da quinta estavam acostumados às estranhas chegadas e partidas e fizeram pouco mais que comentar que os visitantes haviam prolongado a estada na ocasião. Eles sabiam que o atraso se devia à morte da ama e ao respeito que os grandes homens tinham por Livínia.

Antes de partir, os três viajantes prestaram grande homenagem à casa de Ector ao comparecer ao *Dies Lustricus*, o Dia da Purificação, quando a filha de Caius e Julanna foi formalmente nomeada. Após dias de luto e tristeza, aquele banquete festivo prometia um futuro melhor por vir.

A pequena menina foi tardiamente colocada aos pés de Caius como no antigo costume republicano do nascimento. O rosto bondoso de Julanna estava tenso enquanto observava o marido, que decidiria se a criança deveria ser reconhecida como fruto de seu sangue. Claro, este tema jamais esteve em dúvida, mas Julanna não confiava no esposo para tocar em sua filha.

Quando Caius ergueu a bula, uma pequena esfera de ouro fechada contendo os amuletos que protegeriam a menina através de sua infância, e colocou sua corrente dourada em torno do pescoço do bebê, Julanna sentiu que seu coração estava prestes a explodir. Caius a tocara na garganta com muita frequência, mas ele fora cruel e machucara seu corpo frágil. Ela estremeceu ao ver que as grandes mãos brancas do esposo seguravam o pequeno corpo da filha com uma emoção próxima do amor paterno.

Assim, com a devida cerimônia, Ector presidiu o banquete de *Dies Lustricus* e cada um dos três viajantes apresentou *crepundia*, pequenos amuletos de ouro e prata que tilintaram quando passados sobre a cabeça da criança. Por fim, Ector proclamou o *praenomen* da menina, Livínia, como um nome querido por seus ancestrais e dado em honra de sua avó.

Durante o banquete, Julanna sorriu e foi graciosa com seus convidados, mas seus olhos seguiam a silhueta esbelta do esposo com a expressão vazia de uma estranha.

Nas semanas que se seguiram, Julanna continuou fragilizada, e dada a crises de pânico se sua filha apenas espirrasse. Contudo, a jovem ama tinha muito a fazer, pois agora, muito antes do tempo devido, ela tinha que assumir o papel de Livínia e seguir os pequeninos passos que eram grandiosos demais para seus pés hesitantes.

Os servos da quinta gostavam de Julanna e faziam amáveis mesuras de cabeça quando ela dava instruções, mas ignoravam qualquer mudança proposta para suas rotinas estabelecidas. Apenas os olhos de águia de Gallia realmente notavam que os criados continuavam obedecendo aos ritmos colocados em marcha por Livínia havia mais de três décadas. Quando Gallia mencionou a intransigência dos criados com Frith, a velha explicou de bom grado.

— Ninguém realmente desobedece à senhora Julanna, eles só não obedecem completamente. Eles sabem que a nova ama jamais notará se eles seguem ou não os velhos hábitos, porque ela passa o tempo cuidando de seu bebê. Assim, os desejos da senhora Julanna se tornarão os antigos costumes praticados pela senhora Livínia, e ela aceitará que sempre foi assim.

Frith enxugou uma lágrima furtiva, pois criara Livínia desde o nascimento. Gallia afagou o ombro da velha criada e se perguntou mais uma vez quão livres eram os grandes do mundo, pois a maioria estava à mercê de seus criados e de sua própria indolência.

Gallia mudara muito desde a Noite dos Inocentes, como passaram a ser chamadas aquelas horas sangrentas. A ferida em seu couro cabeludo exigira certa raspagem dos cabelos para permitir o tratamento do corte, e a parte careca era visível bem no alto da cabeça. Por fim, Gallia decidiu romper com os costumes celtas e romanos. No começo de certa manhã, quando a criada chegou a seus aposentos para arrumar o cabelo e esconder os pontos desagradáveis, Gallia informou a jovem de sua decisão.

— Corte tudo!

— O que disse, minha ama? — engasgou a criada.

— Meu cabelo! Tosquie tudo para que não seja mais longo que meu dedo mínimo.

— Mas eu não posso fazer isso, ama. — A moça parecia horrorizada. — Seu pai me moerá de pancadas!

— Duvido muito, pois meu pai é o homem mais bondoso da face da terra — replicou Gallia com lógica inescapável. — Em todo caso, ele não está aqui, então não nos pode punir.

A criada ainda relutava em cumprir a tarefa, e assim Gallia simplesmente pegou uma das tesouras e começou a cortar as grandes mechas de cabelo negro. Mas o resultado era tão irregular e antiestético que a criada foi forçada a impedir o desastre total, cortando as madeixas de Gallia e penteando os cabelos para trás de modo a disfarçar as partes raspadas que permaneciam.

A princípio, todos na quinta ficaram incrédulos diante da cabeça tosada de Gallia. Seus longos cabelos negros e seu lustro azulado, como uvas finas, eram sua maior beleza, mas, estranhamente, sua alegre touca de cachos, pois era assim que o cabelo crescia agora, acentuava o pescoço fino e os seios brancos. Olhos de senhores e criados seguiam sua silhueta delicada enquanto ela saltitava pela quinta, sempre em busca de novas distrações.

Claro, Gallia deveria ter voltado para o seio de sua própria família após o nascimento da filha de Julanna, mas ela não estava preparada para partir e nem Julanna estava pronta para prescindir de sua amiga inabalável ainda que imprevisível. As duas famílias trocaram cartas e Gallia teve permissão de ficar por mais alguns meses na Quinta Poppinidii. Entretanto, com a chegada dos primeiros ventos do inverno, Gallicus advertiu que sua filha deveria retornar ao lar e retomar os deveres de sua família e de seu nome.

— Meu pai decidiu que eu preciso me casar tão logo seja possível — traduziu Gallia laconicamente. — Mais uma vez, ele descobriu o genro perfeito, e isto significa que eu odiarei o pobre homem à primeira vista. Até hoje, tive muita sorte de permanecer livre dos conhecidos de meu pai, mas a vida se tornará difícil quando um dote for oferecido.

— Mas será que o casamento seria assim tão mau? — perguntou Julanna, contemporizadora.

Desde a morte da mãe e de seu flerte com a catástrofe, Caius dava todos os indícios de uma mudança de caráter, tornando-se um marido amável. Mas o cenho ligeiramente franzido de Julanna não estava em consonância com suas palavras encorajadoras, pois, mesmo após cinco meses, ela não conseguia se obrigar a confiar no jovem amo.

— Isso vai depender da natureza da pessoa com quem eu me case. Acredite em mim, querida Julanna, o escolhido de meu pai certamente terá cara de bacalhau.

Os olhos de ambas se voltaram para seguir a figura alta de Artorex quando ele atravessou a colunata em direção aos banhos.

Ambas suspiraram e depois irromperam em risadas tristonhas.

— Talvez seja possível convencer seu pai de que Artorex é um homem promissor — exclamou Julanna inocentemente. — Todo mundo diz isso.

— Acredite em mim, meu pai não se deixaria influenciar. Ele se interessa muito mais por moedas de ouro, riqueza estabelecida e boas relações familiares que por me casar com um intendente.

Ela suspirou.

— Mas, de qualquer maneira, um casamento com Artorex jamais poderia acontecer, porque ele nem sequer sabe que eu existo — reclamou Gallia.

— Tenho certeza de que Artorex presta bastante atenção em você — Julanna assegurou à amiga com um sorriso maroto.

Daquela vez, Julanna tinha razão. Na avançada idade de 20 anos, Artorex vivenciava todas as dores do primeiro amor. Desde o dia em que retornara à quinta após cumprir sua missão com as crianças desaparecidas, a visão dos cabelos curtos e encaracolados de Gallia inflamara Artorex. Ele já admirava a língua honesta e a rápida perspicácia da moça muito antes da morte de Lívinia, mas agora a imagem da pequenina cabeça encimando ombros estreitos e delicadamente curvilíneos trespassava Artorex com o desconhecido furor do desejo e, talvez, do amor nascente.

Dia e noite, a visão dos seios de Gallia o consumiam, e ele podia imaginar suas coxas rosadas sob a túnica. Até as mais breves conversas com ela se tornavam uma batalha entre seu desejo crescente e a imprevista timidez que o sobrepujava quando ele se encontrava em sua presença.

Para aliviar sua dor, ele buscava moças aquiescentes entre a criadagem e copulava com elas nos estábulos, mas não havia sexo suficiente para diminuir o ardor e os pensamentos eróticos sobre Gallia que o corroíam à noite, quando se deitava em sua cama espartana.

Claro, toda a casa estava ciente de seu drama. A opinião geral entre os servos era de que Gallia era uma jovem frívola, mas forte e corajosa, e aqueles fatores sobrepujavam as desvantagens de seu nascimento como filha de um comerciante de peixes. E assim os estranhos preconceitos de família fervilhavam em torno de Gallia e Artorex, enquanto os dois resistiam à voracidade da atração física que os aproximava cada vez mais.

Artorex não estava só em seu anseio. Os olhos de Gallia seguiam sua silhueta alta onde quer que ele fosse, e ela sonhava que aqueles braços bronzeados a estreitavam e aquele corpo envolvia e dominava o seu. Sem as válvulas de escape físicas disponíveis a Artorex, talvez a chama de Gallia ardesse com mais calor, pois tinha de permanecer oculta sob o sorriso de uma donzela bem-nascida. Entretanto, no fundo ela sabia que seu pai jamais permitiria um casamento com um intendente sem pai.

A princípio, os dois jovens apaixonados tiveram sorte porque, apenas uma semana antes da data marcada para o retorno da filha, Gallicus contraiu um resfriado. Mas a friagem logo se tornou uma febre que corria como fogo por seu corpo, queimando as vastas carnes de seus ossos e enchendo os pulmões com secreções.

Gallia estava preparando as bagagens, sob uma enxurrada de lágrimas nada virginais, quando um mensageiro chegou de Aquae Sulis para entregar uma carta redigida por seu irmão mais velho, anunciando que uma febre mortal tomara a cidade de assalto e que Gallia deveria permanecer na Quinta Poppinidii até que todo o perigo de infeccão tivesse passado. A carta destacava a seriedade da condição do pai. Na verdade, proibido ou não, Gallia teria partido pela estrada para Aquae Sulis se o irmão não tivesse acrescentado que a Casa de Gallica, assim como todas as outras casas infectadas, estava trancada para todos os visitantes por ordens do Conselho Municipal.

— É a peste! — proclamou Ector sombriamente na ceia daquela noite, depois que o drama de Gallia lhe foi explicado. — Esta maldição já veio antes, chegando geralmente pelos portos, e mais de metade das pobres almas infectadas acabaram morrendo. Contudo, eu recordo que algumas pessoas eram imunes aos sintomas e não sofriam qualquer efeito negativo. Elas continuavam saudáveis mesmo durante as piores epidemias.

Enquanto o amo falava, o vento invernal uivava do lado de fora dos muros da quinta como em pranto. Ector coçou o queixo onde sua barba branqueava, uma mania indicativa de que ele estava prestes a fazer um anúncio de certa seriedade.

— Eu via os afortunados sobreviventes quando eles passavam pelas vilas, continuando seu comércio ou seus afazeres como se a morte não tivesse consumido seus lares. Creio que essas almas que parecem tão fortes e saudáveis muitas vezes trazem a enfermidade consigo, talvez em suas roupas, ou mesmo na pele. Mas como podemos ter certeza, se nem mesmo podemos discernir o doente do saudável? Sequer sabemos onde eles repousam as cabeças ou vendem seus artigos, e assim a doença se espalha.

Ele fez uma pausa, coçou a barba mais uma vez e continuou a falar enquanto o vento chacoalhava as pesadas portas de madeira em suas dobradiças.

— Os portões da Quinta Poppinidii serão fechados para todos os visitantes — decidiu lorde Ector, com um toque de pompa. — Por hora, nenhum servo pode dar sequer uma migalha seca a um andarilho, não importa quão triste seja sua história. Nenhum ambulante poderá colocar o pé sobre minhas terras, e todo contato com a vila está proibido.

Ele se dirigiu a seu intendente.

— Artorex! Diga a Targo para advertir o chefe da vila sobre os perigos da peste e informá-lo do que decidi. Prevenir, como sua ama costumava dizer, vale mil vezes mais que remediar. Targo, pode ficar com sua viúva na vila ou permanecer aqui, como queira, assim como todos os nossos criados. Mas assim que decidirem onde descansarão as cabeças, é ali que ficarão até que passe a epidemia.

Ninguém na quinta sequer pensou em argumentar com o amo.

Na opinião de Artorex, a maior vantagem da idade avançada estava nas experiências que se acumulavam com uma longa vida. Depois que Frith confirmou a explicação de Ector sobre a disseminação das febres mortíferas em anos passados, a gente da Quinta Poppinidii se considerou afortunada por ter um amo tão sábio.

Julanna atravessou as semanas seguintes numa agonia de pavor. Por ela, a quinta tinha que ser mantida num estado de higiene constante, pois o mensageiro de Aquae Sulis talvez tivesse trazido a peste consigo e a morte rondasse em algum canto empoeirado, esperando para assassinar sua filha. Pela primeira vez, os criados obedeceram a jovem ama totalmente, não porque dessem qualquer crédito aos medos de Julanna, mas porque Frith confirmou que a pestilência florescia onde a sujeira se acumulava.

Afora o surto de limpeza, poucas perturbações maculavam a paz da quinta. Mas Gallia se apavorava e culpava seu próprio egoísmo por sua ausência do lar de sua família. Em vão, Julanna assegurava à amiga que Gallicus provavelmente estava aliviado por Gallia estar fora das muralhas de Aquae Sulis, em segurança.

Como única filha, Gallia julgava que seu lugar era com a família e que sua responsabilidade era cuidar das necessidades do pai durante sua doença.

Para passar o tempo, ela começou a fazer passeios longos e solitários pelos limites das terras aráveis e, durante suas explorações diárias, ela se via chegando cada vez mais perto da Floresta Velha. A pedido de Julanna, a criada de Gallia trabalhava duro, esfregando cada canto empoeirado da quinta, e o criado auxiliava na estocagem de grãos do outono. Poucos na quinta vigiavam Gallia durante suas caminhadas, quando nem mesmo a paisagem do começo do inverno, delicada com sua leve camada de gelo, podia apaziguar seus opressivos sentimentos de culpa.

Inevitavelmente, o espírito inquisitivo de Gallia a levou a entrar na floresta. O silêncio impenetrável e as sombras introspectivas combinavam tão perfeitamente com seu ânimo que ela passou muitas horas sentada sobre um tronco de árvore caído, ignorando o musgo pegajoso que manchava suas saias. A quietude era um paliativo para o burburinho da quinta e, cercada por troncos cobertos de liquens, Gallia descobriu que podia pensar com clareza naquele santuário, livre de distrações domésticas.

A cada dia ela se aventurava mais fundo em suas incursões, pois o trabalho frenético da quinta em preparação para os meses estéreis e silenciosos significava que nem senhores nem criados paravam para pensar onde ela se metia durante as horas de luz dos dias cada vez mais curtos.

Inevitavelmente, Gallia se deparou com a clareira que Artorex frequentara durante sua juventude, e ela também se sentou na rocha ancestral e traçou o desenho gasto de espirais e curvas com dedos que compreendiam profundamente o espírito do lugar, mais do que seus pensamentos conscientes jamais poderiam. Ainda que a morte parecesse habitar o fenecimento das folhas e das pequenas coisas que viviam na árvore e na grama da clareira, era uma morte gentil.

Todas as coisas devem morrer, parecia sussurrar a Deusa da Morte para Gallia. *Mas o sol se ergue, o capim se torna alto novamente e a vida prossegue. Estação segue estação, e os homens são como flores que brotam, florescem e fenecem antes mesmo que a terra perceba que eles viveram. Pedras, árvores e água perduram para sempre.*

Gallia deixou sua mão deslizar sobre o receptáculo talhado na pedra. Um vestígio de calor da luz direta do sol amoleceu seus dedos, e sua mente foi ninada pelo silêncio profundo e tranquilo da clareira.

O rosto de Gallicus sorriu para ela com olhos castanhos e bondosos, e ele gesticulava com uma extravagância completamente latina e suplicava que ela desposasse alguém — qualquer um — antes que passasse da idade de se casar.

— Papai, se você ficar bom logo, eu me casarei com quem você quiser — declarou Gallia às árvores e à lembrança do rosto dele.

Ela imaginou os rostos de seus cinco irmãos, todos mais velhos e mais robustos que ela, com suas tribos de esposas, filhos e netos a seu lado.

— Até tentarei ser educada com as esposas dos meus irmãos. Por favor, esteja bem quando eu retornar.

Gallia ainda devaneava na clareira quando outro mensageiro chegou à Quinta Poppinidii com uma carta de sua família.

Artorex recebeu o cavaleiro nos portões da fazenda.

— Pare, senhor! Esta quinta está fechada para todos os visitantes até que Aquae Sulis esteja livre da peste — ordenou severa, mas respeitosamente, pois tempos difíceis forçavam decisões que não pertenciam aos padrões naturais de cortesia. Outrora, a quinta sempre acolhera os visitantes mais pobres e desvalidos.

O mensageiro continuou em seu cavalo e limpou o rosto gelado com um cachecol de lã engordurado.

— A peste está morta, assim como metade dos cidadãos de Aquae Sulis — relatou o mensageiro, sombriamente. — A cidade ainda tem o cheiro das piras funerárias, mas ninguém adoeceu nos últimos dez dias.

Artorex sacudiu a cabeça, incrédulo, pois sua mente ordeira não podia imaginar tamanha devastação.

— Talvez você fale a verdade, meu amigo, mas devo obedecer às ordens de meu amo. Lamento a descortesia destes tempos, que me obrigam a mandá-lo de volta à sua cidade sem comida ou abrigo.

— Na verdade, intendente, eu estaria de bom grado em casa com minha esposa e filhos, mas Gallinus, filho de Gallicus, encarregou-me de trazer uma mensagem à irmã, a senhorita Gallia.

- Garanto que a mensagem chegará à senhorita Gallia se recitá-la para mim — disse Artorex ao mensageiro.

— Não sei ler, intendente, mas meu amo previu sua cautela, e portanto decorei minha mensagem.

— Pois então me informe qual é a mensagem, bom senhor, e eu a levarei fielmente à senhorita Gallia.

— Esta é a mensagem que meu amo Gallinus confiou a mim — proclamou o mensageiro formalmente, e fechou os olhos para assegurar que nenhuma das preciosas palavras fosse esquecida.

— "Saudações a Gallia, irmã de Gallinus, que é agora o senhor da Casa de Gallus. Nosso pai partiu deste mundo para encontrar seus ancestrais, assim como meu filho e uma filha, quatro de meus irmãos e muitos outros membros de minha família. Seus espíritos foram honrados à maneira antiga, embora com grande pressa, pois a inumação não foi possível. Sua ausência nos banquetes e cremações funerários está perdoada. Eu viajarei para escoltá-la de volta à Casa de Gallus assim que puder ausentar-me, pois nossos interesses foram amargamente golpeados pelo desagrado dos deuses. Guarde estas palavras em seu coração. Até breve."

Após diversas repetições, Artorex decorou a mensagem, e assim o mensageiro pôde partir em sua jornada de retorno. Artorex suspirou, pois agora tinha mais uma tarefa desagradável a cumprir.

Ele não era tolo. O amo da casa e quatro de seus herdeiros estavam mortos, incluindo netos e esposas. Gallia perdera quase toda a família e grande parte de sua riqueza. Embora Artorex mal pudesse imaginar ser parte de uma família daquele tamanho, viva ou morta, ele compreendia que Gallia ficaria desesperada pela perda de seu pai e irmãos.

Ele abominava a perspectiva de transmitir notícias tão terríveis. Artorex teria preferido repassar a onerosa tarefa a qualquer outra pessoa, mas ele não era um covarde e Gallia merecia um relato preciso das mortes trágicas de sua família.

O intendente procurou Gallia durante muitas horas, mas ninguém na quinta a tinha visto. Tenso com as primeiras inquietações de alarme sério, Artorex cavalgou Carvão para os campos, mas, novamente, não viu sinal da impetuosa jovem.

— Nem mesmo Gallia pode desaparecer assim da face da terra — murmurou consigo, reprimindo uma onda de crescente irritação.

Contudo, após uma busca infrutífera pela fazenda e todas as edificações externas, Artorex já considerava iniciar uma busca ampla com os lavradores quando, por um fortuito golpe de sorte, seus olhos afiados avistaram uma pequena fita vermelha numa trilha coberta de arbustos junto ao local onde a Floresta Velha encontrava as lavouras. A trilha em si era pouco definida, mas a minúscula fita de tecido se enroscava como uma serpente num emaranhado de espinheiros secos, e Artorex soube que a impetuosa Gallia adentrara os bosques.

— Você é um pequeno demônio... — murmurou Artorex consigo. — Deveria compreender os perigos desses lugares, especialmente para uma mulher. Por que não pode fiar, ou cozer, ou mesmo limpar, como todas as outras mulheres da quinta?

Inclinando-se e torcendo-se no lombo de Carvão para evitar galhos baixos, Artorex dirigiu o cavalo para o interior da mata.

Talvez porque ela não seja como nenhuma outra mulher, advertiu uma voz interior.

As árvores não tinham qualquer interesse em Artorex ou Gallia, e portanto ele não recebia qualquer resposta para suas perguntas, afora o farfalho de coisinhas invisíveis que eram perturbadas pela passagem de seu cavalo.

— Gallia! — Ele urrou com a força máxima de seus pulmões assim que chegou às profundezas da mata, sabendo que poderia vasculhar aqueles locais ermos por semanas a fio sem encontrá-la. — Onde você está? Grite se consegue me ouvir!

Carvão avançava habilidosamente pelo terreno incerto e Artorex lutava para ouvir uma resposta a seus chamados. Quando chegou a resposta, foi inesperadamente clara e muito próxima. Artorex saltou do lombo de Carvão e puxou o corcel através do traiçoeiro emaranhado de raízes de árvores e troncos caídos, em direção ao silêncio da clareira que havia tanto não visitava.

Gallia estava sentada em sua rocha, a cabeça erguida e os olhos já faiscando de pânico. Instintivamente, ela sabia que somente um assunto de grande urgência levaria o intendente a procurá-la quando, em circunstâncias normais, ela jamais esperava vê-lo antes da ceia noturna.

— O que há de errado, Artorex? É Julanna? Ou a pequena Livínia?

Artorex baixou os olhos para suas sandálias e remexeu as rédeas de seu cavalo.

— Eu... — começou ele, mas Gallia se pôs de pé num salto.

— Chegaram notícias de Aquae Sulis, não foi? — perguntou ela. — Foi meu pai?

Artorex assentiu.

— Sim, Gallia, eu tenho novas de Aquae Sulis... e são más notícias, sinto dizer.

Ele fez uma pausa, mas não conseguiu achar amenidades para aliviar a dor que estava prestes a infligir. Os olhos de Gallia estavam arregalados e assustados, e a meia-luz que se filtrava pelas árvores altas derramava um lustro verde sobre suas feições. Artorex se sentia devastado, mas sabia que apenas a dura verdade lhe seria útil agora.

— Seu pai faleceu pela peste. Um mensageiro acabou de chegar com notícias de seu irmão, Gallinus, que é agora o novo amo da casa de seu pai. Vários de seus irmãos, o filho de Gallinus e uma das filhas também partiram para encontrar seus ancestrais. Outros membros de sua família também pereceram. Gallinus enviou poucos detalhes, mas abriu exceção para avisar que talvez leve algum tempo para poder escoltá-la de volta para casa. Lamento ter que trazer estas tristes notícias, e gostaria de ser capaz de dizer algo para consolá-la em sua dor.

Impassível, Gallia encarava Artorex.

— Mas Gallinus é meu terceiro irmão. E quanto a Gallicus Filho e Gallius? Eles também devem estar mortos... e Gallinus não teve coragem de mandar a mensagem completa para mim. Ajude-me, Mãe, ajude-me!

Horrorizado, Artorex viu que os olhos de Gallia rolaram nas órbitas e que ela desmoronaria num desmaio completo sobre a depressão da rocha, com seu desenho estranho e perturbador. Exatamente quando saltou à frente para agarrá-la, ele teve a visão do sangue de Gallia enchendo o receptáculo e escapando pelas espirais numa delgada fita carmim.

— Gallia! — murmurava ele no ouvido dela enquanto erguia sem esforço seu corpo delicado. Ela tinha o rosto a apenas alguns centímetros dos lábios dele.

— Acorde, Gallia! Acorde! — Artorex repetia sofregamente no ouvido dela.

Gallia tinha as pálpebras trêmulas, mas não emitia som. Artorex girou o corpo entregue e suave em seus braços e, assoviando para que Carvão o seguisse, começou a retornar pela trilha através do emaranhado de árvores até onde a floresta encontrava a lavoura da fazenda.

Gallia repousava frouxamente nos braços dele. Era como se ela também estivesse morta, como tantos de sua casa, e Artorex imaginou como seria perder alguém tão próximo em sangue e afeto. Por mais que tentasse, ele não conseguia conceber tamanha perda. Ele choraria por Targo, Frith e Ector se estes morressem, pois convivera com eles durante toda sua curta vida. Ele sofrera a perda da ama Livínia, e sempre que ouvia o giro e as batidas da lançadeira e do tear, sua garganta se comprimia com uma emoção que certamente era dor. Mas, sem qualquer laço de sangue com família alguma, ele jamais poderia compreender por completo a perda de Gallia.

Uma vez que se libertou das árvores, Artorex remontou em Carvão com Gallia ainda completamente inconsciente em seus braços. Ela começou a recobrar a consciência quando eles já se aproximavam da quinta, mas seus olhos estavam secos e vítreos. Algo vital fugira de seu espírito com as notícias que Artorex lhe trouxera.

— Estão todos mortos — murmurou ela junto ao peito dele.

— Nem todos, Gallia. Não mesmo! Seu irmão luta para pôr ordem nos assuntos de seu pai, e virá buscá-la quando seus deveres permitirem. A peste determinou que muitos de sua família fossem levados às piras funerárias bem antes de sua hora, mas fui informado de que todos os ritos funerários foram observados exatamente como seu pai teria desejado. — Ele baixou os olhos para o rosto erguido dela. — Eu faria desaparecer sua dor pessoalmente, se ao menos soubesse como.

Vagamente, ela apertou o braço dele para expressar sua gratidão, mas sua mente lutava para compreender a profundidade de sua perda.

— Eu sei que você me ajudaria se pudesse, Artorex, mas não há nada que possamos fazer, há?

— Não, Gallia, não há.

Ao menos ele podia honrá-la com a verdade.

Na quinta, a criada de Gallia chegou correndo e auxiliou sua ama a alcançar seus aposentos. Julanna foi perturbada pela confusão e ouviu o relato de Artorex com crescente preocupação e horror.

— Este ano horrível não acabará nunca? — gemeu ela, correndo para se unir à amiga.

A ceia noturna foi privada da presença de mulheres. Ector estava entristecido pela tragédia de Gallia, mas completamente cônscio de que nada podia oferecer para auxiliá-la em sua hora de luto.

— Somos muito afortunados por estarmos tão distantes de Aquae Sulis. Se a peste realmente passou, como sugeriu o mensageiro, nosso isolamento foi fundamental para manter nossa segurança.

— Sim, amo. O senhor agiu com sabedoria quando decidiu isolar-nos de todo contato com gente de fora.

— Eu gostaria que Livínia ainda estivesse aqui. Ela saberia como abrandar o fardo que a pequena Gallia está carregando. Deve ser quase impossível para ela esperar aqui no conforto, com sua família a uma distância tão curta, e por outro lado saber-se incapaz de ajudá-los em seu sofrimento.

— Sim. Minha ama saberia como ajudar a jovem Gallia — concordou Artorex.

Enquanto isso, Caius continuava impassível e silencioso.

Frith informou que Gallia estava agora acordada, mas que permanecia sem choro, trêmula e perturbada.

— Ela ficará bem? — perguntou Artorex.

— Não tema, amo, ela logo começará a falar, e depois recordará os anos felizes e as horas jubilosas que passou com sua família. Ela derramará lágrimas boas e curativas. A pequena ama é jovem, e seu corpo ainda não está pronto para a morte, embora ela esteja quase louca com a perda.

E assim, a velha Frith, a fiel Julanna e algumas criadas de confiança se reuniram à devastada Gallia e cuidaram de suas necessidades. A princípio ela ficou muda, e depois as lembranças se derramaram dela como se o simples ato de repetir os contos de sua infância pudesse conservar o pai e os irmãos vivos por mais algum tempo.

Seguiram-se lágrimas e pesadelos, e depois mais lágrimas, até que Gallia emergiu de seus aposentos, pálida, magra e tão etérea quanto dentes-de-leão.

Durante sua provação, uma estranha amizade se forjou. Julanna tinha a administração da casa e os cuidados com sua filha pesando sobre seus ombros pequenos de menina. Embora ela ansiasse por aliviar a dor de Gallia, o tempo a tirava da companhia de sua fiel amiga com mais frequência do que gostaria.

Mas, suave e naturalmente, como se sempre estivera ali, Frith se sentava junto à cama de Gallia e a encorajava a comer. Quando a moça chorava em seu sono agitado, era a velha Frith quem a despertava e a aninhava contra seu peito murcho, enxotando os pesadelos com beijos e palavras doces. A primeira coisa que Gallia via quando acordava a cada manhã cinzenta de inverno era o rosto enrugado e sorridente de Frith, e o último som que ouvia antes do sono era o doce canto da anciã.

Gallia mal se erguera de seu luto quando o irmão apareceu de repente na Quinta Poppinidii. Novas mechas cinzentas agora manchavam seus cabelos negros, e ele não trazia sequer um servo para cuidar de suas necessidades e conforto durante a jornada.

Após uma reunião lacrimosa, Gallia voltou à cama, muito exausta e desgastada pelas lágrimas e pela dor para enfrentar a presença concreta de seu último irmão. Para passar o tempo, Gallinus procurou os conselhos de lorde Ector, buscando uma cabeça mais velha para guiá-lo, e Artorex fez um esforço para assegurar que também estaria presente na reunião.

— Eu não podia falar o que há em meu coração com a pequena Gallia presente. Dez membros de minha família estão mortos, e mais da metade de nossa criadagem pereceu com eles. O negócio da família está em frangalhos. Bem, ele tem raízes firmes, pois todos precisam de peixe, mas eu terei que trabalhar duro para reparar o que a peste roubou de nós. Os mercados de Aquae Sulis estão silenciosos, a frota de Abone foi reduzida à metade e os armazéns foram privados dos trabalhadores necessários para realizar o serviço braçal. A jovem Gallia entende pouco de comércio, e será difícil explicar que ela provavelmente não terá um dote quando finalmente se casar.

Ector murmurejou suas preocupações diante desta notícia.

— Gallia sempre foi a pequena ave canora de nossa casa — suspirou Gallinus. — Ela é a mais nova, e tem um coração delicado.

Ele fez nova pausa, e Artorex sorriu consigo imaginando Gallia como frágil ou delicada.

— Faltam-me palavras para explicar a minha irmã as verdadeiras circunstâncias do desastre que afligiu nossa casa.

Ector meneava a cabeça com piedade e compreensão, mas não havia muito a fazer para aliviar as preocupações do jovem. Em vez disso, à tradição romana, ele tentava manter a espinha ereta e o olhar direto.

Impassível, Artorex observava o irmão de Gallia. Gallinus estava perturbado e assustado, como qualquer homem sensível ficaria se subitamente confrontado com a tarefa de salvar um vasto império comercial que fora inexplicavelmente posto de joelhos. Os irmãos estavam mortos, e de repente Gallinus foi forçado a assumir o controle dos muitos interesses comerciais do pai num momento em que ainda se encontrava despreparado para a tarefa.

Após alguns minutos de silêncio, o jovem começou a explicar sua insegurança quanto ao futuro de sua jovem irmã.

— Meu problema mais urgente é Gallia. Nosso pai queria que ela estivesse casada há vários meses, mas nenhuma das negociações passadas deu frutos. Infelizmente, o mais recente escolhido de meu pai para genro também pereceu, vítima da peste.

Gallinus ponderou sobre sua situação em silêncio.

— Para ser franco, Gallia só terá chance de possuir um dote quando estiver muito mais velha, pois preciso usar o restante de nosso ouro para pagar os pescadores, artesãos e trabalhadores que sobreviveram — explicou Gallinus em voz baixa. — Se quero sobreviver, preciso diversificar, mas estou desorientado quanto ao que fazer com minha irmã, pois quem desejará casar-se com uma mulher que já não tem juventude e viço?

— Ela é bem-vinda aqui pelo tempo que desejarem — respondeu Ector. — Ela é uma jovem encantadora, e traz muita alegria para nossa Julanna.

— Eu lhe agradeço por sua generosidade, mas o problema continuará a aumentar. Ela agora tem mais de 15 anos e logo terá passado da flor da juventude. Quando a fortuna da família finalmente estiver reconstruída, ela terá no mínimo 20 anos de idade. Só os céus sabem onde encontrarei um esposo para ela, pois Aquae Sulis foi roubada de seus jovens adequados.

Antes mesmo de considerar a importância das palavras que estava prestes a pronunciar, Artorex se intrometeu.

— Eu me ofereceria para desposar Gallia, e o faria alegremente, mas talvez o senhor não queira um intendente simplório como esposo de sua irmã.

Ector, Caius e Gallinus se viraram para encarar Artorex a um só tempo. Eles estavam pasmos pela proposta, e o fitavam em perplexidade.

— Sei que não sou digno dela por nascimento e por fortuna, mas tenho a mais sincera afeição por sua irmã — acrescentou Artorex. — Também não serei para sempre um homem sem terras, pois pretendo deixar minha marca no mundo. Contudo, compreenderei se o senhor julgar minha proposta presunçosa e insultuosa.

Ector lançou um sorriso fugidio para Artorex.

— Meu filho adotivo é demasiadamente modesto, e não viverá sem terras porque eu sempre posso reservar para ele uma pequena fração do território da Quinta Poppinidii, se ele assim desejar. Além disso, o santificado Lucius, Bispo de Glastonbury, também lhe dará ouro se Artorex se decidir por uma esposa de boa linhagem. O fato é que Lucius me urgiu a criar o jovem Artorex, e um sacerdote de tanto renome não faria tamanhos esforços se Artorex não fosse de linhagem respeitável.

Artorex demorou a perceber que Gallinus realmente considerava sua proposta. De repente, ele compreendeu que Gallia era um problema entre vários outros para um homem carregado das provações que confrontam um filho mais novo que tenta deixar sua marca no mundo.

Com o estômago se crispando num súbito ataque de nervos, Artorex não sabia se tinha mais medo da rejeição ou da aceitação.

— Eu pensarei em sua proposta, bom intendente, e lhe darei minha resposta pela manhã. — Gallinus sorriu para Artorex. — E agora, Artorex, não desejo ofendê-lo, mas peço que me deixe a sós com lorde Ector para que ele me familiarize com seu caráter. Posso até me encontrar em situação desesperada, mas minha irmã me é muito preciosa.

— Eu compreendo, senhor. Eu os deixarei com suas deliberações.

O que fiz?, Artorex perguntava a si mesmo enquanto partia de volta para sua câmara espartana. *Como posso pedir uma mulher em casamento quando tudo que tenho é um cavalo? Devo estar enlouquecendo!*

A medida dos problemas financeiros que assombravam Gallinus ficou amplamente provada por sua concordância na reunião com Ector e Artorex na manhã seguinte.

Perplexos pela virada imprevista nos acontecimentos, Artorex e Gallinus selaram seu trato com um aperto de mãos e a promessa de Gallinus de que, com o tempo, o dote da noiva seria pago para que Artorex pudesse construir uma pequena quinta particular. Os documentos seriam preparados em Aquae Sulis e Ector concordou em dar ao jovem casal o terreno que fazia fronteira com a Floresta Velha.

Na verdade, Ector deu pouquíssimo, pois a terra era cheia de arbustos e ervas daninhas e exigiria um grande trabalho para ficar em ordem. Por outro lado, ele ganharia muito com o casamento. Seu intendente estava agora atado à Quinta Poppinidii pelos laços de seu casamento futuro, e a quinta ganharia uma nova senhora romana.

Mais uma vez, o astuto e afável celta não tinha como sair perdendo.

— Mas e quanto a Gallia? Talvez ela não queira se casar comigo — especulou Artorex.

— Gallia é de linhagem romana e se casará com quem seu *pater familias* escolher — proclamou Gallinus rispidamente. — Sei que meu pai a mimava, mas eu não tenho tempo para tais luxos.

Agora que sua mente se decidira por aquele curso de ação, Gallinus varria toda oposição a seus planos como se fosse palha arrebatada por ventos tempestuosos.

— Claro, sou obrigado a continuar o período de luto que ainda me resta em minha própria casa. Isto é, talvez seja melhor que seu casamento ocorra aqui na Quinta Poppinidii. Tenho certeza de que Gallia e Julanna ficarão esfuziantes com a perspectiva de planejar uma cerimônia de casamento. As mulheres adoram essas distrações.

Artorex não estava tão confiante. Gallia não era uma donzela tímida, tendo provado que seu corpo diminuto escondia um coração muito grande. E Julanna aprendeu através da tragédia que os deveres governavam a vida de uma mulher, e não a diversão.

Na ocasião, Gallia chorou muito quando Gallinus a informou de sua decisão. Ela não sabia precisamente por que chorava, se por alegria ou terror, mas sabia que Artorex era um homem honrado e que seus filhos teriam uma posição em seu mundo. Ela também compreendia, no âmago de seu ser, que Artorex estava destinado a um futuro nobre.

E assim os destinos entrelaçados de Artorex e Gallia foram selados com a *sponsalia*, o noivado formal. Embora o *confarrato*, ou casamento sagrado, não fosse norma naquelas terras distantes, os filhos de Gallicus comiam pães de cevada em suas festas de casamento para mostrar que contraíam núpcias para toda a vida. A alegria e força poderiam chegar para Artorex e Gallia, mas um legado de escuridão nascera com a passagem da peste e agora esperava pela hora de emergir.

CAPÍTULO IX

O IDÍLIO

Nas últimas semanas do inverno, Artorex desposou Gallia da Casa de Gallus com toda a pompa e o esplendor que Ector podia proporcionar como senhor de província. A época não era propícia, pois todos os cidadãos de bem de sangue romano se casavam durante o mês cálido e fecundo de junho, quando Juno, a deusa que protegia todas as meninas, tinha sua mais forte influência. Mas as circunstâncias pediam pressa, uma decisão que não agradou nenhuma das mulheres da quinta, que lamentavam a ausência de flores naquela época pouco auspiciosa. A neve chegara às terras em torno de Aquae Sulis em borrascas incomuns, e o fogo do hipocausto tinha de ser constantemente alimentado para que os pisos e paredes pudessem aquecer seus hóspedes.

À frente de um exército de criadas, o cozinheiro Grunn cozia e batia, fervia e açucarava, fritava e assava, até que a quinta se tornou uma longa sucessão de cheiros suculentos. Até Caius, ciente de sua dívida para com Artorex e agora completamente temeroso de seu irmão adotivo, exigiu lenha cortada para aquecer os aposentos com grandes braseiros de ferro. A velha Frith explodia de orgulho e, à sua maneira estranha e bárbara, saiu à floresta onde o gelo nas árvores estalava e resmungava como se a própria madeira sentisse dor.

Quando arrastou seu feixe de galhos caídos para casa, Frith decorou os lintéis das salas com azevinho, alegremente enfeitado com suas frutinhas vermelhas. Ela encontrou troncos velhos e secos de árvores fragrantes, e ordenou que os servos os trouxessem para casa de modo a perfumar a madeira que queimava nos braseiros.

Em uma de suas incursões, ela encontrou um nó de madeira de formato curioso, que poliu com óleo até que o pequeno objeto reluzisse sob a luz refletida, e depois perfurou a madeira com uma sovela para transpassar uma fina corda de seda.

Na noite da véspera do banquete de casamento, ela visitou a noiva.

— Senhorita? — chamou Frith em voz baixa, enquanto tamborilava a porta de Gallia. — Senhorita, teria um momento para a velha Frith?

— Entre, Frith, e seja bem-vinda — exclamou Gallia, sentando-se em sua cama quente.

Seus cabelos ainda estavam muito curtos, mas Frith podia ver que os cachos derramados se adequavam bem mais à jovem que os penteados torturados das grandes damas.

— Minha ama acalmaria o coração da velha Frith se usasse este talismã quando se casasse — disse Frith, colocando o pequeno pedaço de madeira entre as mãos de Gallia.

— Parece uma pequena mulher grávida — pasmou-se Gallia. — É tão liso e cálido em minha mão. Que madeira é esta?

— É feita de um nó de avelaneira, pequena. Os druidas nos proíbem, sob pena de morte, de cortar avelaneira, pois é uma árvore sagrada. Mas eu encontrei este fragmento na terra, e portanto é um presente de noivado da própria árvore para a senhorita. Ele a conservará em segurança e fará seus filhos fortes.

Gallia ergueu um amuleto elegante e dourado que pendia de seu pescoço.

— Minha mãe colocou esta *bulla* em meu pescoço quando nasci, para me proteger do mal até que eu me tornasse uma mulher adulta. Mamãe morreu quando eu tinha 10 anos, então ela já não pode remover este amuleto na véspera de meu casamento, como dita o costume. Você me honraria, Frith, se retirasse a *bulla* de minha mãe e a substituísse por seu amuleto.

Frith baixou sua velha cabeça, e algumas lágrimas ondularam em suas faces rugosas.

— Sim, minha ama. É uma honra cumprir a tarefa de sua mãe. Baixe sua cabeça, querida Gallia.

Gallia obedeceu, e Frith amarrou o simples cordame em torno de seu pescoço, e o amuleto caiu no cálido vale entre os seios de Gallia.

— Eu lhe agradeço, Frith. Este é um presente digno de uma rainha, e prometo mantê-lo sempre comigo.

Frith teria deixado Gallia descansar, mas a moça lhe pediu para ficar, pois estava ansiosa demais para dormir.

— De onde você vem, Frith? Seus olhos e cabelos são diferentes da cor dos celtas, e há algo em você... algo... — Gallia se esforçava para encontrar as palavras.

— Estranho, minha ama? — sorriu Frith, com um levíssimo toque de ironia.

— Sim, embora esta palavra seja muito dura para uma pessoa tão dedicada à família Poppinidii como você.

— Minha ama! — exclamou Frith. — Eu pertenço à Quinta Poppinidii de corpo e alma. A senhorita não sabia?

Gallia ficou um tanto chocada. De muitas maneiras, Frith era uma déspota doméstica maior que Ector.

— Sim, ama. O pai de minha querida Livínia, Livius, comprou-me quando eu era uma criança. Dizem que eu fui encontrada quando bebê na carcaça flutuante de um barco após uma grande tempestade na ilha de Vectis, ao sul. Onde nasci, ou de onde vem minha família, é um mistério, pois eu estava sozinha num navio bárbaro destroçado. Se meus cabelos tivessem crescido com cor escura, talvez eu não tivesse acabado no bloco dos escravos, mas meus cabelos eram alvos, pouco diferentes do que são agora.

Frith fez uma pausa antes de prosseguir.

— Quando eu tinha cerca de 3 anos de idade, fui vendida à Quinta Poppinidii por mercadores do norte, quando Livius ainda era um rapaz. Eu criei sua única filha, e também a sepultei. Mas ainda sou uma bárbara, senhorita Gallia, e há momentos em que meu comportamento é estranho, muito embora eu não passasse de um bebê quando fui encontrada.

— Você chegou a se casar, Frith? Teve filhos?

— Claro, ama — gabou-se Frith. — Eu me casei com um bom celta da vila, apesar de não ter deixado a quinta para viver com ele. Eu dei à luz sete crianças vivas para ele.

— Elas também se tornaram escravas? — perguntou Gallia com rudeza não intencional.

Felizmente, Frith não se ofendeu.

— A Senhora Livínia me libertou há muitos anos, com documentos de alforria e tudo que a lei exige. Mas eu disse a ela na época, como lhe digo agora, que sempre temos que dominar nosso próprio destino, e eu decidi continuar uma escrava da Quinta Poppinidii. Não levo um colar de escrava porque Livínia não permitiu que eu tornasse a usá-lo, mas continuo escrava porque decidi queimar minha alforria. Pertenci à quinta por tanto tempo quanto sou capaz de lembrar. Tudo que amo está aqui; todos que já amei descansam neste solo ou trabalham nesta terra. Eu pertenço à Quinta Poppinidii. Mas, observando bem, lorde Ector também é um escravo. E o mesmo é meu querido Artorex. E da mesma maneira, com o tempo, a doce Gallia também será uma escrava de nossa casa.

Ela sorriu para a moça.

— Agora, boa noite, minha ama. Pois amanhã a senhorita será esposa de meu belo Artorex.

Gallia se casou num vestido branco com bordas de fios de ouro que ela mesma coseu durante seus anos de solteira. Uma guirlanda de espigas de trigo rodeava sua testa e combinava com o feixe de grãos que ela levava como uma súplica aos deuses por fertilidade.

Sob a guirlanda, o cabelo de Gallia cintilava em sua limpeza. Em torno de seu ventre, Julanna amarrara um complexo cinto chamado Nó de Hércules. Quando Artorex desatasse aquele cinturão, Gallia lhe pertenceria.

A noiva foi preparada em cada detalhe de sua aparência. A noite de casamento foi marcada às pressas, mas Gallia estaria tão radiante quanto sua felicidade, combinada ao porta-cosméticos de sua mãe, poderia torná-la. Sabiamente, ela usou apenas um toque de estíbio para definir as sobrancelhas e olhos, mas decidiu pintar as pálpebras com malaquita, sabendo que a rica tonalidade esmeralda avivaria seu rosto. Um leve colorido de cinabre em seus lábios completava sua maquiagem, conjugado a um toque de perfume de jasmim e hena nas palmas das mãos, nas solas dos pés e nas unhas.

Perplexo e surpreendido, Artorex viu sua noiva deslizar em sua direção com a beleza incandescente à luz dos braseiros.

Na ausência de um sacerdote, Ector oficiou a breve cerimônia.

— *Quando tu Gaius, ego Gaia* — sussurrou Gallia na antiga promessa de seguir o esposo quando e onde ele fosse. Embora o juramento representasse uma formalidade, Artorex o considerou muito comovente, como se ele agora possuísse algo de grande raridade que decidira pertencer-lhe.

O pão de cevada foi comido, e o banquete começou.

Rubro pelo vinho, Artorex tinha pouco tempo para considerar seu destino. Ele realmente desejava uma esposa? Ele sabia que queria possuir Gallia, mas aquele desejo luxuriante era o mesmo que amor? As perguntas giravam sem parar em sua cabeça, até que sua mente se rendeu e ele se entregou ao prazer do momento.

Fascinado, ele fitava obstinadamente a nova esposa, deitada a seu lado no divã de jantar.

Sim, Gallia era bela. Seus cabelos eram uma auréola negra em torno de sua cabeça pequenina. Seus lábios eram maduros e cheios e até seu nariz romano, longo e estreito, era delicado, com narinas que mesmo agora pareciam arfar um pouco. Artorex sentiu seu corpo despertar.

Os olhos dela lhe devolviam o olhar. Ele os via como profundos lagos de âmbar que mostravam cada pensamento, nadando como peixes em suas profundezas. Enquanto os poetas exaltavam os olhos claros como janelas da alma, Artorex soube, para sua própria satisfação, que eram os olhos escuros que tinham o poder de aprisionar um homem no interior de suas profundezas cálidas.

Contra todos os costumes e decência, e porque já não podia mais se conter, Artorex se inclinou e beijou os lábios cheios de Gallia. Ele se perdia em algo próximo ao amor.

Ector bateu na mesa carregada com o punho.

— O noivo está ansioso por partir, meus amigos. Ele busca alimento distinto deste banquete que pousamos à sua frente.

Os convivas riram, inclusive Caius, mas de boa-fé.

— Você está rompendo a tradição, meu rapaz, mas eu recordo como é ser jovem. Eu mesmo estaria ansioso por partir se tivesse acabado de desposar sua bela noiva.

Os convidados riram de novo, e Gallia e Artorex enrubesceram.

Gallia levou a sério as palavras de Ector. Erguendo-se, ela conduziu Artorex para seus aposentos, recém-preparados por Frith, de modo que pétalas secas de rosas perfumavam cada canto do quarto e óleos aromáticos queimavam nas lanternas. Artorex quase perdeu todo o autocontrole com a nuvem inebriante de perfume e os vinhos que consumira durante o banquete.

Gallia ria como uma garotinha quando Artorex se livrou de sua túnica e depois lutou para desatar-lhe o cinturão. À luz das lanternas, apenas em seu saio, ele tinha o corpo belo, e sua pele brilhava com uma intensa luz âmbar. Ela ergueu as mãos e destrançou-lhe os cabelos, que se derramaram em longos cachos de cobre entre seus dedos. Ele estremeceu sob aquele toque simples e delicado, e a teria abraçado se ela não o incitasse a se deitar em sua cama perfumada.

Aturdido e excitado, Artorex obedeceu.

Gallia despiu seu traje de núpcias com estudada vagarosidade. Seu corpo se revelou somente para ele. Pela primeira vez, ele viu os pesados seios brancos, os mamilos rosados que pareciam suplicar por sua boca, e a fina cintura que se abria em quadris de mulher, divididos por uma porção de pelos negros e encaracolados.

— Gallia! — exclamou Artorex. — Venha para a cama, imediatamente!

— Não, meu amo.

— Não? — Artorex estava alarmado.

— Eu devo cumprir meus deveres de esposa.

— Quê?!

Artorex sabia que soava tolo, mas seu estado de excitação era tal que as provocações de Gallia o tornavam inarticulado e inconsequente.

De um pequeno frasco de vidro, Gallia derramou óleo em uma palma e depois começou a acariciar o corpo de seu esposo. Sob o toque delicado, todas as terminações nervosas de seu corpo gritavam, tanto que Artorex finalmente acreditou que, se aquele momento de prazer era o penúltimo antes da consumação do casamento, então ele era realmente afortunado. Seus ombros, peito, abdome e coxas, e até os locais macios entre os dedos do pé, todos receberam as ministrações da esposa, até que seu controle desmoronou por completo e ele puxou Gallia para a cama e a penetrou sem mais cerimônias.

Ela tinha o rosto contraído pela dor, mas Artorex estava fora de si. Ele se fartou no corpo dela, no jardim de seus seios e nas flores de seus cabelos. Ele provou de sua boca, até que o corpo dela também se abrandou sob suas mãos e lábios, e nem homem nem mulher ouvia o temporal nas janelas, tampouco escutava o vento uivando no teto dos estábulos. Perdido nos mistérios de Afrodite, Artorex desfrutou da esposa até que seu casamento foi selado em mútuo prazer.

Para Artorex, sua nova esposa era um mistério e um assombro infinito. Gallia era virgem, mas era também sensual como seus ancestrais romanos e uma amante inteligente que exultava com as sensações físicas. Como belo jovem que era, Artorex conhecera muitas mulheres, mas o sexo fora rápido e despido de quaisquer compromissos adjacentes, e portanto lhe parecera trivial como um espirro, ou como comer quando havia fome.

A cada dia, quando terminava seus deveres como intendente, Artorex buscava Gallia, mesmo quando ela estava brincando com a pequena Livínia ou papeando para fazer passar o fim do inverno com Julanna. E Gallia sempre obedecia a seu esposo, pois estava tão ansiosa quanto ele pelos prazeres da cama. Estímulos triviais, mesmo a visão de um pé descalço, acendiam a luxúria nele, e assim cada dia se passava como um sonho de outro mundo, e a única realidade era sua Gallia, rindo voluptuosamente enquanto ele acariciava seu corpo; Gallia, mordendo-lhe o ombro até tirar sangue; Gallia, gritando com os olhos cegos, numa paixão que era só sua.

Gallia tinha muitas coisas para ocupar seus dias, além das distrações inebriantes do sexo. Após a morte de sua mãe, as esposas de seus muitos irmãos cuidaram de sua educação conjugal ao longo dos anos, e ela já trabalhava duro numa extensão de lã destinada a servir como túnica invernal para o esposo. Ela também tinha prazer em aprender as tarefas mais mundanas da feitura do queijo, da preservação das frutas e do curar da carne. Talvez Gallia jamais tivesse que preparar a comida que sua família consumiria, mas nenhuma matrona romana previdente abandonaria os servos a decisões próprias sem supervisão.

Com o avanço da primavera, Gallia soube que estava grávida. Ela apertava a barriga e sorria os sorrisos secretos que toda mulher da quinta podia ler com completa precisão.

A seu redor, Gallia notava que a vida nova era insistente e suprema. A paisagem era renovada pelo despertar da primavera, com uma tapeçaria de verdes e chocolates; jovens ovelhas, bezerros, potros e galinhas tropicavam, rodopiavam e cambaleavam em suas patas incertas; filhotes de cães e gatos se agitavam em cada nicho de palha dos estábulos, e os pássaros silvestres faziam barulho nos amieiros para proteger seus ninhos. O mundo inteiro estava grávido, como Gallia, e ela exultava em sua nova condição.

Artorex continuou em abençoada ignorância até que Gallia decidiu sua própria hora de lhe contar as maravilhas que logo entrariam em seu mundo.

Em certa noite, ele repousava exausto em sua cama, com a carne se refrescando rapidamente enquanto Gallia se aninhava no côncavo de seu ombro e sussurrava em seu ouvido.

— Você cessará de me amar, meu adorado amo, quando meu ventre estiver grande demais para os prazeres da cama? Ou encontrará uma criada submissa, meu corcel, e me abandonará à loucura?

— O que...?

Como todos os homens, Artorex acabava por soar e agir como idiota quando uma mulher comandava as rédeas do amor.

— Você ouviu minhas palavras, meu coração. — Ela sorriu timidamente. — Ainda nos restam alguns meses, claro, mas temo que nosso tempo a sós logo estará acabado.

— Você espera um filho! — exclamou Artorex sem rodeios.

Com toda honestidade, ele não tinha ideia do que estava sentindo com aquela notícia inesperada.

Gallia fez bico.

— Você plantou a semente, Artorex, e agora seu filho cresce em mim. Mas temo que um filho de seu tamanho acabe por me matar.

Artorex sentiu uma cálida onda de orgulho se elevando das solas dos pés até o topo da cabeça. Ele havia gerado um filho. A criança crescia, agora mesmo, sob sua mão. O assombro e o mistério de tudo quase paravam seu coração.

Artorex beijou a boca de sua mulher, seu ventre e seu coração, e ela não encontrou falha na reação de seu esposo à notícia.

Agora, incitado pelas circunstâncias, Artorex tinha razões para trabalhar.

Em todo o tempo livre de que dispunha, Artorex começou a limpar o presente de noivado de Ector e, uma vez que o local estava limpo, ele marcou os contornos de uma simples quinta de seis cômodos. Ele não poderia adquirir os luxos da Quinta Poppinidii, mas construiria sua própria casa com suas próprias mãos se fosse preciso, para que seu filho tivesse seu próprio teto.

Artorex mergulhou em estado de bênção e alegria, pois jamais conhecera contentamento mais verdadeiro. E quando os aldeões e servos mostraram seu afeto, ajudando-o a marcar a terra com pedras lascadas, construir muros de pau a pique e argila e semear jardins para a casa em construção, Artorex soube que aquela pura alegria era tanto uma tentação quanto um desafio dos deuses que a todos controlam.

Ele encimou sua casa à moda celta, com sapê trançado e vigas de madeira, para que a inclinação acentuada do teto fornecesse espaço de armazenamento para água e rechaçasse chuva e neve. Gallia observava aqueles projetos estranhos e híbridos e ficava feliz como somente uma mulher à beira de dar à luz pode estar.

A casa tinha formato quadrado, mas era aberta numa lateral, exceção para os portões de entrada de espessas tábuas de madeira. O pátio, ou átrio, era calçado com pedras de rio, a não ser em uma pequena alcova que servia de estábulo para Carvão. Artorex construiu pessoalmente a manjedoura e o estábulo com madeira arrastada da floresta e serrada sobre uma cavidade.

Até a casa ficar pronta, Artorex e Gallia partilhavam seus apertados aposentos na Quinta Poppinidii. Julanna jurava que não queria que sua amiga partisse jamais, mas Gallia fez notar que ela estaria a apenas uma breve caminhada de distância. Na verdade, a torre de pedras de uma chaminé que Artorex habilidosamente copiara de um desenho do norte podia ser vista claramente da quinta.

— Mas você terá que trabalhar como uma serva — reclamou Julanna.

— Só se eu decidir assim — riu Gallia. — Eu ainda tenho minha criada e meu criado, e Frith pediu a lorde Ector que seu bisneto, Gareth, tivesse permissão para trabalhar para Artorex. Felizmente, quando Frith toma uma decisão, nada pode impedi-la.

À medida que sua casa crescia, Gallia também aumentava, e Artorex começou a temer pela saúde de sua esposa, tão grande era a criança em seu ventre.

Mas sua sorte prosseguiu. Quando as águas de Gallia se derramaram, seu parto começou tranquilamente. Seu corpo delgado parecia incapaz de tolerar as ondas de contrações, mas, dentro de um espaço de tempo surpreendentemente curto, Gallia deu à luz uma bela e saudável menina, com cachos bronze-escuro e olhos cor de âmbar.

Quando ele segurou o pequeno corpo forte e agitado em seus braços pela primeira vez, Artorex pensou que seu coração explodiria com seu amor e seu medo por ela. Agora ele sabia como Gallia se sentira quando sua família perecera pela peste. Agora compreendia os indizíveis medos de Julanna por sua filha. Ele jurou proteger sua Lícia, pois assim a chamara, enquanto vivesse.

Quando a menina tinha uma semana de vida, e o outono transformou a terra num tapete de ouro e chamas, Bregan, o ferreiro, chegou aos portões da Quinta Poppinidii com um presente envolto em panos para Artorex. Bregan se recusou a aceitar comida e bebida, e não esperou, pois Artorex estava supervisionando seus lavradores nos pastos do sul.

— Eu mantive minha promessa. Diga a lorde Artorex que fiz o presente com todas as habilidades que possuo.

Quando Artorex retornou dos campos naquela noite, Gallia lhe deu o presente de Bregan. Enquanto ele lutava com as amarras do barbante, ela admirava seu jovem homem de quase 22 anos, e seu coração estava repleto e grato.

No envoltório havia um feixe de capim fresco. Entre o capim, uma adaga.

A lâmina tinha bem mais que 40 centímetros de comprimento, era ligeiramente curvilínea e cintilava. Um instrumento da morte. Os gumes eram afiados como navalha e uma ponta perigosíssima garantia que o punhal fosse perfeito tanto para perfurar quanto para rasgar.

Mas o cabo foi o que pasmou Artorex e a esposa.

Bregan era um excelente ferreiro e, em todas as vilas dos arredores de Aquae Sulis, ninguém podia modelar lâminas para cimitarras e foices tão bem. Mas Bregan nutria um traço de artista em sua alma, que ficara sem uso em seu ramo da agricultura, até agora.

De algum modo, Bregan desenhara e construíra um dragão de ferro. A criatura não era em nada semelhante ao belo e malévolo brinquedo que Llanwith tinha em sua adaga, mas era uma forma de tanta força que poderia ter brotado dos veios de ferro das próprias montanhas. A cabeça e o corpo da besta formavam uma empunhadura tão escamada que tornava a pegada firme, com a ameaçadora boca do dragão na ponta do cabo. Suas asas semiabertas se curvavam às costas e ofereciam protetoras asas de metal para a mão que a empunhava. A cauda do dragão se curvava à frente numa estranha espiral, para adentrar a boca do dragão no fim do cabo. A mão do dono ficava envolta num punho de metal.

Pele de peixe foi atada em torno do corpo do dragão no cabo, fornecendo pegada para a mão do dono. As mandíbulas abertas e o osso sulcado da testa crispada formavam dentes afiados e serrilhados no cabo, perfeitos para golpes a curta distância. O cabo do punhal mimetizava as escamas da grande fera, criando uma adaga estranha, desconhecida e magnífica.

Bregan fizera uma arma muito distinta das espadas curtas romanas de empunhadura reta, ou mesmo das longas lâminas celtas que possuíam tais entalhes e bela decoração. Tratava-se de uma lâmina que não era nem espada nem punhal, construída tanto para matar quanto para proteger, de modo que seu proprietário não precisava temer que uma súbita investida de um inimigo decepasse seus dedos ou vacilasse sua empunhadura. O punhal era um milagre de função e beleza.

Artorex estava de queixo caído, e Gallia o acusou de parecer um dos peixes de seu irmão.

— Eu recusei diversos pretendentes a esposo porque pareciam bacalhaus — zombou, mas seus olhos continuavam atraídos pela estranha e mortífera arma.

— Nunca vi adaga semelhante — maravilhcu-se Artorex. — Vê? As asas do dragão protegem os nós dos dedos, ao passo que a cauda protege a palma da mão e as falanges. Bregan criou uma obra-prima.

— Você merece — insistiu Gallia, lealmente.

— Não — murmurou Artorex. — Eu não tenho totem, muito menos o dragão. Homens como o príncipe Llanwith merecem a proteção desta fera, mas quem sou eu para empunhar a Serpente Alada dos Reis Celtas?

— Você é meu esposo. Você é heroico e nobre, e eu não darei ouvidos às suas tolices. Está ouvindo, Lícia? Seu pai finge que é como qualquer outro homem... o bobo! Nós sabemos a verdade, não é mesmo, minha pequena dragonete?

Quando Targo viu a arma pela primeira vez, ele a afagou com seus dedos calejados como se fosse o corpo de uma mulher.

— Bregan trabalhou nesta arma por mais de um ano. Ele pensou o desenho por muitos dias, buscando um totem que lhe fizesse justiça. Por fim ele escolheu o dragão, porque os legionários romanos o carregavam, e também porque é uma criatura nascida do fogo. Ele lhe fez uma arma da qual jamais vi semelhante, um contrapeso para a espada. O alcance não é o mesmo, mas é mortífera quando encontra uma abertura. De fato, invejo seu presente.

Os homens da quinta se encantaram com o desenho da adaga do dragão, e muitos a empunharam para sentir seu magnífico equilíbrio. O presente de Bregan atrairia muitos outros guerreiros à sua forja nos anos seguintes, mas nenhuma arma desenhada por ele jamais se equipararia à beleza estranha daquela simples adaga de ferro. Mais tarde, Artorex seria presenteado com armas com cabos de ouro, prata e eletro, cravejados de gemas de grande valor, mas o dragão de ferro de Bregan jamais sairia do seu lado.

Disto é que são feitas as lendas.

E mais, o idílio de felicidade de Artorex perdurava. Quando outra primavera chegou, cheia de promessas, sua casa ficou pronta e a pequena família atravessou o caminho para seu novo lar. A vida mudou de outras formas na Quinta Poppinidii. Gallia tinha mais deveres em sua vida cotidiana, mas ainda passava seu tempo livre com Julanna e, de vez em quando, Gallinus mandava dinheiro, para que sua pequena casa ficasse repleta dos itens domésticos que todas as mulheres estimam.

Quando as estações mudaram e o inverno tornou a chegar, Gallia ficou grávida novamente e Artorex acreditou que seu sonho desperto duraria para sempre.

E então os três viajantes retornaram, após a passagem de três longos anos, e com eles chegou para Artorex a hora de finalmente avançar sobre seu destino.

CAPÍTULO X

EM VENTA BELGARUM

O solstício estava próximo, e os dias eram cinzentos e tenebrosos quando os três viajantes visitaram a Quinta Poppinidii mais uma vez. Fora um inverno duro até ali, e a terra se congelara em ferro, enquanto as noites se tornavam temerosas com os uivos dos lobos. Meia dúzia de peles estavam esticadas e congelando na cerca do campo equestre, e Gallia costurava uma gola de pele de lobo no manto de lã de Artorex. Numa tarde apagada, os cavaleiros venceram o caminho gélido e traiçoeiro até a quinta.

Sua bagagem, aquilo que carregavam em seus exaustos cavalos, foi colocada em seus aposentos de costume pelos criados da quinta, enquanto os três homens eram levados aos banhos para lavar os rigores de sua fria jornada.

Depois, no habitual banquete de boas-vindas, Artorex encontrou seus patronos mais uma vez.

Myrddion pegou-lhe o braço numa amostra de amizade entre iguais, e Artorex ficou surpreso ao ver quão levemente repousavam no rosto asceta do sábio os 11 anos desde que se viram pela primeira vez. A pele de Myrddion era livre de rugas e lisa como a de um jovem, mas a mecha branca em seus cabelos era agora mais ampla, quase chocante em seu contraste prata com o cabelo negro que ainda parecia uma crina espessa descendo às espaldas.

Por outro lado, Luka envelhecera consideravelmente desde a última vez que Artorex lhe dissera adeus. Suas tranças estavam entremeadas com branco e ele tinha uma barba espessa. O mais notável, além de um torque de ouro maciço em torno do pescoço, era uma tira do mesmo metal avermelhado sobre a testa. O poder e a responsabilidade se instalaram nos profundos vincos que corriam de cada narina aos cantos da boca, e mais carne agora acolchoava sua silhueta ágil com as amarras da autoridade.

Quanto ao sempre silencioso Llanwith pen Bryn, as estações também cobraram dele seu preço. Seus cabelos rareavam, exatamente agora que a barba começava a se emaranhar sobre seu peito. O grande disco da serpente eterna devorando sua cauda prendia sua capa no ombro, e pesados braceletes de ouro adornavam cada pulso.

Os três homens vestiam sua força como grandes mantos, tanto que Artorex agora se perguntava como ousara um dia erguer a voz em presença daqueles nobres líderes.

— Que notícias trazem do leste? — perguntou Ector, como era seu costume a cada vez que os viajantes chegavam à quinta. Os três convivas pareciam graves e, como sempre, foi Myrddion quem assumiu o peso de transmitir notícias desagradáveis.

— Os saxões avançam diariamente, aumentados por mais e mais tropas de guerreiros, e Londinium cairá se Uther não encontrar um modo de impedir sua marcha.

Ector ficou chocado. Londinium era a maior das cidades celtas romanizadas, e o centro do comércio da Britânia. Não era possível absorver imediatamente tais notícias, e tampouco acreditar nelas.

Mas Luka trazia novas ainda mais alarmantes.

— Meu pai, rei dos brigantes, pereceu numa escaramuça menor diante das grandes montanhas junto a Cataractonium. Agora sou rei, e meus guerreiros mantêm as montanhas em segurança, embora parcamente.

— Sua perda é nossa perda, rei Luka — disse Ector com genuína tristeza e assombro. Parecia impossível acreditar que os bárbaros se haviam deslocado tão rapidamente em apenas três estações.

— A cada ataque, eles destroem nossas edificações, somente para reconstruí-las à sua própria moda — acrescentou Llanwith aos bufos. — Cada templo de Roma ou templo do deus cristão é devastado até o chão e, em seu rastro, os bárbaros deixam apenas uma trilha de morte e aves carniceiras.

Os carvalhos sagrados são derrubados para fornecer os troncos que formam seus salões. Nosso mundo morre vagarosamente, meu amigo, mesmo que, como herdeiro de meu pai, eu agora conserve os pantanais em segurança. Eles serão os últimos a cair, juro, enquanto minha mão puder brandir uma espada.

— Notícias amargas chegam tardiamente até nós, pois estamos muito distantes dos centros de comércio, senhor, e suas palavras são difíceis de imaginar — replicou Ector. — Mas a Quinta Poppinidii fará tudo que estiver em seu poder para auxiliar o Alto Rei, especialmente se isto conservar os bárbaros longe de nossos próprios campos.

— Isto é ótimo, meu amigo, pois fomos chamados a Venta Belgarum, ao sul. Desejamos levar conosco seu intendente, Artorex, para que ele veja com os próprios olhos o caos que é lançado sobre a fartura da terra, e também para jurar lealdade ao Alto Rei — declarou Myrddion. Não era um pedido, era uma ordem. Suas palavras pesavam de autoridade e não deixavam qualquer espaço para protestos.

Contudo, Artorex ousou questionar suas instruções.

— Meus amos, estou recém-casado. Tenho uma filha pequena, e agora mesmo minha esposa espera outra criança. Como posso deixá-las, sem pai e esposo, nestes tempos perigosos?

Os três lordes se entreolharam e iguais medidas de assombro e tristeza se escreveram em três conjuntos de lábios crispados.

— Está casado? — interrogou Llanwith, pasmo.

Artorex decidiu mostrar-se insultado, não só por si mesmo, mas em nome de Gallia.

— Sim, meu amo. Eu desposei Gallia da Casa de Gallus.

— Isso é um ultraje! — vociferou Llanwith e Artorex se pôs de pé com a mão pairando sobre o punhal do dragão.

Myrddion, como sempre, apaziguou a situação tensa que dominava a sala de jantar.

— Uma esposa de valor e uma família de valor — murmurou ele. — Segundo recordo, ela é a jovem dama que aqui estava na Noite dos Inocentes.

Ele sorriu para Artorex.

— Ela ficou marcada ou minha mão teve boa utilidade?

— Seu trabalho nas feridas dela foi excelente, lorde Myrddion. Ela teve de cortar o resto de seus belos cabelos, mas as madeixas cresceram rapidamente e cobriram a ferida.

— Falou o apaixonado — murmurou Luka secamente entre dentes.

Ector interferiu na conversação, pois reconheceu o despertar do lento e inexorável gênio de Artorex, e viu o perigo se desenhando nos olhos de seu filho adotivo.

— Se Artorex é necessário, então deve ir, e ele pode ficar seguro de que a Quinta Poppinidii cuidará de sua família com a mesma segurança que ele proporcionaria. Caius e eu nos ocuparemos de seus deveres durante sua ausência. — Ele se voltou para Myrddion. — Ainda não estou completamente seguro, meu amigo, da razão por que necessitam tanto deste rapaz.

— Artorex é um homem, não um rapaz, e é também uma arma — decretou Luka imperiosamente. — Não afiamos seu gume ao longo de tantos anos?

Artorex estava lívido de fúria.

— Senhores, eu sou uma pessoa! Este sou eu! Eu sou Artorex! Se meu amo ordena que eu viaje com os senhores, que seja. Mas não sou instrumento de homem algum, nem mesmo de um rei.

Os três visitantes ergueram os olhos para o rosto altivo e irado de Artorex. Eles se comunicaram com olhares sigilosos e significativos.

Sem querer, Luka meneou a cabeça na direção de Artorex.

— Talvez minhas palavras tenham portado uma acidez que não foi intencional, Artorex. Apenas fiquei surpreso pela mudança em suas circunstâncias.

— Os senhores estiveram ausentes da Quinta Poppinidii por mais de dois anos. Como minha vida poderia ter continuado a mesma durante sua ausência? Pois, na verdade, ela não espera por suas determinações.

— Cale-se, Artorex! — ordenou Ector rispidamente, pois ele estava seriamente alarmado pelas palavras e modos de seu filho adotivo.

Em geral, Artorex era tão equilibrado em gênio e tão racional por natureza que o despertar de sua ira violenta, que lhe tornava os olhos quase descoloridos e vazios, causava um agudo pavor ao velho guerreiro.

— Você se dirigirá à senhora Gallia e prometerá que eu serei um pai para ela em sua ausência. E mandará mensagem a Targo na vila. Gallia dormirá melhor se souber que o velho bandido será seu guarda-costas.

— Seguirei seu conselho, lorde Ector.

Artorex e Caius fizeram uma mesura e partiram, mas Artorex atrasou o passo e, assim que Caius desapareceu pela colunata, ele se esgueirou de volta à porta. Ele não respeitaria segredos que o envolviam, nem mesmo segredos dos grandes do oeste.

— Por que deixou que o rapaz se casasse? — rosnou Llanwith para Ector, como se o anfitrião tivesse conspirado com Artorex para arruinar os projetos acalentados por tanto tempo.

— Meus amigos, não compreendo sua preocupação com o rapaz. O casamento foi muito bom, e estava muito acima do que Artorex poderia alcançar naturalmente.

— Acima de sua posição? — zombou Luka.

Ector o encarou, surpreso.

E então, como se Llanwith adivinhasse que alguém entreouvia, as vozes se tornaram murmúrios indistintos, e Artorex partiu, frustrado, furioso e sentindo-se extremamente tolo.

Gallia recebeu as notícias da partida iminente de seu esposo com uma ardente enxurrada de lágrimas. Normalmente, ela não era mulher inclinada a ataques de choro, mas, ser privada de seu esposo nas profundezas de um árido inverno, e sem que ele pudesse apresentar nenhuma razão específica, era algo que a deprimia e apavorava.

Os ânimos de Gallia andavam inconstantes desde o nascimento de Lícia, e Frith aconselhou Artorex a ser paciente com ela, pois as mulheres às vezes agiam estranhamente quando tinham filhos. E assim Artorex aceitava as ocasionais oscilações e períodos de péssimo humor, quando Gallia temia que toda sua felicidade estivesse condenada.

Em particular, ele concordava com as reclamações de Gallia naquele caso. Para ele, a importância urgente de sua presença na jornada ao sul era um mistério. Por que sua ausência pesaria? Artorex fez uma esforçada tentativa de apaziguar os medos de Gallia e transmitiu as promessas de Ector, mas tudo que ela conseguia imaginar era que daria à luz sozinha enquanto seu esposo estava nas profundezas do sul, cavalgando através de perigos inefáveis. Ela tinha certeza de que ele jamais retornaria a seus braços.

— Sei que as ordens de Ector são difíceis de compreender, meu amor, especialmente quando ele apenas atende aos desejos dos viajantes. Não quero deixá-la, mas talvez eu descubra quais ameaças podem chegar aos portões da Quinta Poppinidii a tempo de detê-las. Eu voltarei, prometo, e estarei tão profundamente apaixonado por você como estou agora. Eu amo demais nossa pequena Lícia para prolongar minha ausência, e, com sorte, retornarei antes do parto do novo bebê.

— Ou talvez não volte.

Gallia chorou até que Artorex dissipou seus medos aos beijos e a levou para a cama. Lá, enquanto afagava o pequeno corpo cálido e beijava a barriga onde o volume indicava o crescimento da criança, Artorex sentiu a mesma ternura que experimentou quando Lícia nasceu. Por um breve momento, enquanto se moviam juntos com a sensualidade e a paixão que Gallia sempre trouxe para sua cama, Artorex ficou nauseado pelo medo de perdê-la.

Talvez Gallia sentisse o mesmo medo.

— Você me esquecerá quando encontrar as damas na corte do Alto Rei. Meus seios estão mastigados por um bebê e as marcas roxas da gravidez cobrem meus quadris e meu ventre — ela murmurou lacrimosamente aninhada no peito dele.

— Considero cada marca destas um emblema de honra, muito mais honradas que as cicatrizes da batalha — brincou Artorex. — Na verdade, se as marcas da gravidez coubessem aos corpos dos homens, nenhum bebê jamais nasceria. Além do mais, seus seios são belos, então como eu poderia esquecê-los? Acho mais provável que você me esqueça, agora que é ama de uma casa. Você pode ter uma dúzia de homens tão bons quanto eu, ou talvez melhores.

— Amo você mais que minha vida, Artorex — disse Gallia, devolvendo-lhe o sorriso. — Agora não tenho qualquer vontade de dormir, meu amo, já que nos separamos amanhã. Você precisa me fazer recordar tudo que não terei nas longas semanas à frente.

Artorex passou a manhã seguinte detalhando as muitas tarefas que precisavam ser administradas para que a Quinta Poppinidii funcionasse como a máquina bem-oleada que ele desenvolvera. Durante o debate, Targo chegou, com uma espada, um punhal na cintura e um velho escudo romano pendurado às costas. Era óbvio que Targo estava ansioso por viajar ao sul com seu mais querido pupilo.

Mas Artorex ainda estava angustiado, e procurou a fiel Frith para acalmar seu crescente pavor. Como sempre, ele encontrou a escrava em seu habitual canto quente da cozinha, enquanto criadas se agitavam ao redor, embalando provisões para a jornada.

— Eu estava esperando por sua visita — disse Frith, calmamente. — O mundo chegou para Artorex, e ele tem medo!

— Meus medos não são por mim, Mãe Frith, mas por Gallia, Lícia e a criança que logo nascerá. Eu peço que você cuide delas. Dormirei mais tranquilo sabendo que seus olhos sábios estão guardando minha família. Eu sinto perigo no ar. Há cheiro de sangue e, sim, estou com medo!

Frith fechou as grandes mãos de Artorex nas suas e ele sentiu a força de seu caráter e decisão, que nem mesmo a idade avançada podia reduzir. Ela sorriu para ele com a mesma abertura e confiança que Livínia lhe dedicara em seu leito de morte. Artorex sentiu uma onda de afeição — de amor — tão completa e visceral que por um momento percebeu quão abençoado era. Mulheres fortes e extraordinárias o criaram e Artorex aceitara o afeto delas sem sequer pensar. Livínia estava morta e jamais poderia conhecer a gratidão e o amor que ele lhe dedicava. Mas Frith ainda estava viva. Antes de partir numa jornada possivelmente perigosa, Artorex decidiu dizer à serva o quanto ela era importante para ele.

— Mas Artorex — disse Frith seriamente quando ele lhe falou de seus sentimentos — eu sempre soube que você me amava, mesmo que você achasse difícil revelar seus sentimentos. Tenha certeza de que conservarei sua família em segurança, meu querido. Sim. E Gareth me ajudará. A quinta pode prescindir de mim por algum tempo, para que sua família esteja ao alcance destes olhos velhos e cansados. Confie em mim, Artorex, pois juro que farei como prometi. Até que a morte me leve.

— A morte não ousaria se aproximar de você, velha Frith, pois você a apavorou por toda sua vida — brincou Artorex. — Estou confortado por suas palavras, mãezinha.

— Ah, meu rapaz, eu queria ter sido sua mãe. Sempre quis!

Frith decidiu fazer silêncio quanto a seu próprio medo. A velha mulher sentia algo desdobrando suas asas negras e alçando voo de seu peito desgastado, algo que esperou décadas para se lançar aos ventos. Ela sonhou com corvos por três noites consecutivas, e suas bravas palavras ocultavam seus pensamentos inconfessos.

Não deixarei que coisa alguma machuque meu menino, mesmo que os deuses tenham decidido o contrário, ela jurava a si mesma enquanto avançava pelos campos até a casa de Artorex. *Talvez eu esteja imaginando horrores que não existem, pois quem ameaçaria a paz de um intendente de província?*

Ainda assim, Frith sentia que o destino de Artorex se desdobrava finalmente, e mesmo quando ela confortava Gallia com amenidades bem-escolhidas, seus dedos artríticos tremiam com uma ansiedade incompreensível.

Assim, Artorex partiu da Quinta Poppinidii e do mundo civilizado de Aquae Sulis pela primeira vez em sua memória. Embora a escuridão se infiltrasse no fraco dia que lutava para iluminar sua jornada, nenhum medo de lobos ou bandidos abalaria a resolução dos viajantes em cavalgar durante toda a primeira e longa noite. Uma trilha rústica os conduziu ao sul, cruzando as montanhas para encontrar a estrada romana que os levaria a Sorviodunum, e de lá, por uma rota mais fácil, à própria Venta Belgarum. Carvão tinha os cascos patinando no traiçoeiro gelo negro da estrada, e o cheiro da neve dominava o ar noturno.

— Verei a Canção do Gigante em minha jornada — maravilhou-se Artorex. — E verei a grande planície onde as estranhas pedras dormem, aquele lugar onde, dizem, espectros roubaram a sanidade de muitos homens.

Em certos aspectos, Artorex ainda era um menino, pois vira pouquíssimo do mundo durante seus 23 anos. A aventura daquela jornada era excitante, muito embora ele já sentisse falta de Gallia. Somente a lembrança dela, como uma órfã sob seu manto mais quente, estreitando seu bebê agitado contra o peito, reduzia seu entusiasmo. Seu lugar ordenado na vida se encontrava na

Quinta Poppinidii, por menor que fosse tal lugar nos pensamentos dos reis celtas. Seu lugar no mundo jamais poderia ser Venta Belgarum, Sorviodunum ou mesmo a própria Londinium.

Na escuridão, acesa apenas por uma lua tão inchada e pálida quanto o rosto de um afogado, os cavalos avançavam cautelosamente em seu caminho de lama congelada. Luka liderava o pequeno grupo a trote, mas sem perder tempo com descanso ou conforto. No começo da manhã, quando o sol fraco se elevou sobre o horizonte para revelar uma dura paisagem de terras traiçoeiras e árvores tenebrosas, Luka parou a comitiva para dar aos viajantes um breve período de sono. Os cavalos foram atados para que não escapassem, mas de modo que pudessem buscar todo o capim seco que havia para ser achado naquele lugar selvagem e impiedoso.

— Talvez vocês tenham apenas quatro horas para dormir — advertiu Luka. — O tempo urge, e nossa presença é esperada em Venta Belgarum.

A terra era dura pelo gelo, mas Artorex estava exausto após um dia e duas noites de pouquíssimo repouso. Contudo, no limiar do sonho, seu cérebro cansado conjurou uma imagem de sua família. Ele já começava a esquecer aqueles rostos belos e familiares, e lágrimas inesperadas se derramaram para molhar seus olhos sonolentos.

Foi como se apenas um instante tivesse passado quando Targo cutucou suas costelas com a bota macia de montaria.

— Hora de comer, garoto — disse o velho alegremente, enfiando uma pequena tigela entre os dedos dormentes de Artorex. — É horrível e mal serve como alimento, mas eu ainda recordo como adorava essas refeições.

— Está nostálgico, seu velho fingido! — Artorex gesticulou para mostrar a paisagem que se elevava, os vales silenciosos e os corvos que grasnavam roucamente nos galhos dos pinheiros próximos. — Na verdade você adora tudo isso. Se eu soubesse que tem tanto prazer com esses passeios, teria pedido um pagamento antes de deixar que viesse comigo.

— Lorde Ector me deu a ordem de marcha, garoto, e não se esqueça disso. — Targo torceu um sorriso para o jovem. — Ele me disse que eu deveria guardar suas costas. Tão simples que até eu compreendi. Mas sim, eu admito para você, garoto, eu adoro viver na estrada. Por quase 15 anos, enquanto estive a serviço de Ector, senti falta. Não há nada como o cheiro da fumaça de madeira, do perigo e do sangue para fazer um homem se sentir vivo.

Enquanto a manhã se convertia em tarde na subida firme da comitiva pelos montes baixos, nem mesmo Artorex podia conservar seus sentimentos de abuso e ressentimento. O ar frio lhe enrubescia o rosto sob a gola cinza de pele de lobo, que ele usava para moldar uma espécie de capuz e cobrir a cabeça e os ombros. Gallia forrara a pele com lã macia, e Artorex sabia que apresentava uma figura estranha, mas civilizada. O menino dentro dele estava fascinado com os gaviões em círculo caçando coelhos desavisados, e pela presença de gralhas, abutres e grandes corvos negros que pareciam mais numerosos que na paisagem mais branda de Aquae Sulis.

— Eles sempre me causam horror — disse Targo para puxar conversa, meneando a cabeça para indicar os carniceiros enquanto aproximava seu cavalo de Carvão numa parte mais larga da pista. — Esses bicharocos arrancam os olhos da cabeça de um homem morto com a maior precisão. Na verdade, eles também não fazem muitas objeções se o homem ainda não está completamente morto.

— Muito obrigado, amigo Targo, por mais uma lição sobre os prazeres do campo de batalha — retrucou Artorex sardonicamente. — Mas suponho que até os pássaros precisam comer.

— Com eles, é mais que fome. Acho que eles são o instrumento da natureza para limpar a bagunça. Eu combati em lugares tão quentes que pensei que minha armadura queimaria minha pele até enegrecê-la e esses carniceiros estavam lá. Já lutei em lugares onde você mija gelo e eles estavam lá também, esperando para limpar a imundície.

— Todas as coisas precisam viver, Targo — exclamou Myrddion ao velho veterano sem se dar o trabalho de virar a cabeça.

— Só não quero que vivam à minha custa — resmungou Targo, apertando o nariz.

Artorex deu uma gargalhada e agitou os corvos, que se ergueram das árvores numa pequena nuvem de asas negras.

Ao sinal de Luka, eles cavalgaram tão rápido quanto permitiam a paisagem e a condição dos cavalos. Outro dia se passou enquanto a pequena tropa galgava o último dos montes e se aproximava de uma planície verde-cinza que se estendia até onde a vista alcançava.

— A Grande Planície — disse Myrddion. — E para lá está a Canção do Gigante.

Artorex viu que a estrada romana em que viajavam agora contornava a Canção do Gigante, um conhecido marco da estrada para Sorviodunum. Ele também deduziu que a estrada fora planejada para evitar a estrutura, pois a Canção era uma coisa mágica, situada além das explicações racionais — até mesmo além do racionalismo romano. Não houve oportunidade para examinar com atenção os dentes de pedra com seus grandes monolitos apoiados, mas o círculo aberto parecia incompreensível e ameaçador.

Artorex concluiu que a pedra em sua clareira da Floresta Velha era uma irmã daqueles pilares cinzentos e rústicos; não era imponente à luz do inverno, mas era sólida, musgosa — e apavorante.

— O que acha da Canção, Artorex? — perguntou Myrddion. — Meu povo acredita que o Deus Sol carregou aquelas pedras através do mar da Hibérnia desde as ilhas Afortunadas, e as deitou aqui, exatamente como você as vê agora, para marcar esta terra para seus filhos eternamente.

— É um belo conto, mas meu amo acredita nele? — argumentou Artorex.

O velho riu, abertamente e sem ironia.

— Não, Artorex, não acredito em pedras mágicas que voam. Homens construíram a Canção; e certamente não foi Myrddion, o Senhor da Luz.

— O senhor foi consagrado ao Deus Sol, meu amo?

— Sim. — Myrddion suspirou. — Recebi meu título há muitos anos, e as palavras a mim proclamadas me fixaram no homem que você tem diante de si, sem esposa ou filhos vivos. Está escrito que apenas o exercício do poder e da influência serão meu quinhão.

A última visão que Artorex teve dos círculos de pedra foi de uma paisagem cinza e melancólica enquanto passavam. Vilarejos soltavam nuvens de fumaça de buracos em tetos de palha, mas os cavaleiros evitaram toda a civilização. Até Sorviodunum foi contornada, embora Artorex avistasse as paliçadas de suas muralhas a distância e indagasse por que fora usada madeira para repelir as ameaças de ataque.

O fogo queima e consome a madeira, então por que não usam pedra?, perguntava a si mesmo enquanto recordava sua própria casa com as paredes construídas de pedras maciças e tijolos de argila.

O fim de sua longa jornada se aproximava. As estradas em que viajavam pareciam agora bem-cuidadas e tinham um pesado tráfego de mercadores, bandos de guerreiros e sacerdotes. Sem exceção, os outros passantes guardavam larga distância da comitiva de Myrddion, não apenas porque eles eram reconhecidos como homens de poder, mas também porque os quatro tinham aspecto decidido e implacável.

— Parece que o mundo está viajando para Venta Belgarum — disse Luka, sarcástico. — Dizem que Uther Pendragon é um homem moribundo e fracassado, mas, quando ele convoca, todos vêm.

— E quem mais existe para governar em tempos tão desesperados, à exceção do Alto Rei? — perguntou Artorex, mas sua indagação foi ignorada.

Artorex estava sujo e barbado quando a trupe chegou às muralhas baixas de madeira e pedra de Venta Belgarum. Ele ficou constrangido por seu manto de pele de lobo e pela barba em seu rosto, pois Venta Belgarum era a maior e mais extraordinária cidade que Artorex já vira.

Na verdade, as choupanas de pau a pique e tetos de sapê que se aglomeravam do lado de fora das muralhas haviam brotado em torno de um pequeno centro administrativo romano que controlava os portos protegidos ao sul e recebiam o comércio da Gallia e de outras partes do mundo romano. Dentro das muralhas, os edifícios eram construídos de madeira e gesso e decorados no estilo romano. A única exceção era uma pequena edificação de pedra instalada num elevado no centro da cidade.

— Que lugar é aquele, Myrddion? — perguntou Artorex, apontando para a estranha e pesada estrutura.

— É um templo dedicado ao deus cristão e presidido por Branicus, o bispo. Uther Pendragon afirma ser cristão, especialmente considerando que muitos romanos de alto berço abraçaram a fé judia, e deste modo ele preside a corte em Venta Belgarum quando possível, para estar próximo de seu confessor.

Pensativo, Artorex coçou a barba em seu queixo.

— O rei conta com seus deuses ou com seu potente braço direito? — perguntou a Luka, que se postara a seu lado. — E, se a mais forte destas casas é usada por seu sacerdote, onde ele reside?

— Você faz perguntas demais, Artorex — respondeu Luka gravemente. — Sei que Uther presta tributo ao deus cristão e a seu confessor, pois ele acredita que seus pecados serão purificados pelo Cristo. E se você já tivesse mergulhado em tanto sangue quanto Uther, também precisaria de um conforto espiritual quando a morte espreitasse sobre seu ombro.

Artorex riu em descrédito, pois, até onde sabia, rezar era um sinal de fraqueza se um homem dependia demais disso. Targo o ensinara, quando menino e quando homem, a confiar primeiramente em si mesmo.

— Lá está o palácio em que o Alto Rei reside. — Llanwith apontou para um pátio e um longo prédio com degraus rasos que o elevavam acima da lama da estrada. A construção básica era de troncos, e os artesãos entalharam cada viga e cada parede exposta, de modo que dragões, serpentes e criaturas de lendas se enroscavam sobre cada superfície. Os entalhes foram banhados a ouro e pintados com tanta habilidade que os estranhos animais quase pareciam se mover e respirar. Mas Artorex fez uma careta quando viu além do esplendor e reconheceu a decadência na sofisticada estrutura, na pintura desbotada e lavada pela chuva e nas lascas da decoração. Quase não se notava a putrefação, mas estava lá, visível nas vigas enegrecidas do saguão de entrada, onde grandes braseiros foram deixados a cuspir suas chamas e fumaça negra até os tetos.

O Grande Salão de Uther era esplêndido, magnífico, e agonizava.

Era uma hora avançada, e a comitiva não tinha o luxo do tempo para se banhar, e assim o pequeno e bastante odorífico grupo entregou seus cavalos aos tratadores dos estábulos e se reuniu a uma multidão crescente de suplicantes no saguão frontal. Artorex sacudiu suas roupas numa vã tentativa de remover o grosso da lama, e observou os bajuladores perfumados que conversavam com vivacidade nos cantos enquanto belas mulheres se aglomeravam entre eles como borboletas pintadas em cores vivas. O rosto de uma mulher, parcialmente oculto sob um pesado capuz negro que lhe cobria os cabelos, parecia estranhamente familiar ao jovem, mas ela passou por Artorex sem lhe prestar atenção.

Um servo correu para junto de Myrddion e se curvou profundamente. Ele sussurrou às pressas em seu ouvido e meneou a cabeça na direção de imensas portas de madeira decoradas com serpentes aladas e pássaros com rostos de mulheres — todos cobertos com metal lavrado.

— Uther nos convoca — declarou o sábio sem rodeios, voltando-se para os amigos. — Agora você saberá, Artorex, sobre quais ombros repousa o destino de nosso mundo.

Criados se curvaram e abriram as portas douradas, deixando que os cinco membros da comitiva passassem sem impedimentos. No interior, grandes guerreiros celtas com longos cabelos atados e torques de vários metais e decorações, adequados a cada posição hierárquica, formavam uma guarda na porta. Mais homens estavam postados atrás da tribuna na extremidade do ventoso salão. Nem mesmo uma voraz fogueira num buraco de pedras ao centro conseguia afugentar o frio do ar, e Artorex estava feliz com seu manto de lobo, mesmo quando a veste o tornava semelhante ao primo de um bárbaro. Felizmente, o teto era alto. A espessa fumaça cinza formava um cobertor no alto que manchava e obscurecia as serpentes pintadas nas vigas.

Artorex ergueu os olhos e viu uma abertura circular no teto para deixar a fumaça escapar, coisa que ela tristemente falhava em fazer.

Este salão é primitivo, ele pensou, assombrado, recordando a quinta de Ector, seus pisos cálidos e aposentos aconchegantes.

Dois degraus rasos levavam a uma tribuna acima do nível dos muitos guerreiros, druidas, sacerdotes e aristocratas tribais que se aglomeravam junto aos muitos braseiros menores dentro do imenso e gélido salão. Na tribuna sentava-se uma figura encarquilhada e inteiramente coberta por um manto de espessa e luxuriante pele de urso. O rosto do homem era velho, e sua pele amarelada se esticava fragilmente sobre grandes ossos. A boca era cruel e os cantos se voltavam para cima numa paródia de sorriso, mesmo quando seus lábios estavam em repouso. Os olhos estavam enterrados em pesadas bolsas no rosto repulsivo, mas Artorex podia ver a centelha das íris de aço azul que o observavam, tão inflexíveis quanto o granito das montanhas ocidentais. Aquela máscara esquelética era o rosto de um homem que ainda mantinha as rédeas do poder nas imensas mãos esgotadas que apertavam os braços de seu trono. A malícia que o governava era evidente na boca completamente crispada e em seu sorriso vazio de sentido.

— Salve, Uther, Alto Rei dos bretões! — saudou Myrddion numa voz tão retumbante que alcançou os cantos mais distantes do Grande Salão. Ele então afundou sobre seus joelhos. — Aqui estou, lorde Uther, como ordenado.

— Salve, Uther, Alto Rei e lorde suserano! — repetiram Luka e Llanwith, também caindo de joelhos.

Ligeiramente constrangidos, Artorex e Targo ajoelharam no chão duro de pedras lascadas, incertos de seu papel em companhia tão elevada.

Três mulheres estavam sentadas em almofadas de seda sobre a tribuna. Artorex as observava com atenção através dos cílios e da cabeça baixa, enquanto Uther Pendragon requisitava uma taça de vinho, arrogantemente deixando os visitantes ajoelhados a seus pés.

A mulher mais velha já passara e muito dos 50 anos, uma idade muito respeitável para uma dama, mas sua beleza arruinada era um triste contraste com a aparência das jovens que atendiam suas necessidades. Ela estava vestida com lãs de vários tons de azul e cinza, incluindo um xale finamente tramado que ocultava parte dos cabelos desbotados, que outrora foram volumosos e castanhos. Parcialmente ocultos por pálpebras decaídas, seus olhos eram de um cinza claro e imaculado. As joias em seu pescoço, grandes cabochões de safira e pérolas irregulares, e os anéis de ouro em cada dedo, mesmo nos polegares, proclamavam sua posição.

Pela primeira vez Artorex via o rosto da lendária Ygerne, esposa de Uther Pendragon e viúva de Gorlois, o Javali da Cornualha.

As duas mulheres sentadas junto dela, uma à esquerda e outra à direita, guardavam forte semelhança física com Ygerne, mas lhes faltava a beleza sobrenatural que, rezava a lenda, levara Uther à loucura nos dias de sua vigorosa meia-idade. A mais velha das duas baixou seu capuz negro e Artorex ficou pasmo ao reconhecer o estranho rosto de Morgana, a adivinha e mendiga andarilha, agora coberta de correntes de ouro sobre seus mantos de pele de marta. A mulher à esquerda de Ygerne era mais jovem, mais suave que Morgana, e parecia indócil por ser forçada a passar horas no salão gelado. Como Ygerne, seus cabelos estavam cobertos, demonstrando que era casada, mas ela se abstinha do traje negro da irmã. Usava um manto carmim escuro com bordas de arminho, e a túnica de baixo era de um amarelo vívido e claro.

— De pé, meus convidados, de pé! — ordenou Uther enquanto bebia o vinho com mel aquecido. — Pois bem, Myrddion, meu olho mais arguto no leste. Que desgraças os saxões trazem para me importunar agora?

— Eles trazem fogo e morte, cidades incendiadas e templos e igrejas arruinados — declarou Myrddion vagarosamente e com ponderada gravidade, como se pudesse incitar o Alto Rei a agir apenas com o poder de suas palavras. — Na primavera, quando a próxima onda chegar, suas raízes em nossas terras estarão firmes. Temo que jamais poderemos expulsá-los, se Vossa Majestade não decidir atacá-los antes que estejam dentro de suas próprias muralhas fortificadas.

Uther ignorou Myrddion e voltou os olhos reptilianos para os dois reis que o acompanhavam.

— Bem-vindo, amigo Luka, rei dos brigantes, e pen Bryn, rei do ordovices. Peço-lhes que descansem em minha cidade, e saibam que choro a seu lado pelas mortes de seus pais. Contudo, como estou certo de que concordam, às vezes é uma boa coisa quando os velhos finalmente morrem. Especialmente os pais!

Myrddion enrubesceu completamente quando Uther ignorou suas palavras, mas agora eram Luka e Llanwith que comprimiam os punhos e sentiam as faces arderem diante do insulto calculado de Uther.

— Jamais, meu amo, para aqueles que amam os seus — respondeu Llanwith, com o corpo retesado pela ira contida.

— E quem são seus outros acompanhantes? São uma bela dupla de extremos: o curto e o grosso da história, obviamente.

Os cortesãos no salão reagiram à gargalhada áspera de seu rei com seus próprios risos educados, embora a grande altura de Artorex e a presença pequena, mas evidentemente ameaçadora, de Targo não fossem matéria natural para piadas. Artorex notou que nenhum guarda sorriu, pois seus olhos cautelosos os examinaram assim que os dois atravessaram as portas douradas, e imediatamente os reconheceram como seus camaradas de armas.

Myrddion convocou Artorex e Targo à frente. Seus olhos escuros imploravam que o jovem praticasse a cautela.

— Eu trago Artorex, filho adotivo de lorde Ector, da Quinta Poppinidii em Aquae Sulis, um guerreiro. Seu companheiro é Targo, um veterano romano e guarda pessoal de Artorex.

Os lábios de Uther se torceram enquanto ele ruminava uma nova troça à custa de Artorex, que compôs seu semblante para que seus olhos cinzentos e rosto talhado não revelassem nenhum dos pensamentos que cruzavam sua cabeça.

— Retire essa cobertura da cabeça e aproxime-se. Eu quero vê-lo.

— Sim, majestade — respondeu Artorex, sacando o manto de pele de lobo. Ele o passou cuidadosamente para Targo sem deixar que seus olhos impassíveis abandonassem o rosto de Uther.

O extraordinário cabelo de Artorex, trançado nas laterais mas livre para se derramar e encaracolar sobre as costas, refletiu a luz das fogueiras numa labareda de ouro acobreado e vermelho-sangue. Sua grande altura lhe permitia devolver o olhar de Uther diretamente.

Quando as velhas íris azuis encontraram o cinza impenetrável, o ar estalou e sibilou de tensão.

— Quem foi seu pai, rapaz? Ou você não sabe? — Uther sorriu sem alegria, com um riso de desprezo. — Que me importa Aquae Sulis, ou Ector da Floresta Velha? Romanos de província, garoto! Pesos mortos de província!

Ninguém riu.

— Não conheço minha linhagem, majestade, mas Lucius de Glastonbury provavelmente guarda o segredo de meu nascimento. Por ordens dele, fui mandado ao senhor Ector quando bebê, e ele pagou ouro vermelho por minha tutela durante os últimos 23 anos.

Um fino grito escapou dos lábios de Ygerne. Imediatamente, ela cobriu a boca com a mão enquanto seus olhos apagados devoravam o rosto e a forma de Artorex.

Morgana sorria enigmaticamente para Uther Pendragon. Ela pareceu ignorar a angústia da mãe, e se rejubilou com o súbito arquejo de consternação de Uther.

Uther não sabia dissimular. Ele ficou rijo em seu assento, os dedos cobertos de anéis comprimindo a madeira dos braços de seu trono e esbranquiçando suas articulações.

— Onde conseguiu essa adaga, garoto? — Uther apontou para o punhal do dragão preso ao quadril esquerdo de Artorex. Seu indicador tremia, quase imperceptivelmente. — Eu quero vê-la! Traga-a para mim, alguém... qualquer um! — Sua voz se elevou ao ganido de um velho.

Artorex puxou a longa lâmina de sua bainha e a entregou, cabo primeiro, a um guerreiro grisalho, que se aproximou da mão direita do rei.

Quando Uther deteve a adaga em seu punho, seus dedos tracejaram o dragão de ferro do cabo, seguindo a espinha da criatura ao longo da cauda e voltando à boca mortífera.

— Quem lhe deu permissão para usar o *meu* dragão?! — vociferou Uther com olhos inflamados, maliciosos e vingativos em suas órbitas de carne encarquilhada.

Artorex ficou perplexo e pela primeira vez permitiu que seu rosto mostrasse sua confusão.

— Não é o *seu* dragão, meu amo. Um ferreiro de um vilarejo próximo à minha casa forjou a adaga para mim. Ele acreditava que me devia algo, e copiou estes desenhos do emblema da Legião de Draco.

Myrddion se adiantou, o corpo teso de apreensão.

— Aquae Sulis continua muito romana, majestade. A Legião de Draco deixou sua marca nas cidades mais próximas às terras de Llanwith, onde os romanos construíram seus fortes. Este dragão é o Dracos de Roma, com alguns refinamentos. Nenhum insulto foi pretendido, meu amo.

Uma leve capa de suor cobria o rosto de Myrddion. Artorex nunca o vira alarmado ou desconcertado, e sentiu seus nervos em alerta. Por que Myrddion estava tão assustado? E por que aquele velho tirano louco fazia jogos cruéis com seus visitantes?

— Hmmff! — rosnou Uther. Era óbvio que ele não fora aplacado. O rei devolveu a adaga ao guarda que, por sua vez, colocou-a nas mãos de Artorex.

O velho guerreiro escolhido para a tarefa examinou cada linha do rosto de Artorex durante o movimento. Depois ele honrou o jovem com a mais discreta das mesuras de cabeça.

— É uma bela arma, jovem amo — disse o guarda em voz baixa.

Uther voltou-se para Myrddion.

— Está troçando de mim? — sibilou Uther, e Artorex pensou com irreverência que a boca do rei era como a mandíbula de uma perca, cheia de dentes afiados e rapacidade. — Por que trouxe este garoto a mim, Myrddion? O que está tramando?

— Majestade, lorde Ector é um amigo do oeste, e é um defensor leal de tudo que Vossa Majestade realiza. Seus laços com Aquae Sulis são fortes e, para onde ele apontar, grande parte do povo o seguirá. Dentro de sua pequena esfera, Artorex realizou muitos feitos heroicos. Correndo grande risco pessoal, ele destruiu um grupo de depravados assassinos de crianças, e é, possivelmente, o guerreiro mais habilidoso do noroeste. Eu o trouxe a Venta Belgarum para prestar tributo a Vossa Majestade e para lhe oferecer este braço forte e sua fria lógica para seu uso contra os saxões. — Ele se pôs de joelhos e baixou a cabeça em súplica. — Eu não tramaria contra o Alto Rei da Britânia, Majestade. Jamais! Fui seu fiel criado por mais tempo do que sou capaz de lembrar, e sempre o serei!

— Já basta, Myrddion, não posso tolerar tantos elogios num só dia.

O velho mastigou uma unha amarelada e depois sorriu com malicioso prazer. Formulando seus planos, ele quase se gabava enquanto fitava a auréola de cabelos âmbar de Artorex.

— Logo veremos se sua fama é verdadeira — ele riu. Sua atenção continuava fixa no rapaz. — Artorex? É esse seu nome?

— Sim, meu amo.

— Está disposto a participar de uma pequena competição de luta contra meus melhores guerreiros? Ou não confia em seu braço?

— Farei tudo que desejar, majestade, se lhe dá prazer — replicou Artorex, impassível.

Uther ouviu Morgana rindo baixo daquelas palavras. O som era delicado e zombeteiro, como o tilintar de sinos de prata.

— Minha sugestão a diverte, Morgana? Pois bem! Se é assim, você, sua irmã e sua mãe podem assistir à competição comigo e desfrutar da distração. — O Alto Rei nem sequer teve o trabalho de olhar para as mulheres.

— Assistirei de bom grado, adorado padrasto — replicou Morgana, o rosto tão viperino quanto a máscara de seu rei. — Tudo para romper o tédio das infinitas conversações.

Uther fez um gesto de encerramento e Myrddion agarrou o cotovelo de Artorex e o puxou para trás num repelão.

— Curve-se, garoto! — sussurrou ele, e os cinco guerreiros recuaram do temperamento incerto de seu rei.

Enquanto Uther voltava sua atenção para uma nova petição, Ygerne se retirou, quase em disparada, com suas saias azuis espiralando a seu redor e mechas perdidas de seus cabelos atados agitando-se em torno de seu rosto angustiado. Suas filhas a seguiram num passo mais letárgico, enquanto, às suas costas, um burburinho baixo de conversas abafadas chamava atenção para sua estranha retirada.

Rápida e silenciosamente, os cinco homens atravessaram as portas douradas rumo ao saguão frontal. Uma vez que as portas se fecharam para as novas presas do prazer e da malícia de Uther, Artorex se voltou para os três viajantes — como sempre permaneceriam em sua mente.

— Aquele louco é Uther Pendragon? — Artorex perguntou a Luka, permitindo que seu rosto finalmente demonstrasse sua repulsa.

— Ele não é um lunático, Artorex. Nossa tarefa seria muito mais fácil se fosse. Uther sempre foi um predador, e talvez a crueldade de sua natureza tenha sido a qualidade que lhe permitiu assumir o manto de Alto Rei. Mas sua chama interior se extingue. Ele perdeu a disposição para assumir riscos, e descarrega sua sede de sangue e sua frustração naqueles que lhe são mais próximos, incluindo os que lhe serão fiéis até a morte.

Luka explicou a situação com calma e discrição, mas Artorex viu que suas mãos se torciam e comprimiam.

— Ele tem que morrer! — vociferou Llanwith, e os rostos de seus velhos amigos empalideceram por suas palavras de traição.

— Não diga e nem pense tamanha traição! — Myrddion ordenou ao rei do oeste. — Não quando estamos tão próximos do sucesso. Estamos caminhando entre pontas de faca aqui, mas entregamos uma mensagem a Uther. Talvez o infeliz impasse entre o oeste e os saxões finalmente seja rompido, se o Alto Rei for forçado a marchar contra nossos inimigos.

— Está sonhando, velho amigo — resmungou Llanwith enquanto eles caminhavam na noite fria. — Uther só agirá quando a cabeça de Artorex lhe for entregue numa bandeja. E depois, em vez de ir à guerra, ele dançará uma giga. Estamos assumindo riscos imensos, Myrddion.

Perplexo, Artorex encarou Myrddion diretamente.

— Por que continuam a falar em enigmas? — protestou ele. — Eu não compreendo. Por que Uther desejaria minha morte? E por que Llanwith odeia nosso rei com tanto ardor?

— Com permissão de Llanwith, e sem entrar em detalhes, já que até o vento da noite tem ouvidos em Venta Belgarum, talvez eu possa explicar — começou Myrddion.

— Eu não faço objeções — retumbou Llanwith, irritado.

— Uther não se tornou um monstro da noite para o dia — disse Myrddion em voz baixa para evitar qualquer possibilidade de ser ouvido. — Ele sempre foi um homem difícil e caprichoso, como sua... *punição* a Gorlois da Cornualha demonstrou.

— Não faço ideia do que você está falando — reclamou Artorex.

Myrddion suspirou com irritação.

— A mulher mais velha na tribuna, a rainha Ygerne, outrora foi esposa de Gorlois, o Javali da Cornualha. Uther só viu seu rosto uma vez, e a desejou. Ele a seduziu através de truques, e quando Gorlois objetou, Uther o enviou para uma batalha em que o Javali foi morto de modo traiçoeiro. Mais tarde, Ygerne engravidou e então Uther a tomou como esposa. Aqueles que sabiam o segredo de Uther acreditam que a criança morreu no parto, deixando o rei sem um herdeiro legítimo. As outras mulheres sentadas com Ygerne na tribuna são Morgana e Morgause, filhas de Gorlois.

— Eu conheci Morgana, mas na época ela fingiu ser uma pobre adivinha — murmurou Artorex. — Como ela se sente quanto a Uther?

— Não deu para perceber? — interrompeu Luka. — Seu ódio por ele chega às raias da obsessão, e assim ela conspira para permanecer o mais próximo dele quanto possível. Morgana é uma bela mulher, mas eu teria medo de estar só no mesmo quarto com ela. Ela castraria um homem tão logo o visse, e ainda esperaria que ele ficasse grato por seu presente.

— Seu linguajar é bastante ilustrativo, Luka, mas não explica por que Llanwith e o rei estão em maus termos — retrucou Myrddion, impaciente. — A outra cadela vaidosa é a rainha Morgause. É casada com Lot, rei dos otadinos, que governa as terras baixas a norte da Muralha. Lot pode ser gordo, mas é um combatente formidável e um importante aliado do oeste. Por sua ligação através do casamento, ele se considera um pretendente ao trono de Uther. As filhas de Gorlois são mulheres perigosas, portanto fique alerta, meu jovem amigo. E pode ter certeza de que eu desejarei uma explicação de como você conheceu Morgana.

Myrddion fez uma pausa.

— Na época de que falamos, o falecido pai de Llanwith era rei da tribo dos ordovices. Como muitos bons celtas, ele desaprovava o destino que se abatia sobre qualquer guerreiro dumnone os quais se recusavam a aceitar a versão de Uther para a morte do rei Gorlois. Uther criou uma mentira plausível, mas muitos homens de prestígio acharam difícil acreditar que Gorlois fosse um traidor e merecesse seu fim sangrento. Consequentemente, Uther ficou furioso com os ordovices e seu ódio resultou na morte do tio de Llanwith. Uther o mandou a Camulodunum com uma tropa de guerreiros escolhidos a dedo. Eles foram massacrados pelos saxões.

Artorex ergueu uma sobrancelha enquanto absorvia a informação. Como Uther podia ser implicado se o parente de Llanwith falecera em batalha?

— Percebo que você não compreende a impiedosa sutileza de seu Alto Rei, Artorex — disse Llanwith em voz baixa e tranquila. — Meu tio e toda sua tropa eram homens que enfureceram Uther de alguma maneira e, de certo modo, os saxões foram avisados sobre a incursão. Meu pai não acreditava em coincidências; e eu também não.

Artorex foi incapaz de encontrar qualquer coisa a dizer em compaixão ou compreensão. Ele continuou parado e perplexo enquanto os três viajantes seguiam em seu caminho para deixar o saguão frontal.

— Eu gostaria que alguém, qualquer um, me dissesse o que está acontecendo! — exclamou Artorex para o ar frio e depois acelerou as longas pernas para alcançar Myrddion, Llanwith e Luka, que marchavam na escuridão da tarde.

— Não posso dizer o que o rei exige de você — respondeu Targo secamente a seu pupilo. — Mas eu sei que o velho animal não gostou muito de você. Pensei que nós seríamos passados no fio da espada quando ele viu seu punhal. Uma das primeiras coisas que aprendi nas legiões foi que um soldado comum deve ficar o mais longe possível dos que dão as ordens. É apenas razoável que líderes como Uther Pendragon tenham jogos muito mais intricados a travar do que se ocupar dos peões que existem em seu mundo.

A escuridão se tornava mais abrangente, mas os cúmulos de neve finalmente haviam desaparecido. As estrelas surgiram como buracos brancos queimados no tecido negro dos céus, e Artorex ardia ao pensar que Gallia e Lícia podiam ver as mesmas estrelas de sua quinta acolhedora. A seu redor, a calmaria das alamedas silenciosas trazia cheiro de perigo, portanto ele plantava seus pés nos paralelepípedos com cuidado e delicadeza, e com a mão pousada no cabo de sua espada.

A lama e a sujeira se acumulavam nos cantos da cidade, como se uma maré alta tivesse arrastado um monte de detritos através das alamedas enquanto os cidadãos dormiam. O cadáver de um cão, de pernas tesas pelo rigor, jazia congelado junto a um pórtico de pedra, mas Artorex sentia o odor pútrido de esgoto aberto que sobrepujava até o fedor mais repulsivamente adocicado da morte.

Artorex chegara a Venta Belgarum, e descobrira que era mais distante de casa do que ele jamais teria imaginado.

CAPÍTULO XI

Prova de Força

Enquanto os cinco homens descansavam seus ossos exaustos nos quartos da Estalagem Javali Feroz, os aposentos da rainha Ygerne estavam em inabitual desordem.

Ygerne devastara sua câmara de dormir, atirando almofadas, cobertas e caixas de madeira perfumada numa grande pilha sobre a forração do piso. Seus cabelos se desgrenharam enquanto ela despedaçara e rasgara seus próprios tesouros numa explosão de ira e medo. Agora ela estava deitada, encolhida defensivamente em seu divã forrado de lã, e chorava lágrimas férvidas e amargas.

Morgana entrou silenciosamente, seguida por uma criada tímida que começou a arrumar a bagunça.

— Ele tenta me levar à loucura? — Ygerne ergueu para a filha o rosto assolado pelas lágrimas e pegou as mãos de Morgana debilmente. — O que ele quer de mim?

— Quem, mãe?

— Uther! Que Deus me ajude, será que o homem me odeia tanto que procura rapazes adequados para me atormentar? Seria mais fácil me matar e acabar com essa farsa.

— Não, mãe. Uther não teve parte neste determinado jogo. Ele está tão chocado quanto você... e apavorado também. Myrddion Merlinus é o titereiro desta vez, e não tem qualquer rancor por você. Ele aponta seus espinhos diretamente a meu tão querido padrasto, o Alto Rei.

Morgana pôs Ygerne de pé e aninhou a mãe chorosa em seus braços. O quanto pôde, Morgana abrandou seu rosto severo e apaziguou e ninou a mãe como se ela fosse uma criança.

Enquanto os soluços de Ygerne diminuíam lentamente, Morgana deu ordens à criada de ajeitar a suntuosa cama da rainha e depois sair do quarto.

— Eu não ficaria tentada a fofocar sobre as lágrimas da rainha — acrescentou ela. — Está entendendo, mulher? Se você falar, serei forçada a silenciar sua voz permanentemente.

Assustada, a criada abriu e fechou a boca diversas vezes, mas nenhum som saiu dela. Com olhos arregalados e quase levando um tombo em seu terror, ela fez uma mesura desajeitada e recuou para fora do quarto.

— Não seremos ouvidas agora. Deite-se, mãe, você está abalada e exausta. Precisa recobrar suas forças.

Delicadamente, Morgana despiu a mãe de seus mantos externos e a conduziu ao leito esculpido. Ygerne segurou a mão da filha num súbito pânico e Morgana sentiu os ossos delicados e frágeis como pontas de marfim, tornadas fortes pelo desespero.

— O que Myrddion quer de mim?

— Nada, mãe. Agora descanse. Aquele jovem, Artorex, não faz ideia de quem você é. E ninguém mais faz essa associação... a menos que você lhes conte.

— Mas ele não pode ser meu filho — gemeu Ygerne. — Lucius jurou que o bebê morreu pouco depois do nascimento.

Aquela pobre mulher desejava jamais ter posto os olhos sobre o rosto jovem e frio no salão do rei; mas, por outro lado, se era mesmo seu filho, ela ansiava por aplacar seus medos vendo-o mais e mais vezes.

— Ele é seu filho, mãe. Eu sei. Eu o incitei a lançar os ossos há anos, e seu nascimento estava escrito nos padrões. Ele se tornará o rei dos bretões... se os ossos falam a verdade.

— Mas ele é semente de Uther ou vem de Gorlois, meu esposo? Se aquele monstro se reproduziu em meu corpo, não conseguirei suportar.

— Ele é filho de Uther! Você não viu, mãe? Não precisei dos ossos para saber disso. Não viu os cabelos dele?

Ygerne suspirou, e um mundo de lamentos e amargo desgosto se revelou naquele som.

— Eu me deitei com meu esposo e Uther derramou sua semente em meu corpo. Qualquer um dos dois poderia ter gerado a criança... ou foi o que eu disse a mim mesma quando engravidei. Mas o filho de Uther me odiará por tê-lo desertado. O filho de Uther desejará vingança. O que será de nós?

— Artorex não é Uther. Uther sempre arde em brasa até consumir tudo e todos a seu redor, e até você, mãe. Mas Artorex é frio, como gelo ou ferro. Sua mente é seu soberano, não suas paixões, e nós já podemos ser gratas por esta bênção. — A voz de Morgana era bastante impassível e monocórdia, como se as provações do Grande Salão tivessem acontecido muitos anos antes de seu nascimento.

— Pois então Uther o matará — chorou Ygerne. — O rei é exatamente como Cronos, o deus grego que devorava seus filhos. Posso ver a sede de sangue em seus olhos.

— Ele pode tentar, mãe, mas eu lhe digo agora que Artorex não morrerá facilmente. Sei que Myrddion está tramando um jogo perigoso; um jogo que pode trazer salvação para o oeste.

Morgana deitou uma coberta de pele sobre os ombros da mãe e afagou seus cabelos apagados, quase como se seus papéis estivessem trocados — e talvez de fato estivessem.

— Durma, mãe. O amanhã trará problemas suficientes, mas você precisa tomar cuidado para não mostrar parcialidade alguma por aquele jovem, senão ele realmente será morto sem justificativa pelo Alto Rei.

— Você também odeia Artorex, Morgana? Se ele é filho de Uther, então ele é o fruto envenenado que nasceu do assassinato de seu pai.

Morgana se pôs de pé e seus olhos se lançaram para além do quarto, talvez além do tempo e das próprias estrelas imortais.

— Eu sempre o detestarei, mãe, mas não é meu papel erguer a mão contra ele. Os destinos já decidiram que será outra a lhe trazer a ruína... Uma mulher de cabelos dourados.

Ygerne suspirou novamente e Morgana afagou sua mão enquanto o vento gélido gemia do lado de fora e uivava pelos corredores de Venta Belgarum como uma matilha de lobos em caça.

Na Estalagem Javali Feroz, Artorex lavava e raspava a barba em seu queixo com uma lâmina afiada, ansiando pelo caldário e por seu estrígil gasto. A fome fazia seu estômago rosnar, mas a ideia de comer o repugnava. Ele estava decidido a arrancar respostas de Myrddion naquela noite, ou partiria daquele lugar horrendo, congelante e governado por um rei insano e sanguinário.

Durante a ceia num aposento privado, Artorex se sentou num banco à moda celta e apresentou seu ultimato aos três lordes.

— Ou alguém me explica o que está acontecendo, ou cavalgarei para casa à primeira luz da manhã. Sei que lhes devo muito, inclusive minha educação e minha infância segura na Quinta Poppinidii, mas estou verdadeiramente farto de ser tratado como uma criança.

— Mas você não terá permissão de partir, Artorex — exclamou Luka com impaciência. — Você jurou combater um dos melhores guerreiros de Uther pela manhã.

— Eu faço o que desejo, Luka. Quantas vezes tenho que lhe dizer que não sou instrumento de homem algum?

— Muito bem, Artorex. Muito bem. Eu explicarei o que puder — disse Myrddion calmamente, embora Artorex pudesse ver que suas mãos estreitas tremiam um pouco. Myrddion suspirou e falou em voz baixa, pois as paredes de Venta Belgarum tinham ouvidos.

— Uther nem sempre foi a carcaça que você viu hoje. No passado, ele foi um combatente de mais habilidade que qualquer um de nós, e talvez possuísse mais talento até que você, jovem amigo. Eu me tornei seu servo durante minha juventude, quando ele ainda estava no ápice de sua força. Ele usou minha inteligência e meu conhecimento de idiomas da forma como você usa seu punhal. Eu me elevei nas cortes do rei, mas agora, na velhice, ele não confia em nada e em ninguém, nem mesmo em mim.

Artorex tossiu com embaraço, pois sentia o ardente arrependimento por trás dos olhos calculistas de seu amigo.

— Morgana, a enteada, é uma vidente e uma sacerdotisa druida, e se elevou ao posto mais elevado que uma mulher pode alcançar naquela ordem. Na infância, ela já odiava seu padrasto, e previu que uma criança com cabelos acobreados o eclipsaria. Uther ficou furioso além da razão, nenhuma criança de berço e cabelos claros escapou de sua retaliação assassina.

Myrddion fez uma pausa, mas logo prosseguiu.

— Você vem de alto berço, Artorex, como seu nome indica, mas não lhe posso revelar o nome de seu pai; nem mesmo se você nos deixar e levar a nada todos os nossos longos anos de trabalho. Você precisa aceitar que seu pai o entregou a Lucius e à segurança final, pois Lucius o enviou para longe da corte de Uther para preservá-lo de danos. Nós o vigiamos por grande parte de nossas vidas, meu jovem, e, apesar de temermos e desprezarmos aquilo que Uther se tornou, jamais planejamos usar você como arma contra ele. O Alto Rei não tem muito tempo de vida, como você viu.

O vento sacudiu as janelas da sala e encontrou seu caminho através das fendas para soprar seus dedos gélidos entre os cabelos de Artorex.

— Eu sei. Ele já tem cheiro de carniça.

— Você precisa ser visto como um guerreiro de valor pelas tribos e ganhar um nome que reflita as habilidades que Targo lhe ensinou, para que possa servir ao povo quando o velho rei falecer.

— Talvez você mesmo venha a se tornar Alto Rei — retumbou Llanwith.

— Não brinque, Llanwith. Eu não tenho autoridade para me tornar Alto Rei.

— Mas, se Uther retomar a guerra contra os saxões, não existe razão para se recusar a usar suas habilidades tão duramente desenvolvidas para ajudá-lo. Se ele não for à guerra, ou se morrer, você pode combater para auxiliar o sucessor. A maioria dos cidadãos ouviu falar da profecia do guerreiro de cabelos de cobre, portanto, se você tiver sucesso contra o paladino de Uther, eles acreditarão que um novo herói chegou, e pedirão ao rei que renove a defesa de nossas terras. Como tais ações poderiam prejudicar você? Ou sua família?

— Não prejudicariam minha família, mas eu me arriscaria a... — As palavras de Artorex se esvaíram.

— Você prometeu a Uther que combateria amanhã. Pode ter sido num rompante de orgulho, mas você fez um juramento ao Alto Rei — proclamou Llanwith. — Ele desejará saber qual valor você dá à própria palavra.

— Isso é golpe baixo, Llanwith! — Artorex se virou para encarar o rei ordovice. — Eu fui manipulado a entrar numa competição por razões que não são nada sãs.

— Uther obviamente não teve qualquer simpatia por você — disse Luka. — Mas um homem inteligente permaneceria humilde e obediente, não importando quão grosseiro fosse seu soberano.

— Então agora a culpa é minha por ter sido coagido ao combate armado... Por favor, Luka, eu preciso de uma razão melhor do que essa para enfrentar o homem de Uther.

— A corte de Uther é celta em natureza, mas você foi criado com um pé na tradição romana e outro nas culturas tribais — continuou Myrddion, com os olhos negros repletos de fervor. — Agora necessitamos das velhas virtudes romanas.

Luka prosseguiu com o argumento.

— Nós, celtas, somos demasiadamente passionais. Se fôssemos deixados a decidir, disputaríamos e batalharíamos entre nós, exatamente como fizemos por incontáveis gerações antes da chegada dos romanos. De que outra maneira os romanos nos teriam vencido? Sua estratégia de dividir e conquistar funcionou à perfeição.

— O grande César nos dobrou, um por um — interrompeu Llanwith rispidamente, com sua maneira direta de costume. — Os saxões farão o mesmo com o oeste se não tivermos um punho forte para nos unir e guiar. Mas você pode partir, se este é seu desejo, Artorex. Afinal, como todos os celtas, você se ressente quando lhe dizem o que fazer. Ao menos eu não o impedirei.

— Pois bem — rosnou Artorex, irritado. — Eu não partirei. Mas, se ele realmente me quer morto, Uther dará ordens para que me matem amanhã, em combate e diante do povo.

— Você é forte, garoto? — perguntou Luka severamente.

— Sim, meu amo. Forte o bastante — respondeu Artorex.

— Mas é rápido, garoto? — continuou Llanwith.

— Sim, senhor. Bastante rápido.

— E sabe como trapacear, rapaz? — acrescentou Targo, com um sorriso aberto e malicioso.

— Sim, sei trapacear, e pensar, e combater no terreno de minha escolha, usando ambas as mãos — respondeu Artorex com um sorriso irônico.

— Pois então você não morrerá amanhã — respondeu Myrddion. — Você sobreviverá.

Artorex sorriu sardonicamente e começou a comer uma refeição leve sob os olhos vigilantes dos mais velhos. Ele bebeu água fresca em vez de hidromel ou cerveja, e tomou cuidado para não sobrecarregar o estômago, pois precisaria de seu corpo forte e infalível no dia seguinte. Quando ele terminou, os quatro homens que foram seus guardiões durante a maior parte de sua vida se ergueram e lhe deram ordens de ir dormir.

Targo foi o único a oferecer conselhos práticos.

— Amanhã, você terá que limpar, amolar e untar suas armas ao nascer do sol, Artorex. Você viu o tamanho daqueles animais celtas no salão de Uther... sem ofensa, cavalheiros. — Targo se desculpou pela injúria racial.

— Ofensa nenhuma, amigo Targo — proclamou Llanwith.

— Você quer meu escudo? É seu, se quiser — ofereceu Targo.

— Nunca me interessei muito por escudos, por isso vou usar minha adaga e a espada. Se me faltarem habilidades para alcançar o guerreiro de Uther, então mereço ser derrotado.

— Lembre-se...

— Um erro e estou morto — Artorex completou para ele.

Mas, pela primeira vez naquela noite, Artorex tinha o coração leve, pois agora ele finalmente faria algo que compreendia.

A manhã estava fria como nunca. Após romper a capa de gelo da bacia e se lavar da melhor maneira possível, Artorex vestiu um colete de couro sobre uma camisa de lã e encasulou as pernas em calças de couro macio.

Targo entrou no quarto de Artorex enquanto o rapaz contemplava os próprios pés.

— Essas botas que você está usando são pesadas e provavelmente escorregam nas pedras. Mas, se ficar descalço, seus pés congelarão e ficarão dormentes, e então o resultado será o mesmo — começou Targo em sua voz prática e roufenha.

Ele ofereceu um par de meias de lã tricotada, o calçado usado pelos velhos da vila enquanto cochilavam junto ao fogo.

— Tente usar estas meias em lugar de suas botas. Acho que você pode lutar com elas por um tempo, sem botas, contanto que o chão não esteja molhado.

— Ainda não estou senil, Targo — protestou Artorex.

— Experimente-as — pressionou o outro.

Artorex passou as meias pelos longos pés e puxou-as até o meio da panturrilha, e Targo as amarrou no lugar com tiras finas de couro.

— Tente andar um pouco com elas — ordenou o veterano.

Artorex saltou e rodopiou, simulou uma evasão e uma investida. Para sua surpresa, seus dedos podiam firmar-se nas pedras lascadas entre a trama da lã grossa, e as solas não eram escorregadias e nem propensas a traí-lo. As meias eram até bem quentes.

— Eu lhe disse que já lutei em lugares onde se mija gelo — riu Targo. — Nós bárbaros conhecemos uma coisinha ou outra, especialmente sobre combate. Se eu soubesse que viríamos para este lugar, teria feito botas de pelica para você com uma sola robusta. Elas lhe dariam mais tração, mas estas servirão até que tenhamos tempo de remendar um equipamento melhor para você.

— Muito obrigado, Targo.

— Basta, garoto. Llanwith mandou uma capa e Luka mandou um elmo, apenas um capacete de ferro com guarda-face e um protetor nasal, mas talvez salve sua cabeça dura — disse Targo com um sorriso. — E Myrddion lhe mandou isto.

De sua capa, Targo tirou um par de guarda-braços, cada um com quatro dedos de comprimento. Eram feitos de ferro, e o metal estava lavrado com a insígnia da Serpente Alada da Legião Celta — a longa e sinuosa cauda e as pernas curtas marcavam aquele dragão como uma criatura diferente dos Dracos de Roma. Suas asas se espalhavam na curva do metal.

— Isto protegerá seus pulsos. Não são particularmente pesados, e não o salvarão de um golpe de machado, mas os soldados da Legião aprenderam que um bracelete pode rechaçar um golpe de espada.

Ele sorriu para seu protegido mais uma vez.

— Eu gostaria que nós tivéssemos o tempo de encontrar uma malha e um peitoral. Você pode apostar que seu oponente estará protegido por armadura da cabeça aos pés.

— Então eu estarei mais leve que o homem de Uther — brincou Artorex, embora sentisse um tremor de alarme. — Apenas recordarei a mulher cita e quão rápida ela mostrou ser.

— Seus amigos lhe desejam sorte, e assistirão à luta no pátio frontal diante do salão de Uther.

— Então o Alto Rei mandou mensagem?

— Sim. Você enfrentará o paladino ao meio-dia.

Tão pouco tempo! Artorex viu que o sol já estava alto, pois dormira demais após a viagem apressada até Venta Belgarum. Targo insistiu que seu protegido dormisse o quanto seu corpo precisasse, mas agora Artorex sabia que teria que se apressar.

— Não se preocupe, meu rapaz, pois a competição não pode começar sem você — respondeu Targo, como se lesse a mente de Artorex.

— Mas eu jamais lutei num combate sério, Targo. Jamais matei alguém no calor da batalha. Como você pode saber se eu conseguirei derrotar alguém, e ainda mais um guerreiro experiente?

A princípio, Targo gargalhou de divertimento, mas depois viu o rosto de seu jovem protegido e percebeu que Artorex falara a sério. Targo estava tão acostumado aos talentos físicos de seu pupilo que esqueceu que o rapaz podia sentir o combate iminente como uma provação.

— Para começo de conversa, garoto, matar é muito mais fácil quando você foi treinado para isso. Muitas vezes, é automático. Alguém chega perto com uma porra de um machado gigantesco, e então você o mata; senão, ele enterra a arma em seu cérebro. Não estou dizendo que é certo, entenda, mas nós guerreiros fazemos o que nos é ordenado. Além disso, rapaz, você não teve ordens de matar o paladino de Uther. Só precisa garantir que ele não mate você.

Artorex aquiesceu. A explicação de Targo fazia bastante sentido.

— E, quanto à sua inexperiência, você precisa começar de algum lugar, e diante do Alto Rei e de toda uma cidade é um ótimo lugar para seu primeiro combate. Você praticou diariamente por metade de sua vida, conhece cada movimento que conheço, e eu lhe passei todos os truques sujos que já vi na vida. Eu sou um especialista, rapaz. Se você se sentir melhor com isso, trate esse combate como apenas mais um exercício, e diga a si mesmo que é exatamente como um dos testes de lorde Luka.

— Sim. Com a diferença de que esse guerreiro realmente me matará.

— Apenas se você não puder achar uma brecha.

Artorex riu sardonicamente. Targo, como sempre, encontrou o cerne de suas necessidades, e os grandes músculos de seus ombros começaram a relaxar e se soltar. Ele achou que estaria aterrorizado, mas tudo que sentiu foi uma contração no estômago quando a excitação começou a correr em seu sangue.

A vida é muito estranha, pensou Artorex novamente, e começou a preparar suas armas para o combate iminente.

Artorex foi objeto de surpreendente curiosidade desde o momento em que deixou a estalagem. Antes mesmo de chegar à metade do caminho para o campo de batalha, ele percebeu que seu teste de força era desculpa para que os cidadãos de Venta Belgarum tivessem um dia de divertimento.

Para seu assombro, todas as ruas estavam cobertas de ambulantes, camponeses vendendo todo tipo de frutas, vegetais e carnes, e tantos vendedores de comida pronta e bebida que a cabeça do jovem girava com o barulho e os sorrisos competitivos. Muitos homens tentavam dar-lhe tapinhas nas costas e moças lhe entregavam flores, enquanto alguns fanfarrões gritavam insultos ou o informavam das apostas que corriam por sua morte iminente e dolorosa. As multidões, o barulho e a excitação se elevavam a seu redor como uma onda bastante ofensiva.

Ele chegou ao local marcado para o combate na companhia de Targo e de um séquito de centenas de homens e garotos que empurravam, acotovelavam e rechaçavam os cidadãos que já tinham um bom ponto de observação.

O grande pátio quadrado diante do Salão de Uther estava cercado por observadores, curiosos para ver a disputa prometida. Os cidadãos de Venta Belgarum estavam mais que cientes da força e das capacidades marciais da guarda pessoal de Uther, e por isso o boato sobre o jovem gigante das províncias que desafiaria o paladino escolhido de Uther se espalhou rapidamente. A curiosidade e a promessa de sangue atraíam os que tinham sorte de encontrar um lugar para ver.

Mais cidadãos ainda se espremiam nas casas próximas, onde os telhados forneciam uma vista acima das cabeças mais altas. Quando Artorex entrou na arena preparada, a praça parecia tomada de fileiras e mais fileiras de rostos vorazes e ansiosos.

Os degraus que levavam ao pátio frontal do salão estavam vazios, exceto por uma tenda de seda-palha e diversos braseiros. Lá, o Alto Rei se sentaria, cercado por suas mulheres e sua guarda.

O troar do chifre de carneiro anunciou a entrada de Uther e sua corte. Enquanto eles se deslocavam lentamente para seus tronos, a multidão se ajoelhou na rua a um só tempo e os guardas de Uther se posicionaram em torno da tenda como um anel de aço cerrado.

Com um gesto de mão do Alto Rei, os cidadãos de Venta Belgarum se ergueram e um burburinho de vozes se inflou e se projetou através da massa densamente aglomerada.

Quando Artorex se ajoelhou para retirar as botas, Targo verificou as amarrações em suas pernas mais uma vez, e vários guerreiros experientes na plateia riram diante do calçado pouco convencional. Artorex resolveu não dar ouvidos e ignorou tudo para se concentrar na superfície de pedras lascadas do ringue de batalha circunscrito por extensões de cordas. Ele praticou sua posição de combate com a espada e a adaga puxadas e prontas para a luta.

— Seu Artorex está aqui, criado Myrddion? — perguntou Uther, e a multidão fez silêncio diante do título insultuoso. O mundo inteiro conhecia Myrddion Merlinus, profeta, médico e leal conselheiro do trono dos bretões por tantos anos.

Myrddion se apresentou no campo de combate e fez uma profunda mesura para seu suserano.

— Myrddion Merlinus, meu fiel intendente, alega que esse garoto da província de Aquae Sulis é o melhor guerreiro do noroeste — ganiu Uther para a multidão. — Quem aqui já ouviu falar de Artorex?

— Ninguém! — rugiu a multidão em resposta, extremamente divertida pelo estado de espírito do Alto Rei. — Ninguém! Ninguém! Ninguém!

— Nosso paladino, Ban da Durnovária, Fulgor do Oeste, testará o valor desse tal Artorex.

O chifre de carneiro ressoou mais uma vez e Ban se adiantou à Guarda Real. Era um guerreiro de não mais que 30 anos, com um rosto cavado por uma cicatriz que cruzava as faces e o nariz, onde era possível vê-los sob o capacete de pluma verde. Era grande, e mais pesado de corpo que Artorex, e suas mãos nuas eram adornadas com as tatuagens azuis dos pictos, que compunham as mesmas curvas e espirais que Artorex vira na pedra da Floresta Velha. Ban carregava um escudo de forma circular, com uma grande bossa e uma ponta de metal no centro. Artorex sabia que, se permitisse que Ban penetrasse suas defesas com aquele terrível punho de ferro, isto significaria costelas quebradas ou pulmões perfurados.

Enquanto Ban se curvava para o Alto Rei e depois para a massa, Targo murmurava instruções finais para Artorex enquanto se afastava de seu pupilo.

— Procure uma brecha, meu rapaz — recitou Targo. — Todo combatente tem uma falha. E fique longe daquele maldito escudo.

As pernas de Ban eram mais curtas do que seu torso prometia, e a espada longa e o escudo provavelmente eram pesados. Embora os braços de Ban fossem sulcados por músculos e um emaranhado de veias que só se vê em homens de físico e força soberbas, ele tinha uma ligeira barriga sob a túnica marcial de couro.

— Preparado, Artorex? — sussurrou Myrddion.

Artorex se adiantou e desembainhou a espada curta e a adaga longa. As armas desenharam um arco no ar frio, sibilando malevolamente quando ele sacudia os braços.

— Sim, lorde Merlinus!

Voltando-se para a tribuna, ele fez uma profunda mesura ao Alto Rei.

— Então comecem logo! — ordenou Uther, agitando as velhas tranças brancas com irritação.

Ban se aproximou de seu oponente numa investida, a espada talhando um grande rasgo no ar gélido. A multidão berrou na expectativa de ver Artorex partido em dois.

Mas Artorex já não estava lá. Ágil com seus pés descalços, ele se esquivou do arco da lâmina com facilidade, e saltou para a esquerda de Ban, passando seu punhal do dragão sobre os olhos do guerreiro.

Somente reflexos rápidos como a luz puderam salvar Ban em sua confiança demasiada. Sua cabeça recuou no último segundo e o golpe passou inofensivamente sobre seu capacete, produzindo uma breve explosão de centelhas quando a lâmina rilhou o metal.

A multidão rugiu sua aprovação ao contato, mas Artorex não a ouvia. Ele bloqueara tudo e todos, exceto seu adversário. Ele se deslocou de volta à direita, investindo com seu punhal do dragão, enquanto a mão direita mantinha a espada curta junto ao corpo, pronta para uma oportunidade de golpear.

Ban se atirou como um raio e Artorex bloqueou o golpe com a espada curta e o punhal do dragão erguidos como uma cruz sobre seu corpo. Antes que Ban pudesse esmagá-lo com escudo, Artorex se esquivou e saltitou para longe, pois pôde ler o movimento com clareza nos olhos do guerreiro, forçando Ban a dar meia-volta mais uma vez para encarar seu oponente.

— Você não é mau, garoto, mas realmente precisa de um escudo — sibilou Ban. — Será uma pena estripá-lo hoje; isto é, se você ficar parado e lutar como um homem.

Artorex ignorou a provocação e simplesmente continuou a se esquivar, mudando de direção e trocando de mãos num turbilhão de aço em movimento, abrindo um talho logo acima do joelho de Ban com um golpe feroz. O punhal do dragão cintilava com a ponta tingida de vermelho.

— Não é o bastante, garoto! — urrou Ban, aumentando seus esforços para tirar vantagem de seu maior alcance. Cada truque que Targo ensinara entrou no combate, e Artorex bloqueava, investia e apunhalava, sempre evadindo os mortíferos golpes de espada de Ban com seus pés ágeis.

— Você fala demais, Ban — respondeu Artorex casualmente quando o afã de esforços iniciais acabou, e ambos continuaram a sentir a pisada sobre o chão irregular enquanto buscavam uma vantagem.

À sua maneira, Ban era brilhante. Sua força era lendária e ele era totalmente destemido, pois morrer no campo de batalha sempre fora seu mais acalentado desejo. Ele era ágil para um homem grande, e tinha a resistência de um touro, mas, após 15 minutos de combate, ambos ofegavam fortemente, e o sangue se derramava constantemente do corte infligido por Artorex.

Uther começava a ficar inquieto. Aquele jovem inexperiente já deveria ter sido despachado, e os pés do rei começavam a ficar frios.

— Acabe com ele, Ban! — gritou o rei. — É claro que você pode derrubar um peso morto de província.

Artorex piscou para Ban e sorriu.

A multidão estava no mínimo hipnotizada pela batalha parelha, e enormes apostas eram jogadas nos limites da praça.

Após uma finta com sua espada, Ban conseguiu investir com seu escudo diretamente contra o ombro de Artorex. Só o instinto salvou o jovem de um golpe mortal da ponta de ferro; ele conseguiu girar e reduzir o impacto do escudo ao tombar para trás com ele. Contudo, seu capacete se perdeu, arrancado da cabeça, e os cabelos de Artorex esvoaçaram como um estandarte.

A multidão perdeu o fôlego.

Um pequeno corte derramava um filete de sangue da linha dos cabelos de Artorex, onde a bossa do escudo quase lhe rachara o crânio. Mas Ban se esticou demais para romper as defesas de seu oponente, e o punhal do dragão rasgara seu braço da espada... até o osso.

Mais uma vez, Artorex trocou de mãos rapidamente, deslizou para dentro da guarda de Ban e deu uma rasteira em seu oponente. Ban acertou as pedras do calçamento com uma pancada audível, e o braço do escudo caiu longe de seu ventre e deixou sua garganta exposta.

A espada curta de Artorex pressionava profundamente a jugular pulsante de Ban.

— Enterre com força, meu caro, este é um bom dia para morrer — disse Ban, orgulhosamente.

— Renda-se, Ban!

— Não posso. Somente meu amo pode me dar a ordem de rendição. E ele não o fará.

Artorex ergueu os olhos para Uther, mantendo Ban deitado de costas com seu pé esquerdo no antebraço do guerreiro.

— E então? Mate-o, Artorex, ou você não tem gosto pelo sangue? — ordenou Uther.

A multidão fazia absoluto silêncio.

As mulheres de Uther estavam sentadas como criaturas de pedra, assistindo ao drama que se desenrolava diante de seus olhos.

Ban era a única pessoa verdadeiramente viva naquele momento, pois havia uma distinta probabilidade de que ele estivesse sorvendo os últimos e eletrizantes momentos de sua vida. Ele não sabia se morreria ou viveria.

— Estou aqui para matar saxões para Vossa Majestade, meu suserano, e não meus camaradas de armas — gritou Artorex para Uther e para a multidão, com a espada na garganta de Ban. — Eu peço que Ban não morra por minha mão neste dia, mas que viva para perecer por uma causa mais nobre.

A multidão urrou quando Artorex recuou e se afastou de seu outrora oponente.

O guerreiro se pôs de pé lentamente, pegando a espada caída no processo.

— Eu imploro que Vossa Majestade não humilhe seu paladino, pois ele assassinará mil saxões em seu favor, a um mero pedido seu.

A multidão rugiu mais uma vez em aprovação. Ban esperou pelas ordens de seu senhor, tentando segurar a espada com o braço ferido.

— Muito bem — respondeu Uther com grande mau humor pela reação da massa. — Você terá o que pede... desta vez. — Ele pregou os olhos em seu paladino derrotado. — Está dispensado, Ban. A competição está encerrada.

Furioso além da medida, o Alto Rei desapareceu no Grande Salão com seu séquito, deixando Artorex para a aclamação do povo.

Enquanto Artorex recolhia sua capa e as botas, os mais entusiasmados o cercavam, especialmente aqueles que seguiram o palpite e apostaram em seu forte braço direito. Seus ombros e braços eram golpeados até a dor por punhos congratulatórios, e Targo precisou de certo esforço para abrir caminho entre os corpos comprimidos e levar seu protegido para longe da arena improvisada.

Ao longo das ruas pavimentadas, o nome Artorex reverberava tão ruidosamente que, mesmo antes que o rapaz alcançasse o refúgio da Estalagem Javali Feroz, até os cidadãos que não quiseram assistir à competição já tinham ouvido versões muito embelezadas sobre a magnífica batalha. O prédio rústico de madeira logo estava à beira de explodir com uma massa descontrolada de gente da cidade, agricultores, mercenários e guerreiros, todos gritando no máximo do fôlego, bebendo tanto quanto cuspiam, brincando, rindo, gesticulando e rodopiando em barulhentas recriações do épico combate.

Uma vez lá, Artorex teria sido afogado em cerveja de graça se Myrddion não insistisse em cuidar de sua ferida primeiro. Foi necessário ameaçar o uso da força, de modo a abrir passagem para que Artorex escapasse ao andar superior.

A história da vitória sobre Ban correu por Venta Belgarum como um incêndio: o jovem combatente era um verdadeiro gigante, mas tinha a força e a agilidade de um tigre de arena; ele rejeitara o escudo celta em prol da vertiginosa proteção de uma teia de aço em movimento; e quando a vitória estava garantida e Ban se encontrava à sua mercê, Artorex foi magnânimo e se recusou a derramar sangue sem necessidade. Ele desafiara as ordens do Alto Rei — e sobreviveu para contar a história. Com uma espada romana e uma adaga longa, ele derrotou o lendário Ban, o Fulgor do Oeste, e a Deusa Fortuna guardara suas costas em todo momento.

Mais importante, os poucos anciãos que conheceram Uther em sua juventude se pasmaram com a semelhança deste Artorex com o Alto Rei que recordavam do passado. Até Botha, capitão da Guarda Real, ficou chocado com a semelhança. Uma vez vistos, aqueles cabelos jamais podiam ser esquecidos, pois eram melenas bárbaras, às vezes chamadas de vermelho-césar, embora lendas sugerissem que o grande Júlio tinha a cabeça calva.

Os velhos sugavam suas gengivas desdentadas e indagavam em voz alta que estranho parente de Uther teria vindo por vontade própria a Venta Belgarum.

Targo se misturou à massa de homens empolgados, bebeu cerveja com parcimônia — e escutou. Os rumores estavam em marcha e diziam que dois dos mais importantes reis tribais e o famoso Myrddion Merlinus haviam trazido Artorex para Venta Belgarum como seu paladino, e que ele combateu com todas as habilidades de um romano, um celta e um bárbaro. Targo entreouviu conversas de que Artorex era até parecido com Uther Pendragon, e poderia muito bem ter algum grau de parentesco com o Alto Rei. O coração do veterano falhou ao imaginar as consequências, caso o Alto Rei ouvisse um só murmúrio de tais boatos.

Quando Targo abriu caminho de volta ao estreito sótão que partilhava com Artorex, o guerreiro encontrou seu protegido despido até a cintura enquanto Merlinus cuidava de sua ferida. Llanwith repousava no estrado de Artorex, mas Luka brilhava por sua ausência.

— Pelos deuses, Artorex, hoje você fez dinheiro para mim! — foi a saudação entusiasmada de Targo. — Se eu soubesse que você seria tão lucrativo, teria colocado você na arena há anos.

— Fico feliz por alguém estar satisfeito — respondeu Artorex. — Myrddion acredita que eu deveria ter matado Ban, em vez de atrair a ira de Uther.

Myrddion continuou a costurar um talho raso no antebraço de Artorex. Ele sorriu com indulgência.

— Apenas sugeri a Luka que o Alto Rei não estaria disposto a perdoar sua aula de cortesia — declarou ele. — Pessoalmente, não me surpreende nem um pouco que você tenha permitido que Ban sobrevivesse, mas o fato de que a multidão também o exigiu foi incomum. Foi um fator que eu não previ. E Uther também não o perdoará por sua popularidade com as massas.

— Bem, agora é tarde demais — respondeu Targo. — Toda Venta Belgarum já ouviu o nome de Artorex. Quando deixei os bêbados lá embaixo, você já assumia proporções gigantescas e brandia armas mágicas.

Ele fez uma pausa momentânea.

— Por sinal, há boatos de que você é filho bastardo de Uther, ou é algum parente distante do rei.

Artorex pareceu abalado.

— Eu não sou, sou?

— O quê? — perguntou Myrddion.

— Eu sou filho *bastardo* de Uther?

— Não, você não é filho bastardo dele. — A resposta de Myrddion foi definitiva.

O silêncio se arrastou dolorosamente.

— Talvez seja hora de deixarmos Venta Belgarum pelo bem de nossas saúdes — murmurou Llanwith sentado na beira de sua cama. Externamente, ele parecia despreocupado, e tirou as botas aos chutes para ter mais conforto.

— Saberemos o que fazer depois que Luka retornar — respondeu Myrddion, enquanto completava o último ponto na ferida de Artorex. — Nunca descobri como ele consegue, mas as criadas de cozinha se sentem levadas a sussurrar suculentas fofocas nos ouvidos rosados de Luka.

Uther sentia que seu destino final se aproximava rapidamente. Ele sabia que a idade estava decidida a derrotar o punho de aço de sua mente. Sua pele era fina e sua superfície de papel se machucava e sangrava com facilidade. Seus ossos já não sustentavam carne nem músculo sob a pele encarquilhada, e ele percebeu que o resquício de sua vitalidade apodrecia vagarosamente nas profundezas de seu corpo. O peito lhe doía, e os tornozelos e pés estavam inchados ao dobro de seu tamanho natural, tinham cor azulada e eram frios ao toque.

Uther não temia a morte física, e tinha poucos arrependimentos sobre a forma como alcançara seus objetivos durante sua vida longa e sangrenta — com a exceção da conquista de Ygerne. Pesando tudo, a impressionante beleza de Ygerne não compensara os escândalos, as perturbações e as lágrimas que ela derramou sobre ele nos muitos anos desde que ele a seduzira e a roubara de seu primeiro esposo, Gorlois da Cornualha.

E agora, quando ele deveria ter o direito de baixar sua espada, extrair paz de seu confessor e viver os últimos dias num arremedo de conforto, Ygerne lhe enviava um traiçoeiro e perigoso instrumento de vingança.

Artorex! Até o nome, com seu *Rex* indubitavelmente régio, era um insulto ao governo de Uther. Ele deveria ter sufocado o pirralho em pessoa quando a parteira de Ygerne enterrou o pequeno corpo choroso entre seus braços. Naquela época, ele temeu que Ygerne tivesse parido um último filho do esposo morto, um filho que um dia contestaria seu trono para quitar a dívida sangrenta que lhe era devida.

Mas ele, Uther Pendragon, jamais renunciaria à coroa com tal facilidade.

— Lucius! Aquele canalha, sodomita, fanático! — Uther praguejou, descrevendo o bispo de Glastonbury em vocabulário de soldado.

Lucius de Glastonbury tomara o bebê choroso e prometera que Uther jamais veria o fedelho novamente. Na época do parto de Ygerne, Uther ainda não havia reconhecido o poder abrangente da Igreja do Cristus, mas agora compreendia sua ambição.

O pirralho problemático cresceu até a maioridade num lugar longínquo, a salvo do alcance de Uther, e fora educado de modo mais romano que celta — como aquela cria de Satã, Lucius. O garoto foi treinado desde o berço para ser uma arma contra Uther Pendragon, dirigida pelo fiel Myrddion Merlinus, que tramara contra o rei e guiara a trilha de seu inimigo à vida adulta.

Uther bufou por sua impotência e, débil, atirou sua taça de prata contra a parede, onde ela rolou lamentavelmente na borra vermelha do vinho. Quão semelhante era o vinho ao sangue derramado. Ele já não podia recordar sequer um décimo dos homens que havia matado, mas o rosto do Javali da Cornualha jamais o deixara, no sono ou na vigília. Afinal, aquela vaca imunda, Morgana, jamais permitiu que ele esquecesse de quem ela era filha, e como sua esposa, mãe dela, nunca o amaria de verdade pelos crimes de traição que ele cometera em nome do desejo.

— Maldita seja, cadela!

Ele deveria ter mandado estrangulá-la — mas tinha desesperada necessidade de suas habilidades com ervas e feitiços mágicos.

E agora, o fedelho vinha ao Salão de Uther e ousava enfrentar o olhar de seu suserano. Ele deveria ter morrido pelas mãos de Ban, mas o paladino fora derrotado em astúcia pelas táticas de Myrddion. Uther viu como os olhos de seu leal servo Botha mediram o jovem; ele tinha certeza de que Botha havia reconhecido o pai no filho.

Naquele momento, talvez outros homens também já especulassem a paternidade de Artorex.

— Botha!

Uther era rei dos atrébates quando Botha lhe jurara lealdade. Botha fora um jovem guerreiro de cabeça vermelha da tribo dos trinobantes de Camulodunum, junto ao Litus Saxonicus. Ele fugira de sua tribo, sua cidade e sua família por uma mulher, pois matara o próprio primo em combate pelo adultério dela. Havia um preço por sua cabeça, e Botha se tornara tão desterrado e tão sozinho quanto um homem podia ser.

Uther conhecera Botha numa planície ventosa e lúgubre para além dos pântanos de Venta Icenorum. Os saxões haviam saqueado uma igreja e matado os padres numa orgia de ferocidade, e Uther respondera ao apelo da tribo dos catuvelaunos, que se lançara a expulsar os bárbaros. Os saxões eram mais difíceis de purgar da terra do que pulgas do colchão, e muitos celtas derramaram sangue na terra fria do inverno.

Uther batalhara com seus homens, como era seu costume, e rechaçara os machados saxônicos com sua enorme espada como se fossem meros ramos de salgueiro. Mas uma trilha de sangue quase congelado e massa encefálica traíra seus pés, e ele acabou por vacilar sob as armas de seus inimigos.

Botha então apareceu da massa de guerreiros, postando-se acima do corpo do rei com suas pernas fortes e douradas, e usou espada e escudo como uma feroz e refulgente muralha de morte. Uther conseguiu erguer-se e matar um saxão que estava prestes a decapitar Botha por trás. E assim eles combateram, dorso contra dorso, até que os bárbaros foram massacrados.

Em sua juventude, Botha fora um gênio da pura arte de matar, mas também fora um homem com um sentido de decência que conferira a seu ofício certa dignidade e beleza. Ele prestara seu juramento a Uther à moda antiga, com o pescoço sob o calcanhar do rei, o que significava fidelidade por toda a vida, e Uther sentira um prazer perverso na devoção de uma criatura tão poderosa e vital. Na verdade, o Alto Rei jamais apreciara Botha como homem até que seu próprio braço se tornou fraco e imprevisível, pois ele sempre considerara seu mais confiável servo como pouco mais que um bom cão.

Botha sobreviveu à cruel passagem dos anos com mais vigor que seu suserano, e algo obscuro em Uther se ressentia pela força perene de seu servo.

Mesmo assim, apesar de toda sua inveja, Uther não confiava em nenhum homem vivo como em Botha.

O Alto Rei não se confortava com a possibilidade de que Artorex fosse uma fraude. Uther vira aqueles cabelos e recordara suas próprias tranças, e a dificuldade de manter seus cachos de ouro-rubro em ordem. Ygerne chamava de cabelos bárbaros. Ela adorava aqueles cabelos — ao menos quando ele ainda tinha sangue quente correndo por suas veias.

A memória pode ser uma cruel escarnecedora, e Uther merecera seu aguilhão.

Ele gritou lamentavelmente por seu criado e ordenou a presença imediata de Botha, apesar da hora. De todos os homens que caminhavam sob a luz celta, Botha era o único que obedeceria a Uther sem questionar. Uther mandaria Artorex, Merlinus e os reis traidores para a morte em Andérida pelas mãos dos saxões, assim como outrora enviara o esposo de Ygerne para a morte certa. O bastardo se tornaria um herói morto e Uther ficaria apropriadamente consternado pela perda de tamanha promessa e patriotismo.

Uther endureceu seus olhos mucosos.

Naquele momento ele tinha um problema mais urgente, e somente Botha poderia resolvê-lo.

— Botha ousou fazer uma mesura para aquele novato — murmurou o Alto Rei enquanto sugava seus lábios murchos como uma velha desdentada. Ele sorriu secretamente, e o ar pareceu fugir de sua câmara por sua malícia e ardil.

Botha resolveria o dilema porque o guerreiro era um homem de honra irrepreensível. Quando ambos eram jovens e Uther ainda não havia conquistado a coroa dourada do reinado, ele conheceu o valor de Botha. Uther ainda recordava o barulho de uma caixa torácica esmagada quando ele enterrara sua lâmina num peito bárbaro. O saxão arfou estupidamente quando Uther empurrou a imensa espada para cima, atravessando o coração — e salvou a vida de Botha.

Mesmo passados 40 anos, Botha ainda recordava a quem devia sua vida. Ele lembrava o sangue, as vísceras e a lama, e como chorara quando fora recebido por Uther em sua guarda. Ele jurara servir ao senhor e, durante todos os longos e sangrentos anos que se seguiram, Botha permaneceu leal a seu antigo juramento.

E agora, ele obedeceria.

Pois o bastardo malparido de Uther tinha de ser eliminado por completo! Mesmo que o oeste fosse destruído, Uther jamais permitiria que sua luz se apagasse, para que sua memória fosse escudada na glória da lenda. A Quinta Poppinidii nutrira Artorex quando menino e quando homem, e portanto a quinta, Ector e todos os que lá viviam seriam destruídos e queimados até o chão.

Uther não tinha qualquer remorso em ordenar um ato tão covarde e mesquinho, pois os reis se encontram acima da honra e seus mais triviais desejos são obtidos com simples ordens. Os reis estão acima das leis dos homens — e dos deuses.

Pé ante pé, Botha entrou na câmara de Uther. Sua sombra era imensa e ameaçadora na última escuridão antes da chegada da aurora.

— Você é fiel a mim até a morte, Botha? E só a mim? — perguntou Uther ao guerreiro grisalho, com a boca subitamente seca como cal de um túmulo.

— Eu lhe fiz o juramento, meu rei, de que jamais serviria a outro homem enquanto o hálito permanecesse em meu corpo. O juramento não pode ser rompido, a não ser pela morte. — Botha tinha expressão triste, como se já soubesse que estava prestes a ser usado como um instrumento limpo numa causa impura. Sua testa nobre e vincada se comprimia e sua mandíbula de pelos vermelhos estava trincada, como se em dor. Os olhos do guerreiro, tão desanuviados e diretos como os do jovem que ele fora outrora, observavam internamente alguma verdade invisível e intolerável.

Uther quase desistiu de seu futuro ato assassino, e quase sentiu piedade pela única alma em todo o mundo que lhe dera amor incondicional. Mas Uther bebera do cálice do puro poder por tempo demais, e até o fiel Botha teria que cumprir seu papel no memorial do Alto Rei.

— Que notícia traz do tal Artorex? — exigiu Uther.

De uma forma ou de outra, Botha ficava sabendo de tudo que acontecia em Venta Belgarum.

— O rei Luka anda namoricando as criadas, caçando notícias. Eu lhe dei suas ordens pessoalmente; portanto, Myrddion agora conhece seu destino.

— Ele sorriu para seu rei. — Luka bebeu mais do que era sua intenção, sem detectar perigo na pombinha roliça que trabalha como meus olhos e meus ouvidos nas cozinhas. Ele foi imprudente em suas palavras de alcova com Eilyn, e falou de Artorex, de uma filha e de outro bebê que cresce no ventre da esposa.

— Maldição! — praguejou Uther.

Já havia herdeiros presuntivos disputando por seu trono antes mesmo que ele fosse deitado em seu leito de morte. Soldados podem morrer em batalha, mas Uther não podia depender do acaso e dos caprichos do parto para livrá-lo de mais pretendentes a seu trono.

— Os filhos de Artorex devem morrer, a parideira, e todas as almas que habitam os muros da Quinta Poppinidii devem perecer com eles. Este é seu dever para comigo, Botha. Você deve obedecer, pela segurança de meu reinado.

Uther não ofereceu a Botha qualquer explicação ou justificativa para a necessidade de assassinar inocentes. Os reis não explicam, especialmente às almas que estão atadas a eles por toda a vida.

Botha aquiesceu, apenas uma vez, e Uther sentiu o momentâneo ferrão da tristeza, como se tivesse quebrado uma boa espada sobre o joelho.

— Leve apenas homens de confiança, use quem for necessário, mas não falhe comigo. E garanta que ninguém sobreviva para rumorejar que Uther mandou matar inocentes. Disfarce-se como achar adequado.

Botha aquiesceu, e Uther pôde ver a vergonha que se derramava dos olhos do velho guerreiro.

— Vá, Botha, e ordene a meu confessor que venha a mim imediatamente — sussurrou Uther. Tal empreitada não podia ser selada em altos brados nos salões do Alto Rei, e, mesmo agora, Uther sentia o coração falhar no peito como se um imenso punho o possuísse e o comprimisse.

— Majestade se sente mal — protestou Botha. — Permita-me mandar chamar Morgana.

— Traga-me o confessor, Botha. E depois, cumpra suas ordens — comandou Uther, desviando o olhar do único homem em quem confiava. Na verdade, ele não suportava ver os olhos magoados de Botha.

Quando o som das botas do guerreiro desapareceu no silêncio da escuridão, Uther reduziu o ritmo de sua respiração com esforço e analisou o ato que colocara em marcha. Muitos homens e mulheres morreram pelo oeste, e muitos mais sangrariam para conservar o pequeno reino insular em suas mãos.

A luz da lanterna a óleo angulava pelas cobertas e desenhara no perfil do rei aquilo que ele sabia ser a cruel verdade. Uther era e sempre havia sido um rapinante numa gaiola de pombos, com pouca consideração pelas almas mais frágeis que viviam e morriam sob seu comando.

— Então por que me sinto tão frio e sozinho? — perguntou Uther ao ar quieto. — Tragam-me meu confessor!

Seu gemido fraco era como o fino grito de corvos buscando carniça.

Quando o confessor se arrastou através da porta sobre pés relutantes, Uther viu Morgana, ela mesma como um corvo de tempestade, plantando-se diretamente atrás do sacerdote. A luz da lanterna desenhou os ossos delicados do rosto dela de modo que, por um momento, um crânio devolvia o olhar a Uther, com a chama do pavio queimando em órbitas vazias.

Uther piscou. Morgana tornou a ser quem era, bela e fria como alabastro esculpido.

Morgana segurou um amuleto preso a seu pescoço e fixou seus olhos nos dele. E sorriu.

Artorex preferiria estar sozinho. O inevitável mergulho de seu espírito após o calor da batalha o abandonara a um sentimento de solidão e confusão. Apenas uma semana antes, ele estava feliz e em paz com seu quinhão na vida. Agora a plebe consagrava seu nome, mas ele não ousava colocar o pé fora daquele quarto, e sua vida podia ser sacrificada ao Alto Rei dos bretões por nenhuma outra razão além da ira de Uther.

Luka voltou à estalagem pouco antes da meia-noite. Llanwith caíra no sono sobre o estrado de Artorex e o pequeno quarto sacudia com seus roncos estrondosos. Artorex estava sentado de pernas cruzadas no chão, envolto em sua capa e limpando suas armas com obstinação, enquanto Targo dormia com seus músculos marcados sobre um monte desorganizado de roupas bem na entrada do quarto. Tipicamente, Myrddion desaparecera algumas horas antes.

A entrada de Luka foi barulhenta e embaraçosa.

Ele passara a noite bebendo vinho gaulês rústico com suas informantes entre a criadagem de Uther. Quando entrou no quarto parcamente iluminado, Luka tropeçou no corpo inerte de Targo e desabou no chão, acordando um alarmado Llanwith no processo.

Num segundo, o ordovice estava de pé, espada em riste.

Artorex continuou a amolar sua adaga.

Como um mágico, Myrddion apareceu na entrada e ajudou o desmoronado Luka a ficar de pé. Com um soluço abafado e uma desculpa arrastada, o guerreiro revirou sua capa e, num floreio bêbado, sacou um pergaminho amassado. Ele riu.

— Chegaram ordens do Alto Rei para nós, Myrddion. Uther decidiu que nós temos que levantar uma pequena tropa e atacar a fronteira saxônica em Andérida.

Ele executou uma mesura ébria e teria caído de cara se Llanwith não o conservasse de pé com um puxão em seu colete de couro.

— Andérida? — Myrddion ficou verdadeiramente chocado com a notícia de Luka. — Aquele inferno infestado de lodaçais? Fica quase diretamente na frente dos estreitos do Litus Saxonicum. Por acaso Uther ficou completamente louco?

Llanwith pen Bryn soltou uma gargalhada, que saiu como um estertor longo e roufenho que parecia começar nos dedos dos pés e erguer-se vagarosamente e cada vez mais alto, até que sua hilaridade pareceu sacudir as janelas congeladas.

— O que causa seu divertimento, Llanwith? — perguntou Myrddion com perfeita e perigosa cortesia. — Aquele pulgueiro está em mãos saxônicas há 20 anos. Pelos deuses, foi uma das primeiras cidades a cair aos reis bárbaros, e de lá se pode cuspir ao outro lado dos estreitos do mar saxônico.

— Eu sei, Myrddion. — Llanwith soluçou através de uma sucessão de risadas reprimidas. — Uther nos derrotou em manobras! Partiremos para

Andérida e, no que depender do Alto Rei e dos saxões, apenas poucos e preciosos de nós retornarão.

— Exatamente! — disse Luka com expressão séria e arregalada.

Myrddion agarrou o pergaminho amassado e leu seu conteúdo rapidamente.

— Uther sugere que, se estamos tão ansiosos por deter a ameaça saxônica, então deveríamos empurrá-los de volta ao oceano. Temos permissão de levantar uma tropa, se houver algum soldado sensato que decida cometer suicídio conosco. E ele destaca que Artorex deve liderar o ataque pessoalmente, pois é agora o paladino do oeste para Uther.

— Ele nos derrotou, Myrddion. Maldito seja, mas ele deve ter sido um grande estrategista quando jovem!

Llanwith parecia genuinamente impressionado com a astúcia de Uther. Myrddion não via humor algum na situação e fechou o cenho para ambos os amigos e recordou Llanwith que seu tio fora vítima da mesma tramoia. O rei dos ordovices recobrou a lucidez instantaneamente.

— Ele encurralou sua rainha, Myrddion — concordou Luka, enquanto desabava na cama de Artorex com Llanwith. — E nós nem sabíamos que estávamos jogando uma partida de xadrez.

Myrddion pregou os olhos em Luka e depois chutou a parede violentamente, com os dentes à mostra em sua fúria.

— Outro assunto me veio à atenção. O criado de câmara do velho demônio me disse que Uther só tem mais um ou dois meses de vida. Mas veja bem, o idiota tem dito a mesma coisa há anos.

Myrddion marchava de um lado a outro enquanto Luka caía no sono e Targo resmungava alguma coisa incompreensível sobre o quanto um velho soldado precisava dormir. Ele cambaleou para o quarto de Llanwith para usar uma cama vazia.

— Eu vou com você — rosnou Artorex, com a paciência mais que esgotada pelos eventos do dia. — Se vou morrer, então é melhor estar bem descansado para a ocasião.

Artorex caiu no sono no estrado infestado de pulgas de um sótão sujo de alguma viela em Venta Belgarum, e sonhou que se deitava com sua Gallia. Em outro lado, num leito ricamente coberto com lã refinada e linhos suaves no palácio do Alto Rei, Uther Pendragon lutava para se manter acordado, para que seu sono não fosse perturbado por um persistente pesadelo sobre uma imensa espada que outrora lhe pertencera. Agora, não importava o quanto ele tentasse, seus músculos exaustos não podiam erguer a gigantesca arma.

Dos dois, pai e filho, Artorex dormira com mais facilidade, apesar do temor de que em breve partiria para as sombras — e antes de sua hora destinada. Enquanto repousava nos braços quentes da esposa na teia de seus sonhos, ele ouviu uma voz chamando do negror, tão alto que o mundo inteiro pareceu sacudir com o som. "A fortuna enfim sorri! Observa sua roda girando para te elevarem às alturas. Cuida-te, Artorex, joguete da Fortuna."

Mas Artorex sorriu em seu sono quando sua esposa onírica o beijou. Pois quem pode temer uma deusa quando o amor se estreita ao coração?

CAPÍTULO XII

MORRER EM ANDÉRIDA

Ignorando as pérfidas intenções de Uther para a Quinta Poppinidii, Myrddion enfrentou um dia de extenuante esforço físico e mental. A convocação às armas era proclamada do pátio frontal do Alto Rei e alguns tolos responderiam por um simples desejo de excitação e aventura.

A notícia correu pelas estreitas ruas da cidade. Pelas tabernas, salões públicos e cruzamentos, a convocação avançava rapidamente e ateava fogo à imaginação do povo. Mas os jovens intrépidos que buscavam glória tinham que ser convencidos a permanecer na segurança de Venta Belgarum, pois novatos não tinham lugar na invasão de uma fortaleza como Andérida, onde podiam ser um entrave e não uma vantagem. Naquele jogo mortal, travado para derrotar as tramoias de Uther Pendragon, os números não tinham importância. Talento e astúcia eram muito mais necessários.

Para aumentar suas angústias, Myrddion precisava convencer os mais talentosos de seus defensores a sacrificarem suas vidas na primeira escaramuça de uma série de batalhas que levariam, com sorte, à salvação de seu país. Eles morreriam como peões nos trâmites dos grandes homens, e a consciência de Myrddion ainda não havia encontrado as palavras exatas para persuadi-los.

— Um dia cinzento — ele suspirou, taciturno. — Mas ainda não estamos mortos, como Targo gosta tanto de repetir.

Myrddion também não desejava morrer.

Para ele, era óbvio que Uther estava pronto a sacrificar seu principal conselheiro e dois reis inabaláveis e leais porque invejava a potencial força de seu próprio filho. Ele não julgava que Llanwith, Luka e Myrddion retornariam, mas o verdadeiro alvo era Artorex.

Myrddion refletiu.

— Uther Pendragon destruirá a estabilidade do oeste para proteger uma coroa que acredita ser sua para sempre. Pelo menos duas tribos pesam neste equilíbrio, tribos grandes e leais, mas Uther fará em pedaços o tecido de seu pacto com os reis para conservar.... o quê? Será a fome de uma mente adoecida? Será a selvageria que cresce na cabeça quando o braço se torna fraco? Jamais compreenderei o que impulsiona aquele homem!

Do lado de fora da estalagem, céus cinzentos e lúgubres espelhavam o estado de espírito de Myrddion, enquanto cúmulos em disparada chegavam do mar e eram despedaçados por ventos que o olho humano não podia ver.

Corvos grasnavam e havia ameaça de neve.

— Nós concordamos que Uther deve ser detido, mas precisamos conquistar Andérida para ele. Como podemos realizar essa tarefa impossível?

Targo estava concentrado no processo de preparar Artorex para enfrentar os olhares e a curiosidade do povo da cidade, limpando os couros de seu protegido e tirando a lama da capa de pele de lobo. Ele servia a seu pupilo de boa vontade, pois percebia que Artorex estava colhendo os frutos de muitos anos de prática e treinamento, e que desenvolvia o aspecto de um comandante. Era um papel que o jovem assumia involuntariamente, talvez, mas Targo não deixava de reconhecer os crescentes sinais de autoridade demonstrados por seu protegido.

Até onde sabia, Targo jamais tivera um filho, e portanto jamais conhecera o sentimento de perda pela falta de crianças em seu lar. Artorex era seu filho escolhido, pois Targo afiara o traço de combatente no jovem e, com uma mescla de medo e orgulho, vira seu pupilo provar seu valor em batalha. Para Targo, um soldado jamais reduzia sua honra ao servir por vontade própria, e só se tornava um escravo quando se rendia a seus inimigos.

Artorex acordou para um dia tenebroso de calhas gotejantes e de borrascas semicongeladas, com o som familiar dos assovios desafinados de Targo em seus ouvidos. Se o menino em Artorex estava confuso, o homem estava otimista. Apenas um dia antes, ele acordara com a certeza de sua morte iminente, mas ainda estava vivo e respirando. Hoje começaria a empreitada de uma incursão suicida contra um inimigo entrincheirado, mas Andérida ficava longe e só a deusa Fortuna decidiria a hora em que Artorex encontraria seu destino.

— É um bom dia, Targo. — O rapaz saudou o homem mais velho. — Não precisa limpar meu equipamento; somos amigos e companheiros de armas. Isto é, se você não se ofende quando eu falo de mim como seu igual.

— Às vezes você fala bobagens, garoto — retorquiu Targo bruscamente, mas com afeto. — E quem recordará o velho Targo nos dias por vir? Não, eu responderei para você: ninguém! Mas eu tenho um pressentimento na boca do estômago de que eles se lembrarão de você.

— Eu preferiria estar em casa com Gallia, meu amigo — respondeu Artorex tristemente, esticando as longas pernas.

— Você deveria guardar seu conto de fadas para alguém que acredite nele, Artorex. Eu *sei* que uma parte sua gosta do cheiro da batalha futura.

— Onde estão os outros? — Artorex mudou de assunto, sabendo que não era páreo para os olhos afiados de Targo.

— Eles comeram, se vestiram e partiram — respondeu Targo economicamente.

— Ah.

Targo percebeu que Artorex estava desapontado, e sentiu pena do rapaz.

— Fique de pé e se vista, e nós convenceremos algumas daquelas ovelhas a morrerem com o grande Artorex. Myrddion estimou que não haverá necessidade de uma força maior que cem bons guerreiros, mas, em minha opinião, até esse número é excessivo. Seria melhor levar quarenta guerreiros experientes do que trezentos garotos.

Artorex jogou as longas pernas para fora de uma coberta de pele comida por traças.

— Nem sei onde fica Andérida — declarou com toda honestidade.

— Também nunca ouvi falar, mas deve ficar em algum lugar da costa sudeste — respondeu Targo. — E posso garantir que não deve ser agradável, ou Uther não a teria escolhido para sua morte, meu jovem herói.

Artorex jogou uma caneca de madeira vazia no velho. Targo a agarrou facilmente e a girou na mão.

— Está lendo meus pensamentos, garoto. É hora de um trago.

Após uma tigela apressada de mingau e várias maçãs bastante murchas, Targo e Artorex enfrentaram o clima infeliz do exterior da estalagem. Sob o abrigo da capa de lobo, Artorex conseguia evitar a maior parte da chuva, mas, em uma dúzia de passos, ele ficou salpicado de lama.

— Esta chuva é amiga do soldado — explicou Targo secamente, observando seu trabalho arruinado nas vestes de Artorex com a tranquilidade da longa experiência. — Os comandantes se enfiam em suas tendas quando a chuva se abate no campo de batalha, e por isso a lama tira a vantagem de todos.

— O único detalhe sobre Andérida que Myrddion teve o trabalho de partilhar conosco foi que ela fica perto de um pântano. Eu prevejo que a lama não será nossa amiga.

— Que diabo, garoto! Você sabe como fazer um velho se sentir melhor! — Targo riu jovialmente.

— Mas até a lama pode ser uma vantagem, especialmente se nosso inimigo acreditar que nós nunca a atravessaríamos para alcançar nosso alvo.

Targo olhou fixamente para Artorex. Seus olhos estavam estreitos e muito luminosos.

— Talvez você tenha uma ideia aí, garoto. Você pode estar certo.

A fama de Artorex se espalhou rapidamente, e os admiradores diminuíam o passo através das vielas. Uma hora de passeio úmido pela cidade finalmente levou-os até Myrddion e Llanwith numa taverna de péssima reputação do lado de fora dos portões de Venta Belgarum, onde eles selecionavam combatentes para o que Llanwith chamava "uma pequena expedição de caça".

Quando viu o bando de rufiões que seus dois amigos haviam reunido, Artorex suspeitou que Llanwith e Myrddion tinham perdido a razão.

E, claro, Luka estava desaparecido mais uma vez.

A aparência do grupo de guerreiros bebendo numa mesa longa não era nada atraente. Myrddion parecia ter escolhido os mais duros e imundos guerreiros que encontrara. Marcados por cicatrizes, tatuados e desgrenhados nos cabelos e roupas, os homens partilhavam uma única característica — suas armas eram impecavelmente limpas e luzidias.

Targo cumprimentou alegremente a ralé, como os chamava, e imediatamente pareceu estar em casa. Após alguns momentos de conversa com eles, o velho veterano convidou Artorex para conhecer alguns soldados sorridentes e orgulhosamente imundos.

— Vocês, filhos da puta, alegam que querem conhecer Artorex: aqui está ele — gritou Targo acima da barulheira dos guerreiros que bradavam em pequenos grupos. — Para vocês, ele é capitão Artorex, e é seu comandante. Não apresentarei as beldades a seu capitão por enquanto, porque ele não lembrará seus nomes. Mas agora que vocês são parte de nossos impossíveis, precisam melhorar um pouco essas caras.

Artorex atravessou uma rodada de tapas nas costas, e logo soube que muitos daqueles homens tinham apostado em seu braço direito no combate com Ban.

— Por quê? — perguntou ele a um homem baixo e atarracado com feições repulsivas.

— Questão de lógica, capitão. Aliás, meu nome é Parvo. Seu equipamento é bom. Não é bonito, mas é bom. E você se move realmente bem. Não precisou de um escudo, embora eu não goste de combate a distância, e nem de avançar contra flechas sem um deles. — Parvo sorriu amigavelmente para Artorex, e piscou com seu único olho. — E, o mais importante, você não deu a mínima para o que estava acontecendo ao redor. Fixou seu olho onde pertencia: no inimigo.

— E você é uma gracinha! — Um celta imenso com uma piscadela maligna sorriu e lançou um beijo na direção de Artorex.

Sem pensar um segundo, Artorex esbofeteou o monstruoso guerreiro com força suficiente para atirá-lo ao chão.

O celta se pôs de pé com ofuscante velocidade. Artorex esperava que o homem puxasse a espada, mas ele apenas sacudiu sua cabeça desgrenhada e sorriu humildemente.

Parvo riu.

— Sempre falando demais, Rufus. É de admirar que ainda esteja vivo. Você tem sorte porque o capitão só lhe devolveu a beijoca.

— Peço desculpas, capitão — escusou-se Rufus simplesmente e, quando Artorex aquiesceu, ele voltou para sua cerveja.

— Este aqui é Odin, capitão — disse Targo maliciosamente sobre outro guerreiro gigantesco. — Não é seu verdadeiro nome, mas nenhuma dessas coisas lindas aqui conseguiu desvendar quem ele é. Odin é juto.

Os olhos de Artorex examinaram o homem. Mesmo descalço, Odin era tão alto que Artorex tinha que erguer o olhar para estudar seu rosto. O juto estava completamente coberto por peles, e Artorex tinha dificuldade em descobrir onde acabava seu cabelo e começava a pele. Sob um capacete simples, a longa crina do homem era quase branca, ao passo que sua barba, extraordinária em comprimento e espessura, se espalhava num furor vermelho sobre o peito nu. O guerreiro levava um machado atado por um laço na lateral direita de seu cinto, e uma espada desumanamente pesada numa bainha gasta à esquerda.

— Esse sim é um soldado realmente bonito — disse Targo à tropa, e todos riram.

Odin começou a falar rapidamente num idioma que Artorex não podia nem tentar entender, exceto por uma palavra, Thor, pronunciada com reverência.

Depois, para completo constrangimento de Artorex, Odin ajoelhou e pôs o pé de Artorex sobre seu pescoço.

— Não se assuste com Odin, capitão — explicou Parvo. — Ele está fazendo um de seus juramentos bárbaros; pelo visto, ele tomou gosto por você. Ficou muito impressionado com sua pequena batalha de ontem.

— Como um juto achou seu caminho para Venta Belgarum? — perguntou Artorex através de um rubor profundo de constrangimento. Ele tirou o pé das imensas mãos de Odin.

— Bem, não foi por escolha — explicou Parvo. — Ele estava fugindo de uma tropa de vermes saxões nos limites de Londinium; e digo fugindo literalmente. Parece que ele os irritou de alguma forma. Cinco contra um me pareceu uma forma injusta de lutar, e então Rufus e eu equilibramos os times. Daí nós descobrimos que não conseguíamos mais nos livrar dele.

— A única coisa que compreendemos foi que ele fez um juramento de sangue — explicou Rufus. — Ele parece pensar que a vida dele pertence a nós.

—Ah, e ele vive falando de Odin, então o nome pegou — continuou Parvo no rastro do amigo.

— Mas ele briga bem — acrescentou Rufus casualmente. — O que ele faz com aquele machado me causa arrepios. Se você tiver quarenta homens como Odin, pode dizer adeus a todos os saxões que encontrarmos.

— Então fico feliz por ele ter gostado de mim — respondeu Artorex, erguendo Odin do chão e desembainhando seu punhal do dragão. Num gesto de amizade, Artorex apresentou o cabo da adaga a Odin, retendo o punho na lâmina. Era um jogo perigoso, pois o juto poderia decepar os dedos de Artorex apenas ao puxar a faca. Em vez disso, como Artorex esperava, Odin apenas pôs a mão sobre o cabo do punhal e repetiu seu juramento de sangue anterior.

Uma confusão na porta chamou a atenção de Targo.

— Pelas tetas da Mãe Juno, é Ban — murmurou.

Despreocupado com a agitação que estava causando, e com um breve cumprimento de cabeça para Artorex, Ban avançou até Myrddion e conversou rápida e discretamente com ele. Os dois homens agarraram os pulsos um do outro por um momento, como se um pacto estivesse selado.

Ban desfilou para fora logo depois, tão fácil e casualmente como na chegada.

Artorex embainhou seu punhal e se reuniu a Myrddion e Llanwith.

— A fortuna está conosco, Artorex. Ela realmente sorri para você — gargalhou Llanwith.

— Ban me disse que deseja auxiliar nossa expedição. Ele e toda sua guarda pessoal se oferecem para cavalgar conosco. Ele acredita estar em dívida com você.

Perplexo, Artorex balançou suas tranças. Ban era um nobre e um guerreiro, senhor de vastas terras, homens e grande riqueza. Artorex pagava cada dívida e recordava todas as gentilezas que lhe eram oferecidas, mas ficava surpreso quando homens como Ban se comportavam de maneira semelhante. Artorex jamais pôde discernir qualquer sentido de dever em Caius, Severinus ou no resto de seus iguais. E Uther Pendragon também não dava extremo valor à honra, a julgar por suas ações.

— Quantos homens temos no total, Myrddion? — perguntou Artorex.

— Contando com a ralé de Targo, temos sessenta guerreiros experientes, e creio que o número seja mais que suficiente. Num ataque surpresa, com um pouco de sorte teremos os números para vencer. Se falharmos em nossa tarefa, as forças de Uther não ficarão extremamente enfraquecidas. Como não temos amigos para nos acomodar em nossa expedição, teremos que sobreviver da terra e buscar alimento enquanto viajamos. Nossa tropa não é muito grande, e provavelmente poderemos manter algum elemento de surpresa.

Artorex aquiesceu com a cabeça; a avaliação tática de Myrddion era coerente.

Myrddion sinalizou para chamar a atenção de Targo. O guerreiro ergueu os olhos de sua caneca de cerveja e se aproximou dos dois homens.

— Sim, meu amo? — perguntou o veterano, completamente alerta sob seu escudo de indiferença de soldado.

— Seus homens devem estar despertos e montados ao amanhecer — disse Myrddion. — Você é líder deles agora, embora talvez nem mesmo seus talentos sejam o bastante para disciplinar esta turba. Artorex é o capitão de nossa força, e determinará todas as questões de liderança. Por enquanto, pode dizer às suas beldades que não haverá mais bebedeira esta noite.

— Eles vão adorar isso. — Targo riu. — Mas vão obedecer. Eu lhe dou minha palavra.

— E é melhor achar um cavalo para aquele bárbaro... um cavalo muito grande! — exclamou Llanwith atrás dele.

— Se temos sessenta homens, nossa força deve ser dividida em três grupamentos de vinte — decidiu Artorex.

— Targo comandará sua tropa, enquanto Ban comandará uma seleção de vinte de seus melhores homens. Llanwith ficará com quem sobrar. — Ele sorriu para Llanwith. — Sinto muito, meu amigo. Você terá que fazer deles o que for possível.

Llanwith sorriu para o semblante consternado de Artorex. — Homens são homens. Não importa quem sejam, ou a quais deuses sirvam, eles obedecerão.

— Luka atuará como seu batedor — disse Myrddion — e cavalgará à frente da força quando você estiver em marcha. Ele tem talento para o subterfúgio e compreende o idioma saxão, e nós precisaremos utilizar cada vantagem tática que se abrir para nós.

— E quanto a você, senhor? — perguntou Artorex. — Se há alguém que deveria liderar a expedição, esse alguém é você.

Myrddion fez uma careta.

— Não sou um homem de batalha — proclamou decididamente. — Sou um estrategista, e portanto jamais desenvolvi as habilidades do combate. Sou um manipulador e estudioso, mas não sou um chefe de homens. Meu papel em sua expedição será como mentor, curandeiro e conselheiro; pois estes são os deveres que cumpro bem. Vocês quatro liderarão a invasão, com Artorex no comando-geral, exatamente como Uther exige. Se Artorex cair, será tarefa de Llanwith retornar para cá com os sobreviventes.

Luka só voltou à estalagem Javali Feroz quando o sol do crepúsculo já baixava no horizonte invernal. A chuva se reduzira a um chuvisco leve, mas Luka estava ensopado e gelado até os ossos.

Pior ainda, seus olhos eram esquivos e ele não conseguia enfrentar o olhar inquisitivo de Artorex.

— Quais são as novas, Luka? — perguntou Llanwith. — Enquanto você esteve se divertindo por aí, nós recrutamos toda a tropa. — Ele serviu um pouco de vinho aquecido para o amigo.

— Uther esteve com seu confessor desde a aurora. Ele não quer receber a rainha, e se recusa a tomar os medicamentos de Morgana. A corte do Alto Rei se prepara para sua morte.

— E?

— Morgana está contente.

— Só a morte de Uther e tudo que ele representa dariam alegria àquela cadela — disse Myrddion rancorosamente.

— Concordo. Há um detalhe preocupante, mas talvez a pequena Eilyn, meus olhos e ouvidos no Grande Salão, esteja enganada.

— Então desembuche, Luka — disse Llanwith com um sorriso. — Quão tenebrosa pode ser uma fofoca de cozinha? Nossa situação não pode ficar pior do que já está.

Algo no rosto de Luka fez Llanwith se calar e seu sorriso fácil se derreteu rapidamente.

— Botha e vinte guerreiros experientes partiram de Venta Belgarum pouco antes do amanhecer. Eles cavalgaram para o oeste, na direção de Sorviodunum.

Myrddion fechou o cenho.

— Eu não vejo por que motivos...

— Antes de partir, Botha libertou seus escravos e deu vinte peças de ouro vermelho a Eilyn como dote de noivado — prosseguiu Luka. — Parece que o homem é tio dela, e ela acredita que ele não tem intenção de retornar desta expedição.

— Há mais coisas nessa história, não há, Luka? — interrompeu Artorex. Ele sentiu um arrepio se elevando em seu corpo até erguer os pelos claros de seus braços. Todos os seus sentidos gritavam em alarme.

Artorex aprisionava os olhos vazios de Luka com seu próprio olhar de aço. Decisão se bateu contra decisão, e Luka foi o primeiro a romper o contato visual.

— Para onde vai Botha? Ele não abandonaria Uther, exceto por ordens do Alto Rei.

— Botha evitou contar a Eilyn qualquer detalhe de sua missão ou de seu destino. Mas ela me disse que ele estava profundamente perturbado pelas ordens que recebeu.

Um único e pavoroso pensamento sufocava e nauseava Artorex com urgência.

— Uther não ergueria a mão contra Ector, ergueria? — perguntou, horrorizado. — Nem mesmo o Alto Rei ousaria alienar a Britânia romana. Não! Não pode ser! Eu tenho que retornar à quinta!

— Você não pode partir, Artorex — exclamou Luka. — Eu fiz tudo que foi possível. Assim que soube da partida de Botha, mandei dois mensageiros rápidos por rotas separadas para a Quinta Poppinidii. Tomei a precaução, para todos os efeitos. — Ele fez uma pausa. — Você não pode fazer nada para alterar o curso dos eventos que já foram postos em marcha, mesmo que retorne para a Quinta Poppinidii agora. Você está pelo menos um dia atrás de Botha, ou talvez mais. Temo que não haja escolha, pois somos obrigados a continuar com nossos planos e cavalgar com nossos impossíveis até Andérida.

Luka apertou os ombros de Artorex para consolar o jovem, mas Artorex rechaçou seus braços violentamente. A expressão de Luka parecia dolorida, mas Artorex era incapaz de decifrar se a emoção que ele exibia era egoísmo, piedade ou pânico.

— Se Uther enviou Botha e seus guerreiros para a Quinta Poppinidii, você estaria atrasado demais agora para ajudá-los, mesmo que galopasse até estourar o coração de Carvão — suplicou Luka. — Você precisa confiar que meus mensageiros chegarão a tempo de avisar Ector e sua família.

— Ainda assim, eu preciso voltar para a quinta, mesmo que chegue tarde demais — repetiu Artorex, e começou a recolher seu rolo de peles de viagem. — Se qualquer mal for feito à minha família, jamais poderei viver com a vergonha.

— Está falando bobagens, garoto! — proclamou Llanwith. — Os ódios insanos de Uther não são obra sua. Ele é o arquiteto de toda vilania que ocorre neste lugar, e só ele deve carregar a culpa. Além disso, estamos tentando adivinhar as intenções de Uther, não? A estrada que leva a Sorviodunum serpenteia por muitos lugares que estão entre os domínios do Alto Rei, e Botha pode ter sido enviado a qualquer um daqueles lugares. Que ganho Uther teria em mandar seu guarda para a Quinta Poppinidii?

Luka desviou os olhos; só Llanwith ouviu seu súbito arquejo de apreensão.

— De qualquer maneira, eu pretendo retornar à Quinta Poppinidii imediatamente, apesar de suas explicações — repetiu Artorex, com a boca crispada em pétrea determinação.

Os três viajantes se entreolharam, os rostos horrorizados com a possibilidade do fracasso total de sua missão e o desmoronamento de todos os seus planos cuidadosamente construídos.

— Uther dirá que você é um covarde e mandará matá-lo como traidor — argumentou Myrddion. — Se você desertar do comando, ele devastará a Quinta Poppinidii até a raiz como castigo por sua traição, e Ector será declarado um pária. Seus guerreiros e seus amigos também morrerão. Ele decidirá que todos nós não temos direito de viver.

— De qualquer maneira, meu dever está na Quinta Poppinidii com minha família — murmurou Artorex com certeza. — Eu lamento qualquer mal que possa ocorrer a vocês, mas não tenho escolha.

Enquanto ele se agachava para recolher suas armas, algo se aproximou de Artorex fora de sua visão periférica. Antes que ele pudesse desviar, sua cabeça explodiu e os joelhos desabaram sob seu corpo.

Targo baixou os olhos para seu amo caído, e sacudiu os dedos doloridos onde haviam apertado o cabo do punhal que derrubara Artorex.

— Vocês grandes homens me impressionam. Só falam e falam! Este garoto teria partido daqui e vencido toda a distância até alcançar sua família, enquanto vocês ainda estão pensando em frases nobres para mantê-lo longe de danos. E assim o velho Targo tem de tirar os sentidos do menino para impedi-lo de jogar a vida fora. Eu amo este garoto, e provavelmente morrerei por ele, mas que os demônios me levem se conseguir ver por que Uther o odeia tanto.

Luka e Llanwith ergueram Artorex gentilmente e moveram seu corpo flácido a uma pilha de peles no canto do quarto. Luka checou sua respiração e Llanwith o cobriu com outra pele pesada. Enquanto isso, Myrddion agarrou o braço de Targo e forçou o velho guerreiro a escutá-lo.

— Sei que você está irritado, Targo — sussurrou Myrddion ao soldado. — Eu compreendo que você talvez pense que nós falhamos com Artorex de alguma forma, mas chegou a hora de você conhecer toda a história deste rapaz. — Ele fez uma pausa para controlar seus pensamentos. — Artorex é o primeiro e único filho vivo de Uther, nascido do corpo de Ygerne após um casamento apressado. Uther ordenou que o recém-nascido fosse levado para o bispo Lucius de Glastonbury, que faria arranjos para que a criança fosse deixada para morrer exposta às intempéries. Lucius não dispunha do estômago ou da imoralidade para matar bebês, mesmo sob ordens de Uther, e assim enviou a criança para o lugar mais distante da influência de Uther que conseguiu encontrar, para lorde Ector e um modo de vida romano. O bom padre depois passou muitas centenas de horas de joelhos, rezando pela orientação de seu Deus após desafiar o desejo de seu rei.

— Mas você garantiu que Artorex não é parente de Uther — protestou Targo.

— Eu não menti para o garoto. Eu disse que ele não é um filho *bastardo*, pois, acima de toda dúvida, ele é filho *legítimo* de Uther. Como eu poderia advertir o rapaz dos perigos de sua linhagem? Ele teria revelado tal conhecimento a Uther, com um olhar, um gesto, ou mesmo uma palavra impensada. E assim aquele louco o teria matado imediatamente. — Myrddion olhou para as próprias mãos. Seu rosto estava descaído de vergonha. — Eu não tive escolha. O que importa é a terra e o povo.

Targo soltou uma aguda exclamação de revolta.

— E Ector sabe que tipo de criança adotou por Lucius? Ele conhecia o perigo que sua família enfrentaria quando permitiu que a criança entrasse em sua casa?

— Não. Quase 12 anos se passaram até que Lucius me confessasse os detalhes de seu envolvimento no esquema pérfido de Uther. E o bispo não sabia se Artorex tinha sido gerado por Gorlois ou Uther Pendragon. E nós também não sabíamos, até que o vimos pela primeira vez. Pelos deuses, quase me curvei diante dele quando ele tinha 12 anos e esfoladuras nos joelhos. Desde então, nosso único objetivo tem sido manter o garoto em segurança, pois Artorex é nossa única esperança de oposição do inexorável avanço das hordas saxônicas. Nossa intenção deve ser unir as tribos sob a bandeira de Artorex, para que elas combatam como um só ente.

— Não surpreende que vocês tenham objetado ao casamento de Artorex — resmungou Targo. — Os reis celtas não aceitarão uma rainha de linhagem romana.

— Pobre Gallia — disse Luka. — Mas juro que eu não tinha a menor ideia de que Eilyn era parente de Botha quando me servi dela.

Três pares de olhos deslizaram na direção de Luka com crescente horror.

— Você contou àquela vadia que Artorex se casou... e que se tornou pai? — perguntou Myrddion, pasmo com a inépcia de Luka.

— Sim, contei — confessou Luka, de olhos baixos. — Ela falou de Artorex e o descreveu como um belo homem. Sem pensar, eu lhe disse que ele já estava tomado por outra mulher. Estávamos desfrutando um do outro, e eu bebi vinho demais tentando adquirir qualquer informação que pudesse agarrar — suplicou Luka. — Só descobri os movimentos de Botha por causa de Eilyn. Como eu poderia prever que um lapso de língua ébrio levaria um conhecimento tão perigoso da Quinta Poppinidii a Uther?

— Não posso acreditar que você foi tão inconsequente e estúpido, Luka!

O olhar de Myrddion era inclemente, e Luka se encolheu sob o olhar acusatório de seus amigos. Quando queria, o gentil Myrddion podia ser tão aterrorizante quanto Uther Pendragon.

— Que Hades engula todos os tiranos! — praguejou Myrddion, e chutou a bagagem de Artorex. — Eu peço desculpas, Luka. Você não poderia imaginar que eles eram parentes, mas eu gostaria que você tivesse sido mais discreto.

— Sim. A culpa é minha. E também a vergonha, se qualquer dano se abater sobre a pequena Gallia.

Luka parecia tão cabisbaixo que nem Targo tinha coragem de censurá-lo mais.

— Pois bem, o que podemos fazer agora? — perguntou Llanwith, combativo. Ele apontou para o corpo inerte de Artorex. — O rapaz não tornará a confiar em nós; e eu não o culpo.

— Não podemos fazer nada. Temos que deixar que a sorte decida, pois todas as nossas decisões foram tomadas e estamos comprometidos por elas — respondeu Myrddion tristemente.

— Imagino que vocês sabem que o garoto jamais nos perdoará pelo que fizemos esta noite, não? — murmurou Targo, os olhos tristes e austeros.

— Eu sei, Targo. Eu compreendo as implicações do que aconteceu — respondeu Myrddion, distante. — Mas o destino do oeste é maior do que qualquer homem ou grupo determinado. E a pequena Gallia agora enfrentará sua sorte... como nós.

Quando Artorex finalmente acordou, ele tinha uma dor de cabeça alucinante, um estômago nauseado e a princípio não conseguia lembrar onde estava. Em seguida, sua lembrança dos eventos da noite e da possibilidade de que Botha se dirigisse a atacar sua família retornou para aterrorizá-lo. Ele se sentou bruscamente, e se agitou em busca de suas armas.

Targo estava sentado com as costas para a porta e uma espada desembainhada sobre os joelhos.

— É tarde demais, garoto. Se aquele é mesmo o destino de Botha, o que quer que venha a acontecer na Quinta Poppinidii já foi colocado em marcha há muitas horas. Agora você está atrasado demais, então vista-se, pois hoje partimos para Andérida.

Targo observou seu antigo pupilo com expressão ferida pelos olhos fixos e coléricos que o observavam.

— Por que me fez esse mal, Targo? A Quinta Poppinidii também não é seu lar?

— Não me provoque, garoto. Eu tiraria seus sentidos novamente para salvá-lo de sua estupidez.

— Então não me dirija a palavra! — urrou Artorex com gélida fúria se erguendo em seus olhos pálidos. — Saia de minha presença! Imediatamente!

— Não, rapaz. Você pode me odiar se quiser, mas eu não o deixarei. — Targo escolhia as palavras com cuidado. — Você cavalgará para Andérida com sua ralé, pois eles jamais serão leais se você não puder controlar a si mesmo. Seu pai adotivo prometeu que protegeria Gallia, assim como Frith, e eles não romperão com facilidade os juramentos que lhe fizeram. Você pode me matar se quiser, ou até ordenar que eu me mate, eu obedecerei suas ordens. Mas seu destino é tornar-se um grande líder dos bretões, e sua sina não permitirá que você atire o futuro do oeste de lado nem por uma centena de esposas ou mil filhos. As decisões tomadas em prol de si mesmo são as ações falhas de um mísero Uther Pendragon.

— Targo, por quê? Por que ele me odeia tanto?

— Uther não suporta pensar que *alguém* possa ser um guerreiro mais grandioso ou um líder talentoso para rivalizar com ele. É um maníaco, e tão decidido a preservar sua reputação que para isto se dispõe a apunhalar o próprio pé.

— Ele pode até me temer, mas eu não represento ameaça para ele. Que aquele monstro velho e perverso morra em agonia se machucar minha família sem motivo.

— Se for preciso, eu mesmo farei com que ele urre em sofrimento — prometeu Targo. — Mas, por ora, você deve lavar o rosto, vestir-se e assumir seu posto de comando. Muitos de seus homens morrerão por você nos dias por vir.

E assim Artorex foi forçado a se reconciliar com seu primeiro grande sacrifício. Contra todos os seus instintos mais aguçados, seu amor por sua família e seu desejo de proteger seu lar, a fria razão dominou suas paixões com uma suave voz interna que lhe afirmava que as palavras de Targo eram verdadeiras.

Contudo, quando aceitou seu destino, algo feneceu na alma de Artorex. Ele percebeu que, mesmo que Gallia e a pequena Lícia estivessem em segurança e bem, e mesmo que a quinta permanecesse intocada, ele tinha feito uma escolha consciente e pessoal — uma escolha que jamais poderia esquecer, e muito menos perdoar.

Em linha reta, Andérida não era especialmente distante de Venta Belgarum, mas a força de ataque não tinha nenhuma rota óbvia e conveniente para seu destino.

Segundo os mapas de Myrddion e o conhecimento de seus espiões do terreno local, Artorex tinha quatro possíveis escolhas de abordagem para alcançar seu alvo. Infelizmente, suas escolhas se reduziam se ele desejasse manter algum elemento de surpresa na campanha que estavam prestes a empreender.

A primeira daquelas escolhas era tomar a fácil rota costeira, mas Artorex logo concluiu que a falta de cobertura pela vegetação, o terreno plano e os penhascos brancos que ladeavam o mar certamente entregariam a força de ataque. Os saxões seriam advertidos da aproximação da tropa de Artorex muito antes que ela se encontrasse às vistas de Andérida. A pequena tropa ficaria presa entre as montanhas e o mar, e seria esmagada pelos saxões.

A segunda e a terceira rotas eram igualmente impraticáveis. Eles levariam a força através de cadeias de montanhas de vegetação densa, que levavam a áreas seguras que assomavam sobre seu destino. Infelizmente, cada uma destas rotas terminava nos poderosos portões que levavam à fortaleza.

A quarta escolha, e final, era cavalgar através de um vale encharcado e de mata leve que levava a pântanos profundos. Os lodaçais traiçoeiros e vazios de árvores protegiam a via oeste para a guarnição.

Artorex compreendeu que a rota mais fácil era suicida, e aquela opção precisava ser rejeitada de antemão. Mais ainda, a passagem pelos planaltos seria extremamente difícil, exceto para cavaleiros completos como dos destacamentos de Ban e Llanwith. Por outro lado, os pântanos só podiam ser atravessados a pé e, mesmo assim, por guerreiros com suprimentos e armamentos limitados que não os atrasassem.

Para complicar suas escolhas, Luka explicou que bandos saxônicos regularmente faziam incursões fora da fortaleza de Andérida, pois ela ficava estrategicamente situada na beira da planície costeira estreita que levava a Noviomagus, Portus Adurni e de lá para a capital invernal de Uther, Venta Belgarum. Havia muito que os bretões descreviam os saxões como lobos. Eles atacavam rápida e violentamente em pequenas matilhas, e matavam todas as coisas vivas que os enfrentavam. Depois eles se recolhiam em Andérida, onde viviam em completa segurança, com o mar às suas costas e pântanos traiçoeiros protegendo seus flancos do norte.

Quando a tropa de Artorex cavalgou para fora de Venta Belgarum, uma multidão silenciosa se reuniu pra ver a passagem dos voluntários, pois os boatos de sua partida iminente varreram as ruas. Até as construções de madeira com vários andares pareciam dobrar-se de curiosidade quando a tropa marchou em direção ao portão principal que levava para fora da cidade.

Artorex ainda estava impressionado com o tamanho de Venta Belgarum, tanto que nem mesmo os temores pela segurança de sua família e sua ira silenciosa podiam sobrepujar seu assombro com o tamanho das massas agregadas em cada ponto de observação para vê-los passando.

Os homens de Targo já haviam confeccionado um impudente estandarte, uma crua faixa de tecido branco gasto em que algum deles pintou um dragão vermelho rampante. O trapo fora hasteado numa vara, provavelmente roubada, e agora era erguido na garra enluvada de Parvo.

Os homens de Ban cavalgavam sob uma bandeira bordada com um punho de aço segurando um galho em chamas. O couro em seus corpos brilhava com discos de bronze, e seus rostos exibiam a atitude competente do soldado profissional. A multidão aplaudiu e Ban ergueu seu punho cerrado tanto em agradecimento quanto em saudação.

Havia pouca diferença entre os homens das tropas de Ban e os da cavalaria de Llanwith, exceto que o estandarte de pen Bryn exibia um dragão verde agachado com as asas abertas em ataque. Llanwith decidia ignorar as multidões que jogavam flores para a passagem da cavalaria. Mulheres se adiantavam para apresentar pequenos presentes aos guerreiros e Artorex ficou constrangido quando uma velha enfiou uma estreita fita em suas mãos. Ele teria devolvido o presente, mas ela desapareceu na multidão.

— Por que as pessoas se mostram tão interessadas em nossa expedição? — Artorex perguntou a Targo.

— Andérida e suas hordas saxônicas assustam tanto o povo do sul que qualquer um que tente libertá-los da ameaça terá sua gratidão. Use a fita e lembre-se do quanto nosso ataque significa para as pessoas simples.

— Eu me sinto uma farsa — respondeu Artorex, mas ele amarrou a pequena fita escarlate em torno do pulso. — Não sei se quero estar aqui; e estou muito mais interessado em minha família do que na gente comum.

— Então tente fingir — devolveu Targo com os olhos fixos na estrada à frente.

Durante a primeira noite, os homens receberam ordens de manter as fogueiras ao mínimo necessário e abafar os cascos dos cavalos com tiras de pano. Os saxões podiam estar atrás de qualquer árvore, e Luka continuava como a única advertência prévia sobre qualquer emboscada iminente.

O rei dos brigantes se reuniu à tropa sob a luz cinzenta de uma aurora úmida.

— O terreno à frente é terrível, amigos. A rota costeira não oferece nenhuma cobertura, mas as rotas das montanhas parecem lentas e difíceis tanto para homens quanto para cavalos.

— E quanto à rota pelo vale? — perguntou Artorex.

— Oferece certa cobertura, mas não muita. — Luka sorriu fracamente. — Ademais, os pântanos são uma barreira efetiva contra nossa passagem.

— Mas os pântanos não são completamente intransponíveis, são? — insistiu Artorex.

— Não. Mas a paliçada de madeira da fortaleza se eleva diante de parte do pantanal. E há acres de água, juncos e de lama movediça. Se alguém ficar preso na lama sem auxílio, não há escapatória.

— Eles guardam as vias dos pântanos? — prosseguiu Artorex, para irritação de Luka e Ban.

Os olhos de Myrddion faiscaram.

— Não há sequer um portão daquele lado, Artorex. Por que haveria? Quem vai rastejar para fora de um pântano e escalar as muralhas?

— Eu vou e a ralé também! É a rota mais direta, embora pareça dolorosamente lenta. Os saxões não esperam um ataque daquela direção, e suas defesas estarão concentradas nas entradas da fortaleza.

— Verdade — concordou Llanwith cautelosamente. — Mas, se nossos homens estiverem a pé, o custo para nosso grupo quando tentarmos escalar as paliçadas será terrível... Ou se formos detectados antes de estarmos prontos para lançar o ataque.

Artorex agarrou um graveto e rabiscou na terra úmida um desenho rústico da guarnição e do terreno em torno.

— Se o grupo de vinte cavaleiros de Ban pode ser dirigido pelas colinas do norte, talvez seja possível evitar a detecção naquela rota — explicou Artorex economicamente. — E haverá menos homens e cavalos para atrasar seu movimento pelo terreno difícil. Esse grupo deve ser posicionado para realizar seu ataque através do portão do norte.

Os outros homens assentiram.

— Se as tropas de Llanwith pegarem a rota sul e permanecerem sob a cobertura dos penhascos, podem evitar detecção na costa. Eles farão seu ataque pelo portão sul.

— Concordo com seu raciocínio, e me alegrarei em realizar minha tarefa — aquiesceu Llanwith.

— Se pudermos ganhar entrada tanto pelo portão norte quanto pelo sul à noite, ou ao amanhecer, seremos mortíferos — proclamou Ban. — Mas seremos uma força perdida se os portões não forem abertos. Temos de atacar em perfeita combinação. — Ele sorriu para os outros líderes enquanto uma corrente de excitação se revelava em seus olhos cautelosos. — Mas se o terceiro grupo puder emergir dos pântanos na escuridão, usando de dissimulação para galgar a paliçada com ganchos, eles poderão abrir os portões antes que os saxões percebam o que está acontecendo. Podemos ter a vantagem da surpresa total sobre nosso inimigo.

— Exatamente! — sorriu Artorex.

— Infelizmente, o tamanho de nossa força é limitado, então duvido que tenhamos o número para implementar este plano com sucesso — continuou Ban, tristemente.

— Mas os saxões não têm cavalos — destacou Artorex. — Em adição à ralé, nós teremos quarenta cavaleiros montados atacando na escuridão da madrugada com a vantagem da surpresa. Se tivermos êxito, faremos chover fogo de nossas flechas sobre os edifícios até que a fortaleza esteja em chamas. Nossa maior fraqueza é que alguns de nossos guerreiros devem atacar as paliçadas a pé. Se eles falharem, todos morreremos!

Artorex desafiou os outros homens.

— Vocês têm alguma objeção? Falem agora, pois não passo de um novato na guerra, e eu respeitarei cabeças mais sábias que a minha.

— Não tenho plano melhor — replicou Ban, com um sorriso branco. — Todos temos que morrer algum dia, portanto levarei minhas tropas para o norte. Eles são cavaleiros habilidosos e experientes em batalha.

— E eu tomarei a rota sul pelas mesmas razões — ofereceu-se Llanwith com um sorriso malévolo.

— A ralé tomará a rota direta sob as ordens de Targo — disse Artorex sem rodeios. — Isso cabe bem a eles, já que nenhuma disciplina será requerida, e sim a astúcia dos ratos, o combate a curta distância e alguns arranjos maliciosos.

— Resta um último assunto. Precisamos alcançar nosso destino ao crepúsculo dentro de três dias, para que ocupemos nossas posições de ataque na escuridão.

— Oh, maravilha! — replicou Llanwith com uma falsa risada. — Eu adoro atacar portões inexpugnáveis quando não posso ver nem tocas de coelhos.

— Mas podemos fazer algumas boas fogueiras lá dentro quando estivermos prontos para atacar, porque a madeira queima bem, meus amigos — proclamou Ban. — Especialmente se acrescentarmos um pouco de gordura derretida e um pouco de piche.

— O mais lento dos grupos levará pelo menos três dias de viagem para entrar em posição — continuou Artorex. — Quando Llanwith e Ban alcançarem seus pontos de encontro, devem permanecer lá, ocultos, até que Luka confirme as posições dos outros dois grupos. Luka os aconselhará quanto ao tempo necessário para coordenar seus movimentos. Depois ele se reunirá a nós nas paliçadas de Andérida. — Artorex examinou os rostos de seus comandantes. — Há algum assunto que não consideramos?

Todos os líderes balançaram as cabeças.

Myrddion examinou os rostos ansiosos do grupo reunido.

— Pois então suas decisões estão tomadas, meus amigos. — Ele ergueu os olhos para o céu cinza e pálido. — Não haverá sol hoje. Esta chuva continuará, e assim precisamos nos deslocar rapidamente por nossas rotas separadas enquanto houver cobertura e camuflagem. Temos que deixar a carroça que transporta nossos equipamentos e provisões, e levar apenas as armas que precisaremos para o ataque. Quando recomeçarmos nossa marcha, cada grupo agirá independentemente até que nos reunamos em Andérida.

Ele sorriu para seu jovem protegido.

— Eu lhe desejo boa sorte, Artorex. Pois você vai precisar.

Homens silenciosos e implacáveis deixaram o acampamento rumo ao norte e ao sul segundo sua ordem de marcha, enquanto os rufiões de Targo seguiam as trilhas dos cursos d'água entre os matagais, ocultos por cadeias de copas de carvalho que brotaram do chão muito antes que Uther fosse um rapaz.

Artorex recontou o plano a Targo para que o veterano pudesse explicar a ação futura à ralé. Para surpresa de Artorex, os homens preferiam aquela abordagem clandestina, pois lhes dava melhores chances até que estivessem, de fato, posicionados nos parapeitos.

Aqueles homens desleixados sabiam como lutar. Na verdade, a maioria daqueles mercenários não tinha qualquer outro talento, e suas melhores habilidades brilhavam em lugares estreitos e traiçoeiros onde a astúcia e a brutalidade lhes davam primazia.

Eles eram a arma perfeita para os pântanos e as paliçadas, recordava-se Artorex, tentando desesperadamente apagar Gallia e Lícia de sua cabeça, assim como lutava para esquecer que muitos de seus homens, por mais sórdidos que fossem, morreriam por sua causa naquele audacioso ataque.

A ralé não reclamou quando lhes foi negado o direito de acender fogueiras à noite, pois compreendiam que nenhum comandante sensato trairia sua presença ao inimigo. Eles também não desaprovaram que a viagem acontecesse principalmente na escuridão e que dormiriam apenas algumas horas à luz do dia sob montes de folhas ou junto a troncos caídos.

— Toda campanha é muito semelhante a outra — Targo disse a Artorex enquanto eles se instalavam no bosque para seu primeiro período de descanso. — Estes homens lutaram por todo o mundo romano, portanto conhecem as privações das campanhas. Contanto que possam recolher seus espólios no fim da batalha, eles não se importam com lama, pântano ou com o frio aço. Eles têm prioridades simples.

Gradualmente, o acampamento mergulhou em silêncio.

— Eu sinto muito, Artorex. — A voz de Targo estava embargada, e Artorex se perguntou se Targo chorava sob a camuflagem da noite e a espessa coberta de folhas.

— Tudo bem, meu velho. Pelo menos você foi motivado pelo afeto por mim. — Artorex ficou surpreso pela amargura em sua própria voz. — Os três viajantes me veem como um meio para salvar seu próprio mundo.

— Não, rapaz. Você está enganado. Myrddion, por exemplo, faria tudo... *qualquer coisa*, para tirar este fardo de suas costas. Sim, você é uma necessidade para os planos deles; mas eles o amam. Eu os observei atentamente, pois também não queria ser usado nos grandes planos de outros homens. Mas você deve absolvê-los deste pecado.

O silêncio se abateu, e Artorex se perguntou se seu velho mentor caíra no sono.

— Eu não precisava ter duvidado, Targo, antes de combater Ban em Venta Belgarum.

Artorex ouviu o farfalho de folhas secas, como se um vento fantasmagórico agitasse os montes de capim seco.

— De quê? — veio um sussurro rouco.

— De que eu teria colhões para matar outro homem. Uther me deu incentivo, e eu creio que só me sentirei melhor com sangue. Certamente alguém deve morrer, e, já que não posso matar Uther, terei que matar os saxões em seu lugar.

— Cuidado, menino. A morte é séria... e permanente.

— Eu sou filho de meu pai, não sou? Que importa alguns saxões a mais ou a menos?

Enterrado em seu monte de folhas, Targo teria chorado, se soubesse como.

Algumas horas depois, a tropa avançava em sua máxima velocidade, apesar dos estômagos apertados de fome. Melhor carregar armas que preservam a vida do que comida. A ralé comeria e beberia quando eles tomassem Andérida e a fortaleza fosse deles.

Targo se tornara bastante apegado a esta tropa de farrapos, e sabia o nome de cada guerreiro sob seu comando. De todos, somente Odin lhe provocava um "treco", como Targo descrevia.

— Aquela massa monstruosa de cabelo e músculo fica absolutamente silenciosa assim que desce de um cavalo e anda a pé. Eu juro que Odin desaparece tão bem na paisagem que um homem poderia passar andando por cima dele, e só o notaria quando ele já tivesse cortado fora seu saco. — Targo lançou um olhar para Odin, que ia à frente da tropa entre as árvores. — Pelos deuses, Artorex, ele está descalço! E não parece dar a mínima para o frio que faz.

— Se todos os conterrâneos de Odin forem como ele, fico feliz por estarmos enfrentando os saxões e não os jutos — respondeu Artorex tranquilamente enquanto eles cavalgavam lentamente sobre cascos abafados através da neve que caía suavemente.

— Não sei distinguir nenhuma raça entre os bárbaros — reclamou Targo. — Todos eles são como montanhas ambulantes.

— Foi por isso que César deixou que eles se fizessem em pedaços do outro lado do rio Reno.

Após dois dias de viagem, a cobertura de árvores escasseou até se tornar nada além de dobras de deserto escuro polvilhado por neve. Os cavalos foram atados de modo que pudessem buscar pasto entre os restos do arvoredo, e os homens passaram a usar as próprias pernas. Onde a terra não oferecia cobertura, os guerreiros rastejavam sobre as mãos e os joelhos.

Targo dirigia os homens com dureza, pois eles precisavam achar cobertura antes que a noite se elevasse no horizonte oriental. Eles tinham de correr, embora as pernas lhes doessem e as mãos estivessem azuis de frio.

Targo falava pouco com Artorex, evitando intrometer-se naquele mundo silencioso e impenetrável onde seu amo se recolhera. Enquanto forçava suas velhas pernas a seguirem o passo devorador de milhas de Artorex, ele sofria ao pensar na amargura e na ansiedade do rapaz. Se a ideia da vingança o protegeria contra os saxões e aquele canalha, Uther Pendragon, então que assim fosse.

Talvez nossa preocupação tenha sido à toa, ele pensou.

Mas Targo sentia uma comichão de soldado nas palmas, e tinha um instinto para homens semelhantes a si. Botha provavelmente partira para encontrar sua morte, pois o capitão de Uther indicara que não planejava retornar a Venta Belgarum. A tarefa que lhe fora dada poderia muito bem ser desonrada. Se fosse o caso, tudo que o velho Targo amava provavelmente estava destruído — e ele não tinha feito nada para impedir o desastre.

E agora os pântanos surgiam diante da ralé, e Andérida os chamava com o canto da sereia da invencibilidade.

CAPÍTULO XIII

Chamado aos Corvos

Na longínqua Quinta Poppinidii, algumas horas antes que Artorex tivesse definido seu temerário plano para atacar Andérida, Ector e Caius estavam supervisionando o treinamento de sua nova safra de potros no cercado dos cavalos. Enquanto viam um dos filhotes sendo apresentado ao freio, uma criada da casa apontou para a longa estrada que terminava na quinta.

Aparentemente por vontade própria, um cavalo vacilante se arrastava na subida da trilha, evitando pisar em suas rédeas penduradas enquanto escolhia as passadas.

Ector deu ordens rápidas, e um servo correu na direção do animal. Ector e Caius o seguiram em passo mais lento, em deferência às articulações rijas do velho.

Quando o servo começou a levar o cavalo manco para eles, Caius e Ector divisaram uma figura jogada sobre a sela com os braços amarrados em torno do pescoço do animal. O sangue manchava os músculos definidos do peito do cavalo, e escorriam por sua perna direita a partir de uma profunda ferida no torso do homem.

De algum modo, o homem ferido conseguiu amarrar seu cachecol como uma espessa compressa para conter o sangramento. Depois ele amarrou os pulsos juntos com parte de sua camisa, para o caso de perder a consciência, e pôs o cavalo em marcha na direção da quinta.

Os dois homens ficaram nauseados ao imaginar a dor que o jovem combatente provavelmente suportara para se aferrar ao dorso do cavalo.

— Ele teria morrido congelado se tivesse caído do cavalo neste tempo — disse Ector em voz baixa. — Contudo, ele só está vivo agora porque seu sangue se congelou nas feridas antes de se esvair por completo. Está perto da morte; e eu ficarei surpreso se ele sobreviver.

Ector examinou a longa estrada com atenção, na direção de onde chegara o cavaleiro.

— Tudo parece estar como deveria, mas eu gostaria de ter certeza — Ector advertiu o filho. — Farejo problemas no vento.

— Talvez nossos lavradores devam permanecer na quinta esta noite — sugeriu Caius. — Eu também sinto que olhos estranhos nos observam. Eu dormiria com mais tranquilidade sabendo que mais homens estão ao alcance no celeiro, se tivermos necessidade deles.

— Então dê as ordens, filho. Na melhor das hipóteses, eles dormirão confortavelmente nos estábulos. Na pior, se há bandos saxônicos lá fora, precisaremos da ajuda deles.

Nada se agitava.

Nada se movia.

Até os pássaros estavam quietos, e Ector sentiu uma agulhada de apreensão no estômago. O cheiro de neve chegava com o vento frio, e ele sabia que precisava entregar o homem ferido aos cuidados das mulheres da quinta assim que possível, mas suas palmas ardiam como se uma armadilha se fechasse a seu redor.

Com um agudo tremor de admissão, Ector percebeu que estava com medo.

Caius pegou as rédeas do cavalo e despachou o servo para levar uma mensagem rápida ao chefe da vila, advertindo-o a mandar as mulheres e crianças para a floresta em caso de ataque e requisitando homens de constituição forte para auxiliar na defesa da quinta.

Pai e filho então encorajaram o cavalo exausto a fazer um último esforço para levar o estranho cavaleiro ao calor da quinta.

Gallia estava repousando em sua cama quente, após ser sacudida por acessos de enjoos que faziam seu estômago rejeitar toda a comida. Naquela manhã, satisfeita por ver que sua ama não estava seriamente doente, a velha Frith levou Lícia para a quinta para evitar que a curiosa menina perturbasse a mãe com sua tagarelice infantil. Os talentos de cura de Frith seriam agora necessários.

Como sempre, Julanna acolheu a presença de Lícia, que brincava alegremente com sua pequena Livínia, e assim Frith correu para uma despensa vazia onde o estranho ferido fora deitado num estrado. Frith limpou a ferida aberta na lateral do corpo do jovem soldado com água quente e toalhas limpas. Entristecida, ela viu que curvas de intestinos rosa-perolados eram visíveis a olho nu, e que estavam claramente doentes. A ferida já tinha um odor ligeiramente azedo, e a velha deduziu que suas ministrações não teriam grandes resultados. Mesmo assim, ela costurou e limpou a ferida antes de enfaixá-la com firmeza. Ela velou o garoto, pois ele tinha apenas pouco mais que 16 anos, por toda a longa tarde.

Durante todo aquele tempo, ele não disse uma única palavra lúcida.

Fiel à promessa, Caius conservou os lavradores na quinta depois que terminaram seu trabalho diário normal. Felizmente, a maioria daqueles homens fora treinada por Targo para a defesa da propriedade, e portanto estavam familiarizados com as espadas, adagas, arcos, flechas e machados guardados no arsenal da quinta. Em vez de dormir no pavilhão dos servos, eles planejaram montar guarda nos depósitos próximos à quinta.

Caius também ficou grato por receber um contingente de outros homens enviados pelo chefe da vila. Ainda que lhes faltasse armamento convencional, todos os voluntários carregavam enxadas, foices ou outros instrumentos de fazenda de aparência perigosa. Os homens eram atados pelo pacto tácito que existia entre a Quinta Poppinidii e seus próprios lares.

Para as almas que viviam naquelas terras, qualquer ameaça a uma pessoa era uma ameaça a todos. Além disso, os aldeões ficaram quase num ânimo festivo, pois afinal há formas piores de passar uma fria noite de inverno que num celeiro quente com cerveja para beber e um delicioso cozido para devorar.

A Quinta Poppinidii fora construída na tradição romana, com espessas paredes cheias de terra que praticamente não ofereciam brecha alguma a um inimigo. Pesados portões de madeira trancavam a casa grande da quinta, e a luz e o ar fresco entravam pelo átrio aberto e jardinado que se encontrava no interior do longo retângulo da estrutura. Uma colunata cercava o átrio, e os quartos se abriam diretamente para o longo corredor de piso de cerâmica. A quinta era quase inexpugnável.

Mas portões podem ser destruídos, e nenhum lugar é completamente seguro. A ventilação cruzada era fornecida dos dois lados longos da estrutura retangular da quinta por uma série de janelas estreitas, da altura de meio homem e um braço de largura, que ajudavam a mitigar o calor do verão. Ali estava a fraqueza da quinta. Era razoável que uma de tais janelas se encontrasse no depósito onde o homem ferido agora jazia. O fato de que Julanna escolhia dormir na câmara com a outra janela era um capricho provocado por sua antipatia por lugares fechados. Ector determinou que os dois aposentos e o portão central fossem guardados a todo custo.

A quinta era cercada por edificações externas, incluindo estábulos, chiqueiros, o pavilhão dos criados, uma prensa de maçãs, armazéns e uma câmara fria instalada no subsolo, todos dispostos como galinhas em torno das saias da quinta. Com os cercados equestres no lado oeste, havia pouca cobertura para ocultar um inimigo, mas os pomares de maçãs, peras e limões podiam esconder uma armada chegando do leste.

Ector decidiu manter seus lavradores e os voluntários da vila no estábulo de cavalos e nos celeiros, como reserva para os defensores que ficariam na parte principal da quinta. Daquele ponto de observação externo, eles poderiam se lançar contra qualquer alma tola que atacasse os portões numa investida frontal. As mulheres ficariam aquarteladas no pavilhão dos criados, a *rustica*, por segurança.

Quando chegou a noite e flocos de neve começaram a cair, Frith decidiu retornar à casa de Gallia, deixando a exausta Lícia dormindo com Julanna. Mas seu paciente precisava de atenção e cuidados, e então ela informou Caius de que Gareth retornaria à quinta para substituí-la, sendo versado no uso das ervas medicinais por sua bisavó. O rapaz jurara proteger Lícia com sua própria vida se necessário, e portanto ele não guardaria apenas um dos pontos fracos da quinta, mas também auxiliaria Caius se necessário.

Antes que Frith começasse seu lento avanço até a propriedade de Artorex, Ector a deteve e expressou sérias preocupações.

— A Quinta Poppinidii pode ser defendida prontamente, Frith, mas a casa de Artorex é isolada. Se os invasores saxônicos não conhecem a quinta, talvez Gallia e seus criados não sejam detectados, mas eu preferiria que eles estivessem conosco, entre nossas paredes fortes.

Frith pressentia asas negras pairando à sua volta. O perigo ameaçava, e ela sabia.

— Concordo, lorde Ector. Eu convencerei minha ama a buscar abrigo aqui.

— Estou aliviado, Frith. De fato, estou.

Enquanto Frith se apressava em chegar à pequena e acolhedora casa de Artorex, sua superstição bárbara a advertia de que o ar estava carregado de asas negras e os arbustos ocultavam olhos à espreita.

Os criados já haviam trancado os portões, e Frith teve que bater para ganhar entrada. Uma vez lá dentro, Frith correu para a câmara de Gallia, onde sua ama repousava, fraca e exausta. Sua gravidez estava ainda no quinto mês, mas o bebê era atipicamente grande e drenava as forças de Gallia. Além disso, Gallia tivera acessos de profunda depressão desde o nascimento da pequena Lícia, quando chorava pelo falecimento de sua família e jurava que estaria melhor morta. Artorex e Ector tentavam confortá-la quando seus humores mórbidos a dominavam, mas ela só conseguia tolerar a proximidade de Frith. Até a pequena Lícia se tornava uma irritação, e a inconsolável Gallia exclamava que sua filha estaria melhor sem ela.

— Gallia! — sussurrou Frith. — Acorde, Gallia! Lorde Ector acredita que um ataque saxônico é iminente, e quer que nós estejamos na quinta como proteção.

Gallia abriu os olhos sonolentos.

— Nunca tivemos problemas com os saxões, Frith, e nossa casa fica longe da quinta. Estou tão esgotada que prefiro ficar aqui, onde posso descansar.

— Sei que está cansada, minha preciosa, mas temos que ir. Deixe que a velha Frith a ajude a vestir peles quentes, e nós deixaremos esta casa. Se estiver muito cansada para caminhar, seu criado pode carregá-la.

— Eu sonhei com Artorex enquanto dormia, Frith. Ele está cavalgando para o perigo... e sei que ele vai morrer. — Uma pequena lágrima cintilava no rosto de Gallia.

— Não, minha querida! Não! Ele não morrerá, eu prometo.

Gallia sacudiu a cabeça como uma boneca de madeira quebrada.

— Ele está em perigo, Frith. Eu o vi num pântano pavoroso, cercado por fogo-fátuo.

Frith tentou desfazer a disposição tenebrosa de Gallia com todos os argumentos de que dispunha. A escrava segurou a mão da ama e estremeceu pela frieza de gelo de sua pele.

— Mais motivo ainda para se conservar a salvo com seu bebê — respondeu Frith, tentando aquecer as mãos de Gallia entre suas próprias. — Artorex ficaria feliz em saber que minha ama está protegida.

— Não há razão, querida Frith. Lícia está segura e eu tenho certeza de que não seremos encontradas aqui nos limites da floresta. Estou absolutamente preparada para deixar que o destino cumpra seu curso. Não quero sair, e por isso não sairei, não importa o que você diga. Vá, querida Frith. Por favor, eu só quero dormir. — A pequena boca de Gallia estava crispada num bico obstinado.

— Por favor, Gallia! — insistiu Frith. — Não seja teimosa! Esta casa é difícil de defender, então temos que sair. Se não quer pensar em sua própria segurança, então considere seus criados e o filho em seu ventre.

— Já é tarde demais, Frith. Que os servos partam para a quinta se quiserem. Se estão aqui, os saxões já nos observam de toda maneira, e nos avistarão se tentarmos chegar à segurança. Eles nos interceptariam em nosso caminho. Qualquer que seja a decisão dos deuses, é o que acontecerá, esteja eu na quinta ou aqui em minha própria casa. Contanto que Lícia sobreviva, nada mais importa.

Gallia virou o rosto para a parede e recaiu num leve cochilo. Frith queria gritar para ela e sacudir seus ombros até que sua ama agisse com sensatez.

Mas, através de seu sangue antigo e desconhecido, a escrava bárbara sabia que Gallia pressentira uma mudança na atmosfera de seu mundo. Quando os três viajantes vieram, ela sentiu os fios se movendo e se alterando. Algo sombrio compelia Gallia a agir estupidamente, mas Frith não sabia como forçar sua ama a retornar à razão.

— Que os céus nos perdoem! — disse Frith em voz alta. — Morreremos todos!

A escrava não considerou deixar sua protegida nem por um momento, embora seu coração retumbasse em seu peito murcho como se fosse saltar para fora das costelas.

Os criados pessoais de Gallia também se recusaram a partir para a quinta e nem mesmo se aventurar na Floresta Velha em busca de abrigo.

Gareth também se provava difícil. Frith foi forçada a gastar muitos minutos para persuadi-lo a deixar sua ama Gallia e voltar para a quinta para proteger Lícia.

Gareth se tornou um jovem forte e absolutamente devotado a Artorex e sua família. Embora não fosse especialmente alto, a aparência de Gareth era imponente devido à força de sua estrutura óssea, à alvura incomum de seus cabelos e sua inteligência rápida. Como Frith, ele tinha um traço de sensibilidade criativa que lhe dava um agudo sentido de beleza; como Frith, ele era teimoso ao extremo, e impossível de modificar uma vez que tomava uma decisão — como agora.

— Se eu fosse um saxão, eu atacaria esta casa primeiro. — Ele sussurrava para não alarmar os criados da casa. — Vocês precisam de mais um homem aqui para proteger a casa, pelo menos.

— Alguém precisa proteger Lícia na casa grande — implorou Frith. — Quem mais além de você, meu neto? Eu não romperei meu juramento, e você também não deve romper o seu.

Só um apelo ao sentido de dever de Gareth poderia forçar o jovem a voltar para a casa grande. Frith beijou o rosto firme e vermelho de sol, remexeu seus belíssimos cabelos e abençoou o rapaz, pois ele a deixaria para proteger sua adorada Lícia. O coração de Frith lhe dizia que ela jamais veria seu bisneto novamente.

A Fortuna favorece os bravos, mas protege especialmente os que estão preparados.

* * *

Pouco antes da meia-noite, a quinta foi atacada por Botha e seus guerreiros treinados.

A força total, menos de vinte homens, chegou com ardil, esgueirando-se dos pomares através da neve rasa e recente como gotas de tinta derramada sobre o pergaminho branco da terra. Cautelosamente, com armas abafadas, eles cercaram o prédio principal enquanto Botha enviava três jovens para destruir o casebre distante no extremo dos campos, que fora encontrado por seus batedores no fim da tarde.

Ignorando os perigos de Gallia, Gareth estava enclausurado com o mensageiro ferido que, àquela altura, mergulhara em coma. Gareth quase pressentiu a aproximação dos guerreiros de Botha, embora só ouvisse um mero esbarrão de metal contra pedra; contudo, todos os seus sentidos se puseram imediatamente em alerta. Através das janelas trancadas, ele viu homens cobertos por peles movendo-se sorrateiramente sob o luar. Dois homens carregavam tochas acesas.

— De pé! — gritou Gareth. — De pé! Estamos sob ataque!

E assim, após travar a porta da despensa, ele correu para o gongo de bronze na colunata, com o grande martelo que fora instalado para advertir os ocupantes da casa sobre ameaça iminente. Quando o metal emitiu sua badalada profunda, Ector acordou com uma praga.

Desde que lobos famintos atacaram a quinta, havia cerca de 25 anos, que o alarme não soava Ector sentiu a velha chama da batalha ardendo em seu sangue antigo.

— De pé! — Gareth continuou a gritar da colunata enquanto os invasores começavam a esmurrar as janelas e a principal porta de entrada da quinta. Caius e Ector dormiram completamente vestidos, com armas junto às camas, e agora orientavam os escravos da casa para os locais de perigo do interior da quinta enquanto protegiam a colunata direita pessoalmente.

Ignorando suas ordens, Gareth abandonou seu paciente a seu destino e disparou para os aposentos de Julanna. Ele estava decidido a defender Lícia com sua vida, se necessário.

Ele encontrou Julanna estreitando as duas crianças contra seu corpo trêmulo enquanto um cabo de ferro se batia contra os batentes de madeira. O rosto da ama estava pálido como pergaminho, e ela gritava agudamente de pavor. Gareth mandou as três para o pequeno corredor sem janelas que ligava os aposentos de Julanna à câmara de seu esposo.

— Conserve as barras presas na porta, não importa o que ouvir — ordenou Gareth, com uma adaga longa na mão, feita por Bregan. — E você precisa manter as crianças em silêncio... Pelo meu bem.

Gareth não sabia que quatro invasores já estavam mortos, assassinados pelas costas pelos recrutas da vila quando tentavam entrar pelas estreitas portas frontais da quinta.

Ele não ouviu o sangrento estertor da morte emitido pela garganta de seu paciente, cortada quando as defesas da quinta foram rompidas pela janela do depósito recém-esvaziado. Tampouco sabia que Ector e Caius já estavam envolvidos num combate desesperado nas colunatas, apoiados pelos criados da casa.

Contudo, ele tinha certeza de que todos os invasores que entrassem pelas janelas da câmara de Julanna morreriam.

Gareth matou o primeiro intruso com facilidade, quando o guerreiro ficou preso na parede com metade do corpo para dentro e a outra para fora da fenda na janela, numa tentativa desajeitada de atravessá-la. Com a velocidade a seu lado, Gareth cortou a garganta do guerreiro com um talho cuidadosamente medido, antes de recuar para evitar o jorro de sangue arterial que angulou por todo o quarto.

Felizmente para o rapaz, o segundo intruso escorregou no sangue derramado quando saltou pela fenda, e Gareth conseguiu cegar o homem com outro golpe rápido de seu punhal. Sangrando profusamente, o guerreiro urrou na mescla de dor e ira e sacudiu sua espada pelo espaço confinado, mas Gareth o despachou facilmente com uma mortífera punhalada nas costas.

Rapidamente, Gareth espiou para fora da janela quebrada. Aquele lado da casa estava agora livre de invasores, mas ele ouvia com clareza o som de um combate mortal do outro lado do átrio.

— Mantenha a porta trancada e fique aqui até meu retorno — ordenou Gareth pela porta que conservaria Julanna e as crianças em relativa segurança.

Quando ela o desobedeceu, ele enfiou uma espada descartada entre suas mãos trêmulas. Ela arregalou os olhos quando viu que o garoto estava lavado em sangue fresco. Depois, suas mãos se firmaram ao cabo da pesada arma, e Gareth notou um novo ardor nos olhos de sua ama.

— Não deixe que as crianças entrem na câmara. Tranque aquela porta! — rugiu Gareth, antes de correr para o átrio com os pés descalços que deixaram uma trilha de sangue no mosaico do chão.

Quatro imensos combatentes forçavam Ector e Caius a recuar indefesamente para as portas de entrada trancadas, quando Gareth correu para as costas dos invasores. Os corpos de quatro servos jaziam sobre as lajotas onde caíram, após serem ceifados como grãos maduros. Presos entre os intrusos e a entrada travada com metal, pai e filho tinham pouca chance de sobreviver.

Por trás, Gareth rasgou o tendão do guerreiro mais próximo com um golpe rápido. O homem berrou e caiu no chão, e o intruso em combate cerrado com Caius hesitou em atenção e no braço armado por um segundo breve e letal.

Foi o bastante.

Treinado por Targo, Caius compreendia o valor da brecha num combate a curta distância. Ele rasgou o braço agora exposto do guerreiro, e o antebraço foi talhado até o osso.

Inclemente, Caius apunhalou seu inimigo na garganta sem um vestígio de angústia.

Os outros dois invasores estavam agora presos entre os três defensores. Encurralados na estreita colunata, os dois guerreiros resistiram até acabar em pedaços.

O intruso sobrevivente ainda tentava recuperar seu equilíbrio com a perna inutilizada quando Gareth o deixou sem sentidos com o cabo de sua espada.

Simultaneamente, um aldeão com uma ferida leve na cabeça cambaleou até o portão de madeira trancado e começou a esmurrar seus troncos com um martelo de ferreiro.

— A casa de lorde Artorex! — Ele berrava através das vigas de madeira. — Está queimando!

Gareth destrancou o portão e Bregan vacilou através da entrada aberta. O ferreiro estava retribuindo sua dívida com a Quinta Poppinidii.

— Ainda há algum destes cães vivo do lado de fora da quinta? — rugiu Ector, com a espada ensanguentada pingando em sua mão.

— Não, meu amo, parece que abatemos todos, mas a casa de lorde Artorex está queimando de ponta a ponta!

— Minha ama Gallia ainda está lá! — berrou Gareth, e começou a correr.

— Espere, garoto! — gritou Caius atrás dele. — Espere! Só os deuses sabem quantos mais destes animais ainda estão vivos aí fora!

— Vá com ele, Caius — ordenou Ector. — Tente salvar Gallia, se puder. Bregan e eu controlaremos aqui; somos capazes, não somos, meu velho?

Caius correu o mais rápido que pôde, mas não era tão ágil quanto o cavalariço. Quando finalmente avistou a casa de seu irmão adotivo, ele soube que a velocidade era inútil.

Iluminado pelas chamas furiosas, Gareth parou no pequeno pátio erguendo os braços cobertos de sangue, urrando sua dor e ira ao céu indiferente da noite. Ele encontrou a velha Frith na lateral da casa, apunhalada diversas vezes pelo corpo após se atirar sobre Gallia para protegê-la quando toda escapatória se tornara impossível.

A garganta de Gallia estava rasgada até a coluna.

Nos portões arrombados, Caius encontrou os servos de Artorex, esquartejados enquanto tentavam defender sua ama. Um dos guerreiros inimigos estava morto a pouca distância dos corpos de Frith e Gallia. Um alfinete de cabelos atravessava seu olho, enterrado no cérebro do homem.

Comovido, Caius reconheceu o familiar alfinete.

— Está vendo, Gareth? Frith partiu para a glória com seu inimigo! — gritou ele, acima do rugido das chamas. — Ela enterrou uma agulha no crânio dele.

Mas eu não cumpri meu juramento, pensava Gareth, inconsolável, e Caius temia que o rapaz se atirasse no fogo.

— Lícia está viva? — gritou Caius, tentando puxar o garoto para fora da estrutura desmoronada da casa.

— Sim. Ela vive. Está com Julanna e sua filha — recordou Gareth, deixando-se arrastar alguns passos para trás.

— Então você deveria protegê-la! — ordenou Caius, ensandecido. — Este era seu dever!

Incerto, como se seus olhos se recusassem a deixar o rosto arregalado e vazio de Gallia, Gareth recuou, com os pés escorregando sobre a superfície congelada. Ele se deteve e voltou aos pequenos corpos trágicos. Com sua faca, ele separou um amuleto da garganta devastada de Gallia e se curvou, num ato final de reverência.

Após um último olhar para a cena trágica, ele correu na direção da quinta para cumprir sua promessa.

Caius passou as mãos sobre a máscara de morte da bela jovem. A expressão confusa desapareceu quando ele fechou suas pálpebras.

— Pobre Gallia, tão alegre e inofensiva — murmurou ele para as chamas.

Caius estremeceu. Instintivamente, ele sabia que muitos homens pereceriam quando Artorex descobrisse o destino de sua esposa e de seu filho no ventre, e muitos mundos arderiam até as cinzas até que o intendente se saciasse em sua vingança por aqueles assassinatos estúpidos. A mente fértil de Caius se esforçava para inventar uma desculpa para sua negligência ao deixar Gallia fora da casa grande da quinta, onde não podia ser protegida. Apesar de seus desejos, Frith e Gallia deveriam ter sido forçadas a dormir sob a proteção dos defensores da quinta.

E as mesmas estrelas que baixavam os olhos para o cadáver de Gallia, ainda aninhando seu filho no ventre, também sorriam para Artorex enquanto ele prosseguia com sua ralé em direção a Andérida. Pois esta é sempre a sina daqueles que a Fortuna eleva ao cume de sua terrível roda do acaso.

Mesmo quando a noite se tornou dia, as gralhas, corvos e abutres se acumulavam na Quinta Poppinidii. O cheiro de carniça já maculava o vento invernal.

Aleijado pela lâmina de Gareth, Botha não se dignou a gritar, nem mesmo quando Caius lhe decepou os dedos, um por um. Fora de si com implacável crueldade feminina, Julanna o lanhou com uma faca de cozinha, mas, ainda assim, o velho guerreiro trincou os dentes e pronunciou apenas seu próprio nome, como se tal admissão já fosse culpa suficiente.

Ele também não murmurou uma palavra de explicação ou de defesa para suas ações, a tal ponto que Ector se apiedou de seu corpo torturado e decapitou o velho guerreiro com sua própria espada.

O mais fiel servo de Uther foi reunido a seus companheiros de armas numa pilha sangrenta e desmazelada na neve do cercado dos cavalos.

Estes animais eram guerreiros celtas, pensou Ector, com os cabelos ralos desgrenhados e os olhos cegos pelas lágrimas, enquanto os lavradores carregavam os corpos dos mortos da quinta para serem lavados e preparados para a cremação. *Como os celtas podiam matar celtas? E assassinar mulheres inocentes? E crianças inocentes?*

Como justificarei nosso fracasso a Artorex?, pensava Caius, com um tremor no ventre. *Ele ficará alucinado de fúria.*

Caius chutou o rosto ensanguentado de um guerreiro morto com a bota, e apreciou o esmigalhar do osso sob seu calcanhar.

Que os carniceiros se fartem dos olhos deles antes da fogueira, pensou Gareth furiosamente quando cuspiu no rosto vazio de Botha. *Que partam sem olhos para as Sombras.*

E assim chegaram os corvos.

CAPÍTULO XIV

ALÉM DO FOGO DOS PÂNTANOS

Lacônico, Artorex observava a expansão pantanosa, pontuada por certo número de árvores torcidas e esparsas e que quase chegava aos limites das paliçadas de Andérida. As últimas faixas de luz lhe davam poucas pistas sobre como localizar uma trilha pelo descampado, e assim ele convocou a presença de Targo.

— O que você entende de pântanos? — perguntou Artorex brevemente. O tempo não era seu amigo naquele dia, pois a ralé precisava cruzar o descampado antes da meia-noite. Logo Luka traria confirmação de que as outras tropas estavam em posição de começar o ataque.

— Menos do que eu gostaria, mas tanto quanto preciso — respondeu Targo secamente. — A única forma segura é avançar lentamente, em fila única, testando o chão enquanto caminhamos. Levaremos a maior parte da noite para chegar ao outro lado.

— Maldição! — praguejou Artorex. — Passar um dia exposto aos pés da paliçada é um risco insano. Temos que andar mais rápido.

— Posso tentar usar Odin como primeiro batedor. Ao que parece, ele viveu em lugares onde os pântanos são comuns, e seu peso encontrará a lama movediça mais rápido do que o seu ou o meu — sugeriu Targo sinceramente.

— Às vezes acho que você o considera descartável — proclamou Artorex em voz baixa, com uma careta que poderia ter sido um sorriso. — Contudo, concordo com você. Ele é a melhor opção possível; portanto, Odin nos conduzirá. Começamos imediatamente. — Ele fez uma pausa. — Diga a eles que se camuflem com lama. Você também. Isto protegerá nossa pele dos insetos. E garanta que os homens protejam suas armas a todo custo, pois logo precisarão delas.

— Sim, senhor.

Targo desapareceu como um fantasma cinzento.

Quando a escuridão parecia absoluta, pequenas chamas espocavam a distância, multicoloridas e pavorosas. Artorex recordou a lenda das almas perdidas que suplicavam que os vivos as seguissem para o labirinto de água e lama, até que estivessem condenados.

— Gás dos pântanos — explicou Targo em voz baixa, mas Artorex viu que ele apertava seu amuleto da sorte com força. — Fogo sem calor.

Sobre os cotovelos e ventres, ou de quatro, a ralé rastejou sobre tufos de capim afiado como navalha e poças de água gelada, seguindo Odin enquanto ele abria o caminho pelo pântano. O juto parecia perfeitamente em casa na paisagem encharcada. Quando ele apontou uma rota que contornava uma área de terra enganosamente firme, Parvo jogou uma pedra no local e observou nervosamente quando a terra sugou o leve objeto para seu interior e retornou imediatamente a uma aparente inocência e solidez.

Parvo estremeceu e desviou das margens da terra sugadora, praguejando entre dentes.

Artorex não precisava ter mandado que os homens se cobrissem de lama. Dentro de alguns minutos, toda a tropa parecia feita de criaturas malignas do folclore, que se erguiam dos pântanos para matar aldeões desavisados.

— Vamos torcer para que os saxões sejam supersticiosos — rosnou Artorex, rastejando o mais rápido que podia sobre cotovelos e joelhos lanhados, e ignorando as fantasmagóricas línguas de fogo que surgiam e desapareciam como espectros.

A ralé se deslocara silenciosamente pelo pântano por diversas horas, ouvindo os sons distantes de homens festejando no interior da fortaleza, quando o silêncio começou a se instalar gradualmente sobre o negror da noite. Neve e chuva ainda ameaçavam, e manchas de densas nuvens por vezes obscureciam o luar. Um leve chuvisco caía enquanto eles se moviam como chumaços de lama e capim pela paisagem fétida e úmida.

Odin então se pôs de pé, curvou-se para examinar a terra e começou a se deslocar com maior confiança num zigue-zague através do lamaçal. Assinalando com um assovio fino semelhante ao de uma ave noturna, Targo ordenou que seus homens seguissem o exemplo do guia.

Agora, em ritmo acelerado, a paliçada assomava diante da tropa. Os saxões cortaram árvores altas, despiram-nas de galhos e afiaram os troncos em grandes pontas. Atada e profundamente enterrada na terra lamacenta, a muralha era uma barreira efetiva para todos os inimigos mais determinados.

— Passe a seus homens a mensagem de que ninguém pode falar, por razão alguma, mesmo que uma serpente do pântano pique seu traseiro — Artorex ordenou a Targo num sussurro.

Mais uma hora de costas arqueadas, passos cautelosos e o início de uma chuva fria levou toda a tropa agachada até a base da paliçada.

— Ban e Llanwith estão em posição? — Targo sussurrou no ouvido de Artorex.

O capitão deu de ombros.

Artorex perdera a noção do tempo, mas a lua baixava no céu quando Luka deslizou para fora do pântano como uma serpente negra.

— Bom vê-lo, Artorex. — Sorriu, sendo os dentes brancos a única coisa visível em seu rosto enlameado e enegrecido com piche. — Ban e Llanwith esperam por sua ordem.

— Então temos que torcer para que os saxões estejam dormindo profundamente — respondeu Artorex num sussurro. — Pois eles nos ouvirão se o alto desta paliçada for guardado.

Targo saiu de trás de um arbusto.

— Está atrasado, lorde Luka. A lua está baixando.

— E vocês também estão. Sua ralé não é nem um pouco ligeira na lama.

— Calem-se os dois. Não falem a menos que seja necessário — ordenou Artorex, murmurando.

Ele ergueu os olhos para a enorme paliçada.

— Quantos ganchos temos? — ele sussurrou para seu sargento. Mentalmente, Artorex abençoou a previsão e o conhecimento de Myrddion sobre Andérida.

— Quatro, senhor — respondeu Targo.

Cinco homens em cada, pensou Artorex.

— Certo. Vamos saltar esta parede agora, Targo. Você e Odin sobem primeiro com um grupo. Eu lidero o segundo, e Luka conduz o terceiro. Você pode selecionar mais alguém para liderar o quarto grupo. Com sorte, todos estaremos nos parapeitos antes que os saxões saibam que estamos por perto.

— Certamente haverá guardas. Os saxões não são estúpidos — sussurrou Targo em resposta.

— Talvez. Mas há anos que Uther não faz qualquer ofensiva contra Andérida, portanto há boa chance de que eles estejam excessivamente confiantes. Em todo caso, se há sentinelas, teremos que eliminá-los... com todos os meios possíveis. — Artorex se voltou para seus homens. — Tragam Parvo.

Parvo rastejou até Artorex. Ele parecia infinitamente mais enlameado, sujo e perigoso que o habitual.

— Tem seu arco e flecha, Parvo?

— Sim, apesar da falta de serventia até agora — respondeu o guerreiro com um sorriso. — Também trouxe um bom suprimento de flechas, e um pouco de piche caso precisemos de flechas de fogo.

— Excelente, meu amigo. Quando a ralé estiver nos parapeitos, toque fogo em uma de suas flechas e lance para o alto. O sinal sobre os pântanos dirá a nossos amigos do norte e do sul que eles podem começar seu ataque aos portões.

Parvo aquiesceu.

— Eu imaginei que o senhor desejaria usar fogo, então já preparei as flechas.

— Eu lhe digo quando soltar a primeira labareda. Se Llanwith e Ban não conseguirem unir-se a nós num ataque coordenado, teremos que improvisar.

Enquanto falavam, alguns homens seguravam seus amuletos com força, e Artorex viu seus lábios se movendo em preces ou promessas silenciosas. A ralé sabia que muitos homens morreriam e, de suas formas distintas, eles se entendiam com seus deuses. Só Odin continuava indiferente, com um gancho preso a uma corda pendendo de sua mão imensa como um pernil.

Quando Artorex, Rufus e Luka escolheram seus próprios ganchos e verificaram se as cordas eram seguras, Artorex fez um sinal breve, e o gancho de Odin alçou voo muito acima da paliçada. Ele testou a corda com todo o peso de seu corpo, e o gancho o sustentou.

Imediatamente, e com leveza impressionante para um gigante, Odin começou a subir.

Artorex, Rufus e Luka lançaram seus ganchos a um só tempo. Rufus praguejou quando seu gancho se soltou, mas, felizmente, ele acabou detido por alguma obstrução invisível nos parapeitos.

Silenciosamente, a tropa começou a subida.

Odin e Targo já eram silhuetas obscuras nas sombras e se esgueiravam silenciosamente na direção de um braseiro próximo ao portão norte quando Artorex passou seu corpo dolorido sobre a muralha. A visão de um gigante e de um velho guerreiro atarracado atuando juntos provavelmente teria parecido hilária, mas Artorex apenas sorriu com satisfação quando as formas em rápido movimento se desviaram da luz dos braseiros.

A figura baixa de Targo retornou silenciosamente a Artorex, enquanto Odin desaparecia nas sombras.

Os dois homens se dirigiriam a outro braseiro, praticamente invisíveis sob a névoa úmida no portão sul, mas Targo fez uma mímica de quem corta uma garganta, e o sorrateiro Rufus desapareceu como um fantasma na chuva fina.

Um a um, os últimos homens da ralé aterrissaram nos parapeitos, pé ante pé e despercebidos.

O cheiro adocicado e penetrante de madeira recém-serrada se elevava na chuva, um aroma reconfortante e estranho à sombria tarefa à frente. Artorex despachou dois grupos de seis guerreiros com a única missão de garantir a entrada dos cavaleiros em ataque pelos portões norte e sul, enquanto quatro arqueiros com um suprimento abundante de flechas foram posicionados em pontos estratégicos dos parapeitos para apoiar o ataque.

Com a pequena força em posição e pronta para o combate, Parvo se reuniu a Artorex logo acima do grande salão dos saxões, cercado por suas cabanas de sapê.

— A flecha sinaleira está segura e seca? E pronta para lançar? — sussurrou Artorex.

Parvo confirmou com a cabeça.

— Então ponha fogo e faça a flecha voar. Venha o que vier.

Parvo abriu um sorriso com seus dentes negros, sacou um pequeno arco de uma embalagem de tecido oleado e o esticou sem esforço. Um conjunto de flechas envoltas em panos muito sujos logo surgiu também, e Parvo era obrigado a usar todo seu corpo para protegê-las da chuva fina. Ele segurou a primeira flecha entre seus dentes infames.

Uma caixa surgiu de algum lugar do corpo imundo, e Artorex maravilhou-se com a habilidade natural com que Parvo batia a pederneira contra a pedra. O barulho não viajava longe na noite parada e coberta de névoa, e Artorex confiou que sua sorte e a leve chuva mascarariam todos os ruídos. Parvo trabalhou a pederneira repetidamente até que algumas chamas fracas saltaram e ele tocou a ponta da flecha na pequena conflagração.

Artorex não desejava saber o que Parvo usara para alimentar sua flecha sinaleira, mas o pano pegou fogo imediatamente, mesmo sob a chuva leve. Parvo acoplou a flecha em seu arco, puxou o cordão de categute e o sinal alçou voo no ar, traçando um rastro de fogo até apagar-se no pântano.

Naquele momento, exatamente quando Artorex pensava que tinha evitado o pior desfecho possível — a detecção imediata — um grito longo e lancinante se elevou do portão sul e Artorex soube que Rufus fracassara em assassinar as sentinelas em silêncio. O grito foi interrompido quando alcançava uma nota desumanamente alta, mas o estrago já estava feito.

Guerreiros em vários estágios de nudez se derramaram das cabanas de juncos e da entrada do grande salão. Seus cabelos longos e soltos se agitavam à luz do fogo, que elevou subitamente para revelar a terra batida abaixo dos parapeitos.

Enquanto surgiam das portas como formigas, os saxões pareciam lançar sombras impossivelmente longas. Em sua maioria, eles estavam nus e tinham aparência aterrorizante com as imensas espadas e machados que brandiam com fúria maníaca.

Pelos deuses, são muitos, Artorex pensava consigo quando uma flecha lançada do arco de Parvo passou sibilando por sua orelha. Um guerreiro saxão, vestido apenas com uma capa de pele e um sorriso feroz, caiu antes de alcançar as escadas que levavam aos parapeitos.

A ralé avançava para os portões, lutando cara a cara com os saxões para ganhar cada pé de vantagem. Pequenos, porém mais rápidos, eles brigavam com selvageria, sabendo que morreriam de forma horrenda se os portões permanecessem fechados.

Contudo, mesmo sendo veteranos ardilosos de uma centena de campanhas, vinte homens não podiam ter esperança de derrotar mais de cem saxões, sem contar as mulheres, que lutavam ainda mais violentamente que os homens.

Um berrante ressoou ao norte através da chuva firme, ecoado pelo clamor metálico de sua contraparte do sul. Artorex mal teve tempo de reconhecer o súbito rufar de cascos saindo da floresta ao norte quando os saxões o alcançaram. Parvo atirava flecha atrás de flecha enquanto Artorex o protegia dos ataques. Cada truque sujo que Targo lhe ensinara em sua juventude era empregado, e Artorex investia contra partes desprotegidas dos corpos para golpear gargantas com seu punhal de dragão.

Artorex tinha vantagem nos espaços estreitos dos parapeitos, mas Parvo estava quase sem flechas e os saxões enxameavam em sua direção. Artorex tentou avançar na direção do portão sul, onde ocorria o grosso da batalha até ali, com Parvo usando suas últimas flechas como seu escudo. O avanço era lamentavelmente lento.

Artorex jamais vivenciara a verdadeira carnificina da batalha. Targo tentara preparar seu pupilo para terrenos difíceis, escorregadios com sangue e vísceras derramadas, mas nenhuma instrução de seu tutor o preparara para o cheiro. Mesmo sob a chuva, o odor quente de sangue fumegava como metal e lhe sufocava o fundo da garganta. O fedor de vômito, urina, intestinos trespassados e o cheiro ácido do suor de homens apavorados criava uma terrível combinação que lhe causava ânsias. Tudo que ele via era o rosto do homem que tinha à frente, e ele cortava, bloqueava e decepava até que aquele rosto caía e outro tomava seu lugar.

O longo bramido de um touro se elevou acima dos uivos, pragas e gritos dos homens em desesperada batalha.

Odin.

Os próprios deuses pareceram responder, quando um estrondo de trovões quase sacudiu a terra molhada. Logo Artorex viu que os cavalos ganhavam o interior da fortaleza, pisoteando amigos e inimigos, e o punho de aço de Ban se erguia sobre a tropa como uma flama verde.

— Artorex! — berrou Parvo enquanto subia a escada às pressas para o alto do parapeito. — Artorex!

Saxões e celtas olharam para o alto ao mesmo tempo, pois o pequenino homem amarrara o estandarte do dragão de Artorex a seu arco como uma bandeira improvisada, e acima das cabanas de palha em chamas, crepitando na chuva, a fera parecia viva e malévola. Os saxões no portão norte recuaram sob um supersticioso pavor, até que os cavaleiros de Ban os alcançaram.

Mas a batalha ainda estava equilibrada no fio de uma navalha.

Em três para um, vinte cavaleiros e os remanescentes da ralé ainda eram menos numerosos que os defensores saxões, e o impacto do ataque de Ban começava a vacilar.

No portão norte, Odin ainda girava seu machado numa mortífera parábola de aço vermelho, protegendo a retaguarda de Ban com o pequeno destacamento da ralé que fora enviado para ajudá-lo.

Mas, no portão sul, apenas alguns guerreiros ainda lutavam, desesperadamente superados em número, contra uma torrente de saxões de cabelos amarelos.

— Temos que abrir o portão sul para Llanwith ou seremos trucidados! — berrou Artorex acima dos gritos de homens em agonia.

Ignorando os frágeis movimentos dos feridos, ele saltou entre a massa de cavalos com espada e adaga dançando numa perfeita interação de movimentos, que lhe permitia manter o ímpeto de sua disparada.

No portão sul, os mortos se acumulavam numa meia muralha macabra em torno de Luka e quatro membros da ralé, que lutavam dorso a dorso e a cada golpe eram cada vez mais encurralados ao portão fechado.

— Venham a mim! A mim! — rugiu Artorex.

Com a espada ainda erguida para proteger seu corpo, Targo ergueu os olhos.

Dois poderosos golpes derrubaram dois saxões à sua frente, e Artorex forçou sua sanguinária passagem através da muralha de inimigos e os confrontou junto com sua ralé. A seu lado, seus homens sangravam de muitas feridas e Artorex viu que estavam quase derrotados.

Oito saxões avançaram em direção à sua presa.

— Abram os portões! Abram os portões, agora! — urrou Artorex enquanto atacava a massa de guerreiros à sua frente.

A princípio, os combatentes inimigos pareciam muito mais numerosos que a ralé, porém, permitiram a chegada de Artorex ao portão. Mas tudo que ele precisava era de uma brecha de alguns segundos, tempo para que Targo removesse a maciça tábua que se tornava agora um imenso obstáculo à con secução de seus objetivos.

Ele abateu um saxão com sua espada, atravessando a garganta do pagão com o punhal do dragão e sequer se prestando a ver o homem cair.

Enquanto a barra do portão se elevava vagarosamente, Artorex seguia combatendo à frente de seus homens, ignorando tudo afora os protestos rangentes dos grandes troncos.

E finalmente, tão rápido quanto começara, o portão se abriu e a batalha acabou.

Llanwith pen Bryn galopou com suas tropas para dentro da câmara de morte e, cercados por duas tropas de cavaleiros, os saxões começaram a ceder.

Eles lutaram até o último homem e a última mulher, mas foram sobrepujados em estratégia e músculo pelo peso e pela força dos cavaleiros, permitindo que os bretões desenvolvessem uma vantagem crucial sobre os inimigos exaustos de guerra.

Por fim, esgotados e encurralados na entrada de seu grande salão, os últimos saxões morreram sob uma chuva de flechas. Todos os saxões feridos foram misericordiosamente abatidos por espada.

E Andérida foi conquistada.

O preço foi pavoroso e, quando seu sangue esfriou, Artorex viveu o horror total de confortar aqueles entre seus soldados que estavam mortalmente feridos e prestes a perecer pela causa comum.

Artorex viu suas mãos trêmulas e ensanguentadas e reprimiu um arrepio de repulsa. Quantos homens havia assassinado? Targo estava certo. Um guerreiro bem-treinado se move por instinto; seu corpo segue movimentos quase inconscientes. Afora o cheiro, Artorex mal sentira um instante de asco, mas isto porque ele não pensara nos homens que o confrontavam como sendo completamente humanos.

Agora era hora de cumprir seu dever com os moribundos.

Dentro do grande salão, onde o líder tribal dos saxões lutara até ser transpassado por muitas flechas, Myrddion cuidava das feridas dos impossíveis sobreviventes. Lá, com agulha, categute e poções feitas da seiva de papoulas, Myrddion cuidava dos vivos e aliviava a passagem dos agonizantes.

E, onde quer que Myrddion fosse, Artorex o seguia para oferecer uma palavra benéfica, a promessa de uma parte do espólio, e para ouvir as últimas palavras dos moribundos. Ele jurou a todos os homens que suas famílias conheceriam seu nobre fim, prometeu que as esposas receberiam as moedas devidas a eles, e conteve lágrimas inúteis para não aviltar os sacrifícios daqueles homens corajosos.

Llanwith o procurou durante a fúnebre tarefa.

— Targo não descansará suas feridas até que a ralé tenha limpado os ossos de Andérida. Eles tiveram a promessa do espólio, e os espólios eles terão, exceto por uma parcela de um décimo para o Alto Rei, um décimo para você e um décimo distribuído entre os capitães.

— Os homens podem ficar com minha parte — suspirou Artorex. — Não lucrarei uma única moeda de ouro com a morte de homem algum.

— Não deixe que seus tolos escrúpulos dominem sua sensatez, meu jovem herói — respondeu Llanwith com desdém. — Como você erguerá um exército sem fundos? Como vestirá, alimentará e armará seus guerreiros? Ou você planeja mandar o que resta da ralé de volta para o lugar de onde vieram, para passar fome ou mendigar?

Artorex conseguiu parecer confuso e teimoso a um só tempo, e Llanwith lembrou que o jovem acabara de sair de sua adolescência, acabara de lutar sua primeira batalha e ainda estava aprendendo a pesada responsabilidade que vem com o comando. Só Targo e seis membros da ralé continuavam vivos, e todos estavam feridos.

— Targo é seu homem, e ele fará tudo que for necessário. Agora venha, pois Ban está morrendo.

— Ban? — Artorex gaguejou. — Ban? Como? Ele estava em seu cavalo. Como os saxões conseguiram pegá-lo desprevenido?

— Ban sempre foi um tanto louco, Artorex. Ele correu riscos e desafiou a sorte. Myrddion acredita que ele quis provar seu valor depois de ser derrotado por um fedelho como você. — Llanwith fez uma pausa. — Eu vi quando ele se atirou contra os escudeiros que guardavam o líder tribal dos saxões. Ninguém poderia duvidar de sua resolução; mas uma das mulheres saxônicas estripou o cavalo e o animal caiu. Ban ficou à mercê deles.

— E então seus soldados atiraram suas flechas nos assassinos de Ban, e assim roubaram dos saxões a morte de um guerreiro — adivinhou Artorex, com a satisfação de um conquistador.

— Exatamente, meu rapaz. A guerra não é justa e há pouca glória a ser distribuída. Temos que ser gratos pelos prêmios que homens como Ban proporcionam quando nos prestam a honra de cavalgar conosco.

Myrddion garantiu o maior conforto possível a Ban com um leito de peles descartadas, mas até os olhos leigos de Artorex podiam ver que o homem ferido estava perto da morte. O pior da hemorragia pelos cortes de espada fora estancado, mas, literalmente, seu torso era mantido inteiro apenas pela própria armadura.

Um homem mais fraco já estaria morto, pensou Artorex tristemente.

Ele domou seu rosto numa aparência de sorriso.

— Ainda de cama, Ban? Não percebe que você ganhou para nós uma grande vitória? Seu estandarte está hasteado diante do grande salão dos saxões agora mesmo. É nosso tributo pessoal por seu serviço.

— Você mente com dificuldade, Artorex, apesar de toda sua habilidade com a espada — murmurou Ban arduamente, forçando cada palavra para fora de seus pulmões cheios de sangue com grande dor. Bolhas de sangue se formavam em sua boca, e um de seus guerreiros a enxugou delicadamente com um pano limpo.

— Você deve ouvir, Artorex, as palavras de um homem que é agora um de seus poucos amigos verdadeiros. O Alto Rei o matará, se puder. Mas, antes que Uther Pendragon se torne comida de vermes, muitos homens falsos disputarão o privilégio de trair você. Lembre-se disso... e fique alerta.

Os olhos do guerreiro se velavam, e foi apenas com o maior de todos os esforços que Ban afastou a morte por mais alguns instantes.

— Minhas ordens eram de matá-lo durante este ataque. — Ban sufocava. — Eu não podia... Eu preciso saber... que minha morte teve algum... propósito... Tome o trono.

— Não estou destinado a ser rei — declarou Artorex.

— Seja... sincero — exigiu Ban com todo o seu velho ardor. — Meus olhos são tão bons quanto os... de Uther. Uther... seu pai.

Suas palavras acertaram Artorex como um impacto contra todo o seu corpo.

— Se a coroa for oferecida, eu a aceitarei. — A voz de Artorex era firme, mas seus olhos se moviam desesperadamente em busca de uma saída. — Eu lhe faço este juramento, pelas vidas daqueles que morreram em Andérida.

Artorex disse a si mesmo que estava contando uma mentira inofensiva, e sorriu para Ban com algo semelhante a afeto.

— Eu recordarei sua lição, meu amigo — ele prosseguiu em voz baixa. — Portanto, eleve-se às alturas, Fulgor do Oeste, e ilumine o lar dos heróis com sua chegada.

— Meu... irmão.

E assim morreu Ban, simples e silenciosamente.

Como um só corpo, os sobreviventes da guarda de Ban juraram lealdade a Artorex até a morte, pois onde seu senhor decidisse servir, eles também serviriam.

E, enquanto eles proclamavam seu juramento, o jovem questionava a profundidade da fraqueza humana. A integridade básica de Ban o impedira de matar Artorex, mesmo quando uma promessa a Uther Pendragon o obrigara a tornar-se um assassino.

Uther sempre teve certeza de que venceria este jogo, quer por acaso, quer por traição, pensou Artorex tristemente enquanto se curvava sobre o guerreiro e beijava seus lábios ensanguentados. *O Alto Rei subestimara a decência inerente de Ban, mas eu, durante todos os meus dias, sempre lembrarei este homem como um verdadeiro guerreiro.*

Ele se pôs de pé e voltou sua atenção novamente para Targo.

— Não deixaremos nenhum de nossos mortos para os carniceiros — ordenou Artorex. — Não importa quão humilde, nenhum de nossos camaradas será violado. Seus corpos devem ser queimados e suas cinzas recolhidas na mais bela urna de ouro de Andérida. A única exceção é Ban, cujo corpo será levado de volta a Venta Belgarum conosco para o sepultamento. Ele receberá honras completas.

E os guerreiros se pasmaram com a beleza e a dureza aquilina do rosto de Artorex. Tal como ele ordenara, assim foi feito.

Artorex logo se viu forçado a começar os preparativos para o retorno de sua tropa a Venta Belgarum e à corte de Uther. Os saxões possuíam carroças construídas para serem puxadas por grandes bois, e uma daquelas pesadas carroças levaria uma pilha alta de armas, cruzes de ouro e cálices saqueados de igrejas do oeste. Até as cabanas de sapê eram pequenos baús de tesouro que derramavam peles, joias e adornos de ouro, eletro, cobre e bronze.

Muitas crianças saxônicas escaparam para a mata virgem, mas as que foram encontradas foram amarradas numa das carroças, para serem levadas como escravas a um mundo brutal, mesmo para os inocentes.

Em outras carroças, os bretões feridos que não podiam cavalgar foram gentilmente deitados sobre espessos colchões de palha. Myrddion viajaria com eles, e lhes prestaria cuidados da melhor maneira possível.

Tudo que restava era mandar um pequeno destacamento para recolher os cavalos deixados pela ralé de Targo junto aos limites dos pântanos. Aqueles cavalos, junto com todos os animais dos saxões que foram encontrados, seguiriam as carroças pela rota mais fácil da costa até Venta Belgarum.

Somente Llanwith, Luka e Artorex ficaram para trás quando a caravana partiu.

— E agora nós queimaremos Andérida até o chão — declarou Artorex, sombrio. — Até que só restem cinzas.

— Os saxões retornarão, Artorex — respondeu Luka pacientemente. — Você sabe tão bem quanto eu que os saxões são donos desta costa, e reconstruirão Andérida, exatamente como era antes.

— E nós a queimaremos uma vez mais, e outra além... Uma centena de vezes, se for preciso.

— Talvez os saxões tenham objeções a esta resolução — sorriu Llanwith, e Artorex enrubesceu fortemente.

— Mesmo assim, você tem razão, Artorex — disse Luka com dura lógica. — Qualquer atraso no avanço saxônico é melhor que nada, e Andérida agora guarda várias centenas de cadáveres saxônicos que não se reproduzirão e nem matarão nossos irmãos no oeste. Portanto, queimemos esta fortaleza até a raiz, para que os saxões que forem forçados a reconstruir a estrutura compreendam que nós pretendemos brigar por nossas terras, haja o que houver.

E assim, o fogo foi aceso. A princípio, os troncos apenas chiaram e fumegaram, mas finalmente o fogo despertou. Os edifícios de madeira foram consumidos pelas chamas, junto com os corpos dos defensores.

Muito depois que Artorex e os impossíveis haviam perdido de vista a fortaleza de Andérida, eles ainda podiam ver a grande coluna de fumaça negra manchando o céu cinzento do meio-dia. Ela marcava a primeira e frágil vitória dos guerreiros do oeste.

A caravana chegou a Portus Adurni após dois vagarosos dias de viagem, conduzidos em estágios cuidadosos pelo bem dos feridos. Artorex conduziu sua pequena tropa ao vilarejo de muros de pedra acima do porto, onde navios ainda alimentavam um vigoroso comércio com a Gallia e além. Em assombro, o povo da cidade observava enquanto a coluna serpenteava vagarosamente pela estrada romana.

Apesar de todas as perguntas atiradas aos guerreiros enquanto eles montavam acampamento para a noite, apenas uma resposta era dada à população.

— Artorex tomou a fortaleza de Andérida. Os saxões foram abatidos a espada e morreram, até o último homem e a última mulher.

Pequenas caixas douradas foram apresentadas. Estavam cheias das cinzas da ralé e de soldados, todos unificados na morte.

— E estas são as cinzas de nossos companheiros heroicos, que vieram a Andérida para provar que seus juramentos de lealdade eram verdadeiros. Eles morreram pela terra, pelo rei e por Artorex, o Guerreiro do Oeste.

O povo da cidade indagava como uma tropa tão pequena de guerreiros, em seus trajes tão castigados de batalha, pôde atacar e dominar uma fortaleza como Andérida. De olhos arregalados, eles observavam o conteúdo das duas carroças rangentes que avançavam com os soldados, e se encantavam com as ovelhas gordas e as vacas leiteiras, que eram conduzidas aos estábulos de Portus Adurni e trocadas por moedas de ouro e prata. Os homens se entreolhavam, cada um indagando quem ou o que poderia ser aquele Artorex, e se os velhos dias de glória haviam retornado ao oeste.

Os boatos e as histórias se espalharam mais rápido do que a caravana podia se deslocar; assim, onde quer que houvesse vilarejos próximos à estrada romana, o povo saía para assistir, saudar e atirar ramos verdes sobre a estrada congelada, para que os cavalos e bois não escorregassem no gelo negro. Crianças pequenas chupavam os dedos e arregalavam os olhos para os rostos severos e fechados dos homens que passavam, com o destino de Venta Belgarum firmemente fixado em suas mentes. Donzelas suspiravam à primeira vista dos cabelos acobreados de Artorex, mesmo desgrenhados como estavam, e de suas feições circunspectas, tão bravas e tão belas. Os velhos recordavam os heróis de sua juventude e comparavam Artorex a um jovem Uther Pendragon, de volta para socorrer seu povo em tempos de perigo.

Assim, a história tornou-se lenda e a glória correu como fogo grego pelos montes velados pela neve.

Artorex cavalgava à frente da coluna com os comandantes de tropa a seu lado. Odin ia a pé, firme e silenciosamente como sempre, os olhos sempre buscando alguma ameaça nos contornos das árvores paralelas à estrada. Rufus falecera no portão sul, mas Parvo ainda vivia, embora exibisse uma ferida nova e mais feia, que lhe cruzava a face e decepara parte de sua orelha. Os outros quatro remanescentes da ralé tinham grande orgulho de seu status como últimos heróis de um ataque impossível a um inimigo devastador, e Artorex tinha pouca dificuldade em imaginar como a história cresceria de boca em boca. Ele já estava constrangido com a forma com os aldeões curvavam as cabeças ou puxavam suas tranças enquanto ele passava, pois sabia que Odin alterara o curso da batalha quando tudo parecia perdido, que Targo salvara a situação no portão sul, e que o irrepreensível Ban levara o conflito à conclusão final.

— O plano foi seu, Artorex, e a responsabilidade final é sua — respondeu Myrddion, a um dia de marcha de Venta Belgarum. — Você também poderia ter morrido nos parapeitos com seus homens. Você é a figura de proa, o Guerreiro do Oeste, goste disso ou não. E é quem enfrentará a fúria de Uther quando retornarmos à corte.

— Sim, mas não desejo receber o crédito que se deve a outros.

— Pode ficar certo, rapaz, de que ninguém enfrentará a ira perversa de Uther além de você — disse Targo, soturno.

Até a ralé riu.

E assim, com seus feitos já cantados nas estalagens de Venta Belgarum, a expedição de Artorex retornou à cidade do Alto Rei no primeiro dia do degelo da primavera. Os sinos da igreja badalaram com a chegada, guerreiros e cidadãos se enfileiraram nas ruas enlameadas e mãos ansiosas ajudaram a carregar os feridos para os cuidados dos padres. Muitos moradores se queixaram de sua má sorte por não terem cortejado a morte com os impossíveis, e observavam Artorex com os olhos cheios de assombro e inveja.

A partir de vilarejos costeiros, boatos de que Artorex obtivera uma grande vitória em Andérida e estava retornando a Venta Belgarum viajaram rápido, e portanto era inevitável que um mensageiro ágil de Pontus Adurni já tivesse levado ao Alto Rei a notícia de que Artorex e seu bando de guerreiros estavam a menos de dois dias de marcha da corte.

Morgana levara o mensageiro pessoalmente a Uther. Seus olhos estavam iluminados com malícia, embora seu rosto de frio mármore permanecesse contido.

— Meu rei, Artorex lhe oferece toda homenagem e honra. Ele tomou Andérida e abandonou os saxões como alimento dos corvos, exatamente como Vossa Majestade ordenou.

Uther arfou duramente, retraindo toda a sua silhueta alquebrada sob o peso de seus mantos, quase como se protegesse o estômago de uma punhalada mortal.

— Não me fale nesse nome — ele ordenou, irritado. — Artorex está morto! Ninguém poderia tomar Andérida!

— Seu confessor lhe contou histórias do rei judeu Davi, não contou? — Morgana sorriu delicadamente. — E ele certamente lhe disse o quanto o grande rei cobiçara a esposa de outro homem, a divina Betsabá. O rei Davi mandou o esposo de Betsabá para a morte exatamente como meu amo mandou Artorex para lutar e perecer a seu serviço. — Ela pregou seu olhar de ódio em Uther. — É uma pena para o senhor, padrasto, que o ardil que usou no passado com tanto êxito não tenha chegado nem perto de funcionar com a mesma eficiência nessa ocasião.

A risada de Morgana, leve e infantil, era tenebrosa nos confins dos aposentos antes silenciosos do rei. O confessor voltou os olhos arregalados e assustados para o rosto de seu monarca. Sem obter reação, ele abandonou os aposentos antes que ouvisse palavras que o destinariam à corda do estrangulador.

Os olhos do velho rei se estreitaram de malícia.

— Ban não me traiu. O Fulgor é leal até a morte!

— Meu amo tem esperanças tão frágeis — retrucou Morgana. — Devo informá-lo de que o corpo de Ban está atado ao torso de seu cavalo e que ele é um dos honrados mortos de Andérida. Neste exato momento, Artorex cavalga para Venta Belgarum em triunfo, com o som da celebração do povo ecoando em seus ouvidos. Se ainda deseja sua morte, meu amo deve encontrar outro instrumento para brandir a espada em seu nome.

— O fedelho jamais governará em meu rastro. Ele jamais me sobrepujará como Alto Rei dos bretões; e logo será esquecido por meu povo.

— Tarde demais, lorde Uther. Muito tarde. Foi o senhor quem transformou o rapaz num herói do povo. Sim, o senhor. Ele chegou a Venta Belgarum como um jovem desconhecido, sem nome e sem feitos, e o senhor o transformou no maior guerreiro do povo celta.

Morgana ajoelhou-se diante de seu rei e lhe fitou os olhos maliciosos e mucosos. Sua pequena língua rosada explorava o lábio superior e acariciava uma pequena separação entre seus dentes.

— Como meu pai riria... Como Gorlois sorri do outro lado do véu, enquanto espera por sua chegada para acompanhá-lo. Salve, Uther Pendragon, Alto Rei, que será lembrado apenas como o cão que gerou o salvador dos bretões.

— Não me fale toda essa imundície. — Uther tapou os ouvidos com ambas as mãos manchadas pela idade. — Posso mandar estrangulá-la... E talvez de fato mande, se me dirigir seu veneno. Cale-se, ou você gritará em seu último suspiro.

— E como Vossa Majestade poderá aferrar-se à vida por mais tempo, se eu estiver morta? — cantarolou Morgana. — E como poderá tramar contra Artorex se for comida de verme? Só eu posso mantê-lo respirando além de sua hora, algo que seu confessor com suas preces estúpidas e inúteis não pode fazer. — Ela sorriu mais uma vez. — E quando seus olhos finalmente se fecharem, a longa fileira de seus mortos estará esperando para recebê-lo.

Morgana derramou uma pequena quantidade de pó branco na taça de vinho parcialmente vazia de Uther, e o pó ciciou e borbulhou, agourento.

— Um estimulante, meu amo. — Ela ergueu a taça para o padrasto. — Artorex chega para saudá-lo... Mesmo que o senhor não queira.

Uther pegou e tragou ansiosamente a poção oferecida. Só o ódio, o orgulho e os pós de Morgana eram capazes de manter o sangue circulando por seu coração velho e exausto.

— Você o odeia mais que eu, sua víbora — murmurou ele, como se o estimulante clareasse sua mente.

— Sim, amo, mas aqui está o paradoxo... Eu também o amo — respondeu Morgana com os olhos vazios de qualquer emoção.

— Que Deus ajude o fedelho, pois você o esfolará com seus carinhos.

Morgana deixou seu rei ao infinito círculo vicioso de seus pensamentos. No pórtico de pedra, consciente do frio que penetrava em suas sapatilhas finas, ela voltou o olhar sobre o ombro para o velho perverso e seus sonhos de imortalidade.

Que dupla venenosa somos nós, Uther, pensou ela, tristemente. *Talvez só conquistemos o que buscamos porque somos peões no destino de Artorex, o menino... que agora é Artorex, o homem.*

Ela afastou aqueles pensamentos dando de ombros, pois os hábitos do ódio estavam por demais entranhados em sua natureza para ceder às exigências da história.

Morgana, filha mais velha de Gorlois, o falecido Javali da tribo dos dumnones, deslizou para fora dos aposentos do rei como um vestígio de fumaça acre na brisa.

CAPÍTULO XV

Términos e Inícios

Artorex esperava com Myrddion, Luka e Llanwith no pátio frontal do Grande Salão. Vestido agora com os maiores tesouros que os saxões de Andérida tinham a oferecer, incluindo um grande manto de pele de lobo branco preso ao ombro com um alfinete de dragão, ele era uma figura imponente e régia. Targo insistiu que ele honrasse a ralé usando o torque do chefe tribal saxão, um colar maciço de puro ouro vermelho, com o formato da serpente alada dos bárbaros nórdicos. Os cabelos do jovem estavam penteados e soltos, à exceção de tranças que lhe deixavam livre a ampla testa, e sua túnica de inverno sob o manto bárbaro era feita de fina lã romana.

Odin o ladeava, segurando uma grande caixa de madeira.

O juto fora banhado e barbeado, não sem alguns protestos pagãos, mas agora senhor e servo se elevavam acima dos outros cortesãos do lado de fora do Grande Salão, onde muitos olhares furtivos se dirigiam aos rostos impassíveis que fitavam diretamente as portas de entrada lavradas e cobertas de verdete.

— O Alto Rei nos deixa esperando para nos colocar em nosso lugar — sussurrou Luka, mantendo sua postura de soldado.

— O ato desesperado de um homem impotente — concordou Llanwith, com desprezo.

— Contudo, Uther foi um grande rei no passado, e um talentoso líder de homens, meu rapaz — murmurou Myrddion. — É importante que você recorde esta lição.

Artorex decidiu não responder.

Ele continuava calado, pois não muito depois de sua chegada a Venta Belgarum, Caius o encontrou após uma furiosa cavalgada partindo da Quinta Poppinidii.

A noite de véspera fora branda e sem nuvens, com as estrelas finalmente se fazendo visíveis. Após garantir o bem-estar de seus homens, Artorex retornou ao Javali Feroz, onde as vozes dos bêbados foram silenciadas pelas mudanças marcadas no jovem durante sua prova em batalha.

Em seu quarto sob as calhas, Artorex rezara para que Mitra, o Jesus cristão e o Duan de Dartha celta protegessem sua família. Entretanto, mesmo enquanto entoava as súplicas a todos os deuses que conhecia, Artorex sentia um peso pressionando seu peito.

A chegada de Caius não foi surpresa.

Seu irmão adotivo estava exausto e sujo de lama, os cabelos negros estavam desgrenhados e as vestes impecáveis se viam marcadas pelo ritmo desenfreado da jornada. Com seu novo olhar, Artorex detectou uma fina mancha de sangue seco quase oculta pela lama no manto de Caius, e friamente percebeu que o outro não conseguia enfrentar seu olhar inabalável.

Seu irmão tinha medo.

Caius contou a trágica história de modo simples e austero, desejando proteger o irmão, aquele novo e completo estranho, dos mais duros excessos da dor.

— Ector montou uma grande pira funerária para Gallia, Frith e seus criados. Elas partiram juntas para os deuses em glória, exatamente como viveram suas vidas — explicou Caius vagarosamente.

Artorex meramente aquiesceu.

— Nosso pai chora com você, e ama a pequena Lícia como sua própria neta. Gareth a guarda dia e noite, e não há limite para sua tristeza.

Por fim, ele fitou o olhar de Artorex diretamente.

— Gareth enviou este talismã que tirou do corpo de Gallia. Foi feito por Frith, Gallia o usava, e Gareth acreditou que deveria ser seu. É o presente final de duas mulheres que tiveram um papel tão importante em sua vida, e portanto eu o entrego para você.

Artorex pegou a pequena forma grávida e acariciou o ventre volumoso com os polegares. Ele deveria atirar longe o objeto para que a dor não o devastasse, mas o cálido fragmento de avelaneira era tão suave e tão pleno de amor que, por fim, ele decidiu guardá-lo. Ele fechou as mãos sobre o amuleto e fez uma mesura em agradecimento.

Mais tarde, muito mais tarde, Artorex usaria a pequena estatueta numa corrente dourada em torno de seu pescoço, para que sempre repousasse sobre seu coração.

Caius se sentia decididamente desconfortável e irrompeu num discurso apressado.

— Os vermes que a assassinaram estão mortos. Nós queimamos seus corpos e espalhamos suas cinzas no vento, para que suas almas se percam para sempre. Mas primeiro deixamos que os carniceiros se fartassem.

Algo da velha crueldade de Caius retornava a seus olhos enquanto ele contava a história, e Artorex pensou vagamente que ali estava um instrumento adequado para seu uso, caso ele um dia tivesse uma necessidade perversa.

Tal pai, tal filho, pensou Artorex friamente, pois finalmente compreendia sua ligação com Uther e sua importância no esquema dos planos de Myrddion.

Ele sentia que sangue amaldiçoado corria em suas veias, e ansiava fervorosamente pela oportunidade de se ver só com sua dor.

— Somente um dos assassinos sobreviveu à batalha, e nós fizemos tudo que podíamos para obrigá-lo a revelar a razão do ataque à quinta — acrescentou Caius. — Ele foi aleijado por Gareth dentro da quinta, e não podia se mover, exceto se rastejasse na terra como uma cobra. Julanna aplicou suas próprias ministrações, numa tentativa de extrair informações do homem, retalhando seu corpo nos locais em que os nervos estão mais próximos da pele. Eu jamais acreditaria que minha mulher pudesse agir daquela maneira. — Caius balançou a cabeça com a memória, pois estava perdido no território ermo entre a admiração por sua esposa e o súbito medo que emerge quando se descobre que um bicho de estimação inofensivo se transformou num animal raivoso.

Ele suspirou.

— Tudo que conseguimos extrair dele foi seu nome: Botha. Ele não tentou esconder sua identidade ou mitigar suas ações, apesar da tortura.

— Então, à sua própria maneira, ele foi um homem honrado e leal — ponderou Artorex.

— Ele teve uma morte dura, irmão. Ector e Julanna cuidaram de seu sofrimento, pois acho que já esgotei minha cota de causar dor. Além de dizer o próprio nome, rezar para seus deuses e implorar pelo perdão da casa, ele não emitiu mais nenhuma palavra. Suas cinzas foram espalhadas nos campos.

— Obrigado, Caius. Eu desejo que você me acompanhe pela manhã, quando eu visitar o Alto Rei — respondeu Artorex, distante. — Vivemos em tempos estranhos, irmão, quando mulheres são peões do poder, e creio que sua grande mãe sabia que eu teria necessidade de você um dia. Eu me atei a você por minha promessa a Livínia, e sempre recordarei aquele juramento.

Quando Caius finalmente encontrou um colchonete vago, ainda coberto por lama de suas viagens, ele se pasmou porque a figura tenra do menino que chamara de Touro se tornara o líder completamente maduro, frio e confiante de guerreiros experientes; ele acabava de conversar com alguns deles.

Jamais o conheci de fato, refletiu Caius com um sentimento de inquietude. *Este novo Artorex faz meu sangue gelar.*

Pela manhã, Caius se banhou cuidadosamente à moda romana, vestindo-se e armando-se como um nobre romano, e encontrou Artorex e seus amigos no pátio frontal do Alto Rei.

Cautelosamente, Caius aproveitava a oportunidade para remediar sua reputação com seu irmão adotivo e os três viajantes. Friamente, e pensando em sua própria vantagem, o filho de Ector começou a atar seu destino inexoravelmente ao destino de Artorex. Caius bendisse sua mãe, pois ela reconhecera a qualidade em seu filho adotivo e o ligara à sua família através de um juramento.

Só Targo, fiel e intuitivo como sempre, entrara no pequeno quarto de Artorex durante a noite. Ele chegou na noite alta e encontrou seu amo devastado por lágrimas mudas enquanto apertava o amuleto de Gallia contra seus lábios.

Longa foi a dor de Artorex, e profunda, apesar de todo seu silêncio. Targo não podia fazer muito mais além de oferecer a companhia de um soldado a uma alma companheira em tormento. Quando Artorex chorou todas as lágrimas que seus olhos podiam verter e caíra num sono angustiado e cheio de sangue e morticínio, Targo permaneceu em guarda, com o coração partido pelas lembranças da pequena Gallia e de sua alegria perdida, efêmera.

Artorex nunca mais choraria. Nos longos anos que se seguiram, ele encontraria perdas monstruosas, mas jamais tornaria a chorar tão honestamente e tão livre de vergonha.

Como fizera no passado, Uther subestimara o efeito final de sua descortesia para com Artorex. A postura militar de Artorex e a estranha imagem de diversos reis tribais e um nobre romano deixados a gelar os pés no pátio frontal era combustível natural para boataria, e os rumores acresciam pouca credibilidade ao Alto Rei. Artorex e seus companheiros não reclamaram. Silenciosamente, eles permaneceram em sentido quando outros homens teriam repousado. Finalmente, o Alto Rei percebeu sua estupidez, pois após duas longas horas as portas douradas se abriram e Artorex foi convocado à presença de Uther.

Flanqueado por Caius e Llanwith de um lado e Luka e Myrddion do outro, o recém-chegado já não era um jovem, mas um homem. Seu rosto não apresentava rugas e seus cabelos tinham o mesmo tom vermelho-ouro de outrora, mas suas feições se ajustaram numa expressão de comedida autoridade, inabalável por paixões ou emoções descontroladas. Seus olhos brilhavam em seu rosto e eram impenetráveis, diretos e desconheciam o medo. Os cortesãos e sacerdotes presentes na sala do trono se retraíram com sua presença, pois Artorex era o verdadeiro rei entre eles, reduzindo Uther a pouco mais que uma múmia arcaica e definhada, uma sombra de sua antiga identidade.

— Eu lhe trago Andérida, como ordenado, meu soberano. — A voz de Artorex ocupou os cantos mais distantes do salão. — Eu lhe trago saudações de Ban, Fulgor do Oeste, que se reuniu aos mortos gloriosos no cerco ao Grande Salão dos Saxões. Trago os espólios das igrejas cristãs do sudeste como quinhão de Vossa Majestade, e peço permissão a meu suserano para declarar guerra aos saxões onde quer que eles estejam!

Artorex ergueu a mão, e Odin avançou, carregando um grande baú. Aos pés da tribuna, ele baixou a cabeça, abriu a pesada tampa lavrada em cobre e expôs as relíquias de ouro das igrejas cristãs que haviam sido saqueadas pelas hordas saxônicas. As exclamações de admiração da corte o banharam como ondas.

Odin recuou para se postar diretamente à retaguarda de seu senhor.

Uther não se dignou a baixar os olhos para a pilha de tesouros religiosos.

— Pedir? Pedir? Você não está pedindo! Está exigindo! Que direito tem você de instruir seu rei sobre as miudezas da guerra? — Uther passou os olhos desdenhosos pela corte, como se convidasse risadas, mas o salão permaneceu atipicamente silencioso.

Destemido, Myrddion se adiantou.

— Meu amo, Artorex é o verdadeiro herói de Andérida, líder seu que capturou a impenetrável fortaleza. É o mais verdadeiro soldado que combate em seu nome... e apenas em seu nome. Ele é o Guerreiro do Oeste!

Uther bufou quando Myrddion recuou um passo.

Llanwith tomou-lhe o lugar à frente.

— Artorex determinou nossas estratégias, planejou nossas vitórias e causou pessoalmente a destruição de muitos saxões. Eles queimaram como troncos de madeira em seu braseiro. Ele é o supremo Guerreiro do Oeste.

Llanwith recuou para sua posição.

Quando Luka tomou o lugar do amigo, ele mostrou aos cortesãos reunidos um sorriso que continha pouca diversão.

— Meu amo, Artorex é quem possui a confiança de todos os homens que o conhecem, de alta ou baixa estirpe. Só ele pode perpetuar seu legado como seu guerreiro supremo, agora que a idade baixou sua mão armada. Ele enfrentou bravamente a morte de nossos guerreiros, e provou ser o Guerreiro do Oeste.

Uther empalideceu, e a aglomeração se agitou como folhas secas ao vento do outono.

Finalmente, Caius tomou o lugar de Luka, e Uther examinou o homem desconhecido, envolto numa toga e armado com uma espada curta romana.

— Meu soberano, Artorex é a esperança dos desesperados, o portador dos fardos e o último Dux Bellorum. Ele é o Guerreiro do Oeste; independentemente do fato de que é meu irmão.

A consternação dominou o salão e vozes se elevaram, piando como pássaros ou grasnando como gaivotas, em direção ao teto enegrecido. Impaciente, Uther ergueu a mão e o silêncio se abateu sobre a corte.

— Quem é esse romano? — ele indagou.

— Caius é filho de Ector, guardião da Quinta Poppinidii e da Floresta Velha de Aquae Sulis — proclamou Artorex em voz alta e clara. — Sua mãe foi Livínia, a última da pura linhagem Poppinidii, e ele é meu irmão de criação. Ele traz para Vossa Majestade as saudações de Botha, que permaneceu fiel a seu juramento até a morte.

O rosto de Artorex era frio, desapaixonado e severo. A menção de Botha, capitão da guarda de Uther, fez com que a plateia sussurrasse e especulasse, e Artorex esperava para acionar sua armadilha.

Uther estava estupefato. Seu rosto cinzento tornou-se lívido e suas mãos e boca tremiam como se num acesso de paralisia. Ninguém no salão lúgubre e imponente pôde deixar de notar que o rei recebera um golpe inesperado. Seus dedos torcidos e marfíneos se comprimiam e relaxavam sobre os joelhos ossudos, e Caius pensou que o velho fosse desmaiar pelo choque.

Então esta é a verdade, pensou Caius, calculista. *Uther quer Artorex morto. Eu me pergunto por quê.*

Os guardas do Alto Rei, ignorantes da missão de Botha, ficaram alarmados pela menção ao nome do capitão, e os rostos de Myrddion, Llanwith e Luka se congelaram em assombro. Só Caius e Artorex permaneciam aparentemente impassíveis.

— A Quinta Poppinidii segue forte e continua a controlar a rota para Aquae Sulis. Nenhum saxão passará enquanto Ector ou eu estiver respirando — jurou Caius. — E não há fogo, traição ou assassinato na calada da noite que possa penetrar seus muros arcanos.

Se algum presente sabia ou deduzia que cada palavra pronunciada vinha carregada de uma ameaça velada, ninguém ousou dar qualquer sinal de tal conhecimento. Caius sentiu uma onda de exultação correndo por seu sangue, pois Uther parecia vacilar e estremecer como se numa síncope.

Ygerne estava rija e Morgause, simplesmente boquiaberta. Morgana sorria vagamente e brincava com os nós dos dedos.

Mas Uther compreendeu. Ele percebeu que seu plano fracassara, e que Artorex estava ultrapassando a tragédia como uma fênix se eleva das próprias cinzas. Horrorizado, Uther finalmente compreendeu que a incursão de Botha fortaleceu a posição de Artorex, e que ele perdera seu mais fiel criado no processo. Agora, cercado por inimigos ou simples curiosos, o Alto Rei parecia definhar por dentro.

— Pode fazer o que deseja... E nós agradecemos — murmurou Uther com uma voz quase tão frágil quanto o vento que se infiltrava pelas fendas na porta.

E assim, neste anticlímax, a audiência foi encerrada.

Contudo, Uther Pendragon, vitorioso de tantas batalhas, ainda não estava acabado. Acima de qualquer dúvida, o jovem vinha de sua semente, mas o conhecimento não provocava prazer algum ao velho monstro. Tudo que Uther ainda tinha era orgulho, agora imensamente acrescido em arrogância, e ele jurou que nem mesmo seu próprio filho viveria para governar em seu rastro. Melhor que a Britânia celta caísse em ruínas do que ver sua fama eclipsada.

Para tal fim, o Alto Rei concentrou a mente afiada e a vontade de ferro para desenvolver suas estratégias.

Por muitas horas, Uther tramou em sua teia como a aranha que se tornara, até que finalmente decidiu enviar sua espada e sua coroa para o bispo de Venta Belgarum, desta forma encarregando a Igreja da seleção de seu sucessor. Para manter seu trono livre do punho de ferro de Artorex, Uther confiaria nas invejas e medos que separavam os cristãos dos pagãos.

Em seus suntuosos aposentos, cercada por finos tecidos, joias e vidros romanos, Ygerne decidiu que Venta Belgarum jamais seria seu lar novamente. Suas filhas se tornaram perversas e amarguradas por suas más escolhas, e a dor de Ygerne se prolongava ao testemunhar as crueldades de Morgana e as vaidades de Morgause. Ela voltaria a Tintagel assim que possível, deixando todas as ostentações de sua posição para trás. Myrddion saberia o que fazer. Ele fora o arquiteto da desgraça de Ygerne, ainda que involuntariamente, e portanto deveria ser incitado a ajudá-la em sua fuga da desconfortável gaiola de ouro·

Uther mal notaria sua ausência.

A rainha Ygerne encarava seu espelho de prata. Seus olhos cinzentos, tão diferentes das órbitas frias de seu filho, abrandaram-se quando ela recordou o rosto de seu pai, semelhante a Artorex — mas também tão diferente. Uther fixou sua linhagem de sangue nos cabelos e no corpo do jovem, mas a mandíbula firme e os olhos descoloridos pertenciam ao pai de Ygerne.

No Grande Salão, aqueles olhos cinzentos a fixaram e inspecionaram, mas sem qualquer reconhecimento. Por que ele deveria importar-se com ela? Por acaso ela lutara por Artorex quando ele era pequeno demais para lutar por si? Não. Por acaso ela escolhera o caminho honrado ao descobrir a trama de Uther para atraí-la para sua cama? Não. Ela sequer cogitou cortar as próprias veias. E não ficou com o marido monstruoso por décadas, quando a moralidade comum sugeria que ela deveria ter partido?

Pela primeira vez em muitos anos, a rainha Ygerne gargalhou com liberdade. Uther embarcara num combate inútil contra seu filho único, que envenenaria os últimos anos de sua vida. Acima de toda dúvida, Uther fracassaria. Ygerne tivera por pai um guerreiro sem paralelo, e Uther fora o maior estrategista da Britânia celta. Assim, o que Artorex, a culminação dos dois, conquistaria?

— Mais que você, Uther. Mais que você!

Quatro semanas após sua audiência com o Alto Rei, Artorex retornou à Quinta Poppinidii com a nata dos impossíveis como sua guarda. Ele teria viajado na primeira semana após o retorno a Andérida, mas foi obrigado a postergar devido às feridas de seus homens, e Venta Belgarum não estava disposta a deixar partir seu herói. Além disso, para seu constrangimento, um canto de seu coração temia encarar sua filha e as decisões que havia tomado para o futuro dela.

O degelo da primavera começou, e a terra estava encharcada pela água que alimentava os bulbos, flores e ervas, empurrando seus brotos verdes para fora do solo úmido da fazenda. A Quinta Poppinidii estava no ápice, com os pessegueiros e as pereiras carregados de botões, ranúnculos crescendo em ondas amarelas pelos campos, e novilhos, potros e ovelhas recém-nascidos saltitando pelo longo capim.

Artorex sentia o aroma rico e inebriante da vida renovada, quando a primavera tornava a abraçar a terra.

— O inverno passou, e assim o júbilo e a alegria podem voltar — disse Artorex em voz baixa a Ector quando os dois homens admiravam os campos férteis. — Toda aquela morte e destruição por uma coisa tão insignificante; uma coroa tão morta quanto pedra. Este lugar é tudo que eu sempre quis; por que os três viajantes tiveram que aparecer para mudar a ordem natural das coisas?

Como sempre, Targo e Odin estavam postados à retaguarda de Artorex, duros guardiães que defendiam suas costas em todas as horas. Eles teriam aberto distância diante da dor de seu amo, mas Ector estava parado junto de Artorex e Odin não confiava em ninguém.

— Quem pode saber por que os homens são criaturas tão cruéis e brutais, meu filho? — respondeu Ector pensativamente enquanto a mão afagava os amplos ombros de seu filho adotivo. — São as mulheres que civilizam, os homens destroem. Muitas vezes penso em minha Livínia e seus jardins, e na pequena Gallia, que achava beleza nos limites da floresta, em lugares em que só vemos utilidade.

— Sim — respondeu Artorex simplesmente.

Ele fitou Ector com carinho e se esforçou para expressar seus pensamentos com palavras.

— Logo visitarei a casa de Gallia, mas, antes de partir, há algo que preciso pedir — disse o jovem gentilmente, com os olhos ansiosos fixos no homem mais velho. — É uma questão de importância para mim, e eu lhe peço que jure pela Quinta Poppinidii e pela memória de nossa ama Livínia que manterá sua palavra neste assunto.

— Ah, rapaz, o que lhe fizeram no sul para que você duvide de mim? Você, mais que qualquer outra pessoa, deveria saber que eu farei tudo que me pedir, se estiver a meu alcance. Não preciso fazer juramentos, mas cederei a seu desejo. Juro pelas cinzas de Livínia, por esta boa terra e pelo amor que me mantém aqui, onde o mundo é tranquilo e puro.

O rosto de Ector estava agora velho e crispado por rugas, mas ele ainda era tão forte quanto um antigo carvalho, e os anos pesavam pouco sobre sua cabeça calva e os ombros largos.

— Lícia não pode continuar a ser minha filha.

A voz de Artorex estava vazia de tristeza, ou repleta dela, dependendo da sensibilidade do ouvinte.

— Fui informado de que sou filho legítimo de Uther Pendragon, último de uma linhagem guerreira cujo sangue foi envenenado por ambição e corrupção por muitas gerações. Não exporei Lícia a homens ambiciosos, que a explorarão para alcançar seus próprios objetivos.

Artorex então suspirou com toda a dor que qualquer homem de verdade pode sentir pela perda de seus entes amados. Ele passou os olhos pelos campos e pelas névoas da manhã.

— Eu quero que adote Lícia como sua filha. Nestes campos, ela pode crescer alta e forte sob sua influência, exatamente como eu cresci. É a melhor solução que posso imaginar para garantir que ela aprenda a viver e rir como a mãe.

— Mas a família Gallus conhece a verdade sobre o nascimento de Lícia — protestou Ector.

— A família de Gallia é muito menor agora e seus parentes são muito orgulhosos — respondeu Artorex. — Eles seguirão seu conselho. Gallinus compreenderá os riscos ligados à sobrinha. Pense, pai. Ela é neta de Uther Pendragon, e é sobrinha de Morgana e Morgause, duas criaturas verdadeiramente apavorantes. Se Morgana soubesse que Lícia ainda está viva, não hesitaria um segundo em sequestrá-la para lhe ensinar perversidades. Por acaso posso permitir esse destino para minha pequena Lícia?

— Não! — respondeu Ector num rompante.

— Se for sabido no futuro que ela é minha filha, a Quinta Poppinidii será um ímã para os ambiciosos, os violentos e os homens que gostariam de ter um filho de Lícia, mesmo que o estupro seja a única opção. Para tais criaturas, o neto de Artorex seria um prêmio imenso, e eu não desejaria esse destino para ela.

— Jamais! — exaltou-se o velho. — E eu morreria para impedir isso.

— Então o senhor deve incorporá-la à sua família. Se tal arranjo lhe parece aceitável, eu gostaria de pedir que me permita ser tio adotivo dela, para que eu possa vê-la quando o dever permitir. Ela é muito pequena e tenho certeza de que me esquecerá com o tempo. — O rosto de Artorex estava infinitamente triste. — Jamais pedi tanto de homem algum como peço agora ao senhor, pai. Ela terá um dote de casamento de grande valor e a Quinta Poppinidii estará a salvo, pelo menos pela duração de minha vida. Gareth cuidará de todo o resto.

— Não quero nada por este dever — proclamou Ector sem dúvidas. — Pois não há ouro ou terra que possa equivaler à metade do valor de meus filhos. — Ele olhava diretamente para o rosto de Artorex. — Caius guardará silêncio?

— Sim. Caius e eu chegamos a um entendimento — respondeu Artorex. — O destino de Caius está atado ao meu, e assim sempre estará.

— Bem, que raios me partam se compreendo Caius — disse Ector com algum humor, e pai e filho riram ironicamente.

Mais tarde, Artorex caminhou pelos campos, com suas duas sombras de guarda às suas costas, até chegar à terra queimada onde conhecera tanta alegria. Os troncos da estrutura eram agora cinzas, mas as pedras queimadas das paredes e das rústicas fundações testemunhavam o amor que fora real, mas que agora estava para sempre perdido. Os brotos de glicínias, mais fortes do que Artorex podia imaginar, já lutavam com a hera para ganhar o domínio das pedras.

Distante, Artorex se agachou para arrancar uma erva robusta que crescia entre as pedras lascadas do pátio. Odin seguiu o exemplo de seu amo e logo as ervas haviam desaparecido e o túmulo de Gallia e Frith, pois era o que o lugar se tornara, foi limpo das plantas parasitárias.

— Meu maior desejo é que você plante flores dentro e ao redor das ruínas de minha casa — Artorex disse a Gareth naquela noite. — Rosas, botões de primavera e as raízes fortes e profundas de amieiros e avelaneiras devem florescer ali, pois um jardim em memória de Gallia é o único objeto de real valor que posso dar à pequenina Lícia.

Gareth ajoelhou diante de seu amo e jurou servir a Artorex enquanto vivesse, sem hesitação.

— O Jardim de Gallia será belo, pois eu cuidarei dele como meu amo me pede. Mas eu anseio por sua permissão para plantar ervas medicinais também, e as margaridas e papoulas comuns que Frith amava.

— Não há necessidade de pedir, Gareth. — Artorex sorriu para o jovem. — Você pode erguer um memorial para Frith, minha mãe de coração. Mandarei ouro para pagar por sua construção.

— Farei como me pede, meu amo. Se o senhor concordar em vir comigo amanhã, eu lhe mostrarei o que pretendo fazer.

E assim, pela manhã, Artorex se viu de volta ao lugar em que sua jornada começou, em sua clareira na Floresta Velha, onde a fraca luz da primavera se projetava para apunhalar a escuridão.

A pedra não se modificara, e tampouco seus entalhes poderosos e fantasmagóricos. Artorex sentiu que estava em presença de algo sagrado, que lhe era estranho como os ritos femininos.

Até Odin sentiu uma presença mística e se prostrou diante da pedra.

— Eu lhe peço a bênção de manter esta pedra sob minha proteção, lorde Artorex — explicou Gareth, apontando para os entalhes. — Gallia e Frith vinham aqui quase todos os dias, pois era um lugar onde elas sentiam contentamento e ficavam em paz com o mundo. Gallia dizia que se sentia próxima ao meu amo quando estava aqui, e Frith me disse que a pedra era sagrada para as mulheres e tão velha quanto o mundo. Ela moía sua ervas no receptáculo do topo. — Gareth sorriu timidamente para Artorex. — Ela me disse que sangue banhara a pedra em tempos muito antigos, mas que sua mágica de mulher destruíra os demônios que viviam no interior.

— Então você pode mover a pedra para onde queira. Ector lhe dará todos os homens necessários para posicionar a pedra em seu novo local de descanso. Talvez você possa colocá-la no pátio frontal das ruínas, para que um lago se forme em torno dela e a água seja drenada por seu cálice quando a chuva cair.

Artorex suspirou, pois no passado ele só imaginava um fluxo de sangue fresco e sacrifical naquele cálice sagrado. Ele não discernira qualquer outro uso para a relíquia antiga.

— Talvez flores aquáticas possam torná-la um objeto de beleza, e não um símbolo da morte.

Durante os meses seguintes, Artorex, sua ralé e os guerreiros atraídos para seu estandarte cavalgaram pelas cadeias montanhosas como um turbilhão armado. Nenhum saxão ousava caminhar em solo que Artorex proclamava sagrado para a causa do oeste. Nenhum nórdico ousava cortar uma única árvore nas florestas que Artorex declarava suas. E nenhum homem era deixado a respirar se fazia oposição ao agonizante Uther em seu Grande Salão empoeirado. O último Dux Bellorum tornou-se o Guardião dos bretões, e sua fama crescia.

Nas poucas e breves ocasiões em que a paz se instalava nas fronteiras, Artorex retornava para a Quinta Poppinidii. Lá, ele brincava com uma pequena menina loura que chamava de Lícia e que vivia acompanhada de uma constante sombra de cabelos pálidos: Gareth.

Os cabelos que restavam a Ector também embranqueceram, mas o velho ganhara liberdade na vida quando Caius partiu para a guerra como um dos capitães de Artorex. Muitas vezes Ector era ouvido dizendo que o filho adotivo presenteado por Lucius fora a maior sorte de sua vida longa e afortunada.

Nenhuma casa foi erguida nas fundações da velha casa onde Gallia e Frith morreram. Só flores tinham permissão de viver ali, os botões cultivados por Gareth, que fez a promessa de que ninguém perturbaria a paz de Lícia com histórias sobre um pai guerreiro. Artorex passou a amá-la como um tio, ao menos na superfície. E, se ele chorava por perder sua filha para preservar sua segurança, só Targo sabia. E Targo nunca falava.

O sol nascia e morria na Quinta Poppinidii como fizera por centenas de anos, e Gallia repousava numa urna de ouro instalada num nicho nas paredes em ruínas de sua casa. Apesar do valor de seu último local de descanso, nenhuma mão ousaria tocar o jardim do Dux Bellorum ou seu conteúdo. Por fim, ela se tornou um sonho até para o fiel Artorex, e depois a vaga lembrança de um sonho, e o tempo a apagou nas ações grandiosas dos homens de poder.

Mas o jardim florescia na terra violada, onde desaparecera tanto do Artorex de Gallia. O receptáculo na pedra se enchia com água limpa e lavava a memória de males passados. E o espírito de Frith dançava nas margaridas silvestres que cresciam em grandes massas brancas, entremeadas com papoulas vermelhas como o sangue que ela derramara do coração por amor.

Por um ano, Artorex empregou sua grande força ao limite, vivendo na sela do cavalo e reunindo em torno de seus impossíveis sobreviventes uma grande força de guerreiros jovens e entusiasmados. A nobreza, os vilarejos e os últimos bastiões celta-romanos, todos mandaram seus melhores filhos para cavalgar com Artorex, o Guerreiro do Oeste, e os poucos postos saxônicos no noroeste das ilhas britânicas foram forçados a recuar para as montanhas ou as terras pantanosas, como lama lavada dos pés de Artorex.

A obstinação de gelo o impulsionava. Quando o oeste se tornou um bastião seguro, Artorex montou acampamento nas montanhas, nas velhas fortalezas, criando uma fileira de torres de guarda para vigiar a ameaça invasora dos saxões, que começava logo após as fronteiras.

Durante aquele tempo, Venta Belgarum jamais viu seu rosto. Artorex dizia a si mesmo que seu ódio por Uther era tão profundo que não confiava ser capaz de permitir que o velho rei moribundo seguisse vivendo. Ele tentava convencer seu lado mais frio de que sua rejeição à capital de todo o poder bretão era também para proteger Targo, que jurara vingar o assassinato de Gallia.

Mas, num recanto nauseado de sua alma, Artorex sabia que não suportava ver-se espelhado em toda a ruína e a crueldade de Uther. E assim ele cavalgava, lutava e usava a superioridade celta ao limite — valendo-se do poder da cavalaria celta.

No fim do inverno, Myrddion encontrou Artorex num ventoso acampamento. O jovem ponderava sobre mapas desenhados em couro macio e enrolado, planejando sua próxima campanha contra os bastiões saxônicos.

— Não tem um sorriso para um velho amigo, Artorex? — murmurou Myrddion da entrada da simples cabana de argila e juncos.

Artorex ergueu a cabeça para encontrar os olhos escuros de Myrddion.

— Você é sempre bem-vindo, Myrddion, o mais velho dos mestres. — A boca de Artorex se torceu um pouco em ironia, e Myrddion sentiu uma punhalada no coração pela inocência perdida de seu pupilo.

Artorex tirou peles, mapas descartados e um prato de madeira sujo de um banco no centro da sala.

— Sente-se, meu amigo, e ignore minha distração, pois estou cansado e desanimado pelo que será necessário fazer nesta primavera. Como anda Venta Belgarum?

— A cidade está tranquila, como um guerreiro esperando pelo chamado à batalha. Uther se entrincheira em sua cidade como uma aranha em agonia, mas está preso nas maquinações de Morgana, e não em suas próprias. Cuidado com ela, Artorex, pois ela odeia todas as coisas que são de Uther; e você é o maior legado. Se puder, ela lhe fará mal maior do que apenas conservar a vida daquele velho monstro com suas perversas poções.

Os lábios de Artorex se torceram amargamente.

— A vida era infinitamente mais simples quando eu não tinha parentes de sangue.

— Sua mãe se recolheu a um convento próximo a Tintagel, apesar dos rumores que sua ausência provocou. Ela se tornou uma penitente, e dizem que fez voto de silêncio. Ela açoita o próprio corpo para salvar sua alma.

Artorex apenas ergueu as sobrancelhas.

— Não se comove, rapaz? Você perdeu uma esposa para o vil assassinato, mas Ygerne perdeu o esposo através de embustes; e depois o filho foi tirado dela. Ygerne acreditou que você estava morto por incontáveis anos, e finalmente fugiu do homem que a aviltou tão profundamente. — Lentamente, Myrddion balançou a cabeça. — Não sente pelo menos um pouco de curiosidade pelos motivos de Ygerne para se casar com Uther? — Myrddion dava sinais de impaciência, e Artorex desviou o rosto do preocupado escrutínio do velho.

— Acho difícil me importar com as penitências que uma rainha corrupta oferece com atraso a seu deus. Em meu coração, minhas mães foram Frith e Livínia, uma saxã e uma romana. E ambas foram mulheres boas e justas, desprovidas de estratagemas ou covardia em sua natureza.

— Você é duro demais, Artorex, pois Ygerne foi uma trágica vítima. Fui eu quem ajudou Uther a enganar a mais bela mulher entre as bretãs; outro pecado para pesar em minha consciência. Minha única justificativa é que foi importante para nossa causa que ela desse à luz o sucessor de Uther. Pode me julgar, se quiser, mas guarde um pouco de piedade para uma mulher frágil que sofreu muito mais cruelmente que você.

Artorex bufou.

— Deixe-me falar, Artorex — exigiu Myrddion. — Ygerne foi uma mulher notória. Era uma beldade, mas também podia ler e escrever, cantar como um rouxinol, e era tão boa de coração que seus encantos físicos eram o menor de seus talentos. Os homens se apaixonavam à primeira vista e ansiavam por ganhar seus sorrisos, mas ela tinha o coração entregue a seu esposo, Gorlois, o Javali da Cornualha. Ele era um aliado de Uther Pendragon.

"Em certo banquete, Uther conheceu a lendária Ygerne. Eu recordo aquela noite, por toda a infelicidade que brotou de uma simples refeição. Uther viu Ygerne, desejou-a, e ficou obcecado em possuí-la. No sono e na vigília, Ygerne lhe dominava os pensamentos, tanto que Uther negligenciava seus deveres. Nada que eu dissesse o demoveria, e nenhuma outra mulher saciava seu desejo.

"Bem, você pode rir, Artorex, mas ainda não passou dos 40 anos, idade de Uther na época. E o homem se apaixonava pela primeira vez em sua vida. Uther desfrutara de todas as mulheres que quisera no passado, mas agora ele encontrava um ideal que não podia possuir, e sua obsessão quase lhe custou a sanidade.

"Sim, eu finalmente encontrei uma forma de ludibriar Ygerne, de modo que ela recebeu Uther em Tintagel e se deitou com ele como se fosse seu esposo. Quando descobriu a artimanha, o que Ygerne podia fazer? Quando ela o recusou, Uther a estuprou e plantou a semente em seu ventre. Sim, eu vi como ele mandou Gorlois para uma batalha suicida. E vi quando ele determinou o resultado ao declarar o duque da Cornualha traidor e mandar matá-lo. Você consegue imaginar como Ygerne se sentiu quando viu a cabeça de seu amado esposo espetada numa lança sobre os portões de Venta Belgarum?"

— Ela poderia ter provocado sua própria morte — interrompeu Artorex, brutal.

— Ela já estava grávida na época de que falamos, e acreditava que a criança vinha da semente de Gorlois. Ela não podia tirar a própria vida! Ygerne tinha duas filhas e Uther as usava como reféns para levar a rainha para a cama e assegurar sua submissão. Eu lhe pergunto, Artorex, o que você teria feito?

Artorex enrubesceu sobre os ossos altos da face com a crítica implícita de seu mentor.

— Meu nome ainda é Artorex, mas já não sou o garoto que carregava tal nome — declarou o jovem casualmente. — É triste, mas a vida feliz que

Artorex conheceu e amou está morta há muito. Apesar dos pecados que ela suportou, Ygerne não tem nada a ver comigo, embora eu a absolva das falhas da vaidade e da covardia. Compreendo que Uther transformou muitos inocentes em pecadores.

— Você está irado e magoado até a alma, meu rapaz. Eu jamais gostaria de vê-lo sofrer, como você bem sabe. Neste caso particular, você foi convocado a sacrificar algo de si mesmo pelo bem comum.

Artorex bebeu um grande gole de vinho de sua taça de madeira, e depois cuspiu a borra no capim do chão. Ele ergueu os olhos para o amigo e sorriu à sua maneira antiga e leal, enquanto o vento gelado sacudia o couro rijo sobre o lintel da porta e agitava seus cabelos soltos.

— Espero que me perdoe, amigo Myrddion. Eu me sinto perdido e só as mortes saxônicas parecem dar-me propósito. Pensarei em suas palavras e, se decidir selar a paz com Ygerne, eu o farei. Independentemente de minha decisão, sempre serei grato por sua orientação e conselhos.

De pé no interior da saleta quente, eles trocaram um aperto de mãos e, sabiamente, decidiram evitar assuntos dolorosos.

— Como anda Caius? — perguntou Myrddion, curioso. — Ainda me vejo intrigado com aquele jovem, pois os incidentes da Quinta Severinii continuavam a me assombrar.

Artorex fez uma breve careta com a lembrança.

— Ele é um capitão de cavalaria adequado?

— É bastante bom, e suas habilidades táticas demonstram certa ferocidade. Apesar de minhas reservas por sua falta de senso, eu preciso dele porque Caius odeia os saxões ainda mais do que eu ou você. Às vezes acho que ele não os vê como seres humanos, mas como animais selvagens. Creio que Caius é um daqueles homens que desfrutam da batalha e que encontram seu ápice em tempos de violência. Mas já basta de Caius! O que o traz a este lugar amaldiçoado?

— Várias coisas, Artorex. Enviei muitos homens bons para o coração do leste saxônico, para que me tragam informações. Eles arriscam suas vidas para nos trazer informações sobre os intentos saxônicos. — Myrddion tinha o semblante triste. — É comum que tais homens morram por nós, sem louvor ou glória. Como você, muitas vezes sinto suas sombras se aglomerando a meu redor, e por isso lamento a desesperada necessidade que me força a enviar homens tão bravos para bastiões inimigos. Mas eles e nós servimos como temos que servir, pois a única coisa que importa é a terra.

Myrddion caminhava pela saleta cônica, recusando o vinho em favor da água, e, apesar de sua avançada meia-idade finalmente estar esbranquiçando seus cabelos, o rosto torturado refletia toda a comoção perplexa de um menino.

— Neste exato momento, espero notícias de meu melhor servo, Gruffydd, um camponês que cresceu entre os saxões como escravo. Sua habilidade com o idioma garantiu sua segurança por muitos anos. Espero que Gruffydd lhe dê a posição do avanço saxônico, pois o leste agora pertence a eles por completo.

Myrddion observou Artorex através da penumbra com expressão preocupada em seu rosto liso e ainda jovial.

— Temo que seremos enxotados para as terras do extremo oeste, Artorex, e toda a civilização que os romanos e os celtas construíram será queimada até a raiz.

— Não enquanto eu viver.

— Nem eu, Artorex — replicou Myrddion. — Mas agora estamos engajados no jogo da espera, pois Uther ainda vive, contra toda a natureza. As tribos estão divididas e Morgause tem muitos filhos. Quando o Alto Rei morrer, como logo ocorrerá, os pretendentes ao trono se proliferarão como urtigas para tomar o poder, e as velhas alianças serão abandonadas como palha ao vento.

— Não tenho desejo de tomar o lugar de Uther, pois os deveres do Dux Bellorum são por demais custosos para mim — respondeu Artorex honestamente.

— Meu rapaz, não há nenhum pretendente ao trono que ousaria deixá-lo viver. Você precisa tomar cuidado, Artorex. Não pode confiar em homem algum, exceto aqueles que estão atados a você por laços que não podem ser rompidos. Você precisa compreender que os lábios dos aspirantes à grandeza talvez sorriam, mas a serpente em seu coração pode ser impossível de reconhecer.

Artorex se aprumou à sua máxima altura, e a figura alta e delgada de Myrddion foi forçada a erguer a cabeça para ver seus olhos.

— E quanto a você, velho amigo? Você me trairia pela terra?

— Eu poderia mentir e dizer que meu amor por você ultrapassa todos os outros deveres, mas não pretendo colocar mais peso sobre minha alma. Se você trouxer sangue e morte para nosso povo, então serei forçado a me decidir contra você. Mas juro pelo amor que tenho por você, como o filho que nunca tive, que jamais usarei Lícia como eu o usei.

Gravemente, Artorex aquiesceu.

Embora não percebesse a importância de suas palavras, Myrddion havia passado no maior teste de Artorex. Ele tinha dito a mais pura verdade.

O jovem ofereceu a mão da espada a Myrddion, e os dois homens se abraçaram.

— Obrigado por sua honestidade, velho amigo. Não espero nada menos de você, mas tenho que fazer estas perguntas desagradáveis. Pode culpar meu sangue sujo por minha frieza e minha natureza ressabiada.

— Sujo? Oh, não, meu amo. Você é o que Uther deveria ter sido, mas não foi. Pois você tem amor pelas pessoas que são o pilar de nossas terras. Uther sempre usou seus guerreiros sem qualquer preocupação com o custo, mas você se importa com os homens que morrem pela causa. Você é filho de sua mãe.

— Mas qual mãe seria, Myrddion? Esta é a questão que me persegue.

— Talvez você pertença a todas elas. Já considerou esta possibilidade? O sentido de dever de Livínia, a coragem de Frith e a perseverança de Ygerne, tudo ajudou a moldá-lo, e assim quem pode dizer qual dessas mulheres é sua verdadeira mãe?

Artorex deu de ombros.

— Você descobrirá seu caminho, meu amo, pois precisa. Mas, por hora, apenas me indique uma cama quente, pois preciso partir pela manhã.

Naquela noite, Targo notou que Artorex sorria com mais facilidade e as preocupações que lhe pesavam nos ombros pareciam um pouco mais brandas.

— Esse Myrddion é um demônio de astúcia — ele disse a Odin, que compreendia em parte. — Mas, mesmo que Artorex não saiba disso, ele é a verdadeira vantagem de nosso amo.

Sabiamente, Odin não respondeu. Entretanto, quando a sombra de Myrddion o tocou, ele segurou o amuleto em seu peito, para dar sorte.

CAPÍTULO XVI

A Criança por Nascer

Gruffydd chegou tarde ao vilarejo em chamas, cavalgando quase até a morte de seu corcel castigado pela longa viagem desde Venonae. Coberto de lama dos pântanos e com seu humor envenenado por horas sobre a sela guiando atentamente o cavalo esgotado, ele foi tomado por fria raiva ao descobrir que o pequeno vilarejo já havia perecido à espada.

A vila de Durobrivae só tinha uma edificação de pedra, remanescente da velha guarnição romana. Os anos desgastaram a pedra e o abandono permitiu que musgos cobrissem a fachada com uma brilhante exibição de verde, prata e o lampejo ocasional de um vermelho ferruginoso. O resto da cidade era erguido em pesados troncos, pois um rio passava junto a Durobrivae e a área era conhecida por suas enchentes e alagamentos.

Gruffydd torceu o nariz com repulsa. Aldeões inocentes e guerreiros jutos foram todos mortos, muitos queimados dentro de suas casas, pois temeram aventurar-se sob a chuva de flechas ordenada pelo capitão da tropa celta. À sua maneira, o ataque fora brilhante, pois poupou muitos soldados dos perigos de uma batalha corpo a corpo, mas Gruffydd era um homem dos pântanos e desprezava aquela carnificina covarde.

O fedor de sangue e de carne carbonizada estava por todo lado. Grupos de soldados descansavam à vontade, alguns depenando galinhas para assar e outros, com mãos e rostos cobertos de fuligem, ocupados em saquear os mortos. Gruffydd sentia engulhos.

Enquanto ele desmontava do cavalo, um jovem de cabelos escuros protegido por um peitoral de cobre se aproximou, carregando um capacete romano. Suas maneiras indolentes e feições finas o identificaram imediatamente como lorde Caius, irmão de criação do Dux Bellorum do Oeste, o invencível Artorex.

— Muito prazer, amigo. — Caius o recebeu com cautela enquanto atirava seu capacete casualmente para um jovem serviçal. Ele começou a limpar sua espada romana com um trapo ensanguentado, mas Gruffydd não se deixaria enganar. Os olhos negros do líder da tropa chispavam de curiosidade e algo mais, que Gruffydd não podia reconhecer com exatidão.

— O senhor deve ser o capitão Caius — declarou Gruffydd. — Eu lhe trago ordens de lorde Artorex.

Caius meneou a cabeça com a elegância nata que destoava das luvas manchadas de sangue e da massa encefálica que ele limpava de sua espada.

— O senhor é convocado a Venonae, meu amo — começou Gruffydd. — Fui enviado para reunir as matilhas de lobos que atacam nossos inimigos nas terras aluviais. Lorde Artorex tem informação que deseja transmitir a todos os comandantes.

Caius passou os olhos pelas ruínas enegrecidas da vila com genuína tristeza.

— Não resta ninguém para ser morto por nossos guerreiros? — perguntou Gruffydd sardonicamente.

Caius o ignorou.

— Quando meu irmão demanda minha presença? — perguntou ele com indolência, os olhos aparentemente ocupados com a higiene de sua armadura.

— Daqui a três dias, meu amo. Sua tropa foi a última que tive de rastrear, apesar dos rumores de que Durobrivae estava prestes a ser atacada por seus soldados.

— Durobrivae está destruída... ao menos nos contornos — murmurou Caius, divertido.

Alguns soldados que estavam no campo de audição ergueram os olhos de suas tarefas e riram, ou sorriram, compreendendo.

— Pode comer conosco, mensageiro. Assim que cair a noite, partiremos para encontrar meu irmão de criação.

— Sou grato, lorde Caius — respondeu Gruffydd com uma respeitosa mesura de cabeça.

Os guerreiros que repousavam por perto rosnaram seu desagrado à maneira de todos os soldados, mas Gruffydd não tinha dúvida do afeto que pareciam ter por Caius. O mensageiro conhecia a reputação de crueldade e ardil de Caius, mas, ainda que aprovasse a forma como o jovem podia gerar lealdade em seus comandados, ele jamais poderia aprovar a forma impiedosa com que Caius encorajava seus homens a despojar os mortos de sua riqueza e casualmente atirar todas as crianças de colo às chamas.

Gruffydd aceitara a oferta de alimento de Caius com civilidade e cautela, pois Myrddion o advertira do perigoso temperamento que dominava o jovem quando ele era desafiado.

Imprevisível como sempre, e após averiguar a aceitação de Gruffydd quanto a seus respectivos papéis, ele mudou seus planos.

— A neve está chegando. — Caius olhou para o céu. — Portanto, quanto mais rápido estivermos a caminho, mais fácil será a jornada. Sinto muito, mensageiro, mas decidi não esperar.

Ele começou a marchar na direção dos pequenos grupos de cavaleiros.

— De pé, cães ociosos. Viajaremos para encontrar o Dux Bellorum. Levem apenas o que puderem carregar com facilidade, pois partimos imediatamente!

O infeliz Signus, um dos guerreiros, estava a meio caminho de cortar a garganta de uma ovelha. Seus braços estavam cobertos de sangue até os cotovelos, mas, obediente, ele atirou o cadáver para longe sem qualquer reclamação.

Gruffydd notou que todos os guerreiros obedeceram Caius instantaneamente — e todos exibiam um respeitoso afeto por seu comandante. O líder romano parecia ser uma contradição ambulante.

— Você nos acompanhará nesta jornada, Gruffydd?

— Não, meu amo — respondeu Gruffydd. — Meu cavalo precisa de repouso. Mas podem aguardar minha presença em Venonae com Myrddion, meu senhor.

— Aquele corvo das tempestades! Muito bem. Logo nos encontramos novamente.

Voltando-se para seus sargentos, ele ladrou suas ordens para a tropa.

— Ulf, arranje uma tigela de comida para o mensageiro de meu irmão, alimente seu cavalo, e depois ponha seu traseiro em marcha. Pretendo estar bem longe quando a neve começar a cair.

Contudo, antes que a tropa montasse em silêncio e desaparecesse à luz morrediça, a neve já formava espessos mantos.

Gruffydd finalmente se viu sozinho com os mortos.

Misericordiosamente, a neve cobriu os corpos dos guerreiros; a maioria fora esquartejada onde caíra. Sempre um estrategista, Caius ordenou que seus homens recolhessem as flechas e armas usadas, mas Gruffydd julgava que os corpos dos inimigos tinham sido desnecessariamente aviltados. As feridas arreganhadas nos cadáveres só poderiam ter sido infligidas em homens já prostrados na terra, ao passo que as mulheres estavam encolhidas como fetos, com as gargantas cortadas e os olhos arregalados alucinadamente para o céu cinzento.

Quando ele espiou o interior dos escombros das cabanas, até seu estômago forte e endurecido por batalhas ameaçou verter-se. Corpos carbonizados se agarravam a crianças ainda mais horrivelmente queimadas, com idades e sexos incinerados com seus cabelos e roupas; torcidos pelas chamas, os dedos fuliginosos pareciam convocá-lo até eles.

— Os corvos se fartarão destes saxões — murmurou Gruffydd consigo. — Talvez Caius utilize esta brutalidade como advertência.

Entretanto, nas partes mais secretas de sua mente, Gruffydd sabia que vigiaria o irmão adotivo de Artorex com muita, muita atenção dali em diante.

Um fato era certo. Gruffydd não poderia dormir ou deixar seu cavalo repousar naquela câmara mortuária durante as cinco ou seis horas necessárias para recuperar suas forças. Ele tinha que partir antes do amanhecer e, mesmo que isto significasse dormir na neve, ele precisava limpar o fedor de morte de suas narinas.

Seu cavalo relinchou seu descontentamento e recuou da carcaça ensanguentada da ovelha morta. Mesmo na crescente escuridão e através da neve esparsa, Gruffydd avistou uma trilha de terra batida que se afastava da vila, e adivinhou que ela conduzia à água. Talvez pudesse limpar o fedor de suas mãos num córrego, não importando quão gelada estivesse a água.

Ele notou de imediato que botas haviam deixado profundas pegadas no caminho de lama. Gruffydd se sentiu nauseado mais uma vez ao descobrir uma pegada menor, parcialmente coberta pelo rastro de um homem adulto. Ao menos duas pessoas passaram pelo caminho em direção ao rio, e os instintos do mensageiro clamaram por outra rota para encontrar abrigo e água. Mas a curiosidade sempre foi sua fraqueza. A sede de conhecer o melhor e o pior da natureza humana fazia de Gruffydd o mais habilidoso dos agentes de Myrddion.

As margens do rio estavam cobertas de plantas aquáticas e flores mortas. Salgueiros se deitavam sobre a água, que já tinha uma fina e perigosa pele de gelo. Não fosse o vestígio de sangue nas folhas mortas do capim, a margem do rio seria nevada e bela em sua crua simplicidade. Próximo a um imenso salgueiro semimorto, o cavalo de Gruffydd empacou, rolando os olhos com pavor.

Depois de atar sua montaria a um ramo, Gruffydd se pôs de joelhos e rastejou para dentro do oco largo formado pelos galhos do salgueiro. Um poderoso cheiro de sangue, urina e fezes, e outra coisa indefinível, quase o enxotou de volta ao ar aberto. A escuridão no simulacro de caverna era quase impenetrável, mas, quando seus olhos se ajustaram ao negror, ele divisou uma silhueta encolhida, encostada no intrincado tronco da árvore anciã.

O corpo à sua frente era de uma moça muito jovem e bela. Mesmo entremeados por filetes de sangue, seus cabelos eram uma onda translúcida de louro-branco. Seu rosto era pálido e livre de marcas, exceto pelos olhos arregalados, imensos, de intenso azul, mesmo à luz fraca. Estavam velados por agonia e horror.

O chão sob seu corpo estava empoçado com sangue.

Gruffydd suspirou e ergueu o pano da saia da moça, que já estava puxada até seus joelhos. Ele recuou, repugnado.

Ela fora estuprada, disso não havia dúvida, pois sêmen e sangue marcavam suas coxas. Mas Gruffydd pôde ver que havia um grande talho em seu ventre de gestante, pois a pele alva e esticada estava agora flácida e vazia. Até o cordão umbilical escuro foi arrancado, e ele notou com horror que ela teve as mãos rasgadas até os ossos quando lutou para salvar a vida de sua criança por nascer, mesmo quando sua própria força vital fenecia. Gruffydd a imaginou correndo o mais rápido que sua barriga volumosa lhe permitira, até ser alcançada por um soldado e arrastada para aquele lugar escuro onde ninguém, exceto os deuses, veria sua morte ignominiosa.

Gruffydd também notou que o sangue ainda estava úmido.

Ela sangrara até a morte — e fazia pouco tempo.

Horrorizado, Gruffydd recuou para fora do túmulo sob o salgueiro. Indubitavelmente, o bebê já estava morto e fora do alcance de sua ajuda. Ele pensou em sua esposa e seus filhos em Venta Silurum, livres de ataques e rapinantes, e agradeceu a Deus por Artorex não sancionar tais feitos pavorosos. O Dux Bellorum só tinha uma fraqueza aos olhos de Gruffydd, e era sua inexplicável confiança em Caius.

Gruffydd começou a tocar seu cavalo rio acima para se afastar do túmulo maldito, mas um grito, tão agudo e frágil quanto o de um gato recém-nascido, obrigou-o a parar. Seus ouvidos se esforçaram para encontrar a origem.

Aí está! Ele ouviu o choro novamente. Em algum lugar além do salgueiro e de sua tenebrosa ocupante, o gemido de uma criança se ouvia fracamente.

— Ela não pode estar viva. Nenhuma criança poderia sobreviver neste frio.

Mas os gritos frágeis e vacilantes o atraíram para trás da árvore, a um lugar onde os juncos estavam aprisionados no gelo. Ele descobriu o bebê preso nos arbustos secos.

Com cuidado para não fraturar o gelo do rio, Gruffydd pegou a criança, viu que o cordão umbilical não fora atado, e usou uma tira de couro de seu cabelo para amarrá-lo onde ele se ligava ao pequeno abdome. A criança estava azulada de frio, mas era perfeita, e Gruffydd só pôde concluir que o capim e os juncos espessos e rijos ofereceram um pouco de calor e abrigo, suficiente para manter a vida de uma criança com grande força por um tempo breve. Provavelmente faltara pouco para seu nascimento; era bela e estava machucada apenas por um grande hematoma ao redor do tornozelo direito, onde a mão de um homem a agarrou e a atirou entre as flores mortas.

Gruffydd espumava. Ele jurou a si mesmo que o animal que fazia coisas como o que tinha ocorrido naquele lugar ermo merecia morrer, ao passo que a criança deveria viver para saber que o assassino seguiu sua mãe para o Tártaro.

Contudo, primeiro Gruffydd precisava salvar a menina do congelamento até a morte, pois, mesmo colocando-a dentro de sua túnica, junto a seu coração, ele sentia que a força vital do bebê enfraquecia.

Subindo o rio, Gruffydd recolheu galhos secos e fez uma fogueira, um risco em território inimigo, mas ele não tinha dúvidas de que poderia passar por um saxão que encontrou as ruínas de Durobrivae e agora tentava salvar a vida de uma criança órfã. Ele vasculhou o vilarejo devastado para descobrir trapos, tecidos ou potes deixados para trás, mas a tropa foi extremamente abrangente em sua pilhagem.

Seus olhos se voltaram para a ovelha morta. Pelo menos seu cadáver desperdiçado poderia agora servir a um propósito útil.

Com rapidez e eficiência, Gruffydd esfolou o animal. A velocidade era necessária, e portanto a tarefa não foi executada com a perfeição que ele teria apreciado, mas a pele seria uma boa coberta até que o bebê estivesse aquecido o suficiente para sobreviver. Depois, pedindo perdão silencioso à mulher morta, ele rasgou o pedaço de seu vestido que não estava rijo de seu sangue para limpar a criança.

Deitando um último olhar aos restos mortais da jovem, ele notou um alfinete de bronze de desenho curioso que fora usado para prender seus cabelos. O estuprador obviamente não o viu em seu afã. Gruffydd sabia que a criança merecia uma miudeza que recordasse seu nascimento e a mãe cujo nome ela jamais saberia, e assim ele guardou a pequena joia no bolso do cinturão.

A fogueira já queimava intensamente no momento em que ele retornou, e sua caneca simples aqueceu rapidamente a água fria do córrego. Enquanto ele lavava as evidências do nascimento, a carne do bebê se aquecia gradualmente e um rosado suave tomava o lugar da agourenta coloração azul.

Provavelmente, até a membrana uterina ajudara a salvar a vida da criança, Gruffydd concluiu.

Ele a embalou num tecido e depois a cobriu completamente com a pele, com o lado ensanguentado virado para fora.

— É um começo banhado em sangue para você, minha menina, e tudo será em vão se eu não puder achar um pouco de leite.

Quando Gruffydd recolheu a criança ao interior de sua camisa, a carcaça da ovelha se mostrou pegajosa e fétida no contato com sua pele. O bebê chorava fragilmente, mas as batidas do coração do homem lhe ofereceram conforto e ela pareceu dormitar no calor do outro corpo.

Os estábulos das vacas estavam vazios e parcialmente queimados. Um bezerro morto estava jogado pateticamente, com sua carne tenra coberta de bolhas e suas ancas lanhadas por facas.

Novamente repugnado, Gruffydd virou o rosto e penetrou mais ainda nos lamaçais onde trilhas ziguezagueavam pelo chão úmido, com os ouvidos em alerta para detectar o som distinto de um sino de vaca.

Finalmente, ele ouviu o badalar suave e familiar que buscava e, pé ante pé, seguiu o som até que descobriu uma vaca malhada mugindo em desespero. Seus úberes estavam cheios e esticados e Gruffydd soube que seu bezerro estava morto.

Ele estreitou o bebê de cabeça sedosa contra seu peito.

— Você tem sorte, minha criança, sorte acima da conta dos homens mortais — ele murmurou consigo. — Por ora, você tem comida.

Ele conduziu a vaca de volta à margem do rio, tomando o cuidado de evitar o estábulo e o cadáver inchado do bezerro. A vaca tinha olhos tristes e desesperados, mas permitiu que Gruffydd a ordenhasse, enchendo novamente sua caneca.

Usando uma tira de tecido fino de sua túnica, Gruffydd pingou leite na boca pequena como um botão de rosa.

O método não era um sucesso, pois a criança não sabia engolir. Gruffydd tentou novamente, desta vez embebendo o pano em leite e o colocando na boca do bebê.

A criança sugou o tecido.

O processo de alimentar o bebê era demorado e desajeitado, mas ela finalmente arrotou e fechou seus olhos azul-noite.

Várias horas foram dedicadas a alimentar a criança, e durante esse tempo o cavalo se alimentou do capim e rompeu o gelo para beber água do rio. A noite já se ia quando Gruffydd finalmente se pôs a caminho, atrasado pela vaca porque precisava levar consigo a fonte de nutrição da menina.

Jamais uma jornada parecera tão longa. Os envoltórios da criança precisavam de constante limpeza, e Gruffydd era forçado a sacrificar suas melhores túnicas para mantê-la limpa. Ao mesmo tempo, a alimentação parecia demorar uma infinidade, e ele logo achou uma forma de alimentar a criança em movimento e mesmo sobre a sela do cavalo, depois que a vaca doava seu suprimento de leite.

Na verdade, para manter a vaca saudável, Gruffydd se viu bebendo mais leite do que ele jamais julgara necessário em toda sua vida. Até seu cavalo partilhou do suprimento, olhando depois para seu dono com olhos ultrajados e desdenhosos.

Enquanto Gruffydd continuava sua vagarosa jornada, a comunidade isolada que ele deliberadamente visitava ficou satisfeita em trocar um balde de leite por roupas mais apropriadas para um bebê. Ele poderia ter vendido a vaca por um valor 12 vezes maior, mas, embora ela atrasasse sua viagem, Gruffydd não podia deixar o animal para trás.

Finalmente, para risos do povo local, Gruffydd chegou a Venonae, com três dias de atraso e puxando uma vaca em seu rastro. A fortaleza era construída de pedras cinzentas no pico mais alto de uma cadeia de montanhas, e suas janelas estreitas davam vista para os campos ondulados de bosques que se estendiam para o leste, como um grande manto de verdor.

Quando ele foi levado à presença de Myrddion, o mestre não estava achando graça.

— A audiência já acabou, Gruffydd; e eu, cego quanto à situação no leste — rosnou Myrddion. — O que deu em você para levar tanto tempo? E por que uma vaca?

Gruffydd começou a dar uma explicação detalhada da descoberta do bebê, mas foi imediatamente interrompido por seu amo.

— Você sabe que Uther Pendragon está morto? Há quase três meses que o Alto Rei está em companhia dos espíritos de seus ancestrais. Tipicamente, Morgana protelou para dar a notícia. A paz forjada por Uther foi rompida e a disputa pelo trono já começou.

— Oh, merda! — Gruffydd não pôde pensar em nada mais inteligente para dizer. Naquelas poucas palavras, ele percebeu que a segurança e a paz do oeste estavam despedaçadas.

— Morgana acabou de informar Artorex da situação, com certo prazer, e ele então convocou seus capitães a um debate para determinar que estratégia seria agora adotada por seus soldados. Eu estive cego e surdo na reunião porque meu melhor agente, você, brilhou por sua ausência. Não tenho ideia do que Artorex decidiu fazer... e Venonae está no olho do furacão.

Myrddion pregou os olhos no infeliz Gruffydd.

— De uma coisa podemos ter certeza. Não há dúvida de que Morgana se diverte imensamente, como a cadela que é. E, sem dúvida, o filho mais velho de Morgause, Gawayne, já busca a localização dos símbolos do reinado de Uther: sua espada e sua coroa.

Os anos foram bondosos com Myrddion Merlinus, apesar do profundo vinco agora escrito em sua testa. Seu rosto estava queimado de sol por muitas jornadas e suas feições finas eram mais belas que nunca, ainda que ele já passasse e muito dos 40 anos e jamais tivesse sentido necessidade de ter uma esposa. Muitas mulheres o observavam em segredo, admirando seu corpo esbelto e elegante e sua inteligência rápida, mas ele passava por seus grupos animados com sorrisos desinteressados e amenos. As mais nocivas e orgulhosas das donzelas rejeitadas o rotulariam como amante de rapazes, mas jamais houve um só boato de interesse por aquele tipo de prazer sexual envolvendo Myrddion. De fato, os jovens efeminados o seguiam tão inutilmente quanto as damas.

Para Gruffydd, Myrddion era um enigma. Seu amo raramente se irritava, pois sempre mantinha suas emoções sob controle. Na opinião de Gruffydd, Myrddion amava apenas três pessoas, seus amigos Llanwith, Luka e, acima de tudo, lorde Artorex. Como Gruffydd muitas vezes dizia à sua gorducha esposa Ganeth, homens como Myrddion raramente surgiam no mundo, e não eram escravos dos desejos e dos sonhos de homens menores.

Marido e mulher concordavam que Myrddion merecia mais piedade que temor.

Agora, sob o olhar frio de Myrddion, e perplexo pelas rápidas mudanças que ocorriam no oeste, Gruffydd contou sobre o ataque de Caius a Durobrivae e o que ele descobriu por lá.

E ele não poupou Caius em seu relato.

— Foi um massacre, meu amo, pois os defensores eram em sua maioria lavradores e o povo do vilarejo estava tão confiante de sua desimportância que vivia praticamente sem defesas. Era um simples centro agrícola, em nada digno de nossa atenção. O assassinato de mulheres e crianças não nos tornará simpáticos aos saxões, embora eu acredite que a maioria daqueles moradores de Durobrivae era, na verdade, de jutos. Foi muito feio, meu amo, muito feio.

Gruffydd parou e encarou os olhos de Myrddion.

— Não me apraz a forma como Caius gosta de causar dor. Ele parece apreciá-la demais para o meu gosto.

— Ele sempre gostou — murmurou Myrddion entre dentes. — Mas a crueldade de Caius às vezes serve a nossos propósitos. Você fez bem, Gruffydd, em manter distância de Caius, pois ele tem um traço de vilania sob seus encantos e, se você o ofendesse abertamente, eu teria dificuldades em salvá-lo.

O bebê acordou, agitou os membros e começou a chorar avidamente.

As sobrancelhas de Myrddion se ergueram, mas ele não disse nada quando Gruffydd revelou o bebê em seus trapos de pele.

— Ah! Isso explica o cheiro.

Gruffydd pareceu ofendido pelas palavras de Myrddion, e por isso o homem mais velho se apressou em dar explicações.

— A pele de ovelha sem curtimento emite um aroma distinto...

Gruffydd explicou a proteção que deu à criança, a presença da vaca e a razão pelo atraso de sua chegada ao grupamento.

A boca de Myrddion se torceu com a descrição da mulher mutilada, e ele concordou que Caius deveria achar e punir o criminoso. Ele sabia que tais brutalidades não eram costume dos celtas, e não seriam toleradas pelo Dux Bellorum.

— Eu falarei com Artorex pessoalmente — prometeu Myrddion. — Mas o que você planeja fazer com esta criança? Seu serviço para mim como agente não seria exatamente efetivo com um bebê em seus braços.

— Certamente haverá alguém para se apiedar da pequenina — disse Gruffydd. — Ela é uma guerreira, posso lhe garantir. Qualquer outra criança teria morrido imediatamente do choque. Quem quer que seja, ela merece a chance de viver.

— Muito bem. Se ela significa tanto para você, pode entregá-la para minha cozinheira. É uma mulher bondosa que encontrará uma ama de leite para a menina.

— Muito obrigado, meu amo.

— Não me agradeça. Meu instinto me diz que a criança será uma importunação.

Gruffydd logo se perdeu na fortaleza de pedras de Venonae, que coroava o topo do monte e era cercada pelas conhecidas cabanas de palha e sapê da gente comum. Adições aos edifícios ocorreram sem controle ao longo dos anos, principalmente com madeira, e por isso os corredores não pareciam levar a lugar algum e as aberturas para flechas na guarnição original recebiam luz insuficiente no auge do inverno.

Pedir direções aos servos apressados só servia para confundir Gruffydd mais ainda, até que ele parou para falar com uma mulher de manto negro na porta do que parecia ser um solário.

— O que pretende no local de descanso de mulheres? — ela perguntou imperiosamente.

Gaguejando, Gruffydd explicou as ordens de Myrddion e a mulher baixou seu capuz e ele pôde ver seu rosto gélido e belíssimo.

— Minha ama Morgana, imploro por seu perdão por minha intromissão — desculpou-se Gruffydd com a voz ligeiramente trêmula de medo. Morgana era uma feiticeira de renome, e por isso poucos conseguiam enfrentar diretamente seus olhos preto-azulados.

— Uma criança — ela disse em voz baixa.

Sua mão pousou sobre a cabeça sedosa, e os olhos da menina se abriram para examinar intensamente o rosto de Morgana.

— E é juta, se não estou enganada. Ela tem um nome?

— Nenhum, senhora. Só consigo pensar em chamá-la de Ourana, mas isto me parece agourento, já que a mãe foi assassinada sob uma dessas árvores.

Morgana observou profundamente o interior dos olhos azul-claros da criança. O bebê era novo demais para enxergar adequadamente, mas, nos recessos mais ocultos de sua mente supersticiosa, Gruffydd sabia que ela via e compreendia o que era Morgana.

— Ah, como é forte. Ela nasceu para um grandioso destino, esta pequena alma, pois roubará a mente do reino. Por eras serão cantadas fábulas sobre a bela Nimue!

Gruffydd quis fazer o sinal da cruz, ou segurar seu amuleto em temor, pois, como todos os prudentes celtas, ele tinha um pé na igreja cristã e outro com os druidas. Tudo que ele conseguiu foi irromper num suor frio.

— Lembre-se, criado de Myrddion, que Morgana deu a ela o nome de Nimue, a Criança-Serpente — ela disse a Gruffydd imperiosamente. Morgana sorriu malevolamente para o homem aterrorizado. — E agora eu lhe indicarei o caminho para as cozinhas de seu amo.

Enquanto carregava o bebê no rastro da feiticeira coberta de negro, Gruffydd tinha certeza de que seu coração pararia de pavor. Morgana era uma princesa, mas nenhum homem ousava encostar um dedo naquela carne fria como mármore, e nenhum homem admirava sua beleza com desejo, apenas terror. Algumas mulheres juravam que ela já passava dos 40 anos, mas sua pele ainda conservava o viço e a textura da juventude, fixada num gelo sobrenatural havia muitos anos.

Agora que a vira com seus próprios olhos, Gruffydd acreditava que até mesmo as histórias mais fantásticas sobre Morgana deviam ser verdadeiras.

Na porta que levava às cozinhas, Morgana se voltou para Gruffydd e fitou seus olhos profundamente.

— Pelo amor que tem por seu mestre, eu ordeno que você mantenha este bebê em segurança. Pelo amor que tem por Artorex, eu o encarrego de dar afeto a ela. Pois esta pequena serpente pode ser perigosa se não se sentir amada.

— Eu juro, minha ama! — replicou Gruffydd apressadamente.

Ele teria prometido qualquer coisa para evitar o humor maligno que via nos olhos dela.

— Guarde sua palavra, criado de Myrddion, pois eu estarei vigiando.

E assim, ela partiu.

Normalmente, Gruffydd adorava cozinhas. Os grandes fornos com seus caldeirões enegrecidos, nacos de carne em espetos com a gordura crepitando ao fogo, o cheiro de pão fresco e o burburinho de mulheres e meninos que se ocupavam dos mistérios da preparação da comida sempre o enchiam de conforto.

Entre a agitação das mulheres, seus olhos procuraram aquela que controlava a bem-organizada confusão, uma tarefa rapidamente concluída quando a pessoa que ele buscava o cutucou com força no peito com uma colher de pau.

— O que está fazendo aqui, tonto?

— Sinto em perturbar sua paz, mãe, mas eu trago ordens de mestre Myrddion.

— Ah, é claro que traz, não é mesmo? — retrucou a camponesa gorducha de rosto largo.

Gruffydd achou mais prudente não responder.

— Bem, eu estou ocupada. O que mestre Myrddion quer de mim... além de seu magnífico jantar?

Mais uma vez, Gruffydd tirou a criança de sua túnica e a pequena Nimue chutou e gritou quando foi removida do conforto das batidas de seu coração.

A líder da cozinha, Gallwyn, pregou os olhos na criança como se nela tivessem brotado duas cabeças de repente.

— Um bebê? Por acaso lorde Myrddion quer essa menina assada numa cama de verduras? — zombou a mulher, e seus ocupados subalternos sorriram com sua piada.

— Esta pequena foi arrancada do corpo agonizante de sua mãe por um de nossos guerreiros, e foi descartada como o lixo de suas cozinhas. Eu trouxe um bom leite de vaca para alimentá-la, mas meu amo Myrddion acredita que você pode encontrar uma ama de leite para cuidar dela.

Gallwyn examinou o bebê de perto, enquanto Nimue devolvia o olhar com suas estranhas íris claras e gorgolejava de satisfação. Gallwyn lamentou ao notar o hematoma amarelado em torno do pequenino tornozelo, e até Gruffydd pôde ver que a criança já se infiltrava no coração da parruda cozinheira.

— Perce! — gritou Gallwyn, e um jovem com o rosto avermelhado pelo calor do fogo saltou para atender ao chamado da patroa. — Aquela vaca gorda, Eleanor, pariu novamente — disse Gallwyn. — Vá buscá-la. Ela pode ser uma das mulheres de lorde Llanwith, mas ainda é uma serviçal.

Perce disparou para fora da cozinha como se os saxões estivessem em seu encalço.

— Ele deseja ser um guerreiro — ela explicou portentosamente, com seus grandes seios tremelicando sob o vestido e o avental. — Sem chance, eu diria, mas estes são tempos estranhos. O bebê tem nome?

— Eu me perdi tentando achar sua cozinha, e a senhorita Morgana me trouxe até sua porta. Ela me disse que a criança deve chamar-se Nimue. Disse que a menina é uma pequena serpente.

Gallwyn fez o sinal da cruz, e as criadas da cozinha observaram Nimue como se a criança fosse venenosa. Consciente de que talvez tivesse condenado a criança de antemão, Gruffydd se apressou em explicar como ele a encontrou e descreveu como a criança enfrentou os olhos basiliscos da própria Morgana.

— Bem, meu caro. Isso faz grande diferença para mim. — Gallwyn tomou a criança em seus braços e a ergueu para a luz. — Nimue tem um som bonito, e prefiro não me arriscar na ira de Morgana escolhendo algum outro nome. — Ela se voltou para Gruffydd. — Pode deixá-la comigo, meu jovem. Eu cuidarei bem dela.

Gruffydd foi profuso em seus agradecimentos, pois um grande peso fora tirado de seus ombros. Ele já chegava à porta e à fuga rápida quando se lembrou do alfinete de bronze.

— A mãe dela usava este alfinete em seus cabelos quando eu encontrei seu corpo, e o assassino se esqueceu de roubá-lo. — Gruffydd sorriu humildemente. — Toda criança deve ter uma recordação de sua mãe, mas este alfinete de cabelo foi tudo que eu consegui achar.

O bronze estava modelado como duas serpentes aladas, enroscadas entre si num padrão curioso. Os dentes do alfinete poderiam muito bem passar por garras afiadas como agulhas.

Gallwyn estremeceu um pouco quando o alfinete foi posto em sua mão. Como muitas mulheres do norte, um traço de intuição corria nela, e ela sentiu que havia poder no adorno de bronze.

— Eu o protegerei para ela, e juro que será dela quando Nimue tiver cabelos suficientes para usá-lo. Você é um bom homem, Gruffydd, e por isso pode vir às minhas cozinhas em qualquer momento e em qualquer lugar que meu amo Myrddion ache por bem nos instalar. Eu lhe darei um pouco de pão doce e carne assada de cervo. — Ela piscou, bem-humorada. — Isso fica só entre nós, entende?

— Sim, mãe. Eu lhe agradeço, pois acabei me afeiçoando à criaturinha.

E assim, com uma renovada liberdade em seu passo, Gruffydd partiu para encontrar camisas e calças decentes. Se conhecia Artorex, ele sabia que logo seria convocado à presença do Guerreiro do Oeste, e assim um banho provavelmente era uma boa ideia.

Ponderando, Gruffydd sorriu.

— Um espião, um bebê e uma vaca. Provavelmente eu era uma visão e tanto quando cheguei. Bem, enfim, agora que Uther Pendragon está morto, Venonae há de ter rumores mais urgentes para comentar.

No mesmo momento em que Gruffydd despia suas roupas imundas e se luxuriava nos velhos banhos romanos, Nimue fechava seus punhos minúsculos nos dedos de Perce. Enquanto Gallwyn observava afetuosamente das sombras, a criança fiava seu sorriso encantado numa teia de afeto. E Gallwyn foi capturada.

CAPÍTULO XVII

DÍVIDA DE SANGUE

Os dois dias seguintes se passaram vagarosamente, enquanto Gruffydd esfriava os calcanhares em Venonae. Dez anos de cavalgadas pelas fronteiras na doce solidão da paisagem, coroada pela excitação do perigo iminente, incapacitaram-no para a vida de um cortesão. Gruffydd ficava desconfortável vivendo entre os guerreiros que confrontavam os saxões, principalmente se acabasse sentado junto a um dos cães de Caius. Ele sabia que todas as conversas seriam dedicadas a armamentos, pilhagem de vilarejos e reclamações habituais da soldadesca. Gruffydd se sentia mais em casa nos estábulos ou nas cozinhas, lugares onde Nimue dormitava sobre um berço de peles, agitava as perninhas e ria quando ele a pegava em seus braços.

Gruffydd notou com prazer que a menina já era uma grande favorita entre o burburinho e o barulho que viviam abaixo dos corredores silenciosos do poder. As criadas de cozinha sempre achavam tempo para pegá-la enquanto temperavam carne ou mexiam ensopados, ao passo que até a velha e irritadiça Gallwyn se referia ao bebê como "a lindinha". A velha cozinheira até insistiu que o padre ancião de Venonae batizasse Nimue com a água benta cristã.

— Só para garantir, entende?

A criança já ganhara algum peso, pois sua ama de leite a alimentava sem reclamar.

A única sombra no horizonte de Gruffydd apareceu no terceiro dia, quando ele descobriu que Nimue não estava em seu berço de peles no canto das cozinhas.

— Aquela Morgana levou a menina para seus aposentos — reclamou Gallwyn quando ele perguntou sobre o bebê. — Ela irrompeu aqui como sempre faz... e disse que devolverá a criança em breve.

Gallwyn não estava contente e, por sinal, Gruffydd também não. Onde Morgana se intrometia, problemas logo seguiam.

— Lorde Artorex é bondoso demais com aquela bruxa — sussurrou Gallwyn, fazendo o sinal da cruz enquanto falava. — Se tivesse algum juízo, ele a trancaria na fortaleza do pai dela em Tintagel e jogaria a chave fora.

Uma criada voltou com a criança enquanto Gruffydd comia uma refeição improvisada na longa mesa da cozinha. A criança estava assustada e gemia quando foi entregue a Gallwyn, e toda a equipe da cozinha encarou a criada embaraçada com antipatia.

— Ora, a culpa não é minha! — reclamou a moça, fazendo uma retirada rápida. — Amanhã volto para buscá-la.

Gallwyn inspecionou a menina e soltou um agudo de supersticioso pavor quando viu o início de uma tatuagem negra ao redor do tornozelo machucado.

— Quem já viu uma coisa dessas! — ela gritou para o teto da cozinha. — Bom que eu a levei para o padre.

O belo desenho da cabeça de uma serpente estava claramente definido sobre a pele delicada da criança. Em sua carne alva de bebê, a tatuagem era uma abominação.

— Aquela Morgana! — vociferou a cozinheira. — Ela faz o que quer e não mede os custos.

— Silêncio, mãe! As paredes têm ouvidos e Morgana é uma inimiga terrível. Não se lembra do que aconteceu com Uther?

Gallwyn mordeu o lábio. Todos em Venonae tinham ouvido histórias sobre a doença de Uther Pendragon, Alto Rei dos bretões, e como ele teria morrido enlouquecido e sozinho em Venta Belgarum se não fossem as ministrações especializadas de sua enteada.

— Quando lorde Artorex se tornará Alto Rei, Gruffydd? Não ouviu coisa alguma da mesa de lorde Myrddion?

— Quieta, mulher! Está louca? Posso até trabalhar para os grandes, mas há uma dúzia de homens fazendo fila para tomar o trono de Uther. Não desejo morrer pela ambição de outros.

Gallwyn passou os olhos pela cozinha com uma atenção acostumada a encontrar o menor deslize. Nenhum criado ousava entreouvir suas conversas, mas Gruffydd tinha uma desconfiança natural de todas as pessoas que não fossem Myrddion. E, às vezes, nas horas mais escuras da noite, ele até questionava os motivos de seu sigiloso senhor.

— Ouvi boatos de que a espada de Uther desapareceu — disse Gruffydd em voz baixa. — E, até que seja encontrada por um pretendente de direito, não haverá Alto Rei para governar o oeste. Como Dux Bellorum, nosso amo está seguro porque defende as montanhas contra os bárbaros e destrói seus vilarejos e guarnições. Artorex não lhes dá paz ou chance de lançar raízes profundas, então até o mais invejoso e maligno dos reis menores sabe que sua segurança depende do punho de ferro de Artorex. Mas logo o próprio Artorex terá que decidir o que deve fazer.

— Nada é para sempre, Gruffydd. Cedo ou tarde, um rei se erguerá e tentará tomar o poder usando a espada de Uther.

— Se conseguir achá-la — respondeu Gruffydd.

A voz de Gallwyn baixou a um sussurro.

— Ouvi nos mercados que o rei Lot dos otadinos almeja maiores alturas que seu território das montanhas. Afinal, ele é casado com a senhora Morgause, enteada de Uther.

— Lot é um balofo imbecil! — retrucou Gruffydd. — Alguém lhe fará o favor de cortar fora seu nariz bulboso se ele ousar metê-lo no sul.

— Morgana declarou que apoiará o direito de Artorex — comentou Gallwyn. — Ela diz que o odeia, então por que se mantém tão próxima, se não para auxiliar o rei Lot e sua irmã Morgause?

Gruffydd estava farto dos boatos sobre tramoias, cansado de Venonae e descrente dos enigmas do poder. Naquela cidade, onde os olhos do Dux

Bellorum vagavam sem cessar pelos quatro pontos cardeais, até as cozinheiras se imiscuíam nos planos dos grandiosos.

Quando ele finamente falou, foi com um aviso honesto.

— Você deveria ater-se a seus fornos e caldeirões, Gallwyn. Se quer um conselho de um homem simples, que é obrigado a ouvir mais segredos do que gostaria, cuidado com o que diz e o que pergunta. Há poucos amigos verdadeiros em Venonae e ainda menos homens honestos. Pode me ignorar se deseja, mas eu tenho afeição por você, tagarela como é, e não suportarei vê-la assando em seus próprios fornos.

Gallwyn cobriu a boca com as mãos e seus olhos quase saltaram da cara. Mas, apesar dos bons conselhos, ela continuaria a dar ouvidos às fofocas do mercado, e, quando Gruffydd pedia informação, ela repetia os boatos, ainda que pensasse de vez em quando que as chamas já lhe lambiam a pele.

No terceiro dia, após a refeição da tarde, Gruffydd foi convocado à biblioteca de lorde Myrddion. Ele mal teve tempo de trançar seus furiosos cabelos cor de cenoura antes que o mensageiro o empurrasse para o local de reunião combinado.

Por hábito, Gruffydd deslizou pelas portas com pés silenciosos. A biblioteca tinha piso de pedra e não possuía uma janela sequer, e assim lâmpadas a óleo queimavam noite e dia e o ar dos recantos da sala era opressivo e carregado de fumaça. Fazia frio sem um forno, e Gruffydd não conseguia imaginar por que um homem com a distinção e a sofisticação de lorde Myrddion passaria tanto tempo num salão gélido e mal-iluminado como um calabouço.

Claro, Myrddion sabia que ninguém poderia ouvir as palavras faladas entre aquelas quatro paredes impenetráveis.

Ao reconhecer a dignidade dos três homens sentados à pesada mesa, Gruffydd caiu sobre um joelho e baixou a cabeça profundamente. Ele encontrara os três viajantes em várias ocasiões, e portanto sabia do prestígio que cada um tinha por direito. O rei Llanwith dos ordovices encolhera um pouco com a meia-idade, mas o poder ainda irradiava de seu rosto barbado e dos olhos de águia. O menor e mais cuidado rei Luka dos brigantes retinha a volatilidade de sua juventude, mas agora a impetuosidade e a turbulência de sua natureza estavam equilibradas pelas preocupações e pela disciplina do reinado. Ambos os reis aparentavam estar pouco à vontade. Só lorde Myrddion parecia calmo e bem-humorado enquanto descansava em sua poltrona de espaldar rijo.

Espiando através de cílios baixos, Gruffydd pôde ver que a mesa estava tomada por um mapa grande e bastante gasto, traçado em fina pele de corça.

O som de botas atravessou a porta às costas de Gruffydd, e este ouviu a grande tranca recaindo no lugar. Enquanto Myrddion, Llanwith e Luka se erguiam e baixavam as cabeças em respeito, Gruffydd continuou em posição de total submissão. A silhueta alta de Artorex passou por ele, e assim Gruffydd teve um vislumbre dos longos cabelos de ouro vermelho que se derramavam muito abaixo das amplas espaldas.

Ainda ajoelhado, Gruffydd se curvou ainda mais profundamente rumo ao chão da sala.

— Levante-se, homem! — O comando de Artorex retumbou pelo espaço cerrado.

Voltando-se a Myrddion, Artorex sorriu para o amigo antes de menear a cabeça em cumprimento a Llanwith e Luka.

— Por que insiste que nos encontremos nesta câmara de gelo? — Artorex perguntou a Myrddion enquanto se atirava na única poltrona confortável. — Sei que você tem uma paixão pelo sigilo, mas, cada vez que entro nesta sala, congelo quase até a morte.

Pois então este é Artorex, pensou Gruffydd com reverência enquanto tornava a ficar de pé.

Artorex se serviu de uma taça de vinho. A um gesto de sua mão, os reis se sentaram e Artorex sorriu para eles com evidente afeto.

Aí está um homem a quem amar — e por quem morrer, pensou Gruffydd consigo, pois ele também fora aprisionado no feitiço do sorriso branco e aberto do jovem líder.

Como se lesse os pensamentos de Gruffydd, Artorex se voltou para encarar o agente de Myrddion, avaliando os cabelos vermelhos, o manto de pele e as botas bárbaras com uma rápida olhadela analítica.

— Então este é seu espião, Myrddion. Faça as apresentações, meu amigo.

— Este homem é Gruffydd, de Venta Silurum — sorriu Myrddion. — Ele de fato tem uma aparência de bárbaro, não tem? E tem o mais notável dom para os idiomas. Mas Gruffydd é celta da cabeça aos pés, e eu confio nele em todos os assuntos.

Gruffydd se viu corando de embaraço pelo inesperado elogio de seu amo.

— Qualquer homem que viaja pelas trilhas perigosas em que você caminha não tem necessidade de se curvar para mim — disse Artorex em voz baixa. — Quais são as novas do leste? E não me diga o que pensa que eu desejo ouvir. A verdade, por favor, Gruffydd.

O espião respirou fundo no ar enfumaçado.

A verdade. Como dizer a verdade completa aos poderosos deste mundo — e sobreviver para dizê-la também no futuro?

Os olhos cinzentos de Artorex pesaram sobre os dele. Gruffydd estava convencido de que o Dux Bellorum podia ler sua mente.

— A verdade, por favor, Gruffydd — repetiu Artorex educadamente.

— Senhor, as matilhas de lobos que enviamos destroem as guarnições e as vilas, e tal estratégia funciona, pois os campos saxões são queimados e nós causamos devastação. Nós levaremos a fome a certas aldeias do leste neste inverno. Mas os bárbaros não são como o senhor, ou como lorde Myrddion, ou como qualquer camponês do oeste. Esses guerreiros são nascidos em terras cruéis onde a fome é companheira constante do sono. Não lhes damos qualquer trégua, mas eles não recuarão.

Até Myrddion agora observava Gruffydd com olhos duros e interessados. Espiões relatavam o que viam, mas de poucos se exigia uma opinião honesta sobre o que acreditavam ser verdade.

— E por que eles não recuam, amigo Gruffydd? Os invernos nestas ilhas são assim tão brandos que eles podem sobreviver na mais profunda neve?

Gruffydd riu de leve. Depois, coberto de confusão, ele se desculpou profusamente.

— A verdade, Gruffydd — Artorex relembrou.

— Eles não podem recuar, senhor, porque seu sangue mancha a terra. Só o pagamento desta dívida de sangue lavará as vidas que foram sacrificadas ao oeste. Os saxões são uma raça guerreira, e desprezam nossa fraqueza quando atacamos vilarejos indefesos. Se os saxões, os jutos e os nórdicos se unirem sob um comandante, não poderemos derrotá-los.

— Está convencido disto? — perguntou Artorex sem rodeios.

— Sim, meu amo. Agora mesmo, um poderoso rei reúne forças contra o senhor nos limites de Camulodunum. Se ele unir os guerreiros do sul e do norte, teríamos que lutar ao longo das cadeias de montanhas para salvar suas forças no oeste.

Artorex esticou os músculos do pescoço e flexionou os dedos.

Distraidamente, Gruffydd notou que as mãos de seu líder não exibiam nenhum anel. Seu rosto era grave, mas os olhos estavam vivos com fria inteligência.

— E quem é esse rei ambicioso?

— Só ouvi o nome do novo líder, não o vi. Ele é chamado Oakheart. Entre a gente comum, correm rumores de que eles confiam em Oakheart para deter os ataques ao leste.

Artorex suspirou profundamente e deu de ombros para seus três amigos.

— O que podemos fazer, camaradas? Podemos invadir suas guarnições e atrasar seu avanço, mas assim nós alimentaremos sua ira e os instigaremos ainda mais. Eu não considerarei uma retirada e não entregarei uma polegada de solo ocidental, e assim temos um impasse que meu intelecto não pode romper.

O rosto de Myrddion era uma máscara em claro-escuro, parte iluminada por uma lanterna, a outra metade mergulhada na escuridão.

— Meu amo combate os saxões com uma mão amarrada em suas costas — declarou Myrddion num tom casual. — Só um Alto Rei pode reunir as tribos, e só um Alto Rei tem a estatura para impedir que os príncipes menores saltem nas gargantas uns dos outros. Esse Oakheart nos fará de comida de abutres, a menos que você tome a espada de Uther.

Artorex se pôs de pé num brusco salto e começou a se movimentar. Ele marchava de um lado ao outro na pequena sala de pedras, o semblante como uma bela e imaculada estátua de bronze.

— E como posso tomar aquilo que está oculto? — respondeu Artorex. — Pois a espada de Uther está bem escondida de mim, mesmo que eu decida empunhá-la.

— Pode deixar a busca a meu encargo, Artorex — declarou Myrddion, confiante. — Só lhe peço que concorde em usar a espada para unir as tribos, se a encontrar.

— Mas não tenho desejo algum de reconhecer Uther Pendragon como meu pai. Fico repugnado pelas ações do velho monstro e nada desejo que venha dele.

— Espadas podem ser novamente forjadas, meu amigo — retumbou Llanwith com sua voz profunda.

— Espadas são apenas símbolos, Artorex, e nada mais — acrescentou Luka. — Mesmo assim, são forças poderosas que podem lançar medo e assombro nos corações de amigos e inimigos, e portanto sua utilidade jamais pode ser subestimada.

Àquela altura, Gruffydd já ansiava por estar longe, nas cozinhas quentes onde não via o Dux Bellorum como um homem atormentado e nem ouvia planos secretos que poderiam acabar separando sua cabeça do corpo.

Artorex voltou seus olhos cinzentos e impassíveis para Gruffydd. O espião subitamente recordou um tubarão que vira certa vez, preso nas redes de pesca da vila. Mesmo enquanto mordia as lanças que o empalavam, e mesmo enquanto sufocava em terra firme, os impassíveis olhos ainda guardavam o mesmo nada que agora ocupava os olhos do Dux Bellorum.

Internamente, Gruffydd estremeceu.

— Pelo menos você disse a verdade como a vê. Estou em dívida com você, Gruffydd. Se tiver necessidade de algo, então pode pedir, e o receberá.

Gruffydd tinha a boca seca e foi forçado a pigarrear para soltar sua língua. De todos os luxos que ele podia pedir para si e sua família, só um desejo emergiu das raízes mais profundas de seu coração celta. Ele não hesitou em fazer seu pedido.

— Eu quero a cabeça da fera que abandonou a menina Nimue à morte.

Todos os homens na pequena e perigosa sala fizeram silêncio.

Por fim, Artorex encontrou sua voz.

— Quem é Nimue?

— É um bebê, meu amo. Eu a encontrei em Durobrivae, uma pequena vila agrícola que foi posta à espada há uma semana. A mãe da criança, que estava prestes a dar à luz, foi estuprada e usada sem piedade. Depois, o bebê foi arrancado do ventre da jovem e o corpo minúsculo foi atirado nas margens do rio. Eu descobri a menina e decidi salvá-la, se fosse possível. A vida de um bebê bárbaro é menos que nada no esquema das coisas, mas um celta cometeu a abominação contra a mãe dela, uma jovem que jamais deveria ser obrigada a agonizar. A esta altura, os jutos já devem ter encontrado o corpo dela, e nos odiarão com muito mais ferocidade por nossa depravação. Eu salvei o bebê — e ela agora vive em suas cozinhas. É meu desejo que a criança chegue à vida adulta criada à maneira celta, e que acredite em nosso modo de vida. Essa criança pode ser o símbolo vivo de que o senhor falou, lorde Luka, mas a responsabilidade pelo pecado de seu nascimento prematuro é inescapavelmente nossa.

Artorex recostou sua cabeça e chamas gêmeas acenderam nas profundezas cinzentas de seus olhos.

— Está me dizendo que a jovem teve o bebê arrancado de sua carne viva? Conte-me pausadamente o que sabe, e não guarde nada. — O rosto de Artorex era um reflexo de sua fúria, e a coragem de Gruffydd quase o abandonou. Ele ficou alarmado, pois aquele aspecto de Artorex lhe era desconhecido.

Myrddion poderia ter explicado a Gruffydd que o nascimento de Nimue despertava lembranças dormentes do destino de Gallia e do covarde assassinato de duas mulheres indefesas. A rigidez do corpo do Dux Bellorum fez o sábio cerrar o punho sob a mesa e rezar para que Gruffydd conservasse seu autocontrole.

Com crescente repugnância, Artorex absorveu todo o pavoroso conto. Como a língua deve tatear um dente quebrado, o Dux Bellorum continuou a fazer perguntas incisivas que revelavam a profundidade da depravação e da crueldade do criminoso. No relato, Gruffydd não poupou as sensibilidades de sua plateia celta, pois ele concluiu que Artorex era um homem que prezava a verdade, não importando quão indigesta.

— A cabeça do guerreiro que cometeu essa atrocidade lhe será servida, Gruffydd — decretou Artorex em voz baixa. — Como você, eu não tenho nenhum apreço pelo assassinato de mulheres ou crianças inocentes. Há algo mais que deseja, ou precisa, para si mesmo?

— Não peço nada além da segurança e do bem-estar de nosso povo, meu amo.

— Bom homem! — Artorex sorriu pela primeira vez após vários minutos, e Gruffydd descobriu que conseguia respirar novamente.

— O homem culpado é um membro da tropa de Caius — disse Myrddion em voz contida.

Luka e Llanwith trocaram olhares significativos e Artorex ergueu uma sobrancelha.

— Lorde Caius é inocente do assassinato, meu amo — comentou Gruffydd rapidamente.

— Como você chega a esta conclusão? — perguntou Artorex sem rodeios. Ele encarava Gruffydd com olhos frios.

— Lorde Caius não estava saturado em sangue, meu amo — respondeu Gruffydd economicamente.

— Ótimo!

Num instante, a atmosfera da sala se abrandou, como se um enorme peso se levantasse.

— Bem, se é assim, então Caius desfrutará do prazer de me entregar o cão — concluiu Artorex. — Minha palavra foi dada. Luka levará as boas-novas para Caius. Uma execução pública pode servir como advertência aos mais ardorosos de nossos guerreiros.

— Haverá certo ressentimento entre os soldados — começou Myrddion, mas Artorex gesticulou para silenciar seu protesto.

— Nós contrastaremos a vida de um bebê inocente com a vida de um homem completamente maduro. E deixaremos que o ânimo de nosso povo decida se nossa causa é justa.

— Como o rei Salomão de tempos remotos, nós cortaremos o bebê ao meio — disse Luka com admiração. — Que homem de verdade colocaria a vida de um estuprador acima da segurança de uma criança, não importando quão juta, saxônica ou celta?

— Então é melhor que tapemos o pé da menina — murmurou Gruffydd em voz baixa.

Quatro cabeças se voltaram em sua direção, e quatro pares de olhos o interrogaram por uma explicação.

— Há mais elementos nesta história, Gruffydd? — perguntou Artorex tranquilamente.

— Lady Morgana viu a menina quando eu a trouxe para Venonae. Ela fez uma profecia sobre a criança, e até lhe deu um nome: Nimue. Eu não aprovei, lorde Myrddion, mas o que posso fazer? Eu não poderia contradizer Lady Morgana.

— Mas a história não acaba aí, não é, Gruffydd? — Artorex fixava nele os olhos impassíveis e pétreos.

— Como expliquei, descobri que Nimue foi arrancada do ventre da mãe e atirada nos juncos por uma das pernas. Os hematomas na perna dela são larga evidência deste fato. Hoje, a dama Morgana levou a criança para seus aposentos e... — A voz de Gruffydd se esvaiu.

— Desembuche! — O tom de Myrddion era irado. Todo o grupo sabia que o ódio de Myrddion por Morgana era inexorável.

— Ela começou a desenhar seu símbolo no tornozelo ferido, começou a modelar uma tatuagem de cabeça de cobra na perna da criança.

— Merda! — exclamou Llanwith, grosseiro. — Ela deseja marcar a criança como pagã.

— Isso acabaria com sua utilidade como um símbolo — previu Luka, cáustico.

— Nimue já foi batizada e abençoada por sacerdotes cristãos, meu amo — exclamou Gruffydd, pois temia que Nimue fosse prejudicada pela marca pagã em sua pele clara.

— Você me deu uma brilhante ideia, Luka, meu amigo. — Myrddion sorriu ardilosamente. — Um bom tatuador poderia transformar o desenho de uma cobra na serpente alada, ou dragão. Principalmente se o primeiro desenho não estiver completo.

— A tatuagem não está terminada, meu amo — disse Gruffydd através dos lábios secos.

Myrddion se voltou para Artorex.

— Pois bem, talvez você possa ordenar que o bebê seja marcado como seu. Se você colocar a marca do Dracos sobre sua carne nova, ela se tornará um verdadeiro símbolo, um símbolo do qual você poderá apropriar-se para sua própria utilidade. A criança pode ser usada como uma força para unificar nosso povo, e deve ser a prova viva de que não somos bárbaros. — A expressão de Myrddion era de um gato satisfeito.

Artorex riu do sorriso orgulhoso no rosto de Myrddion.

— Você adora provocar Morgana, Myrddion — ele disse. — Um dia ela vai agarrá-lo pelas bolas e você falará com a voz de uma menina.

— E um dia o céu desabará... Mas esse dia ainda está longe.

Artorex tomou sua decisão.

— Mandarei Targo recolher a pequena Nimue dentro de uma hora — declarou. — Ela não será machucada, e sofrerá apenas um pequeno desconforto. Ao raiar do dia ela já estará marcada como protegida do Dux Bellorum. — Seus olhos frios se aqueceram quando ele tornou a se dirigir a Gruffydd. — Você esquecerá tudo que ouviu nesta sala, Gruffydd. Nada que dissemos deve passar por seus lábios.

— Não sou um suicida, meu amo — respondeu Gruffydd seriamente.

Artorex deu-lhe um tapinha no ombro e riu.

— Gosto de você, Gruffydd, realmente gosto. E não o esquecerei, e nem a sua pequena Nimue!

Deus me ajude, pensou Gruffydd consigo, pois ser conhecido de Artorex podia ser uma bênção questionável.

Gruffydd disparou para as cozinhas. O forno tinha uma pilha de carvão quente, pois nunca deixavam que o fogo morresse por completo e um garoto sonolento ficava lá para guardá-lo durante a noite.

Nimue dormia com Gallwyn sobre um colchonete, numa alcova separada das cozinhas por uma bela cortina tricotada de lã listrada.

— Gallwyn? Acorde, mulher! Lorde Artorex mandará alguém para buscar a menina Nimue! Acorde!

A cabeça desgrenhada de Gallwyn apareceu na lateral da cortina. Ela havia acabado de acordar e ainda estava sonolenta, mas seus olhos pareciam arregalados e alarmados.

— O que pretende, Gruffydd, acordando mulheres decentes em suas camas? O que lorde Artorex poderia querer com a pequena Nimue?

— Ele pretende desfazer o que Morgana começou. Você precisa levantar de sua cama, Gallwyn, pois se conheço a rapidez de Artorex, o criado já está a meio caminho daqui.

A conversa era sussurrada, pois nem Gallwyn nem Gruffydd queriam acordar a equipe da cozinha que dormia com suas parcas posses no chão do cômodo coletivo.

— Já vou! Já vou! Uma velha não pode ter nem uma hora de sono? — reclamou Gallwyn atrás de sua cortina.

— Você pode dizer isso ao Dux Bellorum — ironizou Gruffydd.

Os dois amigos mal tiveram tempo de banhar o bebê e trocar seus panos quando dois guerreiros entraram na cozinha. Os homens eram opostos completos. O mais velho era um homem pequeno, com pernas arqueadas e olhar afiado, algumas cicatrizes tenebrosas e uma espada curta romana. O segundo era um gigante juto, alto e louro, à exceção da barba de ouro avermelhado. O homem mais alto permaneceu em silêncio.

— Eu sou Targo. Estavam esperando por nós? — disse o homem mais baixo, e Gruffydd soube que aquele soldado andava na sombra de Artorex; os homens eram os guardas pessoais do Dux Bellorum.

— Esta montanha aqui é Odin. — Targo abriu um sorriso falho. — Ele não fala muito, mas é manso como uma ovelha, não é, amigo?

— Gallwyn cria a menina Nimue e é chefe de cozinha para lorde Myrddion. Eu sou Gruffydd, criado de lorde Myrddion — respondeu Gruffydd, um pouco embaraçado.

— Senhora! — Ambos os homens fizeram uma mesura de cabeça para Gallwyn, que enrubesceu ligeiramente de prazer.

Targo tornou a se dirigir a Gruffydd.

— Ouvi falar de você, bom homem. Artorex diz que é um homem que devemos observar. Ele gosta de você, e por isso recebemos ordens de prestar atenção e garantir sua segurança.

— Meu agradecimento a lorde Artorex — conseguiu responder Gruffydd através da garganta travada.

— Pois bem, é esta a criança? Sim, ela é uma beleza. — Targo riu acima do pequeno bebê. — Entregue a menina a Odin, senhora. Ele tem mãos grandes como um pernil, mas é delicado e não a machucará. Quando ele terminar as tatuagens dela, Morgana estará... ahn... apagada, por assim dizer.

— Ótimo — respondeu Gallwyn imediatamente, colocando a criança adormecida nos braços imensos de Odin. O gigante baixou os olhos para o bebê e pareceu abrandar o rosto e o corpo quando aspirou o doce aroma de leite da criança.

— Ela é... uma sirena! — disse Odin numa voz enferrujada pela falta de uso.

— Certo, Odin, certo... — respondeu Targo. — Mas ela será o que lorde Artorex ordenar.

— Será uma... adivinha. — Odin se esforçava com as palavras.

— Então melhor ainda que esteja marcada como protegida de lorde Artorex — respondeu Targo.

Targo notou um rapaz da cozinha, que acordou de repente para encontrar o amplo cômodo cheio de portentos.

— Você — ele ordenou gentilmente ao rapaz. — Volte a dormir.

A expressão do rapaz foi idêntica à de um coelho surpreendido por uma tocha. O branco dos olhos estava completamente visível.

— Volte para a cama, Perce — disse Gallwyn em voz baixa, e apontou para o quarto de dormir. — Você está apenas sonhando, então caia fora, eu cuidarei do fogo em seu lugar.

Perce desapareceu por trás da cortina listrada, e Gallwyn se voltou para os visitantes.

— Eu espero que vocês cuidem de Nimue, ou terão que responder a mim — ela disse num corajoso recobro de seus modos geralmente azedos.

— Estaremos de volta antes do amanhecer, senhora.

Targo agarrou a ampla nádega de Gallwyn com uma das mãos e lhe deu um beijo estalado nos lábios.

Antes que Gallwyn conseguisse recuperar sua voz, os guerreiros desapareceram com a pequena Nimue. O ar da noite, agitando-se no balanço da cortina de couro, animou os carvões do forno com súbita vida.

* * *

Gruffydd e Gallwyn se revezaram na vigília durante a noite longa e gelada. Mel dissolvido em água quente os sustentava, e às vezes eles conversavam baixo sobre assuntos familiares e os prazeres simples da vida em seus vilarejos natais. Gallwyn conseguia ver o homem por trás da máscara de espião, e reconhecia o grande amor que ele tinha por sua família e sua terra. Ela se comovia com os sacrifícios que ele tinha feito, deixando um mundo que amava de modo a preservá-lo para o futuro.

Em contrapartida, Gruffydd descobriu que Gallwyn governava seu pequeno reino de forma bastante parecida com que Artorex cuidava de um maior. Seus modos abrasivos escondiam um coração excepcionalmente bondoso, que por vezes sangrava quando seus protegidos eram castigados pelas pequenas exigências da vida.

Duas horas antes do amanhecer, Odin retornou com uma Nimue muito assustada. Ela chorava e se recusava a ser consolada, mesmo quando o dedo suave de Gallwyn passou mel sobre suas gengivas de bebê.

Gallwyn olhou fixamente para Odin e bufou em reprovação.

— Esta criança foi machucada — disse ela incisivamente.

— Sim. Tatuagem levou muitas horas... Cuidado foi tomado... Mas foi machucada — respondeu ele tristemente.

Gallwyn abriu o pano que cobria a criança. A soberba tatuagem de um dragão serpentino circundava o minúsculo tornozelo, com asas se espalhando pela panturrilha da menina. A carne estava irritada e vermelha e fora emplastrada com uma espessa pomada.

Mudo, Odin ofereceu uma caixa de madeira com uma tampa que se ajustava firmemente, decerto contendo mais do remédio. Sua grande mão apoiava delicadamente a cabeça da menina.

— É uma serpentinha. Uma pequena mulher mágica. — As descrições de Odin foram oferecidas como uma prece, diferentes dos tons maliciosos de Morgana, embora as palavras usadas fossem quase idênticas. Gruffydd sentiu um arrepio que nada tinha a ver com o gigante juto ou com a minúscula e assustada menina.

— Ela agora pertence a Artorex; ou talvez ele pertença a ela — disse Gruffydd. — Não sei ao certo qual das duas opções.

Gruffydd e Gallwyn examinaram a tatuagem da criança ao mesmo tempo.

Uma mão treinada remodelara o réptil do desenho de Morgana. O poderoso dragão do norte era incongruente no corpo do bebê, mas Gruffydd viu que o dragão cresceria em poder à medida que a criança envelhecesse. Com sobrenatural vida própria, as escamas negras e o vívido olho vermelho da fera contrastariam com a pele branca da mulher adulta.

— Eu aposto que Odin, ou seja lá como se chame, terminou esta tatuagem em pessoa. E creio que um trabalho tão detalhado tomou a maior parte da noite. Pobre Nimue! Terá que conviver com esta marca. Maldita Morgana por começar todo esse processo lamentável.

Gruffydd sentiu um férvido ressentimento contra a bruxa, e desejou ardentemente que seu caminho jamais tivesse desviado ao solário dela.

Ele cuspiu no forno.

Gallwyn sorria maliciosamente. Uma expressão um tanto estranha aparecia em suas feições simples e largas.

— Mal posso esperar para ver a reação de Lady Morgana quando se deparar com esta tatuagem, pois foi concluída além do poder dela em mudá-la. Ela certamente enlouquecerá de fúria.

— Não tenho desejo algum de ser envenenado ou transformado em inseto; eu não julgaria nada acima dos poderes daquela criatura. Você deveria ouvir minhas advertências, Gallwyn, e não cutucar a bruxa com vara curta. Nimue precisará de você, e eu partirei dentro de dois dias.

— Mas vai voltar?

Gruffydd riu.

— Sim. Artorex me prometeu a cabeça de um homem verdadeiramente maligno, portanto, pode ter certeza de meu retorno.

Gruffydd estava em reunião com Myrddion quando Morgana mandou sua serva buscar Nimue, depois de romper o jejum da noite anterior.

Gallwyn pediu à serva para informar sua ama de que o próprio lorde Artorex dera ordens de finalizar a tatuagem.

A criada empalideceu de pavor.

— Como devo dizer isso à minha ama?

— Eu diria com muito cuidado. — Gallwyn sorriu com ácido bom humor.

Gallwyn não ficou surpresa quando a criada voltou dentro de alguns minutos com a mensagem de que a própria cozinheira deveria levar a criança aos aposentos de Lady Morgana.

Gallwyn considerou recusar a instrução, mas as advertências de Gruffydd prevaleceram. Ela se deteve para dar ordens rápidas à equipe da cozinha, pegou a menina adormecida com peles e tudo e seguiu a criada de Morgana até uma estrutura hexagonal de madeira logo após as muralhas de pedras lisas da fortaleza de Venonae.

Gallwyn ficou pasma e um pouco assustada com a câmara estranha e exótica à qual foi admitida. Tecidos pesados cobriam as paredes e símbolos arcanos estavam pintados no chão. Jarros cheios de coisas indizíveis ocupavam cinco prateleiras diante de uma parede de pedra, e Gallwyn ficou perplexa ao ver que os recipientes eram feitos do precioso vidro. Ela estava contente por não ver o que existia no interior de tais frascos repulsivos.

Morgana estava sentada no centro da sala, com uma tira de couro atada sobre a testa. Gallwyn estremeceu quando percebeu que o couro parecia delicado demais para ser pele de vaca ou ovelha, e que tinha uma textura ligeiramente granulada. Era frágil, exatamente como pele humana. Sua sensibilidade feminina e direta ficou nauseada com o pensamento.

— Mostre-me a criança, mulher! — ordenou Morgana.

Gallwyn obedeceu, com as mãos tremendo descontroladamente.

Morgana examinou a tatuagem — e sibilou.

— Vá! — ordenou ela.

Fazendo o sinal da cruz como o bom bispo de Venta Belgarum lhe havia ensinado, Gallwyn saiu tão rápido quanto suas pernas gorduchas podiam levá-la.

Morgana baixou a tira de pele sobre os olhos fechados e começou a oscilar com um cântico que murmurava entre dentes. Ela oscilava cada vez mais rápido, até que seus cabelos negros se batiam contra seu rosto alvo.

Logo, tão bruscamente quanto começara, Morgana congelou e cessou todo movimento. O único som naquele exótico cômodo de madeira era a respiração arfante da bruxa.

— Artorex pensou em me deter — murmurou ela. — Mas atou a si mesmo; pois a pequena Nimue será a causa de sua maior perda.

Ela sorriu, e seus lábios eram tão úmidos e sedutores quanto os de uma jovem.

Contudo, seus olhos se arregalaram com uma conclusão súbita.

— Mas ela também me ata a Artorex, pois seu dragão agora engoliu minha serpente.

Seu rosto alvo embranqueceu até parecer um crânio descarnado.

— Eu guardarei silêncio até que minha hora chegue. Esperei por muitos anos pelo dia do juízo de Uther, também posso esperar por seu bastardo. Artorex não é maior do que o pai antes dele.

Com este pensamento reconfortante, ela se reclinou sobre suas peles e fechou os olhos cansados para mergulhar no sono.

Mas os sonhos de Morgana foram povoados com cenas de sangue e morte — e uma mulher branca, pálida, usando um colar de água de prata e luar, que ria dela. Diante da mulher, criaturas apareciam sob véus, portando harpas, cruzes, martelos e formões. A um só tempo, as figuras deram as costas a Morgana para encarar a mulher de branco, que continuava a rir, até que sua gargalhada paralisou o coração da bruxa.

Em seu sono, Morgana gritou.

CAPÍTULO XVIII

VINGANDO UMA CRIANÇA

Gruffydd recebeu ordens de voltar aos pântanos para se infiltrar entre os saxões e jutos e se tornar um rosto familiar em uma daquelas cidades, de modo a entrar e sair regularmente sem provocar suspeitas. Prudentemente após a partida segura de Gruffydd, Artorex convocou Caius à sua presença naquela mesma noite.

— Artorex! — Quando admitido ao simples jantar de carne e pão chato de Artorex, Caius saudou o irmão jovialmente. — Como posso ajudá-lo? Há mais de um mês que não o vejo.

— Ector continua gozando de boa saúde? — perguntou Artorex tranquilamente.

— Recebi notícias não faz nem dois dias. Ele tem dores nas articulações mas, fora isso, parece apto a viver até mais que Targo, que é mais velho que o próprio tempo. Julanna me presenteou com mais uma filha, e a filha adotiva de Ector, Lícia, está muito bem e cresce como um potro. Ela é só braços e pernas.

Artorex se retraiu um pouco com a menção de Caius à sua filha, mas voltou rapidamente ao assunto em questão.

— Você se saiu muito bem em suas operações contra os bárbaros, Caius. Na verdade, foi excelente. Sua família deve orgulhar-se do líder que você se tornou; e eu não esquecerei seus feitos nos anos vindouros.

Caius sorriu, complacente. Mas, após adoçar a taça, Artorex estava agora prestes a obrigar seu irmão adotivo a sorver bile.

— Contudo, tenho um assunto para discutir com você que toca a honra de nossa causa e de sua reputação pessoal. Meu conselho, de quem recebo orientações, está preocupado com certos casos de brutalidade desnecessária que vieram à nossa atenção. Tão monstruosas são as acusações feitas ao conselho que qualquer continuação daquelas práticas talvez derrote os próprios princípios pelos quais lutamos. Nós tememos que, se formos mais bárbaros que os próprios bárbaros, acabaremos por unir as tribos numa força única que será quase impossível de derrotar. Vilarejos incendiados e a morte de simples aldeões são, lamentavelmente, uma parte da guerra, mas ouvi relatos de ações em Durobrivae que são inaceitáveis.

— Em Durobrivae? Poucas coisas inapropriadas aconteceram naquele ninho de pulgas. Nós esperávamos uma guarnição, mas encontramos apenas alguns guerreiros. Desembuche, irmão, se o assunto é tão grave.

Artorex juntou as pontas dos dedos e fitou os olhos negros de Caius diretamente, olhos de cor tão semelhante aos de Livínia, sua mãe. Em memória dela, e para honrar a promessa em seu leito de morte, Artorex escolheu suas palavras seguintes com extremo cuidado.

— Chegou a meu conhecimento que uma mulher foi estuprada junto ao rio em Durobrivae. Não é assunto de grande peso no curso de uma campanha, eu sei, mas aquela mulher estava prestes a dar à luz. Um de seus homens arrancou a criança da barriga da mulher viva, cortou o cordão e depois atirou o bebê no rio.

Caius fez uma pequena careta de repulsa.

— Eu partilho de sua preocupação, Artorex. Mas há pouco que posso fazer quanto ao lamentável mau gosto de um de meus guerreiros. Esses homens não são exatamente escrupulosos em seus hábitos pessoais.

Artorex ocultou sua antipatia pela despreocupação de seu irmão adotivo.

— A criança foi salva e está sob minha proteção nas cozinhas. Ela é agora minha vassala, Caius. O salvador da menina requisitou a cabeça do assassino, e eu concordei com seu pedido. Nós tememos que tal comportamento se espalhe entre as tropas, até que nos tornemos piores que os bárbaros a quem nos opomos. Eu decidi que é preciso fazer um exemplo desse combatente que, como você diz, teve o lamentável mau gosto de ser desmascarado.

A voz de Artorex tinha um tom afiado e, alerta, Caius estudou o rosto de seu irmão de criação.

— A mãe da menina foi uma Gallia para alguém — acrescentou Artorex.

A declaração fez Caius baixar os olhos altivos em embaraço e amaldiçoar o assassino silenciosamente, quem quer que fosse ele. O idiota atraíra a fúria de Artorex para sua cabeça.

Caius estava mais que um pouco abalado, embora Artorex não imputasse nenhuma culpa diretamente a ele. Caius compreendia que Artorex esperava que ele fizesse do culpado um exemplo quando fosse encontrado, mas também entendia sua tropa e sabia que o criminoso jamais admitiria seu crime. O tempo passaria e outras urgências desviariam Artorex a outras direções. Caius só teria que atrasar sua investigação até que as circunstâncias dobrassem a vontade de Artorex. Com sorte, o estuprador jamais seria punido por seus atos.

— Claro, meu irmão — respondeu Caius suavemente. — Você terá minha total cooperação. Darei ordens para que os sargentos façam uma busca diligente pelo criminoso.

Artorex sorriu, embora o sorriso sequer chegasse perto de seus olhos.

— Eu espero um relatório seu dentro de três dias. Seus homens permanecerão de prontidão até tal momento.

— Claro, Artorex — respondeu Caius com igual brandura.

Ele devolveu o sorriso de Artorex e habilmente mudou de assuntou.

— Recebi um bilhete da Quinta Poppinidii para você. Se deseja que eu envie uma resposta, só precisa pedir.

Quando Caius se afastou, após depositar uma carta selada de velino rústico na mesa de campanha, o Dux Bellorum considerou quão pouco podia confiar no bom senso e no comportamento de seu irmão adotivo. Embora Caius fosse corajoso em batalha e um comandante inteligente, seu ocasional gosto pela violência jamais podia ser completamente saciado, tornando-o um enigma para a maioria dos capitães que serviam a seu lado. Caius podia fingir ser um nobre romano por anos a fio, mas uma vez que o poder lhe caía nas mãos, ele parecia recobrar sua natureza secreta, obscura e sinistra. Infelizmente, ele sabia que Artorex tinha uma filha viva, um segredo que lhe dava certa medida de proteção.

Um dia, irmão ou não, Artorex sabia que teria que remediar o problema de Caius.

O Dux Bellorum revirou o pergaminho selado em suas mãos belas e bem-torneadas. Que pessoa havia se tornado, capaz de contemplar as sanções que agora considerava contra Caius? Desde a morte de Gallia, ele endurecera seu coração a todos os tipos de atrocidades, e sabia que sua esposa civilizada ficaria horrorizada por ver o marido tomando decisões tão pavorosas com tão pouco sentimento.

Mas Gallia estava morta, e ele jamais a veria deste lado do Hades. Os príncipes menores e o povo comum jamais tinham ouvido seu nome e, em todo caso, provavelmente teriam desaprovado uma esposa puramente romana para seu Dux Bellorum.

Duvido que você ainda teria amor por mim se estivesse viva, minha Gallia, ele pensou, com uma fisgada de autocomiseração. *Na verdade, já nem consigo me lembrar de seu rosto.*

É estranho, pensou Artorex. *Posso ver sua boca com tanta clareza como se ela ainda estivesse viva. Se concentro minha mente, lembro a textura de sua pele e a forma de seu rosto. Até recordo aqueles olhos amendoados que podiam faiscar e cintilar com entusiasmo. Eu me lembro de todas as partes individuais de seu rosto, mas, não importa o quanto tente, não consigo juntá-las numa só.*

Artorex sentiu um vagalhão de tristeza, mais que dor — o tipo de tristeza que chega depois que a dor inicial da perda se foi. Gallia estava morta, era cinza fria. Havia pouco tempo que ela estava morta e, mesmo assim, sua mente já começara a abandonar a lembrança dela.

Mas Artorex recordava as flores que eram cultivadas em torno da pequena quinta exótica que construíra com suas próprias mãos. Provavelmente ele continuaria mais orgulhoso daquele feito humilde do que da salvação do reino, se este objetivo fosse alcançado um dia. Com um discreto lamento, ele recordou novamente as rosas queimadas e as pedras lascadas de sua casa destruída.

Rompendo o selo de cera, Artorex abriu o pergaminho.

Bem, rapaz, tudo está como de hábito na Quinta Poppinidii, e as flores e brotos foram plantados no túmulo de Gallia como você requisitou, embora uma ruína me pareça um estranho monumento. Uma vez que chegue o degelo do inverno, o local de repouso de Gallia será mais belo que nunca.

Lícia tem agora quase 3 anos. Como o tempo voa quando se é velho como eu! Ela segue Gareth como um cãozinho, e ele tem por ela o amor de um pai.

Gareth é de total confiança para guardar a segurança da menina. Em todo caso, ela não dá a menor atenção ao que eu falo, muito semelhante a certo pedaço de menino do qual me recordo tão bem.

Sou eternamente grato pelo amor e cuidado que Gareth dá à nossa família, e concluo que um dia ele deixará sua própria marca no mundo.

Ouvimos falar de seus feitos até na quieta Aquae Sulis, e não posso evitar pensar no quanto minha querida Livínia ficaria orgulhosa com seus dois filhos lutando pela terra. Se vier para casa neste verão, nós celebraremos como nos velhos tempos. Mas eu não lhe pedirei que sirva à mesa.

Ector, senhor da Quinta Poppinidii, e seu orgulhoso pai

Tais cartas sempre faziam Artorex ansiar pela paz e pela permanência da vida que experimentara em sua juventude. Ele sabia que seu futuro estava agora inextricavelmente entrelaçado aos atos passados de Uther Pendragon e não havia como escapar. Mesmo agora, Artorex tentava evitar decisões que foram tomadas por ele pelo nascimento e pelo destino.

Com um punhal e uma pedra de polir, ele removeu todos os traços das palavras do velino, como sempre fazia. Demasiados olhos e ouvidos esperavam para ver e ouvir as fraquezas do Dux Bellorum. Ele jamais escrevia para Ector, e o velho compreendia suas razões, mas, mesmo à medida que o antigo Artorex desaparecia, o novo Artorex ainda desejava ardentemente que seu destino lhe tivesse permitido continuar como um humilde intendente na Quinta Poppinidii.

* * *

Três dias se passaram, e Caius relatou a Artorex que ninguém alegou saber coisa alguma sobre a mulher do salgueiro. Ele sugeriu que ela talvez tivesse sido vítima de barbárie saxônica.

Artorex manteve a calma e esperou.

Gruffydd retornou a Venonae no dia seguinte, num momento em que o chão gelado se tornava lama e os primeiros brotos da primavera apareciam nas árvores em torno das muralhas da cidade.

Ele trazia notícias graves.

— O nome de Oakheart é Katigern. Ele é neto de Vortigern, um rei que ganhou domínio no sudoeste há cerca de quarenta anos — Gruffydd relatou a Myrddion.

— Eu me lembro bem de Vortigern — murmurou Myrddion. — Ele acreditava que poderia me sacrificar para tampar uma fonte natural, logo isso, quando eu era apenas um menino. Eu revelei uma profecia demoníaca para ele, que parecia esperar por ela, e tive sorte de escapar do longo alcance de seu braço. Uther Pendragon expulsou seus filhos de nossas terras há muitos anos. — Ele franziu o cenho profundamente e brincou com uma pequena faca de frutas sobre sua mesa. — Teremos problemas com Oakheart. Eu julgava Vortigern um homem majestoso e excepcionalmente inteligente, exceto por certas superstições estúpidas. Que tipo de homem é o neto?

— Ele é vigoroso, ambicioso e de fala refinada, meu amo — respondeu Gruffydd. — É extremamente capaz e perigoso. Eu descobri que ele se aliou a Otha, o príncipe saxônico. Juntos, eles pretendem destruir nosso mundo.

— Com tal linhagem, o homem pode se tornar perigoso.

Myrddion estava preocupado. Normalmente, seus pensamentos não seriam tão evidentes, mas, nesta ocasião, seu rosto ficou profundamente crispado e seus olhos escuros pareciam inquietos. Gruffydd pôde ver plenamente que seu mestre estava perturbado. A boataria local se alimentava da inação de Artorex — e aumentava uma crença de que o Dux Bellorum estava permitindo que o trono escapasse de seus dedos. Myrddion começara sua busca pelas relíquias do reinado de Uther, mas a atitude de Artorex era fonte de preocupações. A postura do jovem era reticente e ele teimava em não cooperar.

— Vortigern era mais que meio-bretão, assim como seus filhos Katigern Pai e Vortimer, e portanto Vortigern, como Alto Rei não era muito diferente dos romanos que nos comandaram. Mas sua maldita rainha era saxônica até os ossos, e seu legado ficou aparente na prole que Vortigern gerou nela. Katigern Filho pode ser jovem, mas se tornou algo que seu avô jamais foi: mais saxão que celta.

— Sim, meu amo. Ele alega que seu avô foi Alto Rei do oeste e que ele tem o direito de sangue devido a todos os crimes que Uther infligiu a seus descendentes. Seu direito de berço dá legitimidade à invasão saxônica, e ele alega falar pelos remanescentes do povo de Vortigern, que ainda vivem nas altas montanhas do oeste; tanto saxões quanto celtas.

— É claro. Eu faria o mesmo se estivesse em seu lugar. É uma pena que ocorram atrocidades como a de Durobrivae; elas alimentam as crescentes chamas. — Myrddion suspirou profundamente. — Eu gostaria que nossos bárbaros fossem simples saqueadores e destruidores como outrora.

Gruffydd esperava, impassível em seu desmazelado traje saxão.

— Pode partir, Gruffydd — sorriu Myrddion. — É melhor se banhar e se trocar para que a guarnição não pense que você é saxão e o transforme numa almofada de alfinetes.

— Não há nenhuma chance disso, meu amo — Gruffydd sorriu e partiu.

Mais tarde, Myrddion passou muitas horas com Artorex, mas o peso de seus medos não teve nenhum alívio. Contudo, ele pôde assegurar a Gruffydd que uma revista completa de todas as tropas que estiveram em campanha fora de Venonae aconteceria pela manhã. Nenhuma ausência ou desculpa seria permitida. Artorex estava farto dos infindáveis de Caius.

Este homem nasceu para ser o rei dos bretões, pensou Myrddion com orgulho depois que Artorex deu suas ordens. *Caius não apreciará o método de Artorex para descobrir o culpado e aplicar o castigo. Aliás, o restante de nossos guerreiros também não gostará, pois de início eles considerarão o assassinato de uma mulher como algo insignificante. Mesmo assim, o Dux Bellorum deve ser considerado justo em todas as questões relativas à disciplina.*

Myrddion suspirou brevemente quando recordou o jovem terno e sensível que Artorex fora outrora.

Gruffydd estaria presente na revista.

— Peço que você traga Gallwyn e a menina Nimue pessoalmente ao pátio de revista junto aos portões de Venonae — disse Myrddion. — A criança será mostrada ao povo que comparecer a nosso evento.

— Sim, meu amo — respondeu Gruffydd, e se apressou a informar Gallwyn de seu papel nas atividades do dia.

A notícia de que Artorex desejava falar a todos os bons celtas logo correu como um incêndio pela guarnição, pelo vilarejo e pelos acampamentos. Uma hora antes da chegada marcada de Artorex, o lugar da assembleia continha um mar de rostos e o evento começava a desenvolver um ar festivo. Os guerreiros de Artorex prepararam-se completamente com seus cavalos para a ocasião, e eram um espetáculo esplêndido que maravilhava o povo, mesmo com o vento frio que soprava.

Flanqueado por Myrddion e seus reis vassalos, Artorex chegou em traje completo, com sua capa de pele de lobo perfeitamente estendida e esplendidamente bárbara sobre o peitoral e o capacete romano. Sua grande altura, os cabelos impressionantes e sua postura severa eram suficientemente poderosos pra silenciar a multidão, mas quando ele se desfez de suas armas e capacete, colocando-os nos braços de Targo e Odin, a multidão arfou com entusiasmo.

Seria um dia momentoso, pois até a bruxa Morgana, coberta por suas vestes de corvo, estava parada num ponto de observação acima da massa. Muitos olhos se voltavam sorrateiramente para sua silhueta imóvel, e todos rezavam para que os olhos dela não se movessem para seus rostos.

— Ouvi dizer que o olhar dela pode matar — disse uma velha a outra, com superstição temerosa e secreta excitação.

— O Alto Rei bateu as botas quando ela olhou para ele — acrescentou a amiga.

Pouco depois, o bramido metálico dos chifres de batalha silenciou o povo.

Artorex subiu à tribuna elevada sobre a qual tremulava seu estandarte de guerra, batendo-se violentamente no vento gelado. Ele se voltou para examinar a cavalaria e seus capitães.

Como era sua estratégia, Artorex ofereceu elogios às plantações saxônicas incendiadas até a raiz, aos celeiros pilhados e às rotas de comércio interrompidas. Os combatentes sorriram pela aprovação de seu líder, mas guardaram suas posições nas fileiras como bons soldados.

Em seguida, Artorex explicou o surgimento de Katigern Oakheart, saxão até os ossos, mas nascido e criado na Britânia. Ele acrescentou que Katigern alegava uma tênue legitimidade pelo domínio sobre o oeste. O povo da cidade e os soldados rosnaram em ira e desafio enquanto Artorex sorria abertamente, embora seus olhos continuassem muito frios.

— Mas um grande problema nos aflige a todos, meus leais homens do oeste. Como posso falar a homens como vocês, homens que demonstram valentia e lealdade a cada dia na defesa de nossa liberdade? Como posso falar sobre as acusações lançadas contra nós? Como posso permitir que seus esforços sejam caluniados, quando os saxões os acusam de sede desenfreada de sangue e depravação? A princípio, não pude acreditar que os boatos fossem verdadeiros. Até que descobri por mim mesmo que, de fato, tais relatos não constituíam mentiras. Alguns entre seus companheiros romperam seu juramento, meus nobres soldados. Mataram por prazer; e não por necessidade.

Um grande urro de negação se elevou para perturbar os corvos e gralhas aglomerados nas muralhas da guarnição de pedra. Por um breve e profético instante, o ar se avivou com asas negras e luzidias.

— Tragam à frente a infante conhecida como Nimue — exigiu Artorex.

Gallwyn suplicara, emprestara e, cabe dizer, roubara todos os trajes sofisticados que conseguiu. O bebê estava quase invisível sob seus envoltórios de peles. Ela subiu à tribuna, quase chegando a tocar as tábuas rústicas em sua mesura, e depois se ergueu para encarar os cavaleiros.

— Mostre a criança aos homens — ordenou Artorex, e Caius sentiu que seus joelhos se tornavam geleia.

Gallwyn ergueu o bebê nu muito acima das perfeitas fileiras de homens, e a menina choramingou um pouco pelo frio súbito contra sua pele. Mas depois ela sorriu, e seus membros roliços e a extrema alvura refletiam sua beleza natural.

Àquela altura, a tatuagem de Nimue já estava quase curada — e o símbolo sobre a perna e o tornozelo direito era nítido ao olhar.

— É por inocentes como este bebê que lutamos. Nós morremos para preservar os velhos costumes de honra e dever. Para conservar a paz para crianças como esta pequena, nós enfrentamos as neves do inverno e deixamos nossas viúvas chorando em solidão. Arriscamos tudo que temos para que estas crianças possam crescer com beleza e segurança. Nós somos os paladinos do oeste, e não bárbaros imundos que queimam igrejas, estupram mulheres e mutilam infantes sob nossos machados.

Toda a massa urrou em acordo. Artorex os tinha na palma da mão.

Ele pegou Nimue das mãos de Gallwyn e a embalou novamente em suas peles, deixando apenas a perna direita exposta ao ar. Centenas de olhos observavam cada um de seus movimentos.

— Os hematomas desapareceram sob minha marca. Esta criança já não é mais a criatura ensanguentada e azul de frio que foi encontrada entre juncos congelados. Ela estava à beira da morte pela exposição.

A multidão fazia absoluto silêncio.

— Um de vocês traiu o oeste, e o cão emporcalha os nomes de seus grandes mortos. Eu lhes contarei do nascimento de Nimue, e depois *vocês* julgarão o que devo fazer.

Genial!, pensou Gallwyn consigo.

— Bom homem! — murmurou Myrddion entre dentes.

— Que Mitra me salve! — murmurou Caius, tomando cuidado para não ser ouvido. Seu rosto romano permanecia impassível.

— A mãe desta criança era uma mulher da vila de Durobrivae, um lugar desimportante entre os pântanos. Nossa tropa chegou àquele lugar avançado do território inimigo conduzida habilmente por meu irmão de criação, lorde Caius. Os soldados fizeram seu trabalho, por mais desagradável que seja, queimaram os celeiros, as lavouras e a própria vila, pois esta é a lei da guerra. Eu não os censuro pelos espólios que acumularam em meu nome.

Artorex sorriu brevemente, estabelecendo um vínculo imediato com os combatentes.

— Muito do que foi tomado nos pertencia de toda maneira, outrora roubado por saqueadores. Sim, houve aldeões que foram postos à espada, e também houve morte de mulheres, pois tais medidas por vezes são necessárias quando mulheres saxãs lutam como homens.

Muitas cabeças menearam em acordo, e Artorex prosseguiu no silêncio absoluto da atenção da massa.

— Mas a mãe desconhecida de Nimue estava prestes a dar à luz. Ela não tinha arma alguma além de seu ventre volumoso e sua beleza. Ela correu para o rio e para um velho salgueiro, rezando para que fosse sua segurança.

O silêncio era intenso, uma coisa viva, composta da respiração suspensa de centenas de cidadãos.

— Ela estava enganada! — urrou Artorex.

Um lamento correu pela massa, especialmente das mulheres. Na mente de Artorex, uma visão de Gallia, também em gravidez avançada, elevava-se como um espectro para demonstrar seu apoio às palavras de seu esposo.

— Um de nossos homens a viu correndo para seu refúgio; mas *homem* não é uma palavra que eu escolheria para descrevê-lo, pois isto é um insulto a todos os guerreiros e cidadãos de decência e honra. Ele a perseguiu até a segurança dos galhos do salgueiro e lá, livre de olhos curiosos, ele a estuprou.

Algumas mulheres e homens recordaram o destino de sua própria gente, e lágrimas incontroláveis se derramaram por suas faces.

— Mas tais horrores acontecem, não é mesmo? Horrores secretos, bestiais, terríveis, que não nos alegra trazer à luz do dia. Isto é a guerra.

Desta vez, menos homens menearam as cabeças em aprovação, e seus companheiros os observaram de soslaio com inquieta antipatia.

— Mas esse homem ainda não havia acabado com a bela jovem sob os galhos do salgueiro. Não, de modo algum. Por mais difícil que fosse, ela poderia sobreviver ao estupro e dar à luz sua filha, estreitar Nimue junto a seu seio de mãe e conviver com os pesadelos do salgueiro enquanto sua filha crescia. Talvez ela encontrasse nesta criança uma razão para seguir vivendo.

Toda a massa estava agora muda em suas horrendas imaginações. A presença da criança ali significava que a mãe estava morta. Eles imaginaram a vítima com a garganta cortada ou o coração lancetado, e sentiram ligeira aversão; exatamente como Artorex pretendia que fizessem.

— Não posso lhes dizer por que esse homem, esse celta, um de nós, praticou tamanha abominação. Realmente não suporto pensar em seus atos, pois eles ultrapassam e muito aquilo que eu e vocês consideramos as leis da guerra.

Agora certos soldados olhavam para os pés, recordando a litania de seus próprios crimes de ódio. Seus próprios atos em batalha, pequenos e grandes, zumbiam como vespas e aferroavam suas consciências.

— O cão rasgou a jovem com seu punhal. Ele abriu seu ventre como uma fruta madura, e vasculhou na ferida aberta enquanto a mulher gritava e tentava enfrentá-lo. Ele enterrou as mãos no ventre dela e arrancou de seu corpo o bebê por nascer, enquanto ela ainda vivia.

Um clamor se elevou da multidão, baixo, mas cheio de repulsa e ódio.

Artorex mal parou para respirar.

— Ele cortou o cordão da menina com seu punhal, pois tinha planos para esta pequenina minúscula e perfeita. Sim. E a mãe seguia lutando, mesmo quando seu sangue jorrava até banhar de vermelho toda a terra. Ela tinha as mãos rasgadas até os ossos onde agarrou o punhal do inimigo, pois temia que ele cometesse mais atos indizíveis contra o corpo de sua filha.

Brilhante, absolutamente brilhante, pensou Myrddion. *O estupro de bebês não é aceitável em nenhuma sociedade. Insinuá-lo é o suficiente para nausear todo ser racional.*

— Mas ele não estuprou o bebê. Não ele. Talvez não fosse homem suficiente, ou fera suficiente, para tal ato. Ele deixou a mãe sangrando até a morte sob o salgueiro, longe de olhos curiosos.

Artorex parou para verificar o efeito da história sobre sua plateia.

— O homem se divertiu com o sofrimento — rugiu ele.

Artorex ergueu o minúsculo corpo de Nimue no ar com uma só mão gigantesca.

— Ele agarrou esta criança por seu tornozelo frágil, girou-a sobre a cabeça e a atirou no rio, um rio coberto pelo gelo do inverno!

O rugido da massa era agora mais alto, como o começo de uma tempestade pesada que acumula intensidade até enegrecer todo o céu.

— Os deuses viram o que foi feito, e talvez tenham chorado de piedade pelo que se passou naquele dia. Os juncos secos das margens do rio amorteceram a queda de Nimue e a protegeram. Um impossível acaso enviou um bom homem que teve a sorte de encontrá-la, um bebê com um tornozelo enegrecido por hematomas e cuja pele se azulava pelo frio. Ela estava destinada a sobreviver, esta pequenina, como um símbolo do que nossos povos celtas podem ser se nos degenerarmos na barbárie saxônica. Contudo, ouvi de nossos espiões que até mesmo os saxões ficaram nauseados pelas ações dessa fera, cuja vítima sangrou em agonia até a morte.

A multidão agora urrava seu ódio.

— Somos tais feras? É desta maneira que fazemos a guerra?!

Ele ergueu Nimue no ar novamente.

— Devo arrebentar o crânio desta criança agora, para que ela não cresça e não se torne uma cadela juta ou saxônica?

— Não! Não! Não! — gritava a massa em uníssono.

— E o que devo fazer com um homem como esse violador? Eu, o Dux Bellorum, pergunto-lhes, que punição deve ser?

— Morte! Morte! Morte! — O cântico ecoava entre o populacho aglomerado, soldados e cidadãos gritando como um só.

Artorex ficou em silêncio, e entregou o bebê a Gallwyn. A cozinheira embalou a menina em suas peles quentes e a estreitou contra os seios murchos.

— Mas não posso lhes dizer quem é esse homem. E nem lorde Caius, que não conseguiu extrair a informação de sua tropa. Seus guerreiros protegem a besta, pois ao menos um soldado deve conhecer a identidade do homem. O sangue da pobre moça provavelmente o cobriu da cabeça aos pés.

Vários guerreiros da tropa de Caius empalideceram, preocupados com a fúria da multidão reunida.

— Ouçam! — ordenou Artorex. — Eu sou o Dux Bellorum e abomino o derramamento de sangue inocente! Eu ponderei longamente sobre este assunto, e indaguei o que os grandes teriam feito.

A multidão fazia silêncio até o último homem.

— Lá, nas palavras do imortal César, estava minha resposta.

A multidão continuava muda, esperando pela decisão.

— A tropa de meu irmão Caius é composta de trinta homens, e eles serão dizimados até que o assassino se apresente ou que seus irmãos o apontem à justiça.

A multidão começou a se agitar.

— Tenho sua permissão para invocar a antiga punição das legiões? Nós os dizimaremos?

Pouco a pouco, primeiro lentamente e depois crescendo em potência, a multidão urrou sua aprovação.

— Dizimar! Dizimar! Dizimar!

Uma parte oculta de Artorex sentiu náuseas ao pensar na punição que propunha, ao passo que seu lado vingativo e amargo estava em júbilo com a pura justiça do caso.

A tropa foi isolada e dividida aleatoriamente em três grupos de dez homens, enquanto Caius observava, impotente. Ele domou seu rosto para não demonstrar qualquer emoção quando cada homem entre os dez foi forçado a tirar a sorte nos gravetos. Gaguejando de medo, o homem com o palito mais curto em cada grupo foi colocado dentro de um círculo formado pelos nove outros guerreiros.

— Você é o homem? — perguntou Artorex a cada um dos três condenados. — Sabe quem ele é?

Em desespero, as vítimas negaram a acusação e todo conhecimento do incidente. Talvez ainda esperassem misericórdia.

A multidão prendia a respiração.

— Eu sou o Dux Bellorum. Toda a culpa associada ao que está prestes a ocorrer será minha, e minha apenas.

Ele fez uma pausa.

— Os nove devem matar seu décimo. Podem usar as mãos, os cabos das lanças ou as empunhaduras de suas espadas. Nenhuma arma afiada ou metálica deve ser usada.

Ele se deteve mais uma vez.

— E os que não cumprirem estas ordens acompanharão seus irmãos no interior do círculo condenado, até que concordem em entregar o assassino de inocentes.

Artorex esperou e observou.

Talvez estes guerreiros sintam que minha ameaça é um blefe, ele pensou enquanto observava os três condenados. Ou talvez esperassem pela intervenção da multidão. Mas Artorex sabia que a excitação do espetáculo sanguinário dominava a assembleia.

— Comecem! — rugiu ele.

O som de madeira, punhos e até pedras contra corpos era nauseante; Artorex sentiu cada golpe.

Os três guerreiros levaram um longo tempo para morrer.

— Agora, algum homem da tropa pretende falar? — esperou Artorex. — Não? Então começaremos novamente, desta vez com oito!

A execução era repulsiva, pois sua frieza acrescentava horror à justiça que simbolizava.

Por fim, quando Artorex fez a pergunta pela terceira vez, um dos combatentes se aproximou da base da tribuna e ergueu o rosto banhado em lágrimas para fixar os olhos cinza de Artorex.

— Eu suspeito que o assassino seja Gwynn ap Owyn, meu amo. Ele é o esposo de minha irmã. Não tenho prova, mas ele estava coberto de sangue até os ombros quando voltou ao acampamento em Durobrivae. Ele não quis dizer onde tinha ido, e só me deu uma piscadela. Perdoe-me, senhor! Eu fiz silêncio pelo bem de minha irmã e de seus filhos.

— Volte a seu grupo — ordenou Artorex. — Você receberá uma punição justa, a ser decidida por mim por sua recusa em dar a informação em oportunidade anterior.

Ele fixou os olhos nos guerreiros reunidos.

— Gwynn ap Owyn! Um passo à frente!

Ninguém se moveu, mas de repente dois veteranos na tropa se voltaram e começaram a arrastar à frente um grande homem de meia-idade.

O guerreiro imediatamente começou a gemer e suplicar.

— Não alegue inocência ou arrancarei pessoalmente a língua de sua boca. Você não é um celta, pois permitiu que seis de seus irmãos morressem por seus crimes. Você não merece viver.

Artorex encarou o rosto pálido de Caius entre seus guerreiros.

— Lorde Caius, enforque pessoalmente este homem que trouxe desonra para sua tropa, e depois corte-lhe a cabeça imunda e mande para meus aposentos. Atire a carcaça para os cães; se é que eles comerão coisa tão putrefata.

Depois enterre seus guerreiros inocentes com as honras devidas, pois eles morreram como bons celtas... e não suplicaram como este animal covarde. Uma compensação será enviada às famílias, embora o ouro não valha a vida de um bom homem. Nós somos celtas! Não guerreamos contra inocentes e não traímos a justiça de nossa causa!

Um a um, cada membro da tropa cuspiu no rosto em lágrimas de Gwynn ap Owyn, e os guerreiros o levaram arrastado.

Mais uma vez, Artorex baixou os olhos dolorosamente para a assembleia.

— O dever de manter a honra dos bretões é uma responsabilidade que pesa sobre todos os guerreiros. Mas a própria sobrevivência do oeste exige que nossas ações reflitam a glória de nossa causa. Estou envergonhado porque uma criatura como Gwynn ap Owyn maculou a reputação de seus companheiros e de todos nós através de sua covardia e brutalidade.

Artorex olhava diretamente para Caius, para assegurar que seu irmão compreendia o significado completo de suas palavras. Caius então partiu para seguir as ordens do Dux Bellorum e salvar sua honra aos olhos de seus homens.

— Nada somos se não guardarmos os honoráveis costumes antigos dos exemplos de nossa história. Nós lutamos pelo lar, pela terra e pelas glórias de nosso passado, e não pela sede por derramamento de sangue. Que fique claro deste momento em diante que nenhuma culpa pelos seis inocentes que morreram hoje será imputada a outra alma aqui. Eu a tomo para mim, pois eu sou o Dux Bellorum.

A tristeza de Artorex, seu patriotismo e seu encanto fizeram a multidão urrar seu nome quando ele refez o caminho de volta para a guarnição. Ele tinha o coração pesado quando deu ordens a Targo de assegurar que ouro vermelho fosse enviado às seis viúvas inocentes, e que boas terras fossem outorgadas aos filhos.

Essa pequena tática funcionou bem, não foi?, sussurrava maliciosamente uma pequena parte da consciência de Artorex. *Talvez seja hora de mandar Myrddion de volta a Venta Belgarum.*

CAPÍTULO XIX

O LEGADO DE UTHER

Myrddion Merlinus compreendia mais que bem sua própria natureza. Ele aceitava que nascera para ser um estrategista, braço direito de grandes homens; uma frieza em seu âmago decidia que seu intelecto sempre governava suas emoções. Não houve provação em substituir esposa e filhos pelas realidades do poder, pois seu desejo sexual era facilmente saciado.

A verdade era que Myrddion amava esquemas e livros muito acima de qualquer criatura viva. Os cavalos eram apenas meios de transporte e um cachorro era uma importunação salivante. Livros e pergaminhos nunca falhavam e jamais exigiam nada em troca. Ele tinha amigos, incluindo Llanwith e Luka, mas os dois homens só compreendiam as margens de sua mente ágil. Um dia eles morreriam e Myrddion choraria — ele, que não derramara uma só lágrima em quase 40 anos.

Feliz do homem que tem tanto autocontrole, pois, sem amor, não pode haver nenhuma dor e nenhum sentido de perda. Sua juventude sobrenatural brotava de seu temperamento controlado e das grandes muralhas que ele construíra em torno de seu coração. Até Artorex, criação pessoal de Myrddion, muitas vezes não passava de um meio para alcançar um fim. Myrddion recordava como sentira orgulho da astúcia e da fixidez de propósito de Artorex durante a execução, sem perceber na hora a ligação entre a morte de Gallia e a mulher que fora assassinada sob o salgueiro. Agora, na escuridão da noite, Myrddion sentia uma pressão na garganta e um atípico ardor em seus olhos ao pensar nas palavras de Artorex para a multidão. Myrddion se retraiu ao compreender a dor que o jovem provavelmente sentira quando ergueu a pequena Nimue no ar, legitimando uma criança órfã enquanto sua própria Lícia jamais conheceria seu pai.

— Você está ficando velho e sentimental, Myrddion — disse ele à chama da lamparina. — Logo não prestará para mais nada além de velhas histórias em torno de uma fogueira.

Mas o cérebro de Myrddion, afiado como navalha, sabia que ele mentia. Seu caminho na vida estava traçado e havia muitos anos que suas lealdades estavam firmadas. Não havia outro caminho senão o que os deuses, ou demônios, decretaram para ele, e assim as ideias de sofrimento tinham de ser postas de lado.

Ele se voltou para o palpável problema do momento.

— A espada. Temos que encontrar a espada. Sem um Alto Rei para se opor a Katigern Oakheart, estamos acabados. E Artorex não pode tornar-se Alto Rei sem aquela maldita espada.

Por quase um ano e meio, Myrddion desafiou e incitou sua mente sobre a última tramoia de Uther. Morgana não partilhara de todos os segredos do Alto Rei. Ela tivera grande influência sobre o terrível déspota, mas sua relação era baseada em ódio e necessidade. Myrddion não tinha dúvidas de que Morgana conservara a vida de Uther além de sua hora destinada, não por compaixão, mas para que o velho monstro pudesse sofrer enquanto via como seu filho natural o eclipsava. Se Morgana tivesse adquirido a espada, ela já estaria entre os dedos ávidos do rei Lot, pois, afinal, a esposa de Lot era sua irmã de miolo mole, Morgause. Morgana se encerrou em ódio quando Uther orquestrou a morte de seu pai, e de bom grado destruiria o reino usando o rei Lot para impedir que Artorex subisse ao trono.

— Ah! Os antigos amores e os velhos ódios — disse Myrddion à chama, sua única confessora. — Eu teria pena de Morgana, se ela não odiasse tanto. Uther mereceu cada segundo de dor que ela lhe causou, mas Artorex não tem culpa dos crimes do Alto Rei. Morgana envenenou sua vida por uma justiça caduca.

Não, a espada estava tão perdida para Morgana quanto para todos os demais.

Quando Uther estava próximo da morte e até seus servos tinham medo de entrar em seus aposentos em Venta Belgarum, Myrddion passou a crer que ele confiara a espada e a coroa ao bispo Branicus, seu confessor pessoal. Ele perguntou diretamente ao venerável homem se Uther lhe dera os símbolos do reinado, e ainda podia recordar a resposta severa e aparentemente honesta do bispo.

— Eu não tenho coroa nem espada, lorde Myrddion. Se as tivesse em Venta Belgarum, eu lhas entregaria.

O velho bispo falecera apenas um mês após seu obstinado mestre. Outro padre, um homem mais jovem, substituíra Branicus e a pista agora esfriara. Myrddion conhecia e compreendia os hábitos dos padres, e portanto podia jurar que o velho bispo não havia contado uma mentira direta.

— Mas teria dito a verdade completa? — perguntou Myrddion à chama. — A Igreja do Cristo é um mundo em si, e o poder é o gesso que a conserva de pé. Teria ele dito a verdade?

Myrddion selecionou um pedaço de giz e escreveu as palavras do bispo sobre o tampo de sua mesa. Depois, forçando seus sentidos, ele mediu o peso de cada palavra usada pelo velho sacerdote.

— O bispo me falou como um homem, cara chama, e não como sacerdote. Ele disse, "*Eu* não tenho", ele não disse que a *Igreja* não os tem.

Assim, provavelmente a Igreja detinha os objetos sagrados, mas não em Venta Belgarum. O sacerdote tomara a precaução de nomear a cidade e negar que a coroa e a espada estivessem lá. O bispo não mentira, ele simplesmente não revelara todo o seu conhecimento.

Myrddion lembrou que Branicus era semirromano, mas também parcialmente espanhol, um homem que compreendia as fronteiras e o terrível custo da invasão bárbara. Provavelmente ele teria preferido entregar a espada e a coroa, mas não o fez. Por quê?

— Porque Uther o impediu com um juramento. É claro! A velha raposa fez com que o bispo jurasse que Artorex não receberia os símbolos de poder de suas mãos. O bispo sabia que eu eventualmente o procuraria quando Uther estivesse em seu leito de morte. Ele reconheceu que seria obrigado a romper seu juramento ou condenar a segurança da Britânia cristã. Os saxões não têm qualquer apreço pelo deus cristão. Branicus provavelmente sabia que também estava adoecendo. O que ele teria feito? O que eu teria feito?

A vela não respondia, mas tremulava em encorajamento.

— Se Branicus não me mentiu diretamente, ele indicou que mandou os objetos a algum lugar seguro. Mas para onde foram mandados? Não há pista para mim em suas palavras.

Myrddion lutou para seguir o dilema do bispo. Ninguém, nem mesmo um homem de Deus, poderia ouvir as confissões de Uther sem repugnância. O bispo estava a par de todos os segredos pavorosos de Uther, mas ele os levara consigo para o túmulo como exigiam as regras de sua Igreja. Mas ele desejava que as relíquias fossem encontradas?

— Sim, chama! O obstinado velho me afirmou com suas próprias palavras que me daria os objetos se não fosse pelo juramento que fez a Uther Pendragon e pela santidade do confessionário.

Myrddion estava exausto até os ossos. Ele desenovelou as bordas do raciocínio do bispo, mas apenas o repouso e mais contemplação resolveriam o enigma.

Após limpar o giz com sua manga, Myrddion se recolheu à cama, mas seu sono foi perturbado por sonhos com um salgueiro, seus galhos antigos dançando na água de um lago profundo e silencioso. Ele tentou adentrar a confusão de galhos, mas a própria árvore lhe barrava a passagem.

Gruffydd recebeu um rústico saco de couro que continha a cabeça do monstruoso Gwyn ap Owyn. Ele não teve coragem de ver as feições torcidas, e decidiu mandar o macabro troféu a Durobrivae, aos cuidados de associados confiáveis. Eles foram instruídos a empalar a cabeça numa estaca diante do salgueiro, como uma palpável mensagem sobre a justiça celta.

Ele sentia que Nimue fora vingada.

— Será que ela deve ouvir a história de seu nascimento quando for mais velha? — perguntou-lhe Gallwyn. — A história talvez lhe cause dor, mas outra pessoa certamente a informará do destino de sua mãe um dia.

— É claro que ela vai precisar saber — retrucou Gruffydd. — Mas temos que esperar que ela possa compreender, e temos de dar à menina o alfinete de cabelos da mãe na ocasião. Torçamos para que ela se torne uma celta antes daquele dia, e que tenha cessado de ser juta.

— A dívida de sangue que você reclamou por ela certamente foi paga — murmurou Gallwyn, nervosa.

— Sim. Mas Nimue está sob a proteção de Artorex, e por isso eu temo por sua segurança nos anos à frente. Ele pôs seu selo sobre ela, e ela pode crescer ressentida com o que ele representa.

— Eu farei o melhor que posso para guiá-la nos caminhos que ela deve trilhar, Gruffydd, ainda me restam alguns bons anos antes que me chegue o fim. Eu a criarei corretamente.

— De qualquer modo, lorde Myrddion me mandou mensagem de que eu e ele cavalgaremos para Venta Belgarum amanhã. Ele está planejando as estratégias de Artorex, então temos que nos preparar para a próxima campanha.

Gallwyn estremeceu de leve.

— Sempre odiei Venta Belgarum. Uther era como uma lesma fina e branca, e sua gosma está por todo lado. Tome cuidado, meu amigo, pois há boatos entre a gente comum de que lorde Artorex terá que se declarar Alto Rei se quiser combater essa criatura, Katigern. Se ele esperar muito tempo, um pretendente pode roubar a coroa.

— Esse é todo o problema — respondeu seriamente Gruffydd. — No momento, ele não sabe onde encontrar a coroa, ou mesmo se ela existe.

Em centenas de outros cômodos por todos os reinos, incontáveis homens sonhavam com a espada, a coroa e o legado de Uther Pendragon. Alguns daqueles homens eram honestos de coração, ao passo que outros eram quase completamente devorados pela sede de poder. Alguns eram nobres e outros eram malignos oportunistas, pois a espada de Uther Pendragon tinha um brilho e uma atração que não dependiam de suas gemas e sua lâmina. A espada era a chave para o reino, e a coroa era a marca de favor dos antigos deuses.

No norte congelado, o rei Lot se desesperava para encontrar a espada de Uther. Ele e a família tinham excelentes justificativas para o trono através de seu casamento, ao passo que seu filho mais velho, Gawayne, tinha ainda maior possibilidade de ganhar a coroa, pois era um belo jovem com encanto natural acima da média. Mais importante, Gawayne era ávido por glória, e implorara ao pai que lhe permitisse servir no exército de Artorex.

Artorex ficara confuso pela admiração aberta do príncipe Gawayne e por sua completa incapacidade de mentir. Quixotescamente, ele ordenara que Gawayne liderasse a guarnição de Venta Belgarum, completamente cônscio de que Gawayne seria incitado por pai e mãe a procurar a espada de Uther. Artorex apostara que as convicções de Myrddion estavam corretas, e que Uther escondera a espada em outro lugar. Gawayne de fato procurara assiduamente pela espada, mas ela teimava em frustrá-lo.

Enquanto Dux Bellorum, Artorex a princípio não era prejudicado pela ausência dos símbolos de poder, pois era o líder de guerra e esse papel lhe conferia mais poder do que o título herdado dos reis tribais. O Dux Bellorum podia exigir tropas das tribos e era o único responsável pelo método e pelo resultado da guerra.

Artorex já era um rei em tudo, só não possuía o título.

Mas Gruffydd sabia com certeza que Katigern Oakheart tinha uma ligação legítima com o trono de Alto Rei dos bretões através de seu avô. Gruffydd também compreendia que o próprio Vortigern não teria aprovado a destruição incontrolável que os bárbaros levavam ao leste. O Dragão Branco, a criatura do gelo e do frio, aparecera como profetizado, e abrira suas asas sobre a terra dos bretões e os dizimava com seu hálito congelado.

Resta saber se o Dragão Vermelho de Artorex pode deter tal massacre, pensou Gruffydd. *Os saxões temem as profecias ainda mais que nós, e Katigern conhece nossa história. Ele fará tudo que estiver em seu poder para deter a busca de Myrddion pela espada de Uther Pendragon.*

Venta Belgarum era celta e assim continuaria até que todo o reino desmoronasse em cinzas. Altos Reis foram coroados em sua igreja, onde outrora uma árvore sagrada florescera nos tempos de precedência druida. Venta Belgarum não era o coração da Britânia, mas era o sangue de seu corpo.

A cidade continuava a mesma dos tempos de Uther, pois Artorex mantinha uma forte guarnição para combater os saxões que refortificavam a costa próxima a Andérida. Artorex escolhera Gawayne como líder após ver o jovem ruivo em batalha, tão gélido e controlado quanto o próprio Myrddion

Mas, fora dos campos de batalha, o rapaz tinha um encanto rebelde, paixões inflamadas e uma tendência natural para a liderança, portanto, apesar das objeções de Llanwith e Luka, Venta Belgarum finalmente se tornou incumbência de Gawayne.

Até ali, Artorex não via razão para lamentar sua decisão. Gawayne podia ser suscetível às ambições de seus pais, mas era um celta leal com um feroz desejo de vitória.

Quando Myrddion e Gruffydd chegaram a Venta Belgarum após vários dias tenebrosos sobre as selas dos cavalos, Gawayne se apressou em receber seus visitantes. Após as mesuras, abraços e detalhados relatos de costume, os dois homens tiveram permissão de descansar antes de se preparar para o banquete da noite. Gawayne estava decidido a impressionar seu nobre visitante com sua hospitalidade, e planejava impor uma noite de festejos a seus convidados.

Assim, em lugar de descansar, senhor e servo utilizaram a tarde para visitar os antigos aposentos de Uther.

— Estes aposentos foram fortemente lacrados desde a morte de Uther, meu amo — informou Gruffydd. — Para ser honesto, os servos têm pavor desta parte do palácio e se recusaram terminantemente a limpá-la, portanto podemos esperar nuvens de poeira quando estivermos lá dentro.

— Tenho certeza de que as relíquias não estão aqui, mas quero compreender o bispo um pouco melhor. Talvez isto me ajude a descobrir o que ele decidiu fazer com sua difícil herança.

Pessoalmente, Gruffydd acreditava que Myrddion estava engajado em superstições sem sentido, mas seu mestre quase sempre estava certo quando avaliava uma situação.

Gruffydd pegou uma comprida chave de ferro e a inseriu nas grandes portas dos aposentos particulares de Uther.

As dobradiças da porta protestaram quando suas peças de metal enferrujado rilharam contra suportes igualmente oxidados. As portas pareciam emperradas, embora houvesse apenas seis meses desde que a entrada fora selada, e Myrddion e Gruffydd tiveram que usar sua máxima força para abrir as imensas placas de carvalho. Os servos de Uther obviamente abandonaram aqueles aposentos desde antes de sua morte.

Com rangidos e estalidos, as portas finalmente cederam.

— O fedor deste quarto é medonho — exclamou Myrddion. — Sinto o cheiro dos trabalhos de Morgana por aqui.

Eu sinto cheiro de alguma coisa morta há muito, pensou Gruffydd com irreverência.

Um fino manto de poeira cobria cada superfície, e Myrddion passou o dedo por uma teia de aranha que mascarava a entrada da câmara de dormir de Uther.

— Há algo maligno repousando aqui. — Myrddion estremeceu. — Posso sentir.

O grande leito com sua espessa coberta de pele estava perfeitamente arrumado. Do lado direito fora colocado um banco acolchoado, para que o bispo pudesse ouvir as confissões de Uther. Cada canto do quarto era enevoado por partículas de poeira, uma pátina de abandono e um miasma de doença.

Mas as peles brancas sobre a cama foram para sempre arruinadas pelos restos de um grande corvo de asas esticadas que fora preso à cama com longos pregos. Seu esqueleto e as órbitas vazias de seus olhos ainda pareciam estrebuchar pela vida. Pelas plumas rasgadas em torno dos pregos que prendiam a carcaça à cama, Myrddion percebeu, repugnado, que a ave estava viva quando foi pregada no leito. A ave foi abandonada para morrer de fome — ou ser devorada viva por ratos.

— O que é isto, senhor? — sussurrou Gruffydd, apontando para uma forma coberta por um pano na grande janela da câmara.

Tão vasto era o prestígio de Uther que sua janela fora construída de pequenos pedaços de vidro importado, para que nenhum frio encontrasse entrada e lhe atacasse os velhos ossos. Gruffydd sabia que a janela existia, mas agora ela estava completamente coberta por uma empoeirada extensão de lã negra.

— Puxe aquela coberta e deixe entrar um pouco de luz — ordenou Myrddion.

Gruffydd se aproximou do pano negro.

Ele segurou o tecido, o puxou e quase berrou com o choque.

O cadáver de uma mulher fora pregado à estrutura da janela pelos pés e mãos esticados, de modo que seus restos mortais formavam uma obscena cruz. Os ratos deixaram vestígios de sua presença no corpo ressequido, e Gruffydd ficou repugnado com aquela prova da malignidade de Morgana. Perplexo pela cena dantesca, Gruffydd percebeu que as manchas no chão e uma ferida aberta no pescoço indicavam que a mulher estava morta ou agonizante quando foi pregada naquela posição.

— Que demência é essa abominação, meu amo? — perguntou Gruffydd num sussurro.

— Isso não tem nada a ver com os ensinamentos druidas, e não é nada cristão. Mas é completamente Morgana. Creio que ela pretendia manter o espírito de Uther trancado nesta câmara para sempre. Ela colocou a mulher para guardar a janela, e usou o corvo como receptáculo para a alma dele. Depois, ela tentou conservar os aposentos lacrados por um tempo longo, muito longo.

— É uma mulher estranha, senhor. Seu ódio é abominável.

— Lamentável é uma descrição melhor para Morgana — respondeu Myrddion. — Ela precisa acreditar que ainda pode controlar o corpo e o espírito de Uther mesmo depois de sua morte. Que coisa indizivelmente triste.

— Triste? — Gruffydd cuspiu, e fez o sinal da cruz. — A mulher é demente.

— Provavelmente, Morgana enlouqueceu há anos. Ela enterrou todos os seus desejos naturais para realizar sua vingança contra Uther ao longo dos muitos anos em que permaneceu com ele. Mas isto! Isto é tão mesquinho... e um desperdício pavoroso.

— Bem, eu não vou guardar qualquer compaixão pela bruxa. — Gruffydd estava afrontado pela barbárie das ações de Morgana. — Se há alguém que deveria ser crucificado desta forma, esse alguém é Morgana.

— Não. Morgana é mais digna de pena. Mesmo com Uther morto e enterrado, ela não consegue abandonar seu ódio. Enfim, assistir a esses velhos crimes não servirá a nosso propósito.

Myrddion desviou o olhar do corpo para o rosto supersticioso de Gruffydd, e depois deu suas instruções.

— Deixe este lugar profano, encontre servos e um guerreiro ou dois. Eu quero estes aposentos completamente arrumados para o Alto Rei, quando ele chegar a Venta Belgarum. Cada parte da mobília, cada pedaço de pano, cada pele e cada traço da presença de Uther e de Morgana devem ser queimados. — Ele passou os olhos pelo quarto empoeirado. — E você precisa encontrar um padre para orar pela alma desta moça e dar-lhe uma cremação decente.

Gruffydd se apressou em obedecer aos desejos de seu amo, feliz por ser dispensado dos aposentos mofados, ainda dominados pelo ódio implacável.

Myrddion ajoelhou no banco empoeirado junto à cama e apoiou os braços, como se em prece, junto ao lugar onde repousara a cabeça de Uther. Era a posição em que o padre de Uther passara muitas horas durante anos, ouvindo as confissões do rei por todo o período de sua lenta decadência. Aqui, nos dias finais, o bispo teria dado a extrema-unção ao moribundo Uther, muito embora o próprio sacerdote estivesse perto da morte.

Myrddion não era cristão, mas tinha considerável conhecimento da seita romana. Ele compreendia que, em sua devoção, o infeliz Branicus provavelmente esmagara seus sentimentos naturais por anos. Na imaginação de Myrddion, a confissão final de Uther Pendragon provavelmente fora grotesca.

Com que frequência o bispo se ajoelhara aqui? Se o banco bordado podia servir de referência, um par de joelhos achatara o volume da almofada. Quantas horas o bispo ouvira as insanidades de um velho tirano em decadência, enquanto tentava aproximar aquela alma sem remorso de seu deus? Uther não teria abdicado de sua espada e sua coroa durante os últimos estágios de sua doença, temendo que Morgana lançasse suas garras pintadas com hena sobre os símbolos de seu reinado. Lot como Alto Rei teria sido quase tão indesejável quanto Artorex, pois Uther odiava Morgause quase tanto quanto odiava a irmã.

Não. Uther teria escondido a espada e a coroa quando Artorex se tornou o Guerreiro do Oeste. Sob o ponto de vista de Uther, que outra opção ele tinha? Seu corpo o traía, Botha estava morto e Artorex era adorado pelo povo.

Não, a espada e a coroa já haviam desaparecido muito antes do momento em que Uther se reconciliou com a certeza da morte iminente.

Myrddion ajoelhou-se e tentou imaginar a imundície que se derramara nos ouvidos do bispo. Tentou compreender como Branicus se sentira ao levar aqueles objetos ritualísticos tão conspurcados e degradados por luxúria, assassinato e ambição.

Acompanhado por dois guerreiros e quatro criados aterrorizados, Gruffydd bateu discretamente na porta antes de entrar. Mas, concentrado, Myrddion não o ouviu.

Os macabros restos mortais da moça outrora virginal foram retirados da janela enquanto Myrddion continuava sua reflexão. E, quando o corvo foi rapidamente erguido como um mero emaranhado de plumas negras e gravetos de ossos mastigados, a concentração de Myrddion era tão profunda que ele sequer percebeu a presença dos servos no quarto.

Ele estava longe, dentro da mente do bispo falecido.

Enquanto os servos se moviam na ponta dos pés a seu redor, observando temerosos seu rosto branco e imóvel e os olhos fortemente cerrados, Myrddion pensava. Quando ele tornou a abrir os olhos, eles chamejavam com renovada compreensão. Um dos servos gritou como um porco assustado quando Myrddion se pôs de pé num salto, ignorando as câibras nos músculos das pernas.

Ele pegou o banco de prece e o enterrou nos braços do criado.

— Leve este banco confessional para o novo bispo em sua igreja. Diga-lhe que é um presente meu. Você o informará também de que seu predecessor, um homem bom e santo, usara este genuflexório de preces enquanto intercedia com Deus pela alma de seu senhor, Uther Pendragon. E você também dirá que o banco de Branicus merece grande honra.

O criado correu para cumprir a ordem de Myrddion, e Gruffydd duvidava se o pobre homem recordaria uma só frase das palavras que lhe foram ditas.

O quarto foi implacavelmente desmontado, e, para que os servos não fossem tentados a roubar as posses de Uther, Myrddion explicou que Morgana amaldiçoara todos os itens de valor dos aposentos. Devido à sua fama como ser estranho e mágico, os criados acreditaram em suas palavras e se encolhiam sempre que tocavam um objeto com as mãos nuas.

Um servo trouxe uma caixa cravejada de pedras preciosas e colocou-a apressadamente nas mãos de Myrddion; depois ele limpou as próprias mãos com cuidado na túnica empoeirada.

A caixa era feita de fina madeira de pereira, forrada com madrepérola e com uma pérola irregular cravada na trava da tampa.

Myrddion abriu o belo recipiente. Correntes de ouro, um par de belos brincos dourados com granadas engastadas e uma variedade de anéis para o polegar e o indicador ocupavam a caixa até a tampa. A princípio, Myrddion não sabia o que fazer com as joias de Uther. Seu primeiro impulso foi mandar que as joias fossem destruídas, mas ele decidiu guardar a caixa e mandar reutilizar as gemas, se necessário, já que provavelmente eram de propriedade daquele que se tornaria o próximo Alto Rei. Ele conhecia um habilidoso judeu de Venta Belgarum a quem podia ser confiada a tarefa de remodelar as quinquilharias de Uther.

Enquanto revistava as correntes e anéis, Myrddion teve um pensamento pavoroso. Uma pesada corrente de pescoço estava gravada com o símbolo de um javali, obviamente propriedade de Gorlois da Cornualha.

Estas miudezas são troféus das vítimas que Uther traiu, pensou Myrddion consigo. *Talvez jamais devam tornar a ver a luz do dia.*

Deixando a limpeza para os homens instruídos em completar a tarefa, Myrddion e Gruffydd voltaram a seus aposentos. Gruffydd ansiava por cerveja, mas ele acompanhou seu amo com resignação. Ele percebeu que Myrddion estava elétrico e seu ânimo parecia decididamente irritado e ansioso, mas quando Gruffydd tentou perguntar o que o molestava, Myrddion pôs um dedo sobre os lábios como indicação para fazer silêncio.

— Estou cansado, e absolutamente farto de horrores — respondeu Myrddion, enquanto seus dedos faziam a linguagem de sinais do espião treinado, que dizia, "Pode haver outros entreouvindo aqui. Temos que esperar".

— É claro, meu amo. Partiremos amanhã?

— É improvável, Gruffydd, portanto não importa de fato se eu durma mais que de hábito pela manhã. Ficaremos aqui por mais dois dias — disse a boca de Myrddion tranquilamente, enquanto os sinais de seus dedos indicavam a Gruffydd que eles partiriam ao amanhecer.

— É claro, meu amo — repetiu Gruffydd com admirável ambiguidade. — Eu vivo para servi-lo.

Gruffydd passou a noite na companhia de um grupo de soldados de Gawayne como seu convidado de honra, pois seus anfitriões sabiam que

Myrddion era um homem lendário de um extremo ao outro da Britânia. Embora Gruffydd não reconhecesse ameaça direta nas perguntas que eles faziam sobre seu amo, ele sabia que Gawayne era o filho mais velho de Morgause e do rei Lot, e que era um aspirante ao trono de Alto Rei. Gruffydd tentava cuspir tanto quanto bebia, mas sua cabeça latejava e seus sentidos vacilavam quando ele finalmente se arrastou para seu colchonete.

Após beber copiosas quantidades de água para limpar sua cabeça, Gruffydd se sentiu um pouco melhor. Para os subalternos de Gawayne, ele era simplesmente o fiel criado de Myrddion, pois seu cargo de espião era um segredo bem-guardado que nem Gawayne descobrira. Enquanto ele se esforçava para clarear seus pensamentos confusos, Gruffydd ansiava por estar do lado de fora das muralhas de pedra e das ruelas de Venta Belgarum, tão carregadas de segredos. Ele precisava dos descampados e do ar puro das montanhas para limpar seus pulmões do fedor daqueles celtas, tão implacáveis em sua busca de poder e glória.

— Quanto mais rápido partirmos daqui, melhor — murmurou Gruffydd consigo mesmo.

Ele verificou sua bolsa e se certificou de que ela estivesse pronta para sua partida iminente. Algum instinto o levou a espalhar roupas sujas pelo chão do quarto, e ele então caiu num cochilo leve.

Algumas horas antes do amanhecer, Gruffydd acordou sem fazer som, como era seu talento, quando a porta de sua câmara foi aberta vagarosamente. Dois guerreiros confiados examinaram o interior do aposento escuro absolutamente à vontade.

Gruffydd fingiu um ronco alto de bêbado.

— Este aí não vai acordar, e nem o amo — sussurrou um dos soldados. — Se há alguma coisa para se achar neste pulgueiro, então Myrddion Merlinus encontrará para nós. E, se não houver, vamos segui-los para onde quer que eles partam.

— Fale baixo, Grimm. Myrddion não ficou vivo por tanto tempo por sorte. Nosso amo subestima estes homens, pois acho que eles estão em uma investigação. É melhor que observemos e esperemos.

— Bem, nosso amigo Gruffydd não acordará para a vida antes do meio-dia — riu Grimm.

— Talvez — respondeu o amigo, e os dois homens abandonaram o minúsculo cubículo.

Então é para este lado que o vento sopra, pensou Gruffydd. *Bom que estaremos longe dentro de algumas horas.*

Myrddion e Gruffydd estavam montados e junto aos portões fechados de Venta Belgarum antes do raiar do dia. Gruffydd acordou a sentinela batendo na porta até que o homem se movesse. Este cambaleou para o relento em sua camisa de dormir, e abriu a porta menor embutida no portão para que os cavalos e seus condutores pudessem passar.

— Pode agradecer a seu mestre Gawayne por sua hospitalidade, mas eu devo retornar a Venonae sob ordens de Artorex, o Dux Bellorum — explicou Myrddion à sentinela.

O homem sonolento meneou a cabeça, mas Myrddion exigiu que ele repetisse a mensagem.

Depois, senhor e servo se foram.

De início eles tomaram a estrada romana que eventualmente levaria a Venonae, mas logo a Fortuna sorriu para Myrddion, como era seu hábito, e eles toparam com as trilhas de uma carroça comercial e seus guardas.

— Vamos sair da estrada agora. Passe apenas sobre cascalho ou pedras, onde nossa trilha será invisível, pois viajaremos a outro lugar neste dia — ordenou Myrddion.

— Será impróprio que seu humilde servo pergunte qual é nosso destino?

Em sua defesa, Gruffydd tinha uma dor de cabeça terrível.

— Estamos quase nos limites de Calleva Atrebatum e da estrada que leva a Venonae, rumo norte. Sairemos da estrada brevemente, e quando tivermos certeza de que não somos seguidos, viajaremos pela rota mais direta a Sorviodunum.

Myrddion riu da cara que Gruffydd fez.

— Ah, Gruffydd, meu amigo. Eu devo boa parte das informações que recebo a seus esforços, e eu deveria tê-lo agora mesmo investigando em Venta Icenorum ou Camulodunum... se minha necessidade de seus serviços não fosse tão urgente. Você conhece os perigos que enfrentamos, portanto me perdoe se eu obrigá-lo a escutar meus problemas enquanto viajamos.

— Muito obrigado, amo — respondeu Gruffydd, a voz carregada de ironia. — O senhor acabará me matando com suas tramas e planos.

— Gruffydd, precisamos da espada de Uther Pendragon. A coroa seria um ótimo acréscimo, mas a espada é vital para nossa causa.

— Compreendo, meu amo. — Gruffydd se ajeitou inquieto sobre o manto de seu cavalo. — Nada mais unirá o Oeste, pois até o mais humilde escravo conhece o valor da espada. Mas por que Sorviodunum? — Segredos de estado daquela magnitude causavam nervosismo a Gruffydd.

— Eu comecei a tatear os limites da mente de Branicus naquele aposento grotesco. Agora tenho certeza de que Uther Pendragon deu ao bispo os dois símbolos como uma salvaguarda contra pretendentes ao trono. — Myrddion fez uma pausa. — Mas o bispo sabia que a coroa e a espada estavam maculadas por décadas de sangue inocente, e suas mãos provavelmente trepidaram ao tocá-las. Sua pele deve ter-se arrepiado quando ele as ocultou sob seus mantos sacerdotais ao deixar os aposentos de Uther, pois elas estavam conspurcadas pela mente e pelo toque do Alto Rei.

Gruffydd assentiu.

— Minha avaliação do bispo repousa em minha crença de que ele foi um homem religioso e honesto. Ele mandaria os objetos de poder e cobiça a um lugar onde pudessem ser ocultos, e purificados, em segurança.

— Em Sorviodunum? — Gruffydd riu. — Não há nada sagrado para os cristãos naquele lugar. Aliás, muito pelo contrário, com a Canção do Gigante ali perto.

Até aquele ponto, Gruffydd seguira o raciocínio de seu amo, mas agora estava completamente confuso.

— Pense, Gruffydd. Qual é o lugar mais sagrado da Britânia?

Gruffydd olhou confusamente para o amo.

— É o lugar onde se crê que o Cristo sagrado caminhou. E o lugar onde José de Arimateia supostamente plantou um pedaço da coroa de espinhos usada na morte do Cristo sagrado em Jerusalém.

Com súbita compreensão, Gruffydd sorriu para seu amo.

— Glastonbury, meu amo. Sim. Glastonbury, a Ilha das Maçãs. Um lugar sagrado para os bretões muito antes que os padres cristãos viessem tentar afastar-nos dos costumes antigos e dos bosques druidas. Glastonbury é duplamente santificada.

— E Lucius, o bispo de Glastonbury, é um homem capaz de guardar segredos. Ele mandou Artorex para Ector no norte e nem mesmo eu soube do paradeiro do menino até que ele completasse 12 anos de idade.

Gruffydd pensou profundamente e coçou a barba vermelha.

— Mas é certo que outros pretendentes ao trono talvez sigam o mesmo raciocínio que o senhor utilizou, mestre. E a espada e a coroa continuam desaparecidas

— É um enigma, não? Mas eu lhe juro que a solução se encontra em Glastonbury.

— Pois bem, suponho então que nós viajaremos para o mais santo entre os santos — respondeu Gruffydd, a voz carregada de melancolia. — Creio que não temos nada melhor para fazer.

— Reze para que não cheguemos tarde — acrescentou Myrddion. — Os lobos estão mordiscando nossos calcanhares agora, pois Gawayne é filho de sua mãe.

— Sim, mas ele não é incrivelmente brilhante; e por isso deveríamos ser gratos — disse Gruffydd.

Myrddion apenas resmungou e ergueu os olhos para o céu. A chuva ameaçava e os céus azuis da manhã de primavera eram transformados por acúmulos de nuvens negras. As árvores já esverdeavam e flores silvestres cresciam em ocos protegidos. Até o musgo sobre os carvalhos caídos parecia luminoso e belo, apesar do céu ameaçador.

Tenho certeza do curso que devo tomar, pensou Myrddion enquanto eles voltavam seus cavalos para Sorviodunum. *Mas primeiro devo descobrir onde a espada está escondida.*

Como sempre, apenas os corvos se agitavam nos recessos da floresta, chamando uns aos outros como portentos e carpideiras.

CAPÍTULO XX

GLASTONBURY

Se a Britânia detinha qualquer título de santidade ancestral, ele se encontrava ali, nos pântanos que cercavam o Glastonbury Tor e a igreja de pedra erigida quando o cristianismo cruzou os estreitos do mar para civilizar as ilhas da Britânia. Contudo, dizia-se que, em tempos muito mais remotos, o magistrado judeu José viajara por aquelas terras. Quando seu senhor, o Jesus Ressuscitado, ergueu-se do próprio túmulo, o mercador veio a Glastonbury, portando a lança que perfurou o peito do Cristo e o cálice de madeira simples que fora usado na Última Ceia.

Verdade ou não, o cristianismo lançou fáceis raízes nos velhos bosques de Glastonbury, onde uma nascente derramava água da cor do sangue fresco, embora Myrddion soubesse que o fenômeno era causado apenas pela quantidade de ferro na água.

Naqueles dias, Glastonbury não era mais que um centro religioso pequeno e muitas vezes ignorado, mas ainda tinha enorme poder para todos os homens de crença, fossem eles pagãos ou cristãos. No Glastonbury Tor fora erigida uma torre que alguns homens ainda chamavam Teta da Virgem. Outros se referiam a ela aos sussurros e a chamavam de nomes remotos e muito mais obscuros.

Títulos de nobreza eram insignificantes no monastério de Glastonbury, e Myrddion sabia que o bispo de Venta Belgarum provavelmente consultara Lucius, o líder daquele antigo lugar, em inúmeras ocasiões. Por nascimento, ambos os clérigos tinham origem latina e ambos foram parar em terra estrangeira. Será que o bom Lucius se recusaria a entregar as chaves do reino de Uther?

Não!

Myrddion sabia que Lucius havia tramado para que Artorex fosse criado na distante Quinta Poppinidii. Ele também fez questão de que o jovem fosse educado, caso a Sagrada Igreja precisasse dos serviços do rapaz em algum lugar ou tempo futuro. O bispo jamais colocaria as relíquias em risco se houvesse a mínima chance de que o verdadeiro rei pudesse eventualmente necessitar delas.

O degelo da primavera deixara os campos, córregos e pântanos de Glastonbury cheios de cintilantes expansões de água. Vista de cima, Glastonbury era uma ilha, com águas brilhantes como as escamas de um grande peixe, e seu monte, um dedo de rocha e terra, apontava para o céu, ainda que apenas uma escadaria de terra ligasse sua base à igreja e sua vila. Gruffydd jurava que jamais tinha visto tão suave beleza verde em toda a Britânia, e nem aspirara ar tão doce e límpido, exceto nas altas montanhas de sua juventude perdida.

A entrada de homens armados na Ilha das Maçãs parecia um sacrilégio. Em séculos anteriores, os romanos evitavam esses campos esmeralda, um paradoxo em si, embora fossem atravessados por uma estrada. Como Dux Bellorum, Artorex mandou que Glastonbury fosse liberta de toda intrusão. As tribos obedeceram, mas de mau grado, pois, como a Canção do Gigante, ela era uma presa que valia a pena cobiçar. Seus campos férteis, seus padres de rosto corado e seus aldeões limpos e bem-alimentados refletiam o sucesso da comunidade religiosa. Contudo, havia algo estranho e exótico em Glastonbury, que agitava até o mais endurecido coração, e ao mesmo tempo recordava ao mais cínico guerreiro que a beleza e a verdade ainda existiam em algum lugar de seu mundo.

Cristã ou pagã, alguma divindade abençoara Glastonbury.

Myrddion e Gruffydd foram calorosamente acolhidos pelos padres e penitentes que compunham a comunidade eclesiástica. Gruffydd jamais aprendera a diferenciar entre as várias ordens, pois os ritos que repetia daquela fé eram como uma túnica sobre sua pele essencialmente pagã. Contudo, os homens da Igreja de Glastonbury não pareciam perturbados por sua óbvia ignorância de seus costumes. Os dois visitantes receberam pão doce e leite fresco, bom queijo e maçãs preservadas da última colheita, até que sentiram como se tivessem comido um banquete de grande esplendor.

Numa choupana simples de ramos e palha, com pedra nua no chão e uma mesa de pinho rústico, lisa de tão gasta por tantas mãos ao longo de incontáveis anos, aos dois homens foi servida água em jarras e canecas de cerâmica esmaltada, e acreditavam que o gosto era mais fino que o do melhor vinho falerno importado. Com certo arrependimento, Myrddion rompeu o quieto idílio.

— Viemos para uma audiência com Lucius — disse Myrddion a um dos padres à mesa. — Eu o conheci há muitos anos, e ele recordará meu nome. Eu sou Myrddion Merlinus e este é meu servo, Gruffydd de Venta Silurum. Nossa missão é urgente, caso contrário não retribuiríamos sua generosidade com brusquidão.

— Como sempre, Myrddion, sua língua é adoçada em mel — disse uma voz atrás dos dois visitantes. — Seja bem-vindo, meu amigo. — Um sacerdote humildemente vestido com os mesmos hábitos de lã rústica que tinham seus companheiros colocou uma jarra d'água sobre a mesa e se sentou com elegância natural.

Os olhos de Gruffydd quase saltavam das órbitas.

— Seu amigo parece impressionado com o fato de que eu mesmo os sirvo e uso as mesmas vestes de meus irmãos padres. O mundo é realmente um lugar de vaidade e vergonhas, então prefiro vestir-me e agir como fez meu Senhor quando lavou os pés de seus discípulos e partiu o pão para eles. Nem todo o ouro da Britânia pode mudar o coração de um homem, e nem amaciá-lo quando os tempos se tornam duros. Uther acabou por aprender que todo seu poder e fortuna nada significavam no fim. Eu, meus amigos, sou muito mais feliz do que Uther jamais poderia ter sido.

— Este homem de belas palavras é Lucius, bispo de Glastonbury, Gruffydd, então, por favor, recolha seu queixo — disse Myrddion, não sem afeto. — Você parece um peixe sufocado na terra.

— Muito prazer, amigo Gruffydd. Se viaja com Myrddion, você deve ser um bom homem, não importando a que deus serve. Você sempre será bem-vindo na sagrada Glastonbury.

— Obrigado, meu amo — balbuciou Gruffydd, sentindo-se como uma criança ainda presa aos cuidados da mãe.

— Não há necessidade de fazer cerimônias comigo, Gruffydd. Para você, como para todas as almas que aqui vivem, sou simplesmente Lucius. — O sacerdote sorriu e Gruffydd finalmente ousou examinar o idoso que se sentava à mesa tão à vontade.

Lucius era muito velho; as articulações de suas mãos eram testemunho das dores artríticas que vinham após muitos anos de vida. Suas palmas eram calejadas, como se ele ainda fizesse trabalhos manuais, mas seu corpo continuava ereto. Os grandes ossos de seu corpo indicavam uma estrutura ampla na juventude, embora ele não fosse de estatura alta.

O rosto de Lucius carregava uma indubitável autoridade. Outrora ele possuíra cabelos negros, mas seus cachos tonsurados eram agora encimados por uma camada de prata. Dominavam o rosto do bispo um nariz romano aquilino, inteligentes olhos negros e uma cicatriz esbranquiçada que, como o diadema de um rei, cruzava sua testa queimada de sol.

Lucius notou o olhar cuidadoso de Gruffydd, e tocou a cicatriz levemente vincada com suavidade.

— Esta é minha coroa de espinhos pessoal. Um dia fui soldado, um menino-soldado, e era tentado por sonhos de glória. Meu nome foi tudo que retive depois que um corte de espada me privou de minha sanidade e de minha sede de sangue. Eu servi nas legiões, acredito, como um tribuno na Gallia, mas quando me recuperei, eu estava absolutamente louco.

"De algum modo, encontrei o caminho para este lugar sagrado. Deus se apiedou de mim, e os padres me cuidaram, ignorando minhas sandices e me dedicando amor. O próprio ar de Glastonbury soprou para longe a névoa de meu cérebro e deu espaço em meu coração para a entrada do Menino Sagrado. Agora sou o que os padres fizeram de mim, um servo de Deus, e a cada dia pago penitência pelas vidas que tirei e pelo sangue que derramei descontroladamente durante minha juventude."

Gruffydd entendia pouco da santidade, pagã ou cristã, mas ele reconhecia a santidade de Lucius e o honrou com uma mesura de sua cabeça desgrenhada.

— Abençoe-me, Pai, pois não sou cristão. Eu também derramei muito sangue e derramarei ainda mais antes de morrer. Talvez a mão de Lucius seja de alguma ajuda quando minha alma for julgada.

Lucius se ergueu, fez a volta graciosamente pela mesa e mergulhou o indicador na caneca de água de Gruffydd. Ele inscreveu o sinal da cruz sobre a testa de Gruffydd.

— Você é um bom homem, meu amigo, não importa a que deuses serve. O Senhor sabe o valor dos homens bons neste mundo terrível, e não o condenará pelo sangue derramado se você luta por uma causa justa. Eu leio em seus olhos que você não mata por descontrole ou com ódio. Também vejo que você salva a quem pode, e assim você talvez aceite a intercessão e a bênção de um velho, embora Deus já o conheça.

Ele sorriu mais uma vez para Myrddion.

— Mas seu amo está impaciente.

Myrddion estava irritado, como sempre ficava quando confrontado por algum assunto que não podia ser explicado pelo intelecto. Se fosse honesto, também teria admitido que invejava a habilidade de Lucius em aceitar o que não podia ser racionalizado.

Lucius tocou os longos cabelos negros de Myrddion gentilmente quando retornou para seu banco rústico.

— Eu também lhe daria minha bênção, meu filho, se você assim o quisesse. O conforto e a beatitude que prometi a Gruffydd pertencem tanto a você quanto a ele.

— Muito obrigado, Lucius, mas eu deixarei minha alma para seu destino final. O que me preocupa é o aqui e o agora — replicou Myrddion, irritado. — O que você ouviu sobre as guerras bárbaras?

— Menos que nada, meu amigo. Pouca coisa do mundo exterior chega a Glastonbury, e nem deveria. Mas, por sua atitude, deduzo que a guerra anda mal.

Myrddion tamborilava sobre a mesa com seus dedos longos e eloquentes.

— Mal? Desastrosa seria uma descrição melhor. — Ele fez uma careta. — Artorex detém o oeste com firmeza, mas ele não está protegido nos flancos. A cada dia, torna-se mais importante que o Dux Bellorum seja Alto Rei dos bretões, caso contrário ele não poderá derrotar Katigern Oakheart, o novo líder dos saxões. Katigern é neto de Vortigern, de infame memória.

— Eu me lembro bem de Vortigern. Ele era um rei controlado pela luxúria, e estava bastante disposto a abandonar seu povo por sua mulher saxônica de cabelos amarelos. Creio que ele até tentou matar você naqueles tempos, quando o povo supersticioso dizia que você era cria de um demônio.

— Sim. — A resposta de Myrddion foi breve.

— Um neto de Vortigern seria um inimigo formidável, especialmente se o avô tomou a mulher saxã como esposa antes de ser assassinado. Sim, posso ver por que você está tão agastado, meu filho. — Lucius parecia despreocupado como sempre.

— Eu preciso da espada de Uther. E preciso da coroa do Alto Rei. Só esses objetos podem forçar as tribos a reconhecerem o direito de Artorex de liderar a Britânia para longe da barbárie. Os líderes sabem muito bem que ele é filho de Uther, mas muitos desejam as rédeas do poder para si. Aquele que detiver a espada e a coroa terá o trono. — Myrddion estava atipicamente tenso. Gruffydd examinou o rosto geralmente inescrutável de seu amo com alarme.

— Não se aborreça desnecessariamente, amigo Myrddion. A espada e a coroa estão seguras em Glastonbury.

— Onde? — Myrddion exclamou a Lucius.

— Não posso dizer — replicou Lucius em tom controlado.

Myrddion praguejou com particular veneno, e muitos padres se benzeram diante do linguajar. Lucius continuou absolutamente calmo.

— Só um verdadeiro pretendente ao trono de Alto Rei dos bretões pode encontrar a espada e a coroa. E o pretendente deve achar as relíquias pessoalmente, sozinho. Você, meu amigo, não é esse homem.

Myrddion esmurrou a mesa com o punho cerrado.

— Se eu trouxer Artorex para Glastonbury, todo caçador de fortunas da Britânia virá ensandecido em seu encalço. O destino do oeste será então uma questão de acaso.

— Meu rapaz, você está exausto e desiludido por anos de estratagemas e contraestratagemas. Como você, eu também acredito que Artorex é o único pretendente verdadeiro que, com sua ajuda, encontrará seu direito de berço.

Deixe que os outros venham, se quiserem, mas só Deus decidirá quem governará ao longo destes dias negros. Você, Myrddion, deve deixar o resultado da busca a um poder superior.

— Você não me dá escolha — respondeu Myrddion. — Você não revelaria o esconderijo a ninguém, nem mesmo sob tortura. Branicus escolheu sabiamente quando confiou as relíquias a seus cuidados.

Lucius se permitiu abrir um sorriso.

— Branicus era um homem muito mais corajoso do que eu jamais poderia ser. Eu não tive a tarefa de ouvir as confissões de Uther, nem tive que dedicar meus últimos anos a um embate moral com um homem cuja mente e alma estavam adoecidas. Quando Branicus me confiou as relíquias, eu vi que ele fora drenado de todo o espírito, exceto por sua indubitável fé na justiça de Deus.

Myrddion se retraiu.

— Eu ajoelhei na banqueta de Branicus em Venta Belgarum, e, mesmo após um bom tempo já passado, ainda pude sentir o medo gerado pelo Alto Rei. Também senti a mesma repulsa por si mesmo que Branicus vivenciara. Não sou novato no serviço de Uther Pendragon, e ainda posso sentir o cheiro do sangue que se derramou em minhas mãos a serviço dele.

— Seus sentimentos são os de um pobre servo explorado, meu amigo. Na verdade, Uther Pendragon foi julgado por seus pecados no momento de sua morte. Nosso Deus não será escarnecido, e o único arrependimento verdadeiro é o sincero, caso contrário, é menos que nada. Você deve julgar-se por seus próprios pecados, e não pelos pecados de seu senhor morto.

Lucius então se inclinou e beijou a testa de Myrddion.

Myrddion enrubesceu até as raízes dos cabelos, mas Lucius simplesmente prosseguiu como se nada tivesse acontecido.

— A espada de Uther foi completamente reforjada. O metal estava limpo por dentro, mas o sangue corrompera o cabo e sua superfície. Não havia salvação. Sim, eu sei que parecia limpo e luzidio, mas havia inúmeras falhas no interior. A empunhadura está esperando para ser refeita.

— Pegue a caixa de joias em minhas bagagens, Gruffydd — ordenou Myrddion abruptamente.

Com a assistência de um padre, Gruffydd correu para onde os cavalos estavam agora abrigados. Com facilidade, ele achou as gastas bolsas de viagem de Myrddion e extraiu a caixa de joias de Uther.

Com o retorno de Gruffydd, Myrddion passou a caixa a Lucius.

— Poderíamos usar o ouro e estas gemas para formar cabo e guarda sem paralelos? Adequados à espada de um Alto Rei?

— A prece pode purificar qualquer coisa. Compreendo que muitos destes objetos foram roubados.

Lucius ergueu os pesados brincos com suas granadas e examinou suas sanguíneas profundezas.

— Estes adornos pendiam das orelhas de Ygerne quando ela deu à luz Artorex — reconheceu o padre. — E ela os usava quando Uther a viu pela primeira vez, quando Gorlois ainda respirava. Sim, a prece limpará estas miudezas.

Myrddion observava a chama da lamparina como se comungasse com uma amiga. Por fim, ele ergueu os olhos.

— Nós partiremos para Venonae amanhã. E Artorex retornará conosco, mesmo que Hades venha para bloquear nosso caminho.

Lucius se ergueu e fez um gesto quase imperceptível aos padres.

— Vocês ficarão aqui esta noite, meus filhos. Vocês receberão cobertores e o fogo deterá o frio mais inflexível durante seu sono. Fique em paz, amigo Myrddion, pois meu coração me diz que um dia você encontrará o que precisa, e o que realmente deseja acima de todas as outras coisas. Eu espero que você recorde minha amizade naquele momento, meu filho, pois eu temo que já estarei em minha cova antes que o grande dia chegue para você. — Ele sorriu para seus hóspedes. — E agora, desejo uma boa noite a todos, e que tenham sonhos de alegria e amor.

Depois que Lucius e os padres saíram, os dois homens se acomodaram diante do fogo baixo. Gruffydd fitava a trama do forro, feito de sapê para conservar o calor e obscurecido por uma espessa nuvem de fumaça de lenha, e ponderou sobre o fabuloso ancião que conhecera naquela noite. Era raro que espiões dormissem bem, e era raro que agissem por impulso. Gruffydd deveria ter ficado encabulado por ter pedido a bênção de um sacerdote cristão, mas seu coração se sentia livre e leve, e sua mente estava cheia dos rostos daqueles homens, mulheres e crianças cujas vidas ele salvara, e não dos corpos devastados de outros que ele fora forçado a matar. Enquanto Gruffydd deslizava para um agradável sonho com sua própria esposa e família, ele bendisse o velho bispo e o mestre que o forçou a viajar para a Ilha das Maçãs.

Os pensamentos de Myrddion não eram nem tão felizes e nem tão satisfeitos. Quando confrontado pelos penetrantes olhos romanos de Lucius, Myrddion foi forçado a encarar suas fraquezas novamente. Ele se habituara à sua esterilidade emocional e, quando o padre falou sobre sua futura felicidade, ficou inclinado a considerar Lucius um louco benevolente.

Mas Lucius foi tocado pela bondade, Myrddion sabia. Ele podia sentir o calor que irradiava do velho como de um pão recém-assado. Ele quase acreditara na santidade de Lucius, e, para o cético e cínico Myrddion, aquela frágil crença na bondade natural era um grande tributo ao caráter do padre.

Myrddion também não estava realmente irritado com as decisões tomadas por Lucius. Ele tivera esperança de que o bispo depositaria a espada e a coroa em suas mãos ansiosas, reconhecendo que Myrddion não seria tentado pelo poder investido nelas. Mas seu intelecto lhe dizia que Lucius estava certo em sua compreensão das tribos. Artorex precisava encontrar os símbolos de seu reinado sozinho, sendo assim o Alto Rei dos bretões acima de qualquer dúvida.

Finalmente, quando caiu num sono profundo, Myrddion sonhou novamente com o salgueiro, só que agora transformado numa mulher de pele branca como leite, cabelos prateados e olhos convidativos, uma sedutora que o chamava com seus braços diáfanos.

À aurora, Myrddion e Gruffydd já haviam comido e abastecido seus farnéis com o nutritivo pão de Glastonbury, e estavam na estrada. Eles cavalgavam tão rápido quanto os cavalos lhes permitiam, dormindo brevemente e evitando todos os acampamentos e vilarejos. Com frequência, Myrddion bendizia os romanos do passado que rabiscaram o país com trilhas perfeitamente retas e estradas amplas, que permitiam que os viajantes devorassem milhas, do ponto de partida ao destino, no tempo mais curto possível.

Em diversas ocasiões, quando destacamentos de cavaleiros celtas passaram, os dois homens foram forçados a se esconder em bosques cerrados.

— Por que nos escondemos, meu amo? — perguntou Gruffydd. — Não estamos em guerra com as tribos.

— Eles logo saberão o que estamos buscando, mas eu quero dar a Artorex toda vantagem que puder, mesmo que tenhamos que nos agachar nas sombras quando amigos passam por nós. Em todo caso, geralmente é difícil diferenciar amigo ou inimigo. Você sempre consegue identificar a diferença, Gruffydd?

— Agora que meu amo perguntou... — A voz de Gruffydd se esvaiu.

Ele não fez mais perguntas e os dois homens prosseguiram, com os dias se desenrolando como fios numa roca.

Uma tempestade temporã se abatia sobre Venonae quando Myrddion e seu companheiro finalmente retornaram. O céu negro da noite, continuamente fendido por raios, obrigava o povo da cidade e os soldados a se encolherem em seus abrigos, pois eles temiam a ira dos deuses.

Contudo, Myrddion estava de bom humor quando foi admitido à presença de Artorex.

— Prazer em vê-lo, meu amo. Eu irei a meu escritório. Talvez você concorde em se reunir comigo, uma vez que estejamos refrescados e vestidos com roupas limpas?

Artorex estava cansado, mas percebeu pelo comportamento de Myrddion que segredos esperavam para serem partilhados. Ele consumiu uma refeição leve de pão e queijo e depois dispensou sua guarda.

Ao menos desta vez, a pirotecnia dos céus escuros tornavam a saleta sem janelas de Myrddion muito mais confortável que de costume. As furiosas quedas de raios, tão raras naquelas montanhas, pareciam estremecer através dos ossos da fortaleza, demonstrando uma força natural que nenhum rei, exército ou série de fortalezas poderia confrontar.

Como sempre, Llanwith pen Bryn e Luka estavam presentes na saleta fechada, após saberem do retorno de seu amigo. Gruffydd serviu vinho ao grupo reunido, embora ele também estivesse muito cansado e dolorido pela sela do cavalo.

— Quais são as novas, Myrddion, que o fazem impedir-me de dormir? Primeiro você desaparece tão completamente de Venta Belgarum que o pobre Gawayne ficou doente de preocupação. E agora retorna durante uma borrasca. Nesse ritmo, o povo vai acreditar que você é o arauto da tempestade.

Os reis riram educadamente da brincadeira de Artorex, mas Myrddion não se deu ao trabalho de participar.

— Espero que você não esteja exausto demais para cavalgar comigo para a Ilha das Maçãs em Glastonbury... dentro de uma hora.

— Não tenho intenção alguma de subir à sela de Carvão nesse tempo inclemente. Contrariando as crenças de meus guerreiros, eu gosto de me conservar quente e seco.

Artorex se preparou para fazer valer esta declaração. Ele havia passado metade do dia sobre a sela, e a outra metade destacando tropas junto a uma linha defensiva criticamente prejudicada.

— Você deve vir agora, Artorex, pois é imperativo que busque sua espada e sua coroa com Lucius. O bispo as conserva seguras em Glastonbury, mas não as entregará a mim e a nenhum outro homem do reino. Como herdeiro legítimo de Uther, você é a única pessoa destinada a descobri-las, embora todos os visitantes tenham direito de realizar sua própria busca, se assim quiserem. A esta altura, meio reino está adivinhando que eu encontrei as relíquias de Uther, e portanto estou certo de que você precisa ir, mesmo que eu tenha que arrastá-lo até Glastonbury.

O rosto de Artorex enrubesceu de raiva.

— Caso não tenha notado, Myrddion, eu sou capaz de tomar minhas próprias decisões.

— Você é o Alto Rei por direito hereditário, Artorex, mas, se ficar indiferente e ignorar a urgência de sua tarefa, talvez se veja ajoelhado diante do rei Lot ou algum outro pretendente; imediatamente antes que ele lhe corte a garganta. Por acaso Lot salvaria o oeste, ou se enterraria na segurança da Muralha de Adriano, assim como Uther fez em Venta Belgarum? Pense, Artorex! Você deve viajar a Glastonbury, pelo bem de todos nós. Nem Gawayne é suficientemente tolo para não chegar à conclusão correta.

Artorex ansiava por recusar as exigências que Myrddion fazia, pois a ideia de possuir a coroa e a espada de Uther causava-lhe náuseas. O sangue de Gallia manchava aquelas relíquias do poder, e Artorex sabia que jamais poderia perdoar o pai, enquanto respirasse.

Mas ele também compreendia que já não era um simples homem de carne e osso, que podia considerar seu próprio futuro em isolamento. As necessidades de seus seguidores eram muito mais importantes que seus próprios desejos. O pedido de Ban no leito de morte muitas vezes assombrava sua mente, recordando-o de que o futuro dos celtas dependia de seu confronto com Katigern Oakheart em igualdade de condições.

Havia várias semanas que a parte lógica do cérebro de Artorex sabia que ele precisaria procurar pelas relíquias em pessoa. Pois, mesmo que uma mão recusasse os símbolos de poder, a outra ardia por estreitá-los junto ao peito.

Eu sou filho de meu pai, pensou ele tristemente, enquanto uma voz interna murmurava em seu ouvido que o poder era o meio absoluto para fazer o bem. *Estas palavras são mentira. Gallia saberia que este argumento pertence aos Obscuros, e que o poder, tomado e cobiçado por boas razões, pode terminar por corromper a alma.*

Mas que escolha você tem?, replicou rapidamente seu outro eu.

Nenhuma!, respondeu silenciosamente, pois, acima de todas as coisas, Artorex se treinara para ser um realista. Só Gallia tinha visto a paixão e a poesia em seu interior, mas havia muito que aquele idílio estava morto.

— Muito bem, estou pronto para tomar estes símbolos de governo, e aceitarei suas exigências — Artorex finalmente concordou em voz alta. — Mas primeiro pretendo orientar um capitão para tomar meu lugar durante minha ausência. Os saxões começam a se agitar, agora que a primavera chegou. — Artorex suspirou profundamente e passou as mãos pelos cabelos revoltos.

— Não. Isso não é sábio, Artorex — argumentou Myrddion. — Você dará uma vantagem a seus inimigos se trouxer qualquer um de fora deste círculo à sua confiança. — Myrddion estava atipicamente exaltado, mas Artorex estava preparado para desafiar a vontade do homem mais velho. O ar dentro do aposento abafado sibilava com o primeiro embate de resoluções conflitantes.

— Eu me disponho a atuar como seu capitão durante sua ausência — ofereceu-se Llanwith. — Detesto perder a diversão, mas Luka geralmente fica com os trabalhos de merda, então é minha vez de ficar e dançar conforme a música. Esteja certo de que farei o melhor que posso para garantir que Venonae continue segura durante sua ausência.

Internamente, Myrddion e Artorex respiraram de alívio, pois a proposta lhes permitia ultrapassar um precipício mental que se abrira entre eles.

— É muita generosidade sua — riu Luka. — Geralmente eu fico de fora; só porque ganhei um pouco de peso.

Como Luka era magro como um caniço, excetuando-se um pequeno volume em torno da cintura, esta tirada era uma velha brincadeira. Myrddion não se deu o trabalho de sorrir.

— Estamos perdendo tempo, Artorex, pois deveríamos partir dentro de uma hora. E precisamos tentar fazer essa viagem em sigilo, se possível.

— Ele está mandão hoje, não é? — perguntou Artorex, a ninguém em especial.

— Gruffydd, meu fiel criado, sinto ter que pedir que nos acompanhe em nossa jornada — acrescentou Myrddion. — Eu sei que você esteve sobre a sela por quase duas semanas, mas alguém poderia ludibriá-lo se você ficasse aqui, e você talvez revelaria nosso destino inadvertidamente.

— Senhor... — A voz de Gruffydd se esvaiu. Ele estava absolutamente ultrajado pela sugestão.

— Ou eles colocariam sua família ou você sob tortura. Poucos homens podem sobreviver à agonia física em silêncio. Você sabe disso.

Gruffydd sentiu náuseas ao se imaginar interrogado por Morgana. Aqueles olhos! A mulher assistira indiferente enquanto uma jovem era crucificada na janela de Uther. Que consideração ela teria se ele caísse sob seu poder?

— Sim, tem razão, meu amo.

Myrddion passou os olhos pelo grupo reunido.

— Então saímos em uma hora. É melhor que partamos desta sala separadamente e nos encontremos do lado de fora dos portões.

E assim, em companhia de Myrddion, Gruffydd e Luka, Artorex foi forçado a esgueirar-se silenciosamente para fora de sua própria fortaleza.

Um sonolento cavalariço viu Myrddion e um homem encapuzado partindo tarde naquela noite, e na manhã seguinte o jovem notou que Carvão tinha sumido. Inevitavelmente, toda a guarnição logo soube que Artorex estava viajando com Myrddion enquanto Llanwith assumia controle da fortaleza.

Morgana trincou os dentes em fúria, mas ainda havia esperança. Ela sabia que Gawayne estava vigilante, e nem mesmo Artorex poderia esconder-se para sempre.

Myrddion levou seus companheiros já exaustos com a urgência de um homem que sabia que os lobos estavam enlouquecidos em seu encalço.

E de fato estavam.

Gawayne, chefe da cidade de Venta Belgarum do Alto Rei, e filho mais velho do rei Lot, recebeu uma mensagem tratando da partida de Artorex através de um cavaleiro que quase matou seu animal na pressa desenfreada por entregar a mensagem. Morgana não deixaria nada ao sabor do acaso.

Imiscuído numa maldição de família que ele jamais compreendera exatamente, Gawayne reagiu como um perdigueiro bem-treinado. Logo seus guerreiros estavam no encalço de Artorex e seus três acompanhantes.

Diferente de Artorex e Myrddion, Gawayne prestava pouca atenção à saúde e ao bem-estar dos cavalos usados por seus guerreiros. Ele compreendia a urgência de sua missão e incitava sua tropa à frente com máximo esforço.

Gawayne adivinhou que Carvão seria a fraqueza na tentativa de Artorex de evitar a detecção. O alazão era um animal chamativo e deixara uma clara trilha de atenção entre os aldeões, e Gawayne apenas seguiu o rastro do cavalo pelas aldeias ao longo da rota que eventualmente indicaria à Ilha das Maçãs e Glastonbury.

A comitiva de Artorex chegou ao monastério apenas uma hora à frente de Gawayne.

— Salve, Artorex! — Lucius cumprimentou o Dux Bellorum e seus companheiros com sua cortesia e expressão calma de costume. — Você ficou alto e é parecido com seu pai.

O Dux Bellorum reprimiu um arrepio de repulsa pela comparação.

— Poupe-me de tal destino, bom Lucius. Se não fosse pela ameaça ao oeste, eu jamais viria buscar qualquer objeto vindo do legado macabro de Uther

Lucius apertou os ombros do jovem com suas mãos velhas e enodoadas.

— Seu rosto e cabelos vêm dele, Artorex, assim como sua estatura. Mas sua alma é apenas sua, para você moldá-la como deseja. A espada que você busca é apenas uma arma, e você tem o poder de forjá-la, e usá-la, como quiser. Uma coroa? O que é uma coroa além de metal e gemas preciosas? Quem lembra que o maligno Vortigern a usara em dias ancestrais, e que ele recebeu como amigos os primeiros saxões que chegaram a nossas praias? Você pode seguir seu próprio destino, mas deve mostrar a coragem e a força para moldá-lo como seu coração ditar.

— Está agora preparado para nos ajudar, Lucius? — perguntou Myrddion. — Pois outros pretendentes perseguem nosso pequeno bando.

— Eu direi a Artorex o que direi a todos os outros pretendentes. Deus e só Deus determinará quem deve tornar-se Alto Rei dos bretões. Contudo, fico feliz em dizer que você é o primeiro a procurar pelas relíquias.

Lucius sorriu bondosamente e se pôs a descrever os esconderijos da espada e da coroa em versos um tanto desajeitados.

Estou embainhada em rocha,
Mas meu gume é sempre rijo.
Só a mão do rei verdadeiro
Pode sacar-me do nicho.
Minha oculta mortalha
É feita de vento e de sombra
Busque por mim onde torres
Tocam a nuvem que sonha.

— Aí está. Eu revelei agora o lugar de descanso da espada. — Lucius parecia satisfeito com seu poemeto obscuro.

— Muito obrigado, Lucius — respondeu Myrddion com sarcasmo mal disfarçado. — Poderia repetir o verso, por favor? Sua habilidade como sacerdote supera e muito a que exibe como poeta...

Lucius deu de ombros amigavelmente. Sorrindo, ele repetiu a rima, enquanto Myrddion a gravava em sua formidável memória.

— E a coroa? — perguntou Luka.

A coroa de Uther é o que aparenta,
Pois não esconde o dourado brilho.
Busque onde Uther lhe deu sua essência,
Visto que um rei conhecerá seu retiro.

— Argh! — rosnou Luka. — Essa rima é ainda pior que a primeira. Não diz coisa nenhuma! Como podemos encontrar algo que foi escondido com tanto êxito e por tanto tempo quando suas pistas são risíveis?

— Está dizendo que estou trapaceando? — Lucius encarou Luka diretamente, e seus olhos romanos eram duros e sérios. O gelo súbito na voz do ancião, acrescido de seu ar de autoridade, determinou que os olhos de Luka fossem os primeiros a se desviar.

— Não, eu não acho que trapaceia, senhor — murmurou Luka delicadamente. — Mas poderia dar-nos apenas uma pista qualquer.

— Desta forma eu precisaria recompensar com as mesmas pistas aqueles guerreiros que estão galopando em nossa direção neste exato momento. — Lucius indicou as chispas de luz refletidas pelos escudos e armaduras dos guerreiros que saíam dos bosques do leste para o sol.

— Então é melhor começarmos logo, Myrddion — decidiu Artorex. — Pelo menos o garoto de Lot é um miolo mole; e deveríamos ficar gratos por ser ele o líder de nossos perseguidores.

Myrddion encontrou um pedaço de giz perdido no bolso de sua túnica, e rabiscou o poema na parede de um rústico estábulo de madeira.

Os quatro homens deram um passo para trás e examinaram as palavras fixamente, como se pudessem ser obrigadas a revelar seus segredos apenas pela determinação.

— A espada está *embainhada em pedra* — murmurou Myrddion. — E o uso da palavra *torres* sugere que poderia estar na capela.

Ele se voltou para Luka.

— É melhor que você procure na torre da igreja; e faça isso antes que Gawayne esteja perto o bastante para ver o que você está fazendo — ordenou ele.

— Não se esqueça de que a espada não tem cabo nem guarda — Gruffydd recordou Myrddion. — Ou seja, estamos buscando uma pequena língua de metal.

Luka se afastou enquanto Myrddion meneava a cabeça em agradecimento a Gruffydd.

— Quanto à coroa, não consigo ver pé nem cabeça nos versos do padre — murmurou Myrddion, zanzando nervosamente enquanto avaliava o problema.

— Está escondida onde não pode ser vista e, ao mesmo tempo, está à vista de todos. Lucius não insinuou que está enterrada, portanto isso elimina um esconderijo entre estas paredes — sugeriu Gruffydd, batendo nas paredes com seu punho.

— E o chão também deve ser excluído. Isso nos poupa uma boa quantidade de tempo — exclamou Artorex. — O verso-chave é *onde Uther lhe deu sua essência*. O que Uther fez para afetar a coroa? Em minha opinião, ele tornou a coroa um símbolo de assassinato. Ele a maculou com sangue.

— É claro! O Lago de Sangue de Glastonbury — murmurou Myrddion. Artorex o encarou, o entusiasmo da caçada evidente nos olhos de seu velho amigo.

— O Lago de Sangue? — repetiu Artorex, e ambos saíram em disparada para encontrá-lo. Gruffydd seguiu logo atrás.

Artorex e Myrddion não sabiam exatamente aonde estavam indo, mas o sempre prático Gruffydd simplesmente pediu direções a um dos padres.

Atrás deles, Lucius já fazia uma cortês recepção a Gawayne e sua escolta exausta.

O Lago de Sangue era um reservatório natural subterrâneo, resultado dos pântanos e das formações calcárias que cercavam aquele torrão de terra, cruzado e recruzado como era por canais e córregos seguindo as formas misteriosas da natureza. Uma vez que Myrddion, Artorex e Gruffydd venceram o conjunto de degraus rusticamente talhados que baixavam a uma série de túneis, foram mergulhados em escuridão.

Na entrada, Gruffydd descobriu uma tocha já embebida em piche, esperando em uma parede. Ele imediatamente ateou fogo com sua pederneira e a caverna irrompeu num mar de luz ferruginosa.

O lago era pequeno e parado, exceto onde as estalactites pendendo do teto pingavam gotas sanguíneas nas águas abaixo. Círculos tremulavam na superfície, disfarçando a profundidade.

O Lago de Sangue era bem-nomeado, pois as águas tinham um tom visceral que lembrava sangue velho e pegajoso.

Artorex era essencialmente um homem de ação. Uma vez comprometido com uma tarefa, ele dirigia suas vistas firmemente ao objetivo.

Destemido, ele avançou para as margens.

Estranhamente, de início ele esperara que a água tivesse a consistência e o calor do sangue. Mas era gelada e, quando ele a abarcou com as mãos, descobriu que era transparente e limpa.

Artorex ficou fascinado com a ilusão ótica, pois, à luz da tocha acesa, ele podia jurar que se banhava em sangue coagulado.

— Tome seu tempo, Artorex — aconselhou Myrddion. — Você deve começar nas beiradas e tatear em busca da coroa com mãos e pés enquanto avança.

— Nós não deveríamos ajudá-lo? — perguntou Gruffydd a seu amo.

— Artorex deve encontrar as relíquias de Uther sozinho. Esta é a tarefa que foi instituída por Lucius, e temos que respeitá-la. Desta forma, ele jamais terá que mentir a qualquer guerreiro, aldeão ou nobre. Você é nossa testemunha, pois transpiram à nossa volta eventos grandiosos.

Gruffydd empalideceu.

Enquanto isso, Artorex tateava pacientemente em seu avanço nas águas indevassáveis. O anfiteatro natural estava silencioso, exceto pelo eco da água contra o teto. O frio começava a adormecer seus dedos quando Artorex subitamente sentiu uma obstrução a seu pé sob a água.

Apesar de sua natural aversão às águas em que agora mergulhava, Artorex estava entusiasmado com a caçada juvenil pelo tesouro escondido. Ele tateou seu caminho às cegas sobre pedras lisas, até que seus dedos finalmente encontraram um objeto duro envolto em tecido rústico.

Exultante, ele ergueu o inesperado peso à superfície.

Enquanto saía do lago, Artorex arrancou a lã caseira encharcada e manchada do diadema oculto. Por um momento, a maciça tira de ouro vermelho pareceu uma parte do próprio Lago de Sangue, principalmente porque imensas granadas estavam cravadas em intervalos regulares em torno da borda do ouro em relevo. As gemas piscavam para ele como os olhos vermelhos de um pequeno dragão.

— Guarde esta ninharia para mim, Myrddion, pois apenas metade de nossa tarefa está concluída.

Myrddion passou a pesada coroa pelo braço até o cotovelo, cobriu-a com seu manto e deu sua outra mão a Artorex para ajudá-lo a sair das águas geladas.

— Posso ouvir vozes exaltadas — anunciou Myrddion alegremente. — Uma delas é de Luka, nosso argumentativo amigo. Talvez devamos salvá-lo do gênio de Gawayne, que, na melhor das hipóteses, é nada estável.

Nem Artorex e nem Gruffydd com seus ouvidos aguçados ouviam som algum.

Quando eles chegaram novamente à superfície e alcançaram a luz, Luka se fez visível a distância, tentando barrar a entrada de Gawayne na pequena capela de pedra. O jovem já estava vermelho de raiva e, recordando as explosões insanas de Gawayne, Artorex gritou para que Luka desse passagem à tropa de Venta Belgarum sem impedimento.

Luka sorriu para Gawayne com enganosa doçura, pôs-se de lado e murmurou em voz baixa:

— Até breve, meu jovem príncipe. Nós, eu e você, conversaremos novamente quando este assunto estiver terminado.

Ele então se reuniu a seus amigos.

— E quanto à torre da igreja? — perguntou Artorex rapidamente.

— Se Lucius a escondeu na igreja, está muito bem oculta para meus olhos. Além disso, não há torre, e eu fiquei com torcicolo de tanto examinar todos os tetos. De qualquer modo, a maior parte é feita de madeira. — Luka estava um pouco ofegante. — Acho que estou ficando velho.

— Então conserve o fôlego que tem, e não tagarele — replicou Myrddion secamente. — A única outra edificação de pedra é o Tor.

— Oh, merda! E é subida o tempo todo.

Artorex e seus companheiros tinham vantagem sobre Gawayne, que estava em algum lugar no interior da capela, mas o Tor era distante e sua torre ficava no próprio cume do monte cônico.

— Cavalgaremos? — perguntou Gruffydd pragmaticamente. — Ou correremos?

— Correremos — ordenou Artorex. — Quando chegarmos para buscar os cavalos, Gawayne já saberá que a espada deve estar no Tor. Talvez ele nos derrote em chegar à torre de qualquer maneira.

O cálculo de Artorex estava correto. Os quatro homens já haviam galgado meio caminho para o topo do Tor quando uma comoção se fez ouvir em seu rastro. Gruffydd lançou uma espiadela rápida para trás enquanto seus companheiros avançavam. Ele notou que Gawayne e três de seus guerreiros deixavam a saída da capela aos repelões e agora montavam seus cavalos. Mesmo com a maior das vontades, seus companheiros não poderiam derrotar Gawayne na corrida para alcançar a torre.

Arfando pesadamente por seus esforços, Artorex e Myrddion lutavam para vencer os poucos metros até o topo quando Gawayne passou por eles com um grito de alegria de menino.

Não passa de um jogo para ele, pensou Myrddion enquanto suas botas se esmeravam em encontrar apoio na íngreme encosta gramada.

— Pois então seremos vencidos... Logo no final.

Gawayne desmontou do cavalo e entrou na torre em disparada, enquanto seus guerreiros puxavam as espadas e bloqueavam a estreita passagem.

Eles receberam suas ordens, e tinham expressão determinada e severa.

Artorex chegou ao cume ofegando fortemente, com Myrddion apenas alguns passos atrás.

A torre era um simples dedo de pedras acumuladas, montadas sem gesso no próprio centro do monte perfeitamente cônico. Baixando os olhos para as encostas lisas, Myrddion duvidava que a natureza tivesse modelado o formato uniforme das encostas.

A virgem, ele pensou sem relevância. *Estamos sobre seu seio, e a torre é seu mamilo.*

Uma igreja até se elevava aos pés do Tor, com todos os símbolos do cristianismo a seu redor, mas algo mais antigo repousava ali — e Myrddion absorvia sua silenciosa paciência.

O jogo estava agora nas mãos dos deuses, mas Artorex não pretendia fazer papel de tolo diante de meros soldados de cavalaria. Ele se colocou diante da entrada, lutando para recuperar o fôlego, até que seus companheiros finalmente o alcançaram.

— Abram caminho! — Artorex ordenou aos três guerreiros que tinha diante de si. — Eu sou filho de Uther Pendragon, e o Dux Bellorum. Eu sou seu comandante supremo, e lhes dou uma ordem direta, sob pena de morte se não me obedecerem. Suas espadas nuas insultam a santidade deste lugar sagrado.

— Chegou muito tarde, lorde Artorex. Nosso amo terá a espada agora — gabou-se um celta corpulento.

— Cedo ou tarde, eu ordenei que saiam do caminho. — A voz de Artorex era calma, imperturbável e implacável. Seus olhos cinzentos se mantinham absolutamente impassíveis.

Luka moveu sua espada na bainha com o audível cicio do metal, pois ele sabia que as feições de Artorex se acomodavam numa mortífera advertência de brutalidade iminente.

O guarda-costas de Gawayne se remexeu nervosamente.

Como se o caminho estivesse desobstruído, Artorex marchou diretamente para a entrada baixa da torre.

A um só tempo, os guerreiros se colocaram de lado.

— Você! Gruffydd! Você é minha testemunha.Venha!

Por que eu?, pensou Gruffydd consigo enquanto seguia Artorex para a penumbra do alto dedo de pedra da torre.

Ele então olhou para o alto.

— Pelos deuses! Estas escadas! Jamais chegarei lá em cima!

Mas Artorex já galgava os degraus improvisados de madeira com entusiasmo de menino. Gruffydd não teve escolha a não ser seguir o amo, embora seus pulmões ardessem como em chamas e os músculos das panturrilhas já se tornassem geleia dentro da pele.

Eles subiram, cada vez mais alto, e Gruffydd temia olhar para baixo. Não havia qualquer corrimão para protegê-lo de um mergulho ao chão de pedras que esperava, muito abaixo, se ele caísse.

Artorex fixava o olhar decididamente no alto enquanto corria, e ouviu gritos de frustração e o som abafado das blasfêmias cruas e criativas de Gawayne no topo da escadaria.

Artorex e Gruffydd emergiram numa grande abertura no alto dos degraus. Eles se viram num espaço circular com um teto alto e rusticamente construído.

Gawayne olhou sobre o ombro para os dois homens que escalaram a torre. Seu rosto era o estudo de uma mescla de ira e decepção.

Depois, antes que eles pudessem alcançá-lo no interior da torre, Gawayne deu mais um passo em direção à parede curvilínea.

Uma língua de metal se projetava dos blocos de pedra da torre.

Era a base de uma espada sem cabo.

Gawayne era um jovem forte e robusto. Ygerne, rainha de Uther, era sua avó, e a bela Morgause era sua mãe. Seu pai, o rei Lot, agora tendendo para a gordura com o avanço da idade, fora um homem grande e forte, mas nem Gawayne nem o pai chegavam a 1,80m de altura.

A língua de metal estava pelo menos um pé além do alcance de Gawayne.

Gruffydd compreendeu por que Gawayne estava tão enrubescido e furioso. Saltar como o jovem fizera, esticando os dedos à máxima altura, era arriscar-se num mergulho para a morte certa pelo buraco no chão de madeira.

Mas Gawayne não alcançava a língua de metal tão tentadoramente próxima. Ele quase podia tocar a lâmina, mas ela continuava um pouco além de seu alcance. E não havia objeto na torre que pudesse ajudá-lo a vencer a falta de altura.

Durante sua curta vida, Gawayne ouvira histórias sobre o assassinato de Gorlois. Seguidas vezes, sua tia Morgana lhe contara de toda a injustiça que se abatera sobre a família e que a coroa na verdade pertencia aos descendentes do Javali da Cornualha. O jovem acreditava firmemente que a descoberta da espada de Uther era uma dívida de sangue a ser paga à sua família.

Mas ela se encontrava a alguns centímetros do alcance de seus dedos ávidos.

— Saia da frente! — ordenou Artorex imperiosamente.

Gruffydd imaginou vagamente como Artorex poderia ter ganhado a inimizade de Gawayne pelo resto da vida, se tivesse acrescentado a palavra "homenzinho" à sua ordem.

Ele recordou a recepção dedicada a Artorex por Lucius.

"Você ficou alto", dissera o sacerdote sem sorrisos.

Gruffydd se pegou sorrindo pela engenhosidade do velho. O padre era romano da cabeça aos pés — sua raça não governara o mundo sendo estúpida.

Diferente de Gawayne, Artorex não fora criado como filho de um rei tribal. E nem aceitava os códigos do modo de vida romano. Para ele, não havia glória em erguer a mão direita, quase hesitando, e agarrar o metal com seus dedos fortes e endurecidos pelo trabalho.

— Este fardo não é para você, Gawayne — disse Artorex amavelmente ao jovem furioso. — De verdade, eu gostaria que fosse seu, mas não é.

Artorex puxou com toda sua força, sentindo o aço livre deslizar para fora de sua bainha de pedra com o longo cicio de um dragão irado.

Ele segurou a lâmina gelada com ambas as mãos diante de seu rosto, e contemplou seu destino com olhos lamentosos.

Gruffydd ajoelhou no chão empoeirado.

— Meu rei! — proclamou com reverência.

Seus pensamentos estavam com o inteligente Lucius, um sacerdote que apostara o destino de um reino num homem que não via desde que este era um bebê de três dias. O bispo apostara tudo na possibilidade de que o filho herdasse a altura do pai.

Gawayne também ajoelhou no pó acumulado, em completa submissão a Artorex.

— Meu suserano — murmurou.

Mas o rosto do jovem se torcia com o gosto amargo de seu fracasso.

Segurando a lâmina com a mão esquerda, Artorex estendeu a mão direita para auxiliar Gawayne a pôr-se de pé.

— Você jamais terá que se ajoelhar para mim, meu sobrinho. Eu compreendo muito bem quão profundo é o ódio de sua família por meu pai e, talvez, por mim. Eu sentiria a mesma ira se estivesse em seu lugar, pois

Uther usou todos os meios imagináveis para conquistar o que queria, sem remorso ou consciência. Se não acredita em nada que venha de mim, ao menos aceite que eu odiei Uther mais profundamente do que você e os seus jamais poderiam.

Gawayne olhou suspeitosamente para os olhos francos de Artorex enquanto se erguia. As íris cinzentas já não eram frias e inescrutáveis. Algum traço do dom de Morgana dizia a Gawayne que aquele homem realmente não desejava o reinado, mas que era atormentado pelos demônios de seu sangue em direção a um destino que não seria belo nem suave.

Gawayne estremeceu.

— Eu acredito no senhor, meu rei, e juro que serei seu criado deste momento em diante. Eu lhe pertenço e estou sob seu comando.

— Pois então minha primeira ordem é que recorde, nos momentos em que seja mais feliz com seus amigos e sua família, que este fardo provavelmente me tornará o homem mais solitário do ocidente. — Artorex baixou os olhos para a espada mais uma vez, como se a arma fosse uma serpente viva e venenosa. — Venha, sobrinho, temos trabalho a começar.

Voltando-se ao espião de Myrddion, Artorex sorriu conspiratoriamente.

— E você também Gruffydd. Pois você agora é o portador de minha espada.

Com casual indiferença pelo destino que carregava nas mãos, Artorex atirou a espada da Britânia para Gruffydd, que a agarrou pouco antes que ela despencasse escadaria abaixo.

CAPÍTULO XXI

AS CHAVES DO REINO

No momento em que o grupo de Artorex deixou Glastonbury, o Dux Bellorum estava completamente avesso às honras inesperadas que era forçado a aceitar. Myrddion, Luka e Lucius o tratavam como sempre fizeram, mas cada padre, monge e aldeão, sem mencionar o guarda-costas de Gawayne, curvava-se tão profundamente sempre que ele se aproximava que Artorex raramente tinha a oportunidade de ver seus rostos. Mesmo antes de partir daquele lugar santificado, Artorex já se sentia solitário e desconfortável.

Ele se recusou a participar de um banquete de celebração, preferindo uma refeição simples de pão, queijo, presunto e frutas com seus companheiros. Ele também não quis a potente cidra feita pelos monges no enclave sagrado. Em vez disso, optou pela excepcional água de Glastonbury, filtrada pela terra ao longo das eras, de modo que sua pureza se tornou um bálsamo para sua alma irada e torturada. Ele tinha antipatia pela coroa, e as garantias de Lucius de que ela fora purificada pelas águas do lago não o aplacaram.

Como sempre, foi Myrddion quem encontrou uma forma de resolver a teimosia de Artorex.

— Você tem entre seus clérigos um trabalhador habilidoso em modelar metais preciosos? — perguntou a Lucius.

— Sim. O homem que reforjou a espada é um judeu conhecedor dessas artes.

Os homens à mesa de Lucius ficaram chocados, pois, embora o mundo inteiro soubesse que os judeus eram notórios mestres em trabalhar metais e gemas, um hebreu num monastério como o de Glastonbury era o equivalente a um rei romano entre os saxões.

— Seu nome judeu era Simeon, mas nós em Glastonbury sempre o chamamos Simão. Ele é agora cristão, e veio para esta terra expressamente para seguir os passos de seu Senhor.

Ele passou os olhos pelo grupo reunido.

— Eu vejo por seus rostos que vocês consideram essa raça amaldiçoada, mas o Senhor Jesus também era judeu, então como eu poderia barrar Simão da vida monástica que ele desejava? Simão tem habilidade no uso das ervas e remédios, e pode curar muitas doenças que normalmente causariam a morte. Mais importante para seus propósitos, ele também é altamente habilidoso no manejo de metais preciosos. Por muitos anos, Simão não usou os dons conferidos por Deus, preferindo labutar na lavoura e nos pomares como se apenas o trabalho duro e físico pudesse expiar algum pecado de seu passado. Eu espero que Simão faça o cabo da espada de Artorex, se eu lhe pedir.

Todos os celtas pareciam duvidar. Os judeus eram uma raça detestada, embora a razão daquele ódio estivesse perdida nas brumas do tempo. Para resumir, não se confiava em judeus, porque todo mundo sabia que eles devoravam crianças recém-nascidas.

Talvez sempre precisemos de alguém para suportar o peso de nossa própria vergonha e ira, pensou Gruffydd com súbita claridade.

— Então você deverá usar os brincos, o ouro e as joias da caixa que lhe dei, pois eles eram parte das posses mais estimadas de Uther — sugeriu Myrddion.

Artorex bateu seu simples copo de madeira na mesa.

— Eu não me apossarei de nenhuma outra coisa daquele canalha! — gritou.

— Mas, Artorex, meu amigo, essas não eram gemas dele — respondeu Myrddion. — Até onde posso verificar, a caixa de joias contém troféus roubados de suas muitas vítimas. Os criados me contaram como viam Uther brincando com as joias de vez em quando, como zombava das almas daqueles que se lhe opuseram e foram finalmente derrotados. As joias nunca foram dele.

— Então é possível que as joias sejam agora propriedade de Morgana. — Artorex era inflexível, mas Myrddion sabia que tinha a melhor mão naquele jogo específico.

— Os brincos pertenceram a sua mãe, eram parte do dote dela, segundo a recordação de Lucius. Ela os usava na noite em que Uther viu seu rosto pela primeira vez.

— Ela as usou novamente na noite em que você nasceu, meu rei — acrescentou Lucius. — Como ela sofreu! Artimanhas levaram Uther à cama dela, Ygerne viu a cabeça de Gorlois numa ponta de lança, foi estuprada pelo assassino de seu esposo e logo estava esperando o filho malconcebido. Ela poderia tê-lo rejeitado facilmente. Muitas mulheres teriam decidido matá-lo e assim providenciariam muito antes de chegar ao leito de parto. Mas Ygerne o esperou até o fim, e colocou estas gemas nas orelhas quando sentiu as primeiras dores de parto no palácio de Venta Belgarum.

Artorex quase sufocava, tão profunda era sua repulsa por Uther Pendragon.

Lucius fixou profundamente os olhos do novo rei.

— Ygerne decidiu limpar aquelas joias corrompidas com nova vida. Ela sabia o que Uther faria dela nos anos à frente, os estupros diários enquanto ele ainda fosse potente, e as muitas indignidades que ela suportaria para conservar a vida de suas filhas. Talvez ela nutrisse esperanças de que você vingaria Gorlois, ou anularia a morte e o sofrimento que lhe devastaram a vida. Talvez eu não conheça a mente dela, mas seu motivos foram puros, pois Ygerne é uma alma bela e frágil.

Artorex estava paralisado, pois esta era a primeira vez que se tornava completamente cônscio do sofrimento vivido por sua mãe.

— Eu estava presente no parto, Artorex. Fui convocado a auxiliar o confessor do rei, Branicus, que temia Uther acima de todas as outras criaturas vivas. Quando você nasceu, a pobre Ygerne chorou por seu bebê e conseguiu amamentá-lo apenas uma vez, antes que Uther desse ordens ao bispo de levá-lo embora e abandoná-lo ao vento e à neve. Posso assegurar que ela chorou suas lágrimas mais amargas pelo filho morto.

Lucius fez uma pausa.

— Mas Branicus era um verdadeiro homem de Deus. Ele não podia atirar uma criança saudável nas nevascas e viver para recitar a missa ou purificar outras almas no confessionário. Por mais que desejasse convencer Uther Pendragon a abraçar a Santa Igreja, ele não podia condenar sua própria alma em nome do que acreditava seriamente ser pelo bem maior. Ele confiou sua vida a mim; e o resto você já sabe.

— A mão de Uther tirou os brincos das orelhas de Ygerne, por mais que ela implorasse pela permissão de guardá-los — Myrddion continuou a história gravemente. — Ele não permitiu a ela nem mesmo o consolo das lembranças, a parteira me contou. Ela não tinha razão para mentir, pois Uther mandou matá-la uma semana depois, para silenciar sua língua. Acho que ele começou a enlouquecer quando roubou a inocência de Ygerne diante do corpo mutilado de seu esposo. Muitas vezes eu o vi manuseando aquelas joias e sorrindo com elas, embora naquela época eu ainda não compreendesse as evidências diante de meus olhos. Ele tinha joias muito mais preciosas, incluindo muitas gemas que desapareceram após sua morte, mas nem mesmo Morgana ousou cobiçar os objetos da loucura de Uther.

— É uma verdadeira Caixa de Pandora — acrescentou Lucius à evidente incompreensão da maior parte dos homens na sala.

— Como você disse, Lucius, é uma Caixa de Pandora — concordou Myrddion, tristemente. — Mas em vez de deslanchar os males da humanidade no mundo, esses objetos são símbolos de desafio, do amor e da recusa em aceitar a tirania, mesmo quando a recusa significa a morte.

Myrddion examinou as mãos como se visse e farejasse traços de sangue nelas.

— Não se culpe, Myrddion — aconselhou Lucius suavemente, com infinita compaixão. — Você manteve o dragão sob controle, ao máximo que qualquer mortal poderia, e desviou seus piores excessos em caminhos úteis. Sua astúcia manteve o oeste em segurança contra os saxões e, acima de tudo, você e seus amigos talharam Artorex no homem que ele se tornou. Eu sou bastante humano, e suficientemente romano, para acreditar que Uther está colérico com você no Hades.

— Pois bem — disse Artorex. — Eu aceito que os brincos de minha mãe purifiquem o mal da coroa.

— E a espada? — perguntou Myrddion. — A corrente do poder usada por Gorlois, os anéis, diademas e torques de todos os homens desconhecidos que perderam suas vidas em desafio a Uther podem compor um cabo para sua espada, que limpará e rejuvenescerá a arma. Desta forma, suas mãos sempre tocarão metal limpo.

— Sim, a espada também — replicou Artorex. — Você venceu, meu velho. — Sua disposição ainda era incerta, mas Artorex agora estava um pouco abrandado. — Já que vou aceitar seu conselho, exijo que o cabo repita o padrão de meu punhal do dragão. — Ele puxou a arma da bainha e a depositou com reverência sobre a marcada mesa de madeira.

— Perdão, padre Lucius, por desnudar esta lâmina na sagrada Glastonbury — acrescentou.

O bispo sorriu sua permissão e se voltou para um de seus monges.

— Bonifácio, meu amigo, por favor, peça ao padre Simão que se reúna a nós. E eu ficarei agradecido se você puder me trazer a caixa de joias que está no baú de minha cela. Muito obrigado, meu amigo, por poupar os ossos de um velho.

Artorex maravilhou-se com a graciosidade das ordens de Lucius, e como as tarefas se tornavam prazer sob seu olhar sorridente.

Este homem teria sido um rei melhor que Uther. E seria mais adequado para a tarefa do que eu jamais poderei ser, muito mais, Artorex pensou tristemente.

— Meu amigo, eu sirvo à Santa Igreja, portanto o poder mundano não é para mim — disse Lucius como se tivesse penetrado os recantos secretos da mente de Artorex. — Na juventude, quando aprendi o custo de nossas perdas no campo de batalha, perdi a razão. Acabei por descobrir que apenas os homens com grande força e coragem moral podem assegurar que o poder não corrompa. Seu caminho é mais difícil que o meu, pois eu não serei forçado a testar minha alma através de tentações, dia após dia, pelo resto de minha vida.

Talvez Deus tenha dado ao padre a habilidade de ler meus pensamentos, ponderou Artorex. *Eu não ficaria surpreso, pois sua santidade está de fato acima de qualquer dúvida.*

Gruffydd seguira a conversa envolvendo as relíquias de Uther com interesse. Ele ficou surpreso com a quantidade de malefício em que os grandes incorriam, e estava ainda mais perplexo porque o povo comum nunca percebia que seus lordes e senhores o manipulavam. Quando as multidões gritavam sua aclamação a Uther, sabiam que ele fora responsável pelo assassinato do Javali da Cornualha, mas também queriam acreditar na tolice romântica espalhada pelos contadores de histórias sobre a grande paixão de Uther e de como lorde Myrddion usara mágica para atrair Ygerne à cama do Alto Rei.

O povo acredita em qualquer coisa, pasmou-se Gruffydd. *Mesmo assim, estou curioso para saber que aparência têm os judeus.*

Gruffydd logo descobriria, com certa decepção, que havia apenas diferenças mínimas entre judeus e romanos.

Na verdade, ele parece bem comum, concluiu Gruffydd quando Simão entrou, as mãos enterradas em suas mangas de tecido caseiro.

Simeon, ou Simão, como Lucius o chamava, era um homem de mandíbula azulada pela barba raspada e olhos negros, cujo rosto estava ruborizado do trabalho na forja. Embora bastante calejadas, suas mãos eram muito delicadas. Quase completamente barbeado, diferente de muitos de sua raça, a boca de Simão era cheia e vermelha, e seu nariz era longo e estreito nas narinas.

Lucius sorriu em cumprimento ao judeu.

— Nosso hóspede, lorde Artorex, logo se tornará Alto Rei dos bretões. Ele nos presta a honra de requisitar um serviço seu — disse Lucius.

— Farei qualquer coisa que me peça, padre. — Foi a resposta em voz baixa e desapaixonada.

— A espada que você reforjou para mim precisa de um cabo que deve ser feito como conjunto para este punhal, para que se tornem um par, se quiser. Você pode completar esta tarefa, irmão?

Padre Simão pegou o punhal com estranha reverência.

— É um trabalho belíssimo, mesmo sendo lavrado em ferro. O homem que forjou este cabo era um mestre artesão. — As mãos de Simão corriam sobre o cabo e a guarda de curioso formato com óbvio prazer.

— O artífice foi um ferreiro de uma vila nos limites de Aquae Sulis — respondeu Artorex com o orgulho natural de proprietário. — Ele sentia que tinha uma dívida comigo, e me retribuiu com este punhal.

— Sim, eu posso fazer um cabo semelhante. Mas a espada de um rei precisa de decoração, tanto quanto esta bela adaga — declarou Simon. — Posso sentir o homem nesta arma, pois ele é um artista, alguém que compreende o fogo no metal.

— Nós temos a "decoração", como você chama — respondeu Myrddion.

Naquele momento, irmão Bonifácio retornou com a caixa de joias equilibrada delicadamente sobre suas mãos abertas. Sob instrução de Lucius, Simão abriu a caixa e inalou um pequeno fôlego de apreço quando viu o conteúdo. Um a um, os itens foram colocados nas tábuas rudes da mesa, enquanto o judeu fazia um prolongado comentário sobre a qualidade de cada ornamento.

— Estes brincos são muito belos; e não foram feitos nestas ilhas. Alguém de minha raça fez estes elos delicados, e cortou as granadas para suavizar sua beleza escura. Estes anéis são apenas grandes gemas engastadas em ouro cru — continuou ele. — São poderosos, mas foram confeccionados sem qualquer habilidade real. Foram feitos no extremo norte. Quanto a esta corrente e aqueles torques, são antigos, muito antigos, o pequeno povo do mel os modelou um dia, mas foram refeitos, e a perfeição do metal clama por um propósito nobre. Sim, eles poderiam compor um magnífico cabo para a espada; e também decorar o punho da adaga.

Os homens em torno da mesa assentiram, satisfeitos.

— Meus senhores, o ouro é macio, especialmente ouro tão puro quanto o metal destes objetos. Ora, este ouro é quase vermelho! Uma empunhadura e uma guarda de um metal como este seriam belos, mas também perigosos para o portador da espada. O primeiro golpe forte o atravessaria como se o cabo fosse de manteiga. — Ele fixou os olhos de Artorex. — O senhor de fato pretende usar esta espada em batalha?

— Sim. A espada é um símbolo de liderança, portanto precisarei dela em batalha como forma de encorajar meus guerreiros — respondeu Artorex.

— Então permita-me sugerir fazer o cabo e a guarda de ferro temperado, forjados no metal mais forte que posso imaginar. Eu então cobriria toda a superfície com este ouro delicado. O pequeno detalhe dos desenhos pode ser deste puro metal, mas eu me sentiria um traidor se fizesse um cabo que pudesse causar sua morte. Eu tenho pedras suficientes aqui e ouro bastante para cobrir seu punhal muitas vezes, de modo que as duas armas se tornem um par perfeito. — Ele sorriu para Artorex. — Prefiro não comprometer uma arma tão perfeita com qualquer trabalho que seja indigno do homem que originalmente forjou o punhal.

— Palavras muito sábias, padre Simão — disse Artorex, agradecido. — Se Lucius concorda, eu peço que tome meu punhal do dragão e a espada de Uther e faça deles armas parelhas. Torne-as perfeitas e luzidias, mas fortes. Modele-as para inspirar assombro e medo no inimigo, pois terei necessidade de toda vantagem que possa encontrar.

Simão fez uma profunda mesura e teria partido com ambas as armas e o conteúdo da caixa se Artorex não tirasse a coroa de ouro vermelho de sua bolsa de viagem e a atirasse sem cerimônias sobre o tampo da mesa.

— Há outro assunto que eu gostaria de discutir com você, padre Simão. Não gosto da coroa usada por Uther Pendragon. Ela representa muitos vícios que abomino, incluindo todos os defeitos que detesto no caráter de Uther. A coroa também deve ser reforjada num desenho adequado de sua escolha, para que seja agradável aos olhos. E, uma vez que a tarefa esteja completa, pedirei ao padre Lucius que dê sua bênção ao novo símbolo do reino britânico. Você pode realizar esse trabalho, além da espada e do punhal?

— Sim, meu amo, eu posso fazê-lo. E seria um prazer — respondeu Simão com um sorriso de gratidão pela honra que lhe era oferecida.

— Os brincos na caixa pertenceram à minha mãe, então eu gostaria que se tornassem parte da nova coroa. Isso pode ser feito?

— Sim, meu amo. Pode ser feito.

— E, por fim, é meu desejo que a pérola na caixa de joias seja engastada num anel para o polegar de minha mão direita.

— Não é uma tarefa difícil, meu amo. Será feito. — Simão olhou para Artorex através dos cílios e depois baixou os olhos para a coroa. — Senhor, o desafio se vê com olhos claros. Esta coroa é feia, pois é pesada, desconfortável e ostensiva em sua forma presente. Eu modelarei estes objetos, que serão adequados apenas a meu amo, para que muitos homens digam, "Eu vi Artorex, o Justo, e fiquei deslumbrado com a coroa em seus cabelos!". — Simão corou logo em seguida, pois não estava acostumado com demonstrações de vaidade pessoal.

— Eles devem ser devolvidos uma semana antes do solstício de verão, quando ocorrerá a coroação em Venta Belgarum — disse Myrddion. — Certo como a lua se enche e se apaga, logo todo mundo saberá que Artorex será coroado naquela cidade. Não falhe conosco, padre Simão, pois você só tem três meses para completar sua tarefa. — O rosto de Myrddion era grave, mas Gruffydd percebeu que seu amo estava muito divertido com a administração daqueles assuntos delicados.

Luka interrompeu as orgulhosas determinações de Myrddion com uma pergunta que Gruffydd também ansiava por fazer.

— Por que o anel de pérola, Artorex? Há pedras na caixa que são muito mais valiosas.

Artorex sorriu e Luka não soube distinguir se a fonte do sorriso era prazer ou dor.

— Eu o usarei como lembrete, amigo Luka. Só preciso correr meus dedos pela pérola, como Uther tanto fazia, para lembrar que espécie de homem ele foi.

Luka ficou emudecido pela resposta.

Quando padre Simão deixou a sala, estreitando desajeitadamente a caixa, a coroa e as armas contra o peito, Lucius olhou fixamente para Artorex e depois tirou um anel de ouro simples, muito gasto, de seu polegar.

— Eu lhe peço que aceite este anel de presente, que sempre fez parte de minha casa secular, Artorex. Sou o único membro de minha família que ainda está vivo, e ele cessará de ter valor para qualquer pessoa, exceto você, quando eu partir deste mundo mortal. Se você observá-lo cuidadosamente, ainda pode ver a gravura, onde incontáveis *pater familias* de minha casa o pressionaram sobre cera quente. Vê? A gravura tem a forma de um punho cerrado.

— Não posso levar seu anel, padre Lucius! — exclamou Artorex, perplexo.

— Eu deveria ter jogado fora há 40 anos, pois ele me atava a meu passado quando Deus era meu único futuro. Não tenho filhos e, desde que foi levado para morrer na neve, você é o mais próximo que eu já tive de um parente. Depois, quando eu o peguei e você me apertou com seus punhos de bebê, pensei no sinete e em seu sentido. Este anel me traz belas lembranças e, se em algum momento você olhar para ele e recordar seu amigo, então eu estarei satisfeito. Meu senhor, você deve fechar seu punho em torno do oeste e jamais arrefecer até que a morte o leve.

Artorex não podia recusar. Ele colocou o anel em seu polegar esquerdo, onde se ajustava confortavelmente.

— Enquanto estamos todos neste clima de presentes, também preciso dar-lhe uma miudeza, meu jovem amigo — disse Luka. Ele riu. — Você é rápido, garoto?

— Bastante rápido — respondeu Artorex, recordando a velha brincadeira com Llanwith.

— Então pegue isto!

O torque de eletro de Luka, com o símbolo da serpente em relevo, cruzou a mesa aos rodopios na direção da cabeça de Artorex.

Artorex o pegou com um simples reflexo.

— Por favor — implorou Artorex. — Não posso aceitar isto! Seu torque é uma posse de orgulho de uma família nobre.

O torque, com duas serpentes se devorando mutuamente, sempre pendeu do pescoço de Luka, e Artorex não podia lembrar um só momento em que não ficara maravilhado pela delicadeza de objeto tão belo.

— Eu ainda tenho meu torque de reinado, que preciso começar a usar com mais frequência. — Luka sorriu para seu jovem amigo. — Você se acostuma a usá-lo, um pouco como o processo de crescer. Meu filho terá outro feito para ele no momento apropriado, e será gêmeo deste. Assim, antes que você proteste porque esta joia pertence a ele por direito, vale lembrar que convivo mais com você que com ele.

Mais uma vez, Artorex foi forçado a aceitar com gratidão um presente magnífico.

— Pois bem, suponho que você me dará algo, amigo Myrddion. Esta bobagem de Alto Rei é bem mais complexa do que consigo suportar.

— Não tema, Artorex. — Myrddion lhe devolveu o sorriso. — Não lhe dou nada para usar ou para protegê-lo. Mas eu lhe darei um presente que perdurará por muito tempo depois que você tiver partido deste mundo.

Ele fez uma pausa após ganhar a atenção de todos os presentes.

— Como Alto Rei, você deve selecionar o título pelo qual seus súditos o conhecerão, e pelo qual será lembrado, para o bem ou para o mal. Quando Uther se tornou Alto Rei, ele adotou o símbolo do dragão que formou parte de seu próprio nome, mas eu não exigiria que você tomasse mais nada dele. Se me concede um desejo, meu soberano, eu quero sugerir um título final.

Artorex estava agudamente encabulado. Ele avistou o brilho de uma lágrima nos olhos de seu amigo, e Myrddion Merlinus jamais fora notório pela emotividade.

— Após o solstício do verão, aceitarei qualquer nome que você escolha para mim. Mas se sua escolha for muito incongruente, vou praguejar sobre você por todas as nossas terras....Você tem seu desejo atendido, meu amigo.

— Obrigado, meu amo — respondeu Myrddion. — Por muitas razões, eu peço que você seja coroado como rei Artor, renomado como o Grande Urso, que é uma fera nobre e majestosa. É uma versão abreviada de seu próprio nome, que seus súditos adotarão imediatamente.

Artorex sentiu lágrimas ardendo nos dutos lacrimais, mas ele as controlou com algum esforço. Ele sabia que Myrddion jamais aprovara seu breve casamento com a romana Gallia. Agora ele recordava que ela o chamava de Artor na calada da noite, quando eles se deitavam entrelaçados, e como ela o ensinara a rir e ver o bem até na tristeza e na maldade. Ainda que jamais tivesse considerado as raízes de seu nome, ele sabia que Myrddion lhe prestava uma grande honra pela comparação com um animal que, mesmo conhecido por sua ferocidade, era também dedicado à família e à proteção do lar.

Myrddion lhe dava uma lembrança de Gallia para guardar junto ao coração.

— Obrigado, amigo Myrddion. É um nome nobre e representa lembranças puras e preciosas para mim.

Ele sorriu para o grupo de amigos reunidos.

— Pelo menos eu não terei que aprender a ouvir um nome que é novo para mim. Atendo pelo nome de Artorex desde que me entendo por gente, portanto, estou satisfeito.

Artorex retornou a Venonae onde sofreu diante da submissão de um exultante Llanwith, e recebeu do amigo o presente de um alfinete estranho e coberto de gemas preciosas para o manto antes de reassumir sua defesa da fortaleza montanhosa.

A notícia do novo título de Artorex espalhou-se inexoravelmente pela terra. Em seu retorno a Venta Belgarum, Gawayne relatou os portentos que tinha visto, enquanto Myrddion enviava mensageiros a todos os grandes personagens da Britânia celta, os reis de todas as tribos do oeste e do norte, todos os bispos e chefes druidas do oeste, pedindo seu comparecimento à coroação de Artorex como Alto Rei em Venta Belgarum durante o solstício de verão. Havia muitos pretendentes ao trono ofendidos e decepcionados, e muitos reis e dignitários menores juraram não comparecer, nem se suas línguas fossem arrancadas com pinças em brasa. Mas todos os grandes do oeste sabiam que os príncipes tomariam seus lugares na grande igreja de Venta Belgarum — se não por qualquer outro motivo, ao menos por curiosidade.

Longe dali, num convento silencioso da Cornualha, chegou a notícia para a rainha Ygerne de que seu filho seria coroado como rei Artor, Alto Rei dos bretões, e ela derramou lágrimas em uma mescla de amargura e alegria. Ela passara dias ajoelhada nas pedras de sua cela fria, até que suas colegas freiras começaram a temer por sua vida, tão profundamente em prece estava a mulher outrora bela.

Finalmente, descalça e vestindo os hábitos brancos de penitente, ela fez arranjos com a abadessa para caminhar as muitas milhas para a coroação.

Em Venonae, a nova posição de Gruffydd era um assombro para todos dentro do círculo de cortesãos de Artorex. Quem era aquele homem desgrenhado de cabelos ruivos, mais semelhante a um saxão que um celta, que se plantava atrás da cadeira de Artorex em todos os momentos, junto às figuras obscuras de Targo e Odin?

— Realmente, não consigo deixar de pensar que Artorex deveria ter escolhido um de vocês para ser o portador da espada — desculpou-se Gruffydd com os guarda-costas em certa noite, entre canecas de cerveja.

Targo respondeu por ambos.

— Não. Você está enganado. O rapaz é uma peste de inteligente, e não faz nada sem uma boa razão. Qualquer um de nós dois teria aceitado num segundo, mas não seria justo e levantaria objeções que o rapaz não necessita.

— Não entendi — respondeu Gruffydd.

— Não somos celtas — prosseguiu Targo. — Eu sou um romano bastardo, e só os deuses sabem o que é Odin. Não, Artorex não escolheria nenhum de nós, mesmo que quisesse. Então relaxe e divirta-se, Gruffydd. Pois a vida junto a Artorex nunca é um tédio.

— Tédio? — Odin parecia intrigado. — O que é tédio?

— Eu explicarei para você mais tarde, seu boi tonto — respondeu Targo numa brincadeira familiar que ambos obviamente apreciavam.

Nas cozinhas, Gruffydd foi recebido com congratulações esfuziantes. Seus sucessos foram partilhados com cada servo da guarnição, pois ninguém daquelas regiões menores das cozinhas, fornalhas e prensas de cidra jamais se havia misturado aos grandes, e muito menos atendendo o Alto Rei à mesa.

Só Gallwyn não estava impressionada com o novo posto de Gruffydd.

— Olhe para você, seu infiel — ela disparou. — Lorde Artorex será completamente envergonhado por um rufião de cara de trapo numa túnica que parece ter sido arrastada por um espinheiro.

— Eu tenho absoluta certeza de que ela foi arrastada por um espinheiro — respondeu Gruffydd, sério.

— Como sua esposa e seus filhos sentirão orgulho se você se plantar na igreja de Venta Belgarum parecendo um espantalho? — censurou ela. — Na ausência de sua boa mulher, eu tomarei conta de você. — Gallwyn cruzou os braços sobre o amplo peito.

Os olhos de Gruffydd se arregalaram, como os de um cavalo nervoso. Havia muito anos que ele se casara, e sua experiência lhe dizia que tudo que ele compreendia das mulheres era que não as compreendia de maneira alguma.

— Esse cabelo tem que ser obrigado a entrar em alguma ordem. Ele será lavado e trançado, está ouvindo? E se eu não ficar satisfeita com seus esforços, eu mesma lhe darei um banho.

Gallwyn mal começara sua lista de exigências.

— E essa barba tem que sumir. Seu amo é barbeado, então encontre uma faca afiada e raspe essa pretensa barba ridícula.

Gruffydd resmungou.

— Odin tem barba.

— Odin é um selvagem, e você é um bom celta — retrucou ela. — Não reclame, meu jovem. Pelo menos você não tem que depilar sua barba à maneira romana, como ouvi dizer que lorde Artorex faz. Mas você terá que se livrar dela para a coroação.

Gruffydd estremeceu com a ideia grotesca e dolorosa de arrancar cada um dos pelos de seu queixo.

— Você precisa pedir o conselho de lorde Myrddion nestes assuntos, pois ele decidirá o que você deve usar para honrar seu posto como portador da espada do Alto Rei.

— Você é pior que a minha velha mãe — reclamou Gruffydd com uma risada tristonha.

— Ótimo. E não há dúvida de que ela aprovaria minhas críticas. Você não é mais um espião fedorento cujo único propósito na vida é parecer e agir como um saxão, pois agora você é o braço direito de lorde Artorex, Alto Rei dos bretões.

Naquele momento, um bebê rosado e quase nu riu e gorgolejou, chamando a atenção deles. Gruffydd notou que, surpreendentemente, a cabeça do bebê ainda estava bastante careca, exceto por uma penugem quase invisível de cabelos alvos.

— Nimue! — celebrou Gruffydd, vendo a tatuagem sobre a carne rechonchuda.

— Ga, ga, ga! — respondeu a menina, com os olhos azuis iluminados pela inteligência e a alegria.

— Ela não tem nem 7 meses — pasmou-se Gruffydd. — Meus meninos não ficaram em pé antes dos 11 ou 12 meses de idade. Esta criança está engatinhando, e quase fica de pé.

— Ela é um fenômeno, a pequena Nimue — comentou Gallwyn com um sorriso orgulhoso e amoroso. — Ela aprende tão rápido que você não acreditaria, e tenho medo do dia em que fale as primeiras palavras.

— Por quê? — perguntou Gruffydd, na imemorial ignorância dos homens.

— Porque não teremos mais paz. Eu aposto que ela falará e falará até que todas as pernas caiam das cadeiras e das mesas. Por ora já tivemos que queimar os dedinhos dela no fogo porque ela achava que as chamas eram muito bonitas. Ela teria engatinhado diretamente para dentro da fornalha.

Gruffydd deu de ombros.

— Agora você pode vê-la sempre que completar suas tarefas para lorde Artorex. — Ela sorriu para o amigo, as bochechas coradas à luz do fogo. — Sentimos saudades durante sua ausência, Gruffydd — disse ela simplesmente.

— Para ser honesto, eu não tive tempo de sentir saudades de ninguém quando estivemos em Glastonbury. Você não acreditaria no que eu vi; lagos que pareciam sangue e espadas enterradas em pedras. Em certos momentos, minha cabeça ficou completamente desorientada pelo que estava acontecendo.

Os olhos de Gallwyn cintilaram com um interesse e um prazer malicioso. Depois das cozinhas e de Nimue, a fofoca era o terceiro grande amor de Gallwyn. Ela agora tinha a oportunidade de dar uma alfinetada no intendente da casa, que se dava ares de importância porque era filho bastardo de um padre romano.

Ela fez o sinal da cruz por ter pensamentos tão profanos e vaidosos. Mas, internamente, Gallwyn estava festejando.

— Sente-se aqui, Gruffydd, perto da fornalha onde ficará confortável. — Ela puxou uma cadeira e levou o amigo a uma posição central perto do fogo da cozinha. — Perce, traga uma caneca de nossa melhor cerveja ao portador da espada — ela ordenou ao ajudante. — E vocês, meninas, não terão pele sobrando nas costas se queimarem essa carne de cervo. Podem ouvir, mas só se continuarem trabalhando.

As moças da cozinha sorriram com irreverência.

Gallwyn tinha um bom coração e na verdade nunca batia em sua equipe. Contudo, ela conservava uma longa vara de bétula que parecia feita para acertar as partes macias do traseiro de uma menina preguiçosa, e assim a equipe continuava a dourar e mexer, esfregar e ferver, com os ouvidos ardendo por cada palavra da história de Gruffydd.

Voltando a atenção novamente para Gruffydd, Gallwyn meneou a cabeça para seu amigo, indicando que ele podia começar o conto de suas viagens.

Claro, boatos sobre os feitos de Artorex já se haviam espalhado por Venonae e além, pelos campos. Mesmo sob a ameaça de um "verão saxônico", termo agora dado às incursões saxãs, o povo comum ficara extasiado com a história do menino criado nas longínquas províncias, onde foi protegido da inimizade de seu próprio pai, e que alcançou seu direito de nascimento pela posse da espada mágica de Uther. Dentro dos dois meses seguintes, Gruffydd ouviria a história da espada repetida em muitas ocasiões, e ficaria impressionado com o quanto era aumentada em cada repetição.

Em relatos diversos, a espada foi enterrada em pedras antigas por gigantes, forjada numa bigorna por mágica ou formara parte das fundações da torre deixada por José de Arimateia. Em várias histórias, a espada nem sequer pertencera a Uther, pois ele fora julgado pelos deuses como indigno do trono de Alto Rei. E assim os medos insanos de Uther finalmente se tornaram verdade: seu filho eclipsou todas as vitórias duramente conquistadas pelo pai.

— As pessoas são muito estranhas — destacou Gruffydd para Myrddion quando foi buscar três esplêndidos conjuntos de túnicas, calças e mantos, que foram desenhados pelo mentor de Artorex para a coroação. Correntes de prata trabalhadas com o motivo dourado do urso foram feitas para uso dos homens, enquanto alfinetes trazendo uma forma mais sinuosa da fera foram modelados para segurar seus mantos sobre os ombros.

— As pessoas acreditam no que desejam acreditar, incluindo aquilo que lhes é conveniente entender — explicou Myrddion cinicamente. — Você deve saber que existiam crenças de que eu fui concebido por um demônio, segundo um boato, de que mudo de forma e de que usei mágica para construir a Canção do Gigante. Sim, meu amigo, nós vivemos em um tempo estranho, em que as pessoas decidiram que eu sou um feiticeiro apenas porque compreendo muitos conceitos que outros não conseguem imaginar. Infelizmente, as pessoas precisam de símbolos para afugentar seus medos.

— Pessoalmente, eu preferiria uma espada forte, um escudo robusto e um bom plano de batalha, meu amo. Estes três dons parecem bem mais úteis para alguém como eu do que erguer enormes pedras num círculo mágico. Além disso, a Canção do Gigante está instalada naquela planície há mais de mil anos, e o senhor não é assim tão velho.

— A formação de uma lenda é uma forma de poesia, meu amigo, uma arte que é extensão da pura boataria, especialmente quando histórias são passadas da boca de um para o ouvido do outro. Se pudéssemos viver ao longo das eras, duvido que nos reconheceríamos nas histórias que serão tecidas a nosso respeito.

— Bem, é improvável que alguém se lembre de mim. — Gruffydd sorriu.

— Não tenha tanta certeza, amigo Gruffydd. Você teve seu papel na formação desta nova lenda.

Gruffydd deixou a presença de Myrddion Merlinus, indagando se o sábio estrategista não era um pouco louco.

Três semanas antes da data marcada para a coroação, Artorex começou a deslocar membros escolhidos de seu séquito para Venta Belgarum. A equipe da cozinha e os criados auxiliares não foram exigidos, pois Venonae não podia ficar abandonada. Apenas alguns sortudos essenciais poderiam ser poupados do perigo constante que emanava do leste.

Artorex também decidiu não levar uma grande tropa de combatentes, pois as tribos celtas que responderam ao chamado às armas do Dux Bellorum não podiam destacar tantos guerreiros experientes para que Artorex os desperdiçasse em cerimônias inúteis.

Na ausência de Artorex, capitães de confiança manteriam a linha de frente sob o comando forte de Parvo, ou Pelles, como ele agora preferia ser chamado. O novo comandante era um dos últimos sobreviventes da ralé de Targo que esteve presente na batalha de Andérida, dois anos antes. Desde aquele dia glorioso, todos pereceram em batalhas contra as hordas bárbaras, exceto Pelles. Sua capacidade de sobrevivência era tal que ele ganhou promoção em inúmeras ocasiões, e Artorex confiava nele para defender Venonae até o último homem.

Caius não teve motivo para reclamar por ser preterido no comando, pois ele seria um convidado especial na coroação de Artorex. Caius, Ector e outros notáveis de Aquae Sulis foram convidados a comparecer à ascensão final de Artorex ao poder. Artorex compreendia seu irmão de criação perfeitamente e sabia que, enquanto sua honra pessoal não fosse insultada, Caius aceitaria a medida limitada de reconhecimento público.

Tarde da noite, enquanto bebia cerveja e debatia estratégias com Targo, Artorex relaxou e mais uma vez recordou o tempo em que fora um jovem tímido. Embora seu antigo mestre de armas estivesse velho demais para ser um guarda-costas realmente eficiente, ele continuava sendo o engenhoso mentor e amigo prático que sempre fora. Artorex precisava de Targo por sua franqueza com as palavras e sua honestidade sem paralelos, e não pela flexibilidade de seus joelhos. Tinha uma pequena intuição de que o velho Targo ficaria louco e morreria se seu amo o enviasse de volta a uma aposentadoria honrada na Quinta Poppinidii.

De sua parte, Odin continuava imensamente forte e gozava de excelente saúde. Suas habilidades nas armas faziam dele o equivalente a quatro homens.

— A coroa e a espada podem ser símbolos de poder, Targo, mas são apenas brilho externo destinado a impressionar a gente comum. Eu gostaria de conhecer o caminho que leva aos corações dos nossos chefes tribais em conflito. Precisamos penetrar uma brecha para forjar a unidade, mas como encontraremos essa brecha?

— Por acaso eu já lhe dei as soluções para seus problemas, rapaz? Não, você as encontrou sozinho. Pense. Como Uther uniu as tribos?

— Pelo medo. Com sua espada e a mão de ferro

— E essa tática funcionará de novo? — incitou Targo, mais que uma pergunta.

— Não. Uther foi detestado pela maioria dos reis menores, e sua força era dissipada porque ele tinha de proteger sua própria retaguarda contra os ataques deles. Eu não recebo o reino pacífico que Uther arrancou de Vortigern e seus filhos. Infelizmente, aquela pluma não voará novamente, não neste ar turbulento que agora agita os corações britânicos.

— Então de que maneira você é diferente de seu pai? Qual é a sua vantagem?

Artorex ponderou sobre o problema.

— Eu sou forte, mas Uther também era. Eu tenho excelentes conselheiros, mas Uther também tinha. Myrddion auxiliava meu pai, assim como me auxilia. Eu sou o herdeiro celta por direito, mas Uther tomou o trono à força, e assim meu direito de berço não significa coisa alguma.

— Volte, rapaz. Volte ao começo de tudo na Quinta Poppinidii. Por que você teve tanto sucesso como intendente naqueles dias simples? — Targo sorria em encorajamento enquanto Artorex obrigava sua mente cansada a procurar pelas respostas corretas.

O jovem olhou para seu simples copo de madeira com cerveja e os dedos fortes e marcados que o envolviam.

— Eu tinha confiança em minha gente e trabalhava para afiar minhas habilidades. Uther dava suas habilidades como certas.

— É verdade — incentivou Targo.

— Eu tentava defender os homens e mulheres comuns que estavam sob minha responsabilidade, e eles ficavam gratos. Uther não se dava ao trabalho de fazer isso.

— Isso também é verdade, meu rapaz.

— Eu tentava tratar a todos como se fossem iguais, e tentava usar seus talentos da melhor maneira possível — declarou Artorex, desconfortável. Ele achava difícil engajar-se em autoelogio.

— E Uther não — concluiu Targo para ele. — Ele não tinha qualquer respeito por ninguém. E não se importava se os talentos dos outros eram desperdiçados; como Botha descobriu.

Artorex assentiu.

— No esquema maior das coisas, a exploração de Botha por Uther foi um assunto de menor importância para o Alto Rei. Mas, como servo leal, eu me apiedo de Botha e da forma como ele provavelmente se sentiu quando Uther lhe deu ordens de realizar uma tarefa tão ignóbil. Você sempre deve recordar o exemplo de Botha, que foi fiel a seu suserano até a morte. Cada ordem que emitir pode ferir alguém como eu, ou Gruffydd, uma tribo ou mesmo toda a nação.

— Você está dizendo que até o súdito mais humilde deve ser considerado quando eu tomar uma decisão, ainda que minhas ações venham a prejudicá-lo — resumiu Artorex.

— Exatamente, rapaz — replicou Targo, sério. — A liderança é apenas isto, combinada a fazer o melhor com o que se tem.

— A liderança não pode ser tão simples. Mas, agora que penso bem, você me pede muito. — Artorex crispou ainda mais seu rosto e lutou para se imaginar no lugar de um homem como o rei Lot. Aquele homem era casado com a enteada de Uther, e teve de se aliar ao inimigo de sua esposa numa guerra que tinha pouco a ver com o reino de Lot, pelo menos a curto prazo.

Subitamente, Artorex sentiu grande compaixão e respeito por Lot, apenas por imaginar a situação em que os otadinos foram colocados. A lição de Targo se tornou clara.

— Também é óbvio que devo ser sempre o primeiro a liderar, e o primeiro a arriscar a morte, pois não posso mandar homens para a batalha sem enfrentar o perigo pessoalmente. Os escritos do grande Júlio César certamente refletem a verdade desta lição.

"E devo compreender a estratégia e a visão abrangente. Governantes como Lot têm pouco a perder no momento presente, mas os saxões eventualmente voltarão seus olhos cobiçosos para aquele reino. Caberá a mim incitar o medo e a imaginação de Lot.

"E devo engajar cada aliado, cada amigo e cada guerreiro em servir a esta causa única, e esta causa não deve apenas resultar em um aumento de meu poder, mas munir aqueles que se aliam a mim. Eles precisam acreditar que agem por livre-arbítrio e que são meus iguais, mesmo que eu manobre seus medos no processo."

— Sim, meu amo — respondeu Targo, simplesmente. — Mas como pretende fazer estas coisas? Há poucos governantes que suportam considerar seu poder pessoal como nada.

— Que escolha tenho — replicou Artorex, — se pretendo conservar a única vantagem que possuo?

— Pois bem, nenhuma, meu amo, nenhuma mesmo. Mas não foi sempre assim? Eu lutei por Roma em batalhas em todo o mundo, sem ser informado de uma única razão para toda a morte e a destruição de que participei. Mas sou um homem mais feliz agora, que tenho um propósito na vida.

— Targo, meu amigo, o que eu teria feito sem você e suas constantes lições? — murmurou Artorex gentilmente ao amigo e companheiro.

Targo começou a rir, a princípio baixo e depois cada vez mais alto. Suas bochechas e o queixo manchado tremelicavam, e suas mãos marcadas e nodosas davam tapas nos joelhos enquanto lágrimas saltavam de seus olhos escuros.

Artorex ficou completamente perplexo.

— Não entendo sua risada, Targo — disse ele, um pouco ofendido. — O que eu disse de tão engraçado?

— Meu rapaz, você realmente acha que eu sabia as respostas naquelas ocasiões em que exigia de você uma solução para um problema? Pelos deuses do céu, quase sempre nem eu sabia as respostas. Mas eu acreditava que você tinha que dissecar o problema sozinho para divisar uma solução. E, na maioria das vezes, era exatamente o que você fazia.

— Merda! — praguejou Artorex. Em seguida ele também começou a rir. — Você está dizendo que eu não tinha que pular aquela maldita cerca, ou cair tantas vezes da Afrodite com a bunda no chão?

Targo sorriu diabolicamente.

— Claro que tinha. De que outra forma você aprenderia? E um pouco de dor nunca fez mal a um garoto em crescimento.

— Você é um velho farsante, Targo. Eu saltei cercas, montei cavalos imensos e horríveis e aprendi a atravessar todos os tipos de problemas porque você me mandava inventar minhas próprias soluções... quando apenas fingia saber as respostas o tempo todo.

Naquela noite, quando Artorex caiu no sono, ele sentia seu corpo leve e jovial, e não foi perturbado por sonhos terríveis e medos inomináveis de suas possíveis deficiências.

Quando Targo verificou o quarto do amo ao amanhecer, descobriu o rapaz sorrindo em seu sono, e o velho guerreiro soube que Artorex estava em outro tempo e lugar com sua Gallia.

E Targo ficou contente.

CAPÍTULO XXII

Um Verão Saxônico

Uma multidão se reunia em Venta Belgarum no que era conhecido por antiquíssima sabedoria como o dia mais longo do ano. A chuva caíra por toda a noite e as estradas, passeios e casas pareciam ter sido mergulhados em água cintilante, desde as lajotas até as pedras, troncos e palhas. Até as cabanas da gente humilde, apinhadas como pintos de três dias sob as asas das muralhas da cidade, estavam festivas com guirlandas de galhos e flores silvestres, enquanto a forração de capim, feno e grama cortada absorvia a habitual lama da estrada.

Nenhuma estalagem de Venta Belgarum podia admitir mais outro cliente. Todas as edificações foram colocadas em uso, incluindo a fortaleza de Uther, e os nobres visitantes eram hospedados onde quer que houvesse espaço disponível, com suas bandeiras e estandartes agitando-se na brisa fria. As ruas estavam vivas, como se a colmeia da cidade tivesse sido vigorosamente agitada e todas as abelhas se lançassem para fora, buscando trabalhar para seu novo mestre ou atacar o intruso.

Artorex não dormira na cidade, preferindo descansar sob as estrelas na única noite de liberdade que lhe restava antes do início de sua nova vida. Naquela última noite de liberdade, ele preferiu deitar-se sob uma firme tenda, como se ainda estivesse em campanha com seus guerreiros. Haveria tempo bastante para confortos, se ele pudesse sobreviver aos desafios que, ele sabia, aguardavam nas escadarias da igreja no coração da cidade.

Com a ajuda de Gruffydd, Targo e Odin, Artorex se vestiu com demorado esmero. Seus guarda-costas já vestiam seus trajes, já haviam trançado os cabelos e polido as armas até que cada peça de metal sobre seus corpos cintilasse à luz do sol. Contra a vontade de seus fiéis criados, Artorex insistiu em usar o alvo manto de pele de lobo com que conquistou Andérida mais de dois anos antes, embora reconhecesse que o manto se impregnaria de lama quando ele desmontasse do cavalo. O alfinete do rei Llanwith segurava a pele em seu ombro esquerdo, e o torque do rei Luka brilhava em seu pescoço como uma serpente viva com escamas de prata. Seus longos dedos estavam despidos de ornamentos, exceto pelo anel presenteado por Lucius em seu polegar esquerdo e o anel de pérola lavrado por Simão no direito.

Sob seu pesado manto, Artorex usava um presente de Ector feito por Bregan, o ferreiro que forjara seu punhal do dragão. O presente consistia de um curioso colete que se fechava nos ombros e descia pela lateral, terminando nas coxas. Era construído de minúsculos anéis de ferro temperado, surpreendentemente leve para uma túnica. Ector jurou que o ferreiro tentara atravessar os anéis de metal com punhais e espadas, sem sucesso, e, embora a carne de Artorex pudesse ser ferida numa batalha, a cota rechaçaria todas as mais pesadas lâminas. Era atada no alto dos ombros, deixando à mostra a maior parte da pele bronzeada de Artorex, pois a velocidade dependia da liberdade de movimentos. Targo poliu a túnica por horas na noite anterior, até que ela brilhasse como escamas de dragão prateado sob o manto branco como neve.

Sob a cota de ferro, Artorex usava uma túnica branca de estilo romano. Suas pernas bronzeadas estavam nuas, exceto onde as novas botas se atavam aos tornozelos, e Odin providenciou para que o couro ficasse tão macio quanto o linho e tão lustroso quanto o bronze. Targo contou histórias repugnantes sobre Odin usando cérebros de ovelhas e outras misturas que tornavam o couro tão macio quanto qualquer tecido tramado. Em honra da ocasião, até o próprio Odin decidiu usar botas e trançar sua barba em duas presas um tanto assustadoras.

Sozinho, à exceção de seus três companheiros, e sem cinturão ou bainha de espada, Artorex cavalgou Carvão para os limites de Venta Belgarum. Com o manto de pele de lobo atirado sobre seu ombro direito e derramado sobre os lustrosos flancos negros de seu cavalo, Artorex era uma visão imponente.

Seus cabelos, soltos e agitando-se na brisa, espalhavam-se sobre o manto como seda vermelho-ouro.

Em cada vilarejo, o povo o admirava de queixo caído, pois em sua simples imaginação ele parecia um herói que saíra das lendas e retornara à terra. Mas ele então sorria como um menino para os aldeões e se curvava profundamente à esquerda e à direita. Os aldeões agitavam o ar com seus aplausos, enquanto as donzelas corriam para atirar flores do campo sob as patas do cavalo. Margaridas, lavanda, ranúnculos, menta e botões temporãos perfumavam o ar enquanto Carvão trotava orgulhosamente sobre um tapete de cores.

Quando entrou nas muralhas fortificadas dos limites da cidade, Artorex continuou a sorrir, acenar e menear a cabeça para os idosos sem uma sombra do carrancudo desdém de Uther. Ele dava sorrisos especiais às crianças e aceitava seus presentes de flores com gratidão. A multidão amava a visão de seu heroico rei-guerreiro, e muitos aldeões se uniram à procissão do povo da cidade, que o seguia como uma cauda multicolorida.

Antes que Artorex chegasse à fortaleza, os portões se abriram para dentro. O barulho aumentou quando, sobre o pavimento coberto de flores atiradas diante dele por moças e meninas, Artorex fez sua passagem majestosa e cortês através das ruas estreitas. Vestida em seus trajes mais finos, uma mulher muito idosa o deteve e ofereceu uma coroa de margaridas, e o jovem baixou a cabeça até a crina de seu cavalo, deixando que ela erguesse seus braços velhos e colocasse o objeto sobre sua cabeça. Em seguida, quando ele beijou seus dedos artríticos, a multidão gritou em aprovação.

Quanto mais perto chegava da igreja cruciforme de pedras, mais pesado se tornava o ar, e menos explosões de aplausos se elevavam para recepcioná-lo. Mas, a cada passo que Carvão dava, Artorex conservava sua atitude sorridente e exibia uma impenetrável cortesia. Ele até sorriu quando o rei Lot se recusou a baixar os olhos para fitá-lo do alto dos degraus e a rainha Morgause lhe deu as costas acintosamente.

Lot estava vestido com impressionante magnificência, num amplo saio de lã azul-glasto com listras e quadrados verde-escuros de vários tamanhos. Seu largo peito estava encerrado numa camisa ricamente bordada de lã sob um peitoral folhado a ouro. Rostos de gárgulas com bocas abertas e ávidas decoravam o peitoral, que era atado ao cinturão com cordames de ouro e prata. Seu manto estava preso ao ombro por um enorme alfinete de desenho intricado e decorado com cabochões. Era tão grande quanto a mão aberta de um homem adulto.

Junto à imensa silhueta de Lot, a rainha Morgause parecia minúscula, mas ela jamais poderia ser ignorada. Diferente de seu esposo, seu vestido sutilmente sugeria luto, pois a sobressaia era de uma gaze cinza-pálida sobre um vestido mais pesado de vermelho escuro e sanguíneo. Ela cobriu os cabelos com uma confecção de fios de ouro e lã vermelha, e todo o conjunto estava coberto por um grande manto negro que se derramava a seus pés.

Sua irmã a sobrepujava no negro fúnebre, sequer usando o pretexto de joias como ornamentação. Por ser uma virgem, Morgana usava seus cabelos soltos, e suas longas madeixas negro-azeviche, tão lisas quanto um cabo de lança, escorriam por suas costas até os joelhos. Aqueles cabelos deveriam amansar a aparência de Morgana, mas, em vez disso, apenas aumentavam seu aspecto sobrenatural.

O rei Leodegran da tribo dos dobunos usava uma toga e um manto com borda — bastante inapropriada — de púrpura imperial. Seus cabelos se encaracolavam em torno do rosto liso, e as mãos pendiam com anéis e correntes de ouro e pedras preciosas. Em comparação, seu colega, o rei Mark dos deceanglos, estava elegante numa túnica simples de lã cinza com bordas negras e prateadas. A falta de ornamentos de Mark se refletia em seus lábios crispados e antipáticos e seus olhos afeminados.

Em conjunto, a coleção de reis, nobres e suas damas parecia presa num emaranhado de cores e estilos contrastantes e conflitantes. O rei dos silures usava pele e couro reforçado com placas de bronze, enquanto a rainha dos dumnones, esposa do irmão de Gorlois, usava um linho vaporoso que viera dos teares do Egito por comércio marítimo. Poucos se dignavam a falar com seus vizinhos mais próximos, pois só eram ligados pelos antigos pactos impostos por Uther.

Os religiosos conspiraram para se colocar à maior distância possível dos outros. Os druidas usavam tecido caseiro e portavam cajados altos e intricados. Alguns decoraram seus longos cabelos e barbas com guirlandas de viscáceas ou hera, enquanto outros usavam diademas de ouro e prata sobre a testa. Descalços, alguns druidas pareciam ter saído de lugares selvagens, enquanto outros eram obviamente intelectuais e sofisticados.

Alguns padres cristãos usavam negro entremeado de vermelho, representando o sangue de Cristo, enquanto outros, como os monges de Glastonbury, vestiam tecido caseiro sem adornos, amarrado na cintura com cordames comuns. Exatamente como o resto da grande recepção, nenhum fio de pensamento, crença ou simpatia comum reunia o clero num só.

Artorex passou os olhos por seus convidados, tão simbólicos de seu povo dividido, complexo e vital, e sentiu um tremor muito natural de inadequação. Mas nenhum vestígio de seu turbilhão interno se refletiu em seu rosto calmo.

Artorex desmontou aos degraus da igreja e galgou a breve subida até uma cadeira curul de estilo romano, escolhida especificamente por Myrddion porque sugeria poder sem a grandiosidade de um trono. Artorex então se voltou para encarar a assembleia de reis, príncipes, padres e bispos, enquanto Myrddion dava um passo à frente para falar sobre a coroação do futuro rei.

Myrddion usava zibelina negra, que enfatizava seus cabelos estriados de branco. Ele não tinha adornos, pois não precisava de decoração além de seu rosto de ossos finos e seus olhos escuros e resolutos.

A massa silenciou quando Myrddion se apresentou aos convivas e ao povo reunido.

— Os senhores me conhecem, grandes lordes da Britânia, sacerdotes e orgulhoso povo de Venta Belgarum. Eu sou Myrddion Merlinus, outrora chamado de cria do demônio e, mais tarde, para minha vergonha, cão de Uther. Mas sempre lutei pela liberdade destas terras e, por vezes, as armas que os mantinham seguros em seus leitos quentes foram indignas dos senhores. Uther Pendagron foi uma destas armas que usei em defesa do reino. Acima de todos os outros homens, eu conheci a depravação de seus vários pecados, mas muito embora Uther fosse um homem cruel e inescrupuloso, ele conquistou para os senhores a segurança em muitos anos sobre a sela, lutando incansavelmente para expulsar os bárbaros e as hordas saxônicas.

Myrddion fez uma pausa e passou os olhos pelos reis, druidas e padres com leve desdém.

— Uther nos obrigou a combater nossos inimigos como um único povo indiviso. Os senhores, reis tribais, batalharam entre si por gerações, permitindo que os saxões dizimassem nossos povos e destruíssem nossas vilas e fazendas. Por mais falho que Uther indubitavelmente tenha sido, sem ele os senhores não teriam obtido o luxo de seus vários reinos. Seriam forçados a fugir para as montanhas e passar fome na neve. Uther foi, de fato, o Alto Rei.

Myrddion deixou que sua voz se abrandasse, para que o mel de suas palavras deslizasse com facilidade aos ouvidos de todas aquelas almas que o escutavam, exceto os mais obstinados, que jamais confiariam no servo de Uther Pendragon.

— Aqui está o filho de Uther, Artor, que vem a este lugar para exercer seu direito de berço como Alto Rei, enquanto sucessor de seu pai. Ele foi feito à imagem e semelhança de Uther, não? Mas Artor não é como o pai. Condenado à morte pelo pai, ele foi criado nas terras romanas de nosso norte. Ele veio aos senhores há dois anos e foi proclamado o Guerreiro do Oeste. Mais tarde, Uther deu a este jovem o título de Dux Bellorum.

Myrddion parou e olhou diretamente para a plateia. Cada pessoa sentia, irracionalmente, que Myrddion falava pessoalmente com ela.

— "Por quê?", perguntam. Eu posso responder. Nenhuma polegada de terra celta foi tomada pelos saxões desde que Artor ergueu sua espada contra eles.

Um estrondo atravessou a grande multidão, principalmente vindo do povo da cidade e dos aldeões, mas vários reis também assentiram.

Mesmo assim, Myrddion reconheceu que muitos rostos permaneciam pétreos em sua desaprovação.

— E, contudo, muitos entre os senhores deram as costas para seus companheiros celtas. Não enviaram homem algum para servir ao Dux Bellorum. E não agradecem ao homem que, como Uther antes dele, arriscou sua vida em uma centena de escaramuças para que os senhores pudessem desfrutar de banquetes e bebidas às suas mesas, em segurança, sem necessidade de arriscar suas peles.

Um rugido de discordância se elevou dos nobres reunidos, mas Myrddion ignorou seu ultraje.

— Ele agora chega diante de todos com a espada de Uther reforjada e portando a coroa refeita dos bretões. Fale agora, aquele entre os senhores que nega o direito de Artor a seu trono, ou aceite tal direito, adquirido por berço e por batalha, de governar os bretões como Alto Rei.

O rei Lot se pôs de pé e avançou para se dirigir à multidão. Sua grande cintura era impressionante nas jardas de tartã com bordas de fios de ouro, e os cabelos e a barba cinza emolduravam um rosto avermelhado pela paixão.

Artorex permaneceu sentado como mármore em seu manto branco, e observou.

— Na melhor das hipóteses, este pretendente ao trono é filho bastardo de Uther. Como podemos saber se ele tem qualquer direito de governar os celtas? E por que deveríamos colocar nossos futuros nas mãos de um homem em quem nem mesmo o pai confiou, se é que seu pai foi de fato Uther Pendragon?

Parte dos nobres reunidos exclamou sua concordância, e Gruffydd sentiu-se enrubescer e retesar pelos insultos cuidadosamente preparados de Lot. Nos limites da assembleia, Gawayne se retraía de constrangimento, mas Artorex continuou sentado à vontade e sorrindo educadamente, com as costas completamente eretas.

Myrddion teria respondido, mas uma freira delicada e vestida de branco apareceu das portas da igreja atrás dele, apoiada por Lucius de Glastonbury.

Cansada, ela subiu dois degraus para se colocar diretamente diante de Artorex. Ela se voltou e ajoelhou em profunda reverência a seu filho. Artorex a teria erguido de volta a seus pés, mas ela se levantou com dificuldade e se virou para encarar o rei Lot e a imensa assembleia. Sua voz era mais forte do que seu corpo frágil sugeria, e a multidão se espremia em sua direção para captar cada palavra.

— O senhor me conhece bem, Lot do Norte, pois se casou com minha filha, portanto não me insulte com suas calúnias e insinuações. Os senhores acreditaram que eu não faria a longa jornada desde meu convento para ver meu filho assumir seu lugar de direito como Alto Rei dos bretões? O senhor é tão covarde que pensaria em enlamear minha reputação em minha ausência?

— Eu não pretendia... — começou Lot, mas a frágil mulher ergueu a mão pálida para silenciá-lo.

— Eu sou Ygerne, viúva do duque Gorlois, o Javali dos dumnones. Uther Pendragon assassinou meu esposo e me estuprou enquanto eu era forçada a ver a cabeça decepada de meu amado Gorlois. Só eu posso falar sobre o nascimento de Artorex e se ele é de fato filho legítimo de Uther Pendragon.

Ygerne parou para controlar sua respiração curta.

— Eu engravidei e Uther se casou comigo, buscando tomar a Cornualha sem maior perda de vidas e tempo. E eu concordei, para garantir a segurança de minhas filhas vivas. Como odiei o bebê que carregava em meu ventre... Como desejei que nós dois estivéssemos mortos! Deus me perdoe por ter aceitado o casamento com Uther Pendragon, pois eu estava destinada a passar muitos anos tenebrosos e amargos como posse dele, e permiti que o ódio devorasse meu coração.

Exausta, Ygerne fez mais uma pausa.

— Logo, quando a criança se agitou dentro de mim, descobri que meu coração não estava de fato morto. Quando dei à luz, vi os cabelos rubros e as pernas longas, tão parecidos com os do pai. Mas ele também tinha os olhos e feições de meu próprio pai falecido, e descobri que não podia mais odiar a criança. Por muitos anos, acreditei que meu filho estava morto e chorei por ele amargamente. Meu dia de maior orgulho chegou quando ele voltou a Venta Belgarum como um jovem belo e forte, um guerreiro que foi purgado do veneno que lhe veio com a semente de Uther.

Às costas de Artorex, Gruffydd observava o rosto pálido de Ygerne, quase tão branco quanto a touca que cobria sua cabeça raspada. Ela fora uma beleza notória, como Gruffydd ouvia dizer, e ele conseguia ver os últimos vestígios do encanto com seus próprios olhos. Mas os trovadores de baladas jamais haviam falado de sua coragem, que Gruffydd agora testemunhava enquanto ela expunha os sentimentos mais profundos de seu coração — suas decepções, suas tragédias e os longos anos de paciência em que fora forçada a se sentar numa almofada aos pés de um monstro.

— Eu sou Ygerne, rainha dos bretões; e uma humilde penitente — continuou ela. — Ouça-me, meu povo. O homem que logo será o rei Artor é filho legítimo da linhagem Pendragon e minha. É dele o trono, por direito de berço!

A multidão permaneceu absolutamente imóvel enquanto Lucius auxiliava a mulher frágil e envelhecida a se retirar.

Quando ela passou por Artorex em sua dolorosa jornada para o interior dos portais da igreja, ele se ergueu, ajoelhou diante dela e beijou seus minúsculos pés atados. Uma mão pairou delicadamente sobre seus cabelos — e ela se foi.

Como o lento estrondo de uma onda que arrebenta, a multidão murmurava diante da cortesia e da gentileza do Dux Bellorum.

— A questão da paternidade está encerrada, a não ser que um de vocês decida duvidar da palavra da rainha. — Myrddion desafiou a facção revoltada da massa. — Quem mais falará contra Artor?

Uma figura de negro se destacou do séquito de Lot e uma tempestade de protestos se elevou pela afronta daquela mulher odiada em falar diante da assembleia.

Morgana baixou seu capuz, fazendo muitos cidadãos gritarem de pavor quando ela apontou o dedo branco para Artorex.

— Ousa ordenar que eu me cale, Artor? Eu, Morgana, sou a filha mais velha de Gorlois da Cornualha. E eu falarei hoje aqui, pois o assassinato de meu pai pelas mãos de Uther Pendragon me dá esse direito. Meu pai não tem qualquer filho para falar por ele.

Artorex assentiu. Ele se pôs de pé.

— Você tem o direito de falar, minha irmã. Mas devo lembrá-la, Morgana, de que você mesma não está livre de culpa.

Enquanto a multidão murmurava em concordância com as palavras de Artorex, Morgana e Myrddion se encararam. Eram tão parecidos em feições, mas tão diferentes de coração.

Ela então apontou para Artorex, e se dirigiu à massa.

— Este homem usurpou os símbolos do reinado de Uther através de tramoias, e nos levará a todos à ruína, assim como sua família desonrou meu pai, Gorlois da Cornualha. Este homem é o fruto envenenado de uma árvore doentia. Eu vi a face do dragão, e é maligno! A ambição de Myrddion colocou a espada de Uther nas mãos de Artorex, pois apenas sua pavorosa malícia ousaria depositar a coroa sobre a cabeça de um filho de Uther. O cão de Uther conspirou para que o Alto Rei enganasse minha mãe e concebesse este ho mem, então como posso confiar nas palavras de Myrddion Merlinus? Myrd dion não conspirou com Uther para mergulhar todos os dias do casamento de minha mãe em dor, indignidade e humilhação? Como podem acreditar na decência do filho de Uther? Cuidado, povo do oeste, pois foi advertido!

Mais uma vez, a multidão estrondeou, mas desta vez com antipatia, não porque Morgana fosse mulher, mas porque sua diatribe venenosa era obviamente motivada pelo ódio. Morgana cometeu o erro do exagero.

Myrddion respondeu às acusações com uma voz retumbante que podia ser ouvida de um extremo ao outro da grande praça. Ele ganhou a atenção imediata da multidão.

— Tramoias? Malignidade? Malícia? Não, mulher, é óbvio que o rancor e o ódio distorcem qualquer verdade em suas palavras, tanto que todos os homens que olham seu rosto fogem como se fosse uma leprosa. Suas palavras são esvaziadas pelo ódio e você manipula a insinuação como se fosse um alaúde. Você alega profetizar, mas como podemos confiar em suas palavras quando você cega seus olhos com uma faixa de pele da coluna de uma criança, uma penitência exigida por seus mestres em troca de seus dons monstruosos? Por acaso o mal não mente? E sua previsão pertence àqueles que se engajam nas práticas negras e arcanas da maldade.

Antes que a multidão tivesse tempo de estremecer com aquelas palavras, Myrddion continuou, mas com voz lenta e entristecida.

— Sim, eu aconselhei Uther. E até confeccionei uma poção sonífera para que ele se insinuasse na câmara de Ygerne. Eu descobri os planos de Uther para Gorlois tarde demais para advertir seu pai. Sim, fui coberto de vergonha quando Uther mostrou a Ygerne a cabeça de seu pai, e quando ela descobriu que havia aberto seu corpo para o assassino de seu esposo. Sim, eu tremi de culpa quando soube que ele estuprou Ygerne enquanto os olhos mortos de Gorlois assistiam à crueldade. Sim, eu entreguei sua mãe a Uther por uma única noite, pois isto conservaria os pés de Uther na senda que protegia o povo do oeste da ameaça saxônica. Mas por acaso vendi minha alma aos

Obscuros em troca do mel em minhas palavras? Não! Meus pecados, meus erros de julgamento e minha desonra quando sua mãe foi violentada foram minhas próprias transgressões, e não obra de demônios. Eu era jovem demais para exibir a marca de profecia que ambos carregamos.

Ele apontou para a mecha branca em seus cabelos.

— Mas nunca, mulher, eu venderia minha alma avidamente pela satisfação da vingança.

Morgana pareceu retrair-se em seus mantos negros pelo ódio na voz de Myrddion. Sem lhe dar oportunidade para responder, Myrddion lançou um olhar a Gruffydd, que estava parado diretamente atrás de Artorex.

— Dê um passo à frente, Gruffydd, portador da espada do futuro rei e leal combatente contra os saxões — proclamou Myrddion, para que todas as pessoas no grande espaço aberto pudessem ouvir.

Ele abriu os braços para a multidão.

— Eu lhes peço permissão para que este servo fale. Pois ele esteve presente em Glastonbury quando Artorex recuperou com êxito os dois símbolos do poder de Uther. Só Gruffydd, o príncipe Gawayne e o religioso bispo Lucius do monastério de Glastonbury podem proferir testemunho sobre a validade do direito de Artorex como herdeiro do trono do Alto Rei dos bretões.

Finalmente!, pensaram muitos em meio à massa. *Agora ouviremos a verdade de alguém que esteve presente quando a mão de Deus revelou a localização das relíquias mágicas.*

— Que fale! Fale! Fale! — o povo gritava em uníssono.

Morgana soube que a força de suas palavras fora eclipsada, e recuou novamente para a aglomeração, onde até o séquito de Lot evitou sua sombra.

Gruffydd adiantou-se. Estava obviamente nervoso, e suas primeiras palavras o destacaram como um homem comum do povo.

— Eu sou Gruffydd de Venta Silurum e, por dez anos, servi a lorde Myrddion Merlinus em cidades saxônicas, coletando informação de ataques planejados por nossos inimigos. Minhas mãos não estão limpas do sangue saxão, pois muitas vezes precisei matar os bárbaros que se puseram em meu caminho, especialmente aqueles que eram um perigo para nossa causa e nosso povo. Pelo sangue que fui forçado a derramar, sou um pecador em todos os sentidos da palavra, mas os próprios deuses me escolheram como testemunha do que ocorreu em Glastonbury.

Gruffydd então contou o que viu, com simplicidade e eloquência. Ele repetiu o decreto dado por Lucius, de que apenas o Alto Rei dos bretões poderia encontrar a espada de Uther e arrancá-la da pedra. Enquanto Gruffydd ainda falava, Myrddion sentiu o ânimo dos reis aglomerados começando a vacilar, pois Glastonbury e as próprias relíquias reconciliavam o cristianismo e a antiga religião, de modo que ninguém escapou da comoção, independentemente de sua fé. Contudo, a real força da verdade do conto era a simplicidade de Gruffydd, seu sentimento de assombro e a retidão dos eventos como se desenrolaram. Nenhum homem duvidou que Gruffydd acreditava ter visto uma profecia se cumprindo.

Apenas um rei se apresentou para fazer uma tentativa tardia de enlamear as águas da ligação de Artorex com o trono. O cerne da reclamação do rei Mark era que Artorex fora corrompido pelos antigos costumes romanos de seu passado. Ector se enfureceu com a acusação, e teria respondido em pessoa, mas o magistrado de Aquae Sulis conteve o velho.

O magistrado se adiantou e tomou o lugar de Ector na escadaria.

— Ouça, povo de Venta Belgarum! Eu sou Vestus dos Vestulii, grande magistrado de Aquae Sulis por mais de uma década. Eu sou de linhagem romana. Também sou um orgulhoso bretão, e servi a nosso povo com o máximo de minhas habilidades.

Ele fez uma pausa.

— Os senhores falam da mácula da cultura romana, mas muito do que são vem de seu passado romano e das dádivas que os romanos trouxeram a nossos povos.

O magistrado tinha a atenção de toda a assembleia.

— Mas, nesta ocasião, eu venho a esta assembleia de notáveis não para falar das glórias da Roma Antiga, mas para contar-lhes a respeito de um simples intendente que enfrentou um terrível mal para salvar a vida de uma criança.

Aquela história era nova e a multidão a absorvia com avidez.

— Na época de que falo, Artorex ainda era um rapaz. Mal havia chegado à maturidade quando veio a saber das atividades de um bando de monstros vis que estavam envolvidos na prática ancestral da pederastia. Aquele culto, liderado pelos Severinii, uma poderosa família que vivia nas proximidades de Aquae Sulis, infligira tortura, fome e morte a vários meninos sequestrados de vilarejos locais. Pela violação daquelas crianças, e ao impor a morte pela fome a suas vítimas, eles passaram do limite de tudo que qualquer comunidade romana aceitaria.

"Quando soube das atividades vis da família Severinii, Artorex decidiu levar os perpetradores daqueles crimes à justiça. Com a ajuda de seu irmão de criação, Caius, Artorex entrou no lar dos Severinii e salvou a vida de Brego, uma criança da aldeia local, do estupro, da tortura e da morte certa. Brego tinha 10 anos de idade, e foi o único sequestrado a sobreviver. Os corpos de diversas vítimas anteriores foram encontrados na mesma ocasião.

"Eu ordenei que os criminosos fossem crucificados e sua quinta, queimada até o chão. Artorex poderia ter feito grande fortuna, pois teve a oportunidade de saquear o armazém de objetos preciosos colecionados pelos Severinii, mas ele se absteve de tocar tais coisas impuras. Em vez disso, permitiu que as idosas escravas dos Severinii, que eram livres de culpa, tomassem posse do que lhes seria necessário e partissem. Desejam generosidade? Desejam coragem? Desejam compaixão em seu rei? Todas estas qualidades estão presentes nos atributos deste jovem, que bravamente realizou aquele feito!"

O magistrado avaliou o ânimo de sua plateia.

— Os corpos de sete meninos assassinados foram recuperados e cremados naquela noite. Eu observei o rosto do jovem Artorex enquanto ele atravessava a provação. Ele estava repugnado, como qualquer homem decente ficaria, mas agiu como testemunha e devolveu as cinzas das crianças perdidas a seus humildes pais. Quem entre os senhores, grandes líderes do oeste, teria cuidado tão pessoalmente das famílias das crianças assassinadas? Quem entre os senhores teria decidido testemunhar a dor e oferecer conforto às famílias daquelas crianças? Quem entre os senhores se *importaria*? Mas este homem o fez! Sua formação romana, e os ensinamentos honrados de seus pais adotivos romanos, não lhe fizeram mal algum.

Vestus, com sua toga romana perfeitamente ajustada, e com o selo de seu cargo em torno do pescoço, apontou orgulhosamente para Artorex.

— Os remanescentes da Britânia Romana lutarão por Artor e pelo oeste. Não partiremos em batalha com nenhum outro líder. Nenhum dos reis tribais adquiriu o direito de exigir nossa lealdade.

Os nobres ficaram em silêncio. Nenhuma outra voz se elevou em contestação, embora Myrddion não fosse tolo de acreditar que sua oposição estivesse encerrada; ela apenas fora empurrada para a clandestinidade pelos urros de protesto que emanavam dos soldados e da população reunida.

— Eu convoco o bispo de Venta Belgarum para coroar o futuro rei diante de nós — proclamou Myrddion em voz alta. — E aqueles que desejarem podem assistir à missa neste dia dos mais auspiciosos.

As portas da igreja se escancararam e, acompanhado de Lucius de Glastonbury, o bispo de Venta Belgarum se adiantou.

O bispo ergueu a coroa acima de sua cabeça com ambas as mãos, e o povo assombrado e maravilhado a viu pela primeira vez.

Padre Simão modificara o desenho por completo, pois agora o diadema maciço consistia da figura de um dragão, com a fera centrada na testa e as asas erguendo-se para o voo sobre a cabeça do rei. Todas as granadas e rubis foram colocados sobre o dragão, com os maiores nos olhos e no centro de sua testa. As gemas menores decoravam as escamas da besta, e por isso elas pareciam cintilar sob o sol da manhã, como se o animal estivesse vivo e prestes a cuspir fogo. O próprio aro era feito de ouro simples, exceto onde as garras da fera o abarcavam.

— Aproxima-te, Artor de Aquae Sulis, Dux Bellorum, e aceita teu direito hereditário como Alto Rei dos bretões!

Artorex se ajoelhou nos degraus de pedra para que o bispo pousasse a magnífica coroa sobre a guirlanda de margaridas que adornava sua testa. O par incongruente poderia ter sido cômico, mas, quando Artorex se voltou para encarar o povo, o dragão avermelhado parecia alçar voo de um ninho de flores.

— Ave Artor, Alto Rei dos bretões! — proclamou o bispo.

— Ave Artor, rei dos bretões! Ave! — reagiu a multidão em resposta. Seus rostos se iluminavam pela excitação e pelo assombro.

Lucius então se adiantou, convocando Gruffydd a seu lado.

— Ajoelha-te, Artor, Alto Rei dos bretões, e aceita as armas que conservarão o oeste em segurança.

Artorex ajoelhou e Gruffydd fechou um grande cinturão de couro cravado com ouro em torno dos flancos do rei.

Lucius ergueu o punhal no ar, com o cabo e a guarda formados por um sinuoso dragão, agora banhado em ouro.

— Este é o punhal do dragão do rei Artor — ele informou à nobreza reunida. — Foi forjado por Bregan, um ferreiro, como presente ao Alto Rei por salvar a vida de seu filho.

Lucius então se dirigiu a Artorex.

— Meu suserano, por favor, aceita este punhal com tua mão esquerda, e jura que esta arma não repousará enquanto os saxões devastem nossas terras.

— Eu juro — respondeu Artorex.

Gruffydd guardou o punhal em sua bainha.

Um padre entregou a Lucius um embrulho de couro, que Lucius abriu para expor uma espada imensa e luzidia.

— Meu suserano, esta é a espada do rei Uther, reforjada para se tornar a arma destinada ao Alto Rei dos bretões. Rei Artor, juras que ela não descansará enquanto inimigos oprimam nossos povos?

Lucius ergueu a espada que exibia cabo e guarda idênticos aos do punhal, mas habilidosamente adornados com gemas, de modo que o dragão parecia serpentear e arfar quando a luz dançava sobre ele.

Uma inscrição em latim corria pelas faces da lâmina.

— "Aquele que brande esta espada é o legítimo Rei dos bretões" — traduziu Lucius num tom alto e grave. — Aceitas e juras que usarás esta espada na defesa justa de tudo que é nobre, pelo bem de teus povos?

— Eu juro! — respondeu Artorex. Ele se voltou para encarar a assembleia, completamente armado e incandescente ao aceitar seu destino.

Myrddion deu um passo à frente.

— Da Ilha das Maçãs no monastério de Glastonbury, o sítio dos Afortunados, vem esta espada sagrada que batizo Caliburn, o Dragão da Britânia.

— Portanto avança, rei Artor, Urso Dourado dos bretões — proclamou Lucius orgulhosamente. — E que o dragão alce voo para proteger as terras do oeste, tanto próximas quanto extremas!

O povo rugiu sua aclamação enquanto Artorex entregava a espada a Gruffydd, que a ergueu para o ar com ambas as mãos. Os raios do sol se refletiram no metal, e foi como se chamas ardessem pelos gumes da espada.

— E agora, para aqueles entre os senhores que desejam entrar em nossa igreja, a missa — concluiu Lucius. — Depois celebraremos a chegada de Artor, Alto Rei dos bretões.

Tanto pagãos quanto cristãos, os dignitários na cerimônia avançaram à frente para ganhar lugar na igreja. Os cidadãos comuns, barrados para a cerimônia apenas pelo peso dos números, amontoaram-se no pátio externo como um grande mar de cores. Uma onda de alegria, entusiasmo e — sob o fervor — uma maré de alívio punham homens e mulheres a dançar, lançar flores ou a celebrar com abandono. A menor das crianças recordaria até o leito de morte o sentimento de esperança que se derramava nos corações dos festejadores naquele dia dourado. A paz viria novamente, e a segurança enriqueceria a terra com a coroação de um novo rei.

Acima do burburinho da massa, os sinos de Venta Belgarum começaram a tocar. Trombetas acrescentaram seu som metálico e cada músico contribuiu para o doce caos e a cacofonia.

Ostensivamente, Morgana deu as costas à cerimônia e partiu.

Artor notou sua passagem com um suspiro.

O banquete foi longo e Artor estava muito cansado ao fim do dia. Ele utilizou seus encantos até que seu rosto parecia congelado num sorriso vazio. Comera um pouco de cotovias com mel, enguias com geleia, carne de gamo, javali e vitela assada, bem como iguarias do mar e frutas dos pomares, até sentir-se nauseado. Ele encontrava algo louvável com que elogiar cada rei tribal, e aceitava conselhos de velhos e jovens, não importando quão banais e impraticáveis fossem as opiniões. Agora, quando a imensa refeição chegava ao fim, Artor sabia que era hora de colocar a primeira parte de seu plano em ação.

Quando se pôs de pé diante de uma longa mesa onde era cercado por clérigos e parentes, Artorex baixou os olhos para as outras mesas na sala, lotadas com a aristocracia celta. Rostos afogueados lhe devolviam o olhar, alguns em admiração e outros fechados e sigilosos.

O barulho se elevava em direção à pintura do teto enfumaçado. A risada das mulheres, a conversa retumbante de homens animados e as percussões e melodias dos músicos competiam entre si no burburinho. Acima dos sons de festa no Salão do Rei erguiam-se os distantes sons dos cidadãos em festa do lado de fora, como o barulho constante e abafado do oceano. Artor pôs a mão contra a parede do salão e sentiu a própria estrutura de Venta Belgarum se fechando à sua volta como uma armadilha.

O ânimo geral era de alegria e desinibição.

Pelo menos Morgana é sincera!, pensou Artor enquanto obrigava seus lábios cansados a sorrir. *Ela se recusa a comer em minha mesa porque é minha inimiga. Quantos fingem entre meus convivas?*

Sua voz interior respondeu com franqueza.

Muitos. Talvez a maioria. Mas se você derrotar os saxões e presentear estes bajuladores com ricos espólios, eles passarão a amá-lo por isso.

Artor não estava preparado para expressar suas dúvidas, preferindo abrir seus braços para que parecesse envolver todo o salão, toda Venta Belgarum e as vastas terras além.

Os nobres no salão fizeram um silêncio atento quando Artor começou a falar.

— Amigos, qualquer que seja sua posição, peço que aceitem minha gratidão por sua generosidade. Também convoco todos os homens de coragem, que desejam deter a ameaça saxônica, a unir-se a mim no Tor de Cadbury, a antiga fortaleza de nosso povo, que será meu quartel-general nos anos por vir. Lá, entre as ruínas, nós reconstruiremos um símbolo que há de incitar todos os bretões a se darem as mãos como um povo unido. Lá, com o conselho de todos os líderes de nosso povo, haveremos de determinar as sendas que precisamos tomar para atacar o coração dos saxões.

"E, à nossa mesa, todos serão iguais e todos falarão o que pensam e serão ouvidos. Se seremos um só, celtas, romanos e bretões em conjunto, teremos de trabalhar como um só.

"Meus reis e meus capitães, no sétimo dia a partir desta noite, nós nos encontraremos no Tor de Cadbury."

O longo dia finalmente chegou ao fim, e Artor tentava dormir nos aposentos de Uther — em quartos que foram esfregados, remodelados e limpos com água, fogo, sal e ar. Quando se deitou na cama de luxo sem paralelos, Artor não pôde dormir. Ele sabia que seus guerreiros montavam guarda do lado de fora da porta, mas não temia um ataque furtivo. Na verdade, ele estava esmagado pelo peso da responsabilidade que se depositava em seus ombros e seu coração. Ele sabia que estar sozinho seria um luxo daquele dia em diante. E estar totalmente seguro seria impossível.

— Pois então, nossos muitos sonhos, Gallia, acabaram nisso. Seria melhor que eu mesclasse meu pó ao seu, onde as flores brotam na Quinta Poppinidii, do que me deitar em linhos finos nesta cama dourada, pois o peso de meus deveres talvez acabe por me esmagar.

Nem a falecida Gallia nem a própria noite resolveram responder a ele.

O rosto em flor de Lícia, sua filha não reconhecida, apareceu para ele durante a noite. Ela ria e brincava algum jogo infantil com fios em torno dos dedos.

— É por isso que lutamos por nossa sobrevivência — disse Artorex para a noite. — Certamente, aquela menina é a razão pela qual Artor nasceu. Pelo povo, as crianças e o futuro — jurou, quando a primeira luz começou a se filtrar através da janela de Uther —, eu assumirei esta espada impossível para que a terra e os bretões possam crescer e prosperar. Este, portanto, será meu desígnio.

E assim Artor deixou a câmara de Uther em Venta Belgarum sem lamentos. Ele jamais dormiria em seu luxo ilusório novamente.

NOTA DA AUTORA

Após 20 anos de pesquisa das lendas arturianas em vários cursos universitários, eu me tornei uma espécie de especialista na maioria dos relatos que envolvem Arthur, históricos ou não. Amigos me sugeriam insistentemente que eu usasse meu conhecimento e minha ampla biblioteca particular para produzir uma obra de ficção baseada nas lendas.

Por anos resisti ao impulso, sentindo que restava pouco sobre o que escrever. Eu não tinha qualquer desejo de me aventurar em ficção científica ou fantasia, e menos ainda em produzir uma história romântica. Assisti a todos os filmes mais recentes e me diverti com as várias interpretações, mas nada realmente aguçou minha imaginação.

Mas, num texto obscuro, descobri uma referência bastante vaga a um incidente histórico que ocorreu durante a era medieval, quando um túmulo foi aberto no monastério de Glastonbury durante um período de guerra civil. A precisão dos relatos deve ser tomada com reservas porque o túmulo — e os restos ali enterrados — está irrecuperavelmente perdido.

A determinada referência traduzia a placa de pedra encontrada no interior do túmulo como:

Aqui jaz Arthur, Rei dos bretões
e Guinevere, sua segunda esposa.

Claro, eu conhecia a tradução mais comum da pedra, que trazia apenas as palavras "e Guinevere, sua esposa", e por isso o uso daquela evocativa palavra, "segunda", dominou minha imaginação e ganhou minha atenção imediata.

Além daquela única e intrigante referência, não encontrei mais nada entre todo o meu material de pesquisa que chegasse sequer a insinuar uma primeira esposa.

Quem poderia saber? Na época em que a sepultura foi encontrada, havia 600 anos que Arthur estava morto. Contudo, comecei a indagar mais uma vez sobre o Dux Bellorum dos séculos V e VI.

Estudiosos mostraram ao longo de milhares de anos que as lendas duradouras muitas vezes têm um núcleo de verdade, e que grandes eventos nas vidas dos seres humanos são embelezados no ato de contar e recontar os feitos heroicos. Mas eu sempre me perguntei como um líder bélico meio celta e meio romano não se casou numa idade jovem, como era o costume da época. Historicamente, as crianças eram casadas em matrimônios arranjados antes que chegassem à puberdade. A lógica dita que um jovem tão importante poderia ter-se casado muitas vezes, principalmente considerando a alta mortalidade de moças e mulheres durante a Idade das Trevas.

Assim, a partir de uma simples referência, este romance evoluiu. Daquele ponto em diante, eu estava livre para criar todas as tramas que quisesse, contanto que conservasse o espírito das lendas. A única parte da história que define os anos da juventude de Arthur se refere a um pai de criação, Ector, e seu filho, a quem chamei Caius (Sir Kay de lendas futuras). Eles eram os guardiões de algum lugar vago e desconhecido chamado Floresta Velha.

Sem querer trilhar os caminhos excepcionais explorados por T.H. White em *O único e eterno rei*, com sua bela e simpática mistura de medievalismo e fantasia, decidi permanecer dentro de uma área que me é familiar — o mundo romano. Nem tive qualquer desejo de seguir o caminho de Mary Stewart e sua magnífica história da vida e dos feitos de Merlin.

Assim, eu tentei imaginar os anos perdidos depois que as legiões romanas abandonaram a Britânia na Idade das Trevas.

Não me desculpo por usar os nomes originais romanos para cidades e vilas do período que aparecem ao longo desta obra. Aquae Sulis, claro, é

Bath, uma cidade que provavelmente conservou sua atmosfera romanizada por muito mais tempo que qualquer outra na Grã-Bretanha. Venta Belgarum é Winchester, uma cidade proeminente nas lendas arturianas, e assim me pareceu apropriado que fosse a residência de inverno de Uther Pendragon. Outras cidades são colocadas nos mapas fornecidos, junto com as estradas romanas que as ligavam.

Lucius de Glastonbury não aparece em nenhuma versão da lenda, mas Glastonbury (sob muitos nomes) foi um centro cristão durante longo tempo, e portanto é natural que tenha havido um bispo, independentemente do nome. Eu gostaria de pensar que ele foi o meu Lucius.

A ligação com o rei pescador e José de Arimateia confere a Glastonbury sua legitimidade como local sagrado, e portanto parece plausível que um Alto Rei que quisesse livrar-se de um bebê, mas desejasse conservar as próprias mãos limpas, usasse um dignitário da Igreja para resolver seu problema.

Por outro lado, os romanos usavam a adoção com frequência como parte de seu sistema social. Mas, pelo nome, Ector parece celta por derivação. Para usar a ligação romana, decidi casar Ector com a última filha de uma poderosa família bretã de ascendência romana. Assim sendo, Lívínia tinha status igual ao de Ector em muitos aspectos, embora, como muitas mulheres sensatas, sempre deferisse à opinião dele quando em público.

E assim minha história cresceu. Para mim, o grande fascínio de qualquer lenda é a estranha transformação de homem em herói que o protagonista vivencia. Nenhum homem escolhe tal caminho por vontade própria, e portanto meu Artorex é empurrado, incitado, obrigado e, finalmente, brutalizado para entrar no papel escolhido para ele. As ambiguidades na personalidade de Arthur precisam de algum tipo de explicação. Como ele poderia agir com inteligência e compaixão em tantas instâncias, e mesmo assim tentar assassinar o bebê Mordred e tolerar as infidelidades de Guinevere, que são escandalosamente óbvias nas lendas posteriores? Eu precisava criar um pragmatista nascido para ser um homem decente.

Eu tinha a sensação de que Uther era um homem assim, um homem carismático, intensamente humano e passional, até que o poder destruiu seu melhor lado. Por isso fiz de meu Uther objeto de lição para o jovem Artorex, uma advertência de como podem ser as influências corruptas da arrogância e da autoridade absoluta.

Gallia é totalmente romana por natureza, e assim é alegre, sensual e prática. Não se abala com certas brutalidades da vida, e consegue encontrar conclusões úteis para cada situação difícil. Na verdade, Livínia pertence bastante ao mesmo tipo de mulher, mas com maior seriedade e dignidade, e infinitamente menos riso. Julanna é mais enigmática e volúvel. Como todas as mulheres amedrontadas, ela também pode ser aterrorizante.

Talvez eu tenha me divertido mais com os personagens de Targo, Gallwyn e Frith. Francamente, o nome completamente nórdico de Frith foi uma tentação muito grande para ignorar, e por isso fui forçada a criar toda sua história a partir das origens de seu nome. Ela também representa todas as mulheres sábias, todas as idosas com suas fragilidades físicas, mas também com toda sua magnificência. Claro, uma escrava se sentiria compelida a criar um filho adotivo negligenciado. Claro, ela teria enorme orgulho de ter recusado sua alforria. Aquela mulher estava viva em minha imaginação antes que eu começasse a escrever uma única palavra. E detestei ter que matá-la. Espero que ela tenha comovido você!

Targo proclama o tipo de palavras e ideias que os aristocratas não usam, ao menos não em público. O império, e além, estava cheio desse tipo de homem. Eles eram os refugos da guerra, procurando desesperadamente uma bandeira para seguir, que desse sentido a suas vidas. Talvez ele poderia ter sido mais ríspido, mas eu racionalizei que Artorex não teria gostado de suas declarações mais pungentes. Descobri que Targo era divertido, e que aquele homem prático e comum se tornou memorável para mim porque ele era do povo.

Gallwyn é uma mulher lugar-comum, nem bela nem trágica. E nem representa qualquer tipo de ameaça ou poder. As mulheres muitas vezes são paradigmas de perfeição ou monstros dentro das lendas arturianas, e, quando posso, prefiro lidar com a verdade. Além disso, Gallwyn é naturalmente nobre quando enfrenta gente assustadora e poderosa em nome do amor.

Nimue sempre me preocupou, com seu nascimento pavoroso e sua parte nas lendas posteriores como uma sedutora e um monstro feminino. Talvez eu simplesmente odeie a ideia de que as mulheres são tipificadas como equívocas ou malignas nas lendas, especialmente nesta era pós-modernista em que tais conceitos não são socialmente corretos. Em todo caso, minha Nimue não é nem maligna nem dominadora — ela é apenas uma estrangeira numa sociedade que tinha pouco interesse por uma mulher estranha, uma mulher com cérebro e beleza. Seu nascimento pavoroso é plausível, bem como sua criação.

Perce, que mais tarde se tornaria Sir Percival, faz sua aparição nas cozinhas, como afirmam certas versões das lendas, e descobri que sua bondade simples era perfeito contraste para Caius e seu perene sadismo.

Infelizmente, meu Caius, ou Sir Kay, como ele se tornou conhecido nas lendas mais recentes, é uma pessoa bastante desagradável. Toda história precisa de um vilão, e sinto suficiente simpatia por Morgana para tentar compreender sua violência, em vez de condená-la de antemão. Assim, Caius terá que cumprir o papel.

De qualquer modo, nos romances franceses e nas lendas do Graal, os autores indicaram que jamais gostaram muito dele.

Peço que notem que as velhas tradições arturianas evitam toda menção de Lancelot, que é uma invenção dos romances franceses — e do desenvolvimento posterior da cortesia medieval.

Por outro lado, Gawayne era muitas vezes o herói da corte, como em *Sir Gawayne e o Cavaleiro Verde*, o famoso poema aliterado dos tempos medievais. Mordred também é um suposto amante de Guinevere, e portanto eu me atenho a esta tradição mais antiga.

Espero que o leitor possa ver que meus personagens viveram e respiraram por mim. Eles desenvolveram vidas muito diferentes da minha, sua criadora. Contudo, seria errado declarar que minhas crenças não estão contidas neste livro. Acredito nos melhores e nos piores aspectos da natureza humana, e que um traço de violência existe no mais pacífico de nós. Também sei que o ódio e a ambição gozam de grande saúde na condição humana. Eu vi — e senti — seus poderes malignos.

Mas também acredito que a esperança é o maior de todos os ímpetos da coragem humana. Suponho que os três viajantes se tornaram símbolos desta crença. Merlin, Llanwith e Luka se lançam a criar uma arma nascida da esperança. Depois que o colocam no caminho do perigo, eles também não são insensíveis a ponto de deixar que seu instrumento sobreviva como pode. Eles se arriscam tanto quanto Artorex, porque a esperança exige sacrifício pessoal. Enquanto tramam a ascensão de Arthur à glória, suas vidas sem raízes são prova de sua dedicação a uma busca abnegada.

Acredito que Arthur não teve escolha. As circunstâncias fizeram com que Arthur assumisse o papel de Alto Rei dos bretões porque ele foi uma vítima de seu nascimento, de seus talentos naturais e dos sonhos de outros. Eu desejava ilustrar que ele perdeu seus próprios sonhos devido às necessidades de seu povo. Para mim, esta sempre foi a tragédia no cerne da Arturíada, assim como foi nas obras de Homero, *Ilíada* e *Odisseia*, ou em qualquer outra saga heroica que nos proponhamos a examinar.

Incidentalmente, quando me desviei das lendas, eu o fiz deliberadamente, pois não há verdade inalienável nos mínimos detalhes de minha trama. Por exemplo, o jardim de Gallia não teria sido uma coisa notável? Tal tributo ao amor não seria a mais alta arte da criatividade humana, por mais impermanente que fosse?

Eu lhes dou a sede de vingança de Morgana e a crueldade de Uther como os exemplos máximos da impotência de espírito. Poucas coisas podem ser construídas de tais sentimentos humanos tão mesquinhos. Apenas a grandeza de coração permanece, como ficou provado na batalha moderna do Rorke's Drift ou na coragem obstinada dos poucos judeus que sobreviveram aos campos de concentração do Terceiro Reich. O monstro Hitler morreu como Uther, assustado, escondido, assombrado por seus crimes e por sua crença bastante razoável de que todos os seres humanos decentes lhe dariam as costas. Quem realmente se importa em saber onde estão enterrados os ossos de Hitler, ou como ele morreu, contanto que ele esteja seguramente morto?

Agora, no século XXI, a sepultura de Karl Marx num cemitério de Londres já não é um chamado em nome da ideia venenosa de que os fins justificam os meios. Jamais saberemos ao certo onde jaz Arthur, e mesmo se ele viveu um dia. Mas, se ele foi um mito, então os seres humanos tiveram necessidade de inventá-lo.

Ave, Artur, Rei dos bretões!

Eu gostaria que outro herói viesse tomar o teu lugar, agora que o oeste tem tanta necessidade de ti.

Este livro foi composto na tipologia Minion Pro,
em corpo 11/15,5, e impresso em papel off-white,
no Sistema Cameron da Divisão Gráfica
da Distribuidora Record.